# Die Reiseroute der Narwhal

## 1855–1856

Chazaud

Melville-Bucht

Upernavik

Grönland

Disko-Insel

Godhavn

Davis-Straße

Andrea Barrett
*Jenseits des Nordmeers*

Andrea Barrett

# Jenseits des Nordmeers

Roman

Aus dem Englischen
von Karen Nölle-Fischer

Claassen

*Die Originalausgabe erschien 1998 unter dem Titel*
The Voyage of The Narwhal *bei W.W. Norton & Company*
*New York, USA.*

*Der Claassen Verlag ist ein Unternehmen der*
*Verlagshaus Goethestraße GmbH & Co. KG*
*ISBN 3-546-00165-6*

*3. Auflage 1999*
© *1998 by Andrea Barrett*
© *der deutschen Ausgabe 1999 by Claassen Verlag GmbH*
*in der Verlagshaus Goethestraße GmbH & Co. KG, München*
*Alle Rechte vorbehalten. Printed in Austria.*
*Satz: Franzis print & media, GmbH*
*Druck: Wiener Verlag, Himberg*

Für Carol Houck Smith

# Inhaltsverzeichnis

# III. Teil

*Ich verabscheue Reisen und Forschungsreisende [...]*
*Amazonien, Tibet und Afrika überschwemmen die Buch-*
*läden in Form von Reisebüchern, Forschungsberichten*
*und Fotoalben, in denen die Effekthascherei zu sehr vor-*
*herrscht, als daß der Leser den Wert der Botschaft, die*
*man mitbringt, würdigen könnte. Statt daß sein kritischer*
*Geist erwacht, gelüstet ihn immer mehr nach dieser Spei-*
*se, von der er Unmengen vertilgen kann. Heutzutage ist*
*es ein Handwerk, Forschungsreisender zu sein; ein Hand-*
*werk, das nicht, wie man meinen könnte, darin besteht,*
*nach vielen Jahren intensiven Studiums bislang unbe-*
*kannte Tatsachen zu entdecken, sondern eine Vielzahl*
*von Kilometern zu durchrasen und – möglichst farbige –*
*Bilder oder Filme anzusammeln, mit deren Hilfe man*
*mehrere Tage hintereinander einen Saal mit einer Menge*
*von Zuschauern füllen kann, für die sich die Platitüden*
*und Banalitäten wundersamerweise in Offenbarungen*

*verwandeln, nur weil ihr Autor, statt sie an Ort und Stelle auszusondern, sie durch eine Strecke von zwanzigtausend Kilometern geadelt hat. [...] Nie wieder werden uns die Reisen, Zaubertruhen voll traumhafter Versprechen, ihre Schätze unberührt enthüllen. Eine wuchernde, überreizte Zivilisation stört für immer die Stille der Meere. Eine Gärung von zweifelhaftem Geruch verdirbt die Düfte der Tropen und die Frische der Lebewesen, tötet unsere Wünsche und verurteilt uns dazu, halb verfaulte Erinnerungen zu sammeln. [...] Und so verstehe ich die Leidenschaft für Reiseberichte, ihre Verrücktheit und ihren Betrug. Sie geben uns die Illusion von etwas, das nicht mehr existiert und doch existieren müßte, damit wir der erdrückenden Gewißheit entrinnen, daß zwanzigtausend Jahre Geschichte verspielt sind.*

CLAUDE LÉVI-STRAUSS, Traurige Tropen (1955)

# I. Teil

# 1. Seine vielen Listen
## (Mai 1855)

*Vergeblich suche ich mich zu überreden, der Pol sei der Ursprung des Frostes, der Trostlosigkeit. Stets bietet er sich meiner Vorstellung als ein Ort der Schönheit, der Freude an. Dort ... gibt es weder Schnee noch Kälte. Sind wir über das stille Meer gefahren, so werden wir an ein Land getragen, dessen wunderbare Beschaffenheit jede bisher entdeckte Gegend auf dem bewohnbaren Planeten übertrifft ... Was ist nicht alles zu erwarten in einem Land des ewigen Lichts?*

MARY SHELLEY, Frankenstein (1818)

*E*r stand am Kai und schaute in den Delaware River, auf seinen Schultern brannte die Sonne. Eine milde Brise, der Geruch von Teer und Kupfer. Wenige Meter vor ihm ragte die *Narwhal* auf, aber er starrte auf ihr Spiegelbild, das zwischen Rumpf und Pfahlwerk eingefangen schien. Die schlingernden Planken, die verbogene Reling, den Ladebaum, der auftauchte und wieder verschwand; merkwürdig, wie das Bild die Oberfläche ausfüllte, ohne das mannigfaltige Leben darunter zu verdecken. Unter dem durchscheinenden Bild konnte er die Welt erkennen, die sein Vater ihn zu sehen gelehrt hatte: die Weißfischschwärme, die Aale und Algen, die sich in den Schlick bohrenden Muscheln; die an Polypen und kleinen Schnecken vorübertreibenden Kieselalgen, die Bandalgen und Insektenlarven. *Die Auster*, hatte sein Vater einst gesagt, *wird vom Tau befruchtet; die schwangere Auster bringt vom Himmel empfangene Perlen hervor. Ist der Tau rein, glänzen die Perlen; ist er trüb, sind die Perlen stumpf.* Hoch über ihm, jedoch ebenfalls gespiegelt, zogen lange Wolkenbänder in die eine Richtung, und Möwen segelten in die andere.

Im Wasser lag die *Narwhal* schwer und dunkel zwischen leichteren Handelsschiffen. Sie alle strebten irgendwelchen Zielen entgegen, dachte Erasmus. England, Afrika, Kalifornien; Felseninseln voller Seehunde; der Küste von Florida. Und doch war unter all diesen Seefahrern keiner, bei dem er sich hätte Rat holen können. Er wandte sich wieder seiner Arbeit zu. Wo sollte dieser Berg von Vorräten hin? Beim Anblick eines schlecht geschnürten, wasserdicht verpackten Bündels mit zwölf Plumpuddings kamen ihm fast die Tränen. Jedesmal wenn er daranging, im Laderaum Ordnung zu schaffen, trafen weitere Pakete ein. Eine Kiste voll eingelegter Damaszenerpflaumen von einer alten Dame in Conshohocken, die in der Zeitung von der geplanten Reise gelesen hatte und ihren Teil zum Gelingen beitragen wollte. Eine Kiste Brandy von einem Bankier aus Wilmington, ein paar Bände Thackeray von einem Schulmeister aus Doylestown, mengenweise handgestrickte Socken. In seinen Händen stapelten sich die Listen, und keine war ganz abgehakt: Vergiß den Pudding, dachte er. Wo sind die letzten zwei Zentner Pemmikan? Wieso ist die Hälfte des Fleischzwiebacks in derselben Ecke verstaut worden wie die Kerzen und das Lampenöl? Und wo bleiben die noch fehlenden Mitglieder der Crew? In seiner Tasche hatte er eine weitere Liste, mit den Namen der endgültigen Mannschaft:

Zechariah Voorhees: *Expeditionsleiter*
Amos Tyler: *Navigator und Kapitän*
Colin Tagliabeau: *Erster Offizier*
George Francis: *Zweiter Offizier*
Jan Boerhaave: *Arzt*
Erasmus D. Wells: *Naturforscher*
Frederick Schuessele: *Koch*
Thomas Forbes: *Zimmermann*
*Matrosen:* Isaac Bond, Nils Jensen, Robert Carey,
Barton DeSouza, Ivan Hruska, Fletcher Lamb,
    Sean Hamilton

Fünfzehn, wenn man alle zusammenzählte. Captain Tyler und die Herren Tagliabeau und Francis waren erfahrene Walfänger. Dr. Boerhaave hatte in Edinburgh Medizin studiert; Schuessele hatte bei einer New Yorker Postschifflinie als Koch gearbeitet; Forbes war ein Bauernsohn aus Ohio, der noch nie zur See gefahren war, aber die Fertigkeit besaß, alles, was man sich denken konnte, aus ein paar Holzresten zu zaubern. Von den sieben unterschiedlich gut ausgebildeten Matrosen war Bond betrunken zum Dienst erschienen, und Hruska und Hamilton hatten sich noch gar nicht gemeldet.

Ihre Kameraden warteten unten im Laderaum, wo keiner sie sah, auf Befehle – warteten, wie Erasmus befürchtete, darauf, daß er versagte. Er hatte mit seinen vierzig Lebensjahren bereits mehrmals versagt; als blutjunger Bursche hatte er an einer Reise teilgenommen, die so spektakulär gescheitert war, daß die ganze Nation darüber lachte. Seitdem hatte er im Leben fast nichts zuwege gebracht. Er hatte keine Frau, keine Kinder, keine wirklich guten Freunde; eine Schwester in schwierigen Lebensumständen. Doch jetzt stand er hier: vor diesem Berg von Sachen und vor einer zweiten Chance.

Noch immer unschlüssig auf die Plumpuddings starrend, hörte er ein Lachen. Er blickte auf und sah Zeke in der Takelage hängen wie eine Flagge. Zwischen seinen langen Armen leuchtete ein goldener Haarschopf; als er lachte, blitzten seine Zähne auf. Er war sechsundzwanzig, und Erasmus fühlte sich neben ihm wie ein Fossil. Zeke war der Dreh- und Angelpunkt dieses Unternehmens. Der Briggschoner, auf dem sie sich gerade einrichteten, hatte vormals zur Postschifffflotte von Zekes Familie gehört; mit Geldern aus dem väterlichen Vermögen hatte Zeke, damit das Schiff dem Eis standhielt, die Seitenwände mit eichenen Planken verstärken, den Bug mit Eisenplatten panzern und geteerten Filz zwischen die doppelten Decksplanken legen lassen. Als Befehlshaber der Expedition – und daher, wie Erasmus sich vergegenwärtigte, sein Vorgesetzter – hatte Zeke Erasmus dazu ausersehen, sich der Ausrüstung und der Vorräte anzunehmen, die ihn jetzt in so verwirrender Vielzahl umgaben.

Wo sollte das ganze Zeug hin? Gepökeltes Rind- und Schweinefleisch und Malz in Fässern, Messer und Nadeln für Tauschgeschäfte mit den Eskimos, Gewehre und Munition, Kohlen und Holz, Zelte und Gaskocher und wollene Kleidung, Büffelfelle, eine Bibliothek, Bretter genug, um im Notfall behelfsmäßig das ganze Deck zu überdachen. Und die Alkohol-Thermometer. Die vier Chronometer, die Mikroskope und die komplette Ausrüstung für die Präparation der gefundenen Pflanzen und Tierarten: Weingeist, Mull, vornumerierte Etiketten und Flaschen, Arsenseife zur Konservierung von Vogelhäuten, Kampfer und Pillendosen zur Konservierung von Insekten, Seziermesser, Uhrengläser, Stecknadeln, Bindfaden, Glasröhren und Siegelwachs, Pfropfen und eingelegte Blasen, Hirnlöffel und Lötrohre und feine Bohrer für Eier, ein Schleppnetz … Unmengen von Zeug.

Erasmus strich mit einer Hand über die Wolfsfelle, die sein jüngster Bruder aus den Bergen im fernen Utah geschickt hatte. Im Augenblick hätte er alles darum gegeben, sich ein Stündchen mit Copernicus zu unterhalten, der wußte, was es hieß, einem Leben den Rücken zu kehren. Doch Copernicus war fort, wieder einmal fort, und die Wolfsfelle waren zwar hübsch, aber wo sollten sie hin? Die Schlitten, eigens von Zeke entworfene Konstruktionen, waren zwei Wochen zu spät fertig geworden und paßten nicht in die Ecke, die Erasmus für sie vorgesehen hatte; auch mit etlichen wissenschaftlichen Geräten wußte er nicht wohin. Die Kajüte war bis auf den letzten Winkel vollgestopft, und sie waren noch immer nicht untergebracht.

Oben auf der *Narwhal* nahm Zeke seine Füße vom Stag, hielt sich noch einen Moment mit einer Hand fest und ließ sich dann leichtfüßig aufs Deck fallen. Bald darauf gesellte er sich zu Erasmus und dem Durcheinander auf dem Kai, rückte den Theodolit beiseite und entdeckte darunter eine Kiste mit Zwiebeln. »Die sehen gut aus«, sagte er. »Haben wir genug?«

Als sie zum aberen Male die Proviantlisten durchgingen, kam Mr. Tagliabeau mit der Nachricht zu ihnen, daß der Koch verschwunden sei. Er sei zuletzt vor zwei Tagen gesehen worden, berichtete Mr. Tagliabeau, in Begleitung einer rothaarigen Frau, die schon eine Weile den Hafen unsicher mache.

Die Hände tief in den Zwiebeln vergraben, lachte Zeke nur laut auf. »Das Flittchen habe ich auch gesehen«, sagte er. »Der blitzte es nur so aus den Augen! Aber daß ausgerechnet Schuessele sie abgeschleppt hat, mit seinem ungeheuren Bart …«

Der Wind fegte eine von Erasmus' Listen davon und wirbelte sie zwischen den Masten empor. »In drei Tagen legen wir ab!« rief er mit einer Dramatik, derer er sich später mit großer Verlegenheit erinnerte. »In drei Tagen. Wo sollen wir so schnell einen neuen Koch finden?«

»Kein Grund zur Aufregung«, beschwichtigte ihn Zeke.
»Die Welt ist voller Köche. Mr. Tagliabeau, wenn Sie so gut
sein wollen, eine kleine Runde durch die Schenken am Hafen
zu drehen und einen anzuheuern ...«

»Wunderbar«, sagte Erasmus. »Bringen Sie uns möglichst
einen Kriminellen oder einen Trunkenbold.«

Es wäre womöglich zum Streit gekommen, wäre nicht im
gleichen Moment eine Schar junger Männer in lincolngrünen
Röcken über den Kai auf sie zugesprungen, mit weißen Pan-
talons und langen schwarzen Straußenfedern an den Stroh-
hüten. Die Vereinigung der Bogenschützen, Toxophiliten genannt. Bei ihrem Anblick stöhnte Erasmus innerlich auf. Einst,
vor langer Zeit, hatte auch er dieser Vereinigung angehört;
damals war ihm die Sache durchaus reizvoll erschienen. Die
Idee, den alten Sport des Bogenschießens neu zu beleben, die
Pfeile zu schwingen, die sie von den ersten märchenhaften
Fahrten in die weiten Ebenen des Mittleren Westens mitgebracht hatten – als Junge hatte er an einem Jagdtreffen mit
zweitausend Besuchern teilgenommen. Doch nach der Forschungsexpedition hatte er jedes Interesse an Vergnügungen
dieser Art verloren und seine Verbindung zu den Bogenschützen einschlafen lassen. Mittlerweile war Zeke jedoch einer der
tonangebenden jungen Männer im Verein.

»Voorhees!« riefen die Toxies. Ringsum blickten die Mannschaften der anderen Schiffe auf. »Voorhees! Voorhees!«

Die Toxophiliten ließen Zeke dreimal hochleben, nahmen ihn
in ihre Mitte und zogen ihn den Kai hinunter. Erasmus wurde
mit höflichem, aber wortlosem Nicken begrüßt. Er lauschte den
humorigen Reden, in denen sie Zeke mit einem Indianerhäupt-
ling verglichen, der zur Büffeljagd aufbrach. Ein junger Mann
mit roten Haaren überreichte Zeke einen Kelch; ein schmächti-
ger Bursche verehrte ihm einen schwarzen Gürtel, von dem eine
Schmierbüchse und eine Troddel herabhingen. Zeke nahm die
Gaben mit einem Lächeln und einem Händedruck entgegen,
wobei er jedem der Männer namentlich dankte, und trug dabei
jene Haltung zur Schau, in der Erasmus' Schwester seine natür-
liche Autorität zu erkennen meinte.

Doch was hatte Zeke wirklich vorzuweisen? Fast gar nichts, dachte Erasmus, während er sich die Schmierbüchse besah. Er war ein paar Jahre mit den Schiffen der Postschiffflotte seines Vaters auf der Strecke von Philadelphia nach Dublin und Hull gesegelt, um die Meeresströme und die Tierwelt des Atlantiks zu erforschen, obwohl er, wie er Erasmus gestanden hatte, häufig zu seekrank gewesen war, um zu arbeiten. Alles, was er darüber hinaus wußte, hatte er aus Büchern. Als Kind hatte er sich in Erasmus' Familie eingeschmeichelt, begünstigt durch die Freundschaft ihrer beider Väter und sein Interesse an der Naturgeschichte. Mittlerweile waren sie zudem durch Lavinia aneinander gebunden. Doch daß Erasmus sich nun in Zekes Schatten stellen und unter dem unerprobten Kommando dieses jungen Mannes zu einer Expedition in die Arktis aufbrechen sollte – wieder einmal kam es ihm unfaßlich vor, daß er sich zu diesem Schritt entschlossen hatte.

Als hätte Zeke gehört, was Erasmus dachte, bahnte er sich den Weg aus dem Kreis der grünberockten Männer, ergriff seinen Arm und zog ihn in ihre Mitte. »Ohne Erasmus Darwin Wells wäre diese Reise undenkbar«, rief er. »Ein dreifaches Hoch auf den naturkundlichen Leiter unserer Expedition, meine rechte Hand!«

Erasmus stieg die Röte ins Gesicht. War es das, was er wollte? Verehrung mit einem Schuß Geringschätzung; als wollte Zeke ihm nacheifern, ohne seine Fehler zu wiederholen. Doch er schob den Gedanken beiseite, denn er wußte, er hatte es genau dieser Art von mißgünstiger Zurückhaltung zu verdanken, daß er in seiner Lebensmitte so allein dastand. Als die Toxies ihm ihren grün-goldenen Stander präsentierten, ergriff er das Ende mit dem Bild des munteren Bogenschützen und lächelte Zeke zu. Zeke hielt eine kurze Dankesrede; Erasmus hielt eine noch kürzere und erwähnte mit keinem Wort, daß er die Gründer des Vereins gekannt und das Bogenschießen bereits gelernt hatte, als einige der vor ihm Stehenden noch Kinder waren. Während Erasmus sprach, sah er, daß Captain Tyler über der Reling der *Narwhal* hing und neugierig in ihre Richtung schaute. Sein Gesicht, fand er, war so groß und rosig wie ein Schinken.

Die Toxies nahmen ihren Abschied, Zeke kletterte wieder an Bord der *Narwhal*, und Erasmus fand sich abermals allein. Er faltete den Stander zusammen und legte.ihn zwischen die Wolfsfelle. Dann wandte er sich erneut der Verstauung der Schlitten zu. Sollten sie alle in einer Reihe hintereinander in die Mitte des Laderaums? Oder aufgestapelt vorne in den Bug? Er arbeitete eine Stunde lang still vor sich hin und schob seine Sorgen von sich, indem er wiederholt seine Listen durchging und Erledigtes abhakte. Mr. Tagliabeau unterbrach seine Tätigkeit, als er in Begleitung eines dunkelhaarigen, blauäugigen Jungen mit frischer Gesichtsfarbe zurückkehrte.

»Ned Kynd«, sagte Mr. Tagliabeau. »Zwanzig Jahre alt.« Zeke sprang auf den Kai hinab, um ihn in Augenschein zu nehmen. Mr. Tagliabeau stellte die Männer einander vor und endete mit den Worten: »Ned möchte an unserer Expedition teilnehmen.«

Zeke, den es zu seinen Lebensmittelvorräten zurückzuziehen schien, sah den jungen Burschen forschend an. »Du hast schon als Koch gearbeitet?«

»In drei Anstellungen«, sagte Ned schüchtern. Als er aufzählte, wo – sämtlich in der rauhen Hafengegend –, vernahm Erasamus seinen schweren irischen Akzent.

»Und bist du schon zur See gefahren?« fragte Zeke.

Ned wurde rot. »Erst einmal, Sir. Bei meiner Überfahrt.«

»Aber dir gefällt das Meer?«

»Die … Umstände meiner Überfahrt waren nicht so, daß man sie hätte genießen können. Aber ich glaube, es hätte mir gefallen, wenn ich Arbeit und Essen und einen Platz zum Schlafen gehabt hätte. Ich war sehr gern an Deck. Ich finde es schön, die Vögel und Fische zu beobachten.«

»Du müßtest für fünfzehn Männer kochen«, sagte Erasmus. »Kannst du das?«

»Ich möchte nicht prahlen, aber ich habe schon so manchen Abend für drei-, viermal so viele gekocht. Ich war eine Weile in einem Holzfällerlager in den Adirondacks, bevor ich mich hierher in die Stadt durchgeschlagen habe. Holzfäller sind hungrige Männer.«

Zeke legte Erasmus eine Hand auf die Schulter. »Wenn er Holzfäller satt kriegt, dann kriegt er uns allemal satt.«

»Du müßtest im Vorschiff logieren«, sagte Erasmus. »Mit den Matrosen zusammen. Da kann es ziemlich rauh zugehen.«

»Nicht rauher als bei den Holzfällern, denke ich.«

»Also abgemacht«, sagte Zeke. »Herzlich willkommen. Schaff deine Sachen herbei und nimm Abschied, in drei Tagen geht es los.« Und damit entfernte er sich mit großen federnden Schritten über den Kai.

So kam es, daß Ned, in aller Schnelle als Ersatz für Schuessele angeheuert, zum Teilnehmer der Expedition wurde. Später dachte Erasmus oft daran zurück, wie wenig es gebraucht hätte, damit Ned einen anderen Weg eingeschlagen hätte. Wenn Mr. Tagliabeau ihm nicht unter der Markise des Schiffsausrüsters begegnet wäre; wenn er ein paar Minuten eher erschienen wäre und die Straußenfederhüte der Toxies ihn abgeschreckt hätten; wenn er ein paar Minuten später gekommen wäre und Zeke nicht mehr angetroffen hätte, um die Anstellung perfekt zu machen. Ein kleiner Zufall hätte gereicht.

In dieser Nacht fand Erasmus wieder keinen Schlaf. In der Repositur, dem kleinen naturkundlichen Pavillon seiner Familie, erhob er sich schließlich aus seinem Bett und ging grübelnd im Zimmer auf und ab. Seit zwölf Jahren kampierte er hier nun schon, in einer Welt, die auf Vitrinenschränke voll toter Tiere, Schachteln mit Samen und Ablagen voll Fossilien reduziert war, durch deren Fenster von Zeit zu Zeit Sonnenstrahlen eindrangen wie Botschaften von einem anderen Stern. Gerahmte Stiche mit den Bildnissen namhafter Naturforscher lehnten schräg in den Bücherregalen und sahen gütig zu, wie er sich über die Arbeit beugte, die keine war und nirgendwo hinführte. Wer konnte ein solches Leben verstehen? Und wie kam es, daß er sich nun endlich entschlossen hatte, es hinter sich zu lassen?

Am anderen Ende des Gartens stand groß und dunkel das Haus, in dem er seit über einem Jahrzehnt nicht mehr geschlafen hatte. Dort trug alles die Handschrift seines Vaters, von den geschnitzten Farnen über der Haustür bis hin zu den Namen seiner Kinder. Er hieß Erasmus Darwin nach dem englischen Naturforscher, dem Großvater des jungen Mannes, der mit der Beagle die Welt umsegelte; seine Brüder hießen nach Kopernikus, Linnäus und Alexander von Humboldt. Vier Jungen, die zu ihrem Vater emporgeschaut hatten wie Nestlinge, die hungrig auf einen Wurm warteten. Von Beruf Kupferstecher und Drucker, hatte Frank Wells nebenbei mit großer Leidenschaft naturkundliche Forschungen betrieben und eine enge Freundschaft mit den Peales und den Bartrams gepflegt, mit Thomas Nuttall und Thomas Say, dem Vogelkundler Audubon und dem Sonderling Rafinesque, der bis zu seinem Tod in einer Mansarde in der Stadt gelebt hatte.

An Sommerabenden hatte Mr. Wells seinen Söhnen unten am Fluß aus der *Naturalis historia* von Plinius vorgelesen. Plinius der Ältere sei an seiner wissenschaftlichen Neugier gestorben, erzählte er; er sei, als er verweilte, um sich den Rauch und die Lava des ausbrechenden Vesuvs anzuschauen, an den giftigen Dämpfen erstickt. Doch vorher habe er eine einzigartige Sammlung von Beobachtungen zusammengetragen, die er für Fakten hielt. Sie seien teils richtig, teils falsch – doch selbst die Irrtümer seien nützlich, durch die Schönheit seiner Ausdrucksweise und weil man an seinen Beispielen so gut ablesen könne, wie Menschen sich Begriffe machen, voneinander und von der Welt um sie herum. Mal auf und ab schreitend, mal auf einem Grasbüschel sitzend, hatte der Vater seinen Söhnen Plinius' Beschreibungen der merkwürdigen Völker vorgetragen, die in unbekannten Regionen lebten. *Ein Nomadenvolk, das nach Art der Schlangen mit bandförmigen Füßen versehen sei. Ein Menschenschlag, der in den Wäldern lebe und verkehrte Fußsohlen habe und an jedem Fuß acht Zehen. Eine Art Menschen, Monokoler geheißen, die nur ein Bein hätten und eine außerordentliche Behendigkeit im Springen aufwiesen; sie hießen auch Schattenfüßler, weil sie sich bei größerer Hitze rückwärts auf den Boden legten und sich mit dem Schatten ihrer Füße schützten.* Geschichten, keine wissenschaftlichen Fakten, aber als Zugang zum Nachdenken über die Vielfältigkeit und Wandelbarkeit der menschlichen Natur dennoch von unschätzbarem Wert. Wie leicht könnte es sein, hatte er gesagt, daß es uns gar nicht gäbe. Wie leicht könnten wir uns in etwas völlig anderes verwandeln.

Aus diesen alten Geschichten, erzählte er, lasse sich einiges über Klatsch und Phantasie und die Gefahren lernen, die darin lägen, die Welt nicht aus erster Hand zu beobachten. Doch obwohl er ein leidenschaftlicher Sammler von Berichten über Forschungsreisen war, hatte er selbst kaum Reisen unternommen; Erasmus hatte nie erfahren, was sein Vater am liebsten einmal selbst gesehen hätte. Als Gegenstück zu Plinius hatte er seinen Söhnen die lebendige Wissenschaft seiner Freunde geboten. Diese hatten ihm geholfen, die Repositur einzurichten, und Erasmus wie seine Brüder mit ihren Reiseberichten in den Bann gezogen. Als Lavinia geboren wurde, hatten sie ihr den Namen ihrer sterbenden Mutter gegeben und ihren Freund mit Hilfe von Knochen und Federn von seinem Kummer abzulenken versucht.

Jetzt schritt Erasmus auf den Spuren dieser Männer über die gebohnerten Holzdielen. Er blieb vor einem hölzernen Kasten voller Schubladen mit fossilen Zähnen stehen. Die dritte Lade hatte einen doppelten Boden, von dem nur er wußte; in dem Geheimfach unter den Backenzähnen befand sich ein schwarzer knöchelhoher Frauenstiefel. Von seiner Mutter; früher hatte er ein ganzes Paar besessen. Er hatte die Stiefel, die sie am häufigsten getragen hatte, stibitzt, bevor die Dienstboten ihre Kleider aussortiert und an die Armen gegeben hatten. Die ersten Jahre hatte er sie in seinem Zimmer versteckt und dann und wann hervorgeholt, um mit seinen Händen über die Knöpfchen zu gleiten wie andere Jungen über die Perlen ihrer Rosenkränze. Später, kurz vor dem Aufbruch zu seiner unglücklichen ersten Reise, hatte er Lavinia den linken Stiefel geschenkt, nachdem er ihr das Versprechen abgenommen hatte, niemandem etwas davon zu verraten. Diesen hier hatte er vergraben. War er immer so klein gewesen? Die Sohle war kaum länger als seine Hand, das Leder war rissig, die Knöpfe lose. Wo Lavinias war, wußte er nicht.

Als sein Vater vor vier Jahren gestorben war, hatte er das Haus, die Repositur und ein kleines Einkommen geerbt sowie die Auflage, bis zu Lavinias etwaiger Heirat für sie zu sorgen. Was seiner Ansicht nach hieß, daß er alle Pflichten, aber keinerlei Freiheiten geerbt hatte, ja nicht einmal die solide Arbeit. War es seine Schuld, daß er nicht gewußt hatte, was er anfangen sollte? Der Familienbetrieb war an seine mittleren Brüder gegangen, die sich in der Stadt in zwei nebeneinander liegenden Häusern niedergelassen hatten, von denen sie zu Fuß zur Arbeit gehen konnten: zwei Monde, die einen Planeten umkreisten, dem er kein Interesse abgewinnen konnte. Copernicus dagegen war, sobald er seinen Anteil ausgezahlt bekommen hatte, in den unbesiedelten Westen gereist. Dort bei den Indianern malte er Büffeljagden und weite, offene Landschaften, während sich Erasmus und Lavinia, allein zurückgelassen, in seiner Abwesenheit eng aneinander lehnten.

Copernicus schickte Gemälde heim, von denen einige bereits in der Kunsthalle ausgestellt worden waren. Und von Zeit zu Zeit – wenn er daran dachte, wenn er den Kopf frei hatte – schickte er Tütchen mit Samen von irgendwelchen Pflanzen, die ihm ins Auge gefallen waren. Zufällige Funde, die für Erasmus zur Hauptbeschäftigung geworden waren. Erasmus hatte sie untersucht, klassifiziert, etikettiert, katalogisiert und in seine Listen aufgenommen. Er sortierte sie in hohe Kommoden mit winzigen Schubladen ein, zu den Samen, die die Freunde seines Vaters aus China und Yucatan und von den Malaiischen Inseln mitgebracht hatten, und zu denen, die er aus den Sammlungen der Forschungsexpedition hinübergerettet oder besser gesagt, gestohlen hatte. Wenn seine Augen überanstrengt waren und seine Haut von der Zimmerluft fahl geworden war, zog er sich in den hinteren Teil des Gartens zurück, zwischen Haus und Fluß, oder hinter die Repositur, wo er einige Proben einpflanzte und sich sorgsam sämtliche Charakteristiken der Sämlinge notierte.

Doch das war jetzt alles vorbei. Er legte den Stiefel an seinen Platz zurück und ging wieder ins Bett. *In Afrika*, hatte sein Vater gesagt, *lebt ein Volk von Menschen, die keinen Nacken und die Augen auf den Schultern haben.* Er konnte immer noch nicht schlafen, hinter seinen Lidern tanzten weiter die Listen. Leute aus Germantown und vom Wissahickon River schickten ihm Socken und Marmelade und träumten von dieser Expedition. Reisende zweiter Hand, die schliefen, während er wachte, und sich klischeehaft exotische Länder vorgaukelten. Lavinia hatte Freundinnen, für die Darwins Feuerland und Cooks Tahiti mit Parrys Iglulik und d'Urvilles Antarktis zu einem Ort verschmolzen, an dem Eisklippen an weite Steppen grenzten, wo Tonga-Wilde auf die Pirsch gingen, um Straußen nachzustellen, die Kamele jagten. Solche Leute schickten ein halbes Dutzend Kerzen in braunem Packpapier, doch da sie Nord und Süd nicht auseinanderhalten konnten, siedelten sie Pinguine und Eskimos in ein und derselben Eiswüste an, während sie dem Eismeer einen Kontinent andichteten.

Keiner von ihnen hatte eine Vorstellung davon, wie sehr eine solche Reise durch Stumpfsinn und Schinderei geprägt war. Nicht nur während der Planungs-, Einkaufs- und Verladephase, sondern auch während der langen Monate, in denen man untätig an Deck herumsaß, in den langen Zeiten, wenn nichts geschah, außer daß sich die Bindungen an die Heimat unmerklich lösten und einem das eigene Leben fremd wurde. Von seiner Angst und den im Geiste geführten Listen aller Dinge, vor denen er sich fürchtete, wußte niemand. Lauter lächerliche, unwürdige Ängste. Daß seine Koje zu kurz oder zu schmal oder zu feucht oder zu zugig war, seine Kameraden schnarchten oder wühlten oder stöhnten; daß ihn die Sehnsucht nach Frauen umtrieb; daß er nie Schlaf fand. Wenn er nicht schlief, würde er leicht aufbrausen; wenn er aufbrauste, würde er sich Zeke gegenüber im Ton vergreifen und ihn sich zum Feind machen. Daß sein Magen gegen die derbe Kost rebellierte und Dyspepsie seine Denkfähigkeit beeinträchtigen könnte; was wäre, wenn er das Denken verlernte? Daß er kalte Hände bekam. Sie waren ohnedies immer kalt. Daß er eine wertvolle Probe kaputtmachte oder sich selbst schnitt. Daß er Gelenk- und Rückenschmerzen bekam, daß der Kaffee ausging, von dem er abhängig war; daß der Mast bei Sturm brechen, ein

Wal das Schiff rammen könnte. Daß sie sich verirrten, nichts fanden, scheiterten.

Er gab alle Versuche, Schlaf zu finden, auf, zündete eine Kerze an und nahm sein Tagebuch zur Hand. Auf seiner ersten Reise war es sein treuer, manchmal einziger Gefährte gewesen, doch in dieser Nacht enttäuschte es ihn. Feder, Tintenfaß, Worte auf weißem Papier; ein Tintenfleck an seinem Daumen. Es gelang ihm nicht, die Szene am Kai klar wiederzugeben. Er überflog seinen ersten verworrenen Versuch und fügte dann hinzu:

*Warum ist es so schwer, einfach das einzufangen, was war? Das alte Problem, die Dinge sowohl in ihrer Abfolge als auch in ihrer Gleichzeitigkeit darstellen zu wollen. Wenn ich die Szene malte, würde ich sie so darstellen, als geschehe alles zur gleichen Zeit, so daß alle Menschen und Dinge auf einmal zu sehen wären, vom Grund des Flusses bis zu den Wolken. Doch wenn ich sie mit Worten beschreibe, folgt ein Ding aufs andere, und alles ist nur durch mein eigenes Augenpaar gesehen, von meiner einen Stimme geprägt. Ich wünschte, ich könnte die Szene so darstellen, als würde sie durch viele Augen gesehen, indem ich meine eingeschränkte Perspektive so ausweitete, daß erst mehrere und schließlich viele Blickwinkel entstünden und damit das ganze Bild, nicht nur meine eigene Sicht. Als wäre ich nicht da. Der Fluß aus der Sicht der Fische, das Schiff aus der Sicht der Männer, Zeke aus der Sicht von Ned Kynd, die Toxies aus Captain Tylers Sicht: alles in einem, so daß ein anderer diese Stunden gleichsam selbst erleben könnte.*

Gereizt legte er seine Feder weg. Nicht einmal hier, dachte er, nicht einmal auf diesen Seiten, die allein für seine eigenen Augen gedacht waren, war er ehrlich. Er hatte nichts von dem großspurigen Herumstolzieren des ersten Offiziers erwähnt, vom erschreckenden Anblick seiner eigenen Hände, die zwischen den Zwiebeln plötzlich genauso ausgesehen hatten wie die seines Vaters; und von dem Gefühl, daß sie alle irgendwie posierten. Voreinander oder vielleicht vor den grünberockten

Jünglingen. Er rieb über den Tintenfleck am Daumen. Es stimmte auch nicht, jedenfalls nicht ganz, daß er die Szene darstellen wollte, als wäre er nicht dabei. Er wollte durchaus, daß sein Blickwinkel zählte, ohne daß dies im Widerspruch zu dem Wunsch stand, unsichtbar zu bleiben. So was Verlogenes, dachte er. Obwohl er sich in erster Linie selbst belog. Er lebte in einer Wolke. Draußen pulsierte und strömte das Leben, aber er war abgeschnitten; die Menschen liebten und trauerten ohne ihn. Wann hatte sich die Wolke auf ihn gelegt?

Sie waren immer noch nicht zur Abfahrt bereit. Am Nachmittag des nächsten Tages verbannte Captain Tyler Zeke und Erasmus von Bord, während die Männer die Schotten im Laderaum herausrissen und an anderer Stelle wieder aufbauten. Die Schlitten hatten doch nicht gepaßt, egal wie man sie drehte und wendete; das Holz nahm mehr Platz ein als geplant, und es hatte sich herausgestellt, daß die Maße auf Zekes Skizze nicht stimmten. In Erasmus' Brust tickte eine Uhr: eins, zwei, eins, zwei, eins, zwei. Zwei Tage. Später durften sie nicht fahren, eigentlich war es bereits jetzt zu spät, der arktische Sommer war kurz, und die Zeitungsreporter und Geldgeber der Expedition waren für Donnerstag zu ihrem Abschied bestellt. Hatte er genug Socken? Die richtigen Karten, genug Bleistifte?

Er platzte förmlich vor Unruhe und saß hier zu Hause fest, mit Zeke und Lavinia und ihrer Freundin Alexandra Copeland. Sie arbeiteten alle vier im großen Salon. Überall waren Land- und Seekarten ausgebreitet. Er stand ohne Erklärung auf und lief in die Repositur, um diese von oben bis unten nach Scoresbys Buch über das Eis der Arktis abzusuchen.

Er rollte die Leiter an den Regalen entlang; das Buch war verschwunden, ohne daß er sich daran erinnern konnte, es eingepackt zu haben. Ihm war der Gedanke unerträglich, den anderen zu erklären, warum es ihm plötzlich so wichtig erschien. Die Grimasse, mit der Alexandra seine Flucht begleitet hatte, war ihm unangenehm. Doch es war seine Idee gewesen, sie ins Haus zu holen – er konnte Lavinia nicht allein zurücklassen, nur mit den Dienstboten als einziger Gesellschaft, und zu Linnaeus oder Humboldt hatte sie nicht gehen wollen. »Eine Gefährtin«, hatte er vorgeschlagen, »die bereit wäre, für ein bescheidenes Entgelt bei freier Kost und Logis mit in unserem Haus zu wohnen.«

Lavinia hatte sich für Alexandra entschieden, die sich bereitwillig zwei Zimmer im Obergeschoß zuteilen ließ. Als Linnaeus und Humboldt ihr in einer unerwarteten Geste der Großzügigkeit anboten, die Stiche, die sie für ein Entomologiebuch druckten, per Hand zu kolorieren, nahm Alexandra auch dies an und richtete sich häuslich ein. Nun war ihr nirgends mehr zu entkommen, manchmal folgte sie ihm sogar bis in die Repositur. Aber Lavinia tut sie gut, ermahnte er sich. Sie hatte eine wundervolle Art, Lavinia in ihre Arbeit einzubeziehen. Er holte tief Luft und machte sich auf den Weg zurück in den Salon.

An der Tür blieb er stehen und betrachtete seine Schwester, die mit gerunzelter Stirn konzentriert zwischen dem Originalgemälde über ihrem Schreibtisch und dem Stich, den sie mit Alexandras Hilfe kolorierte, hin und her schaute. So vertieft war sie nie gewesen, wenn sie ihm mit seinen Pflanzensamen half. Es waren Stiche von vier tropischen Käfern. Die Sonne schien auf die Pinsel, die Wassergläser und die Rüschenschürzen, die so dicht mit Gold und Rostbraun und Blau besprenkelt waren, daß es fast aussah, als wären die Käfer von den Stichen auf die Beine der Frauen übergesprungen. »Hat einer von euch meinen Scoresby gesehen?« fragte er.

»Ich habe oben darin gelesen«, sagte Alexandra. Sie tupfte ihren Pinsel auf das Blatt und hinterließ drei winzige goldene Punkte. »Ich wußte nicht, daß Sie ihn brauchen.«

Erasmus sagte, seine Torheit eingestehend: »Ich habe eigentlich keinen Platz mehr dafür.«

»Ich gehe ihn holen.« Als Alexandra ihren Pinsel hinlegte und sich auf den Weg machte, ließ Lavinia Tee kommen und beugte sich über den Tisch, auf dem Erasmus und Zeke ihre Papiere ausgebreitet hatten: viel zu nahe an Zekes Schulter, wie Erasmus fand. Als zöge der Duft seiner Haut sie an, als fehlte ihr das geistige Vermögen, der fast übertriebenen Schönheit zu widerstehen, nach der sich die Frauen auf der Straße umdrehten, und die andere Männer vor Neid erblassen ließ. Es schmerzte ihn, sehen zu müssen, wie ihre physische Sehnsucht sie verriet. Er fand sie entzückend mit ihren weit auseinander stehenden nußbraunen Augen und dem runden Kinn, auf dem jetzt ein charmanter blauer Farbfleck prangte. Doch er vermutete, daß sie in den Augen anderer – vielleicht sogar Zekes – kaum mehr als leidlich hübsch war. Sie schien sich dessen bewußt zu sein, wie sie sich ebenfalls bewußt war, daß sie bei den ernsten jungen Damen, die einmal im Monat zusammenkamen, um über Goethe und Swedenborg und Fourier zu diskutieren, eher wegen ihres Feingefühls als wegen ihres Scharfsinns geschätzt wurde. Die jungen Damen hatten nach und nach geheiratet und waren diesen Treffen ferngeblieben, bis nur noch sie und Alexandra übrig waren. Als er einmal seine Vorbehalte gegen Zeke zum Ausdruck gebracht hatte, hatte sie entgegnet: »Ich weiß, daß ich ihn mehr liebe, als er mich liebt. Das stört mich nicht.« Daraufhin war sie so heftig errötet, daß er sie am liebsten auf den Arm genommen und im Zimmer hin und her getragen hätte wie früher, wenn sie als kleines Kind Trost gebraucht hatte.

Während Lavinia mit dem Zeigefinger ihre geplante Route nachzeichnete, an den Inseln Nord Devon, Cornwallis und Beechey vorbei, wo man Franklins Winterlager gefunden hatte, und von dort aus in einem Bogen nach Süden an der Halbinsel Boothia und King-William-Land entlang, ging es Erasmus durch den Kopf, daß topographische Karten nur zwei Dinge zeigen, Wasser und Land. Jemand, der noch nie gereist war, konnte den Eindruck gewinnen, daß ihre Reise durch die Arktis eine einfache Sache wäre. Sich nach rechts oder links wenden, gen Norden oder Süden, an dieser Landspitze oder jener Bucht vorbei. Er und Zeke wußten es aus den Berichten ihrer Vorgänger besser. Eis, ob als feste Masse oder bewegliche Schollen, erschien und verschwand mit beständiger Unregelmäßigkeit; ein Meeresarm konnte in einem Jahr offen, im nächsten mit undurchdringlichem Eis verstopft sein. Lavinia, die von alledem nichts wußte, zeichnete die Route rückwärts nach und stellte zufrieden fest: »Es ist gar nicht so weit. Ihr werdet vor Oktober wieder da sein.«

»Das hoffe ich«, sagte Zeke. »Aber du darfst dir keine Sorgen machen, wenn wir bis dahin nicht zurück sind – viele Expeditionen müssen überwintern. Wir haben für volle achtzehn Monate Proviant an Bord, falls wir im Eis steckenbleiben.«

Während Lavinia noch auf die trügerische Karte starrte, kehrte Alexandra mit Erasmus' Buch zurück und stellte die Frage, die womöglich auch Lavinia bewegte: »Ich habe mich schon das ganze Frühjahr gefragt – wenn Sie diese Route nehmen, auf der Sie, wie Sie sagen, unweigerlich an die Stätten kommen, an denen es Spuren von Franklin und seinen Männern geben müßte, wie können Sie dann gleichzeitig nach einer offenen Passage im Polarmeer suchen? De Haven und Penny berichten, daß der Jones-Sund von einer Eisbarriere verschlossen war, als sie dort ankamen.« Sie strich sich ihre farbverschmierte Schürze glatt. »Ross mußte feststellen, daß die Barrow-Straße größtenteils zugefroren war und der Peel-Sund ebenfalls. Selbst wenn es Ihnen gelingt, weiter in das Gebiet vorzudringen, das Rae erkundet hat, liegt es doch südlich der großen Wasserstraßen, wie wollen Sie dann gleichzeitig nach Norden vorstoßen?«

Erasmus hob überrascht das Haupt. Seit Monaten quälte ihn das gleiche Problem, doch er hatte es immer wieder beiseite geschoben; Zeke hatte nach jenem Abend, an dem der jetzige Plan erstmals Gestalt angenommen hatte, nie wieder seinen Wunsch geäußert, ein offenes Polarmeer zu finden. Es war an Lavinias sechsundzwanzigstem Geburtstag gewesen, vorigen November; Alexandra hatte sich an jenem Abend ebenfalls unter den Gästen befunden, obwohl Erasmus kaum auf sie geachtet hatte. Er war voller Hoffnung gewesen, daß Lavinia nun endlich das bekommen sollte, wonach sie sich am meisten sehnte.

Er hatte keine Ausgaben gescheut, hatte die Fenster der Repositur mit frischem Grün geschmückt und Kerzen auf die Fensterbänke gestellt, den Seziertisch scheuern und mit steifem Leinen verhüllen lassen, damit heiße Brötchen, ein Prager Schinken, ein Truthahn und ein Lachs in Aspik darauf aufgebaut werden konnten. Lavinia hatte die ersten drei Männer, die sie umworben hatten, abgewiesen – zu langweilig, hatte ihr Urteil gelautet. Zu schwach, nicht klug genug. Während ihre Freundinnen heirateten und ihre ersten Kinder zur Welt brachten, hatte sie sich um Zeke bemüht und ihn schließlich irgendwie für sich gewonnen. Erasmus hatte während ihres langen Ringens erst um sie gebangt, sich dann für sie gefreut und anschließend wieder gebangt: Woran niemand anderer schuld war als er selbst. Zeke hatte um ihre Hand angehalten, ohne sich auf Einzelheiten festzulegen, und Erasmus hatte es nicht über sich gebracht, ihn zu drängen. Sein Vater hätte es besser gemacht, dachte er. Sein Vater hätte nicht zugelassen, daß Lavinia sich für eine unbestimmte Zeit band. Der Schaden war nicht mehr gutzumachen, aber Erasmus hatte insgeheim gehofft, daß Zeke die Feier zum Anlaß nehmen würde, einen Hochzeitstermin zu verkünden.

In dem schmeichelnden Licht der Kerzen wirkte Lavinia selbst wie eine Kerze, so strahlend in ihrem weißen, mit blauen Schleifen verzierten Seidenkleid. Sie erstarrte förmlich, als Zeke, gerade wie Erasmus gehofft hatte, die Gesellschaft um Ruhe bat und sagte: »Ich habe Ihnen etwas mitzuteilen!«

Erasmus hatte erleichtert aufgeseufzt und nicht gemerkt, daß Lavinia verstört wirkte. Zeke stützte sich mit einem Ellbogen auf eine Vitrine mit einem Paradiesvogel. »Sie haben alle die Nachricht vernommen, die John Rae Anfang des Monats verkündet hat«, sagte er. Er reckte das Kinn, warf sich in die Brust und fuhr mit einer Hand weit durch die Luft. »Ich zweifle nicht, daß Sie, das Schicksal der Franklinexpedition betreffend, die gleiche Trauer empfinden wie ich, aber auch die gleiche Erleichterung darüber, daß es endlich Neuigkeiten gibt, und seien sie noch so lückenhaft und möglicherweise mit Irrtümern behaftet.«

Er verbreitete sich weiter über das tragische Verschwinden Franklins und seiner Mannschaft, über die vielen Rettungsversuche, und erging sich in einer detaillierten Aufzählung der Dinge, die Rae entdeckt hatte – lauter alte Hüte für Erasmus, der sämtliche Zeitungsberichte verfolgt hatte. Seine Gäste lauschten mit dem Glas in der Hand, darunter etliche Frauen, die Zeke mit dem gleichen Interesse zugehört hätten, wenn er chinesische Anbauprodukte aufgezählt hätte; ganz gleich welchem Thema, glaubte Erasmus, sofern sie dadurch die Gelegenheit bekamen, ihn ungestraft anzuschauen. Doch seine Schwester war die Frau, die Zeke gewählt hatte. »Vielleicht sind Sie wie ich der Ansicht«, fuhr Zeke fort, »daß sich jetzt, da man den Unglücksort kennt, jemand auf die Suche nach möglichen Überlebenden machen sollte.«

An diesem Punkt machte einer der Gäste einen Schritt zur Seite, so daß Erasmus Lavinias Gesicht sehen konnte. Sie wirkte genauso verblüfft wie er.

»Es ist mir gelungen, die Unterstützung einer Reihe unserer führenden Kaufleute für ein solches Vorhaben zu gewinnen«, sagte Zeke. »Unser wackerer Dr. Kane hat in der falschen Gegend nach Franklin gesucht, und obwohl wir uns alle um ihn sorgen – und ich der erste wäre, der sich auf die Suche nach ihm machen würde, wenn nicht bereits eine Hilfsexpedition vor dem Abmarsch stände –, ist es an der Zeit, mehr zu unternehmen. Ich habe vor, im kommenden Frühjahr aufzubrechen, um in der Gegend südlich des Lancaster-Sunds nach Franklin zu suchen. Während meines Aufenthaltes dort will ich die Region erkunden und mich des weiteren bemühen, die Forschungen über die mögliche Existenz eines offenen Polarmeeres voranzutreiben.«

Die ganze Gesellschaft hatte ihn hochleben lassen. Erasmus hatte seinen Mund zu einem Lächeln verzogen und gehofft, daß ihm niemand die Überraschung anmerkte. Welche Kaufleute, wann, wie... wußten alle außer ihm längst Bescheid? Selbst Lavinia, die ihr Wissen vielleicht vor ihm verborgen hatte – doch nein, ihr Lächeln war genauso gezwungen wie seines. Zeke mußte seine Vorbereitungen heimlich getroffen und es sich zum Vergnügen gemacht haben, seinen Plan erst zu verkünden, als die Sache perfekt war.

Als die Gratulationen und die ersten aufgeregten Fragen danach, wohin Zekes Reise führen sollte, abebbten, ergriff Zeke Lavinias Hände. Sie strahlte, als wäre seine Ankündigung das ideale Geburtstagsgeschenk, und als einer der Gäste sich ans Klavier setzte und zu spielen begann, führten Zeke und sie den ersten Tanz an.

Erasmus ging nach draußen, um eine Zigarre zu rauchen und den Sturm in seinem Innern zu beruhigen. Wie er dasaß und dem in der stillen Nachtluft aufsteigenden Qualm nachsah, trat Zeke mit zwei Gläsern und einer Flasche hinzu. Jetzt sei es Zeit, Fragen zu stellen, dachte Erasmus. Väterliche Fragen, auch wenn ihm die Rolle noch fremd war: Was Zekes Vorhaben für die Verlobung bedeute, ob er Lavinia vor seinem Aufbruch heiraten werde – oder sie bis zu seiner Rückkehr von dem Eheversprechen entbinden wolle.

Zeke lehnte sich an eine der kannelierten Verandasäulen, schenkte ein und steckte sich ebenfalls eine Zigarre an. Erasmus setzte zum Sprechen an, und Zeke sagte: »Erasmus – du mußt mitkommen. Wann wirst du je wieder eine solche Chance bekommen?«

Erasmus verschluckte sich und hustete so, daß er sich krümmte. Ihm waren schon so viele Expeditionen entgangen – war dies diejenige, auf die er gewartet hatte? Selbst Elisha Kent Kane hatte ihn verschmäht und war mit einer Crew von Männern aus Philadelphia gesegelt, die jünger, aber keineswegs klüger waren als er. Vielleicht spürte Zeke seine Enttäuschung und das Maß seiner verletzten Eitelkeit.

»Du bist der ideale Mann für diese Reise«, sagte er. »Wo sollte ich sonst jemanden finden, der sich so gut mit der Naturgeschichte der arktischen Regionen auskennt? Oder der so vertraut ist mit den Beschwernissen einer solchen Reise?«

Die Vorstellung, im Dienste eines Mannes zu fahren, der so viel jünger war als er, war grotesk, doch er hatte den Eindruck, daß Zeke nicht einen Untergebenen suchte, sondern einen Partner. Gewiß würde Zeke ihn nicht um Hilfe angehen, wenn er ihn nicht als gleichrangig oder sogar als Autoritätsperson empfände? Erasmus sagte: »Nett von dir, an mich zu denken. Aber du hättest mich eher fragen können – ich habe Verpflichtungen hier und natürlich meine Arbeit ...«

Zeke sprang auf den Rasen hinunter. »Ja!« rief er, »natürlich ist es eine Zumutung. Ich wäre gar nicht darauf gekom-

men, dich zu fragen, wenn deine Arbeit nicht von so unschätz-
barem Wert wäre ... gerade darum bist du der richtige Mann.
Ich wollte dich nicht behelligen, bis ich die Finanzierung unter
Dach und Fach habe. Denk nur, was wir alles sehen werden!«

Irgendwo in den eisigen Gewässern saßen Franklin und seine Mannen mit der *Erebus* und der *Terror* womöglich noch
fest. Selbst wenn sie nicht zu finden waren, gab es eine Fülle
neuer Tier- und Pflanzenarten, ja neuer Länder zu entdecken.
Diesmal wäre er frei, dachte Erasmus, es würde keine lästige
Marinedisziplin geben, die seine Forschungsarbeit behinderte,
er würde Eindrücke vom Norden bekommen, die seine flüchtigen antarktischen Erlebnisse ergänzten, ja weit übertrafen; er
würde naturkundliche Entdeckungen machen, die sich unter
Umständen als außerordentlich bedeutend erwiesen. Seine
Gedanken wanderten zu seiner Schwester, die in ihrem weißen
Kleid, das sich im Gehen bauschte wie der Blütenstand einer
Katalpa, soeben auf die Veranda trat.

»Du solltest hineingehen«, sagte sie zu Zeke. »Alle Gäste
brennen darauf, mit dir zu reden.«

Er sprang die Stufen hinauf, und sie schob ihn in den Raum.
Dann drehte sie sich mit wogenden Röcken zu Erasmus um:
»Wirst du mitfahren?«

Sie hatte also gelauscht. Wieder einmal. Schon als kleines
Mädchen hatte sie gelauscht, als wäre es die einzige Methode,
sich über ihre Brüder auf dem laufenden zu halten.

»Bitte? Du mußt mit ihm fahren.«

Er hatte seine eigenen Gründe, dachte Erasmus. Zum Mitfahren oder Hierbleiben. »Hat er es vor dir geheimgehalten?«

»Es ging nicht anders, er sagt, er mußte erst ...«

»Gibt dir das nicht zu denken?«

»Als ob du mir je etwas erzählst«, sagte sie. »Woher nimmst
du das Recht, ihn zu kritisieren? Vor allem seit Vaters Tod.
Seitdem bläst du nur noch Trübsal und sortierst deine Samen
– glaubst du, mir ist entgangen, daß du oft bis elf im Bett liegst?
Weil Linnaeus und Humboldt dich in der Gravieranstalt nicht
brauchen. Weil du nach Sarah Louise nie wieder eine Frau
gefunden hast, die du liebst.«

35

Sarah Louise, dachte er. Immer noch hatte er bei dem bloßen Klang ihres Namens das Gefühl, einen Stein verschluckt zu haben. Ein dumpfer Schmerz, der ihn nie ganz verließ. Lavinia wußte das.

»Copernicus ist auch nicht verheiratet«, fuhr sie fort, »aber den sieht man nicht Trübsal blasen, der vertut sein Leben nicht wie ... Ich brauche dich.«

Er wurde von Schuldgefühlen und Zärtlichkeit gewürgt. Als sie Kinder waren, war er mit seinen Brüdern manchmal in den Wald gelaufen und erst viele Stunden später wiedergekommen, nur um Lavinia dann an einem Fenster vorzufinden, wo sie mit einem ungeöffneten Buch auf dem Schoß wartete. Er war derjenige gewesen, zu dem sie aufblickte, derjenige, der ihr die Schuhe zugebunden und ihr das Lesen beigebracht hatte. Manchmal, wenn die anderen Jungen nicht da waren und ihm bewußt wurde, daß ihre Geburt nicht nur ihn die Mutter gekostet hatte, sondern daß sie überhaupt nie eine Mutter gehabt hatte, waren sie einander sehr nahegekommen. Doch immer waren die Brüder bald hereingetollt, und er hatte sie wieder verlassen. Hin und her, der Älteste und die Jüngste. Er hatte sie oft genug im Stich gelassen.

Sie zog ihn hinein, in eine Ecke hinter einer Vitrine voll ausgestopfter Finken. »Er ist der Mann, den ich liebe«, sagte sie heftig. »Verstehst du das? Weißt du noch, wie das ist? Was ist, wenn ihm etwas zustößt? Du mußt an meiner Stelle auf ihn aufpassen.«

»Lavinia«, sagte er. Ihre Hände preßten sich in seinen linken Arm. Als Zeke einmal das Schiffsunglück geschildert hatte, durch das er zum Lokalhelden geworden war, hatte Erasmus sie hinterher weinend im Garten gefunden. Nicht aus nachträglicher Furcht um Zeke, nicht aus Hysterie – sondern, wie sie ihm mühselig erklärt hatte, vor Sehnsucht. Vor grenzenlosem Sehnen nach Zeke. Als er versucht hatte, sie daran zu erinnern, daß Zeke neben seinen Tugenden auch Fehler besäße, war ihre Antwort gewesen: »Das weiß ich, natürlich weiß ich das. Aber das ändert nichts. Entscheidend ist, was ich empfinde, wenn er meine Hand berührt oder wenn wir tanzen und ich die Haut an seinem Hals rieche.« Die Gewalt ihrer Gefühle hatte ihn peinlich berührt.

»Du weißt, es bedeutet, daß du noch länger warten mußt«, sagte er. »Hat er einen Termin genannt?« Seine Schuld, dachte er abermals. Warum hatte er Zeke nicht selbst gefragt?

»Nicht direkt. Aber nach seiner Rückkehr wird er zur Ruhe kommen wollen, das weiß ich.«

Natürlich wollte er, daß sie Zeke heiratete, nicht nur, um seine Verpflichtungen abzugeben, sondern auch, weil er sie glücklich sehen wollte. Oder? Sie hatte sich erst um ihren Vater gekümmert, dann um ihn. »Bist du dir seiner Gefühle für dich sicher?«

»Er liebt mich«, entgegnete sie leidenschaftlich. »Auf seine Art – das weiß ich gewiß.«

An diesem Punkt hatte er entsetzliche Kopfschmerzen bekommen, so daß der Rest des Festes wie in einem Nebel verschwamm. Und obwohl ihm bis heute nicht klar war, was ihn dazu bewogen hatte, war er hier an diesem Tisch gelandet und bei Alexandras gezielten Fragen; und es war eine Tatsache, daß er in zwei Tagen in Gesellschaft eines jungen Mannes gen Norden segeln würde, den er seit vielen Jahren kannte, ohne daß er sich allerdings vorstellen konnte, von ihm Befehle entgegenzunehmen.

Eines der Hausmädchen brachte den Tee: Agnes? Ellen? Für die Dienstboten war Lavinia zuständig; solange die Mahlzeiten rechtzeitig auf den Tisch kamen, nahm Erasmus keine Notiz davon, wer die Arbeit erledigte. Er glaubte, daß sie es nicht merkten, obwohl Lavinia ihm bisweilen Vorhaltungen machte, und er einmal sogar mit angehört hatte, wie das Küchenpersonal sich über den »Samenheini« unterhielt und in unbändiges Gelächter ausbrach. Jetzt wich er dem Blick des jungen Mädchens mit dem Tablett aus und holte Luft, gespannt darauf, was Zeke zum offenen Polarmeer sagen würde.

»Sie lesen viel«, sagte Zeke zu Alexandra. Falls er überrascht war, daß sie seine Bemerkung von dem Fest im Kopf behalten hatte, ließ er sich nichts anmerken. »Das ist mir aufgefallen. Daher wissen Sie sicher, daß es Gegenden gibt, in denen einige Wasserstraßen Jahr um Jahr den ganzen Winter offen sind und zwar jeweils an den gleichen Stellen. Die Russen nennen sie Polynyas. Inglefield fand im Smith-Sund offenes Wasser vor. Man hat in Kanada Vögel gesehen, die nach Norden ziehen. Unter der Oberfläche fließt eine warme Strömung nordwärts, das haben bereits mehrere Forscher beobachtet – angenommen, sie führte jenseits des Eisriegels in ein gemäßigtes, eisfreies Meer, das den Nordpol umgibt?«

»Gut, angenommen«, sagte Alexandra. Ihre rechte Hand vollführte einen Bogen in der Luft, als hielte sie noch immer einen Pinsel.

»Auch Dr. Kane hat bei seinem Aufbruch gesagt, er wolle, soweit möglich, nach Zeichen suchen, die auf dieses Phänomen deuten«, fuhr Zeke fort. »Auch von daher ist mein Wunsch also nicht abwegig.«

Wie oft hatte Erasmus seit dem Fest in den Kontoren reicher Männer gesessen, während Zeke ihren Plan für die Suche nach Franklin vortrug. In der Kajüte der *Narwhal* hing ein Porträt Franklins in Galauniform – Franklin, Franklin, hatte Zeke gesagt, wenn er die Männer um Geld anging. Daß er sich auf diesen Aspekt der Reise konzentrierte, war einleuchtend – wie stolz die Kaufleute waren, einen Beitrag zu einem so guten Zweck zu leisten! Sie sahen, dachte Erasmus, in Zeke einen jungen Mann, dem alles gelingen konnte. Den Mann, der sie selbst gern gewesen wären, den Mann, als den sie ihre Söhne gern gesehen hätten. Andere Expeditionen mochten gescheitert sein, doch Zeke würde erfolgreich sein.

»Es ist eine Theorie«, sagte Zeke gerade zu Alexandra. »Eine interessante Theorie. In der Arktis ist weder vorherzusagen, wie weit man im Eis vordringen kann, noch mit welcher Geschwindigkeit, und längst nicht immer in welche Richtung. Mein Plan ist, dieser Route zu folgen und nach Franklin zu suchen. Doch sollten die Bedingungen unerwartet günstig sein – sollte beispielsweise eine der nördlichen Wasserstraßen offen sein –, werden wir möglicherweise die Gelegenheit ergreifen, sie zu erforschen.«

»Möglicherweise«, sagte Alexandra. »Daher haben Sie für achtzehn Monate Proviant eingelagert?«

»Sicherheitshalber«, erwiderte Zeke. Er strich sich über die Augenbrauen, um die borstigen goldenen Büschel zu glätten, vielleicht in dem Bewußtsein, daß Lavinia die Geste aufmerksam verfolgte. Vielleicht aber auch, dachte Erasmus, ein wenig ärgerlich, daß Alexandra nicht hinsah. Sie war eine durch und durch vernünftige Person und schien gegen Zekes Charme immun.

Lavinia riß ihren Blick von Zekes Hand los und sagte: »Ich sehe auf den Karten keinen Punkt, an dem ihr euch nach Norden wenden könntet.«

»Nur wenn er dazu gezwungen wäre«, erwiderte Alexandra. »Nachdem er so viel Geld für die Suche nach Franklin beschafft hat, wäre es doch nicht rechtens, bewußt in eine andere Richtung zu fahren.«

Zeke sah sie unverwandt an, und sie schaute genauso unverwandt zurück.

»Die Karten sagen uns nie alles, was wir wissen wollen«, sagte er und fügte an Lavinia gewandt hinzu: »Das ist einer der Gründe für unsere Reise.«

Später wurde Erasmus klar, daß ihm, sosehr er auch auf Zekes Gesten und die Reaktionen der beiden Frauen geachtet hatte, dennoch einiges entgangen war. Die Sonne ging unter, man machte Licht, und sie aßen köstlichen Schokoladenkuchen; die Karten verlockten ihn zum Träumen von Ruhm. Vom eigenen Ruhm, von den eigenen Sehnsüchten. Vielleicht würden sie Überlebende von Franklins Expedition finden, oder falls nicht, zumindest bessere Belege für das, was geschehen war, als Raes entmutigenden Bericht. Und mit ein wenig Glück würden sie auch anderes finden: allerlei unbekannte Exemplare, nicht nur von Pflanzen, von auch Algen, Fischen, Vögeln – er würde ein Buch schreiben. Er würde seine Funde skizzieren und beschreiben; er hatte Talent, nach der Natur zu zeichnen und die charakteristischen Merkmale herauszuholen, wie es nur geübten Beobachtern gelang. Copernicus, der so gut mit Farben und Licht umgehen konnte, könnte nach seinen Zeichnungen Bilder malen, Linnaeus und Humboldt würden die Stiche anfertigen. In gemeinsamer Arbeit würde ein schönes Werk entstehen. Jahrelang hatte er sich vor dem Hintergrund seiner Enttäuschungen vorgemacht, er hätte keinen Ehrgeiz – doch er war ehrgeizig, durchaus. Und es war ein unfaßliches Glück, an dieser Reise teilnehmen zu können. Ein Sturm der Erregung trübte ihm den Blick.

»Und Sie, Erasmus«, sagte Alexandra. »Was halten Sie von alledem?«

»Im Polargebiet muß man flexibel sein,« antwortete er, »das stimmt. Man muß die Gelegenheiten nutzen, wie sie sich bieten.«

Er sah auf das Buch hinunter, das sie ihm überlassen hatte. Er würde es doch mitnehmen. Dieses eine Büchlein konnte man doch wohl noch unterbringen? »Zeke und ich werden schauen, was wir finden, und uns entsprechend entscheiden.«

In jener Nacht schrieb Alexandra in ihr Tagebuch:

*Es liegt nicht an Lavinia, daß ihre Brüder sie unterschätzen. Ich weiß, daß sie anders sein wird, sobald die Männer weg und wir unter uns sind; in Zekes Gegenwart versagt ihr Verstand. Ich freue mich darauf, ungezwungen mit ihr allein zu sein. Dieses Haus ist so schön, so geräumig – was würden wohl meine Eltern denken, wenn sie mich in den beiden herrlichen Zimmern sähen, die ich jetzt mein eigen nenne? Aus dem Fenster über meinem Bett schaue ich auf eine Gruppe von Zwergbäumen. Meine Bettwäsche wird einmal die Woche gewechselt, und nicht von mir, sondern von einem dienstbaren Geist. Und das Malen gefällt mir sehr, es ist so viel befriedigender als Näharbeit. So viel besser bezahlt. Unter dem Futter meines Nähkörbchens steckt schon eine stattliche Summe Geldes. Bald werde ich mir ein paar eigene Bücher kaufen können, fast eine Verschwendung, wo ich doch die Regale in der Repositur durchstöbern kann, wenn die Männer erst fort sind ... Ich kann es kaum erwarten, sie in See stechen zu sehen. Wie gern würde ich mir den Luxus erlauben, dort draußen schlafen zu können, wie Erasmus.*

*Ob ihm wohl bewußt ist, daß er immer mit dem Fuß wippt,*

*wenn Zeke spricht? Ich frage mich, wie Erasmus wohl als klei-*
*ner Junge war. Bevor er so erstarrt ist; als er das Kinn noch*
*nicht so tief im Kragen vergrub und mit der rechten Hand die*
*linke so heftig knetete, daß man fürchtet, er könne sich die*
*Knochen brechen. Lavinia sagt, als sie ein Mädchen war, hat*
*er Käfer und Nachtfalter geliebt und Späße mit den Gouver-*
*nanten getrieben, die nacheinander für ihre Erziehung zustän-*
*dig waren. Mit ist es unvorstellbar, daß er mit jemandem Späße*
*treibt.*

Die *Narwhal* lief am 28. Mai aus. Bis zur letzten Minute
herrschte ein solcher Trubel, daß es Erasmus schien, als wäre
alles wirklich Wichtige noch unerledigt und als hätte er nichts
von dem gesagt, was er hatte sagen wollen. Er und Zeke standen in ihren neuen grauen Uniformen an Deck und winkten
mit ihren Taschentüchern. Über ihnen flatterte das Banner der
Toxophiliten im Wind, dehnte sich klatschend in die Länge,
fiel in sich zusammen, dehnte sich klatschend wieder aus. Seeschwalben hingen bewegungslos in den hohen Luftströmun-
gen, und Erasmus hatte das Gefühl, als hinge er ebenfalls zwischen zwei Welten.

Die Angehörigen der Crewmitglieder standen in Grüppchen
dicht am Ufer, hinter ihnen die jubelnden Toxies in ihren grünen Uniformen. Zekes und Erasmus' Verwandte und Freunde
standen in getrennten Häuflein über den Kai verstreut. Der
Wind, der über den Fluß fegte, bauschte ihre Kleider zu großen
bunten Flecken auf. Alexandra hatte ihre ganze Familie mitgebracht – ihre Schwestern Emily und Jane, ihren Bruder Browning sowie dessen Frau und ihren kleinen Sohn. Sie standen so
dicht zusammengedrängt, als könnten sie sich nicht einmal hier,
im Freien, aus der Beengtheit des winzigen Hauses lösen, das
sie seit dem Tod ihrer Eltern bewohnten. Sie waren klein,
adrett, und wirkten doch irgendwie streitbar; sie waren Abolitionisten, ernsthafte junge Leute. Wiewohl in den Farben der
Spatzen und Tauben gekleidet, ähnelten sie doch eher einer
Sägekauz-Familie, dachte Erasmus. Browning hielt eine Bibel
in den Händen.

Später berichtete Alexandra in ihrem Tagebuch von der Auseinandersetzung, die sie mit Browning über die von ihm verlesenen Verse gehabt hatte. Später fertigte sie eine Skizze von Erasmus an, wie er während dieser letzten Minuten seine lange, schmale Nase in den Wind hielt und nervös ein Stag umklammerte, die ergrauenden Locken unter einer Mütze, mit der er seltsam jungenhaft wirkte. Doch jetzt stand sie nur schweigend da und beobachtete ihn dabei, wie er seinerseits alle anderen beobachtete. Im öligen Wasser wirbelten und tanzten Hobelspäne rund um die Pfähle.

Zur Linken von Alexandra und ihrer Familie stand eine Gruppe Angestellter aus der Gravieranstalt mit einigen Vertretern der Voorhees'schen Postschifflinie; wiederum ein Stück weiter Linnaeus und Humboldt, drall und glänzend wie Biber, und – bei beiden eingehakt – Lavinia, die, in wirbelnden Blau- und Grüntönen übertrieben herausgeputzt, wie eine Forelle in der Sonne schimmerte. Ganz vorne am Kai stand, wie es sich wegen ihrer Rolle bei der Ausrichtung der Expedition geziemte, Zekes Familie. Sein Vater weltmännisch und stolz, mit schweren Augenbrauen und einem noch vollen rötlichen Haarschopf, den der Wind zerzauste, daß die luchsartigen Haarbüschel in seinen Ohren zum Vorschein kamen. Die Mutter, einer verstorbenen Tante zu Ehren in Schwarz gehüllt, weinte. Kein Wunder, dachte Erasmus, sie war berühmt dafür, wie sie ihren einzigen Sohn verzärtelte. Zu ihren beiden Seiten standen Zekes Schwestern Violet und Laurel, schön gekleidet, augenscheinlich voller Verachtung für die ihnen angetrauten Kaufmänner, die nicht mit auf die Reise nach Norden gingen.

Alles winkte, zwischen Kai und Schiff wurde die Wasserfläche breiter, und die vom Piccolospieler der Toxies geflötete Melodie zerstob im Wind, bis sich die zerrissenen Töne mit den Rufen der Möwen vermischten. *Hinter den Bergen und jenseits des Nordnordostwinds*, hatte Erasmus' Vater ihm einst vorgelesen, *hinter der dunklen Höhle, wo der Frost entsteht, lebt ein Stamm, die Hyperboreer genannt. Dort sollen sich die Angeln des Weltalls und die äußeren Grenzen der Gestirnbahnen befinden. Zwietracht und jeglicher Kummer sind hier unbekannt.* Die Gestalten am Kai wurden kleiner. Alle, die Erasmus jemals geliebt hatten, abgesehen von den Toten, alle die vielleicht stolz auf ihn waren, seinen Mut bewunderten oder sich um sein Schicksal sorgten. Die Gesichter verblaßten und waren bald nicht mehr zu sehen.

## 2. Jenseits der Höhle, wo der Frost entsteht
### (Juni – Juli 1855)

*Von den unbelebten Erzeugnissen Grönlands vermag wohl keines bei Fremden soviel Interesse und Erstaunen zu erregen wie die überwältigende Masse und Mannigfaltigkeit des Eises. Die gewaltigen Kolosse, bekannt als* Eisinseln, schwimmende Berge *oder* Eisberge, *welche in der Davis-Straße häufig sind und auch bei uns gelegentlich vorkommen, sind, was ihre Höhe, die Verschiedenheit ihrer Formen und ihren Tiefgang im Wasser betrifft, dazu angetan, beim Betrachter Bewunderung hervorzu-*

rufen; doch die Eisfelder, deren Vorkommen sich eher auf Grönland beschränkt, sind nicht weniger erstaunlich. Ihre geringe Höhe wird durch ihre bemerkenswerte Ausdehnung mehr als wettgemacht. Man hat bereits Felder von bis zu hundert Meilen Länge und über fünfzig Meilen Breite gesichtet; wobei jedes aus einer geschlossenen Eismasse besteht, deren Oberfläche bis zu drei Ellen über dem Wasser aufragt und deren Sockel in einer Tiefe von beinahe zehn Ellen unter der Wasseroberfläche schwimmt.

Das Eis an sich trägt eine Vielfalt von Bezeichnungen, wobei es nach Größe oder Zahl der Stücke, Aggregationsform, Dicke, Durchsichtigkeit etc. unterschieden wird. Ich werde die unter den Walfängern üblichen Bezeichnungen kaum besser erklären können, als dadurch, daß ich das Zerbrechen eines Feldes zum Ausgang nehme. Auch die dicksten und stärksten Felder vermögen keinem schweren Wellengang standzuhalten; vielmehr reißen diese, ihrer größeren Starrheit wegen, weitaus leichter auseinander als das dünnere Eis, das eine größere Elastizität besitzt. Wenn ein Feld mit der Strömung südwärts treibt und, von dem losen Eis verlassen, der Macht einer hohen Dünung ausgesetzt wird, zerbricht es sogleich in unzählige Stücke, von denen nur wenige mehr als vierzig bis fünfzig Ellen Durchmesser besitzen. Eine solche Anzahl dicht an dicht treibender Stücke, deren Ausmaß von der Mastspitze eines Schiffes nicht zu übersehen ist, wird Packeis geheißen.

Wenn die Ansammlung der zerbrochenen Stücke zu überblicken ist, wenn sie kreisförmig oder polygonal angeordnet ist, spricht man von einem Floß; wenn sie eine längliche Form besitzt, ganz gleich wie schmal sie ist, vorausgesetzt die Bruchstücke bilden eine zusammenhängende Masse, spricht man von einem Strom. Bruchstücke von sehr großer Ausdehnung, die jedoch kleiner sind als Felder, werden Schollen oder Fladen geheißen; so läßt sich also, was die Ausmaße und die äußere Form betrifft, ein Feld mit Packeis gleichsetzen und die Scholle oder der Fladen mit einem Floß im mittleren Pack. Kleine Stücke, die herausbrechen und durch

Verschleiß von der größeren Masse getrennt werden, heißen Brucheis und können sich zu Strömen oder Flößen vereinigen. Eis gilt als lose oder offen, wenn die Stücke so weit voneinander getrennt sind, daß ein Schiff sich frei zwischen ihnen bewegen kann; bei einem solchen Zustand spricht man auch von Treibeis. Ein Preßeishügel oder Hummock ist ein Wall, welcher sich über einer Eisebene erhebt. Er entsteht zumeist durch Druck, wobei ein Stück gegen ein anderes gequetscht wird, sich schräg verkantet und in dieser Position festfriert. Preßeishügel können auch entstehen, indem Eisscheiben sich gegenseitig zermalmen und die Trümmer sich auf einer oder beiden ablagern. Den Preßeishügeln verdankt das Eis seine Fülle phantastischer Formen und seine abenteuerliche Erscheinung. Sie sind häufig in schwerem Packeis und an den Rändern von Eisfeldern und Fladen zu sehen und kommen inmitten von letzteren gelegentlich vor. Sie erreichen häufig eine Höhe von fünfzehn Ellen aufwärts. [...]

Der Begriff Zunge bezeichnet eine Ausbuchtung oder Krümmung am Rand einer beliebigen großen Fläche oder Masse aus Eis. An diesen Zungen geraten Schiffe bei umschlagendem Wind oft in eine Falle, dergestalt, daß es in der entstandenen Enge unmöglich wird, das Schiff durch Kreuzen an dem Eis vorbei zu lavieren; dieses hat schon in manchem Fall zum Verlust des Schiffes geführt.

WILLIAM SCORESBY, Das Eis der Arktis (1815)

*N*och bevor die *Narwhal* das offene Meer erreicht hatte, hing Zeke würgend über der Reling und erbrach sich. Er hatte, wie sich Erasmus erinnerte, erwähnt, daß er auf den Schiffen seines Vaters seekrank gewesen war – aber dies war kein kurzer Anfall von ein paar Stunden, von dem er sich über Nacht erholt hätte. Er erbrach sich unablässig und war bleich und sprachlos vor Kopfschmerzen. Während sie an New York vorbeisegelten und das Schiff überholten, das zur Suche nach Dr. Kane aufgebrochen war, wurde jedes Hochgefühl, das Erasmus hätte empfinden können, von seiner Sorge um Zeke erstickt.

»Warum hast du mich nicht gewarnt?« fragte er. Um ihn herum stand abwartend die Crew und beobachtete geringschätzig, wie Zeke noch auf die kleinste Dünung reagierte.

»Ich dachte, diesmal wäre es anders«, flüsterte Zeke.

Über Zekes Unehrlichkeit sinnierend, fiel Erasmus ein lang vergessenes Bild ein. Ein blasser, zarter, flachshaariger Junge in einem tiefen, mit Kissen ausgepolsterten Sessel, der stapelweise naturgeschichtliche Bücher und Tagebücher von Forschungsreisenden las – das war Zeke gewesen, mit dreizehn oder vierzehn Jahren.

Während der Geschäftsreisen von Mr. Voorhees war Erasmus' Vater Zeke eine Art Onkel gewesen: als Ausgleich zu einem Haus voller Frauen. Als Zeke nach einem Typhusanfall ein Jahr das Bett hüten mußte, hatte er ihm ganze Arme voller Bücher gebracht und ihn später gern bei sich in der Repositur empfangen. Erasmus, der damals gerade erst von der Forschungsexpedition zurückgekehrt war, hatte kaum bemerkt, daß er für Zeke eine Art Held war. Aber nach der Lektüre der Tagebücher von Franklins erster Reise hatte er Zeke zu seinem

Vater sagen hören: »So möchte ich leben, Mr. Wells – wie Franklin und seine Männer, wie Erasmus. Ich will die Welt erforschen. Wie kann ein Mensch Leben und Tod ertragen, ohne etwas Bemerkenswertes zu vollbringen?«

Erasmus hatte diese Worte als jungenhafte Phantasien abgetan und gleichmütig mitangesehen, wie Zeke in das Familiengeschäft der Voorhees eingeschleust wurde. Er arbeitete im Lager, saß im Büro, reiste auf den Schiffen der Postschifflinie, beschwerte sich, keine Zeit für eigene Studien zu haben, und verhielt sich doch wie die rechte Hand seines Vaters. Dann wurde sein Schiff von einem Blitz getroffen, es brannte bis aufs Wasser herunter, und einige Männer kamen um. Die Flammen schossen hoch in den Nachthimmel, Spiere flogen durch die Luft, die Verlorenen schrien. Zeke hatte 26 Passagiere gerettet, indem er sie zu den schwimmenden Trümmern geleitet und ihnen Mut zugesprochen hatte, bis sie herausgefischt wurden. Seine Beschreibungen des Vorfalls, glaubte Erasmus, hatten Lavinias Liebe geweckt. Von da an hatte Mr. Voorhees ihm, gleichsam als Belohnung, auf jeder Reise eine gewisse Zeit für seine Forschung eingeräumt.

Erasmus hatte diese Forschungsarbeit für ein bloßes Hobby gehalten und erwartet, Zeke werde es sich zum Ziel machen, Kapitän eines Handelsschiffes zu werden. Doch Zeke las weiter, plante, machte Notizen und träumte von allen unbemerkt von einem Vorhaben, mit dem er in die Geschichte eingehen würde. Bis er sie auf Lavinias Geburtstagsfeier schließlich alle überrascht hatte.

»Als ich damals im Wasser trieb«, hatte er Erasmus einst erzählt, »und leicht hätte sterben können, begriff ich, daß ich nicht sterben würde. Ich war nicht kränklich, sondern sehr stark; ich konnte in einer Notsituation einen klaren Kopf behalten. Ich war dazu bestimmt – ich bin dazu bestimmt –, etwas Außerordentliches zu vollbringen. Es sind schon Männer berühmt geworden, weil sie ein Fachgebiet gemeistert haben, dessen Bedeutung von ihren Zeitgenossen noch nicht erkannt worden war. Und ich habe die Literatur über die Erforschung der Arktis gemeistert.«

In den ersten zehn Tagen der Reise nützte Zeke diese Meisterschaft wenig. Er verbrachte sie im Bett, blaß wie eine Flunder, und ließ die merkwürdig großen Hände mit den kurzen, stumpfen Fingern schlaff über den Rand seiner Koje hängen. Eingedenk seines Versprechens an seine Schwester und seines früheren Fehlurteils über Zeke sorgte Erasmus für ihn, so gut er konnte. Unangenehme Arbeit, dennoch konnten die Sorgen seiner großen Freude, wieder auf See zu sein, nichts anhaben. Der Wind riß die Wolken in Fetzen, zerriß sein altes, fades Leben. Er schrieb in sein Tagebuch:

*Wie konnte ich nur vergessen, wie es ist? Dreizehn Jahre ist es her, daß ich zuletzt auf einem Schiff war, vom Klatschen der Fallen gegen die Masten aufgewacht bin und vom Wasser, das am Schiffsrumpf vorbeirauscht; und jeden Tag das Gefühl, daß die Zeit so voll und weit vor mir liegt wie der Ozean. Ich denke an Dinge, die ich jahrelang vergessen hatte. Rein äußerlich ist vieles ganz ähnlich wie auf meiner letzten Fahrt: Wachablösung, das Glasen der Schiffsglocke, die Abfolge der Mahlzeiten und Dienste. Und doch ist vieles anders. Keine Militärs, keine militärische Disziplin, nur unsere kleine Schar im Einsatz für eine gemeinsame Sache. Und ich habe alle Zeit der Welt, nachts an Deck zu stehen und dem Tanz der Sterne zuzuschauen.*

Regen, vier Tage hintereinander. Erasmus hielt sich in dieser Zeit meist unten in der Kajüte auf, ganz vernarrt in sein neues Heim. In dem engen Raum zwischen der Schott, die Kajüte und Vorderkastell trennte, und den Geräteborden rund um die Stufenleiter zum Deck stand dicht an dicht die gesamte Einrichtung: Klapptisch und Holzschemel, Spinde, Hängelampe und Herd sowie an den Längsseiten sechs Kojen, jeweils drei übereinander. Mr. Tagliabeau, Captain Tyler und Mr. Francis besetzten die Steuerbordbetten. Auf der Backbordseite hatte Dr. Boerhaave die untere, Zeke die mittlere und Erasmus die oberste Koje, die er mit gummiertem Stoff ausgekleidet und abgeteilt hatte. Ratten, die nachts aus dem Laderaum heraufschlichen, konnten die Offiziere wie Käselaibe auf ihren Regalen liegen sehen, während die einfache Crew auf der anderen Seite der Schott in ihren geknüpften Hängematten hin- und herschaukelte.

Doch die körperliche Unbequemlichkeit machte ihm nicht zu schaffen. Bei geschlossenen Vorhängen konnte Erasmus fast so tun, als wäre er allein, konnte er fast vergessen, daß Zeke nur wenige Zentimeter unter ihm lag, Mr. Tagliabeau nur wenige Meter entfernt auf der anderen Seite. Auf zwei Holzborden standen seine Bücher, sein Tagebuch, eine Leselampe, seine Federhalter und Zeichengeräte. Kompaß, Taschensextant und Uhr hingen an eigens dafür eingeschlagenen Haken; Gewehr, Wasserflasche und Tabaksbeutel an anderen. Ordnung, traute Ordnung. Alles unter Kontrolle, in einem Raum, der kaum größer war als ein Sarg und doch warm und trocken und hell. Als am vierten Tag der Regen nachließ, las und schrieb er dort in bester Stimmung, bis er hörte, wie Zeke sich übergab.

Zeke, der vor lauter Auszehrung phantasierte, jammerte und rief nach seiner Mutter und manchmal nach Lavinia. In seinen Augen war noch deutlich der Junge im Krankenstuhl zu erkennen, obwohl er bereits unmißverständlich deutlich gemacht hatte, daß jeder, der ihm zu Hilfe kam, seinen Unmut erregte. Erasmus zog seinen Vorhang zurück, holte eine saubere Schüssel und verschaffte Zeke Linderung, indem er ihm mit einem feuchten Tuch das Gesicht kühlte. Vielleicht hatte er Glück, dachte er, und Zeke würde sich später nicht mehr an diesen Tag erinnern oder ihm seine guten Werke nicht zum Vorwurf machen. Als Dr. Boerhaave, der ihm noch fremd war, sagte: »Lassen Sie mich sehen, was ich tun kann«, und seine Apotheke öffnete, überließ Erasmus Zeke den Händen des Arztes und ging hinaus an die Luft. Flache Dünung, eine frische Brise, vom Regen gewaschene, noch tropfende Segel, die Wolken auseinanderstiebend wie gekämmte Wolle. Und unter dem Himmel das Deck voller Männer, die Werg zupften. Wer war nun Isaac, wer Ivan? Erasmus hatte einen Vorsatz gefaßt, nachdem er gesehen hatte, mit welcher Leichtigkeit Alexandra die Bediensteten auseinanderhielt, deren Namen er immer wieder vergaß. Auf der *Narwhal*, hatte er sich geschworen, würde er allen Beachtung schenken, nicht nur den Offizieren.

Das war Robert, dachte er, der auf dem zusammengerollten Tau. Der Mann neben der klobigen Gangspill war Sean. Und in der Kombüse wirkte Ned Kynd, der beim Kochen aussah, als vollführte er einen Tanz. Ein Blick auf die köchelnden Möhren, einmal das Hühnerfrikassee gerührt, dann rasch den Brötchenteig auf einem bemehlten Brett durchgeknetet.

Erasmus tauchte einen Löffel in den Schmortopf und probierte die Sauce. »Köstlich«, sagte er und dachte frohgemut an die lebenden Hühner, die sie in einem Verschlag an Deck hielten. Frischfleisch für mehrere Wochen; er wußte, anders als Zeke und vielleicht sogar Ned, wie sehr sie das noch zu schätzen lernen würden. »Du machst deine Sache gut.«

»Es macht mir Freude«, erwiderte Ned. »Es ist schön, so eine ordentliche Küche zu haben. Und dann das Meer – ist es nicht herrlich?«

»Ja«, stimmte Erasmus ihm zu. Sie unterhielten sich kurz über Speisefolgen und den Stand ihrer Vorräte, dann über Neds Schlafplatz, den er für gut befand. Ned war nie krank, stets fröhlich und prompt zur Stelle, und er schien sich an Bord zu Hause zu fühlen. Er hatte bereits das bei den Matrosen beliebte bunte Halstuch übernommen und ließ sich einen scheckigen Bart stehen. Nach ein paar Minuten Geplauder über das Wetter und einem kurzen, angenehmen Schweigen fragte Ned: »Darf ich Sie etwas fragen?«

»Natürlich.« Erasmus betete, daß es nichts mit Zeke zu tun hatte.

»Könnten Sie mir etwas über diesen Franklin erzählen, den wir suchen? Wer ist er?«

Erasmus starrte ihn an, ein Stück Möhre im Mund. »Hat Commander Voorhees dir das nicht erklärt, als er dich angeheuert hat?«

Ned schnitt Brötchen von der Teigrolle. »Daß Franklin verschollen ist«, sagte er. »Daß wir ihn suchen wollen... aber nicht viel mehr.«

Wo war Ned die letzten Jahre gewesen? Während dieser die

Brötchen auf ein Blech verteilte, lehnte sich Erasmus an das Wasserfaß und versuchte, die Geschichte zusammenzufassen, die damals alle Welt mit Spannung verfolgt hatte.

»Sir John Franklin war – ist – Engländer«, sagte er. »Ein berühmter Forschungsreisender, der vor dieser letzten bereits drei Polarfahrten unternommen hatte.«

Das Huhn köchelte, während Erasmus erläuterte, wie Franklin mit über hundert der besten Männer der britischen Marine aufgebrochen war. Er hatte die alten Schiffe von James Ross übernommen, die *Erebus* und die *Terror,* nachdem sie überholt und mit Heißwasserzentralheizung und eigens entwickelten Schiffsschrauben ausgestattet worden waren. Mit schwarzem Rumpf und weißen Masten, verproviantiert für drei Jahre, hatten die Schiffe England im Frühjahr 1845 verlassen. Auf jedem Schiff befanden sich eine Bibliothek von rund zwölfhundert Bänden und eine Drehorgel, die fünfzig Melodien spielte. Das Wetter war in jenem Sommer bemerkenswert schön, und man hoffte allgemein auf ein rasches Vorankommen. Gegen Ende Juli desselben Jahres wurden sie von einem Walfänger gesehen, als sie an einem Eisberg an der Mündung des Lancaster-Sunds vor Anker lagen; danach waren sie verschwunden.

»Verschwunden?« wiederholte Ned. Seine Hände schnitten Schweineschmalz in Mehl für einen Mürbeteig.

»Wie vom Erdboden verschluckt«, antwortete Erasmus. Diesen Teil der Geschichte kannte doch jeder, dachte er: nicht nur er und Zeke, sondern auch Lavinia und alle ihre Freundinnen, selbst sein Koch und sein Stallbursche. »Wie konnte dir das entgehen?«

»Wir hatten eine Hungersnot in Irland«, entgegnete Ned scharf. »Wie konnte Ihnen das entgehen? Ich hatte andere Sorgen.«

Die beiden Ereignisse traten in einen zeitlichen Zusammenhang. Ned, ging Erasmus auf, mußte zu der großen Welle von Auswanderern gehört haben, die vor der Hungersnot aus Irland geflohen waren. Er war noch fast ein Kind, er hätte beinahe sein Sohn sein können. »Verzeih mir«, sagte er. Er wußte nichts von Neds Vergangenheit, ebensowenig wie vom Leben seiner Bediensteten zu Hause. »Das war dumm von mir.« Natürlich hatten die Ereignisse in Irland Neds Leben stärker bestimmt als die Geschichten über den edlen Franklin, der auf unerklärliche Weise verschwand, oder über die edle Jane, seine Frau, die zu dem Zeitpunkt, als Zeke die Expedition plante, bereits dafür gesorgt hatte, daß mehr als ein Dutzend Suchmannschaften ausgeschickt wurden, um ihren Mann zu finden.

Ned schnitt die Äpfel so schnell, daß sie ihm vom Messer zu springen schienen, und nach einer Verlegenheitspause erklärte Erasmus ihm, wie Schiffe von Osten und Westen in das Gebiet vorgestoßen waren, in dem Franklin vermutlich verschwunden war, während andere Expeditionen über Land geschickt wurden. Alle hatten wichtige geographische Entdeckungen gemacht, aber trotz der Signalraketen, der Drachen und Ballons, die man steigen ließ, trotz der Füchse, die man mit Botschaften versehen und dann freigelassen hatte, war Franklin nicht gefunden worden. Der wie Erasmus aus Philadelphia stammende Dr. Kane war bei der Flotte gewesen, die im Sommer 1851 die Beechey-Insel erreicht und überzeugende Spuren eines Winterlagers gefunden hatte.

Erasmus versuchte die Entdeckungen der Flotte zu beschreiben, ohne Ned angst zu machen. Drei Mitglieder von Franklins Mannschaft unter drei Grabhügeln, außerdem Segeltuch, Papierfetzen und Decken sowie sechshundert geleerte und dann mit Kieseln gefüllte Fleischbüchsen. Aber keine Nachricht, kein Hinweis darauf, in welche Richtung die Gruppe von dort aufgebrochen war. Keine der nachfolgenden Expeditionen hatte auch nur einen einzigen Hinweis auf Franklins Verbleib gefunden. Vor einem Jahr schließlich hatte die Admiralität die Suche aufgegeben und Franklin und seine Männer für tot erklärt.

»Warum macht Commander Voorhees überhaupt die Fahrt?« fragte Ned. »Wenn die Männer doch tot sind?«

»Es hat Neuigkeiten gegeben«, antwortete Erasmus. »Überraschende Neuigkeiten.«

Letzten Herbst hatte, wie von Zeke auf Lavinias Geburtstagsfeier verkündet worden war, John Rae von der Hudson's Bay

Company alle überrascht. Bei der Erforschung der arktischen Küste westlich der Repulse Bay, die er nicht auf der Suche nach Franklin, sondern aus rein geographischem Interesse unternommen hatte, war er einigen Eskimos begegnet. Diese hatten berichtet, daß ein paar Jahre zuvor eine Gruppe von dreißig bis vierzig Männern an der Mündung eines großen Flusses verhungert sei. Die Eskimos hatten sich geweigert, Rae zu den Leichen zu führen, und dieser hatte entschieden, daß die Jahreszeit zu weit vorgerückt war, um sich noch selbst auf die Suche zu begeben. Aber die Eskimos hatten einige Überreste mitgenommen und aufgehoben: Rae erwarb von ihnen eine goldene Uhr, ein Skalpell, einen Fetzen von einem Unterhemd, silberne Gabeln und Löffel mit Franklins Wappen und ein goldenes Mützenband.

»Was allerdings alle in Aufregung versetzte«, sagte Erasmus, »war die letzte Geschichte, die die Eskimos Dr. Rae erzählten.«

Drei Apfelfladen nahmen Gestalt an; er stibitzte ein paar Apfelscheiben. Ob es wohl falsch war, das Thema Hungertod gegenüber einem jungen Burschen anzusprechen, der dergleichen unter Umständen selbst miterlebt hatte? War es falsch, mit einem Untergebenen so offen zu sprechen? Aber Ned, der gerade die Teigränder zusammendrückte, forderte ihn auf: »Nun erzählen Sie schon.«

Erasmus ließ zwar die schlimmsten Einzelheiten aus, gab aber die Geschichte der Eskimos von den verstümmelten Leichen wieder und berichtete von menschlichen Körperteilen, die sie in Kochkesseln gefunden hatten. Es könne keinen Zweifel geben, hatte Rae gesagt, daß seine Landsleute in letzter Not Kannibalismus betrieben hätten.

»Was für einen Aufruhr Rae damit ausgelöst hat!« Erasmus bemerkte Neds Blässe, konnte aber nicht mehr zurück. »Man hätte meinen können, er hätte die Männer selbst umgebracht. Die Admiralität wies seine Erkenntnisse zurück und behauptete, Engländer würden niemals ihre Landsleute aufessen. Dennoch erklärten sie das Schicksal von Franklins Expedition für geklärt, obgleich Raes Bericht über weniger als ein Drittel der Mannschaft Aufschluß gab.«

»Sie suchen also nach den anderen?« fragte Ned.

»*Wir* suchen nach ihnen.«

Er schloß mit einer Erläuterung der Beweggründe für ihre eigene Reise. Obwohl die Admiralität alle weiteren Bemühungen aufgegeben hatte, blieb Lady Franklin unbeirrt und bedrängte die Presse mit Appellen, weitere, private Expeditionen auszurüsten.

»Bis die Schiffe gefunden werden«, meinte Erasmus, »gibt es keinen Beweis, daß alle Männer tot sind. Dr. Kane hat sich ebenfalls noch einmal auf die Suche begeben, aber er hat sich noch vor Raes Rückkehr in Richtung Smith-Sund aufgemacht. Dort wäre Franklin vielleicht angekommen, wenn er durch die Wellington-Passage nach Norden gesegelt wäre, aber mittlerweile wissen wir, daß er in südwestlicher Richtung vorgestoßen ist und daß Dr. Kane mithin tausend Meilen vom richtigen Ort entfernt ist. Wir haben alle Fakten, die ihm fehlten, deshalb ist es an uns, das Gebiet abzusuchen, das Rae unzureichend erforscht hat.«

Ned war mit den Apfelfladen fertig und blickte auf. »Bei Commander Voorhees klang es so, als wollten wir Überlebende retten«, sagte er. »Aber es scheint doch, daß wir nach Leichen suchen.«

»Nicht ganz«, erwiderte Erasmus nervös. »Vielleicht gibt es doch noch Überlebende, das hoffen wir jedenfalls. Nach ihnen suchen wir, und nach weiteren Erkenntnissen.«

Er verließ die Kombüse, ein Brötchen in der Hand, mit einem unguten Gefühl. Er hatte geglaubt, die Mannschaft sei in seine und Zekes Beweggründe eingeweiht: habe eine klare Vorstellung von Franklins Geschichte, den Zielen der Reise und ihren eigenen Aufgaben. Jetzt fragte er sich, ob sie wie Ned aus eigenen Motiven angeheuert hatten, mit ihren eigenen Gedanken beschäftigt waren und den eigentlichen Zweck der Reise kaum zur Kenntnis genommen hatten. Da mochte der eine eine Kuh mit einer Glocke um den Hals im Kopf haben, hoch auf einem Hügel. Der nächste einen Teich mit vier Robinien, ein Besäufnis mit Whisky oder neue Hufeisen für ein Pferd, die Frage, was er von seiner Heuer kaufen würde, wenn er ausbezahlt wurde, eine junge Frau, einen alten Streit oder Schlittenkufen im Schnee.

Bei seiner letzten Seereise war Ned vor Krankheit wie taub gewesen und hatte noch nicht lesen und schreiben können. Diesmal wollte er es anders machen; diesmal würde er ein Tagebuch führen. Noch in Philadelphia hatte er ein liniertes Heft gekauft, wie es die Jungen in der Schule benutzten. An jenem Abend schrieb er:

*Die Apfelfladen sind sehr gut geworden. Aber Commander Voorhees hat immer noch nicht den kleinsten Bissen zu sich genommen; nichts was ich koche, weckt seinen Appetit. Heute habe ich einen großen Schwarm Blaubarsche gesehen. Beim Essenmachen ist Mr. Wells zu mir gekommen und hat mir von dem Forscher erzählt, den wir suchen. Nur, daß er tot ist und seine Männer auch alle, glaube ich. Nicht einfach erfroren, sondern verhungert. Als er mir von den Männern erzählte, die sich gegenseitig aufgegessen haben, mußte ich an zu Hause denken, und den ganzen Abend habe ich an Denis und Nora und unsere Überfahrt gedacht, und an die anderen zu Hause, die alle tot sind, und an Mr. Wickersham, der mir Lesen und Schreiben beigebracht hat, und überhaupt an alle. Mit den Matrosen, mit denen ich untergebracht bin, komme ich ganz gut aus, aber ich habe noch keinen Freund unter ihnen, was ich mir so wünsche. Ich habe zwar gehört, wie Mr. Wells die anderen nach ihrem Leben gefragt hat, aber von mir hat er nicht das geringste über die Hungerjahre wissen wollen, und auch nicht, wie und wann ich nach Amerika gekommen bin. Oder wie es kam, daß ich zufällig ausgerechnet an dem Nachmittag frei war und weniger als einen Dollar in der Tasche hatte, als Mr. Tagliabeau sich nach einem Ersatz für seinen Koch umgesehen hat. Er war bloß überrascht, daß ich von dem berühmten Engländer noch nichts gehört hatte. Wenn ich neulich nachmittags nicht versucht hätte, den Kampf zwischen den beiden Spaniern zu schlichten, und man mich nicht für meine Mühen gefeuert und mir auch noch meinen letzten Wochenlohn verweigert*

*hätte, wäre ich nicht so hinter dieser Stelle hergewesen. Mal*
*sehen, ob er mir vielleicht hilft, Arbeit außerhalb der Docks zu*
*finden, wenn wir im Oktober wieder nach Philadelphia kom-*
*men, vielleicht in einem der Wirtshäuser nach Germantown*
*zu.*

Die ersten verstreuten Eisberge vor St. John's – strahlend weiß,
unglaublich riesig, über und über schneebedeckt – heilten Zeke
wie eine Medizin. Captain Tyler, Mr. Tagliabeau und Mr. Francis, die sie von vielen Walfangreisen kannten, nahmen sie mit Ge-
lassenheit zur Kenntnis. Erasmus, der vor der Antarktis ähnliche Eisberge gesehen hatte, unterdrückte seine Aufregung, um
nicht aufzufallen. Aber die Männer, die noch nie im Norden gewesen waren, staunten unverhohlen, und Zeke war überwältigt.
»Seht doch! Seht doch!« rief er, rannte über das Deck und
stürzte in die Kajüte, um sein Notizbuch zu holen. Sein erster
Eintrag vom 15. Juni 1855 bestand aus einer Reihe hastiger
Skizzen, versehen mit groben Maßangaben: Der größte Eisberg
hat einen Durchmesser von einer guten Viertelmeile. Nils Jensen, der zwar nicht lesen, aber bemerkenswert gut rechnen
konnte, beugte sich über die Zeichnung und murmelte ein paar
Zahlen vor sich hin, ungefähre Berechnungen von Volumen
und Oberfläche des Eisbergs. Andere Männer drängten sich
aufgeregt um die beiden, doch vielleicht sah nur Erasmus, wie
sich die Offiziere hinter den schinkenstarken Schultern des riesigen Sean Hamilton vielsagende Blicke zuwarfen und höh-
nisch grinsten.
   In jener Nacht blieb Zeke an Deck, statt über einem Eimer
zu hängen, deshalb schlief Erasmus zum ersten Mal tief und
verpaßte den Augenblick der Kollision. Ein einziger dumpfer
Aufprall; als er aufgewacht und eilends an Deck gestiegen war,
bewegte sich die *Narwhal* bereits rückwärts, nachdem sie einen
abschüssigen Eisberg gerammt hatte und dabei Stampfstag und
Stampfstock am Klüverbaum eingebüßt hatte. Mr. Francis und
Mr. Tagliabeau rannten an ihm vorbei, Thomas Forbes mit
einem Beutel voll Zimmermannswerkzeug hinterdrein.
Geschrei und Rufe und knappe Anweisungen; was beschädigt,

was noch intakt war; eine dunkle Gestalt hängte sich – an den Fußgelenken von Händen, um die Taille von einem Seil gehalten – über den Bugspriet und inspizierte den Schaden. Erasmus rieb sich den Schlaf aus den Augen und bemühte sich, niemandem im Weg zu stehen. Captain Tyler stand neben Zeke, während seine Crew arbeitete. Er drehte sich zu ihm um und sagte: »Hätten Sie den von mir vorgeschlagenen Kurs eingeschlagen ...«

»Der Kurs ist in Ordnung!« rief Zeke aus. »Der Mann im Krähennest muß geschlafen haben! He da!« Er legte den Kopf zurück und brüllte die Gestalt im Masttopp an. Erasmus meinte, Barton DeSouza zu erkennen. War das Barton? »Paß gefälligst auf da oben!«

Der Mond war voll, und der Berg vor dem Bug der *Narwhal* schimmerte silbrig. Barton murrte etwas, was Erasmus nicht verstand. Ein Hammer schlug gegen eine doppelte Holzwand, als Thomas und seine Helfer den Schaden zu reparieren begannen. Nichts Ernstes, rief Mr. Tagliabeau.

»Es ist schon spät«, bemerkte Zeke. »Sie könnten das auch morgen machen.«

»Besser gleich«, erwiderte Captain Tyler. »Falls in den nächsten paar Stunden ein Sturm aufzieht.«

Er wandte ihm den Rücken zu, brüllte Befehle, schemenhafte Gestalten reagierten auf seine Worte. Zeke zog sich zurück – ausgerechnet in dem Moment, wenn er seine Autorität hätte geltend machen sollen, fand Erasmus. Während seiner Krankheit hatten die Männer sich instinktiv an Captain Tyler gehalten, wie sie es gewohnt waren. Auf den Fisch- und Walfängern, auf denen sie bisher gedient hatten, war der Kapitän die einzige Autorität. Hier jedoch, wo ein Kommandant, der nicht mal ein Segel setzen konnte, irgendwie auch den Kapitän unter sich hatte, war es allen unbehaglich zumute. Erasmus hörte sie ab und zu, eine Art murrender griechischer Chor: *Er war noch nie weiter nördlich als New York; er kann nicht mal 'ne Hängematte zusammenrollen; er wechselt zweimal die Woche das Hemd* – Sean Hamilton, Ivan Hruska, Fletcher Lamb. Sie warteten immer erst das Nicken des

Kapitäns ab, ehe sie einem Befehl von Zeke folgten. Erasmus sah dies alles, konnte aber nichts dagegen ausrichten. Statt dessen befaßte er sich in den folgenden Tagen damit, die Schleppnetze und die Zugnetze auszuprobieren. Es zeichnete sich bereits ab, daß Zeke sich nicht an seiner wissenschaftlichen Arbeit beteiligen würde; er sollte damit doch alleine dastehen, wie auf seiner ersten Reise. Er machte Knoten, paßte Schäkel an, ersetzte einen Zapfen mit schlechtem Gewinde und dachte daran zurück, wie er sich als junger Mann schüchtern von seinen Kameraden ferngehalten hatte. Während er noch den Mut zusammennahm, ihnen freundschaftlich zu begegnen, hatten sich die anderen schon paarweise oder zu dritt und viert in Gruppen zusammengetan, von denen er ausgeschlossen war. Alle hatten ihn höflich und zuvorkommend behandelt, aber einen Freund hatte er nicht gefunden, und manchmal hatte er gemeint, vor Einsamkeit umkommen zu müssen.

Jetzt war er älter und an das Alleinsein gewöhnt. Trotzdem war er dankbar, als Dr. Boerhaave, der in der Nähe der Kombüse gesessen und gelesen hatte, sich näherte und seine Isolation durchbrach. »Diese kleinen purpurroten Garnelen«, sagte er, »sind das *Crangon borea*?«

Später würde Erasmus einen klareren Eindruck von Dr. Boerhaaves Antlitz gewinnen. Jetzt fiel ihm zuerst sein Verstand auf: wach und glänzend, scharf und doch tief, durchschnitt er ganze Meere von Gedanken wie ein riesiger silberner Lachs. Er merkte schnell, daß Dr. Boerhaaves naturkundliche Kenntnisse den seinen in nichts nachstanden. Er war zwar der bessere Botaniker, aber Dr. Boerhaave kannte sich besser in der Zoologie aus, vor allem bei wirbellosen Meerestieren.

Während sie ihren Fang präparierten, erzählte Dr. Boerhaave, er sei in der Hafenstadt Göteborg aufgewachsen, habe aber in Paris und Edinburgh studiert. Sein ausgezeichnetes Englisch habe er in seinen Jahren auf See gelernt. Über einer Gruppe eleganter kleiner Medusen, die sie in ihrem Schleppnetz gefangen hatten – *Ptychogastria polaris*, meinte Dr. Boerhaave –, beschrieb er seine Reisen als Schiffsarzt an Bord schottischer Walfänger und norwegischer Walroßjäger.

61

»Ich war einfach neugierig«, sagte er. »Edinburgh hat mir sehr gefallen, aber ich wollte dort keine Praxis eröffnen und dann die nächsten vierzig Jahre immer dieselben Menschen sehen. Und die Vorstellung, auf Dauer nach Schweden zurückzugehen ...« Er zuckte die Achseln.

Erasmus, der gerade eine Meduse präparierte, erwiderte: »Commander Voorhees erzählte mir, Sie seien schon zweimal in der Hocharktis gewesen. War das auf Walfängern? Oder bei offiziellen Expeditionen?«

»Letzteres«, antwortete Dr. Boerhaave. »Auf der schwedischen Forschungsexpedition, die ich begleitet habe, fuhren wir westlich von Spitzbergen bis zum Hackluyt Headland hinauf – nicht so weit wie Parry, aber wir haben einen Teil der Gebiete gesehen, die Franklin und Beechey mit der *Dorothea* und der *Trent* erforscht haben.«

Franklins erste Reise, vor so langer Zeit. Einen Augenblick verweilte Erasmus bei dem Gedanken, daß diese durch eine unerwartete Verknüpfung der Ereignisse zu der jetzigen Fahrt geführt hatte.

»Später reiste ich dann mit einer russischen Expedition zur Halbinsel Kamtschatka, den Pribilow-Inseln und den Aleuten, und von da aus in die Bering-Straße. Wir hatten gehofft, die Wrangel-Insel zu erreichen, wurden aber vom Packeis in der Beaufort-See aufgehalten.«

Er zeichnete einen Querschnitt der Meduse, die vor ihnen lag, mit den gefältelten Rändern der acht Magenkanäle. Er hatte ausgezeichnete Bleistifte, fiel Erasmus auf. Mit ihnen ließen sich dunklere und zugleich schärfere Linien zeichnen als mit seinen.

»Und Sie?« fragte Dr. Boerhaave. »Ihre erste Reise – ich habe alle fünf Bände von Wilkes Bericht über die Forschungsexpedition gelesen, sie war in aller Munde, als die ersten Exemplare nach Europa gelangten. Aber ich kann mich nicht erinnern, Ihren Name erwähnt gefunden zu haben. Wie ist das zu erklären?«

Erasmus wurde rot und lenkte Dr. Boerhaaves Aufmerksamkeit auf einige undichte Verschlüsse an den Konservierungsbehältern. »Das ist eine lange Geschichte«, sagte er. »Ich erzähle sie Ihnen ein anderes Mal. Wie sind Sie zu dem Entschluß gekommen, sich uns anzuschließen?«

»Ich dachte, es würde mein Bild von der Hocharktis abrunden. Anderes Eis, eine andere Flora und Fauna. Außerdem war ich ohnehin schon auf dieser Seite des Ozeans. Ich bin vor einigen Jahren nach Amerika gekommen, um einige Ihrer neuengländischen Philosophen zu besuchen. Emerson, Brownson und die anderen – ich finde es interessant, was sie mit den Ideen Kants und Hegels gemacht haben. Kennen Sie den jungen Henry Thoreau?«

»Nein.«

»Ich lernte ihn und einige seiner Freunde in Boston kennen, das war herrlich. Doch ich hatte die ganze Zeit auf eine Möglichkeit gehofft, auf Entdeckungsreise gehen zu können, entweder in den Westen oder ins Polargebiet. Bei einem Essen traf ich dann Professor Agassiz, den ich in Schottland kennengelernt hatte – wir interessieren uns beide für fossile Fische. Er hat mich mit einigen Mitgliedern Ihrer Akademie der Wissenschaften bekannt gemacht, durch die ich erfuhr, daß Ihre Expedition noch einen Arzt suchte. Die Stelle war genau das, worauf ich gewartet hatte.«

»Ach ja?« sagte Erasmus nachdenklich. »Sie hätten ebensogut meine übernehmen können – Sie sind besser dafür ausgebildet. Ich nehme an, auf Ihren anderen Reisen haben Sie beide Tätigkeiten nebeneinanderher ausgeübt.«

Dr. Boerhaave hielt den Blick auf seine Zeichnung gesenkt. »Ich bin nur anders ausgebildet, nicht besser. Und eigentlich finde ich es erleichternd, lediglich für die Gesundheit der Mannschaft verantwortlich zu sein, während sich ein anderer der zoologischen und botanischen Berichte annimmt. Ich war stets der Ansicht, daß beides für einen Mann zuviel ist, wenn man es gut machen will.«

»Aber dann müssen wir Partner sein«, sagte Erasmus. »Richtige Kollegen. Wollen wir es so handhaben?«

»Selbstverständlich«, antwortete Dr. Boerhaave. Er zeichnete mit seinem Bleistift einen zarten Tentakel.

Dr. Boerhaave schrieb an Willam Greenstone, einen Studienkameraden aus Edinburgh, der mittlerweile ein recht angesehener Geologe war:

*Wir sind zwar noch nicht einmal in Grönland, waren aber nicht untätig. Ich habe alle Männer untersucht, damit ich einen genauen Ausgangspunkt für die spätere Beurteilung ihres Gesundheitszustands habe. Auf einer so kurzen Reise, bei der es reichlich Gelegenheit gibt, frische Nahrungsmittel zu beschaffen, wird es keine Anzeichen von Skorbut geben, aber die veränderte Sonnenscheindauer und der Schlafmangel mögen dennoch ihre Auswirkungen haben.*

*Es ist ungewohnt für mich, einen offiziellen Naturforscher an Bord zu haben. Ich hatte Sorge, daß er – sein Name ist Erasmus Wells – seine Stellung und seine Ausrüstung eifersüchtig hütet und ich möglicherweise nur wenig Gelegenheit haben würde, Material zu sammeln und zu untersuchen. Doch wie sich herausstellt, ist Mr. Wells recht entgegenkommend und scheint mich bereitwillig an seinen Untersuchungen teilhaben lassen zu wollen. Bisher haben wir nichts Aufregendes gefunden, befinden uns allerdings auch in vielbefahrenen Gewässern, wo alles, was wir fangen, hinlänglich bekannt ist. Doch gestern hatten wir einen* Cyclopterus spinosus *im Netz: knapp zwei Zoll lang und mit den typischen konischen Stacheln, ganz ähnlich den Exemplaren vor Spitzbergen; ich war überrascht, diese Art so weit südlich anzutreffen.*

*Ich glaube, ich mag meinen neuen Gefährten. Er ist ein wenig eigen und hat einen Hang zur Melancholie, wirkt aber intelligent und ist weit herumgekommen. Nach unseren Maßstäben ist seine Ausbildung lückenhaft, aber er ist sehr belesen und wirkt – ich weiß nicht, komplizierter als gewöhnliche Amerikaner. Nicht ganz so von blindem Optimismus erfüllt, nicht so davon überzeugt, daß man aus der Welt machen kann, was einem gefällt. Vielleicht weil er älter ist? Abgesehen von ihm und mir und dem Kapitän des Schiffs sind die anderen kaum mehr als Kinder. Ich habe dein Bodenprobengerät sorgfältig verpackt, und sobald wir in die Baffin-Bucht kommen, werde ich mich bemühen, Proben vom Meeresboden für dich zu entnehmen.*

Jetzt sind wir in der Arktis, dachte Erasmus, als die *Narwhal* durch die Davis-Straße fuhr und die Nacht zu schwinden begann. Oder zumindest da, wo sie wirklich beginnt: hier, hier, hier.

Seine Augen brannten, weil er alles auf einmal in sich aufnehmen wollte. Wale durchstießen die Wasseroberfläche und zeigten ihre Mäuler voller Barten, manchmal bis zu vierzig Tiere am Tag. Belugas glitten weiß und strahlend vorbei, und der Himmel war voller Vögel. Die Männer begrüßten die ersten Narwale als ihre Schutzgeister und drängten sich um Erasmus, während er sie skizzierte. Mit einem von Dr. Boerhaaves ausgezeichneten Bleistiften versuchte er, den geschraubten Stoßzahn auf dem Papier festzuhalten, der aus dem Oberkiefer der männlichen Tiere hervorwuchs, und den glatten, dunklen Bogen ihres Rückens. Nils Jensen sah vom Bugspriet aus gespannt zu, wie die Tiere zum Atmen auftauchten, und rief Erasmus die Maße zu – zehn Fuß lang, zwölfeinhalb –, die dieser auf seinen Zeichnungen festhielt.

Eines Tages tauchte die Küste Grönlands vor ihnen auf, der Gipfel des Sukkertoppen erhob sich blinkend aus dem Dunst, während sie an ihm vorbei zur Disko-Insel segelten. Ein Schwarm Krabbentaucher rauschte durch die Takelage, und als Robert Carey einen herunterschlug, erinnerte sich Erasmus, wie er als kleiner Junge drei dieser winzigen Vögel in einem Flüßchen in der Nähe seines Elternhauses gesehen hatte. Von einem großen Nordoststurm dorthin verschlagen, dümpelten sie erschöpft im Wasser. Dieser hier in seiner Hand nahm sich aus wie eine schwarzweiße Wachtel. Als er sich über die Reling beugte, um ihn freizulassen, sah er unten im zehn Faden tiefen, glasklaren Wasser hin und her schwankende Seetangwedel. Sobald sie in Godhavn vor Anker gegangen waren, entnahmen er und Dr. Boerhaave Flachwasserproben, in denen sie Nulliporen, Muscheln und kleine Krebstiere fanden. Dann sahen sie Menschen, die auf dem Wasser schwammen und ihnen entgegenblickten.

In winzigen hautbespannten Kajaks schossen die Fremden zwischen den Eisbergen umher, die Beine in den Booten verborgen, die Arme durch Doppelpaddel verlängert. Blitzend tauchten die Paddel ins Meer und wieder heraus, silbern floß das Wasser von den Blättern. Die Paddel endeten in den Ärmeln enger Kapuzenjacken, die Jacken gingen über in ovale Röcke, so daß die Männer an der Taille mit den Booten verbunden waren: wie Zentauren, dachte Erasmus. Bootmenschen, Menschenboote. Sie waren zu einem Ganzen verschwommen, er konnte ihre Gesichter nicht erkennen.

Sean Hamilton warf ihnen Brötchenbrocken zu, und Erasmus revidierte seinen früheren Gedanken: Hier fing die Reise erst richtig an, mit diesem ersten Blick auf die Menschen der Arktis, die er so lange nur aus Büchern gekannt hatte. Daß diese Grönländer zwei Jahrhunderte lang mit Walfängern gehandelt hatten, von den Dänen kolonisiert und von den Herrnhuter und lutherischen Missionaren zum Christentum bekehrt worden waren, machte sie weniger fremdartig, und doch waren sie für ihn etwas ganz Neues. Am ersten Abend an Land, beim Eiderentenessen in dem mit einem riesigen Kamin ausgestatteten Haus des Dänischen Inspekteurs, betrachtete er abwechselnd einen schlechten Stich von vier nahe Godthåb gefangenen und nach Kopenhagen gebrachten Grönländern und, durch das Fenster neben dem Bild, einen Wirrwarr aus Holzhütten und Robbenfellzelten, in denen die geheimnisvollen Fremden verschwunden waren.

Auf der *Narwhal* traf die Mannschaft die letzten Vorbereitungen. Erasmus fiel auf, daß Thomas Forbes seine Werkbank vorbildlich in Ordnung hielt. Ivan Hruskas Hängematte hatte ein Loch, das er geschickt flickte. Mr. Francis schien den Bootsmannskasten als eine Art Schatzkiste zu betrachten, denn er trug jeden Marlpfriem und jedes Stück Schiemannsgarn, das er ausgab, penibel ein. Erasmus gefiel das geschäftige Treiben. Es war die letzte Gelegenheit, die Brigg für ihre Begegnung mit dem Packeis zu rüsten, und endlich, dachte er, war das Gefühl der Rastlosigkeit, das ihn schon vor Monaten gepackt hatte, auch auf die Männer übergesprungen.

Zeke und er waren auch nicht untätig und erwarben sechzehn unerzogene Eskimohunde, einen Vorrat Stockfisch, Ballen von Robben- und Karibufellen und volle Eskimokleidung für die gesamte Mannschaft. Sie heuerten einen Dolmetscher an, Johann Schwartzberg. Nach einem ersten Spaziergang mit ihm schrieb Erasmus:

*Er ist ein Herrnhuter Missionar – ein äußerst interessanter Mann. Hat hier und auch in Labrador bei den Eskimos gelebt, und er beherrscht ihre Sprache ebensogut wie Dänisch, Englisch und Deutsch. Er wird von unschätzbarem Wert sein, wenn wir in der Gegend um das King-William-Land auf Eskimos stoßen. Als Zeke ihn ansprach, erfuhren wir, daß er die Berichte über Franklins Expedition begierig verfolgt und bereits von Raes Entdeckungen gehört hatte. Die Männer nennen ihn Joe, und ich sehe schon jetzt, wie vernünftig, ausgeglichen, gutmütig und hilfsbereit er ist.*

Es war Joe, der bestimmte, wie viele Messer, Nadeln und Eisenstangen sie für den Fisch und die Felle geben sollten, und Joe, der sämtliche Eskimokleidung auf die richtige Paßform überprüfte. Zeke bat Mr. Tagliabeau und Mr. Francis, mit den Hunden zu arbeiten; als sie die Riemen verhedderten, mit dem Schlitten umkippten und auf der ganzen Linie versagten, war es Joe, der ihnen zeigte, wie man die Hunde lenkte. Die langhaarigen, unberechenbaren Tiere mit Ringelschwanz und hellbraunem, dunkelbraunem, schwarzem und weißem Fell hatten mit den wohlerzogenen Jagdhunden, die Zeke zu Hause hielt, nichts gemein. Mit einer gekonnten Drehung aus dem Handgelenk führte Joe die Peitsche an den Kopf des widerspenstigsten der Hunde und hieb ihm ein Stück vom Ohr ab.

Zeke, der mit Erasmus dabei zusah, schnappte nach Luft: »Oh, wie grausam!«

Mr. Francis warf ihm einen verächtlichen Blick über die

Schulter zu. »Möchten Sie vielleicht mit ihnen diskutieren?«
Er hatte etwas von einem Wiesel, dachte Erasmus. Die schmale Brust, das dichte Haar, das ihm bis in die Stirn wuchs und seine tiefliegenden Augen überschattete. »Vielleicht können Sie sie ja überreden«, fügte Mr. Francis hinzu.

»Würden Sie sich der Sache annehmen?« fragte Zeke Joe. Er zog Erasmus beiseite. »Ein guter Befehlshaber erkennt, wenn ihm etwas zuwider ist oder er etwas nicht gut kann, und beauftragt andere damit«, erklärte er. »Meinst du nicht auch? Joe ist ein ausgezeichneter Lehrer, und Mr. Tagliabeau und Mr. Francis sind so derb, daß sie sicherlich gute Fahrer abgeben werden.«

Joe wußte auch, wie man ein Schneehaus baute und einen Schlitten reparierte. Und es war ebenfalls Joe, der Erasmus half, sein anfängliches Unbehagen in Gegenwart der kleinen Männer mit den glänzenden Haaren und dem undurchdringlichen Blick zu überwinden. Hyperboreer, dachte Erasmus in Erinnerung an die Geschichten seines Vaters. Hatte nicht Plinius behauptet, sie erreichten ein reifes Alter und gäben wundervolle Geschichten von Generation zu Generation weiter? Doch sein Unbehagen entsprang der Erfahrung, nicht dem Mythos. Auf Malolo in den westlichen Fidschi-Inseln hatte er mit angesehen, wie zwei Mitglieder der Forschungsexpedition ohne offensichtliche Provokation von Wilden ermordet wurden. Und in der Naloa-Bucht hatte er erlebt, wie ein Eingeborener in aller Ruhe einen gekochten Menschenschädel abnagte, den Wilkes später für ihre Sammlung kaufte.

Doch die Eskimos waren nicht blutrünstig, nur ein wenig verschlossen. Joe erklärte: »Sie müssen einsehen, daß sie uns einen Gefallen tun – es war kein gutes Robbenjahr, und sie haben nicht viele Felle übrig. Sie handeln mit uns, weil der dänische Inspekteur dem Vorhaben von Commander Voorhees wohlwollend gegenübersteht und es ihnen befohlen hat. Geben Sie doch den Männern, die Ihnen die besten Felle bringen, ein Extrageschenk.«

Erasmus bot ihnen kleine Metallspiegel an und wurde mit lächelnden Gesichtern belohnt, wodurch er sich gleich wohler fühlte. Als er die Fremden skizzierte, wie sie aus ihren verstreut am Rande der Mission stehenden Fellzelten traten oder ihre leichten Boote auf den Kopf drehten und sie dann mit einem einzigen Paddelschlag wieder aufrichteten, übertrug sich von den klaren Formen auf dem Papier auch wieder Klarheit in seine Gefühle.

Nach einem letzten Abendessen beim dänischen Inspekteur legte sich die Mannschaft schlafen und stach dann früh am nächsten Morgen wieder in See. Das wilde Bellen ihrer Hunde wurde von den am Ufer zurückgebliebenen Tieren erwidert. Selbst dieser Lärm stimmte Erasmus froh. Sie waren bisher rasch vorangekommen und jetzt, an diesem ersten Tag im Juli, endlich einsatzbereit. Seine Listen hatten am Ende doch ihren Sinn gehabt, und auch die vielen Sorgen und die Hektik.

Wenn er dereinst nach seiner Rückkehr versuchen würde, dem einen Menschen von seinen Erlebnissen zu erzählen, der am begierigsten darauf wartete, würde er sich den Kopf darüber zerbrechen, wie er die Ereignisse der nun folgenden Wochen wiedergeben sollte. Sie hatten keine Form, fand er. Es waren schlicht aneinandergereihte Ereignisse, die sich freilich immer um Männer auf einem Schiff drehten, welches sich aufs Geratewohl von einem Flecken freien Wassers zum nächsten voranschob. Er stand mit Dr. Boerhaave an der Reling und starrte auf die frei schwimmenden Eisschollen, die Captain Tyler als »offenes Packeis« bezeichnete. Ein paar Zoll dick, zwölf Fuß dick, so groß wie ein Boot oder wie die Innenstadt von Philadelphia, und dazwischen die Rinnen, die offenen Kanäle, in denen sie sich fortbewegten. Ohne eine Vorstellung von ihrer Fahrt durch das Packeis war nichts von dem, was sich später ereignete, wirklich zu verstehen.

Sie sahen das Eis durch einen Schleier, für den die Hunde verantwortlich waren, deren Geheul jeden Schlaf und jedes Gespräch zunichte machte. Niemand wußte, wie sie oder ihre Raubgier in Schach zu halten wären; die nicht angeketteten brachen eine Tonne mit Seehundflossen auf und fraßen sich voll, bis zwei von ihnen starben. Nichts war vor ihnen sicher, und außer Joe vermochte sie keiner zu bändigen. Der ständige Lärm und der Schlafmangel machten alle nervös, und Erasmus spürte, wie sich in der beengten Offizierskajüte ein Spalt vertiefte, der möglicherweise schon von Beginn an dagewesen war. Er und Dr. Boerhaave wurden zu Zekes Verbündeten, während sich Mr. Francis und Mr. Tagliabeau stets hinter Captain Tyler stellten, so als markierte die Anordnung ihrer Kojen nicht nur räumlich, sondern auch emotional getrennte Reviere. Joe, der mit der Mannschaft im Vorschiff schlief, war sorgsam auf Neutralität bedacht. Als die Hunde versuchten, einen neuen Wurf aufzufressen, rettete er die Welpen. Er hob nur eine Augenbraue, sagte aber nichts, als Zeke sich eine Hündin herausgriff.

»Wissy«, sagte Zeke, das zappelnde Tier am Nackenfell in die Höhe haltend. »Nach dem Wissahickon.« Er strich mit der Hand über den flauschigen, rehbraunen Kopf, die weißen Vorderpfoten und den schwarzen Fleck auf seinem Rücken und zuckte zurück, als die Kleine nach ihm schnappte.

»Das ist ein kleiner Fluß«, erklärte Erasmus Joe. »Bei uns zu Hause.« Zu Zeke sagte er: »Bist du sicher, daß du sie behalten willst? Die sind nicht als Haustiere geeignet.«

»Ich glaube nicht, daß es Captain Tyler recht wäre, sie in der Kajüte zu haben«, fügte Joe hinzu.

Aber Zeke war unerbittlich, er gewöhnte es der jungen Hündin mühsam und geduldig ab, an allem und jedem herumzukauen, und als sie Upernavik erreichten, stand sie an seiner Seite. Nils Jensen zählte die Eisberge, manche mit tiefen Rissen und Höhlen, andere von kristallklarem Türkisblau, während sich Captain Tyler mit Zeke über ihre Route stritt. Im Packeis hatte sich eine Zickzackrinne nach Westen geöffnet, und Zeke war dafür, sich wie seinerzeit Parry eine direkte Durchfahrt nach Westen zu bahnen.

»Der übliche Kurs durch die Melville-Bucht zum Nordwasser ist zwar länger«, sagte Captain Tyler, wobei er Wissy mit einem Tritt von seinen Knöcheln verjagte, »aber letztlich schneller. Warum bringen Sie diesem Vieh nicht endlich mal Manieren bei?«

Erst als sich die Rinne verengte und dann schloß, gab Zeke nach, und sie glitten auf Captain Tylers Kurs durch den sich stetig verdichtenden Nebel in die lange, sanfte Biegung der Melville-Bucht. Als er Copernicus später diesen Ort beschrieb, nahm er einen schweren Spiegel und ließ ihn aus Hüfthöhe flach zu Boden fallen, so daß er zersprang, ohne auseinander-zustieben. Schwere, sich gegeneinanderschiebende Schollen auf der einen Seite; zum Land hin ein dicker Preßeisrücken aus auf Grund gelaufenen Eisbergen und aufgetürmten Schollen – und dazwischen ihr zerbrechliches Schiff.

In diesem Spiegelland waren sie ganz allein. »Kein Wunder«, meinte Captain Tyler gereizt, nachdem der Ausguck kein ande-res Schiff gemeldet hatte. »Die Walfänger nehmen es immer im Mai oder Juni mit dem Packeis auf, wenn die Gefahr nicht so groß ist, von einem vorzeitigen Wintereinbruch überrascht zu werden.«

»Wir haben Philadelphia verlassen, so früh es ging«, ent-gegnete Zeke. »Das wissen Sie. Es ist nicht meine Schuld.«

Unterdessen erzählten sich die Matrosen von Schiffen, die zermalmt worden waren, als der Wind das schiebende Treib-eis gegen die Küste drückte. Es hatte gute Gründe, sagten sie, warum man die Melville-Bucht auch als Schiffsfriedhof bezeichnete. Hier wurden Schiffe wie Haselnüsse geknackt oder monatelang im Eis eingeschlossen, sagten sie: Als könn-ten sie das Geschehen abwenden, indem sie es aussprachen. *Wir hätten früher auslaufen müssen; wir sollten überhaupt nicht hier sein; ich kenne drei Mann, die hier umgekommen sind* – Isaac Bond, Robert Carey, Barton DeSouza. Während sie noch murrten, nur halb bewußt, daß Erasmus zuhörte, ver-schwand das offene Wasser.

Captain Tyler ließ die Segel reffen und schickte einen Mann in den Masttopp, der ihnen von oben die jeweilige Position des Eises zurief. Zwei Tage lang, während es windstill war, aber ein schmaler Durchlaß noch offenstand, treidelten sie das Schiff. Auf dem festen Küsteneis zogen sie sich Tragbänder über Brust und Schultern und befestigten dann ihr Geschirr am Bugfiertau. Schwerfällig schleppten sie die Brigg, so wie ein Pferdegespann schweres Gerät übers Feld ziehen würde. Erasmus, der sich freiwillig gemeldet hatte, konnte aufhören, wenn er erschöpft war oder seine Hände steif gefroren waren oder sich Blasen an seinen Füßen gebildet hatten; dabei merkte er zum ersten Mal deutlich, wieviel älter er war als die anderen mit Ausnahme von Captain Tyler. Der soviel jüngere Zeke hielt stets länger durch, brachte aber niemals eine Schicht zu Ende. Die Männer hingegen schleppten, bis ihre Wache vorbei war, und bei aller Anstrengung schafften sie an einem guten Tag vielleicht sechs Meilen.

An schlechten Tagen, wenn die Rinne verschwand, warpten sie die Brigg wie einen Keil zwischen die festliegenden Schollen. Zwei Männer hackten mit einem Eismeißel in der Nähe einer wahrscheinlichen Bruchstelle ein Loch und stemmten den Anker hinein; daran befestigten sie eine Halse und legten das andere Ende um die Patentwinde. Dann wechselten sie sich an der Winde ab. Durch den Druck ihrer Körper gegen die Stangen drehte sich die Winde, die Halse erbebte, das Eis begann zu ächzen. Falls die Halse hielt und sich der Anker nicht losriß, schob sich die Brigg Zoll für Zoll in die schmale Bruchstelle hinein. Sie arbeiteten stundenlang und kamen kaum voran; einen Zoll, einen Fuß, eine Schiffslänge.

Diese Tage verschwammen für Erasmus. Die großen Klippen drohend über ihm, die umhertreibenden Eisberge, die sich schiebenden Eisflächen; ein Wechsel von kurzen Segelspannen und langen Treidel- und Warpphasen; der Nebel und der Wind und die elende Schufterei und die kurzen, unruhigen Schlafpausen zwischendurch; ihre nasse Kleidung, die hastigen Mahlzeiten und Captain Tyler mit rotem Gesicht, der die Männer anbrüllte und gelegentlich einem eins mit der Faust oder einem Tauende überzog. Mr. Tagliabeau war nicht ganz so roh zu ihnen wie der Kapitän, Mr. Francis war noch brutaler.

»Du mußt etwas tun«, sagte Erasmus eines Tages zu Zeke. Er schwitzte fürchterlich, die Wolle kratzte auf der Haut, und er meinte genau zu wissen, wie sich die Männer fühlten, die dreimal so hart arbeiteten wie er. Fletcher Lamb hatte sich von dem Schlepptau entfernt, nachdem er sich das Handgelenk aufgeschürft hatte, und Mr. Francis hatte ihm einen Hieb gegen den Kopf versetzt und ihn wieder an seinen Platz gescheucht. Zeke zuckte die Achseln. »Was soll ich machen? Wir müssen hier durch, und es geht nicht anders, als die Männer so hart anzutreiben, wie sie es aushalten. Ich verspreche dir, daß es anders wird, wenn wir das Nordwasser erreicht haben.«

Es war wie ein einziger langer Alptraum, in dem die Zeit mal zu schnell verging und dann wieder, vor allem wenn sie sich über die Hebel der Patentwinde beugten, stillzustehen schien. Das dauernde Tageslicht machte es nur schlimmer, nicht besser: Weiß, Weiß, Weiß, mit einem Stich Blau, Gold oder Grün; Weiß und noch mehr Weiß. Ihre Augen brannten, und während die Sonne ihre Bahn am Himmel zog, morgens im Osten stand, dann nach Süden, nach Westen und schließlich, in der Nacht, nach Norden zog, wobei sie immer noch arbeiteten, mit schrecklichem Sonnenbrand, begannen sie sich nach den Farben zu sehnen, die sie niemals sahen: nach sattem Rot und Blattgrün. Angesichts ihres benommenen, schlaflosen Zustands, ihrer geschundenen, schmerzenden Körper, wunderte es Erasmus nicht, daß sie das Ziel ihrer Reise aus den Augen verloren. Die Crew brauchte ihre gesamte Kraft, um die Brigg in Bewegung zu halten und sie aus der Gefahrenzone zu bringen.

Zeke versuchte, die Ziele der Expedition lebendig zu halten, indem er von Franklin erzählte; zur Motivation der Männer, wie er Erasmus im Vertrauen mitteilte. In den Pausen streckten sie sich auf den Lukendeckeln aus oder lehnten sich an die Boote, während Zeke zwischen ihnen auf und ab schritt und die drei ersten Reisen Franklins beschrieb. Franklin als junger Leutnant, auf der Suche nach dem Nordpol über Spitzbergen, wie er vom Eis aufgehalten wurde und mit schwerbeschädigten Schiffen nach England zurückkehrte. Franklin als Befehlshaber einer Expedition durch das kanadische Rupert's Land und die Tundra bis zur Mündung des Coppermine River, die Küste in winzigen Kanus erkundend; Franklin abermals in der Arktis, wie er den MacKenzie River bis zur Mündung und die Küste gen Westen erkundete, fast bis zum Kotzebue-Sund. In ihrem Winterquartier am Großen Bärensee, erzählte Zeke, brachte Franklin seinen Männern das Lesen bei, und der Naturforscher Dr. Richardson, sein Begleiter, hielt ihnen Vorträge über die Naturgeschichte der Region. Nach dieser letzten Fahrt war Franklin zum Ritter geschlagen worden.

Zeke sprach, als führte er sie in die große Tradition der Arktiserforschung ein, zu der nun auch sie zählten. Als könnten seine Geschichten die Wut und die Wunden der Mannschaft heilen. Doch Erasmus fiel auf, daß Zeke seine Geschichten niemals in Gegenwart von Captain Tyler und den beiden Offizieren wiederholte. Er selbst hütete sich ebenfalls, seine beunruhigenden Träume zu erwähnen. Darin saß er stets mit seinen Brüdern zu Füßen seines Vaters, während sich Zeke, der im Traum als gleichaltriger Junge erschien, an der Tür herumdrückte und sehnsüchtig ihren vertrauten Kreis betrachtete. Sein Vater erzählte stets phantastische Geschichten, als hätte er sie nie wissenschaftliche Fakten gelehrt. *Aus uralten Zeiten wird urkundlich berichtet, sagte er, daß es Milch und Blut geregnet habe und Fleisch und Eisen; einmal aber regnete es Wolle und ein anderes Mal Backsteine. Es ist immer am besten, die Dinge aus eigener Anschauung kennenzulernen.*

Erasmus versuchte, nicht allzuviel darüber nachzudenken, was diese Träume oder die schwelenden Auseinandersetzungen zu bedeuten hatten. Er schoß Eismöwen und zwei Seetaucherarten, die ihm die ausgehungerten Hunde wegzufressen versuchten. Immer wenn sie eine Zeitlang festsaßen, versuchte Joe, die Hunde zur Ruhe zu bringen, indem er sie losmachte und auf dem Eis herumtollen ließ. Sie bellten wie verrückt und ließen sich häufig nur schwer zurückholen; einmal mußte Zeke zwei von ihnen ihrem Schicksal überlassen, als ein Eisberg plötzlich vom Schiff wegtrieb. Von da an ließ er Wissy nicht mehr mit den anderen herumlaufen, sondern behielt sie an einer improvisierten Leine dicht in seiner Nähe.

Ivan Hruska wäre fast ertrunken; eine Scholle riß auf, während er einen Anker in das Eis trieb, so daß er ins wogende Wasser geschleudert wurde. Es stimmte nicht, was Erasmus einst geglaubt hatte, daß das Eintauchen in das eiskalte Naß dem Leben sofort ein Ende machte. Ivan wurde gerettet – mit abgestorbenen Gliedmaßen, blau und außer Atem, aber er lebte. Finger wurden zwischen Reling und Leinen eingeklemmt, Rippen an der Gangspill geprellt, Haut schälte sich von Handflächen und Zehen brachen unter herabfallenden Meißeln. Dr. Boerhaave hatte unablässig mit der Versorgung ihrer Verletzungen und dem täglichen Verfassen von Krankmeldungen zu tun, die Zeke und Captain Tyler zu ignorieren gezwungen waren:

*Matrose Bond:* Abschürfungen an äußeren Fingerknöcheln, links
*Matrose Carey:* zwei gebrochene Rippen
Matrose DeSouza: Asthma, verschlimmert durch Überanstrengung
*Matrose Hruska:* Bronchitis nach Sturz ins Wasser
*Matrose Jensen:* Avulsion der rechten Zeigefingerspitze
*Matrose Lamb:* klagt über Leibschmerzen (Folge eines Schlags auf die Leber?)
*Matrose Hamilton:* eiternde Hautentzündung, beide Oberschenkelinnenseiten

Unromantische Leiden, die in Zekes Geschichten niemals vorkamen. Joe bemühte sich seinerseits, die Männer aufzuheitern. In Grönland, erfuhr Erasmus, hatte er für seine konvertierten Eskimos Gottesdienste abgehalten und ihren Gesang mit einer Zither begleitet. Jetzt schlug und zupfte er sein Instrument, brachte den Männern Lieder bei und sang mit ihnen, während sie an der Gangspill arbeiteten.

Nach einer Woche in der Melville-Bucht waren sie gerade mit dem Abendessen fertig, als sich das Eis um sie herum zusammenzuschieben begann.
»Wenn wir uns hier einen Ankerplatz freihacken«, sagte Captain Tyler und zeigte auf eine Einbuchtung in dem großen Eisberg neben ihnen, »müßten wir außer Gefahr sein, selbst wenn sich das Treibeis bis an die Küste heranschiebt.«

»Wir haben keine Zeit«, entgegenete Zeke. »Und wenn wir in diesem Berg vor Anker gehen und uns die Schollen dann die Ausfahrt versperren? Das kann uns Wochen kosten. Außerdem haben wir im Moment noch den Wind auf unserer Seite.«

Sie segelten weiter, die Männer warteten angespannt auf neue Befehle. An Deck, neben den angeketteten Hunden, bezogen Erasmus und Zeke schweigend Posten. Schon bald schloß sich die Wasserrinne vollständig und zwang sie, an einer Scholle festzumachen. Eine zweite Scholle, die Nils Jensen auf rund eine dreiviertel Meile im Durchmesser und fünf Fuß Dicke schätzte, schwamm an dem sie schützenden Eisstück vorbei, rasierte es zur Hälfte ab, ohne die Brigg zu berühren, und trieb friedlich weiter auf das Ufer zu. Als sie auf das Küstenfesteis traf, hob sie sich wie eine erstarrte Welle in die Luft und zerbarst mit lautem Getöse.

»Gehen Sie doch aus dem Weg!« sagte Mr. Francis verärgert und drängte Erasmus beiseite. Erasmus wich an die Reling zurück.

Während Captain Tyler und Mr. Francis herumbrüllten und die Männer mit Bootshaken und Holzbalken umherrannten, preßte eine dritte Scholle die *Narwhal* gegen das Küsteneis. Ned Kynd sagte mit einem Gesicht so weiß wie das Eis: »Sie wird uns zerquetschen.«

Er preßte sich neben Erasmus, der ihm im stillen beipflichtete, an die Reling. Das Eis auf der einen Seite trieb sie gegen das Eis auf der anderen; die Brigg ächzte, dann kreischte sie; ihre Seiten schienen nachzugeben, und das Deck bog sich nach oben. Die Zwischenräume zwischen den Planken wurden breiter. Zeke beugte sich zu Ned hinüber: zwei junge Männer, der eine blond, der andere dunkelhaarig; der eine ruhig, der andere verängstigt.

»Mach dir nicht solche Sorgen«, sagte Zeke. Er klopfte Ned auf die Schulter und lächelte Erasmus zu. »Ich würde es nicht zulassen, daß uns etwas passiert. Unser Bug ist extra verstärkt worden, um solchem Druck standzuhalten.«

Als wären seine Worte ein Zauberspruch, erhob sich die Brigg und krängte, bis das Tau riß, und sie schossen rückwärts

über die Eisschollen wie ein von riesigen Fingern wegge-
schnipptes Samenkorn. Mehrere Stunden lang lagen sie schräg
auf aufgetürmten Eisbrocken, bis der Wind umsprang, das Eis
davontrieb und sie mit einem gräßlichen Klatschen wieder
flottmachte.

Zeke ließ Rum für alle Männer bringen und dankte ihnen
für ihre Arbeit. Zu Captain Tyler sagte er: »Sie begreifen nicht,
wie gut wir dieses Schiff dafür ausgerüstet haben, dem Eis
standzuhalten. Sie haben es hier nicht mit einem gewöhnlichen
Walfänger zu tun.«

»Wenn wir uns einen Ankerplatz geschaffen hätten ...«, sagte Captain Tyler mit erstickter Stimme. Sein Gesicht war
fleckig, die dicken Nasenflügel und das Kinn gerötet, die breite Stirn und der spitze Nasenrücken weiß. Erasmus fiel auf,
wie knotig seine Fingergelenke waren. »Wenn ...« Abrupt
übergab er Mr. Tagliabeau seinen Posten und zog sich unter
Deck zurück, wo er den Kopf in eine Decke wickelte.

Später, als sie auf dem Lukendeckel hockten, flüsterte Dr.
Boerhaave Erasmus zu, er befürchte, ihr Skipper stünde kurz
vor einem Schlaganfall. Sie sahen auf das Eis hinaus, zu angespannt, um zu schlafen, und begierig darauf, sich zu unterhalten: über alles mögliche, nur nicht über das, was sie gerade durchgemacht hatten. Sie waren noch immer etwas verlegen
im Umgang miteinander. Dr. Boerhaave meinte: »Diese Expedition ist ganz anders als die anderen, an denen ich teilgenommen habe. Empfinden Sie das auch so? Ich würde gern
mehr über Ihre frühere Reise erfahren.«

»Das letzte Mal, als ich etwas Ähnliches gemacht habe, war
ich dreiundzwanzig«, sagte Erasmus und hielt den Blick auf
die Eisstücke gerichtet, die in der Strömung herumwirbelten.
Dreiundzwanzig, kaum älter als Ned Kynd; und häufig war er
vor Angst halb gestorben. Wann hatte sich sein Kommandant
je die Zeit genommen, ihn zu beruhigen? Der Himmel war hell
wie am frühen Morgen, obwohl es schon nach zehn Uhr war;
wie herrlich war es, am Leben zu sein, unter den schimmernden Wolken! Wäre die Brigg hier zerborsten, wäre ein Teil der
Mannschaft jetzt tot, während der Rest auf den Trümmern

77

nach Süden trieb. Er lebte, hatte es warm und war in Sicherheit. Wozu sollte er seine Erlebnisse bei der Forschungsexpedition geheimhalten?

»Sie haben gefragt, warum mein Name nicht in Wilkes' Buch auftaucht«, antwortete er. »Es gab neun als ›Wissenschaftler‹ aufgeführte Zivilisten unter den zahllosen Marinesoldaten; ich war der zehnte. Wilkes hat mich nicht erwähnt, weil ich mich der Expedition erst im letzten Augenblick angeschlossen habe und kein Salär bekam.«

Er schluckte. Zwei Eisschollen stießen aneinander und trennten sich wieder, als beendeten sie einen Tanz. »Mein Vater hat meine Teilnahme arrangiert«, gestand er. »Die junge Frau, mit der ich verlobt war ...« – Sarah Louise Bettlesman, dachte er; immer noch sah er ihr Gesicht vor sich, spürte ihre Berührungen –, »... sie hatte eine schwache Lunge, sie starb ein halbes Jahr vor der geplanten Hochzeit. Danach kam ich nicht wieder auf die Beine, und mein Vater machte sich Sorgen. Er ließ ein paar Beziehungen spielen, und nachdem er Wilkes versprochen hatte, meinen Unterhalt auf der Reise zu bezahlen, sicherte er mir eine Koje als Titian Peales Assistent.«

»Wie traurig für Sie, einen so lieben Menschen verloren zu haben«, sagte Dr. Boerhaave mitfühlend. »Aber Wilkes schätzte sich doch sicher glücklich, Sie dabeizuhaben.«

Während das Eis seinen Walzer um den Bug fortsetzte und über ihnen die Wolken tobten, erzählte Erasmus den Rest der Geschichte, die er viele Jahre beim Sortieren und Sichten seiner Samen im Kopf bewegt hattte.

Die sechs Schiffe der Forschungsexpedition hatten Virginia 1838 verlassen. Vier Jahre lang waren sie kreuz und quer durch den Pazifik gesegelt, von Südamerika zu den Fidschis, von Neuseeland nach Neuholland, von den Sandwich-Inseln zum Oregon-Territorium und so fort. Erasmus hatte sich zwar einsam, fehl am Platze und häufig verloren gefühlt, dafür aber Dinge gesehen, von denen er keine Vorstellung gehabt hatte: Kannibalen, Vulkankessel, dreißig Kilogramm schwere Medusoide, den Meke wau oder Klubtanz der Fidschis – lauter Naturwunder, und daneben immer auch Wilkes' Brutalität gegenüber seinen Männern und seine ständige Mißachtung der Bedürfnisse der Wissenschaftler. Die Marinesoldaten hatten sie Insektenfänger und Muschelsucher genannt, und Wilkes hatte ihre Arbeit behindert, wo er nur konnte.

Sie durften nicht an Deck arbeiten, aufgrund der Bestimmungen der Marine und weil beim Segeln dort zu viel Betrieb sei. Unter Deck hatten sie wenig Licht und noch weniger frische Luft, und Wilkes verbot ihnen dort das Sezieren, da er sich vor den Gerüchen ekelte und glaubte, sie würden Seuchen verbreiten. Ihr oberstes Ziel sei das Kartographieren, sagte er, und dabei lasse er sich von niemandem behindern. Tag für Tag hatten Erasmus und seine Kollegen zusehen müssen, wie die goldenen Stunden ungenutzt vorüberzogen, während die Marineoffiziere topographische Vermessungen aller Inseln und Küsten vornahmen, an denen sie sich gerade befanden. Wunderbare Pflanzen und Tiere vor Augen, die stets außer Reichweite blieben. Sooft sie konnten, legten sie ihre Netze aus und trösteten sich mit wirbellosen Schätzen. Wenn sie glaubten, vor Hitze und Wut vergehen zu müssen, sprangen sie über die Reling in das Schwimmbecken, das die Männer aus einem ins Wasser gehängten Segel gemacht hatten. Anfang 1840, als die Expedition zur Erforschung der antarktischen Gewässer aufbrach und eine Landmasse unter dem Eis suchen wollte, sorgte Wilkes dafür, daß alle Wissenschaftler in Neuseeland und Neuholland zurückblieben, damit er etwaige geographische Entdeckungen nicht mit ihnen teilen mußte, sondern damit ausschließlich den Ruhm der Marine mehrte.

Er ließ alle zurück außer Erasmus, der zu unbedeutend war, um ihm in die Quere zu kommen. Auf dem schäbigen, schlecht ausgerüsteten Schiff wären Erasmus und die Seeleute beinahe erfroren. Aber sie hatten Eisinseln gesehen, die mehrere hundert Fuß hoch und eine halbe Meile lang waren, mit riesigen Torbögen, die in mit Klippen und Spalten gekrönte Höhlen führten. Eisflöße, auf denen manchmal hausgroße Felsblöcke lagen. Das Meer war strahlend hell gewesen wie blankes Silber, und ihr Kielwasser hatte gefunkelt wie Blitze aus dem Himmel. Ihre Stiefel waren so durchlässig, daß sie die Füße in

Decken wickeln mußten; ihre Kolanis hätten ebensogut aus Musselin sein können; ihre Geschützpforten waren undicht. An dem Abend, als zwei Offiziersanwärter zum ersten Mal den antarktischen Kontinent gesichtet hatten, war Erasmus von Ehrfurcht erfüllt gewesen und hatte schrecklich gefroren. Er war ihnen nach in die Takelage geklettert und hatte die Berge mit eigenen Augen gesehen, und dann die Eiswand, die ihr Schiff fast zerschmettert hätte. Von dieser Fahrt stammte Wilkes' berühmte Karte der antarktischen Küste.

Danach war alles nur noch unerfreulich gewesen; wie konnte er Dr. Boerhaave davon erzählen? Von den Streitereien zwischen Wilkes und seinen untergebenen Offizieren, von dem zertrümmerten Schiff oder dem Schiff, das mit allen Männern gesunken war; von den Matrosen, die von den Fidschis massakriert worden waren, und von den Vergeltungsangriffen; von den Auspeitschungen, einer knapp abgewendeten Meuterei und von den vielen verlorenen Funden... Er schwieg einen Moment. »Das Entscheidende aber«, sagte er schließlich, »war nicht, was wir entdeckt haben, sondern was bei unserer Rückkehr geschah. Wir wurden vollkommen ignoriert. Oder ausgelacht.«

»Davon ist in Wilkes' Bericht nicht die Rede«, meinte Dr. Boerhaave.

»Nein«, stimmte Erasmus ihm zu. »Wer schreibt schon über seine Niederlagen?«

Doch war dieser Aspekt der Geschichte gerade das, was ihn all die Jahre gewurmt hatte, ohne daß er darüber hinweggekommen war. Wilkes hatte, nachdem er mit elf Anklagepunkten vor ein Kriegsgericht gestellt worden war, in einem wütenden Anfall von verletztem Stolz alle Tagebücher, Logbücher, Protokolle und Karten beschlagnahmt, und alle Proben.

»Er nahm uns unsere eigenen Aufzeichnungen weg«, sagte Erasmus. »Unsere Zeichnungen und Bilder – alles hat er uns weggenommen.«

In Washington verschwanden die restlichen Präparate, die nicht schon während der Reise verlorengegangen waren. Wilkes hatte alle Wissenschaftler gezwungen, das verbliebene

Material in Washington zu bearbeiten, obschon sich alle guten vergleichbaren Sammlungen und Bibliotheken in Philadelphia befanden. Dann hatte er die Arbeiten, die sie trotz allem abgeschlossen hatten, zunichte gemacht. Sie waren in ein Land zurückgekehrt, das sich mitten in einer Wirtschaftskrise befand; die Kongreßabgeordneten waren nicht an naturwissenschaftlichen Erkenntnissen interessiert, sondern an Karten und Wegbeschreibungen zu neuen Robben- und Walfanggründen. Mit seinen endlosen Karten hatte Wilkes die Politiker zufriedengestellt. Doch gleichzeitig zögerte er die wissenschaftlichen Berichte der Expedition immer wieder hinaus.

»Und dann«, fuhr Erasmus fort, »nachdem Titian Peale und ich in jahrelanger Arbeit unser Buch über die Säugetiere und Vögel fertiggestellt hatten, erklärte Wilkes einfach, es tauge nichts, und verhinderte die Veröffentlichung.«

Er hielt inne; er konnte sich nicht vorstellen, Dr. Boerhaave zu erzählen, wie er sich aus Washington in die Sicherheit seiner Repositur zurückgezogen und ausschließlich seinen Samen zugewandt hatte. Weder ganz zu Hause noch richtig unterwegs, hatte er, seinen Bedürfnissen entsprechend, vor sich hin leben können, ohne einen eigenen Haushalt gründen zu müssen. Wenn ihn nach Gesellschaft gelüstete, die er seiner Familie nicht zumuten wollte, suchte er gewisse Etablissements in der Stadt auf oder fuhr für ein paar Tage nach Washington. Bescheidene Erquickungen, aber mehr hatte er nicht gehabt, während er die Blüte seiner frühen Mannesjahre vergeudete. An manchen Tagen hatte er sich zwar der Illusion hingegeben, er könne aus dieser Reise so etwas wie wissenschaftliche Ergebnisse ziehen, doch am Ende hatte nur Wilkes triumphiert. Dieser hatte trotz aller Rückschläge immerhin den großen Erfolg seines Expeditionsberichts erlebt. Schließlich hatte selbst Dr. Boerhaave jenseits des Ozeans ihn gelesen.

»Es ist so ein schlechtes Buch«, rief Erasmus aus. »Jeder, der die Beteiligten kennt, kann den Mischmasch verschiedener Stile erkennen – das unverhüllte Plagiat der Tagebücher und Logbücher seiner Untergebenen. Wilkes hat sein Werk mit Schere und Klebstoff verfaßt und mit einem absoluten Mangel an Ehrgefühl. Er hat sich die Texte zusammengestohlen und sich das Copyright erteilen lassen, um das Buch privat drucken zu können. Er ist damit reich geworden.«

»Ja, es hat gewisse stilistische Ungereimtheiten«, pflichtete Dr. Boerhaave ihm bei. Er zupfte an einer zersplissenen Tautakelung. »Das tut mir leid. Das wußte ich nicht – das ist eine schreckliche Geschichte.« Der Bindfaden löste sich ganz vom Tau. »Um so verdienstvoller, daß Sie diese Reise hinter sich gelassen und sich Commander Voorhees angeschlossen haben.«

»Das ist keine Frage des Verdienstes«, erwiderte Erasmus. Obwohl er bei diesen Worten das wunderbare Gefühl hatte, ihm werde vergeben. »Nur – ich möchte es einmal erleben, daß eine Reise gutgeht. Ich möchte Dinge entdecken, die Wilkes mir nicht kaputtmachen kann. Und – Sie wissen doch, daß meine Schwester mit Zeke verlobt ist?«

»Nein«, sagte Dr. Boerhaave. »Ich hatte keine Ahnung, Commander Voorhees hat nie erwähnt … er wird also Ihr Schwager?«

»Vermutlich«, antwortete Erasmus. »Natürlich.« Er nahm den Bindfaden auf, unsicher, ob er von so persönlichen Dingen sprechen sollte. »Meine Schwester steht mir sehr nahe«, sagte er. »Obwohl sie so viel jünger ist als ich – unsere Mutter starb bei ihrer Geburt, und ich habe sie mit großgezogen. Ich habe mich nicht zuletzt zu dieser Reise entschlossen, weil sie mich gebeten hat, auf Zeke aufzupassen. Er ist so jung, manchmal ist er ein wenig … impulsiv.«

»Das stimmt«, sagte Dr. Boerhaave. »Sie sind ein guter Bruder.«

War gut das richtige Wort? Er hatte einen geliebten Menschen verloren; das wollte er Lavinia ersparen. Das war ganz einfach seine Pflicht. Er fragte: »Haben Sie auch Geschwister?«

Dr. Boerhaave lächelte gequält. »Eine Schwester und einen Bruder. Beide leben in Schweden und sind verheiratet – vortreffliche, aber absolut alltägliche Menschen. Sie haben nie verstehen können, warum ich auf Reisen gehen wollte oder warum mich die Arktis so fasziniert. Wir schreiben uns, sehen uns aber fast nie. Sie kümmern sich rührend um unsere Eltern.«

Er war abgeschnitten, dachte Erasmus. Von zu Hause abgeschnitten; oder aber von häuslichen Fesseln befreit. Wie mochte sich das anfühlen? »Und in Edinburgh«, fragte er, »... wartet dort jemand auf Sie? Eine Freundin?«

»Mehrere«, antwortete Dr. Boerhaave. Weder prahlerisch noch im geringsten anzüglich; lediglich als Feststellung. »Hie und da, zwischen zwei Reisen, bin ich einer Frau nähergekommen, und ich halte mit allen die Verbindung. Aber da ich alle paar Jahre losziehe, schien es mir stets ungerecht, mich zu sehr an eine Frau zu binden und sie dann warten zu lassen. Ich bin schon so lange allein, daß es für mich mittlerweile ganz normal ist.«

Er drehte den Kopf nach einer Schar von Trottellummen, die schwarz und weiß von rechts nach links über den Bug blinkten. »Ich liebe diese Vögel«, sagte er. »Das Geräusch ihrer Flügel. Und was ist mit Ihnen? Sind Sie ... wartet zu Hause jemand auf Sie?«

»Nur meine Familie, niemand sonst – seit dem Tod meiner Verlobten.«

»Zwei waschechte Junggesellen!« stellte Dr. Boerhaave fest.

Darauf folgte, während die Lummen weiter an ihnen vorüberschwirrten, ein Moment, in dem jede Frage und jede Antwort möglich gewesen wäre. Erasmus hätte fragen können, was Dr. Boerhaave wirklich meinte, wenn er »allein« sagte – mit wem er sein Alleinsein teilte, und unter welchen Bedingungen. Dr. Boerhaave wiederum hätte Erasmus fragen können, was er nach Sarah Louises Tod getan hatte, um Liebe und Kameradschaft zu finden: er war doch sicher nicht völlig verdorrt? Doch der Moment ging vorüber, und die beiden scheuen Männer drangen nicht weiter ineinander. Erasmus mußte nicht sagen, daß er gelebt hatte wie ein Mönch, abgesehen von kurzen Liebschaften, nach denen er sich einsamer gefühlt hatte als zuvor; daß er das Gefühl nicht hatte überwinden können, wenn er Sarah Louise nicht haben konnte, dann gar keine zu wollen. Oder daß er sich trotz der Liebe zu seiner Familie daheim häufig eingesperrt fühlte und es doch nicht fertigbrachte fortzuziehen. Wohin hätte er gehen können? Alles war gleichermaßen möglich und gleichermaßen unmöglich. Sein Vater hatte Geduld mit ihm geübt; nur einmal, als er gereizt war, weil ihn eine Gürtelrose quälte, hatte er ihn scharf angefahren. Erasmus, hatte er gesagt, sei wie eine menschliche Verkörperung des dritten Newtonschen Grundgesetzes der Bewegung. Einmal angestoßen, bleibe er in Bewegung, bis ihn jemand anhalte; einmal angehalten, rühre er sich nicht von der Stelle, bis er wieder angeschoben werde. Genau wie du, hatte Erasmus entgegnen wollen. Doch er hatte geschwiegen.

In jener Nacht lag er in seiner Koje und grübelte darüber nach, was er preisgegeben hatte. Vielleicht hätte er die Reise erst gar nicht erwähnen sollen – aber wie konnte Dr. Boerhaave ihn kennenlernen, wenn er nichts über das wichtigste Ereignis in seinem Leben erfuhr? Eine Unmenge verschwendeter Tage. Während er paralysiert gewesen war, hatten sich zahllose andere, jüngere Männer in die Suche nach Franklin gestürzt. Jetzt war diese Suche auch zu seiner Sache geworden.

Zu Hause hatte er sich dem Wirbel widersetzt, der bei jeder Erwähnung Franklins ausgebrochen war. Daß billige Stiche mit dem Porträt des Forschers auf der Straße verkauft wurden, oder daß Zeke und er seinetwegen von den Zeitungen interviewt worden waren und man ihnen Geschenke aufgedrängt hatte, das alles hatte ihn kaltgelassen. Die süßlichen Briefe einer Mrs. Myers, die von einer kargen Witwenrente lebte, ihnen aber drei Gänsedaunenkissen für ihre Expedition spenden wollte; oder die Angestellten in den Läden, die, wenn er Socken bestellte, atemlos hinter dem Tresen hervorkamen und ihn ausfragten, als wären nicht nur Franklin und seine Männer, sondern auch Zeke und er Helden – diese Lobhudelei war ihm unangenehm. Er hatte sich auf die praktischen, alltäglichen Aspekte konzentriert. Es konnten noch Männer am Leben sein, die sich aus eigener Kraft ernährten oder bei den Eskimos lebten; Zeke und er suchten auch sie, nicht nur Franklin.

Als er Dr. Boerhaave von seiner früheren Reise erzählt hatte, war ihm aufgefallen, wie sehr sie sich von der jetzigen Fahrt unterschied. Diese war ein lohnendes Unterfangen. Sie hatte eine Bedeutung. Und als er endlich einschlief, träumte er von einer Kolonne von Männern, die sich von einem Schiff entfernten. Das Schiff sank langsam und still; die Männer drehten ihm den Rücken zu. Erasmus konnte Gesichter erkennen. Einen blonden Mann mit einer gebrochenen Nase, einen kleineren mit dunklen Augen und einer Warze am Kinn. Aber nicht Franklin und auch keinen der Offiziere; niemand von denen, deren Porträts in den Zeitungen abgebildet gewesen waren. Nur eine Schar von Fremden, die auf Hilfe warteten.

Der Traum war ihm unangenehm und machte ihm zugleich große Freude. Seit seiner ersten Expedition hatte er es sich nicht gestattet, jemanden zu bewundern, und war nicht gewillt gewesen, sein Leben in den Dienst einer großen Sache zu stellen. Doch als er jetzt erwachte, fühlte er sich jünger, als hätte sich eine große Hand herabgestreckt und ihn aus dem Abseits wieder in den Strom hinausgeschoben.

Während sie sich weiter durch die Melville-Bucht quälten, sagte Zeke die Namen aller Landspitzen her, an denen sie vorbeisegelten, und meinte sehnsüchtig: »Würde es dir nicht auch gefallen, wenn irgend etwas hier deinen Namen trüge?« Er hatte sich um seine Koje ein Rattennest aus Landkarten und Papieren gebaut. »Wäre es nicht herrlich, etwas vollkommen Neues zu entdecken?«

Nachts brütete er über den Berichten von Parry, Ross und Scoresby, manchmal schritt er an Deck auf und ab und las den Männern bei der Arbeit Teile daraus vor. Er zeigte wenig Interesse für die Flohkrebse, die Erasmus an den Verholtrossen gefunden hatte, oder an den Schneegänsen, Seeschwalben und Elfenbeinmöwen, die über ihnen dahinsegelten und gelegentlich Sturzflüge vollführten. Ebensowenig kümmerten ihn die wundersamen Luftspiegelungen, die in der Nähe der Sonne Bilder an den Himmel malten. Manchmal schienen sich ganze Eisberge über den Horizont zu erheben und auf dem Nichts zu schweben, doch Zeke geriet darüber nicht mehr in Entzücken.

Und Erasmus fiel auf, daß Zekes Tagebuch – ein stattlicher, in grüne Seide gebundener Band, den Lavinia ihm geschenkt hatte – nur ein paar bruchstückhafte Einträge enthielt.

»Findest du keine Zeit dafür?« fragte er.

Zeke schüttelte den Kopf. »Ich nehme es mir immer wieder vor. Ich mußte Lavinia versprechen, alles hier hineinzuschreiben, damit sie es lesen kann, wenn wir zurückkommen. Aber es ist so groß, und Wasserspritzer machen Flecken auf dem Deckel – außerdem habe ich ja noch das hier.«

Er zeigte Erasmus ein weiteres Notizbuch; er habe es schon seit Jahren, meinte er, bewahre es nachts unter dem Kissen und tagsüber in der Hosentasche auf. Erasmus starrte das abgenutzte schwarze Büchlein an, bekümmert, daß er nichts davon gewußt hatte.

»Ich fing damit an, als in mir der Wunsch erwachte, nach Franklin zu suchen«, sagte Zeke. »Ich benutze es für Notizen über die Bücher, die ich gelesen habe, als kleine Gedächtnisstütze.«

Er hielt es ihm hin, und Erasmus las die Seiten, bei denen es aufklappte. Die Titel von vier Büchern, die Zeke lesen wollte, und von sieben, die er kürzlich gelesen hatte, ein Brief an die Tageszeitung von Philadelphia, in dem Jane Franklins fortgesetzte Nachforschungen nach ihrem Gatten gelobt wurden, einige Gedanken über Skorbut und mögliche Vorbeugung dagegen (FRISCHFLEISCH. *Bei den Männern auf Zahnfleischbluten, Blutergüsse und Schwellungen der unteren Gliedmaßen, Wiederaufbrechen alter Narben und Wunden achten*), ein Rezept für Pemmikan, die Zeichnung einer Schlittenkufe, das Angebot eines Kaufmanns in Philadelphia über genügend Tabak, um die Mannschaft achtzehn Monate lang zu versorgen.

»Interessant«, sagte Erasmus, obgleich er angesichts dieses Sammelsuriums bestürzt war. Wo blieb die Dringlichkeit ihrer großen Mission? »Ich sehe, daß du hier aufgezeichnet hast, was du bei unserer Planung dieser Reise erfahren hast. Aber was ist mit den jetzigen Erlebnissen? Hältst du denn gar nichts davon fest? Notierst du nicht täglich, was du gesehen hast und wie wir vorankommen?«

»Das ist nicht wichtig«, erwiderte Zeke. Auf dem Tisch brannte eine Kerze und warf schemenhafte Schatten. »Jedenfalls nicht so wichtig wie die Planung dessen, was vor uns liegt. Ich benutze das Buch zum Denken, schreibe mir auf, worauf es wirklich ankommt. Captain Tyler mag die alltäglichen Geschäfte auf der Brigg führen. Ich bin derjenige mit der Vision. Ich bin derjenige, der uns im weitesten Sinne auf Kurs halten muß.«

»Den nüchternen Teil könnte ja ich übernehmen«, erbot sich Erasmus. »Unser Leben von Tag zu Tag aufzeichnen, meine ich. Dann könntest du dich auf einen persönlicheren Bericht konzentrieren.«

»Nimm doch das hier«, schlug Zeke vor, auf Lavinias Geschenk weisend. »Es hat eine gute Größe, da wirst du reichlich Platz haben.« Er steckte den Daumen unter einen dicken Stapel der Seiten und ließ sie dann über den Daumen laufen. Ein surrendes Geräusch wie Flügelschlagen. »Wenn wir nach Hause kommen, sagen wir Lavinia, wir hätten zusammen daran gearbeitet.«

Der Wind wurde wieder stürmisch. Nicht weit von Cap York gab Zeke Captain Tylers Wunsch nach und befahl, einen Liegeplatz in das Küsteneis zu schlagen, wo sie vor dem Sturm geschützt waren. Über ihnen ergoß sich ein Gletscher zwischen zwei Klippen, die von nistenden Trottellummen übersät waren: schwarze, mit Kotstreifen bedeckte Felsen, dazwischen der saubere weiße Eisfluß, und weitere verkotete Felsen, von denen wellenweise Ammoniakgeruch und ein seltsames Gezeter aufstiegen. Als einige Vögel ihre Eier verließen, um in den Spalten zwischen den Eisschollen zu fischen, feuerte eine Abordnung von Jägern auf sie. Dr. Boerhaave setzte sich auf einen Felsen, um die Parasiten im Gefieder der getöteten Vögel zu untersuchen. Zeke, Erasmus und Joe machten sich an den Aufstieg über die Gletscherzunge.

Sie waren mit einem langen Seil verbunden, das Joe ihnen zum Schutz vor den Gletscherspalten um die Hüften geschlungen hatte. Wissy, an einem zweiten Seil bei Zeke angeleint, übernahm die Führung, gefolgt von Zeke und Erasmus, den es ständig an den Rand zog, wo der Gletscher auf den Felsen traf. In steinigen, geschützten Mulden wuchsen Pflanzen. Miere, Sauerampfer und Steinbrechgewächse, Weiden, kaum mehr als handgroß – aber Zeke zog ihn hinter sich her wie ein Bauer seine säumige Kuh. Von hinten rief Joe ihnen Anweisungen zu, wenn er eine Schwachstelle im Eis entdeckte. Allein wegen der Flechten, dachte Erasmus, hätte sich ein einwöchiger Aufenthalt gelohnt; er konnte sich ihnen nicht mal eine Minute widmen. Umsonst hatte er stapelweise Briefumschläge für Samen mitgebracht. Die weißen Glöckchen der Schneeheide wie winzige Maiglöckchen, das zollhohe Gewirr von Rhizomen, alles pflanzte sich vegetativ fort, da die Wachstumsperiode für die meisten Pflanzen zu kurz war, um Samen zu bilden – er hätte sich Notizen machen müssen, umfangreiche Notizen, aber sie bewegten sich zu schnell voran.

Wo zerrte Zeke ihn jetzt wieder hin? Zu einem klotzigen, zerklüfteten Ding, das halb im Eis eingeschlossen war; eines bloßen Steins wegen entgingen ihm die Pflanzen am Rand der Klippe. Als er Zeke erreichte und sich beschweren wollte, grub dieser bereits eine Seite des Steinbrockens aus, von Wissys eifrigen Pfoten unterstützt. »Was ist daran so interessant?« fragte Erasmus.

»Ich weiß nicht. Er ist mir aufgefallen, weil er so fehl am Platze wirkt – was hat das Ding hier zu schaffen?«

Erasmus bückte sich und sah, daß die andere Seite des Felsblocks abgesplittert und aufgebrochen war, als wäre er von Menschenhand bearbeitet worden. An anderen Stellen entdeckte er eine Kruste, die ihm bekannt vorkam. »Es ist ein Meteorit«, sagte er zu Zeke, verärgert, daß er den Stein nicht selbst entdeckt hatte.

Joe, ganz außer Atem, holte sie ein und besah sich die abgesplitterte Seite. »Ein Eisenstein!« rief er aus.

»Warum nennen Sie ihn so?« fragte Erasmus. Er konnte Stellen spüren, an denen fingernagelgroße Stücke abgeschlagen worden waren.

»In dieser Gegend gibt es Eskimos«, sagte Joe. »Ross nannte sie Arktische Hochlandbewohner. Bis nach Godhavn hinunter hört man Geschichten darüber, wie sie die seltsamen, auf den Gletschern sitzenden Felsbrocken verwenden. Sie schlagen sich davon Spitzen für ihre Harpunen ab.«

Erasmus untersuchte den Stein genauer und nahm mit dem Messer eine Probe: Eisenspat, stellte er fest, metallisches Eisenerz, mit Nickel legiert. Ein ähnliches Exemplar war 1835 in Gloucestershire heruntergekommen – wie erstaunlich, so etwas hier zu finden! Und daß Joe wußte, was es damit auf sich hatte. »Schon seit Ross diese Gegend erforschte, fragt man sich, wo die Polarmenschen ihr Eisen herbekommen«, sagte er zu Zeke. »Sie müssen es von diesem Stein haben oder von ähnlichen Meteoriten.«

Joe nickte. »Hier irgendwo in der Nähe soll es drei große geben, denen die Eskimos Namen gegeben haben. Und vielleicht auch noch mehr kleinere wie diesen hier.«

Zeke klopfte auf den klobigen, stumpf glänzenden Stein. »So einen wichtigen Fund können wir nicht hier liegenlassen.«

»Sie dürfen ihn nicht mitnehmen«, rief Joe aus. »Die Eingeborenen brauchen sie. Sie nennen sie Saviksue; sie glauben, daß sie eine Seele haben.«

Erasmus sah von Joe zu Zeke, dann zum Stein. Er konnte nicht anders, in ihm siegte die Begierde.

»Sie haben in der Mehrzahl gesprochen«, erwiderte Zeke, »Sie geben selbst zu, daß es mehrere gibt. Ich nehme nur diesen kleinen mit.«

Gegen Joes Protest kratzten Zeke und Erasmus mit ihren Messern das Eis von dem Stein, bis er freilag. Er war so schwer wie ein Mann. »Helfen Sie uns wenigstens, ihn zum Schiff zu rollen«, bat Zeke, und schließlich gab Joe nach.

In dem unheimlichen rosafarbenen Licht schwitzten sie, kämpften und mühten sich ab, in der Ferne begleitet von ständigen Gewehrschüssen und dem empörten Geschrei der Vögel. Als sie zum abschüssigeren Teil des Gletschers kamen, glitt Erasmus am Rand einer Schmelzwasserkuhle aus und stürzte. Joe und Zeke, die vor und hinter ihm angeseilt waren, purzelten hinterdrein. Der Meteorit rutschte ihnen aus den Händen und polterte zu Tal, während sie sich aus dem Seil lösten. Er wurde schneller, schlingerte seitwärts davon und sprang über eine letzte Eiskante in die Spalte zwischen dem Gletscher und der Klippe.

Erasmus hörte ihn zerschmettern und sprang auf. Er rannte hinterher, zu spät, um ihn zu retten; er stolperte, rutschte aus und blieb, von der Hoffnung getrieben, doch noch ein Stück zu ergattern, fast bis zum Schluß auf den Beinen, schlitterte dann jedoch über die letzte Gletscherkante hinaus. Er flog mit offenen Augen in hohem Bogen über den steinigen Klippenrand auf das Eis zu und betete, daß er schnell sterben möge. Er sah einen dunklen Fleck von der Größe eines Eßtischs, eine offene Stelle im Eis, dann war er unter Wasser. Dann unter dem Eis.

Das Wasser brannte wie Feuer, versengte ihm Mund und Augen, aber noch während er um sich schlug und strampelte und fühlte, wie seine Arme und Beine taub wurden, sah er die Fischschwärme, die sich um seine Beine tummelten, und die Lummen, die unbekümmert wie Fische im Wasser schwammen, und die kühle, grüne, leuchtende Unterseite des Eises. Ihm blieben ein paar Minuten, dachte er, in Erinnerung daran, wie Ivan fast ertrunken war. Mehr nicht. Ein weißes Schimmern: Belugas? Er wurde ohnmächtig oder erfror oder ertrank. Als er wieder zu sich kam, sah er Dr. Boerhaaves besorgtes Gesicht über sich.

»Lebe ich noch?« fragte Erasmus.

»Es war knapp«, antwortete der Doktor. »Ned hat Sie herausgezogen.«

»Haben Sie den Meteoriten gesehen?«

Dr. Boerhaave schüttelte den Kopf.

Bevor sie sich auch nur ein einziges Stückchen von dem Stein sichern konnten, ließ Captain Tyler die *Narwhal* hektisch in eine sich unvermittelt öffnende Rinne lenken. Erasmus ruhte sich einen Tag lang in seiner Koje aus, um sich von seinem eisigen Bad zu erholen. Als er sich besser fühlte, bedankte er sich bei Ned.

»Nicht der Rede wert«, sagte Ned. »Ich nahm gerade einen Fisch aus und starrte dabei genau auf das Loch im Eis, in dem Sie gelandet sind. Ich bin einfach mit dem Bootshaken hingerannt.«

Mit Hilfe von Dr. Boerhaave verfaßte Erasmus eine Beschreibung des Meteoriten, um sie nach Edinburgh zu schicken. Das Wetter wurde schön – am Tage warm, und während des leuchtenden Nordlichts, das für sie Nacht bedeutete, knapp unter dem Gefrierpunkt –, und als Erasmus an Dr. Boerhaaves Freund schrieb, zählte er das eigentümliche Nebeneinander sommerlicher und winterlicher Merkmale auf: kühle Luft, heiße Sonne; schwarze Klippen, weißes Eis. An dem wolkenlosen Tag, an dem sie das Nordwasser erreichten, fühlte er sich wie zur Erntezeit daheim.

Die Luft war warm, das Wasser blitzte wie Stahl, die Eisberge schwebten über dem Horizont. Die Männer hatten fast alle Kleider abgelegt. Mr. Tagliabeau trieb sie an der Gangspill zur Arbeit an, als der Ausguck rief: »Wir haben es geschafft!«, und die Brigg brach ins offene Wasser durch. Alle hielten in ihrer Arbeit inne und stießen ein dreifaches Hurra aus. Mr. Tagliabeau und Captain Tyler umarmten einander und schüttelten dann, zu Erasmus' Verblüffung, Zeke die Hand. Joe holte seine Zither heraus und spielte ein paar fröhliche Weisen; Captain Tyler ließ die Segel setzen, und sie waren dem Packeis entkommen.

# 3. Ein Rausch der Entdeckungen
## (Juli – August 1855)

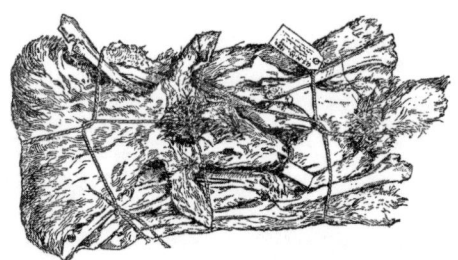

Von den Wellen gewiegt auf der Fahrt übers Meer
Schlief ich in meiner Matte, das Herz war mir schwer.
Denn mir träumte, und ich hielt den Traum für wahr,
Von Franklin und seiner tapferen Schar.

Mit hundert Männern ging er auf die Reis'
Im Monat Mai: ins ewige Eis.
Nach der Route durchs Eismeer stand ihm der Sinn,
Da müssen wir Seefahrer manchmal hin.

Wo der Walfisch bläst in der Baffin-Bucht
Da hat John Franklin sein Schicksal versucht.
Sein Schicksal, das mit seinen Männern er fand,
das ist auf der Welt keinem Menschen bekannt.
Sie litten furchtbare Nöte zuhauf,
Ihre Schiffe liefen auf Eisberge auf,

*Wo der Eskimo in seinem Kajak aus Haut*
*Sich vorher als einziger durchgetraut.*

*Doch jetzt schafft das Schicksal mir bittere Pein,*
*Wie gern sucht' ich selbst nach dem Franklin mein.*
*Zehntausend Pfund gäb' ich, tät' mir einer kund,*
*Ob mein Franklin noch lebt zu dieser Stund.*

Lady Franklins Klage
(Nach einem traditionellen Volkslied)

$\mathcal{A}$lexandra schrieb in ihr Tagebuch:

*In dem Kalender, den Lavinia an unseren Tischen liegen hat, streicht sie nicht nur jeden vergangenen Tag durch, sondern zählt auch die verbleibenden Tage bis zum Oktober. Es ist ihr unangenehm, wenn ich sie dabei ertappe, und auch wenn sie sich selbst dabei ertappt. Wenn wir Zekes Familie besuchen, schlingt sie die Arme um seine schwarzen Hunde und vergräbt die Nase in ihrem Fell; der Geruch erinnere sie an ihn, behauptet sie, seine Kleidung habe stets leicht nach Hund gerochen. Aber sonst gibt sie sich tapfer und versucht, nicht von ihren Sorgen zu sprechen.*

*Doch ich merke, wie zerstreut sie ist und wie schwer es ihr fällt, sich zu konzentrieren. Von ihrer Unruhe einmal abgesehen, ist sie es nicht gewohnt, ausdauernd zu arbeiten. Ich muß mir vor Augen halten, daß ich zumindest für die Dauer meiner Kindheit beide Eltern hatte, während sie immer ohne Mutter war: Natürlich ist sie davon geprägt, ebenso wie von dem Zusammenleben mit ihren Brüdern. Als wir am Dienstag versuchten, einen schwierigen grünlichblauen Farbton zu mischen, erzählte sie, daß ihr Vater sie oft dazugebeten habe, als er ihren Brüdern vorlas – wenn sie nicht gerade Mal- oder Klavierstunde hatte oder im Kochen oder der Versorgung des Haushalts unterwiesen wurde. Aber sie habe nur mit halbem Ohr zugehört, in der Gewißheit, daß sie dieses Wissen nie verwenden würde. Erasmus und Copernicus würden reisen, Linnaeus und Humboldt die Bildtafeln stechen und die Bücher drucken, die aus den Reisen anderer Männer entstanden. Aber ich, sagte sie, ich*

95

*habe immer gewußt, daß ich zu Hause zurückbleiben werde. Warum sollte ich mir also die Mühe machen, die Dinge zu lernen?*

*Eben darum, hätte ich am liebsten zur Antwort gegeben. Weil auch das Lernen selbst einen Sinn hat, und wir nie wissen, was wir eines Tages brauchen werden. Doch ich deutete nur auf unsere Farben. Als du damals Malstunden hattest, fragte ich, hast du da je daran gedacht, daß wir eines Tages so etwas wie dies tun würden? Ich würde sie gerne durch Freude an unserer Aufgabe ablenken.*

*Heute brachten wir die Stiche mit den Ringelwürmern zu Ende, und anschließend arbeitete Lavinia an ihrer Aussteuer, sortierte Stapel von besticktem weißem Batist und gebändertem Musselin. Mieder und Höschen, Nachthemden und Unterröcke – größtenteils von zwei jungen Schwestern genäht, Halbfranzösinnen aus Chester. Sie selbst ist wenig geschickt im Sticken, aber sie ist so gut, mich nicht um Hilfe zu bitten, obwohl sie weiß, daß ich mir früher manchmal meinen Unterhalt durch Nähen verdient habe. Ich habe ihr etwas über mich erzählt, das sie nicht wußte – in ihren alten Ausgaben des Lady's Book, die sie brav hütet, zeigte ich ihr die Stiche, die ich für Mr. Godey handkoloriert habe. Ein Gewand in Grün und Gelb, das entfernt an die Flügeldecken eines Käfers erinnerte, entlockte ihr ein Lächeln. »Das könntest du auch«, sagte ich zu ihr. »Wenn die Beschäftigung mit Pflanzen und Tieren dir nicht gefällt, könnte ich dir, wenn wir mit dem Buch fertig sind, helfen, Arbeit zu finden, indem du Damenmode kolorierst.« Sie gab zu bedenken, daß ihre Brüder so etwas als unschicklich ansehen würden, vor allem, da sie es nicht nötig habe, sich ihren Unterhalt zu verdienen.*

*Zwei Kardinalpärchen nisten in dem Falschen Jasmin an meinem Fenster. Ein Riesenseidenspinner ist aus dem Kokon geschlüpft, den Erasmus auf dem Fensterplatz liegengelassen hat. Gestern abend kam meine Familie zum Essen, und nachdem wir über die Reden gegen die Sklaverei gesprochen hatten, die sich Emily in Germantown angehört hat, nahm Harriet mich beiseite und gestand mir leise, daß sie wieder in*

*Umständen sei. Dann erkundigte sich Browning ungeschick-*
*terweise, ob wir etwas Neues gehört hätten. Natürlich mach-*
*te das Lavinia sofort traurig. Keine Post, antwortete ich rasch.*
*Noch nicht. Aber noch ist es zu früh, als daß die Walfänger,*
*die den Kurs der Brigg gekreuzt haben könnten, schon wieder*
*in ihren Heimathafen eintreffen würden.*

*Als sie gegangen waren, lasen wir uns gegenseitig vor, wie*
*wir es am Abend gewöhnlich tun. Lavinia liest aus Mary Shel-*
*leys Erzählung über Frankenstein und sein Ungeheuer; ich aus*
*Parrys Tagebuch. Das Tagebuch von der ersten Reise, als Parry*
*kaum älter war als Zeke und seine Männer, noch alle Anfang*
*zwanzig; die Reise, auf der alles gutging. Schönes Wetter,*
*beachtliche Entdeckungen, Jagdglück, sternenreicher Himmel.*
*So geht es auch Zeke und Erasmus, sagte ich.*

*Aber als wir später auf unsere Zimmer gingen, las ich heim-*
*lich in Parrys Tagebuch von seiner zweiten Reise. Bei Lavinia*
*vermeide ich es stets, die Sprache auf die Winter-Insel und die*
*Iglulik zu bringen; wenn sie Parrys Andeutungen über die Frau-*
*en und ihre Beziehungen zu seinen Männern hörte, würde sie*
*sich auch noch darüber Gedanken machen. Ich liege im Dun-*
*keln und träume von diesem Land und seinen Menschen. Ich*
*würde alles geben, um bei Zeke und Erasmus zu sein. Alles.*
*Ich bin dankbar für meine Stelle hier, aber manchmal fühle ich*
*mich so eingeengt – warum kann mein Leben nicht bedeuten-*
*der sein? Ich stelle mir vor, wie sich Parry und seine Besatzung*
*mit den Eskimos anfreunden: die Festessen und Spiele, die Pelz-*
*kleider, die Frauen, die sich gegenseitig tätowieren, indem sie*
*vorsichtig die Nadel mit dem in Lampenruß und Öl getränk-*
*ten Faden unter der Haut im Gesicht und an den Brüsten hin-*
*durchziehen. Ich träume von ihnen. Ich träume vom Eis, vom*
*Schnee, vom Eis, vom Schnee.*

Von ebendiesem Eis und Schnee umgeben, träumte Erasmus
von daheim – immer seltener allerdings, je weiter die Brigg in
den Lancaster-Sund hineinsegelte. Um ihn herum wimmelte es
von brütenden Seeschwalben und Möwen, Schneegänsen und
Lummen, Eiderenten und Krabbentauchern; das Wasser voll

von Walen, Robben und verstreuten Eisschollen, ein Himmel, aus dem die Vögel herabschossen wie Pfeile und die Wasseroberfläche durchbohrten wie eine Haut. Dann und wann durchstießen Narwale die Haut von der anderen Seite her, als wollten sie das einsame Schiff beschnuppern. Sie hatten kein Schiff mehr gesehen, seit sie in der Ponds-Bai einigen Walfängern begegnet waren, doch Erasmus war alles andere als einsam. Wie gebannt starrte er auf die Klippen und wußte, Dr. Boerhaave teilte seine Begeisterung.

»Geh vor Anker«, flehte er Zeke an. »Gib uns etwas Zeit da oben.«

Aber Zeke meinte, in ihrem Zeitplan sei nicht eine Minute Luft. Doch endlich, als sie an einem Eisberg festmachten, um Süßwasser aufzunehmen, wurden Erasmus vier Stunden bewilligt. Ned und Sean Hamilton ruderten ihn und Dr. Boerhaave zu einer Kolonie von Dreizehenmöwen.

»Wir klettern einfach«, sagte Erasmus zu Dr. Boerhaave. Er zitterte förmlich, so gern hätte er sich hundertfach geteilt und hundert Dinge gesehen. »Geradewegs nach oben und sammeln alles, was wir kriegen können.« Ned und Sean, die am steinigen Ufer entlangschlenderten, gab er einen kleinen Stoffbeutel mit. »Hier könnt ihr Pflanzen hineintun«, sagte er. »Falls Ihr unterwegs etwas Interessantes seht.« Dann machten sich Dr. Boerhaave und er, die Gewehre und Netze auf den Rücken geschnallt, an den Aufstieg über die mit Vögeln übersäten Felsen.

Vier Stunden, die vorübergingen wie im Fluge. Sie brachten ausgewachsene Vögel, Eier, tote Nestlinge und Nester an Bord. Auf der *Narwhal* legte Ned den Stoffbeutel zu ihren Schätzen. »Wir sind ein Stück in Richtung Osten gegangen«, berichtete er, »und haben eine kleine Wiese gefunden.« Er langte in den Probenbeutel und breitete Hände voller Pflanzen auf dem Deck aus. »Das hab ich Ihnen mitgebracht«, meinte er. »Ist es das, was Sie wollten?«

Erasmus nahm einige Pflanzenteile in die Hand; Ned hatte Blätter und Zweige und einzelne Blüten gepflückt, statt sorgfältig ganze Pflanzen mit der Wurzel auszuziehen. Daheim hatte Erasmus das Mädchen angeschnauzt, wenn sie es gewagt hatte, seine trocknenden Pflanzen zu berühren; für das Durcheinander vor seinen Augen gab er sich selbst die Schuld. Er hatte nicht daran gedacht, daß nicht jeder wußte, wie man eine Herbaprobe korrekt entnimmt. Trotzdem konnten Dr. Boerhaave und er den kleinen Mohn mit den goldenen Blütenblättern und vier Steinbrecharten bestimmen. Ned hatte, wie Erasmus mit einigem Verdruß sah, eine typische arktische Wiese gefunden, die ihm selbst entgangen war.

»Das habt Ihr wunderbar gemacht«, sagte er. »Vielen Dank. Ich will dir nur eben zeigen, wie ein Wissenschaftler eine Pflanze entnimmt.«

Er erklärte Ned kurz die Begriffe Wurzel, Stiel und Blatt, Blüte und Fruchtkörper. Später schrieb Ned seine Sätze fast wörtlich nieder und setzte daneben die Skizze eines korrekt entnommenen Exemplars mit einigen Definitionen:

*Ein Herbarium ist eine Sammlung getrockneter Pflanzenproben, die präpariert und systematisch geordnet sind. Das Gerät mit den flachen Brettern und den Riemen ist eine Pflanzenpresse. Mr. Wells will Exemplare aller interessanten Pflanzen entnehmen, möglichst viele von ihnen bestimmen, indem er sie mit seinen Büchern vergleicht, und eine Aufstellung machen: Das ist seine Aufgabe auf dieser Reise. Dr. Boerhaave hilft ihm dabei. Ich kann mithelfen, haben sie gesagt, wenn ich es mir von ihnen zeigen lasse. Es ist wie eine neue Sprache – Stempel, Staubgefäß, gefiedert, handförmig gefingert – nicht besonders schwer, aber wer hätte gedacht, daß jemand sein ganzes Leben mit so etwas verbringen kann? Aus einer rotblättrigen Pflanze, die er Oxyria nennt und die so aussieht wie der Sauerampfer daheim, habe ich Salat gemacht. Er war überrascht, wie gut er schmeckte.*

Hatten sie bisher Gewässer durchfahren, die Captain Tyler und die Offiziere kannten, so daß sie Zeke gegenüber im Vorteil waren, kannte sich hier keiner von ihnen mehr aus. Zeke hatte die Seekarten seiner Vorgänger; er hatte ihre Berichte gründlich gelesen. Das gab ihm, wie Erasmus feststellte, eine gewisse Macht. Zum ersten Mal waren die anderen Offiziere auf Zekes Wissen angewiesen. Es fiel nicht mehr ins Gewicht, daß er noch nie in der Arktis gewesen war und daß er sein Wissen nur aus Büchern hatte. Eis war Eis, Inseln waren Inseln, Kanäle öffneten sich dort, wo er sie vermutete. Sie hatten nichts als dieses Bücherwissen, und eine Weile waren Captain Tyler und die Offziere gefügig, weil sie die Bücher nicht kannten. Niemand zweifelte Zekes Befehle an.

Tausende von Narwalen begleiteten die Brigg durch die eisgefleckte Wasserstraße und erfüllten die Luft mit ihrem schweren, unheimlichen Blasen – so als ob das Meer selbst atmete, dachte Erasmus. Die Tiere waren ihre einzige Gesellschaft. Statt der großen Flotte, die bei Dr. Kanes erster Reise vor vier Jahren den Sund gefüllt hatte, waren nun überall diese kleinen Wale mit den langen Stoßzähnen und Robben, Walrosse und Belugas. Auch diese waren außerordentlich schön, dachte er. Sie waren kleiner als er erwartet hatte, von gleichmäßiger sahnefarbener Glätte über kräftigen Muskeln, und sie bewegten sich durch das dunkle Wasser wie flinke weiße Vögel.

Auch die Barrow-Straße war leer. Die kahle, strahlend helle Landschaft rauschte so schnell vorüber, daß Erasmus unwillkürlich merkwürdig greifende Handbewegungen machte, als könnte er so das Sehenswerte, das ihm vorenthalten wurde, zu fassen bekommen. Selbst bei den Grabhügeln auf Cap Riley und später auf der Beechey-Insel bei den Gräbern von drei Männern Franklins und den Überresten ihres ersten Winterquartiers hielten sie sich nur kurz auf. Es waren wirklich, da waren sich Erasmus und Zeke einig, dieselben Stellen, die Dr. Kane und die anderen 1851 entdeckt hatten. Vom Wasser aus stieg der graue Kieshang sanft an, bis er in schroffe Klippen überging. Vor dem Hintergrund dieser Klippen waren die Grabhügel und Grabsteine sehr klein. Erasmus, Dr. Boerhaave, Zeke und Ned inspizierten die Kalksteinplatten, die mosaikartig über zwei der Gräber gelegt worden waren, und die kleinen Zäune aus flachen Steinen, die jeden der Hügel umgaben.

»Wenn wir sie exhumierten«, meinte Dr. Boerhaave, »oder zumindest einen von ihnen, und bestimmen könnten, woran er gestorben ist, bekämen wir vielleicht wichtige Hinweise auf das Schicksal der Expedition.«

Zeke trat von den Gräbern zurück. Ein Zittern erfaßte seine Hände, lief ihm über Arme und Schultern bis übers Gesicht. »Wir sind keine Grabräuber«, sagte er. »Und auch keine Leichenschänder. Das hier sind Engländer, Männer von gleichem Fleisch und Blut wie unsere Besatzung. Sie haben ein Recht auf ihren Frieden. Und was könnten wir erfahren, wenn wir ihnen Gewalt antäten?«

»Angenommen, sie wären verhungert?« entgegnete Dr. Boerhaave. »Schon in diesem ersten Winter. Bei dieser Kälte wären genügend ... sterbliche Überreste da, um das festzustellen.«

»Wenn ich dort läge«, meinte Zeke, »oder Sie – schlimm genug, daß sie hier so allein zurückgelassen wurden. Nichts, was Sie erfahren würden, könnte uns etwas darüber sagen, welchen Weg die Expedition genommen hat.«

Er starrte auf die Gräber und wandte seinen Blick dann wieder Dr. Boerhaave zu. »Als Sie Medizin studiert haben«, begann er, »haben Sie da?«

»Ja, selbstverständlich«, versetzte Dr. Boerhaave. Als Zeke den Kopf schüttelte und sich entfernte, lächelte Dr. Boerhaave Erasmus zu, der das Lächeln seines Freundes erwiderte.

Nachdem die drei gegangen waren, blieb Ned noch eine Weile dort, legte auf jedes Grab einen Stein und sprach ein Gebet. Er erzählte niemandem von der seltsamen Halluzination, die ihn später verfolgte. Als er in dem Bächlein oberhalb der Gräber Pökelfleisch abspülte, stellte er sich vor, wie das Wasser in die Särge sickerte und die Leichen der Seeleute umspülte, die so jung gewesen waren wie er. Unter den obersten Kiesschichten war der Boden gefroren, er taute niemals auf, und er sah auch die gefrorenen Körper vor sich, für immer konserviert, geehrt, im Andenken bewahrt. Diese Vision tröstete ihn, weckte aber auch seinen Zorn. In Irland hatte er gesehen, wie man Leichen wie Feuerholz aufstapelte oder achtlos in gewaltige Gruben warf. Hier, wo es hätte sein können, daß sie nie jemand

zu sehen bekam, hatte jeder der drei jungen Engländer ein liebevoll bereitetes, einzigartiges Grab bekommen, einen Grabstein mit eingemeißelter Inschrift, einen kleinen Zaun.

Nach diesem ersten flüchtigen Blick auf die verschollene Expedition saß die Zeit ihnen noch mehr im Nacken. Als sich die
Segel füllten und in der frischen Brise bauschten, meinte Zeke:
»Nachdem sie die Beechey-Insel verließen, muß Franklin mit
der *Erebus* und der *Terror* den Peel-Sund hinuntergesegelt sein.
Im Westen ist das Eis so dick, und wenn man bedenkt, was in
Raes Bericht steht – welchen Kurs hätte er sonst nehmen sollen? Das ist das einzige Gebiet, das die früheren Schiffe nicht
abgesucht haben. Sie waren alle sicher, daß er sich irgendwie
nach Norden gewandt hatte, nachdem er den Weg nach Westen
versperrt fand. Aber wie hätte auch nur einer seiner Männer
in die Nähe von King-William-Land kommen können, wenn
nicht durch den Peel-Sund?«

Simple Logik, dachte Erasmus. Also mußte es stimmen.
Selbst Captain Tyler zuckte die Achseln und pflichtete Zeke
bei. Sie drehten nach Süden ab in der Gewißheit, Franklins
Spur zu folgen. Nach fünfunddreißig Meilen schweren Segelns,
im Kampf gegen das dichter werdende Eis, wurde die *Narwhal*
schließlich durch geschlossenes Pack aufgehalten. Keine Zeit,
sich mit Bedauern aufzuhalten, sagte Zeke. Er leitete sie auf
demselben Weg zurück, umrundete die Steilwände und
Schluchten an der Küste von Nord Somerset und segelte östlich dieser Insel hinunter bis an die Bellot-Straße. Durch sie
hoffte Zeke wieder in den Peel-Sund zu gelangen.

In der Bellot-Straße erwies sich das Eis als vollkommen
undurchdringlich. Die Männer standen zusammengedrängt am
Bug und murrten vor Enttäuschung; »Dieses gottverdammte
Eis!« stieß Captain Tyler hervor und verschwand unter Deck.
Ihre letzte Möglichkeit, King-William-Land auf dem Wasser-
wege zu erreichen, hatte sich zerschlagen, das wußte Erasmus,
und mithin jede Chance, Franklins Schiffe zu finden. Aber sie
konnten immer noch über Land Spuren der Expedition finden,
wie es Rae gelungen war. Auf Zekes Befehl setzten sie ihren

Weg nach Süden fort, an den gewaltigen Höhenzügen vorbei in den Golf von Boothia.

Zeke verhielt sich kühl und distanziert, sprach kaum, außer um Befehle zu geben, und behandelte Captain Tyler wie einen Fährenskipper. Er duldete keinen Aufenthalt, weder für die Jagd noch für Erasmus, damit er Proben sammeln konnte. Die Winde und Strömungen hier schienen das Eis von allen Seiten zusammenzuschieben, es ergoß sich von Norden her in den Golf, wo es herumwirbelte und sich auftürmte und dabei mehrmals fast die Brigg zermalmte. Die Männer wurden nervös und mürrisch. Hier draußen, weit von den üblichen Walfanggebieten entfernt, schienen sie alle gleichzeitig aus einem Traum zu erwachen. Warum waren sie mitgekommen? Weil sie Arbeit brauchten, wie Erasmus allmählich begriff; nicht weil die Ziele der Expedition sie reizten, sondern weil sie im Frühling, als Zeke die Männer angeworben hatte, einen Erwerb suchten. Sie hatten angemustert, weil die Heuer gut war und weil sie sich ihr Vorhaben trotz aller Geschichten Zekes nicht wirklich hatten ausmalen können. Wer von ihnen noch nie zuvor zur See gefahren war, hatte keine konkreten Informationen gehabt, keine Möglichkeit, sich vorzustellen, was vor ihnen lag; die Männer mit Walfangerfahrung mußten sich gedacht haben, die Suche nach Franklin würde sich so ähnlich gestalten wie die Suche nach Walen.

Die Vorstellung, sich nur zu bewegen, um in Bewegung zu bleiben, sich ohne die Garantie einer Belohnung immer tiefer ins Eis vorzuarbeiten, war für sie so befremdlich wie es für ihn gewesen wäre, einen Grönlandwal zu flensen. Jedem Befehl Zekes wurde mit Murren begegnet: *Wir hätten in der Cresswellbai vor Anker gehen sollen; die Männer brauchen Frischfleisch; die Schollen schaben uns die Seitenverkleidung ab* – Mr. Francis, Ned Kynd, Mr. Tagliabeau.

Fletcher Lamb, der gerade sein Rasiermesser abzog, als sie einen der monströsen Eisberge rammten, zuckte zusammen und schnitt sich die Spitze seines linken Ringfingers ab. Zwei aufgestörte Hunde gingen aufeinander los, daß Fellfetzen durch die Luft flogen und Blut spritzte; ein Kessel rutschte über

Bord. Als die *Narwhal* schließlich jedes weitere Vorankommen aufgeben mußte, noch durch die volle Breite der Boothia-Halbinsel von King-William-Land getrennt, begannen die Männer gleich an dem Tag, als sie Anker warfen, lautstark zu verlangen, daß sie umkehrten.

Entmutigt starrte Erasmus auf die Seekarten. Sie hatten nicht das kleinste Stückchen neue Küstenlinie entdeckt; die ausgezeichneten Karten von John und James Ross gaben jede kleine Bucht, die sie gesehen hatten, genau wieder. Dennoch konnten sie von hier aus, ganz gleich was die Männer davon halten mochten, endlich mit der Suche nach Spuren von Franklin und seinen Männern beginnen – hier geht es jetzt, dachte Erasmus, endlich richtig los. Doch was statt dessen losging, war, daß die Hunde starben.

Die nach den bisherigen Mißgeschicken noch verbliebenen Hunde, ein Dutzend, tobten über das Schiff, wobei sie Kopf und Schwanz abwechselnd hängen ließen und ruckartig hochwarfen und dazu unablässig wie rasend eine unsichtbare Bedrohung anbellten. Das Leittier, ein riesengroßer schwarzer Hund, verendete zuerst: ein feuchtes Bündel am Fuße des Großmasts. Seine weißfüßige Gemahlin folgte ihm, dann zwei der Welpen, die Joe zuvor gerettet hatte: rotäugig, fiebrig, Schaum vorm Mund. Sie gingen auf Zeke, Erasmus und Dr. Boerhaave los, die sich verzweifelt bemühten, ihnen zu helfen. Dr. Boerhaave schrieb:

*Warum habe ich mir nie die Zeit für ein wenig Tiermedizin genommen? Bei der Autopsie fand ich nichts, nur die Lebern schienen mir geringfügig vergrößert, aber das kann ich nicht mit Sicherheit sagen: Wie sieht eine gesunde Hundeleber aus? In Godhavn hörten wir Gerüchte über eine geheimnisvolle Krankheit unter den Hunden von Südgrönland, aber die unseren schienen sich bester Gesundheit zu erfreuen, bis wir kürzlich den Lancaster-Sund verließen. Ich hätte besser achtgeben sollen. Ich bin mir nicht sicher, wie Tollwut bei Hunden verläuft, mußte sie aber in Betracht ziehen, und als vier von ihnen umfielen und sich mit den Pfoten an die Lefzen gingen, ließ ich sie erschießen, um eine Ansteckung zu verhindern. Commander Voorhees, der eine sentimentale Beziehung zu den Tieren hat, stellte mich wütend zur Rede, und wir stritten uns – er scheint nicht begreifen zu können, daß die kranken Hunde für die Männer gefährlich sein könnten. Jedenfalls blieben meine Bemühungen erfolglos, heute verloren wir das letzte ausgewachsene Tier, und jetzt sind nur noch Wissy und ein anderer Welpe übrig. Ich bin froh, daß niemand gebissen wurde. Bei der Obduktion fand ich keine auffälligen Entzündungsherde im Gehirn und auch nichts Außergewöhnliches im Rückenmark oder den Nerven. Warum habe ich nur nicht daran gedacht, ein Buch über Tiermedizin mitzubringen?*

*Fletcher Lambs verletzter Finger wird jetzt brandig unter dem Verband. Ich habe die Wunde versorgt und gespült, mache mir aber weiterhin Sorgen.*

Zeke hatte Wissy in der Kajüte gelassen in der Hoffnung, sie sei dort sicher, aber am Tag nach dem Tod des letzten Welpen fing sie an, wild herumzulaufen und gegen Kojen und Wände zu krachen. Zeke hielt sie in seinen Armen fest, trotz ihrer irrsinnigen Kraft; er versuchte sie mit Bröckchen zu füttern und ließ Dr. Boerhaave nicht in ihre Nähe. Sie wand sich, biß um sich und blieb schließlich still mit zurückgeworfenem Kopf und leerem Blick liegen. Über ihr fegte eine Seeschwalbe durch die Takelage, hin und her und durch die Wanten.

»Sie wissen, was wir tun müssen«, sagte Dr. Boerhaave.

Zeke übergab sie Robert Carey, der seine Geschicklichkeit mit der Waffe bewiesen hatte, als er auf der Beechey-Insel jede Menge Vögel beschaffte. Hinterher würdigte Zeke Dr. Boerhaave keines Blickes, und nichts, was Erasmus sagte, konnte ihn trösten. Dr. Boerhaave zog sich an Deck in eine Ecke zurück, drehte einen Knochenschädel in seinen langen Fingern und starrte auf seine Notizen, als könnte er die Hunde wieder lebendig machen. Zwischen den beiden Männern gefangen, fragte sich Erasmus, was der Tod der Hunde zu bedeuten habe.

Hier liegen wir nun fest, dachte er, durch das Eis am Weitersegeln gehindert, und durch den Mangel an Eis am Aufbruch zur Reise über Land gehindert. Der Schnee an Land war fast verschwunden, außer auf den Hügelkuppen und in versteckten Senken; das küstenfeste Eis war verworfen und gesprungen und mit Wasser vollgesogen. Selbst wenn es ihnen gelänge, Boothia zu überqueren, war die Straße zwischen der jenseitigen Küste und King-William-Land sicher nicht mehr fest zugefroren, sondern zu einer Masse loser, treibender Eisschollen aufgebrochen. An Schlittenfahren war nicht zu denken; das war etwas für den Frühling, wenn die Sonne wieder da, das Eis aber noch überall glatt und fest war. Wozu hatten sie die Hunde und Schlitten also überhaupt mitgebracht?

Doch er kannte die Antwort. Seit dem Kauf der Hunde hatte ihn der Gedanke gequält, daß Zeke irgendwo überwintern wollte, wenn die Brigg ihr Ziel nicht erreichte. Einige Männer mußten das ebenfalls vermutet haben, aber sie hatten alle glauben wollen, sie würden die Hunde nicht benötigen. Dann, nachdem ihr gewünschter Kurs an allen Stellen blockiert gewesen war, hatte Ned Erasmus am Arm gepackt und gefragt: »In der Mannschaft heißt es, wir fahren doch nicht mehr in diesem Sommer nach Hause. Wir werden den ganzen Winter hier bleiben, im Eis – stimmt das?«

Erasmus hatte nicht gewußt, was er sagen sollte. Er hatte gesehen, wie Zeke neue Seekarten hervorgeholt und anschließend in seinem kleinen schwarzen Buch herumgekritzelt hatte; aber jetzt waren die Hunde tot. Einmal, aber nur ein einziges Mal, hatte Zeke den Kopf an den Mast gelehnt und gesagt: »Ich frage mich, ob jemand sie vergiftet hat.«

»Du weißt, daß das nicht der Fall ist«, hatte Erasmus sanft entgegnet. Alle anderen taten, als hätten sie nichts gehört.

Joe, der sich vielleicht dachte, auf diese Weise die Aufmerksamkeit von den toten Hunden und Zekes übler Laune ablenken zu können, erzählte Geschichten, die wieder auf andere Weise Unruhe auslösten. Die Westgrönländer, bei denen er gelebt habe, sagte er, hätten wunderschön gestaltete Harpunen und Winterhäuser aus Stein und Grassoden, mit Robbendarmfenstern und Lampen, die mit Robbenspeck brannten. Wie warm diese Häuser im Winter sein konnten! So warm, sagte er, von der Körperwärme und den Lampen, daß die Frauen nur Fuchshautschlüpfer trugen, wenn kein Besuch da war.

Um die Männer wurde es still. In dieser Stille gaukelten sie sich einen Augenblick lang warme nackte Rundungen vor, von derlei koketter Reizwäsche spärlich verhüllt. In der Melville-Bucht hatten sie Geschichten von der Frau erzählt, die sich mit Mitgliedern von Parrys, aber auch von Franklins erster Expedition eingelassen hatte, und Ivan Hruska und Robert Carey hatten von Eskimomännern berichtet, die ihre Frauen auf die Schiffe der Besucher gebracht und sie im Austausch für Messer und Holz angeboten hätten. Vielleicht hofften auch sie auf eine ähnliche Gelegenheit.

»Natürlich haben wir unter den Bekehrten solche Freizügigkeiten untersagt«, schloß Joe. »Keine Nacktheit, war das Gebot. Und kein Frauentausch.« Hinterher war Erasmus, der einen Teil der Geschichte mit angehört und die Gesichter der Männer gesehen hatte, mit ihm ins Gericht gegangen.

Alle waren müde und sehnten sich nach frischem Fleisch; da Zeke wegen der Hunde noch immer Groll hegte, nahm Erasmus die Dinge selbst in die Hand und ging am 28. Juli mit Isaac Bond an Land. Die ersten Karibus, die er je gesehen hatte, sprangen über den sumpfigen Untergrund, auf der Flucht vor den Insektenschwärmen und dann vor Isaac, der viermal schoß und zwei erlegte. Sorgfältig häuteten sie die Tiere. In ihrer Hinterhand fand Erasmus frische Gelege von Dasselfliegen und im Fell Hunderte von Löchern, wo sich die Larven aus vergangenen Jahren nach draußen durchgefressen hatten. Isaac, ein langes Messer in der Hand, betrachtete die abgezogenen dunkelroten Kadaver und meinte, sie seien nicht viel anders als das Wild, das er als Junge gejagt habe. Er trennte die Köpfe ab, nahm die Zungen heraus; zog das Fleisch ab und legte die Schädel beiseite.

Seite an Seite krönten sie einen Felsen, die verzweigten Geweihe über weißen Knochen und lidlosen Augen. Unter ihrem Blick kniete Erasmus sich hin und deutete auf die Gelenke, die am leichtesten zu durchtrennen waren. Nach links ging das Messer, nach rechts und wieder nach links und nach unten: dampfende Gedärme, eine große glatte Leber, aus dem Magen quoll eine dicke grüne Masse. Auf einem anderen Haufen Rippen und Schultern, Keulen und Lenden und Zungen. Sie wickelten das Fleisch in die Bälge, Erasmus nahm sein Ende des blutigen Bündels in die Hand, doch dann erstarrte er beim Anblick seines eigenen Spiegelbilds in den Augen. Der Faden ihrer Reise war zerrissen, dachte er, der Plan aufgelöst, der Sinn verschwunden; nichts war geblieben als die Substanz eines jeden Augenblicks und das Gefühl, wie seine Seele nach den vielen Jahren in einer kleinen dunklen Schachtel endlich aufging.

»Alles in Ordnung?« fragte Isaac. »Ist es zu schwer?«

Die Karibus sahen sich selbst zu, wie sie weggetragen wurden. »Laß uns versuchen, die Bündel hinter uns herzuschleifen«, schlug Erasmus vor. »Zum Boot hinunter.«

Das merkwürdig summende Gefühl in seinem Kopf hielt an. Als er mit Isaac wieder an Bord der *Narwhal* kletterte und Zeke und Joe im Gespräch mit drei Eskimos auf dem Achterdeck stehen sah, während die Mannschaft im Bug lungerte und gaffte, dachte Erasmus zuerst, er habe Halluzinationen.

»Wie klein die sind«, flüsterte Isaac.

Er trat zurück an die Reling, und Erasmus umschlang unwillkürlich das Fleisch in seinen Armen. Wenn diese Fremden nun gefährlich waren? Oder die Mitglieder der Crew etwas taten, was sie verärgerte? Zeke und Joe hatten keine Waffen; Erasmus überließ Isaac die blutige Masse und eilte an Zekes Seite.

Die Eskimos unterhielten sich länger mit Joe. Dann standen die Eskimos unbewegt da, während Joe erläuterte, daß diese Leute, die sich ganz anders verhielten und gekleidet waren als jene, die sie in Godhavn kennengelernt hatten, jeden Sommer in kleinen Familiengruppen ins Landesinnere zogen, um Karibus zu jagen. Das Lager dieser Gruppe, meinte Joe, sei mehrere Meilen entfernt, außer Sichtweite des Schiffs – sie hätten die Jagdgruppe gesehen und eine Abordnung losgeschickt, um der Sache nachzugehen. »Sie laden unsere Führer in ihr Lager ein«, sagte er. »Drei von uns sollen mit den Dreien mitgehen.«

Zeke meinte: »Sie und ich, natürlich.« Er hielt einen Moment inne. »Und Captain Tyler«, fügte er hinzu.

Erasmus überlief ein kleiner Schauer bei dem Gedanken, daß es seine neben den Schädeln kauernde Gestalt gewesen war, die die Eskimos angelockt hatte; dann überfiel ihn heftige Enttäuschung, daß er nicht zu der Delegation gehören sollte. Als er Zekes Arm ergriff und ihn bat, mitfahren zu dürfen, schüttelte dieser ihn mit der Bemerkung ab, er könne Captain Tylers Rang nicht mißachten.

Die Crew stand stumm daneben, als die sechs Männer sich über die Seite der Brigg hinunterließen, ans Ufer ruderten und hinter einem flachen Hügel verschwanden. Zweimal drei völlig unterschiedlich gekleidete Männer; Zekes bleicher Haarschopf ein heller Glanz hinter den dunkleren Köpfen. Die Besatzung murrte hinter ihnen her: Was ist, wenn sie Mörder sind; oder Kannibalen; oder wenn sie mit vielen Leuten zurückkommen und das Schiff einnehmen – Fletcher Lamb mit seiner bandagierten Hand, Barton DeSouza, Robert Carey.

Über die gemurmelten Bemerkungen hinweg fragte Dr. Boerhaave laut: »Was ist, wenn sie nicht wiederkommen?«

»Es hat keinen Sinn, daran auch nur zu denken«, erwiderte Erasmus. Doch er war selbst besorgt; wenn Zeke etwas geschah, wie sollte er Lavinia erklären, daß er auf dem sicheren Schiff zurückgeblieben war?

»Sollen wir uns die Knochen der Gänsesäger ansehen?« fragte Dr. Boerhaave. »Ich habe den zweiten Satz fertiggemacht, während Sie auf der Jagd waren.«

Er zog einen tropfenden Sack aus dem Meer. Im Wasser wimmelte es von *Cancer nugax*; Erasmus und er hatten gelernt, die Gefräßigkeit der kleinen Krabben auszunutzen, indem sie die grob gesäuberten Gerippe in einem feinmaschigen Netz über die Bordwand hängten. Erasmus, immer noch in Gedanken, schnürte den Sack auf und stellte fest, daß die gierigen Tiere alles perfekt gesäubert hatten. Der Anblick der zergliederten Knochen beruhigte ihn ein wenig.

Über seine Notizen gebeugt, sagte Dr. Boerhaave: »Ich schäme mich, das zuzugeben, aber – geht es Ihnen nicht auch

109

manchmal so, daß Sie die Suche nach Franklins sterblichen Überresten als bloße … Ablenkung empfinden? Ich wünschte, wir hätten einfach nur die Aufgabe, diese faszinierende Gegend und die darin lebenden Geschöpfe zu erkunden.« Der Wind lüpfte ihm das weiche braune Haar mit den grauen Strähnen aus der Stirn, es senkte sich und hob sich wieder, wie Rebhuhnfedern.

»Das ist aber nicht der Fall«, entgegnete Erasmus, während er sich eine Handvoll Flügelknochen griff. Er sah auf die schönen Flächen und Gelenkkugeln in seiner Hand. Zeke würde schon nichts passieren, er hatte Joe als Hilfe dabei; die Eskimos wirkten ganz freundlich. »Aber ich weiß, was Sie meinen. Reichen Sie mir bitte den Draht?«

Als er wieder aufblickte, war es früher Abend, und Zeke und Joe und Captain Tyler sprangen unversehrt wieder an Deck. Erasmus folgte Zeke in die leere Kajüte, einen Kieferknochen in der Hand.

»Erzähl«, forderte er ihn auf. »Erzähl mir alles.«

»Es ging gut«, antwortete Zeke. »Joe hatte kaum Probleme beim Dolmetschen – er sagt, ihr Dialekt sei ähnlich wie der westgrönländische. Unsere Geschenke haben ihnen gefallen.«

Oben an Deck zurrte Captain Tyler alles an, was nicht niet- und nagelfest war. »Eskimos stehlen, wo sie nur können«, hörte Erasmus ihn zu den Männern sagen. »Einfach alles. Und ihr könnt sicher sein, daß sie wiederkommen, wo sie jetzt wissen, daß wir hier sind.«

»Aber – wie waren sie denn?« fragte Erasmus. »Was hatten sie an? Was haben sie gegessen? Wie sieht es in ihren Wohnungen aus?«

»Interessant«, antwortete Zeke. »Anders. Ich habe mich auf das Gespräch mit unserem Gastgeber konzentriert. Willst du gar nicht wissen, ob ich Neuigkeiten über Franklin gehört habe?« Ein breites Lächeln spaltete sein Gesicht. »Auf diesen Moment habe ich seit Jahren gewartet«, sagte er. »Verstehst du das nicht? Seit ich als Junge die Bücher deines Vaters gelesen habe.«

Mit einemmal sah er wieder aus wie dieser Junge, und Erasmus mußte daran denken, was Lavinia ein paar Tage nach ihrer Geburtstagsfeier zu ihm gesagt hatte. »Wieso sollte ich ihn von dieser Fahrt abbringen wollen?« hatte sie gefragt. »Wir haben uns verliebt, während wir über Franklin redeten, du kannst dir nicht vorstellen, wie viele Stunden ich damit verbracht habe, mir seine Geschichten und Pläne anzuhören. Er schätzt das an mir, er sagt, er liebt es, wie ich ihm zuhöre.« Erasmus hatte sie gefragt, ob sie Zekes Begeisterung wirklich teile, und sie hatte die Frage nachdrücklich bejaht. Oder zumindest zum Teil: »Ich bewundere Franklins Gattin«, hatte sie gesagt. »Ihre Beharrlichkeit.«

»Entschuldige«, sagte Erasmus verlegen. »Natürlich will ich das wissen.«

»Ich habe den ältesten Mann geradeheraus gefragt, ob er schon mal ein im Eis eingefrorenes Schiff gesehen habe oder weiße Männer, die hier in der Gegend herumirrten«, sagte Zeke. »Er sagte nein, aber ich glaube gesehen zu haben, daß er mit dem Mann neben ihm einen Blick wechselte. Sie baten uns, morgen wiederzukommen. Kommst du mit?«

Natürlich ging Erasmus mit, ebenso wie Ned, Mr. Tagliabeau, Thomas Forbes, mehrere andere Männer und Joe – immer noch ihr einziger Dolmetscher, trotz der vielen Abende, an denen Zeke geduldig Joes Version eskimosprachlicher Wörter in sein schwarzes Buch geschrieben hatte. Diesmal blieben Captain Tyler, Mr. Francis und ein kleiner Trupp zur Bewachung des Schiffes zurück. Dr. Boerhaave wäre ebenfalls beinahe dageblieben; Fletcher Lamb hatte sich wieder in seine Hängematte gelegt, mit Klagen über stechende Schmerzen in Gliedern und Gesicht, und Dr. Boerhaave war beunruhigt. Aber es gab nichts, was er für Fletcher hätte tun können, nachdem er ihm ein paar Tropfen Laudanum gegeben hatte, und so schloß er sich der Delegation an.

Sie nahmen Mehlpudding und getrocknete Äpfel als Geschenke mit, außerdem Messer, Nadeln, Feilen und Glasperlen zum Tausch. Sie liefen über die Hügel in ein rauhes und dicht bewachsenes Gelände ohne Bäume, von leichtem Nieselregen eingehüllt. Unterwegs lauschte Erasmus Joe, der Zeke über die vorgefundenen Eskimos, die sogenannten Netsilik, aufzuklären versuchte. Ab und zu bückte sich Erasmus und hob Kieselsteine auf; er hatte die Untersuchung der hiesigen Geologie bislang zu nachlässig betrieben, fand er.

»Sie sollten ein wenig... behutsamer vorgehen«, sagte Joe zu Zeke. »Fragen Sie nicht so direkt nach Informationen; es liegt nicht in der Natur dieser Menschen, auf direkte Fragen zu antworten, sie mögen es nicht, wenn man sie aushorcht. Wenn ich sie nun wissen ließe, daß wir ihnen für alles, was sie uns erzählen, etwas bieten, daß sie eine Belohnung bekommen?«

»Gut«, meinte Zeke ungeduldig. »Gut, gut, gut.«

Erasmus und die anderen konnten kaum Schritt halten mit ihm. Die sechs Zelte des Lagers setzten sich deutlich von der baumlosen, konturlosen Landschaft ab. Eine Hundemeute, die abseits der Zelte angebunden war, heulte wie die Wölfe.

»Sie würden die Zelte augenblicklich verschlingen, wenn sie frei wären«, meinte Joe, als sie sich näherten. Überall auf dem rauhen, steinigen Boden lagen Hundekadaver, faules Fleisch, Speck und zerbrochene Knochen. Thomas Forbes stolperte über etwas, und Dr. Boerhaave bückte sich und meinte: »Ich glaube, das ist ein menschlicher Oberschenkelknochen.« Der Knochen war noch von ledrigen Hautfetzen umhüllt.

Thomas machte einen Satz rückwärts und stolperte in die flache Grube, in der der Knochen vergraben gewesen war. Die glatten Kalksteinplatten, die die Leiche hatten verdecken sollen, waren klein und recht leicht, sah Erasmus, und offensichtlich von einem hungrigen Fuchs oder einem Hund beiseite geschoben worden. Thomas fluchte und krümmte sich, er war sehr bleich geworden.

Joe sagte: »Es ist nicht, was du denkst. Sie mißachten ihre Toten nicht, aber sie glauben, daß jedes schwere Gewicht auf dem Grab die Seele des Verstorbenen am Weiterziehen hindert. Natürlich graben die Hunde sie aus, die Hunde haben immer Hunger.«

»Wilde«, sagte Thomas. Später würde er sich einen Tag lang

mit einer jungen, kürzlich verwitweten Netsilikfrau davonmachen, nachdem er offenbar jedes Unbehagen gegenüber den Bräuchen des Stammes überwunden hatte. Doch jetzt beobachtete Erasmus, mit welcher Abneigung Thomas den Mann ansah, der zu ihrer Begrüßung aus einem streng riechenden Zelt getreten war. Der Fremde hatte einen spärlichen Schnurrbart und ein Haarbüschel zwischen Kinn und Unterlippe; die untere Hälfte seiner Nase war verbogen, als wäre sie nach einem Bruch nicht wieder gerichtet worden. Als er sprach, hörte Erasmus das Wort Kabluna.

»Weißer Mann«, übersetzte Joe. In dem leichten Regen schüttelten sie ihrem Gastgeber die Hand. Das Zelt war zu klein für alle. Sie setzten sich in der Zeltöffnung auf Steine.

Alles roch nach Karibu. Hinter sich sah Erasmus, wie der Regen die Häute durchtränkte, die schwer auf den Stangen hingen; wie das Wasser durch die winzigen Löcher tropfte, die die Dasselfliegenlarven zu Lebzeiten der Karibus gebohrt hatten. Dort lagen auch Tierschädel, Dutzende von Schädeln, Kiefern und Augenhöhlen, schräg zwischen Felsen und Flechten. Zeke und der Mann, der sie willkommen geheißen hatte – Unali nannte er sich –, übernahmen das Reden, Joe übersetzte. Als Gegenleistung für die von Zeke angebotenen Klappmesser und den Tabak holte Unali einen Bogen und einige Pfeile hervor. Zeke bewunderte sie.

»Die würde ich gerne den Toxophiliten mitbringen«, sagte er zu Erasmus. »Wäre das nicht ein Ding?«

Erasmus kritzelte ohne Pause in Lavinias Tagebuch – er konnte gar nicht schnell genug schreiben, nicht alle Einzelheiten aufzeichnen. Er skizzierte den Bogen: Mit Knochen verstärktes Tannenholz, dessen Biegsamkeit geschickt durch Federn aus geflochtenen Sehnen erhöht worden war. Die eigentümlich gedrehte Bogenschnur und die mit Schieferspitzen ausgestatteten Pfeile zeichnete er nicht, da Zeke inzwischen einen Tausch von zwei Axtköpfen für die gesamte Ausrüstung arrangiert hatte. Dr. Boerhaave neben ihm schrieb ähnlich hektisch, während Ned, der den Kopf durch die Eingangsklappe gesteckt hatte, den Blick langsam von einem Gegenstand zum nächsten wandern ließ. Gefäße aus Fischbein, Messer aus Walroßelfenbein, Löffel aus einem Material, das aussah wie ausgehöhlte Knochen.

Das Lager war an jenem Nachmittag fast verlassen: »Die Männer sind auf der Jagd«, erklärte Joe. Doch bald näherten sich drei Frauen Unalis Zelt und musterten Erasmus und die anderen. Sie waren wohlgestaltet, dachte Erasmus, trotz der Tätowierungen auf Wangen und Händen. Kaum anderthalb Meter groß und mollig, mit ganz kleinen Händen und glänzendem Haar. Er versuchte, die schwarzen Muster zu skizzieren, die sich ihre Arme hinaufwanden, während die Frauen sich um ihn drängten und über seine Zeichnung lachten. Zeke erhob sich und bot jeder eine Stahlnadel an.

Die Frauen machten Geräusche, die offenbar Freude ausdrückten, und verstauten die Nadeln sofort in kleinen Taschen, die an ihren Hosen befestigt waren. Die Täschchen bestanden aus der Haut von Vogelfüßen, an denen noch die Krallen hingen: entzückend, dachte Erasmus. Als er sich umwandte, weil er Joe bitten wollte, ihm zu helfen, eine der Taschen zu erhandeln, streckten die Frauen die Hände aus und betasteten die Messingknöpfe an Zekes Jacke.

Als Zeke zurückwich, beugten sie sich über Erasmus, der immer noch auf seinem Stein saß. Er erstarrte, als ihre Hände über seine Brust tanzten. Kaum merkliches Zupfen, viel sanfter als die ihn bedrängenden Fidschi-Insulaner seiner Jugend; es waren die Knöpfe, die sie begehrten, ging ihm auf, noch mehr als die Nadeln. Auf der Brigg hatte er dank seiner vielen Listen eine große Dose mit Ersatzknöpfen. Mit seinem Messer schnitt er die drei untersten Knöpfe ab und reichte jeder Frau einen.

Zeke runzelte die Stirn – aber es waren die Knöpfe, dachte Erasmus, die an jenem Nachmittag das Blatt wendeten. Vier kleine Jungen drängten sich an ihn, griffen nach seinem Tagebuch und streichelten das glatte weiße Papier so hartnäckig, daß er schließlich hinten zwei leere Blätter herausriß und sie ihnen gab. Die Jungen grinsten und rannten mit ihrem Schatz davon; aus dem Augenwinkel sah Erasmus sie ein Stück vom Zelt entfernt auf einem Steinhügel kauern und Papierfetzen in

die Luft werfen, die wie Schmetterlinge in der Brise einher-
gaukelten.

Die Frauen brühten Tee in großen Töpfen auf und servierten ihn in Schalen. Dr. Boerhaave drehte eine in der Hand und
sagte: »Ich glaube, die ist aus der Hornbasis eines Moschusochsen gemacht.« Als er sich vorbeugte und mit seiner langen,
kantig spitzen Nase an dem Horn roch, lösten sich Haare vom
Zelt, wehten ihnen allen in den Tee und verfingen sich beim
Trinken in ihren Zähnen. Eine ältere Frau mit stark tätowier-
ten Händen erschien und brachte eine Schüssel mit gekochtem
Karibufleisch. Erasmus stieß einen erstickten Laut aus, als sie
ihm eine Portion auf einem Metallöffel anbot.

»Still«, sagte Zeke.

Er griff nach dem Löffel und inspizierte ihn: silbern, wohl-
geformt, in dieser Umgebung so fremdartig wie eine Palme. Zu
Joe sagte er: »Sag Unali, daß ich ihn gestern gefragt habe, ob
er je Schiffe von weißen Männern gesehen habe. Er hat nein
gesagt. Frag ihn, ob er beim Erzählen vielleicht etwas vergessen hat?«

Zuerst sagte Unali nichts. Joe stand auf einer Seite und übersetzte, während Zeke mit schlecht verhüllter Wut Fragen auf
ihn abfeuerte. Hatten sie weiße Männer gesehen? Hatten sie
zwei Schiffe gesehen? Wo kam der Löffel her? Hatten sie noch
mehr davon? Waren sie auf einen Kabluna namens Dr. Rae
gestoßen, der vor ein paar Jahren östlich von hier unterwegs
war und einigen Eskimos Löffel und andere Gegenstände des
weißen Mannes abgekauft hatte?

Joe gab sich größte Mühe, mit Zekes Redefluß mitzuhalten,
und richtete beim Übersetzen, wie Erasmus meinte, versöh-
nende Gesten an Unali. Dann begann Unali, der schweigend
weitergegessen hatte, zu sprechen.

»Wir haben keine solchen Schiffe gesehen«, sagte er, oder
zumindest übersetzte Joe seine Worte so. »Aber wir haben von
einigen Inuit, die wir vor mehreren Wintern auf der Robbenjagd trafen, eine Geschichte gehört. Diese Männer erzählten
uns, daß sie im Winter davor ein im Eis verlassenes Schiff
gefunden hatten. Sie waren auf das Schiff geklettert, hatten

aber niemanden angetroffen, nur einen toten Mann an Deck. Sie wollten in die Räume unten schauen, aber die Durchgänge in den unteren Teil« – hier hielt Joe inne, sah Zeke an und sagte: »Niedergänge? Müssen Niedergänge gewesen sein – waren verschlossen. Die Männer sagten, daß eine Seite des Schiffes verwundet war und daß sie an dieser Stelle Holz wegbrachen, bis sie ein Loch gemacht hatten. Drinnen fanden sie viele nützliche Werkzeuge und viel Eisen, das sie mitnahmen, damit es nicht verlorenging. Sie hatten viele Löffel wie diesen hier. Ich habe dafür zwei gute Häute gegeben.«

»Aber du hast das Schiff nicht selbst gesehen?« fragte Zeke.

»Kein Schiff«, antwortete Unali.

»Du hast keine weißen Männer gesehen?«

»Ich bin nie einem begegnet, obwohl ich von ihnen gehört hatte. Du bist der erste, mit dem ich gesprochen habe.«

Zeke, jetzt ganz aufgeregt, zog sein Exemplar der Ross'schen Karte aus seiner Jacke. »Wir sind hier«, sagte er und zeigte auf die Bucht, in der sie ankerten. »Das ist der Große Fish River, hier« – er fragte, ob Joe den Namen der Eskimos für den Fluß kannte, was der Fall war –, »und das ist die Westküste. Kannst du mir zeigen, wo das Schiff gesehen wurde?«

Erasmus und seine Kameraden standen im Kreis um Zeke, Joe und Unali herum. Sie alle kannten Parrys und Ross' Geschichten von Männern, die in der Lage waren, lange Küstenstriche bemerkenswert genau aufzuzeichnen. Eskimos malten Karten in den Schnee, schnitzten sie in Holz, bauten sie aus kleinen Kieselhäufchen. Zeichneten sie, wenn man ihnen Bleistift und Papier gab. »Ich gebe dir ein Messer«, sagte Zeke, »wenn du uns etwas zeigen kannst.«

Unali sah auf das Papier. »Wo die Robben gut sind«, übersetzte Joe, als Unali mit dem Finger eine Bucht berührte und etwas sagte.

Unali berührte einen Meeresarm, dann eine Flußmündung. »Wo mein Freund verlorenging. Wo sich die Fische in den Felsen fangen.«

Mit dem Daumen drückte er auf den Rand der Karte, wo die Ostküste von King-William-Land knapp auf das Blatt ragte. Er führte seinen Daumen eine Handbreit von der Karte weg in die Luft, wo bei einer größeren Karte die Westküste gelegen wäre, wenn man sie schon erfaßt hätte.

»Hier ist die Stelle, wo das Schiff gesunken ist.«

»Gesunken?« fragte Zeke.

Erasmus wußte nicht, ob er Unali beobachten sollte oder Joe, der vor Staunen kaum Worte fand.

»Unter Wasser«, dolmetschte er. »Diese Inuit, sie haben nicht gleich alle Sachen mitgenommen, die sie fanden, sondern sie an Deck aufgestapelt, um sie später zu holen. Dann gingen sie auf die Jagd. Die Jagd war gut in dem Winter. Als sie zurückkamen, hatte das Eis bereits begonnen zu brechen und das Schiff war verschwunden, nur die Spitzen der drei hohen Masten ragten noch aus dem Wasser. Die Sachen an Deck waren weg. Sie nahmen an, daß durch die Stelle, wo sie von der Wunde Holz weggenommen hatten, das Wasser eingedrungen ist.«

»Ist noch irgend etwas da?« fragte Zeke. »Irgendwas für uns zu sehen?«

»Da ist nichts mehr«, antwortete Unali. »Die Männer, die mir diese Geschichte erzählt haben, sie haben alles vom Ufer mitgenommen, was angeschwemmt wurde. Es ist nichts mehr da.«

Als sie an diesem Abend mit ihrem Pfeil und Bogen, den Moschusochsen-Schalen, die Dr. Boerhaave eingetauscht hatte, und dem wertvollen Silberlöffel auf die *Narwhal* zurückkehrten, rief Zeke die ganze Besatzung zusammen und erzählte ihnen, was er erfahren hatte. Er wollte sie beeindrucken, dachte Erasmus, er rechnete damit, daß sie sich von dem Wissen packen ließen, in der Nähe der Stelle zu sein, wo mindestens eines von Franklins Schiffen gelegen hatte. Aber Sean Hamilton fragte: »Dieser Unali – er hat das Schiff gar nicht selbst gesehen? Und es ist weg? Und ein Löffel ist alles, was wir vorzuweisen haben?«

»Auf dem Löffel ist ein Wappen«, widersprach Zeke ärgerlich. »Wir werden ohne Zweifel genau zeigen können, welchem Offizier er gehört hat.«

Sean zuckte die Achseln. »Ich kann nicht sehen, wieso das mehr sein soll als das, was Ihr Dr. Rae mitgebracht hat. Die ganze lange Reise, nur für eine Geschichte, die ein verlogener Eskimo erzählt hat.«

»Wann fahren wir zurück?« fragte Isaac Bond.

Erasmus beugte sich vor und klopfte ungeduldig mit dem Löffel auf den Tisch. »Seid ihr gar nicht neugierig? Ist keiner von euch auch nur ein bißchen neugierig darauf, wie der hierher gekommen ist?«

»Wir sind neugierig, wie wir nach Hause kommen«, murrte Barton DeSouza. »Und wann.«

Später schrieb Ned, allein in der Kombüse, an einen Freund in den Bergen im Norden des Staates New York. Erasmus kam herein, um heißes Wasser zu holen, als Ned gerade hinausging, um auszutreten, und er beugte sich über das Blatt Papier auf dem Tisch.

*Commander Voorhees macht eine schwere Zeit durch. Er scheint vom Pech verfolgt. Heute dachte ich, wir hätten etwas Wichtiges entdeckt, aber jetzt scheint es, als ob die Geschichte, die uns der Eskimo erzählt hat, doch nur von geringer Bedeutung ist. Eins der beiden Schiffe ist gesunken, vielleicht. Aber wo sind die Männer? Unsere Männer sind alle gegen den Kommandanten, selbst Captain Tyler, und es macht mich traurig, sie reden zu hören, als wäre der Kommandant ein Dummkopf. Je mehr die anderen sagen, er sei jung und unerfahren und leichtgläubig, um so mehr mag ich ihn für seine Begeisterung. Ich glaube, er ist nur ein paar Jahre älter als ich. Aber immerhin wußte er genug, um Druck auf diesen Unali auszuüben, und hat es geschafft, ihm die Geschichte von Franklins Schiff zu entlocken. Vielleicht können wir nicht mehr erwarten: es ist zehn Jahre her, daß Franklins Schiffe England verlassen haben.*

Ein gutes Herz, dachte Erasmus; Ned war ein ganzes Stück weitergekommen seit seiner ersten Reaktion auf die Geschichte von Franklin; seine Loyalität gegenüber Zeke und ihrer Mission schien zu wachsen, je mehr Pech sie hatten. Er freute sich, daß Ned sich in den folgenden Tagen dicht an Zekes Seite hielt, während dieser über seinen Karten grübelte und liebevoll seinen neuen Bogen streichelte. Die anderen Männer wanderten in ihren freien Stunden zum Eskimolager, auf kaum verhüllter Suche nach weiblicher Gesellschaft.

Erasmus fragte sich, ob sie, wenn die Männer diese Ablenkung nicht gehabt hätten, von der Zeke sie offenbar nicht abbringen konnte, eine offene Meuterei hätten verhindern können. Sie wollten sofort auslaufen: Es war klar, daß sie King-William-Land zu dieser Jahreszeit nicht erreichen konnten, und selbst wenn es ihnen gelänge, würden sie dort kein Schiff finden. Aber Zeke war nicht zur Abfahrt bereit. Immer wieder sagte er Erasmus, er sei sicher, daß es noch andere Spuren der Expedition geben müsse, und obwohl er keinerlei Hinweise darauf hatte, war er nicht zu bewegen. Auch Fletcher Lambs Zustand hielt sie an ihrem Liegeplatz fest. An dem Abend, als sie aus dem Eskimolager zurückgekommen waren, hatte er heftige Krämpfe bekommen und eine Kieferstarre, die sich mit jeder Stunde verschlimmerte.

»Es ist Wundstarrkrampf«, sagte Dr. Boerhaave zu Zeke. »Ich kann nichts für ihn tun, außer es ihm so erträglich wie möglich zu machen.«

Die anderen Matrosen mieden ihren kranken Kameraden und kehrten mit glänzenden Augen und roten Gesichtern von ihren Ausflügen zurück. Sie hatten Alkohol versteckt, vermutete Erasmus, den sie nun mit ihren neuen Freundinnen teilten. Zwischen Robert Carey und Ivan Hruska kam es, offenbar stark angetrunken, im Streit um die Gunst einer jungen Frau zu Handgreiflichkeiten. Zeke unternahm nichts weiter, als Captain Tyler anzuknurren, er solle seine Männer in ihre Schranken weisen.

Stündlich besuchte Zeke zusammen mit Dr. Boerhaave Fletcher Lamb; als er starb, hielt Zeke eine Andacht für ihn ab, dann hockte er sich ins Krähennest und wollte gar nicht wieder herunterkommen. Als wachte er über Fletchers Grab, dachte Erasmus. Thomas Forbes baute einen Sarg, aber der Untergrund war steinig, und nach stundenlanger Arbeit mit Spitzhacke und Schaufeln war das Grab immer noch nicht so tief, wie sie es gerne gehabt hätten, und überall waren Füchse. Ned faßte es mit handtellergroßen flachen Steinen ein, als würde diese Abgrenzung Fletchers Gebeine schützen.

Neun Tage nach ihrem ersten Treffen entdeckte Barton DeSouza eine Gruppe von Eskimojägern, die zum Lager zurückkehrten. Ihre Hunde schleppten das Fleisch, manche trugen die vordere Hälfte eines Karibus, dessen Rippen sich über ihren Rücken bogen; andere zogen auf doppelte Stangen gebundene Fleischberge. Später kamen zwei Jäger aufs Schiff und luden die Besatzung der *Narwhal* zu einem Festessen ein. Die Eskimos hatten sie satt, das wußte Erasmus. Die Matrosen jagten ihre Karibus, lenkten ihre Kinder ab, verschwanden mit ihren Frauen; er war selbst angewidert von ihnen. Er und Dr. Boerhaave sprachen zwar nie darüber, aber er glaubte, daß der Doktor seine Gefühle teilte. Das Verhalten der Männer machte Erasmus rastlos und weckte Sehnsüchte in ihm. Wenn er sich in die Kajüte zurückzog, trieb Zekes seltsames, erstarrtes Schmollen ihn wieder hinaus. Auch wenn die Jäger es nicht sagten, begriff Erasmus, daß es ein Abschiedsfest sein sollte. Er hoffte, Zeke würde es ebenso sehen.

Nur Mr. Francis blieb zurück, um die Brigg zu bewachen. Auf dem Weg zum Fest unterhielten sich die anderen lebhaft. Beladen mit Tee und Keksen als Gastgeschenken hielten sie Abstand von Zeke, der schwieg, auch als Erasmus ihn auf die über den Boden schlitternden Lemminge hinwies. Bei ihrer Ankunft kochten große Kessel über dem Feuer, aber die Stimmung war seltsam beklommen, jetzt da die Jäger wieder im Lager waren. Alle Jäger sammelten ihre Familien um sich und behielten die Crew der *Narwhal* genau im Auge; die lockere Vertrautheit der Männer mit den Frauen und Kindern war dahin. Joe klimperte auf seiner Zither. Ein paar Männer versuchten zu tanzen, aber ihre Füße stockten unter den wachsamen Blicken; die Eskimos wollten überhaupt nicht tanzen, und Joe verstummte bald wieder.

Erasmus und seine Kameraden aßen, bis sie satt waren, und sahen dann zu, wie die Eskimos weiteraßen. Danach überredete Joe, der immer noch bestrebt war, die beiden Gruppen zusammenzubringen, einige Jäger, ihre Geschicklichkeit mit Pfeil und Bogen zu demonstrieren. Die Pfeile flogen in die Ferne und durchbohrten mit unheimlicher Präzision die Blätter, die Erasmus als Zielscheibe aus Lavinias Tagebuch gerissen hatte, aber die einzigen, die lächelten, waren die kleinen Jungen, die sich die Ziele schnappten, sobald das Schießen beendet war. Wieder rannten sie davon und zerfetzten im Laufen das Papier; wieder hockten sie auf dem Steinhügel zusammen und ließen die Fetzen in Windböen fliegen, als wollten sie Insekten oder kleine weiße Vögel nachahmen. Während Erasmus nachdenklich dem Spiel der Kinder zusah, leerten einige Frauen die Kochkessel aus und begannen, die dicke Rußschicht vom Boden abzukratzen. Es war Ned, der zuerst das Kupfer blitzen sah.

»Seht her«, rief er, nahm einer Frau das Zweigbündel aus der Hand und schrubbte fieberhaft weiter. Metall – Kupfer. Erasmus lief zu den anderen Kesseln hinüber: Kupfer, Kupfer, Kupfer. Ein Schleier schien sich von seinen Augen zu heben. Er schaute sich um und sah, daß das Holztablett, auf dem ein Teil des Fleisches gelegen hatte, nicht aus dem hier heimischen Gestrüpp hergestellt sein konnte; daß es in Wirklichkeit eher aussah wie ein Teil von einem Schreibtisch. Zeltstangen sahen plötzlich aus wie Ruder, Holzlöffel konnten aus einem Dollbord gemacht sein, Teile von Speeren und Messern mochten von Fässern stammen.

»Sie haben ein Boot gefunden!« jubelte Zeke. »Das hier stammt alles vom Beiboot eines Schiffes.« Er nahm Joes Arm und sagte: »Sagen Sie ihnen, ich weiß Bescheid.«

»Worüber?«

»Sagen Sie einfach, ich weiß Bescheid.«

Während Joe übersetzte, griff sich Zeke mit der einen Hand einen Kupfertopf und mit der anderen einen Rührlöffel, der aus einem Eschenruder hergestellt sein mochte. Ein Schweigen senkte sich über das Lager. Unali trat vor.

»Diese Dinge stammen von einem Kabluna-Boot«, sagte Zeke. »Warum hast du uns nicht gesagt, daß ihr eins gefunden habt?«

Unali zuckte die Achseln, als Joe ihm Zekes Fragen übermittelte. »Du hast nach Schiffen gefragt«, ließ er Joe übersetzen. Dieser wirkte beschämt, als wäre er derjenige, den man beim Lügen ertappt hatte. »Und nach dem Land auf der anderen Seite. Nicht nach einem kleinen Boot, das auf einer Insel gefunden wurde.«

»Auf welcher Insel?«

Unali sagte etwas, das Joe nicht übersetzen konnte. Als Zeke eine Karte hervorholte, drückte Unali seinen Daumen auf eine große Insel an der Mündung des Großen Fish River.

»Waren dort Männer?« fragte Zeke. »Du hast uns gesagt, wir wären die ersten weißen Männer, die du kennengelernt hast.«

»Ich habe sie nicht kennengelernt«, versetzte Unali ruhig. »Man konnte sie nicht kennenlernen. Sie waren tot.«

Inzwischen hatten sich alle Eskimos und alle Männer von der Brigg dicht gedrängt in einem Kreis um Zeke, Unali und Joe versammelt. Zeke bot ihnen Äxte, Faßdauben, Glasperlen und Messer für andere Gegenstände, die sie vielleicht von dem Boot mitgebracht hatten. Für die Geschichte, wie sie es gefunden hatten.

Unali sagte: »Das war vor einigen Wintern. Auf der Insel fanden wir ein Holzboot, das mit diesem Metall überzogen war. Und die Leichen von ungefähr dreißig Kablunas.«

Sie hatten Gewehre gefunden, dolmetschte Joe, nur eins oder zwei, und eine Blechkiste mit einigen Papieren darin, ein paar Kleidungsstücke, ein paar Sachen, deren Namen sie nicht kannten. Sie hatten viel davon mitgenommen, in der Hoffnung, eines Tages Verwendung dafür zu haben.

»Zeigt sie mir«, verlangte Zeke. Einen Moment dachte Erasmus, nun sei alles verloren. Aber Joe hatte Zekes Worte offenbar abgeschwächt und höflich weitergegeben, denn nach kurzem Nachdenken sprach Unali mit den anderen Eskimos in der Runde. Manche tauchten in ihre Zelte hinein und kamen mit vollen Händen zurück.

Ein Gebetbuch, ein Traktat über Dampfmaschinen, ein Schneeschuh und zwei Scheren. Weitere Silberlöffel und ein paar Gabeln. Dr. Boerhaave streckte die Hand aus und erhielt ein Barometergehäuse aus Mahagoni, Erasmus' Hände füllten sich mit Meißeln, Kettengliedern und Seilstücken. Zeke stand mit offenem Mund da, drehte eine zerbrochene Handsäge um und um. »Und das Boot?« fragte er. »Ist das Boot noch an der Stelle, wo ihr es gefunden habt?«

»Wir haben es zerlegt«, antwortete Unali. »Den Männern nützte es nichts mehr. Wir haben es zerlegt und das Holz und nützliche Dinge mitgenommen. Einiges haben wir in unseren anderen Lagern verwahrt.«

»Und die Leichen?«

»Der Sand hat sie begraben. Das war …« Er hielt inne und beriet sich mit zwei Männern mittleren Alters. »… vor sechs Wintern. Oder sieben. Wir waren seitdem wieder auf der Insel, und von den Männern ist nichts mehr übrig.«

Erasmus schrieb alles nieder, fügte die Geschichte zusammen, so schnell er die Worte kritzeln konnte. Dreißig Männer, mindestens ein Boot, der Winter des Jahres 1848 oder 1849, eine Insel rund zweihundert Meilen von dem Punkt entfernt, an dem Franklins Schiffe vermutlich in Not geraten waren. Die Männer mußten das Boot die ganze Strecke geschleppt haben, vielleicht auf einem ihrer Schlitten: Wer waren »sie« und waren sie die einzigen, die übriggeblieben waren? Wie hatten sie es sich vorgestellt, das Boot über die starken Stromschnellen des Flusses stromauf zu bewegen? In seiner Eile bekleckste Erasmus sein Tagebuch mit Karibufett.

Jemand nieste zart; er sah auf und erblickte Unalis Frau. Die drei jungen Frauen, die ihm bei seinem ersten Besuch Tee serviert hatten, waren Unalis Töchter, wie sich herausstellte; diese Frau – ihre Mutter – hatte damals abseits gestanden, und er hatte sie erst bemerkt, als Joe ihn auf sie hingewiesen hatte. Eine schmale weiße Narbe verlief von ihrem äußeren linken Augenwinkel bis zum Haaransatz an ihrer Schläfe, sie hatte abgenutzte Zähne und scheue Augen. Sie hielt ihm etwas in der geschlossenen Hand hin.

»Für mich?« fragte er. Aber sie verstand ihn nicht. Sie hatte allen anderen den Rücken zugewendet, und es war eine verstohlene Geste. Er riß seinen letzten Jackenknopf ab und bot ihn ihr auf der Handfläche dar. Mit einer Hand holte sie sich den Knopf, die andere hielt sie über seine Handfläche und streckte dann die Finger aus. Ein Fetzen aus getrocknetem, hart gewordenen Leder, mit Metallspitzen gespickt, fiel in seine Hand.

Er dankte ihr, legte den Fetzen hin und schrieb weiter. Ein paar Minuten später fiel er ihm wieder ein, und er nahm ihn in die Hand. Wieder schien sich ein Schleier von seinen Augen zu heben: ein Stück von einer Schuhsohle sah er, den vorderen Teil, von den Zehen bis zum Ballen. Man hatte sieben kurze, breitköpfige Schrauben hindurchgetrieben, von innen nach außen – zwei hintereinander an den Zehenspitzen, dahinter eine Dreierreihe, dann wieder zwei. Holzschrauben von der Sorte, mit der man eine Klampe oder eine Riemendolle an einem Boot befestigte. Die Köpfe waren versenkt, schlossen bündig mit der inneren Schicht ab; unten standen die Spitzen einen Fingerbreit heraus.

Erasmus starrte auf die abgebrochenen, verrosteten Spitzen und stellte sich den Rest der Sohle vor, den abgenutzten Absatz, das zerschlissene Oberleder. Den zerschlissenen Mann, der auf dem Weg über das Eis, vielleicht mit einem Schlitten oder einem Boot im Schlepp, seine Schuhe mit Spikes versehen hatte, um besseren Halt zu gewinnen. Ohne nachzudenken, ließ er den Fetzen in seine Jackentasche gleiten.

Zeke, ihm gegenüber hockend, kaufte alle Gegenstände, die man ihm vorlegte, und zählte dabei jeden einzeln auf, damit Erasmus sie in sein Tagebuch eintragen konnte. Ein Rausch der Entdeckungen, eine Orgie der Dinge. Dr. Boerhaave war über ein angeschimmeltes schwarzes Notizbuch gebeugt. Als er es aufschlug, sah Erasmus, daß es nur eine Hülle war, zwei Buchdeckel, zwischen denen nur ein paar Seiten übriggeblieben waren, der Rest war herausgerissen. »Es könnte ein Tagebuch gewesen sein«, sagte Dr. Boerhaave. »Vielleicht sogar Franklins.« Aber die verbliebenen Seiten waren leer, und Erasmus sah, was mit den anderen geschehen war: Kleine Jungen, denen man das Buch als Spielzeug gegeben hatte, hatten sie eine nach der andern herausgerissen. Hatten vielleicht die Worte eines der Männer von Franklin einfach in den Wind geschickt. Er starrte es an und wandte sich dann wieder seinem eigenen Tagebuch zu: ordentliche Notizen, lange, gerade Spalten. Alles aufgelistet, bis auf das Stück Schuh.

Schließlich, als alles aufgestapelt und festgehalten war, sagte Unali: »Vielleicht kehrt ihr jetzt in eure Heimat zurück? Wir haben euch alles gegeben, was wir haben.«

»Ich würde euch gerne ein paar Hunde abkaufen«, sagte Zeke. »Alle, wenn ihr euch von ihnen trennen könnt.«

Das Land zwischen hier und dem Fluß war sumpfiges, mit Teichen durchsetztes, gefährliches Gelände, zu dieser Jahreszeit fast unpassierbar; Zeke, das begriff Erasmus, konnte nur eines im Sinn haben. So er genug Hunde erwerben konnte, plante er, den Winter über dazubleiben und wenn schon nicht nach King-William-Land, dann doch über die gefrorene Meerenge zu der Insel vorzudringen. Einen Augenblick lang gestattete sich Erasmus eine Vision: Wie er und Zeke Seite an Seite in die Akademie der Wissenschaften einzogen, mit diesen Fundstücken und voller Geschichten. Wie viel ruhmreicher wäre ihr Einzug, wenn sie sagen könnten: *Wir haben Männer von Franklins Schiffen gesehen. Wir haben ihnen ein angemessenes Begräbnis gegeben.*

»Das ist unmöglich«, sagte Unali. »Wir brauchen die Hunde, damit wir unsere Zelte und die anderen Sachen transportieren können. Wir ziehen morgen los. Wir müssen jetzt schon packen.«

Wie zur Demonstration belud eine Frau einen Hund mit Fellen und Kleidungsstücken. Der Hund zog eine Grimasse und ließ den Schwanz hängen, dann drehte er sich um und bellte einen Raben an, der Speckstückchen stibitzte.

»Gib mir nur ein Dutzend«, bettelte Zeke.

»Unmöglich«, versetzte Unali.

Zeke rang einen weiteren Tag mit sich, schrieb in einem fort in sein schwarzes Buch, konferierte immer wieder mit Erasmus und Dr. Boerhaave und hörte nicht auf, daran zu arbeiten, wie er ein größeres Gebiet erkunden und eindeutigere Hinweise auf die verschollene Expedition finden konnte. Am Morgen darauf erhob er sich, starrte in seinen Kaffee und sagte dann in die düstere Kajüte hinein: »Wer in all dem keinen Fingerzeig Gottes sieht, ist blind.«

Captain Tyler und Mr. Tagliabeau wechselten einen Blick, ebenso wie Dr. Boerhaave und Erasmus. Zeke drehte sich zu seiner Koje um, hob die Arme über den Kopf und hielt sich mit den Händen an den Stützbalken fest. Beim Sprechen schwankte er leicht, lehnte sich in die Koje und wieder zurück gegen die Luft, während eine weiße Gestalt ihn von einem Eis-kübel in der Ecke aus anbellte: der kleine weiße Fuchs, den Ned gefangen hatte und den Zeke als Haustier an sich genom-men hatte, zum Ersatz für die verstorbene Wissy. Die Fähe fraß von seinem Teller; er hatte sie Sabine getauft.

»Ich habe den Tod der Hunde als schlechtes Omen gedeu-tet«, sagte er. »Möglicherweise gar als Sabotageakt. Vor allem den von Wissy. Aber das war es nicht, es war schlicht und ein-fach eine Krankheit. Daß wir nicht durch den Peel-Sund kamen, daß uns die Bellot-Straße verschlossen blieb, schien ebenfalls den Mißerfolg unserer Expedition zu bekunden. Fletcher Lambs Tod, den sich niemand gewünscht hat, hielt uns auf, als wir hätten aufbrechen können. Doch in Wirklichkeit trug das alles dazu bei, uns an genau diesen Ort zu bringen, zu genau diesem Zeitpunkt, wo wir genau diese Eskimos treffen konn-ten. Wir sind die Auserwählten. Wir haben weit mehr entdeckt als Dr. Rae. Daß wir die Sache nicht weiterverfolgen können, ist ein Zeichen, daß wir genug gefunden haben. Mehr als genug. Mit Geduld und Beharrlichkeit haben wir die Täuschungen der Eskimos zweimal durchschaut und die wahre Geschichte auf-gedeckt. Ich war versucht, hier zu überwintern – aber diese Männer sind tot, und wir wissen, wo sie gestorben sind. Wir laufen aus, sobald wir das Schiff klarbekommen.«

Die Männer jubelten, als Zeke seine Entscheidung bekanntgab. Erasmus lauschte ihrem geschäftigen Treiben, während sie die *Narwhal* für die letzte Etappe ihrer Reise bereitmachten, und dachte dabei über ihre Erfolge nach. Sie hatten zwar weder Leichen noch Schiffe entdeckt, aber ihre Beweise waren viel direkter als die von Dr. Rae. Sie hatten mit Leuten gespeist, die die Leichen gesehen und eines von Franklins Booten zerlegt hatten. Sie hatten Suppe aus Franklins Silberlöffeln gegessen und nur ein einziges Mitglied ihrer eigenen Besatzung verloren. Er freute sich darauf, als Triumphator nach Hause zu kommen, mit dem ordentlich geschriebenen Journal in seinem grünen Seideneinband. Nachdem er die Fettflecken mit Salz bestreut hatte, schrieb er:

*Ich versuche, meine Gefühle beiseite zu lassen; versuche hier lediglich das aufzuzeichnen, was ich gehört habe, was geschehen ist. Aber ich muß zugeben, daß ich diese Tage aufregend fand. Die Eskimos sind ganz anders als die zivilisierten Stämme in Südgrönland. Es war erregend, ihrer oberflächlichen Täuschung auf den Grund zu kommen und die entscheidende Geschichte mit dem Boot zutage zu fördern. Ich habe den Eindruck, daß meine bescheidene Rolle – Zeke zu beruhigen und ihm ein verständnisvolles Ohr zu leihen und gleichzeitig die wissenschaftlichen Beobachtungen vorzunehmen – viel zu unserem Erfolg beigetragen hat. Ist es lächerlich zu hoffen, ich könnte als ein Held nach Hause zurückkehren: als der zuverlässige ältere Naturforscher, der dem Kommandanten eine unschätzbare Hilfe war und alle wichtigen Beobachtungen gemacht hat? Lavinia wird so stolz auf Zeke sein. Auf uns.*

Obwohl es auf Wochen hinaus keine Möglichkeit zur Beförderung von Briefen gab, schrieb Dr. Boerhaave an seinen englischen Freund Thomas Cholmondelay:

*Erinnerst Du Dich noch an die Geschichte, die ich Dir über Mr. Thoreaus Pilgerfahrt nach Fire Island erzählt habe, und über seinen Versuch, Spuren der ertrunkenen Margaret Fuller zu finden? Es geht mir nicht aus dem Sinn: Wie er das mit ihren Initialen bestickte Unterhemd fand; den Mantel ihres Mannes, von dem er einen Knopf abtrennte; den Unterrock ihres Kindes. Die Relikte, die wir hier entdeckt haben – ich füge eine Liste bei, die Dein Herz bedrücken wird –, erinnern mich an jenes andere Schiffsunglück. Diese kleinen Gegenstände haben etwas schrecklich Intimes.*

*Hier auf dem Schiff haben wir ebenfalls einen Todesfall zu verzeichnen: einen sympathischen jungen Mann namens Fletcher Lamb, der dem Wundstarrkrampf zum Opfer fiel, nachdem er sich mit einem Rasiermesser geschnitten hatte. Ein erdenklich kleiner Unfall; für sich genommen ohne jede Bedeutung. Und doch ist unsere winzige Mannschaft durch diesen Vorfall um einen Mann reduziert. Ich habe ihm Linderung verschafft, so gut es ging, konnte aber nichts tun, um das Ende abzuwenden. Er starb in Frieden, nachdem er seine Gebete gesprochen und einen kurzen Abschiedsbrief an seine Mutter und seine Schwestern diktiert hatte. Natürlich habe ich schon früher Patienten verloren. Aber dieser so sinnlose Tod schmerzte mehr als die meisten anderen. Es ist beunruhigend, daß unser Kommandant in unsere durch diesen Tod bedingte Verspätung eine Art göttlicher Vorsehung hineininterpretiert, die es uns gestattet habe, unsere Entdeckungen zu machen. Bist Du wohlauf?*

Am 9. August stachen sie in See. An den Wanten hingen sieben Karibus, die – zusammen mit den gebündelten Vögeln in der Takelage – der *Narwhal* den Anstrich einer segelnden Metzgerei gaben. Sabine war direkt unter dem toten Wild an einen Eiskübel gekettet und beobachtete neugierig das Getriebe.

»Findest du nicht, daß sie sich gut macht bei mir?« fragte Zeke Erasmus. Er steckte Sabine einen Happen Brot zu, während Captain Tyler eine Folge von Befehlen ausrief, die sie wieder in Bewegung setzen sollte. »Sie war so scheu, als Ned sie hereinbrachte, aber ich finde, sie ist schon recht zivilisiert.«

Sie war halbwüchsig oder vielleicht etwas älter, vier Pfund Energie unter einem Fell, das dem einer Zuchtkatze ähnelte. Als das Schiff sich in Bewegung setzte, richtete sie sich auf und heulte ihren Verwandten an Land zu.

# 4. Ein kleiner Umweg
## (August – September 1855)

*Ich gebe mich keinen Illusionen hin, was Gleichheit an Bord eines Schiffes betrifft. Sie ist ein Ding der Unmöglichkeit und gewiß angesichts des derzeitigen Standes der Menschheit nicht einmal wünschenswert. Ich kenne keinen Matrosen, der sich an der Ordnung und den Dienstgraden störte; und rechnete ich auch damit, den Rest meines Lebens vorm Mast zu verbringen, so verspürte ich nicht den geringsten Wunsch, die Macht des Kapitäns in irgendeiner Hinsicht zu beschneiden. Es ist absolut notwendig, daß es einen Kopf und eine Stimme gibt, die alles unter Kontrolle hat und für alles die Verantwortung trägt. Es gibt kritische Situationen, die die sofortige Ausübung uneingeschränkter Macht erfordern. Diese Notsituationen lassen keinen Raum für Beratungen; und diejenigen,*

*die dem Kapitän als Ratgeber an die Seite gestellt sind,*
*können die nämlichen Männer sein, gegen die er mit sei-*
*ner Autorität vorzugehen berufen ist. Es wird bislang als*
*notwendig erachtet, jede Regierung, selbst die demokra-*
*tischste, mit irgendeiner Form von außerordentlicher und*
*auf den ersten Blick erschreckender Macht auszustatten;*
*im Vertrauen darauf, daß diese durch die öffentliche Mei-*
*nung und die Verpflichtung zur nachfolgenden Rechen-*
*schaft in ihrer Ausübung beschränkt wird. Sie ist dazu*
*gedacht, Notständen zu begegnen, von denen alle hof-*
*fen, daß sie niemals eintreten werden, die aber eintreten*
*könnten, und wenn sie einträten, ohne daß es eine Macht*
*gäbe, die ihnen auf der Stelle entgegenträte, wäre die*
*Regierung sogleich am Ende. Nicht anders steht es mit*
*der Macht des Handelskapitäns.*

RICHARD DANA, Zwei Jahre vorm Mast (1840)

Anfangs war die Rückreise der Hinreise sehr ähnlich, abgesehen von der Intensität des tiefen, alles einhüllenden Lichts. Das Licht war wie Silber, wie Kristall, wie Öl – aber dann wieder wie nichts von alledem; Erasmus fand keinen Vergleich, er gab auf. Das Licht glich nur sich selbst. Unter diesem Licht im Lancaster-Sund konnte er sich vorstellen, welche Verheißung sie in der Baffin-Bucht erwartete: Schiffe, Post, Gesellschaft und, ein paar Wochen später, die Heimat. Zunächst war das Wetter ruhig und die Männer waren es auch.

Erasmus fand immer nur für wenige Stunden Schlaf, dafür schlief er tief und wachte erfrischt auf. Zwischendurch arbeitete er mit Dr. Boerhaave stundenlang an ihren Proben. Er fertigte Listen und Tagespläne an, hakte jede vollbrachte Aufgabe ab: diese Vogelbälge getrocknet, verpackt und etikettiert, jene Pflanzen bestimmt. Alles höchst befriedigend. Eines Tages verspürte er beim Aufwachen ein ungewohntes Gefühl – eine Kombination aus Vorfreude und körperlichem Wohlbefinden; ein perfektes Gleichgewicht zwischen allem an den vorangegangenen Tagen Erreichten und all dem, worauf er sich an diesem Tag freute. So war es also, glücklich zu sein, dachte er staunend. Der Himmel wölbte sich über ihm wie eine gigantische, leuchtende Schüssel.

In sonnenhellen Nächten, wenn ihm der Schlaf wie reine Zeitverschwendung erschien, blätterte Erasmus in seinem abgegriffenen Exemplar von Hookers *Botanik der antarktischen Reise der Erebus und der Terror in den Jahren 1839–1843*, nicht nur, weil dieselben Schiffe später Franklin in die Arktis gebracht hatten, sondern weil es ihm vor Augen führte, was er auf seiner ersten Reise hätte vollbringen können, wenn Wilkes ihn nicht daran gehindert häte. Jetzt, glaubte er, konnte er ein Arktisbuch verfassen, das neben Hookers bestehen würde. Neben ihm las Dr. Boerhaave noch einmal Parrys Tagebücher, um dessen Beschreibungen der Eskimos zu überprüfen. Die eigenen Aufzeichnungen ordnend, sprach er davon, einen Bericht über die Netsilik zu schreiben, der ähnlich aussehen sollte wie Parrys berühmter Anhang.

»Alle arktischen Völker errichten ihre Kultur um die verfügbaren Nahrungsquellen herum«, überlegte er. »Und diese Kulturen können sehr unterschiedlich sein. Trotzdem haben die Stämme gemeinsame Rassenmerkmale. So wie die Pflanzen und Tiere in der gesamten Arktis vorkommen, tun es auch die Menschen, die sich auf einzigartige Weise an diese Umwelt angepaßt haben. Es scheint mir mehr und mehr, daß sie hier erschaffen worden sein müssen ...«

»Woraus schließen Sie das?« fragte Erasmus voll Zuneigung. Er hatte die Redeweise seines Freundes sehr liebgewonnen: ein vergeistigter, leicht gestelzter Satz an den anderen gereiht, bis sich daraus ganze Passagen entfalteten. Er hatte nie gefragt, fiel ihm plötzlich auf, ob Dr. Boerhaave immer noch manchmal auf Schwedisch dachte und sich seine Ideen dann übersetzte, bevor er sprach; oder ob er mittlerweile immer in englischer Sprache dachte. Welche Rolle spielten für ihn Französisch und Deutsch, und wann hatte er die vielen Sprachen gelernt? »Das folgt nicht unbedingt.«

»Sie sind so altmodisch«, entgegnete Dr. Boerhaave. »Alle führenden Naturforscher und die fortschrittlichsten Philosophen tendieren zu der Vorstellung von einer separaten, sukzessiven Entstehung der Arten – warum wehren Sie sich so dagegen? Warum erscheint es Ihnen so unwahrscheinlich, daß die Menschen wie alle anderen Lebewesen gleichzeitig in verschiedenen zoologischen Regionen geschaffen worden sind?«

»Ich glaube es einfach nicht«, sagte Erasmus. Er hob kapitulierend die Hände und lachte. Jedesmal wenn sie die geographische Verbreitung von Pflanzen und Tieren diskutierten, trennten sich beim letzten Schritt der Theorie ihre Wege – wenn es darum ging, daß sich nach dem gleichen Prinzip, nach dem die Arktis statt Schwarz- oder Braunbären Eisbären hervorbrachte und statt Pinguinen Lummen und Krabbentaucher, auch für die Eskimos gelte, daß sie sich auf der Ebene der Spezies von den Menschen an anderen Orten unterschieden.

Diese Vorstellung erschien Erasmus irrig – nicht nur theologisch unorthodox, sondern vor allem wissenschaftlich dubios. Eine der praktischen Definitionen bestimmte eine Spezies danach, ob ihre Individuen sich untereinander fortpflanzen konnten; alle Welt wußte, daß Paarungen zwischen Menschenrassen fruchtbare Nachkommen hervorbrachten. Kanadische Flußschiffer und Coppermine-Indianer, Parrys Besatzungen und Eskimos, Plantagenbesitzer und ihre Sklaven: Daß niemand etwas von diesen Verbindungen hören wollte, machte die Tatsache nicht weniger wahr. Erasmus dachte an den Botaniker Asa Gray, dessen Arbeit er bewunderte. Seine Idee, daß sich aus Varietäten im Laufe der Zeit neue Arten herausbildeten – sofern der Mensch ein Teil der Natur als einem Ganzen war und den gleichen physikalischen Gesetzen unterworfen wie andere Organismen auch ...

»Separat«, sagte Dr. Boerhaave, »ist nicht gleichbedeutend mit minderwertig.«

»Eine Differenzierung impliziert stets eine Rangfolge«, entgegnete Erasmus. Sie lächelten und ließen das Thema auf sich beruhen und wandten sich wieder ihren Büchern zu.

Ned hörte diesen Gesprächen zu, stellte gelegentlich eigene Fragen und übte sich in der Präparation von Tier- und Pflanzenproben, wie er es von den beiden älteren Männer gelernt hatte. Zuerst arbeitete er mit Vögeln. In sein liniertes Heft schrieb er:

*Daran denken, vor dem Häuten stets alles zu vermessen, die Farbe der Augen und anderer Weichteile zu notieren. Wenn möglich vor dem Ausbalgen einen Umriß des ganzen Vogels auf einem großen Bogen Papier anfertigen, sonst Form und Haltung skizzieren. Die Flügel möglichst nah am Rumpf brechen, dann die Haut in der Mitte der Brust bis hinunter zum After auftrennen. Am Kopf die Haut langsam bis zu den Ohren*

*spannen; sie dann dort dicht am Knochen durchtrennen, sorg-*
*fältig um die Augen herumschneiden, dabei die Augenlider*
*nicht beschädigen. Den Kopf vom Hals trennen und das Gehirn*
*mit dem Löffel herausziehen; Augen aus den Augenhöhlen ent-*
*fernen, Zunge herausschneiden und alles Fleisch vom Schädel*
*entfernen. Den Balg mit Arsenpuder und Alaun oder mit Arsen-*
*seife behandeln.*

*Wenn die Bälge sorgfältig präpariert werden, sagt Mr. Wells,*
*werden sie vollkommen ihre Form behalten, bis wir nach Hau-*
*se zurückkehren, und von großem Nutzen für die Wissenschaft*
*sein. Oder sie werden weich gemacht und naturgetreu ausge-*
*stopft, damit auch andere untersuchen können, was wir gese-*
*hen haben. Seit ich Mr. Wells unten an der Klippe aus dem*
*Wasser gezogen habe, ist er sehr freundlich zu mir; wer hätte*
*je gedacht, daß ich einen Menschen finden würde, der mir so*
*bereitwillig hilft wie er? Ich bin für diese Arbeit begabt, sagt*
*er. Wenn ich wollte, könnte ich mir damit eines Tages meinen*
*Unterhalt verdienen – in den Museen, behauptet er, arbeiten*
*Gehilfen, die auch keine bessere Ausbildung haben als ich und*
*die bei allen Präparaten für die Anfangsarbeiten zuständig sind.*
*Mein Vater hätte gelacht und gemeint, da könnte ich ja gleich*
*Leichenbestatter werden. Aber das war drüben, und dies hier*
*ist ein anderes Land.*

Erasmus' Wohlbefinden erwuchs zum Teil aus dem Gefühl, daß
er Ned etwas Nützliches beibrachte. Wenn Neds Hände mit
Bälgen und Knochen herumhantierten, fühlte sich Erasmus an
seine eigenen Anfänge als Junge erinnert – ein Eichhörnchen,
dachte er, war sein erstes Präparat gewesen –, und er sah ihm
glücklich bei der Arbeit zu. An seiner anderen Seite saß Dr.
Boerhaave und war selbst mit einer Elfenbeinmöwe beschäftigt. Er fragte Ned: »Wie kommt es, daß du so gut lesen und
schreiben kannst?«

»Ich hatte Glück«, antwortete der Gehilfe, während er die
Wirbelsäule in seiner Hand mit der Skizze vor sich verglich.
»Ein Mann, der mich einen Winter über bei sich aufnahm, hat
es mir beigebracht.«

Sie wurden von dem Mann im Ausguck unterbrochen, der ausrief: »Treibeis voraus!« Als sie aufsprangen und nach vorne sahen, verwandelte sich das Eis in eine Herde Belugawale, die weiß im Wasser schimmerten. Nachdem sie sich sattgesehen hatten, erzählte Ned Erasmus und Dr. Boerhaave, wie er zu seiner Bildung gekommen war.

Er hatte Irland 1847, auf dem Höhepunkt der Hungersnot, verlassen. Seine ganze Familie war gestorben, alle außer seinem Bruder Denis und seiner älteren Schwester Nora; die drei hatten die Überfahrt auf einem der überfüllten Auswandererschiffe nach Quebec gemacht. Nora war an Bord krank geworden, und in der Quarantänestation von Grosse Isle, ein Stück flußabwärts von der Stadt Quebec, hatte man sie ihnen weggenommen.

»Wir waren vollkommen unterernährt«, berichtete Ned und starrte aufs Wasser hinaus. »Denis und ich waren selber krank, wir wußten es bloß noch nicht. Nora war schon fast tot. Diese Männer haben sie vom Schiff getragen und gesagt, sie müßte in das Krankenhaus auf der Insel. Denis und ich wurden zwangsweise auf ein kleineres Schiff verladen, das mit anderen Iren vollgestopft war, und allesamt nach Montreal verschifft. Nora haben wir nie wiedergesehen.«

In Montreal, erzählte er, waren schon so viele an dem Fieber erkrankt, daß die Bewohner sie gezwungen hatten, nach Kingston weiterzureisen. In Kingston war Denis gestorben.

»Wie alt warst du damals?« fragte Dr. Boerhaave.

»Zwölf«, sagte Ned. »Ich bin dort dreizehn geworden.«

Er streifte nur flüchtig die schrecklichen Jahre, in denen er – nachdem man ihn in einem Armenhospital für tot erklärt hatte – als obdachloser Dieb auf der Straße gelebt hatte und dann von Bauern aufgenommen worden war, die ihn hart geschunden hatten. Kurz nach seinem sechzehnten Geburtstag war er fortgelaufen.

»Ich wollte bloß noch weg aus diesem grausamen Land«, sagte er. »Ich dachte, wenn ich nur in die Vereinigten Staaten käme, würde mein Leben ganz anders werden.«

Er war über den St.-Lorenz-Strom in den Staat New York

gelangt und hatte sich von Cape Vincent über Chaumont nach Watertown treiben lassen; dann hatte er gehört, daß es in der Wildnis von Brown's Tract Holzfällerarbeit geben sollte, und daraufhin hatte er die gefährlichen nördlichen Wälder zu Fuß durchquert. Tief im Wald, in der Nähe des Saranac-Sees, fand er Arbeit in einem Holzfällerlager, allerdings nicht als Holzfäller. Die Männer, Einwanderer wie er, hatten über seine schmächtige Statur gelacht, ihn aber bereitwillig als Kochgehilfen eingestellt.

Mitten in seiner zweiten Saison hatte der Koch gekündigt, und Ned übernahm das Kochen für das ganze Lager. Als er noch im selben Jahr am Unteren Saranac-See Lebensmittel besorgte, lernte er einen blassen Anwalt aus Boston kennen, der dort überwintern wollte, um seine Schwindsucht auszukurieren. Er baute sich ein Blockhaus im Wald und suchte Personal. Er hatte Ned als Koch eingestellt.

Den ganzen Winter über, während der Anwalt in Decken gewickelt auf einer Südveranda lag und bei Temperaturen unter dem Gefrierpunkt gleichzeitig fror und in der Sonne badete, hatte er Ned Lesen und Schreiben beigebracht, damit er ihm vorlesen und später auch Diktate aufnehmen konnte. Im zweiten Winter war ein neuer Koch eingestellt worden, so daß Ned seine ganze Zeit mit dem Anwalt und seinen Büchern verbringen konnte.

»Was er für mich getan hat, war wunderbar«, schloß Ned. »Dafür werde ich ihm immer dankbar sein.«

»Warum bist du dort weggegangen?« fragte Erasmus.

»Er ist gestorben.«

Ned war erst zwanzig, und in einem einstündigen Gespräch hatte er mehrfach gesagt: sie sind gestorben, sie ist gestorben, er ist gestorben. Während er sich erhob, um wieder in die Kombüse zu gehen, ergänzte Ned in wenigen Sätzen, wie er nach Süden gekommen war, nach Philadelphia, keine Büroarbeit hatte finden können, und schließlich als Koch in der Hafenschenke gelandet war, wo Mr. Tagliabeau ihn ausfindig gemacht hatte. Er sagte nichts über die Prügelei, die zu seiner Entlassung geführt hatte.

»Irgendwie konnte ich mich nirgends niederlassen«, sagte er. »Überall fehlte mir meine Familie.« Er hielt einen Augenblick inne, weil er nicht wußte, wie er sagen sollte, was er meinte. Was konnte es schon ausmachen, wohin er ging, da er doch keine Hoffnung hatte, Nora oder Denis je wiederzusehen? Irgendwie war es das Umherziehen, das ihm Hoffnung gab; er hatte Denis mit eigenen Augen sterben sehen, aber Nora war einfach verschwunden, und wenn er immer weiterzog, schien es ihm irgendwie denkbar, daß sie nicht tot war. Daß sie umherwanderte wie er.

»Es ist komisch«, sagte er, »wenn man weiß, daß man auf der ganzen Welt nicht einen einzigen lebenden Verwandten hat – wie kann man sich einen Ort zum Leben suchen, wenn man überall ein Fremder ist?«

Dr. Boerhaave lächelte, als wüßte er genau, wovon Ned redete. Sie hatten beide ihre Verbindungen zur Heimat gekappt, dachte Erasmus, auf eine Weise, die ihm immer noch unvorstellbar schien.

»Eines hat mir an der Arbeit im Hafen gefallen – alle Männer, die dorthin kamen, waren Fremde wie ich«, fuhr Ned fort. »Ich war gerade drauf und dran, bei der Handelsmarine anzuheuern und die Welt zu sehen, da mich ja nirgendwo etwas hielt. Aber dann sind Sie aufgetaucht und sehen Sie nur, wie gut alles ausgegangen ist. Commander Voorhees hat mich angeheuert, und hier bin ich: an einem Ort, wo kaum jemand zuvor gewesen ist. Wo wir alle Fremde sind, außer füreinander.«

Sie waren doch fremd gewesen, dachte Erasmus später. Auch füreinander. Aber in dem blendenden Licht vergaß er das vorübergehend. Draußen schien unablässig die Sonne, und drinnen verbreiteten die von den Netsilik erworbenen Relikte, ordentlich verpackt und im Laderaum verstaut, einen stillen Glanz. Von seiner Aufgabe erfüllt und vollkommen in seine Arbeit vertieft, dauerte es eine Weile, bis Erasmus die Stimmung der Männer um sich herum wahrnahm. Sie waren fünfzehn Leute, die abgesehen von ihrem kurzen Aufenthalt bei den Netsilik vollständig von der Welt abgeschnitten waren, und sie wurden einander allmählich überdrüssig. Kleinigkeiten begannen eine große Rolle zu spielen: Zekes Angewohnheit zum Beispiel, Sabine bei Tisch mit der Gabel zu füttern. Oder sein gelangweilter, hochmütiger Blick, als Erasmus ihm zu erzählen versuchte, was er über Ned erfahren hatte.

»Ja, natürlich«, sagte Zeke. Sabine saß auf dem Stuhl neben ihm und folgte wachsam seiner Hand, die über dem Teller schwebte. »Das hat mir Ned alles schon vor Ewigkeiten erzählt.« Wann war das gewesen? fragte sich Erasmus. Als Zeke über Fletcher Lambs Tod gegrübelt hatte? In letzter Zeit war er ihm noch verschwiegener vorgekommen als sonst.

Einige aus der Mannschaft, die sich auf Boothia um Frauen gestritten hatten, schürten erneut ihre Rivalitäten, bis die Flammen hoch aufloderten. Auf der Hinreise war es häufig Joe gewesen, der die Männer am besten aufheitern und beruhigen konnte, indem er sie mit seiner Zither und seinen Geschichten unterhielt. Aber seit der Abreise von Boothia war Joe niedergeschlagen, so niedergeschlagen, daß er Sean Hamilton und Ivan Hruska nach einer Prügelei Mr. Francis' strenger Disziplin überließ, nach oben kam und sich teilnahmslos über die Reling beugte, wo Erasmus mit seinem Skizzenblock saß.

»Sie werden schon drüber hinwegkommen«, meinte Erasmus. »Sie sind unruhig, sie denken alle schon an zu Hause. Wir haben bisher wirklich unheimliches Glück gehabt. Was wir alles von den Eskimos erfahren haben...«

Der Zwieback, den Joe über die Reling warf, wurde von einem Eissturmvogel in der Luft aufgeschnappt. »Wie kommen Sie darauf, daß sie uns alles erzählt haben, was sie wußten?«

»Weil – weil sie es uns zuerst nicht erzählt haben«, antwortete Erasmus verblüfft. Der Eissturmvogel flatterte mit seiner Beute davon. »Wir mußten die Wahrheit selbst ans Tageslicht bringen. Wir mußten sie ihnen geradezu aus der Nase ziehen. Hätte Ned nicht diese Kessel gesehen...«

Joe stieß einen entrüsteten Laut aus. »Die hatten ihre eigenen Gründe, uns diese Geschichte zu erzählen«, sagte er. »Damit sie das Schiff endlich loswurden, und die Männer aufhörten, ihre Karibus zu jagen und ihre Frauen zu belästigen. Haben Sie das nicht gemerkt? Sie haben uns gesagt, was wir hören wollten. Und wäre Commander Voorhees nicht so blind gewesen vor Wut und weil er unbedingt etwas finden wollte, wäre ihm aufgefallen, wie trügerisch die Situation in Wirklichkeit war.«

»Sie meinen, sie haben gelogen?« Erasmus dachte an Joes Gesichtsausdruck, als er Unalis Enthüllungen über das Beiboot übersetzt hatte. Damals hatte er schlicht vermutet, daß Joe über ihre vergangenen Täuschungsversuche entsetzt war.

»Nicht gelogen«, sagte Joe aufgebracht. »Sicher war etwas Wahres an dem, was sie uns erzählt haben. Aber sie wußten, wonach wir suchten und was es kosten würde, uns zufriedenzustellen, und da haben sie die Wahrheit vielleicht ein wenig zurechtgebogen. Die Geschichte unseren Wünschen angepaßt.«

»Aber Sie sind der Dolmetscher«, sagte Erasmus. »Es war Ihre Aufgabe, das herauszufinden und uns zu vermitteln, was davon zutraf und was irreführend war.«

»Es kann nicht meine Aufgabe sein, auch noch die Gesten mit zu übersetzen«, entgegnete Joe. Seine braunen Hände mit den abgebrochenen Nägeln umklammerten die Reling. »Hätte Commander Voorhees statt meiner Unali genauer angesehen – hätte er überhaupt auf Unali geachtet –, dann hätte er begriffen, wie die Informationen einzuschätzen waren.«

Als Unali bei dem Fest gesprochen hatte, erinnerte sich Erasmus, hatte er die beiden kleinen Mädchen hinter sich geschoben und andere Kinder von den Männern weggescheucht. Beunruhigt fragte er: »Was hat Unali denn gesagt, was Sie uns nicht mitgeteilt haben?«

»Es geht nicht darum, was er gesagt hat, sondern wie er es gesagt hat. Es geht um den Kontext, in dem er gesprochen hat. Ich habe jedes Wort so genau übersetzt, wie ich konnte. Aber ich habe auch auf andere Dinge geachtet. Und Sie nicht. Und Commander Voorhees auch nicht. Wenn Sie zu Hause mit Ihren Leuten Verhandlungen führten, würden Ihnen neben den Worten auch andere Dinge auffallen.«

»Glauben Sie denn, daß es gar kein Boot gab?« fragte Erasmus. »Aber wo hatten sie dann die Kessel her, die Holzteile – all die Sachen?«

»Natürlich haben sie ein Boot gefunden. Und auch tote Seeleute. Ich bin mir nur nicht sicher, ob ihre Spuren tatsächlich verschwunden sind. Aber sie hatten gute Gründe, uns davon abzubringen, dort zu überwintern und im Frühling die Insel abzusuchen. Wer weiß, was wir gefunden hätten, wenn wir uns nicht so schnell mit ihrer Geschichte zufriedengegeben hätten.«

Er hielt inne und zupfte an der trockenen Haut um seinen Daumennagel. »Unalis Frau hat mir etwas Schreckliches erzählt«, gestand er, »als wir einmal kurz ein Stück von den andern entfernt standen. Sie meinte, sie hätten bei dem Boot, bei den toten Seeleuten – da hätten sie menschliche Körperteile gefunden, an denen offensichtlich... Gewalt ausgeübt wurde. Knochen mit Säge- und Messerspuren. Zertrümmerte Schädel.«

»Dr. Raes Bericht«, murmelte Erasmus und dachte an die Geschichte, die er Ned zu Beginn ihrer Reise erzählt hatte. »Dasselbe haben ihm die Eskimos erzählt, denen er begegnet ist.«

»Das hier ist schlimmer«, sagte Joe. »Unalis Frau erzählte, sie habe einen Stiefel gefunden, den jemand als Schüssel oder so etwas benutzt hatte. Darin lagen Stücke von gekochtem Menschenfleisch.«

Erasmus hatte unter dem Bücherbord in seiner Koje einen Nagel eingeschlagen und dann seinen geheimen Lederfetzen zwischen Nagel und Brett geklemmt. Das einzige, was er für sich behalten hatte; noch immer wußte niemand, daß er ihn hatte, nicht einmal Dr. Boerhaave. Später, wenn sie wieder zu Hause waren, wollte er ihm das Stück vielleicht als letztes Überraschungsgeschenk anbieten, um ihre Freundschaft zu besiegeln. Etwas, das mit Zeke und den Zielen der Expedition nichts zu tun hatte, von dem nur sie beide wüßten. Bis jetzt war ihm dieses Stück Leder wie ein Symbol für Tapferkeit vorgekommen, ein müder Fuß, der sich über das Eis schleppte, ganz

Danach leuchtete für Erasmus nichts mehr so hell wie zuvor. Es regnete drei Tage, mit windigen Böen, die die Arbeit erschwerten und ihm zuviel Zeit ließen, über Joes Worte nachzudenken. Dann erschien Zeke eines Nachmittags an Deck und bat die Crew, sich nach dem Abendessen bei ihm in der Kajüte zu melden. Als Captain Tyler etwas fragen wollte, sagte Zeke: »Ich würde gern alle Offiziere zusammen sprechen, jetzt gleich.«

Sie drängten sich in ihrer üblichen Sitzordnung um den Kajütentisch: Zeke am einen Ende, flankiert von Erasmus und Dr. Boerhaave, Mr. Tagliabeau, Mr. Francis und Captain Tyler dicht beieinander, so weit von Zeke entfernt, wie es auf so kleinem Raum möglich war, Sabine als Ärgernis zwischen ihren Füßen. Zeke legte ein Blatt Papier auf den Tisch.

»Ich hätte das schon längst erledigen sollen«, begann er. Das Papier war eng beschrieben, in seiner klaren Handschrift. »Und ich entschuldige mich für mein Versäumnis. Es ist etwas allgemein Übliches; ein Schriftstück, wie es die meisten Expeditionsleiter von ihrer Besatzung unterschreiben lassen, und ich wäre Ihnen dankbar, wenn Sie dies jetzt besorgen würden.«

»Darf ich?« fragte Dr. Boerhaave. Zeke nickte und schob ihm den Bogen zu. Dr. Boerhaave las, dann reichte er Erasmus das Dokument.

*Die Unterzeichneten erkennen Zechariah Voorhees als ausschließlichen Kommandanten dieser Expedition an und geloben, ihm bei der Verfolgung der Expeditionsziele zu helfen, wie es in ihrer Macht steht und wie es besagter Commander Voorhees für richtig erachtet.*

Der Vertrag legte in gestelztem, förmlichem Stil weiterhin fest, daß, falls Zeke etwas zustieße, die Expedition unter dem gemeinsamen Kommando von Captain Tyler und Erasmus fortgesetzt werde, wobei der Kapitän für die sichere Rückkehr des Schiffes und Erasmus für die Erfüllung der Expeditionsziele verantwortlich sei. Dagegen hatte Erasmus nichts einzuwenden: Er war Zekes rechte Hand, und es schien nur recht und billig. Doch der nächste Absatz beunruhigte ihn. Darin hieß es, daß alle Mitglieder der Besatzung – weder Erasmus noch Dr. Boerhaave waren davon ausgenommen – versprachen, Zeke bei Abschluß der Expedition ihre Tagebücher und Aufzeichnungen auszuhändigen, und sich verpflichteten, für den Zeitraum von einem Jahr nach Beendigung der Reise von jeglichen Vorträgen oder Veröffentlichungen abzusehen.

Wie war das zu verstehen? Das Blut hämmerte in Erasmus' Schläfen, und als Sabine sich über seinem Spann ausstreckte, schubste er sie heftiger zur Seite, als er beabsichtigt hatte. Zeke war seit Fletcher Lambs Tod distanziert gewesen, aber es war Erasmus entgangen, wie weit sie sich voneinander entfernt hatten. Sie sollten doch Brüder sein; wer würde einem Bruder so etwas auferlegen? Als er sicher war, daß er seine Stimme unter Kontrolle hatte, reichte er den Vertrag an Mr. Tagliabeau weiter und sagte zu Zeke: »Tut mir leid, daß ich dir widerspreche, aber das finde ich ungeheuerlich. Davon hast du mir bis jetzt noch nie ein Wort gesagt. Du führst dich auf wie Wilkes bei der Forschungsexpedition, und ich erhebe Einspruch, ich erhebe entschieden Einspruch ...«

Zeke hob eine Hand, um ihn zum Schweigen zu bringen. »Es ist eine reine Formalität«, sagte er. »Aber du siehst doch sicher die Notwendigkeit ein, unsere Erkenntnisse schnell und einvernehmlich zu präsentieren, ohne daß wir uns gegenseitig widersprechen. Natürlich erwarte ich von Ihnen allen, daß Sie bei der ersten Bekanntgabe dessen, was wir herausgefunden haben, behilflich sind, und ich werde jedes Material, das ich Ihren Aufzeichnungen entnehme, mit Ihrem Namen kennzeichnen.«

Zeke sah Erasmus offen an und sagte über das Getuschel des Kapitäns und der Offiziere hinweg: »Es soll gerade das vermeiden, was bei Wilkes' Expedition passiert ist. Wir dürfen uns nicht streiten, unsere Funde dürfen nicht durch öffentlich ausgetragene Uneinigkeit in Frage gestellt werden.«

»Warum soll Mr. Wells in Ihrer Abwesenheit das Kommando mitübernehmen?« fragte Captain Tyler wütend. »Er hat keine Ahnung von diesem Schiff.«

»Er schließt sich meinen Zielen an«, antwortete Zeke. »Für

den Fall, daß mir etwas zustößt, muß ich sicher sein, daß jemand die Verantwortung für die Auslieferung der Funde und unserer wissenschaftlichen Beobachtungen übernimmt. Ebenso wie dafür, daß das Schiff und die Männer sicher nach Hause gelangen.«

Dr. Boerhaave, der noch nichts gesagt hatte, zog Captain Tyler das Blatt aus der Hand, nahm den von Zeke bereitgelegten Federhalter und unterschrieb. Dann erhob er sich. »Natürlich werde ich Ihnen helfen, soweit ich kann«, sagte er. »Wie ich es stets getan habe. Aber ich finde es beleidigend, daß Sie so etwas für nötig halten. Wenn Sie mich bitte entschuldigen wollen.«

Er nickte steif und ging an Deck. Erasmus blieb zurück und starrte auf das Papier, das seine Träume von einer eigenen Vortragsreihe zunichte machte. Dafür würde er mit Zeke gemeinsame Sache machen, dachte er. Sie würden die Akademie der Wissenschaften zusammen betreten – sie teilten sich ja bereits das Tagebuch, das Lavinia Zeke zugedacht hatte. Ihre Beobachtungen würden zu einem einzigen Bericht verschmelzen, den Erasmus vielleicht sogar selbst schreiben würde; Zeke hatte für das Schreiben nichts übrig, er entwickelte lieber in großen Zügen Ideen und überließ anderen die Feinarbeit. Diese Vereinbarung war die Tat eines jungen Mannes, der sich seiner Position noch nicht sicher war. Da konnte Erasmus, der um so vieles älter war, es sich doch sicher leisten, nachzugeben und später über Einzelheiten zu verhandeln? Zeke würde ihn niemals daran hindern, ein paar rein naturkundliche Artikel über die bereisten Gebiete zu schreiben, in denen Franklin oder ihre Bekanntschaft mit den Eskimos gar nicht vorkamen.

»Ich unterschreibe das nicht«, sagte Captain Tyler. »In Ihrer Abwesenheit würde selbstverständlich Mr. Tagliabeau mein Stellvertreter werden. Nicht Mr. Wells.«

»Ich bedaure es, daß Sie so denken«, entgegnete Zeke. »Aber wenn Sie nicht unterzeichnen, sehe ich mich gezwungen, Sie von Ihrem Kommando zu entbinden.«

Dann schrien alle durcheinander. Angesichts seiner schwierigen Position hatte Erasmus das Gefühl, sich nicht äußern zu dürfen – aber die Streiterei lenkte seine Aufmerksamkeit von den Passagen über die Aufzeichnungen ab und zur Frage der Amtsnachfolge hin. Vielleicht hatte Zeke genau darauf gezählt. Den Widerstand des Kapitäns brach er schließlich, indem er andeutete, er könne sich gezwungen sehen, den Rest der Heuer, die der Mannschaft bei ihrer Rückkehr ausgezahlt werden sollte, zurückzuhalten, wenn dieser seine Unterschrift verweigerte.

Captain Tyler unterschrieb, Mr. Francis und Mr. Tagliabeau taten es ihm nach; sie stürmten den Niedergang hinauf, und Erasmus konnte sie an Deck herumbrüllen hören. Der Kapitän – mit wem sprach er? – sagte: »Ich hätte dieses Kommando niemals übernommen, wenn sich etwas Besseres geboten hätte. Das ist keine Arbeit für einen Walfangskipper, dieses Herumdümpeln in der Arktis.«

»Und du?« fragte Zeke Erasmus, nachdem die anderen gegangen waren. Sabine sprang auf seinen Schoß. »Mein getreuer Freund?«

Erasmus unterzeichnete und schüttelte Zeke die Hand. Als Zeke ihn bat, ihm zu helfen, den nacheinander hereinkommenden Männern die Vereinbarung zu erklären, tat er auch das. Er schrieb die Namen derjenigen auf, die nicht schreiben konnten, und zeigte ihnen die Stelle, an die sie ihr Kreuz setzen sollten. Nils Jensen und Isaac Bond fragten beide: »Aber Captain Tyler hätte trotzdem das Kommando, wenn etwas passieren würde?«

»Absolut«, antwortete Zeke. »Es hat sich nichts geändert.«

Ned, liebenswürdig wie immer, las den Vertrag durch und unterschrieb ohne Murren selbst. Joe, der als letzter hereinkam, sagte: »Ich möchte für die Herrnhuter Missionare in Grönland einen Bericht über die Netsilik schreiben. Wäre das gestattet?«

»Er würde innerhalb der Kirche bleiben?«

»Ja. Aber sie werden in diesem Gebiet vielleicht irgendwann eine Mission aufbauen wollen, und meine Beobachtungen könnten für sie von Nutzen sein.«

Zeke erteilte ihm die Erlaubnis, und Joe unterschrieb.

Sabine blieb den ganzen Abend auf Zekes Schoß sitzen, die zarten Pfoten auf dem Tisch, und spähte auf den Vertrag, als wollte sie ihn selbst unterschreiben. Dann und wann fütterte Zeke sie mit Häppchen und wies darauf hin, wie ordentlich sie sich die Lippen leckte.

»Ist sie nicht entzückend?« fragte er Barton DeSouza, als Erasmus ihm gerade den zweiten Absatz des Vertrags erklärte. Barton war fassungslos, vor allem, als Sabine sich umdrehte, Zeke liebevoll ansah und bellte.

An Deck, im Schutz eines Beiboots, starrte Dr. Boerhaave lange Zeit in sein Tagebuch, klappte es dann aber zu, ohne etwas geschrieben zu haben. Dann holte er seine Briefmappe heraus und schrieb voll Zorn an seinen Freund William in Edinburgh:

*Bislang hat mir diese Expedition sehr gut gefallen, aber allmählich fange ich an, den Kommandanten zu verachten. Er lebt ganz in seiner selbstgeschaffenen Welt, in der nur seine eigenen Gedanken und Ideen zählen: ein bloßes Kind, seiner Körpergröße und seiner großen Worte zum Trotz. Auf Boothia war er nicht imstande, die Netsilik anders wahrzunehmen denn als Agenten seines Ruhms. Ich versuchte zwar, Informationen über ihre Gebräuche zu sammeln, aber mir wurde weder zu diesem Zweck genügend Zeit gewährt noch für das Sammeln und Präparieren von Pflanzen- und Tierproben, und auch die Fossilien, die ich gesammelt habe, weiß er nicht zu schätzen. Und jetzt dies: Alle Notizen, die ich ihm zum Trotz habe machen können, sollen ihm gehören, damit er aus den schwachen Indizien, die er gesammelt hat, einen Bericht über die letzten Tage von Franklin und seinen Männern zusammenbasteln kann – und die Indizien sind schwach, täusche Dich da nicht, ich füge eine Liste bei: Für sich genommen sagen sie uns nicht mehr, als was wir durch Dr. Raes Forschungen schon vorher gewußt haben, und was wir wirklich hinzugelernt haben oder gelernt haben sollten, ist etwas über dieses herrliche Land und seine Bewohner, aber das wird er nicht nutzen – ein ganzes Jahr lang. Natürlich hat er nicht die geringste Ahnung, daß bei*

*der Benennung und Beschreibung neuer Arten nicht der Tag*
*ihrer Entdeckung entscheidend ist, sondern der Tag, an dem*
*ihre Beschreibung veröffentlicht wird.*

Als Erasmus am folgenden Morgen sein Tagebuch aufschlug,
um eine Notiz über einen Fisch zu machen, blätterte er zurück,
wie um seine früheren Eintragungen zu überprüfen. War er zu
persönlich geworden? Er zeichnete ein paar Schuppen und liste-
te den Mageninhalt des Fisches auf, doch er sehnte sich danach,
seine Gefühle zu beschreiben. Er begann einen langen Brief an
Copernicus. Er konnte ihn nicht wegschicken; es gab keine
Möglichkeit, ihn abzuschicken und niemanden, der ihn empfangen konnte; Copernicus war immer noch irgendwo im
Westen, wo er Cañons und Indianer malte. Dennoch spürte
Erasmus, daß das Band zwischen ihnen, quer über den großen
Kontinent, durch Zekes Tat irgendwie gestärkt worden war.

Am 20. August segelten sie in die Wasser der Baffin-Bucht ein.
Hier wollten sie sich nach Norden und dann nach Osten wenden, den oberen Rand des Packeises umrunden und im großen
Bogen zurück nach Grönland segeln, aber Isaac Bond meldete vom Masttopp ein Schiff. Zeke, der Kapitän und die Offiziere wechselten sich mit dem Fernrohr ab: Ein großes Schiff
lag ein paar Meilen südlich von ihnen im Eis, offenbar verlassen und Wind und Wellen preisgegeben. Zeke befahl, die *Nar-*
*whal* so nahe wie möglich an das Schiff heranzumanövrieren.
Das Eis ragte vor ihnen auf wie eine Landmasse.

»Ich kann es nicht riskieren, daß wir im Packeis steckenbleiben«, sagte Captain Tyler. »Nicht so spät im Jahr. Und
nicht so kurz vor dem Ziel.«

»Es ist nicht Ihr Schiff«, entgegnete Zeke kühl. Brüsk hielt
er dem Kapitän das Fernglas hin und deutete auf den schwarzen Schiffsrumpf mit dem weißen Streifen. »Die Schiffe der britischen Marine sind alle so bemalt«, sagte er. »Von weitem
kann man sie unmöglich unterscheiden. Es könnte das zweite
Schiff von Franklin sein. Die Eskimos haben uns von einem
gesunkenen Schiff erzählt. Nur von einem.«

Captain Tyler suchte das Schiff in der Ferne ab. »Kann sein ... aber das ist so unwahrscheinlich. Und Sie sehen doch, daß es verlassen ist – warum sollen wir dieses Risiko eingehen?«

»Weil ich es Ihnen sage«, versetzte Zeke.

Er kehrte ihm den Rücken und ging nach unten: Als würde das demonstrative Vertrauen darauf, daß man seine Befehle ausführte, automatisch dazu führen, daß dies geschah. Captain Tyler ließ seine Finger knacken, führte die Brigg aber trotzdem nach Süden durch das Eis, bis sie schließlich knapp hundert Meter vor dem anderen Schiff von einer langen, aufgewölbten Scholle festgehalten wurde. Die Möglichkeit, daß es tatsächlich Franklins Schiff war, ließ Erasmus vor Aufregung zittern. Zu seiner Überraschung benannte Zeke als Mitglieder des Erkundungsteams nur sich selbst, Erasmus, Dr. Boerhaave und Ned.

»Alle anderen müssen sich bereithalten, die Brigg zu manövrieren, falls wir eingeklemmt werden«, erklärte er.

»Nehmen Sie wenigstens Forbes mit«, brummte Captain Tyler. »Falls Sie einen Zimmermann brauchen.«

»Wir kommen schon klar«, versicherte Zeke.

Sie ließen sich aufs Eis hinunter, suchten sich vorsichtig einen Weg über die Spalten und näherten sich dem Schiff. Zeke sagte: »Wenn dies nun das Schiff wäre, eines der beiden Schiffe, wenn es uns doch bestimmt wäre, dieses letzte Zeichen zu finden, wäre das eine ausgezeichnete Bestätigung dessen, was wir bereits erfahren haben ...«

Das Schiff steckte unbeweglich im Eis. Zeke rief etwas, als sie näher kamen, aber niemand antwortete. Als sie an Bord kletterten, verspürte Erasmus ein Prickeln auf der Haut, und er wußte, daß sie alle dasselbe fürchteten: Leichen zu finden, Männer, die erfroren oder verhungert waren. An Deck herrschte Ordnung, das Tauwerk war sorgfältig aufgeschossen, die Segel verstaut, aber alles war menschenleer.

Zeke zeigte auf den Wahlspruch auf dem Messingschild über dem Steuer: *Jeder tue seine Pflicht für England.* »Könnte es die *Erebus* sein?« fragte er. »Oder die *Terror*?«

Als sie in die Kajüte hinunterstiegen, redete er bereits davon, wie sie das Schiff befreien und nach Hause schleppen könnten. Erasmus mußte sich ermahnen, das Atmen nicht zu vergessen. Wenn das hier eins von Franklins Schiffen war, wenn, wenn, wenn ... er sah die Schlagzeilen schon vor sich. Sie betraten die dunkle, stickige Kajüte. In einem Schreibtisch fand Dr. Boerhaave das Logbuch. Er hob es hoch; er blies den Staub weg. Erasmus starrte auf die feinen schwarzen Haare auf dem Handrücken seines Freundes.

Dr. Boerhaave schlug das Buch auf. »Die *Resolute*«, verkündete er.

Da standen sie, in einem kalten, dunklen Schiff, das einen Augenblick lang nur ein Schiff war. Dann wandelte es sich erneut, wenn auch nicht in etwas Ruhmreiches. Sie hatten alle von diesem Schiff gehört; es gehörte zu Edward Belchers Expedition, die im Winter 53/54 vom Eis eingeschlossen worden war. Belcher hatte, wie Erasmus wußte, seine Flotte im Mai letzten Jahres tausend Meilen westlich von dieser Stelle verlassen. Während Zeke und er die eigene Reise planten, hatten sie Gerüchte über Belchers Rückkehr nach England auf einem Rettungsschiff gehört. Er war wegen seines mangelhaften Urteilsvermögens vor ein Kriegsgericht gestellt und mit knapper Not freigesprochen worden; es hatte wenig Grund zu der Annahme gegeben, daß seine Schiffe im folgenden Sommer nicht freikommen würden, und niemand verstand, warum er sie aufgegeben hatte.

Zeke machte ein langes Gesicht, während sie sich die erbärmliche Geschichte in Erinnerung riefen. Sie standen in einem von Belchers Schiffen, das sich losgerissen und die lange Reise nach Osten allein angetreten hatte. Eine Entdeckung, aber sie war nicht gerade weltbewegend.

»Sollten wir versuchen, sie herauszuziehen?« fragte Erasmus.

»Überlaß die Bergung anderen«, sagte Zeke. »Es ist nicht unsere Aufgabe, die Fehler dieses Mannes gutzumachen.« Er nahm das Logbuch mit, doch die *Resolute* überließ er dem nach Süden treibenden Packeis.

Noch einmal quer über den Lancaster-Sund, dann die Küste

von Nord Devon entlang; Zeke mürrisch, weil es ihn wurmte, daß ihnen der Umweg nichts eingebracht hatte. Vor dem Jones-Sund erstreckte sich das Wasser nach Osten und Norden nahezu eisfrei, ein Anblick, bei dem alle lächelten: Alle träumten von zu Hause. Erasmus malte sich sein schmales Bett in der Repositur aus, seine ordentlichen Präparatschränke und Regale; er träumte von der Köchin, die ihm eine Mahlzeit aus Kalbsbraten und glasierten Karotten ins Eßzimmer brachte. Dr. Boerhaave freute sich auf eine Reise nach Boston; die Männer redeten von ihren Liebsten und dem, was sie sich von ihrer Heuer kaufen wollten; Captain Tyler sagte, seine Frau fehle ihm. Zeke träumte vielleicht von Lavinia. Vielleicht auch von etwas anderem.

In Philadelphia träumten Frauen, die *Narwhal* wäre auf dem Weg zu ihnen. Alexandra schrieb:

*Nur noch sechs bis acht Wochen, wenn alles gutgeht. Ich dachte, ich würde mich auf das Ende dieser Zeit freuen, aber jetzt wird mir das alles hier doch fehlen: eine Zuflucht vor dem Lärm und der Enge im Haus meiner Familie. Mittlerweile genieße ich meine Stunden in der Repositur über alles und hänge sehr an Lavinia. Wir haben die Tafeln für das Entomologiebuch vollendet, doch nun haben Linnaeus und Humboldt nichts mehr zum Kolorieren. Sie boten mir ein kleines Gehalt an, damit ich einfach als Lavinias Gesellschafterin hierbleibe, aber ich habe sie überredet, mir statt eines Gehalts zu erlauben, bei einem ihrer Mitarbeiter Unterricht im Kupferstechen zu nehmen – und Lavinia auch, weil ich darauf bestand; sie muß etwas zu tun haben. Ich habe schon einen beträchtlichen Spargroschen in meinem Nähkorb. Was ich noch brauche, ist eine Fertigkeit, die ich mitnehmen kann, wenn ich gehe. Wenn dies mein Leben sein soll – hier in der Stadt, ungebunden, von meinem Bruder abhängig –, muß ich alles tun, um das Beste daraus zu machen.*

*Die Brüder hatten ihre üblichen Einwände, aber ich hielt ihnen das Beispiel von Thomas Says Frau Lucy vor. Da ihr eigener Vater mit dazu beigetragen hat, daß sie als erste Frau in die Akademie der Wissenschaften gewählt wurde, brachte sie das zum Nachdenken. Lavinia zeigte ihnen Mrs. Hales Buch, das sie aus der Stadt mitgebracht hatte: Das Buch der Frauen oder Skizzen von der Hand aller vortrefflichen Künstlerinnen von »den ersten Anfängen« bis zum Jahre 1850 n. Chr. Aufgeteilt in vier Epochen. Mit ausgewählten Schriften von Autorinnen aus jeder Epoche. Ich will eine moderne Frau sein, sagte sie zu ihren Brüdern. Wie diese Frauen hier. Wünscht Ihr euch das nicht auch für mich?*

*Letzte Woche haben wir angefangen. Mr. Archibault, einer der Graveurmeister der Wells', kommt zu uns in die Repositur, beladen mit Grabsticheln und Nadeln und von den Lehrlingen verdorbenen Stahlplatten, die sonst ausrangiert würden. Er ist von größerer Toleranz als die Brüder und ist der Ansicht, daß sowohl Helen Lawson als auch die Maverick-Schwestern ausgezeichnete Stiche angefertigt hätten; also hält er nichts für unmöglich. Gerade Linien, geschwungene Linien, unterbrochene Linien und Punkte – ich habe eine Menge zu lernen und wenig Zeit. Ich habe mich schon ein paarmal mit dem Stichel verletzt.*

Später würde Erasmus sich fragen, ob Zekes Enttäuschung über die *Resolute* für das verantwortlich war, was nun als nächstes geschah. Oder ob Joes frühere Bemerkungen über Unali endlich Früchte trugen, so daß Zeke den Wert ihrer Funde anzweifelte. An dem Punkt, an dem sie alle einen Kurswechsel nach Osten erwarteten, rief Zeke die Besatzung an Deck zusammen.

»Der August hat noch vier Tage«, sagte er. »Und wir können noch mit mehreren Wochen im September rechnen, in denen wir gut vorankommen. Das Wetter ist ausgezeichnet, und der Sommer ist noch lange nicht zu Ende. Eure harte Arbeit hat dieser Expedition bereits eine Menge Erfolg beschert. Ich weiß, daß ihr bereit sein werdet, unsere Rückkehr um wenige Wochen aufzuschieben, damit wir nicht nur die Neuigkeiten über Franklins Expedition, sondern auch einige bedeutende geographische Entdeckungen mitbringen können.«

Erasmus, der gerade die Gesteinsschichten einer entfernten Klippe skizzierte, fuhr herum und starrte Zeke an, während Sean Hamilton herausplatzte: »Was?« Zwei Seehunde tauchten aus dem Wasser auf und beäugten das Schiff.

»Wir werden in den Smith-Sund hineinfahren«, fuhr Zeke fort, »und die Grenzen des offenen Wassers ausloten. Ein kleiner Umweg. Das Treibeis liegt zum größten Teil südlich von uns; ihr seht selbst, daß nördlich von uns kein loses Packeis ist. Eine schnelle, konzertierte Erkundung des Smith-Sunds kann uns weit bringen, bis wir umkehren müssen. Wir stoßen so weit nach Norden vor, wie wir in zehn Tagen schaffen, kartieren so viel neues Gelände wie möglich und segeln dann auf schnellstem Wege nach Godhavn. Ich verspreche euch, in weniger als vier Wochen werden wir dort sein.«

»Nein!« sagte Captain Tyler. Er griff in eine Wante und preßte die Hand zusammen, bis seine geschwollenen Knöchel hervortraten wie Walnüsse. »Das ist ausgeschlossen, das können Sie nicht einmal in Erwägung ziehen.«

Mr. Francis und Mr. Tagliabeau stellten sich hinter ihn, und auch andere erhoben die Stimmen: *Meine Mutter wartet auf mich; es ist schon zu spät im Jahr; davon war nicht die Rede, als wir angeheuert haben* – Isaac Bond, Nils Jensen, Ivan Hruska. Zeke holte seine Karten hervor und sprach über seine Theorie der Polynya-Bildung und warum es nördlich der engen Durchfahrt des Smith-Sunds offenes Wasser geben müsse.

»Ich bitte dich«, sagte Erasmus ihm ins Ohr. »Und was ist mit Lavinia?«

Aber Zeke schüttelte ihn ab und tat das, was Erasmus schon von seinem ersten Satz an befürchtet hatte. »Ihr habt gelobt, mich zu unterstützen«, sagte er und schwenkte den Vertrag. »Dieser kurze Abstecher gehört zu unseren Zielen, wie sie von mir bestimmt wurden, und ihr seid verpflichtet, mich darin zu unterstützen. Verpflichtet.«

Sabine, die wie ein weißes Achselstück auf seiner Schulter hockte, blickte in die Menge und bellte.

Die Wand des Eisbergs war steil und so hoch wie ihre Masttopps, aber Nils Jensen und Robert Carey gelang es, sie zu erklimmen. Sie versuchten, die *Narwhal* an der Leeseite des Bergs festzumachen, wo sie vielleicht etwas Schutz vor dem erdrückenden Eis finden würden. Nils trieb den Anker ins Eis; Robert paßte die Taue an. Als sie eben zurück aufs Schiff klettern wollten, brach der Berg mit einem Geräusch wie ein Kanonenschuß entzwei. Robert sprang ins Wasser, und obwohl er beinahe erfroren wäre, konnte Dr. Boerhaave ihn retten. Aber Nils stürzte unter den Augen seiner Kameraden, die ihm nicht helfen konnten, in den Abgrund zwischen den beiden Eisberghälften. Dieser Anblick kehrte später in Erasmus' Träumen immer wieder, und er wachte jedesmal mit einem Kloß im Hals auf und versuchte sich vorzustellen, wie Nils sich gefühlt haben mochte, als die größere Hälfte sich seufzend im Wasser drehte und einen Vorsprung unter der Wasseroberfläche knirschend in die kleinere Hälfte bohrte, so daß sich der Spalt wieder schloß. Sie fanden nicht einen einzigen Fetzen von Nils' Kleidung.

Für Erasmus wurde diese Szene zum Symbol für die dreiundzwanzig Tage, in denen sie mit dem Eis hinter dem doppelten Kap kämpften, das den Smith-Sund bewachte. Als sie in das große Becken gesegelt waren, hatte er sich selbst ein Stück weit eingeredet, daß er Zekes Begeisterung teile. Aber schon am 3. September bildete sich nachts dünnes Eis um die *Narwhal* und verband die Schollen, die sie gegen die Ellesmere-Insel drückten und sie daran hinderten, auf die grönländische Seite des Sunds zu segeln. Joe betrachtete die Schollen mit langem Gesicht; jeder Teil Grönlands, selbst hier oben im Norden, wo er noch nie gewesen war, zählte für ihn als Zuhause. Die ferne Küste lockte ihn schrecklich.

»Ich habe mich Ihnen angeschlossen, um nach Franklin zu suchen«, sagte er zu Erasmus, während er das Eis an Deck aufhackte. »Nicht für dies hier.«

Unterdessen kochte Ned, als wollte er nie wieder aufhören, und versorgte die frierenden Männer mit heißer Suppe, Kaffee und Brötchen. Mit schöner Regelmäßigkeit brachte er den

Trockenapfelpudding auf den Tisch, den die verstorbenen Fletcher Lamb und Nils Jensen so gern gegessen hatten. Er hatte zwar nicht offen um Fletcher getrauert, als dieser starb, aber jetzt, da Nils ebenfalls von ihnen gegangen war, deckte er den Tisch auch für die beiden Toten und konnte es nicht lassen, bis Erasmus ihn sanft ermahnte.

Nils kam am 6. September ums Leben. Am 8. September waren sie vom Treibeis eingekesselt, und fußlange Eiszapfen hingen von der Takelage; am 10. September lagen sie vor dichtem Pack; am 11. wußten sie, daß ein offenes Polarmeer, wenn es überhaupt existierte, jenseits dieses Eisriegels lag. Außerhalb ihrer Reichweite.

Zeke war durch Nils Jensens Tod wie betäubt, und er konnte seine Enttäuschung darüber, daß ihnen der Weg nach Norden verstellt war, nicht verhehlen, aber er sagte der Mannschaft, sie habe gute Arbeit geleistet. »Wir haben ein großes Stück Küste neu kartiert«, erklärte er und zeigte ihnen die Karten, die er gezeichnet, und die Punkte an Land, die er getauft hatte. Cap Laurel, Cap Violet, Cap Agatha – seine Schwestern, seine Mutter; aber auch – was der Crew besser gefiel – eine Fletcher-Lamb-Bai und eine Jensen-Spitze. Doch am besten gefiel ihnen Zekes Befehl, umzukehren und in Richtung Heimat zu segeln.

Am 14. September mußten sie jedoch feststellen, daß ihnen eine dichte Eismasse, die hinter ihnen in das Becken hineingetrieben war, den Kurs nach Süden versperrte. Ein steifer Wind rammte das Eis gegen die Brigg und trieb sie gegen die Küste; sie segelten durch Hagel, Schnee und gefrierenden Regen, der Deck und Tagelage überzog. Sie drangen ins Pack ein und suchten eine Durchfahrt nach Süden, stießen aber immer wieder an eine geschlossene Wand. Eisfladen jagten auf das Ufer zu, knirschten über den Kies und schleuderten Felsbrocken zur Seite, bevor sie von anderen Schollen zertrümmert und übereinandergeworfen wurden; das Grollen und das plötzliche, detonationsartige Knallen gab den Männern das Gefühl, in einem riesigen Maul gefangen zu sein, das auf der Landschaft herumkaute. Ihr Bewegungsradius wurde mit jeder Stunde weiter eingeschränkt, bis Zeke, der während der fünf Tage ihres hektischen Hin und Hers zu essen aufgehört hatte, sich schließlich geschlagen gab und nach einem passenden Hafen zu suchen begann.

Später sollte es Erasmus bereuen, nicht daran gedacht zu haben, Zeke an die Vorteile eines nach Süden und Osten offenen Liegeplatzes zu erinnern. Aber er war erschöpft, und Zeke ebenfalls und alle andern auch; der Hagel peitschte ihnen ins Gesicht, und sie konnten kaum sehen, was vor ihnen lag. Aus der Düsternis erhob sich ein steiler dreieckiger Küstenvorsprung, hinter dem kleinere Pyramiden aufragten; vom Wind getrieben, jagten sie um den Vorsprung herum und fanden zu ihrer großen Erleichterung auf seiner Rückseite eine kleine Bucht. Steile Felswände ragten über ihnen auf und versperrten ihnen den Blick auf Grönland und über den Sund, aber in der südöstlichen Ecke des Hafens gab es einen kleinen Kiesstrand und ein Stück holperigen Boden.

Trotzdem war es eine schlechte Wahl, dachte Erasmus, als es am nächsten Morgen aufklarte. Die Bucht war nach Nordwesten geöffnet, direkt in die kälteste Richtung. Als sie die Brigg näher an den Strand warpten, wurden drei Eisberge um den Vorsprung getrieben und liefen auf ein Riff. Sie blockierten die Ausfahrt der Bucht und schlossen sie ein wie ein Schiff in der Flasche.

# II. Teil

# 5. Die überwältigende Mannigfaltigkeit des Eises
## (Oktober 1855 – März 1856)

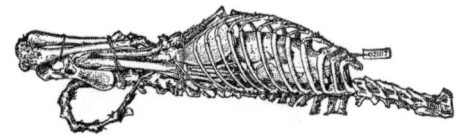

Ein großartigerer Anblick als unsere Bucht bei Mond-
schein läßt sich kaum denken. Die Landschaft hat eher
etwas Grauenhaftes und Übernatürliches als Irdisches.
Der Mond ist fast voll, und ein Zwielicht der auf-
gehenden Sonne, das sich mit seinem Schein vermischt,
wirft auf alles einen aschgrauen Schein. Diese graue
Atmosphäre hüllt die phantastisch gestalteten Hügel
ein, welche die Bucht umgrenzen, scheidet mit unbe-
stimmten Schattenumrissen die Terrassen voneinander.
... Hoch über allem diesem und mit ihm in seltsamen
Zwischenschattierungen verschwimmend, glänzt silber-
hell das Mondlicht; es blitzt auf jeder Klippe und jeder
Spitze, hebt die Umrisse des Hintergrundes in seltsam
kontrastierendem Licht hervor und zeichnet seine phan-
tastischen Profile auf dem Schneefeld. Es ist eine Land-

*schaft, wie Milton oder Dante sie sich hätten denken
können. Ich verließ das Deck mit den Empfindungen
eines Mannes, der eine Welt gesehen, welche die Hand
des Schöpfers unvollendet gelassen hat!*

ELISHA KENT KANE, Arktische Forschungen:
Die zweite von Grinnell ausgerüstete Nordpolarreise
zur Aufsuchung Sir John Franklins,
1853, '54, '55 (1856)

In Philadelphia war das Wetter wunderschön klar und warm, die Chrysanthemen in den Gärten rostrot und golden und das Laub vom Amberbaum leuchtend bunt im Gras. In der Abgeschiedenheit ihrer geräumigen Zimmer führte Alexandra gewissenhaft Tagebuch. Sie empfand es als eine Form von Disziplin. Ein Zeugnis ihres Werdegangs und eine Art, ihre Eltern zu ehren. Ihr erstes Tagebuch, in glattes schwarzes Leder gebunden und mit vergoldeten Disteln verziert, war ein Geschenk von ihnen gewesen. *Heute bin ich acht, hatte sie geschrieben. Ich habe bekommen: ein Kästchen mit Stiften, eine Bibel, dieses Buch zum Schreiben. Von Emily das Versprechen, meine Farben nicht mehr anzurühren. Ich habe eine böse Erkältung.* Mittlerweile waren es siebzehn Bände, einer für jedes Jahr; mit einer einzigen Lücke von einigen Monaten in ihrem fünfzehnten Jahr, als ihre Eltern ums Leben gekommen waren und sie keine Worte fand. Sie schrieb:

*Ich habe meinen Stich vom Stint aus dem Passaic River fertig. Lavinia hat nach drei Unterrichtsstunden aufgehört, sie hatte keine Lust, sich die Hände zu zerschneiden; aber ich bin für diese Arbeit begabt, richtiggehend begabt. Selbst Mr. Archibault gesteht ein, daß meine Linienführung ausdrucksstark und klar ist und daß ich ein gutes Händchen für Licht und Schatten habe. Entgegen meiner Erwartung ist es viel mehr als bloßes Abzeichnen; mehr wie ein Umarbeiten oder Nachschöpfen. Während ich arbeite, vergesse ich alles um mich herum und gehe ganz mit der Szene auf, die ich gerade graviere. Als öffnete sich mir ein größeres Leben.*

*Ich hatte eigentlich vor, mit einem Bild der Nerven und Seh-*

nen der Hand anzufangen, aber da wurden wir von den neuesten Nachrichten in helle Aufregung versetzt. Zuerst hörten wir, daß die Resolute, das verlassene englische Schiff, in der Baffin-Bucht entdeckt wurde. Ein paar Männer von einem amerikanischen Walfänger haben sie nach New London gesegelt; wir hofften schon, daß sie vielleicht der Narwhal begegnet wären und Post für uns hätten, aber das scheint nicht der Fall zu sein. Sonnabend brachten dann die Zeitungen den Bericht über Dr. Kanes Rettung. Niemand spricht mehr von etwas anderem – welch ein unglaubliches Glück für die Rettungsmannschaft, daß sie, als der Smith-Sund ihnen versperrt war, auf Eskimos trafen, die Zeit mit Kane und seinen Leuten verbracht hatten und an Bord des eingeschlossenen Schiffes gewesen waren.

Als er erfuhr, daß Kane und seine Männer ihr Schiff verlassen und sich zu Fuß in Richtung Süden aufgemacht hatten, segelte Leutnant Hartstene nach Godhavn zurück und traf dort auf die Gesuchten, als die sich gerade auf einer dänischen Brigg einschiffen wollten. Dr. Kanes Bericht füllte die gesamte Titelseite der Zeitung. Schlittenfahrten, Nachrichten von Eskimos, die weiter im Norden leben, als man bisher vermutet hatte; die Entdeckung langer Küstenstrecken sowohl auf der grönländischen als auch auf der amerikanischen Seite des Smith-Sunds; er behauptet, zwei seiner Leute hätten ein offenes Polarmeer gesichtet. Nun, da er die außerordentliche Kälte, viele Hungermonate und eine weite Reise mit dem Schlitten und einem kleinen Boot überstanden und dabei nur drei seiner Expeditionsteilnehmer verloren hat, wird er als großer Held gefeiert. Gegen diese Leistung wirkt das Verhalten seines Vaters noch verabscheuungswürdiger.

Emily hat mich gestern mit Jane besucht, und ich habe sie noch nie wütender erlebt. Den Bemühungen des Frauenbundes zur Befreiung der Sklaven und anderer zum Trotz hat Richter Kane Williamson am Freitag zu einer Gefängnisstrafe verurteilt, weil er sich geweigert hat, die entlaufenen Sklaven, denen er Unterschlupf gewährt hatte, preiszugeben. Eine der Zeitungen, die gegen die Sklaverei eingestellt ist, schreibt, so

ein Mann könne einfach kein Verwandter des edlen Forschungsreisenden sein: »Eine solche Einstellung macht jeden
Staat zu einem Sklavenstaat. ... Er ist der Kolumbus der Neu-
en Welt der Sklavenpeitschen und Ketten, die er soeben annek-
tiert hat.« Die Sklaven sind in Sicherheit, sagt Emily – ich bin
nicht sicher, wie direkt ihr Draht zu diesen Informationen ist
– aber es kann durchaus sein, daß die Abolitionisten, die ihnen
geholfen haben, einige Zeit im Gefängnis sitzen werden. Das
Urteil hat die Stadt gespalten, wie jede andere gesellschaftliche
Zusammenkunft auch. In der Sache ist Lavinia mit mir und
Emily einig, doch als Emily fragte, ob sie willens sei, ihr Haus
für ein Treffen ihres Komitees zur Verfügung zu stellen, schlug
sie ihr die Bitte ab. Ihr Bruder und Zeke, meinte sie, könnten
jeden Tag eintreffen, und das Haus müsse für sie bereit sein.
Später fand ich sie weinend allein. Sie schläft seit einiger Zeit
kaum noch, aber sie versucht es zu verbergen.

Ich kann es ihr nicht verübeln, daß sie sich Sorgen macht.
Weil Dr. Kane zurückgekehrt ist, während wir noch kein Wort
von Zeke und Erasmus gehört haben; weil Dr. Kane dafür gefeiert wird, daß er das offene Polarmeer gefunden hat, welches
Zeke zu finden hoffte – wir können nur hoffen, meint Lavinia, daß Zeke und Erasmus wohlauf sind und daß sie Spuren
von Franklin gefunden haben. Die Wahrheit, die sich einem
offenbart, sobald man über die Schlagzeilen hinausdenkt, ist,
daß Dr. Kane zwar Bemerkenswertes geleistet hat, aber am
falschen Ort war; er hat erst nach seiner Ankunft in Upernavik von den Entdeckungen erfahren, die Rae tausend Meilen
weiter westlich und südlich von der Gegend gemacht hat, in
die seine Expedition vorgestoßen war. Außerdem hat er sein
Schiff verloren. Trotzdem ist und bleibt er ein Held; und er
trägt keine Verantwortung für das verabscheuungswürdige
Urteil seines Vaters; er wird in Kürze in Philadelphia eintreffen. Lavinia hat ihre Brüder gebeten, eine Verabredung mit ihm
zu arrangieren, damit wir erfahren, ob ihm irgendwelche Hinweise auf die Narwhal begegnet sind. Aber anscheinend will
er nur wenige Leute sehen.

Später sollten Erasmus und der Rest der Besatzung erfahren, daß ihre kleine Bucht nur der äußerste Winkel einer größeren war, die Kane kürzlich mit einem Namen versehen hatte; daß ihr Hafen nur um die Breite des Smith-Sunds von Kanes Winterquartier entfernt lag. Später würde Erasmus Kalenderblätter und seine Tagebucheinträge neben die Zeitungsberichte von Kanes Rückkehr legen und sie Tag für Tag vergleichen, um zu begreifen, weshalb die *Narwhal* Kane und seinen Männern auf dem Rückzug nicht begegnet war. Sie hatten sich so knapp verfehlt, daß eigentlich nur das Schicksal sie voneinander ferngehalten haben konnte. Doch dann mußte er sich gemahnen, daß sie nie den Auftrag gehabt hatten, Kane zu suchen. Noch als sie die *Narwhal* beluden, hatte die Navy zwei Rettungsschiffe ausgestattet, die in New York ausgelaufen waren, als die *Narwhal* in Philadelphia in See stach. Alle waren sich einig gewesen, daß erstere geradewegs in Richtung Smith-Sund segeln würden, während die *Narwhal* sich nach King-William-Land aufmachte, um nach Franklin zu suchen. Eine schlichte Frage der Arbeitsteilung.

Die *Narwhal* war so spät im Jahr im Smith-Sund angekommen, und so unerwartet, daß Erasmus, wenn er überhaupt an Dr. Kane dachte, davon ausging, man habe ihn bereits gefunden. Als dann der Oktober anbrach, hatte Erasmus keine Zeit mehr, auch nur einen einzigen Gedanken an seinen Landsmann aus Philadelphia zu verschwenden. Nur einmal, als er über seinem ausufernden Brief an Copernicus saß, fragte er sich, ob Dr. Kane wohl so weit nach Norden vorgedrungen war wie sie. Er schrieb:

*Kennst du dieses Gefühl, wenn du dort im Westen herumreist? Daß alle unerforschten Gegenden der Welt ihre Pforten schließen; daß so viele von uns, die in alle Winkel der Erde reisen, es nicht vermeiden können, einander in die Quere zu kommen und mehrmals die gleichen Entdeckungen zu machen? Vielleicht bist du durch die Absaroka Mountains gekommen, durchs Tal des Wind River oder nach Jackson's Hole und hast dich gefragt, wie es gewesen wäre, dort der erste zu sein. Wie*

*gern wäre ich ein zweiter Meriwether Lewis, aber jene Zeiten
liegen ein halbes Jahrhundert hinter uns. Manchmal bedrückt
mich das Gefühl, daß die Welt allmählich eng wird. Hier oben
herrscht nichts als Leere, wir sehen nie irgendwelche Menschen,
und dennoch können wir nicht sicher sein, daß wir die ersten
sind, die hier waren. Ich habe keine Ahnung, wo du steckst.
Du hast keine Ahnung, wo ich stecke. Ich gäbe alles dafür zu
wissen, was du heute abend machst.*

Dann ging er wieder an die Arbeit und schämte sich, auch nur
einen Moment gestohlen zu haben. Obwohl in stillen Ecken
geweint wurde; obwohl diejenigen, die nicht schreiben konnten, bei Ned und Dr. Boerhaave angeschlichen kamen und sie
um Hilfe bei der Abfassung ihres Letzten Willens baten; obwohl Captain Tyler phasenweise verschwand und kaum eine
Hilfe war; obwohl es ihm alles andere als leichtfiel, blieb Erasmus bemüht, nicht in Verzweiflung zu verfallen. Doch noch
immer war die *Narwhal* nicht winterfertig, und das Eis wurde mit jeder Tide dicker.

Er machte alles, was Zeke verlangte, er half den Männern,
die oberen Mastteile abzubauen und die verbleibenden Spitzen
vorn und mittschiffs seitlich zu vertäuen. Den so hergestellten
Rahmen füllten sie mit dicken Brettern und einer dicken iso-
lierenden Filzschicht aus, so daß der größte Teil des Oberdecks
überdacht war. Beiboote, Spieren, Takelwerk und Segel verstauten sie in einem eilends errichteten Speicher am Ufer,
zusammen mit ihren Kohlen, den Vorräten aus dem Laderaum
und dem größten Teil der Tier- und Pflanzenproben. Neben
dem Speicher errichteten sie eine weitere Hütte als Observa-
torium, in dem Zeke die meteorologischen Instrumente auf-
baute.

Hinter einer wabernden Wolke aus gefrorenem Dunst sah
Erasmus den Vollmond schimmern. Das Thermometer zeigte
minus zwölf Grad Celsius, dann minus zwanzig, dann minus
fünfundzwanzig; kalte Hände, kalte Füße, gegen den Wind
gekrümmte Schultern. Alle Männer klagten und schworen, sie
würden sich nie daran gewöhnen, und gewöhnten sich dann

doch daran. Wenn das Wetter es zuließ, ging Joe in den kurzen Zeiten zwischen den Dämmerungsphasen auf die Jagd. Keine Krabbentaucher, keine Lummen, keine Schneegänse; doch ehe auch die übrigen Tiere verschwanden, schoß er zwei Moschusochsen, sieben Karibus und etliche Hasen. Erasmus führte Listen über die Mahlzeiten, die daraus zu bereiten waren, ergänzt durch die von zu Hause mitgebrachten Vorräte und den Stockfisch, den Zeke in Godhavn eingelagert hatte. Er hätte gern eine weitere Liste angelegt: in der einen Spalte Zekes impulsive Manöver, die ihnen diesen Aufenthalt beschert hatten; in der anderen Spalte Zekes Voraussicht bezüglich der Vorräte, die dafür gesorgt hatte, daß sie zu essen und zu heizen hatten. Mit Hilfe von Joe und Dr. Boerhaave kramte er die Eskimopelze hervor, die Zeke gekauft hatte, und stattete alle Männer mit einer Montur aus.

Später schrieb Dr. Boerhaave an seinen Freund William:

*Ich konnte zunächst nicht erkennen, wer es war: zwei in Pelz gehüllte Gestalten, die sich über eine stöhnende dritte beugten. Es war Isaac, der nicht aufgepaßt hatte, so daß seine Pulverdose explodierte; seine Hand ist in Gefahr. Ich habe mehrere Metallsplitter entfernt und soviel Pulver wie möglich herausgewaschen. Eine Hefe-Kohle-Packung soll den Rest herausziehen.*

*Uns friert alle. Diese Stelle – morgens, wenn die Sonne niedrig steht, liegen wir im Schatten der Halbinsel im Osten. Nachmittags liegen wir im Schatten der Hügel im Süden und später hinter den drei festgefrorenen Eisbergen; Commander Voorhees hätte keinen kälteren Platz wählen können. Wenn er außer Reichweite ist, nennen die Männer die Eisberge sarkastisch »Zekes Blaues Wunder«. Ein Irrsinn. Um diese Zeit wollte ich wieder in Edinburgh sein, meine Niederschrift fertigstellen und mich fröhlich mit Dir und den anderen streiten: spazierengehen, reden, trinken, denken. Statt dessen habe ich nur Mr. Wells; aber er ist mir ans Herz gewachsen. Ich glaube, wenn ich ihn und unsre gemeinsame Arbeit nicht hätte, wäre ich vollends verzweifelt.*

Es habe keinen Sinn, verkündete Zeke, zwei verschiedene Messen für die Crew und die Offiziere aufrechtzuhalten. Ihr Heizvorrat sei begrenzt, sie müßten sparen. Ned und Sean Hamilton richteten die Kombüse unmittelbar unter dem Hauptniedergang ein. Dann ließ Zeke die Schlafkajüten zusammenlegen, indem er die Schott zwischen dem Vorschiff mit dem Schlafraum der Besatzung und der Offizierskajüte von Thomas Forbes entfernen ließ.

»Das wäre auf einem Walfänger undenkbar«, schimpfte Captain Tyler. »Wie wollen Sie für Disziplin sorgen, wenn wir alle in einem Raum sind?«

»Das ist keine demokratische Maßnahme«, entgegnete Zeke. In der Nacht zuvor war bei einigen Männern das Bettzeug am Fußende vereist. »Es ist eine rein praktische Entscheidung. Wir haben abgesehen vom Herd in der Kombüse nur den einen kleinen Ofen, und die beste Methode, alle warm zu halten, ist die freie Zirkulation der geheizten Luft.«

Als Zugeständnis an Captain Tyler ließ Zeke von Thomas zwei schulterhohe Trennwände errichten, die jeweils von einer Seite des Rumpfes bis knapp zur Mitte reichten, wo der Ofen stand. Von dieser gemeinsamen Insel strahlte der Ofen seine Wärme unterschiedslos nach vorn und hinten aus. Der Luftstrom breitete sich nicht nur um den Ofen aus, sondern floß auch über die Trennwände, und obzwar alle Geräusche ungehindert zwischen den Betten der Crew und der Offiziere hin und her wanderten, waren die Männer der Crew nicht zu sehen, wenn sie sich hinlegten. Wenn sie ihre Hocker dicht an den Ofen holten, um sich zu wärmen, konnten der Halbkreis der Offiziere hinten und der Halbkreis der Crew vorn einander zwar sehen und, wenn sie es wünschten, miteinander reden, waren aber zumindest durch den Ofen und seine Rohre getrennt. Die Trennung war eher symbolisch als real, doch, wie Zeke meinte, sie erfüllte ihren Zweck. Durch wohlüberlegtes Senken der Stimme und Lenken der Blicke konnten die Offiziere sich die Illusion einer Privatsphäre erhalten. Was aber wichtiger war: Sie hatten es warm.

Erasmus fiel auf, daß Zeke sehr stolz auf diese Lösung war,

wie überhaupt auf sämtliche Aspekte der häuslichen Einrichtung ihres Quartiers. Was sonst in Zeke vorging, war Erasmus ein Rätsel. Die Fehler, durch die sie an diesem Ort festsaßen, die Familien, die zu Hause voll Sorge auf sie warteten, die wahre Qualität der Relikte, die sie aus Boothia mitgebracht hatten – wenn diese Dinge Zeke umtrieben, so ließ er sich nichts davon anmerken. Vor allem andern wirkte er zufrieden mit sich: daß er so klug gewesen war, die Bretter und den Filz für ihre jetzige Behausung mitzubringen, die wärmenden Pelze, den zusätzlichen Fisch zur Bereicherung ihrer Ernährung. Daß er so klug gewesen war, Joe aufzutreiben, der eine unermeßliche Hilfe war. Vielleicht freute er sich sogar, daß Captain Tyler und die Offiziere ohne rechte Funktion dasaßen, jetzt, da die *Narwhal* eine zwar enge, aber solide Behausung war und kein Segelschiff.

»Was wissen die schon?« fragte Zeke Erasmus eines Nachmittags, als sie auf dem Weg am Ufer auf und ab marschierten. Stets in Sichtweite des Schiffes, aus Sicherheitsgründen, aber weit genug entfernt, um außer Hörweite der anderen zu sein, hatte Zeke eine Promenade ausgemessen und von den Männern mit Holzstäben markieren lassen. Eine weitere Neuerung, auf die er stolz war.

»Das ganze Wesen des Walfängers ist darauf gerichtet, möglichst viele Fische zu fangen und dann vor Wintereinbruch zu Hause zu sein«, sagte er. »Captain Tyler hat sich darum verdient gemacht, uns dahin zu bringen, wo wir hin mußten, aber er hat keine Ahnung davon, welche Bedingungen man schaffen muß, um den arktischen Winter physisch und psychisch zu überstehen und eine Crew gesund und munter zu halten. Ist dir aufgefallen, wie mürrisch er nach dem Abendessen ist? Ich frage mich schon, ob er womöglich krank ist.«

»Seine schlechte Stimmung spricht dafür«, sagte Erasmus. »Sollen wir Dr. Boerhaave bitten, ihn zu untersuchen?«

»Laß mich das machen«, sagte Zeke.

Aber er war mit anderen Dingen beschäftigt – er sprudelte über vor Ideen, war immer munter und von unerschöpflicher Energie. Ohne Hilfe von anderen baute er eine Latrine in das

Eis; dann, unter den neugierigen Blicken der Männer, eine niedrige Wand davor, die den Wind abhalten sollte. Ned und Barton arbeiteten mit, als er sich daran machte, den Verbindungsweg vom Schiff zur Promenade auf beiden Seiten mit einer Mauer zu versehen; Robert Carey baute, von Zekes ermunterndem Lachen begleitet, einen kleinen Wachturm mit Blick über die Gasse, den Zeke mit einem angedeuteten Frauenkopf krönte. Wie geschickt er das anstellte, dachte Erasmus. Zeke bat weder um Hilfe, noch erklärte er, was er machte. Er werkelte geschäftig, immer in Sichtweite der Crew, und vermittelte den Eindruck, daß seine Arbeit Spaß machte, bis diejenigen, die sich nicht beteiligten, das Gefühl hatten, etwas zu verpassen. Wieder einmal fiel Erasmus ein, daß Zekes Einfallsreichtum eine der Qualitäten war, die Lavinia an ihm liebte.

Er fühlte sich selbst davon angezogen – die letzten beiden Oktoberwochen, bevor die Sonne endgültig verschwand, waren von übermütigem Spiel erfüllt. Miniatureishütten wuchsen auf den Schollen und daneben Eisburgen, Paläste, mit Mauern und Toren davor. Dieses wachsende Dorf ergänzte Erasmus um ein Modell seines Vaterhauses, das er noch einmal größer und besser nachbaute, als das Eis sich verschob und die Wände einbrachen. Dr. Boerhaave baute eine Burg, die der von Edinburgh nachempfunden war, und Zeke baute Independence Hall aus Philadelphia nach. Mr. Francis und Mr. Tagliabeau taten sich zusammen und schufen einen Wal, neben dem Dr. Boerhaaves Burggraben winzig wirkte. Alberne Spielerei – erwachsene Männer, die mit Eis bauten wie Kinder ihre Strandburgen aus Sand –, doch das Ganze hatte seinen Sinn. Erasmus sah, wieviel fröhlicher die Männer waren, wie sehr sich die Stimmung untereinander verbessert hatte, und war voll Bewunderung für Zekes guten Instinkt. Vielleicht wußte Zeke am Ende doch, was er tat.

Erasmus trug zwar abgesehen von rein wissenschaftlichen Aufzeichnungen nichts mehr in Lavinias Tagebuch ein, doch in seinen ausufernden Brief an Copernicus schrieb er:

Ich will einmal einen Tageslauf für Dich umreißen, der für unseren Herbst insgesamt stehen soll. Um sieben Uhr dreißig läutet die Schiffsglocke, wir stehen auf, richten unsere Betten und waschen uns. Ein paar von uns bringen die Feuer in Gang; Ned kocht, und wir frühstücken um acht Uhr dreißig. Dann gehen die Männer unter Leitung der Offiziere ans Werk. Sie machen die Decks sauber, füllen und putzen die Lampen, wiegen die tägliche Kohlenration aus und machen sich an unseren kostbaren Öfen zu schaffen, bauen am Schneewall um den Rumpf, hacken Stücke aus dem nächstgelegenen Eisberg, um Süßwasser zu gewinnen, hängen am Waschtag nasse Kleider an die Takelleinen – wobei all diese Aufgaben bis zum Mittagessen erledigt sind. Nach dem Essen marschieren sie in raschem Tempo auf der Promenade hin und her, wie Zeke es ihrer Gesundheit zuliebe verordnet hat. Manchmal spielen sie auf dem Eis. Als noch ein wenig Licht da war, zogen Zeke, Dr. Boerhaave, Joe und ich oft mit unseren Büchsen los, um vielleicht einen Bären oder eine Robbe zu erlegen und somit unseren schwindenden Vorrat an Frischfleisch zu vergrößern. Das Licht war so schwach, daß unsere Bemühungen selten von Erfolg gekrönt waren, aber das Jagen lieferte uns einen Vorwand, uns eine Weile von den andern zu entfernen. Manchmal fanden wir zufällig Gebrauchsgegenstände von Eskimos; obschon wir bisher noch keinem Eskimo begegnet sind, haben wir Reste von alten Lagerstätten gefunden: verfallene Steinhütten, ein Stück von einem alten Schlitten, Teile einer Steinlampe, Harpunenspitzen. Und ringsum Walroß- und Bärenknochen.

Später am Nachmittag, während die Männer ein wenig schlafen oder schnitzen, Karten spielen oder ihre Kleider flicken und während Zeke in seine Karten und Bücher vertieft ist oder sich um seine Instrumente kümmert, katalogisiere ich mit Dr. Boerhaave die in den vergangenen Monaten gesammelten Proben. Dabei unterhalten wir uns über das, was wir gesehen haben – darüber wie die Natur in dieser Gegend zu dieser Jahreszeit auf ihr Skelett reduziert ist. In den tropischen Ländern, die ich während der Forschungsexpedition besucht habe, strotzte alles

*vor Farben, und vieles verlor sich in der überwältigenden
Detailfülle, hier dagegen tritt jedes Ding für sich einzeln und
eindrucksstark hervor. Es ist unendlich schön hier, trotz der
Gefahr, trotz der Mühsal; ich hätte mich nie freiwillig entschlossen, hier zu überwintern, und doch ist es, als hätte ich
mein Leben lang darauf gewartet, dies alles zu sehen. Ich ste-
he auf dem Eis und kann mich nicht sattsehen, bis die Glocke
um sechs zum Abendessen läutet. Danach, in den Stunden, die
ich zu lieben gelernt habe, halten wir unsere Schule ab.*

*Luken dicht, Luken auf, Bettzeug trocknen, Eis schmelzen.
Kochen, schlafen, jagen, lernen, schlafen. So verlaufen meine
Tage. Vor zwei Tagen haben Joe, Ned und ich einen Bären
geschossen, einen riesigen schmutzigen gelbweißen. Bevor wir
ihn erlegten, hätte er uns um ein Haar getötet. Gestern, am 30.
Oktober, verschwand die Sonne endgültig, doch das heißt
nicht, wie ich früher glaubte, daß wir in ständiger Nacht leben.
Wider Erwarten sind die Nächte schwarz, wie unsere Nächte
zu Hause, aber tagsüber herrscht Dämmerung – jeden Tag ein
paar Minuten weniger, doch selbst zur Wintersonnenwende
müßten wir gegen Mittag noch dieses Licht ahnen können. Der
Himmel ist mit keinem Himmel zu vergleichen, den ich je zuvor
gesehen habe. Er ist wie ein blaugraues Tuch, vor dem unsre
ganz und gar mit dickem Eis bedeckten Masten und Wanten
leise schimmern.*

Zeke sagte: »Wir sollten unsere Abende zu etwas Nützlichem
verwenden. Jeder von uns kann den anderen beibringen, was
er weiß.«

So begann Dr. Boerhaave den Männern, die nicht lesen konnten, das Buchstabieren beizubringen; Ned half ihm mit Engels-
geduld, weil er selbst erst kürzlich lesen gelernt hatte. Als Zeke
ihm ein Kompliment machte, sagte er: »Dürfte ich einem der
Männer das Kochen beibringen? Dann könnten wir uns ablö-
sen, und ich hätte mehr Zeit, Erasmus und Dr. Boerhaave bei
ihrer Arbeit zu helfen.«

Als Zeke sein Einverständnis gab, wählte sich Ned Barton
DeSouza aus. Während dieser angelernt wurde, bekam die

Besatzung steinharte Bohnen zu schlucken, doch Barton, dessen Bart seltsam schief geschnitten war, seitdem eine Seite einmal an seiner Kapuze festgefroren war, nahm die Sticheleien gutmütig hin und entwickelte sich bald zu einem guten Koch.

Sean Hamilton gab einen kleinen Kurs im Fleisch zerlegen; anschließend brachte Dr. Boerhaave ihnen anhand derselben gefrorenen Tierleichen die Grundbegriffe der Anatomie bei. Erasmus freute sich darüber, wie Thomas Forbes, der gewöhnlich so still war, sich mit Robert Carey darüber stritt, ob der Knochen vor ihnen auf dem Tisch ein Oberschenkelknochen oder ein Wadenbein sei. Zweimal die Woche breitete Erasmus vor den Männern Exemplare der vielen Pflanzen und Tiere aus, die er gesammelt hatte.

»Blasentang«, sagte er und legte ihnen Wedel aus Godhavn vor. Isaac Bond zeigte ein überraschendes Interesse an den verschiedenen Seetangarten und ihren Standorten.

»Alk«, sagte Erasmus. »Aus dem Lancaster-Sund.« Barton DeSouza war von der Struktur der Federn und ihrer Schäfte fasziniert.

Während die Männer ihrerseits Erasmus die Namen lehrten, welche die Walfänger den Robben, Lachsen und Dorschen gaben, begriff er, daß ihr Wissen von anderer Art war als seines, aber darum nicht weniger wertvoll. Er begann die Männer einzeln kennenzulernen und sie nicht mehr nur als Gruppe wahrzunehmen, die für die unangenehme Arbeit zuständig war. Sean Hamilton hatte einen flinken Verstand; Robert Carey war langsamer, aber beharrlich und von großer Stetigkeit. Ivan Hruska hatte ein wundervolles, aufmunterndes Lachen; Barton DeSouza, der mit dem Lesen Probleme hatte, konnte schnell und genau zeichnen.

Joe erzählte Geschichten aus der Bibel, die er durch die lange Übung als Prediger für die Eskimos einfach und lebendig zu gestalten verstand; dann und wann flocht er Geschichten über die Volksstämme ein, bei denen er gearbeitet hatte. Außerdem gab er Zeke Sprachunterricht und half ihm, ein einfaches Wörterbuch zusammenzustellen. In seinem abgegriffenen schwarzen Notizbuch – das, wie Erasmus bemerkte, immer noch nicht über das unsägliche Kuddelmuddel aus Gekritzel, Exzerpten, Skizzen und Plänen hinausgekommen war – notierte sich Zeke Wörter und ihre Entsprechungen in seiner Sprache: idglu = ein Haus; nanoq = ein Bär; bennesoak = ein Rentier, das sein Geweih abgeworfen hat. Okipok = die Jahreszeit, wenn das Eis fest ist.

Selbst Captain Tyler und die Offiziere, die sich für gewöhnlich abseits hielten, fühlten sich von diesen angenehmen Abenden angezogen. Mr. Francis demonstrierte eine ganze Reihe von Seemannsknoten, während Captain Tyler in die Grundbegriffe der Navigation einführte. Mr. Tagliabeau, der ein wunderbares Auge für die Gestirne hatte, führte die Männer in der Finsternis grüppchenweise hinaus auf die Spitzen der Eisberge. In einer Luft, die so kalt war, daß ihr Atem Wolken aus Schneekristallen bildete, erklärte er ihnen die kreisenden Sternbilder.

Beim zweiten Mal zog Erasmus seine äußeren Fausthandschuhe zu lange aus, während er eine Skizze anfertigte: 29. November, acht Uhr abends. Er erlitt Erfrierungen an allen außer dem kleinen Finger der linken Hand, und als er am nächsten Morgen aufwachte, waren alle Finger von der Spitze bis über das zweite Gelenk hinaus von riesigen Blutblasen bedeckt. Ein paar Tage später platzten die Blasen, und er konnte seine aufgesprungenen, blutigen Hände über eine Woche lang kaum benutzen. Aber er habe Glück gehabt, meinte Dr. Boerhaave, das Fleisch sei nicht schwarz geworden und abgestorben. Zeke hielt Erasmus' Hände hoch, damit die Männer sie sahen, und wies dabei besonders auf das aussickernde Blut und die dicke Schwellung hin.

»Davor müßt ihr euch hüten«, sagte Zeke. »Das passiert, wenn ihr nicht aufpaßt.«

Zeke hielt Vorträge über das offene Polarmeer. Erasmus befürchtete, daß die Männer ihm das übelnehmen würden, da ihnen die Suche danach die Gefangenschaft im Eis beschert hatte. Doch sie wirkten interessiert. Auf ihren Walfängerfahrten waren ihnen allen schon jene offenen Wasserflächen begegnet, die sich überraschend inmitten der Eiswüste hielten und von Fischen und Meerestieren wimmelten. Sowohl Ivan Hruska als auch Captain Tyler hatten auf ihren Reisen kleine Polynyas gesehen, in denen sich Narwale so dicht drängten, daß ihre langen Stoßzähne senkrecht in die Luft ragten.

»Die Theorie von einem eisfreien Polarmeer hält sich seit uralter Zeit«, berichtete Zeke. Im Schein der Lampe sah er mit seinem leuchtenden Bart und seinen geröteten Wangen wie ein junger Soldat aus. Er erzeugte in sich seine eigene Wärme, oft schwitzte er. In der Kajüte trug er sein Hemd bis zur Taille offen, während andere sich in ihren Jacken an den Ofen kauerten.

Er hielt ein Diagramm der Meeresströmungen hoch. »Parry und andere haben gezeigt, daß es zwei Punkte auf der Erde gibt, an denen maximale Kälte herrscht, einen in jeder Hemisphäre, jeweils in der Nähe des achtzigsten Breitengrades. Die rings um diese Punkte berechneten Isothermen legen die Vermutung nahe, daß hier, in der Gegend um den Pol, das Meer innerhalb einer darum geschlossenen Eisbarriere immer eisfrei bleibt.« Sabine bellte, wie um ein Ausrufezeichen zu setzen. Mittlerweile hatte sich Erasmus so an ihre Anwesenheit gewöhnt, daß er kaum noch registrierte, wie sie über die Regale tollte, während Zeke sprach, oder wie sie sich auf den Tisch stellte und an den Rissen um das Bullauge schnupperte oder winzig und weiß mit hellwachen Augen auf Zekes Schultern saß, wenn er in der Kajüte auf und ab marschierte.

Die Stimmung der Männer war gut, fand er. Ihre Tage und Nächte waren ausgefüllt, und ihre Phantasie wurde durch ihre Studien angeregt, so daß sie selten Langeweile hatten. Dr. Boerhaave holte die *Poissons fossiles* von Agassiz aus dem Regal und führte der Besatzung der Reihe nach die Stiche vor, wobei er die Schlüsselstellen im Text übersetzte, während sie die Knochengerippe bestaunten.

»Die Natur«, sagte er, »wird nicht vom Zufall regiert, sie ist das Produkt kluger Voraussicht und Vernunft. Die gesamte Geschichte der Schöpfung entspringt einem weisen Plan.«

Von den ausgestorbenen Fischen sprang er zu Thoreau. Ein großer Kenner von Schildkröten und Forellen, sagte Dr. Boerhaave. Ein begieriger Leser von Forschungsberichten, ein guter Freund von Agassiz. Erasmus regte ihn dazu an, den Männern von den Büchern und Aufsätzen zu erzählen, die er aus Concord mitgebracht hatte. An dem Abend, als Dr. Boerhaave den Inhalt von Thoreaus Essay über zivilen Ungehorsam vortrug, sah Erasmus lauter gebannte Gesichter.

»Es gibt ein höheres Recht als das bürgerliche Recht«, sagte Dr. Boerhaave. »Das Recht des Gewissens. Wenn diese Rechte in Konflikt geraten, ist es unsere Pflicht, der Stimme Gottes in unserem Innern den Vorrang über jede äußere Obrigkeit zu geben, sagt Thoreau.« Er hielt ein zerlesenes Heft in der Hand: *Aesthetische Schriften*. Die erste und einzige Ausgabe. Robert Carey meldete sich. »Was heißt ›ästhetisch‹?« fragte er.

Später würde Erasmus auf diese ruhigen Monate zurückschauen und sich fragen, was zu ihrem Ende geführt hatte. Ganz einfach die Not, würde er dann erkennen. Not und Elend genug, um jede kleine Gemeinschaft aus dem Gleichgewicht zu bringen. Je mehr es auf die Wintersonnenwende zuging, desto bitterer wurde die Kälte. Die Temperaturen sanken von minus dreißig Grad auf minus fünfunddreißig und dann noch tiefer, bei einem Wind, der schneidend durch Kleider und Wände fuhr.

Wenn Erasmus mit Dr. Boerhaave auf Zekes Promenade auf und ab marschierte, sah er zu, wie sich seines Freundes Bart, Augenbrauen und Wimpern mit dickem Reif überzogen, während an Schnurrbart und Unterlippe Eiszapfen wuchsen. Sie unterhielten sich, um sich von der Kälte abzulenken. Nicht über die Heimat, nicht über Freunde und Familie oder Frauen – wozu? Es war klüger, alle Themen zu meiden, bei denen sie vom Heimweh gepackt würden. Sie erforschten gegenseitig ihr Denken. Beim Licht der Sterne und des Mondes schimmerte die Landschaft undeutlich, und die Ränder verschwammen, so daß sie sich mit ein wenig Phantasie an den Zeitpunkt der ersten Schöpfung versetzen konnten. Ob es sein könne, daß sich die Erde und die Sterne und die Planeten mit ihren Monden allesamt aus wirbelnden Gaswolken verdichtet hätten, fragte Dr. Boerhaave, und daß diese Verdichtungen sich kontinuierlich zum Menschen hin emporentwickelt hätten?

Das ausgeklügelte Zusammenspiel der Gelenke in einer Hand, argumentierte Erasmus. Die unglaubliche Komplexität eines Auges. Aus solchen alltäglichen Wunderwerken könne man auf einen Schöpfer schließen. Hand und Auge seien bloße Manifestationen, entgegnete Dr. Boerhaave. Die letzte Wirklichkeit seien der Schöpfer und der große Plan.

Ihr alter Streit keimte wieder auf. Eine Spezies, sagte Erasmus, sei die Gemeinschaft aller Individuen, die untereinander mehr Ähnlichkeit hätten als mit anderen Lebewesen und die fruchtbare Nachkommen zeugten und somit vermutlich alle von einem gemeinsamen Vorfahren abstammten. Eine Spezies, sagte Dr. Boerhaave, während er seine Arme kreisen ließ, sei ein Gedankenwerk Gottes. Alles auf der Erde sei genauso, wie Gott es geschaffen habe, zum ersten Mal während der biblischen sechs Tage und danach, bei neuen Schöpfungsakten im Anschluß an große Katastrophen wie die Sintflut. Dabei nehme die Komplexität der Lebewesen mit jedem Schöpfungsakt zu.

»Nehmen Sie Cuvier«, sagte er.

»Nehmen Sie Lyell«, entgegnete Erasmus.

Das Reden wurde schwierig; ihre Bärte froren an ihren Schals fest und der Speichel verschloß ihnen die Lippen. Der Wind entriß ihren Augen einen Tränenstrom und verklebte ihnen die Lider mit Eis.

Am 21. Dezember war von der Sonne nichts zu sehen als ein rotes Glühen um die Mittagszeit. Von den Wänden in der Kajüte tropfte es naß; die schnee- und eisverkrusteten Pelze der Männer legten sich vor Feuchtigkeit flach an, wenn sie hereinkamen, und froren draußen sogleich steif. Die schwächsten der Männer – Robert Carey, der sich nie ganz von dem Sturz ins Wasser, bei dem Nils Jensen umgekommen war, erholt hatte, und Ivan Hruska, der schon immer wie ein verkümmerter, unterernährter Junge ausgesehen hatte – kamen morgens nur noch zögernd aus dem Bett und klagten über diverse Schmerzen und Gefäßstauungen. Die Abendschule schlief allmählich ein.

Sie litten Hunger, dachte Erasmus. Oder vielmehr einen

unstillbaren Heißhunger auf alles, was sie nicht haben konnten. Das Fleisch aus der Takelage war mittlerweile aufgegessen, und Joe fand nichts mehr, was sich jagen ließ. Ned und Barton taten ihr Bestes, um appetitliche Mahlzeiten auf den Tisch zu bringen, trotzdem schmeckte mit der Zeit alles gleich. Dr. Boerhaave nahm Erasmus beiseite und sagte: »Wissen Sie, Sie sind ausgesprochen blaß. Geht es Ihnen nicht gut?«

Erasmus betrachtete das Gesicht seines Freundes: weiß wie eine gekochte Kartoffel. Dann ließ er seinen Blick über die andern schweifen. Sie alle hatten wachsbleiche Gesichter, außer an den Stellen, wo die Kälte verkrustete Wunden in die Haut gebissen hatte. Vier der Männer klagten über Kurzatmigkeit.

»Mit Ihrer Erlaubnis«, sagte Dr. Boerhaave zu Zeke, »würde ich die Crew gern jeden Sonntag einer kurzen Untersuchung unterziehen.«

»Es ist niemand krank«, sagte Zeke mit gerunzelter Stirn. »Wir sind alle wohlauf.«

»Es ist niemand krank«, bestätigte Dr. Boerhaave. »Noch nicht. Aber als Schiffsarzt würde ich gern diese Vorsorge treffen, damit nichts verschleppt wird, bis es wirklich ernst ist.«

»Ich möchte die Männer nicht zum Simulieren ermutigen«, sagte Zeke. »Wir dürfen uns nicht verhätscheln.«

Dr. Boerhaave preßte die Lippen zusammen. »Ich halte es einfach für vernünftig, sie regelmäßig zu untersuchen.« Zeke schüttelte den Kopf.

Erasmus glaubte zwar, daß Dr. Boerhaave mit seiner Vorsicht recht hatte, aber er konnte auch Zekes Zögern verstehen; jedes Eingeständnis von Krankheit machte die Männer nervös. Wie auch die Finsternis und das tägliche mühsame Abkratzen des Eises, das sich während der Schlafenszeit durch ihren Atem an Kojen und Schotten gebildet hatte. Es war beunruhigend, fand Erasmus, zuzusehen, wie die Luft aus ihren Lungen sich in Eimer voll schmutzigen Eises verwandelte. Wenn er diese auskippte, hatte er das Gefühl, als würfe er Teile von sich selbst über Bord.

Die Füchsin Sabine putzte sich in dem Bottich mit Schnee, den

Zeke für sie zum Spielen an Deck aufgestellt hatte. Sogar diejenigen, die sie ungern in der Kajüte duldeten, waren davon entzückt, wie sie die Schnauze in den Schnee zu bohren pflegte, um ihn sich anschließend über den Rücken und das Hinterteil zu werfen, bevor sie sich mit den Pfoten abrieb. Es war ein Tag vor Weihnachten. Sie sah unbeteiligt zu, wie Sean und Ivan einen Korb mit Eis an den Schmelztrichter wuchteten. Dabei stolperte Sean und ließ seine Seite des Korbs los, Ivan rutschte auf dem verschütteten Eis aus und stürzte zu Boden, mit Armen und Beinen um sich schlagend, als Barton gerade aus dem Niedergang emporgestiegen kam. Mit einem Arm erwischte Ivan Sabine in ihrem Bottich, so daß sie im hohen Bogen durch die Luft flog. Ehe sie sich versahen, war sie gegen Bartons Oberschenkel geprallt und die Stiege im Niedergang hinuntergepurzelt.

Sie brach sich beide Hinterläufe. Als Zeke sie aufheulen hörte, stürmte er aus seiner Koje herbei, war aber zu sehr damit beschäftigt, sie zu trösten, um von Nutzen zu sein. Obwohl Erasmus wußte, daß er ihr auf der Stelle den Hals umdrehen sollte, überredete Zeke ihn und Dr. Boerhaave dazu, ihr die Läufe zu schienen, und flößte ihr dann den ganzen Tag mit einem Löffel Wasser ein. Aber er konnte sie nicht retten. Er wickelte sie in ein Stück grauen Flanell und begrub sie unweit der Promenade unter einem Haufen Steine. Er hockte sich neben das Grab und wollte gar nicht wieder hereinkommen. Erasmus mußte ihn holen gehen.

»Zeke?« sagte er. »Sie haben uns ein großes Abendessen gekocht, ein Festmahl zum Heiligabend. Du kannst sie nicht im Stich lassen ...«

Zeke wischte seine ausgestreckte Hand fort. »Kann ich nicht mal einen Moment allein sein?« Er stieß eine Reifwolke aus und schüttelte im Aufstehen den Kopf. »Na schön«, sagte er. »Dann laß uns froh und munter sein.«

Joe hatte sieben Schneegänse versteckt, die er mit Neds Hilfe briet: einen halben Vogel für jeden, eine köstliche Abwechslung nach dem ständigen Pökelfleisch. Isaac, Thomas, Robert und Barton hatten in den letzten Wochen heimlich einen Teil ihrer Mehl- und Fettrationen abgezweigt, und aus diesen Vorräten und den getrockneten Kirschen und Rosinen, die Sean stiftete, machten sie einen ausgezeichneten Pudding. Erasmus zauberte zwei der Plumpuddings hervor, die ein Nachbar daheim gespendet hatte; Dr. Boerhaave verschrieb zwei Flaschen Cognac aus seiner Apotheke, um sie alle vor Verdauungsstörungen zu schützen.

Sie aßen und tranken in guter Stimmung, obgleich Zeke mit finsterer Miene am Kopf des Tisches saß. Es wurde still, als sie einen Toast zum Andenken an Nils Jensen und Fletscher Lamb ausbrachten. Isaac faßte sich als erster und stieß Barton an. »Ein Witz!« rief er. »Jeder muß einen Witz erzählen!«

Barton schüttelte sich und erzählte eine derbe Geschichte über einen Einbeinigen und eine Sängerin. Thomas konterte mit einem Witz über einen Zimmermann und eine Kuh. So ging es um den ganzen Tisch, nur Zeke nahm sich aus. Als es wieder still wurde, stimmten Mr. Francis und Mr. Tagliabeau eine Runde Walfanglieder an. Dann verbeugte sich Ivan mit einem eleganten Schwung seiner Serviette und sagte zu den Offizieren: »Bitte, im Theater Platz zu nehmen.«

Oben im Deckhaus hatten die Männer Fleischfässer und Kisten aufgestellt und mit Hilfe einer Reihe Kerzen eine Bühne abgeteilt. In aller Heimlichkeit hatten sie einen kleinen Sketch für die Offiziere eingeübt. Die Pelzjacken als Röcke um die Mitte geschlungen und die Hemden am Hals geöffnet und so gekrempelt, daß sie ihnen wie Volants über die behaarte Brust fielen, sprangen sie in der eisigen Luft umher. Der untersetzte Sean spielte eine junge Schönheit; Ivan und Barton ihre eifersüchtigen älteren Schwestern; der ernste Thomas ihre Mutter; Robert und Isaac die beiden Freier, die um die Liebe der Schönen wetteiferten, während sie die Avancen ihrer Schwestern abwehrten. Als das Melodram mit dem Duell zwischen Robert und Isaac endete, die mit finsteren Mienen und großen Gesten ihre Klappmesser durch die Luft schnellen ließen, stand Sean auf einer Lichterkiste und kreischte so schrill, daß Erasmus vor Lachen kaum noch etwas sehen konnte.

Hinterher holten Captain Tyler und die beiden Offiziere die

letzte Überraschung hervor – drei Flaschen ausgezeichneten Portweins. Noch während die Männer diesem dankbar zusprachen und Erasmus an seiner köstlichen Ration nippte, begann er über die Herkunft der Flaschen nachzugrübeln. Captain Tylers trüber Blick am Morgen, sein Schnarchen im Tiefschlaf – konnte es sein, daß er einen privaten Vorrat an Alkohol besaß? Erasmus sah den Blick, mit dem Zeke auf die Tasse schaute, die er eben an seine Lippen gehoben hatte, und erkannte, daß er zu dem gleichen Schluß gelangt war.

»Captain Tyler«, sagte Zeke mit kalter Stimme: »Was hat dies zu bedeuten?«

»Es ist Weihnachten«, sagte der Kapitän grinsend und schwenkte eine Flasche. »Entspannen Sie sich ein bißchen. Feiern Sie mit. Es ist ein sehr guter Port, finden Sie nicht?«

»Wir haben keinen Port an Bord.«

Captain Tyler zuckte die Achseln. »Ich kenne keinen Schiffskapitän, der ohne einen kleinen privaten Vorrat auf die Reise ginge«, sagte er. »Was ich damit mache, ist meine Sache. Und heute möchte ich unserer lieben Crew einen einschenken.«

»Sie haben davon gewußt?« fragte Zeke an Mr. Francis und Mr. Tagliabeau gewandt. »Ich verwahre mich dagegen. Mit allem Nachdruck.«

»Mehr Musik!« sagte Mr. Francis. Er holte die Männer auf die improvisierte Bühne und setzte seine Hornpipe an den Mund. Joe spielte auf der Zither, die Männer sangen und tanzten, Captain Tyler mit ihnen. Erasmus folgte Zeke nach draußen, wo sie erst einander ansahen und dann den Mond. Er hatte einen Hof, und obendrauf saß, einem halbrunden Kopfschmuck gleich, der Bogen eines zweiten.

»Es gibt wieder Schnee«, sagte Zeke düster.

Erasmus wünschte, ihm wäre es vergönnt, sich den fröhlichen Männern anzuschließen. Im Licht der unsichtbaren Eiskristalle in der Luft, die die Mondstrahlen ablenkten, wirkte Zeke totenbleich; Erasmus wandte den Blick wieder gen Himmel.

»Heimweh?« fragte er. »Jetzt zündet Lavinia wahrscheinlich gerade die Kerzen am Baum an, schenkt Eierflip aus und reicht dazu die kleinen Ingwerkekse nach dem Rezept von unserer

Mutter. Vielleicht ist der Rest der Familie auch da, und jemand spielt Klavier ...«

»Quäl dich nur«, sagte Zeke. »Nur zu.«

»Zeigt ihm euer Zahnfleisch«, sagte Dr. Boerhaave eines Sonntags im Januar und baute Sean und Barton vor Zeke auf. Gehorsam sperrten sie den Mund auf. »Sehen Sie das?« sagte Dr. Boerhaave. Zeke beugte sich zu Sean hinunter. »Wie geschwollen und rot das Zahnfleisch hinten ist?«

»Und ich habe einen losen Zahn«, sagte Barton. Er nahm die rechte Hand zu Hilfe. »Hier.«

Zeke schüttelte den Kopf. »Ich weiß«, sagte er. »Wir brauchen frisches Fleisch. Joe war diese Woche jeden Tag draußen, um nach Bären zu suchen, aber er hat noch keinen gesehen.« Damit wandte er sich wieder seinen Karten zu. Er war dabei, detaillierte Karten der Küstenlinie zu entwerfen und jedem Winkel einen Namen zu geben.

»Ich habe schreckliche Schmerzen in den Knien und Schultern«, sagte Dr. Boerhaave später zu Erasmus. »Was ist mit Ihren Gelenken?«

»Kann nicht klagen.« Aber er hob das Hemd an, um Dr. Boerhaave die dunkle blutergußartige Verfärbung zu zeigen, die sich über seine ganze linke Seite ausbreitete.

»Ned hat beide Arme voll mit solchen Flecken«, sagte Dr. Boerhaave. »Ivans alte Harpunenwunde beginnt wieder zu nässen. Ich fürchte, wir müssen uns auf das Schlimmste gefaßt machen.« Er inspizierte mit Erasmus zusammen den Speicher und schlug Zeke anschließend vor, die tägliche Ration um eine kleine Menge der verbleibenden rohen Kartoffeln und ein bißchen Limonensaft zu ergänzen. Zu ihrer Besorgnis war von allem nicht mehr viel da.

Erasmus zählte die einzelnen Posten ein ums andere Mal durch und glich das, was übrig war, mit seinen Listen ab. Soviel Arbeit und Planung, und trotzdem hatte er sich verkalkuliert. Schon jetzt waren die Kerzen fast verbraucht, und das Lampenöl ebenfalls. Joe hatte ein paar Eskimolampen gebaut, die mit dem Speck brannten, den er noch aus dem Herbst übrig hatte; sie halfen das Kerzenlicht zu verlängern, aber sie rußten die Kajüte voll. Die Kohlen waren so knapp, daß sie rationiert werden mußten und die Kajüte nicht mehr so behaglich warm geheizt werden konnte. Erasmus fand reichlich Bohnen und gepökeltes Rind- und Schweinefleisch, doch Dr. Boerhaave meinte, das sei das Schlimmste, was Männer essen konnten, die an Skorbut litten. Sie brauchten frische Nahrung und konnten keine bekommen.

Als Erasmus Zeke die detaillierte Liste ihrer Vorräte vorlegte, gab Zeke ihm die Schuld an der Knappheit. »Da hast du in Philadelphia tagelang gemacht und getan«, sagte er. »Wie konnte das dabei herauskommen?«

Erasmus fand keine Antwort. Es war ihm längst klar, daß die offensichtliche Entgegnung – daß sie nicht vorgehabt hätten zu überwintern – nicht der Wahrheit entsprach; ihm war mit der Zeit immer deutlicher geworden, daß Zeke von Anfang an vorgehabt hatte, sich auf die Suche nach dem offenen Polarmeer zu begeben. Einzig die Entdeckung überlebender Mitglieder der Franklin-Expedition hätte ihn von diesem Plan abbringen können. Zeke hatte darauf bestanden, daß sie das Schiff bevorrateten, als ob sie überwintern müßten, als ob die Vorräte für einen Notfall herhalten müßten, ergo konnte Erasmus die jetzige Knappheit nicht mit Unwissenheit begründen. Irgendwie waren ihm, seinen ganzen Listen zum Trotz, Fehler unterlaufen. Er hatte weder gewußt, wie hungrig die Kälte, die Langeweile und die körperliche Arbeit sie machen würden, noch wie wenig sie sich auf die Jagd verlassen konnten.

Eines Abends gesellte sich Dr. Boerhaave im Speicher zu Erasmus, als er gerade zum drittenmal die Dosensuppen zählte. »Es ist nicht Ihre Schuld«, sagte er.

Erasmus schüttelte den Kopf. »Wessen Schuld ist es dann? Wenn ich besser geplant hätte …«

»Geben Sie Commander Voorhees die Schuld«, sagte Dr. Boerhaave »Es ist seine Expedition, wie er uns unaufhörlich klarmacht.« Mit der Hand im Fausthandschuh schob er einen Mehlsack beiseite und setzte sich auf eine Kiste mit gepökeltem Rindfleisch.

Erasmus senkte den Blick auf die Dosenreihen. »Das kann ich nicht ... bitte, verlangen Sie das nicht von mir.«

»Verzeihung«, sagte Dr. Boerhaave. »Ich bewundere Ihre Loyalität – ich mag es nur nicht sehen, wie Sie sich selbst mit Schuld beladen. Er hört bei niemandem zu, er hat den Kopf so voll von seinen eigenen Zielen und Ideen, daß er nichts zu Ende denkt. Wenn er uns von Anfang an gesagt hätte, daß wir hier oben überwintern würden ... woher sollten Sie wissen, wofür Sie planen sollten, wenn er Ihnen nichts gesagt hat?«

Erasmus fummelte an dem räuchernden Lampendocht. »Ich muß mich bemühen, so gut es geht«, sagte er. »Ich habe es meiner Schwester versprochen.« Das eine Dochtende versank im geschmolzenen Speck, so daß die Flamme nur noch leise flackerte. »Aber warum hat er es mir nicht einfach gesagt?« platzte es aus ihm heraus.

»Ja, warum nicht?« sagte Dr. Boerhaave. Im dämmerigen Licht huschte etwas an der Wand entlang; eine Ratte vielleicht. »Er brütet über seinen Papieren und überläßt es Ihnen, seine Fehler auszubügeln.«

Erasmus versuchte, etwas Positives dagegenzusetzen. »Im Herbst«, sagte er, »hat er es wunderbar geschafft, die Männer aufzubauen.«

»Und seit Sabines Tod«, sagte Dr. Boerhaave, »ist er wieder ganz in seine eigene Welt eingesponnen.«

Dr. Boerhaave hatte recht; tageweise schien es, als hätte Zeke das Kommando abgegeben. Doch obwohl auch dies zu seinen Sorgen zählte, war Erasmus für sich allein manchmal merkwürdig glücklich. Die Tiere waren verschwunden, und das Land war leer: nicht eine Pflanze, nicht ein Lebewesen, nicht ein Insekt und nicht ein Restchen Humus. Die einzigen Lebewesen, die er je außer den Männern sah, waren die Ratten, vor denen es auf der Brigg und im Speicher wimmelte und die weitere Lücken in ihre Vorräte rissen. Aber eines Tages stand er mit Dr. Boerhaave draußen und beobachtete breite Lichtstreifen, die sich wie Seetang am Himmel wiegten. Das Eis, auf dem sie standen, war von einem bläulichen Grau, die festgefahrenen Eisberge von einem dunkleren Grau, die Hügel in der Ferne von einem freundlichen, samtigen Schwarz. Während er sich mit Dr. Boerhaave darüber unterhielt, was sie da vor sich hatten, schienen sich der Reichtum und die Kargheit der Arktis gleichzeitig zu entfalten. In seinem Kopf fügten sich die hinter ihnen liegende lange Reise und die unterwegs gesammelten Pflanzen und Tiere zu einer wunderschönen Ordnung. Die niedrigen Zwergweiden und -birken, die dicht über dem Boden wuchsen, um den tosenden Winden weniger ausgesetzt zu sein; die unermeßliche Menge an Moosen und Flechten und der Sauerampfer, der wie Miniaturrhabarber wuchs; die kleinen Nagetiere mit ihren geschickten Grabepfoten. »Zusammengenommen ergibt alles eine Art Rhythmus«, sagte Erasmus, und Dr. Boerhaave stimmte ihm zu. Die Tatsache, daß sie nicht hineinpaßten, tat der Schönheit keinen Abbruch.

In Lavinias Tagebuch – was konnte Zekes Vertrag jetzt noch bedeuten? – begann Erasmus ausführliche Notizen für ein naturkundliches Werk anzulegen. Unterdessen schrieb Dr. Boerhaave in sein ärztliches Logbuch:

Bisher folgende Anzeichen von Skorbut
*Captain Tyler:* Leibschmerzen, Leberschwellung, Gicht im rechten Fuß.
*Mr. Francis:* Tuberkel an drei Fingergelenken, begleitet von Schmerzen und Versteifung.
*Mr. Tagliabeau:* rechter Vorbackenzahn ausgefallen, weitere Zähne lose, Zahnfleischbluten.
*Matrose Bond:* Purpurae an beiden Unterarmen.
*Matrose Carey:* linkes Knie sehr dick geschwollen; gibt an, es als Kind verstaucht zu haben.
*Matrose Forbes:* Zahnfleischbluten.
*Matrose Hruska:* nässende alte Lanzenwunde.
*Ned Kynd:* wundgeriebene Zunge, Flecken an beiden Armen.
*Mr. Wells* hat bluterguartige Flecken seitlich am Oberkörper; jetzt habe auch ich ein paar. Unser Limonensaft geht zur Neige. Ich verschreibe derzeit Essig, Sauerkraut und eine verdünnte Salzsäurelösung: das ist alles, was ich noch an Mit-

teln gegen Skorbut zur Verfügung habe. Unser Kommandant, der noch keinerlei Symptome aufweist, verschreibt tägliche Bewegung auf der Promenade. Und ein fröhliches Gemüt.

Er klappte das Logbuch zu und griff nach seinem Tagebuch. Es lag immer noch gut in der Hand; ein glatter brauner Lederrücken und die Deckel mit elegant marmoriertem Papier bezogen. Er hatte es aus Edinburgh mitgebracht. Alles, was er hineinschrieb, würde Zeke lesen; er konnte nichts schreiben, was ihm ernst war, so schrieb er sechs Seiten von Thoreaus »Winterspaziergang« ab, nur um des Vergnügens willen, die Worte noch einmal im Kopf zu hören, während er sie mit seiner Feder nachzeichnete. Er legte den Kopf auf den Umschlag, mitten zwischen cremige Monde in Höfen aus roten und grünen Wirbeln, und schlief ein.

Robert Carey weinte. Erasmus fand ihn eingeklemmt zwischen zwei Kisten, die Knie dicht an den Körper gezogen, mit tränenüberströmtem Gesicht. Auf Erasmus' sanfte Fragen gab er keine Antwort. Stunden später, als er immer noch nicht aufhören konnte zu weinen, gab Dr. Boerhaave ihm ein paar Tropfen Laudanum und trug ihn ins Bett. Da beschwerte sich Ivan Hruska, daß sich nie jemand um ihn kümmere, daß die anderen Matrosen sich gegen ihn verbündeten und ihn gnadenlos ärgerten. Alle hätten Robert lieber als ihn, sagte Ivan, alle verhätschelten ihn; er rollte sich in seine Hängematte ein und verweigerte jede Nahrung, bis Dr. Boerhaave drohte, ihm einen Schlauch in die Speiseröhre zu legen. Sean und Thomas prügelten sich. Barton ließ das Feuer in der Kombüse ausgehen. Es gab Streit und danach langes, angespanntes Schweigen.

Eines Abends vernahm Erasmus, der allein in der Kajüte war, von der anderen Seite des Ofens ein unbekanntes, häßliches, unterdrücktes Gelächter. Er trat durch die Lücke in der Trennwand und platzte in eine Wiederaufführung des Weihnachtssketchs, diesmal in einer derberen Fassung. Isaac, als der erfolgreiche Freier, stand mit geöffnetem Hosenschlitz da und schlenkerte vor Sean, der jüngferlich erschrocken die Augen verdrehte, mit dem eregierten Penis herum. Im Hintergrund wackelte Barton, als eine der eifersüchtigen Schwestern, lasziv mit den Hüften. »Gib's *mir*« zischelte er, während Isaac vor Lachen stöhnte. »Laß *mich* ...« Er verstummte, als Sean, der Erasmus zuerst erblickte, ihm einen Ellbogen in die Rippen stieß.

»Nur ein bißchen Spaß«, sagte Isaac. Er machte seine Hose zu. »Dafür können Sie uns doch nicht böse sein, oder?«

Erasmus wußte nicht, was er sagen sollte. Angesichts der Kälte, der Strapazen und des Hungers fühlte sich sein eigener Penis an wie ein verbrauchter Lederschlauch, der, jedesmal beim Urinieren in seiner Hand zusammenschrumpfte. Und dagegen diese Fleischeslust. Bevor er dazu kam, sich zu fragen, ob das Theaterspiel ein bloßes Spiel war oder etwas Ernsteres, kam Zeke um den Ofen und trat an seine Seite.

»Was geht hier vor?« fragte er. Er blinzelte, als wäre er eben erst aufgewacht.

Die Männer schwiegen, dem Anschein nach verlegen.

»Nichts«, sagte Erasmus. »Bloß ein ... eine kleine Auseinandersetzung.« Eine unbeholfene Lüge.

»So etwas dulde ich nicht«, sagte Zeke. »Wir haben alle zu knapsen. Aber wir müssen zusammenhalten, wir müssen munter bleiben.« Als er ihnen den Rücken zuwandte, faßte sich Isaac spöttisch an den Schritt.

Am 24. Januar glühte der südliche Horizont orangerot auf, bevor er in violettem Dunst verschwand. Dieses Zeichen der wiederkehrenden Sonne schien Zeke endlich wieder aufzurütteln, wenn auch nicht auf die Weise, wie Erasmus es sich gewünscht hätte.

Beim Abendessen sagte Zeke. »In sechs Wochen werden wir wieder Sonne haben, aber die Brigg werden wir frühestens im Juli freibekommen. Ich schlage vor, wir verwenden die Frühjahrsmonate für Schlittenreisen in Richtung Norden. Daß wir keine Hunde haben, ist bedauerlich. Aber wir können die Schlitten selber ziehen, und der Landeisgürtel wird im April und Mai in bestem Zustand sein. Wir können die Küstenlinie nördlich von dieser Stelle erforschen, den Verlauf des Sunds verfolgen und nach dem offenen Polarmeer suchen.«

Captain Tyler lachte grimmig. »Wenn Sie glauben, daß wir Schlitten ziehen wie Zugpferde, daß wir mit Ihnen auch nur einen Schritt weiter nach Norden gehen ...«

»Sie werden tun, was ich sage«, herrschte Zeke ihn an und verließ die Kajüte, um im Dunkeln auf der Promenade auf und ab zu gehen.

Erasmus warf sich in seine sämtlichen Kleider und eilte hinterher, zu zornentbrannt, um die Kälte zu spüren, obwohl das Thermometer draußen am Obeservatorium minus 45 Grad anzeigte. »Was fällt dir ein?« schrie er, noch ehe er Zeke erreicht hatte. »Du hättest den Männern beim besten Willen nicht mehr Angst und Sorge einflößen können.«

Zeke marschierte weiter und zog einen Nebelschleier hinter sich her.

»Was willst du eigentlich?

Zeke hielt inne und drehte sich zu ihm um. »Was denkst du?« Während er sprach, verschwand sein Gesicht hinter der Wolke, die durch seinen Atem entstand. »Ich will, daß irgend etwas meinen Namen trägt,« rief er. »Etwas Großes – ist das so schwer zu kapieren? Ich will meinen Namen auf der Landkarte haben. Dein Vater hätte das verstanden.«

»Mein Vater ist tot!« entgegnete Erasmus laut. »Weshalb willst du dich und den Rest von uns noch mehr in Gefahr bringen, als du es bisher schon getan hast?«

Zeke schüttelte den Kopf, und sein Gesicht verschwand erneut. »Wende dich nicht gegen mich«, sagte er. »Alle andern sind es schon – weißt du nicht, wieviel du und deine Familie mir bedeuten?« Als die Wolke verflog, ragten seine Augenbrauen über und über weiß hervor. »Bei euch zu Hause bin ich aufgewachsen«, fuhr Zeke leiser fort. »Da habe ich alles Wichtige gelernt. Du und dein Vater ...«

»Wenn dir etwas zustieße«, sagte Erasmus, »würde Lavinia sterben. Machst du dir keine Gedanken um sie?«

»Doch, natürlich«, sagte Zeke. »Um sie und um dich und

deine Brüder und darüber, wie ihr von mir denkt – ich wollte immer zu eurer Familie gehören, wollte, daß ihr alle stolz auf mich seid. Wenn ich eine erfolgreiche Schlittenexpedition nach Norden leitete, könnten alle sehen, was ich kann.«

»Lavinia liebt dich auch ohne große Taten«, sagte Erasmus. Was sollte dieses Gerede von seiner Familie? Ein liebender Mann, ein verlobter Mann, durfte gern ein wenig romantischer sein. »Das ist dir doch sicher klar?«

Zekes bereifte Augenbrauen zogen sich zusammen. »Die Männer müssen sich an die Vorstellung gewöhnen«, sagte er. »Wir werden nach Norden aufbrechen.«

Erasmus glaubte, noch ein paar Monate zu haben, um Zeke von seinem sinnlosen Vorhaben abzubringen; für den Augenblick mußte er tun, was er konnte, um die Männer aufzuheitern. Als die Sonne in der zweiten Februarwoche über den Horizont kroch, zogen er und Joe und Dr. Boerhaave mit einer Gruppe von Männern los, um sie zu begrüßen. Sie kletterten auf den Hügel hinter der Brigg und bezwangen auch noch die zwei dahinter liegenden. Ein heller Bogen spaltete den Horizont, violettes und rotblaues Licht, das aus bräunlichen Wolken hervorschien. Dann stieg die leuchtende Scheibe empor und setzte sich auf einen vereisten Gebirgszug. Die Männer rissen die Jacken auf, nur für einen kleinen Moment, und ließen sich die Hälse von den blassen Strahlen bescheinen. Barton weinte bei dem Anblick, und Isaac zeigte auf die gigantischen Schatten, die sie auf den Schnee warfen. Sie wirkten fröhlicher, fand Erasmus. Ihn hatte der Anblick ebenfalls aufgemuntert, und hinterher sah er noch stundenlang Trugbilder, blaue, grüne und rosa Kugeln aus Licht. An diesem Tag verlief das Abendessen einigermaßen harmonisch.

Als Erasmus gegen drei Uhr morgens aufwachte und ein leises Geräusch hörte, glaubte er zunächst zu träumen. Die Kajüte war bis auf den Schein einer winzigen Specklampe dunkel. Das Feuer im Ofen war zugedeckt; Mr. Francis, der Wache hatte, war am Tisch eingeschlafen. Vor seiner Koje stand der Vorhang offen, aber die anderen waren zugezogen, und es wirkte ruhig darin. Erasmus konnte nicht am Ofen vorbeisehen. Aber aus dem Schlafraum der Männer war nichts zu hören. Das Geräusch kam von oben, ganz deutlich von über seinem Bett. Er zog die Stiefel und die Pelze über und kletterte die Stiege hinauf.

Das Geräusch verstummte, noch ehe er an Deck war. Im Deckhaus war es vollkommen finster unter der Überdachung, wesentlich kälter als in der Kajüte, aber längst nicht so kalt, wie es draußen sein mußte, wo der Wind in den Wanten heulte. Er hatte keine Laterne mitgenommen, und er wäre wieder nach unten geschlichen, wenn er in dem Moment nicht abermals ein Geräusch vernommen hätte: eine Art Schnauben oder Keuchen.

»Wer ist da?« fragte er scharf.

Jemand lachte.

»Raus mit der Sprache«, sagte Erasmus. »Wer ist hier draußen?«

Mehr Lachen von mehr als nur einer Stimme. Dann: »Ich. Isaac.«

Und: »Robert.« Und: »Ivan.«

Ein kleines Gemenge, Flüstern, ein Kichern. »Na schön. Ich auch – Thomas.«

»Ihr sitzt hier im Dunkeln?« fragte Erasmus. »Was macht ihr?« In ihm stieg eine abschreckende Erinnerung an Isaac auf, wie er halb ausgezogen umhergesprungen war. »Wer ist noch da?«

»Ich«, kam eine Stimme vom Bug. »Barton.«

Robert – er war es, der nicht aufhören konnte zu glucksen – sagte: »Sean und Ned sind auch hier.«

»Ned?« fragte Erasmus. Der vernünftige Ned. »Wollt ihr euch in der Kälte umbringen?«

»Pscht«, sagte Ned hinter ihm. »Sie müssen flüstern.«

Er zündete einen Kerzenstummel an, damit er die Männer in dem schwachen Licht sehen konnte. Dick in ihre Pelzanzüge eingemummelt und zusätzlich in Büffelfelle gehüllt, saßen sie dicht aneinandergedrängt an der rauhen Holzwand, viel zu krank und schwach, um übermütig herumzuhüpfen. Sie hatten sich Geschichten erzählt, vermutete Erasmus, und in Erinnerungen geschwelgt, die ihnen wie aus einem anderen Leben erschienen. Einige hatten auf Boothia Abenteuer erlebt, um die sie Erasmus trotz seiner Mißbilligung beneidete: *Ich hab eine Nacht im Zelt bei einer jungen Witwe verbracht; meine hatte tätowierte Brüste; meine war warm, warm, so warm* – Thomas Forbes, Sean Hamilton, Ivan Hruska. Erasmus setzte sich zu ihnen und lehnte sich mit dem Rücken an die Ummantelung des Ofenrohrs.

»Wir wärmen uns«, sagte Barton. »Und feiern die Wiederkehr der Sonne.«

Er hielt Erasmus eine Teetasse ohne Henkel hin, und dieser schaute hinein. Wasser. Er nahm einen Schluck, hustete, nippte noch einmal: reiner Alkohol. Weder Captain Tylers Portwein noch Zekes Whisky noch der Madeira oder Cognac, den Dr. Boerhaave als Arznei verwendete und den er stets sorgfältig unter Verschluß hielt. Er sah von einem Gesicht zum andern: vernarbt, von Skorbutflecken übersät, glasige Augen, entspannt. »Wo habt ihr das her?«

Robert mußte so lachen, daß er gegen Ivan taumelte. »Das ist das Zeug für Ihre Fische!«, sagte er. »Die Fische und die kleinen Viecher, die Sie vom Meeresgrund holen.«

»Ich hab's genommen«, gestand Sean. »Aus dem Schrank, gestern abend.« Er hielt eine alte Ölflasche hoch, noch halb mit Erasmus' Konservierungsalkohol gefüllt.

»Du hast es von meinen Proben abgegossen?« fragte Erasmus. »Sobald man die Versiegelung aufbricht und den Alkohol abgießt, sind die Proben hin, unwiederbringlich verloren …«

»Das würden wir nie tun«, sagte Ned. »Sean hat eine unbenutzte Flasche Alkohol genommen.«

»Da habe ich ja noch mal Glück gehabt«, sagte Erasmus. Er nippte noch einmal; der unverdünnte Alkohol brannte an den wunden Stellen auf seiner Zunge.

»Wir auch, mein' ich«, ergänzte Barton. »Wer will schon tote Fischessenz trinken?«

Die Männer wanden sich vor unterdrücktem Lachen. »Das

ist das Schlimmste, was ihr machen könnt«, sagte Erasmus. »Ganz abgesehen davon, was Commander Voorhees sagen würde, wenn er euch erwischte – Alkohol gibt euch nur das Gefühl, warm zu sein, ihr werdet alle Erfrierungen bekommen.« Er nahm Ned die Kerze aus der Hand und hielt sie vor Ivan. »Zeig mir Hände und Gesicht.«

Ivan schob die Kapuze zurück und streckte die Hände aus. Der kleine Finger seiner linken Hand und die Haut darunter waren wachsbleich, und neben seiner Nase leuchtete ebenfalls ein totenbleicher Fleck. Erasmus stöhnte auf. »Seht euch das an.« Er reichte die Kerze an Sean weiter. »Seht euch euren Nebenmann an, ob sonst noch jemand solche Erfrierungen hat.«

Nur Isaac hatte noch eine, einen Fleck an der Daumenwurzel. Erasmus befahl Ned, seine Hand auf Isaacs zu legen, während er Ivans Haut mit seinen eigenen Händen wärmte. Immer noch unterhielten sich alle; und immer noch tranken alle außer ihm aus der Tasse und der Flasche. »Wir müssen alle wieder nach unten«, sagte Erasmus. »Ich werde morgen früh beschließen, ob ich Commander Voorhees etwas davon sage.«

»Es ist doch nur eine kleine Feier«, sagte Ned in sein Ohr. »Wir haben selten genug Gelegenheit ...«

Er hatte recht, das wußte Erasmus. Die Männer lächelten; vergessen war aller Zank, alle Mißstimmung verflogen. War es so schlimm, was sie getan hatten? Er hatte selbst auch nicht schlafen können und sich unten in der stickigen Kajüte gelangweilt. Hier oben, wo die Luft frischer war und sich niemand zankte, ließ es sich erstaunlich gut aushalten. Er nahm die Hände weg; Ivans Erfrierungen schienen aufgetaut zu sein, ohne einen Schaden zu hinterlassen.

»Können wir nicht noch ein bißchen bleiben?« bettelte Barton. »Sie können gern dabeisein.«

Er wußte, daß es nicht richtig war; er wußte, daß er sie nach unten schicken oder bestrafen sollte, zumindest aber ihr Handeln nicht stillschweigend dulden durfte, indem er bei ihnen blieb. Aber er hatte das Gefühl, als wäre einen Augenblick die Zeit von ihm abgefallen und mit ihr der ganze Druck der letzten Monate. Er blieb sitzen und nahm die dargebotene Tasse. Er hörte stumm zu, wie die Männer über Zeke und seine geplanten Schlittenreisen spotteten, und sagte sich, daß er ihnen auf diese Weise gestattete, Dampf abzulassen. Ihm war wärmer, nachdem ihm die Tasse gereicht worden war. Ned saß neben ihm und breitete ein Büffelfell über sie beide aus, so daß seine Beine warm wurden und sein Gesicht in der kalten Luft glühte. Barton teilte Pemmikan aus – wo hatte er es her? Es war im Speicher versteckt, tief in einem Kübel vergraben, streng reserviert für Schlittenreisen –, und Erasmus kaute selig.

Die Männer erzählten von anderen Reisen, von Walen und Robben, die sie gejagt hatten, von schlechten und guten Kapitänen. Ned erzählte von seinen Wanderungen in den Adirondack Mountains und Barton von einer Reise nach Portugal. Es war kalt, Erasmus wußte, daß es kalt war, aber ihm war warm, und jedesmal wenn er aufstehen und sie in die Kajüte geleiten wollte, war jemand mitten in einer Geschichte, die er nicht unterbrechen mochte. Die Kerze brannte nieder, und sie blieben im Dunkeln sitzen und hörten einander zu. Gleichviel, welche Geschichte sie erzählten, sagten alle das eine: Ich bin da. Ich bin da. Ich bin da.

Als die Luke mit einem Ruck aufging, erschreckte sie das Geräusch nicht minder als das aufstrahlende Lampenlicht. Zeke, von dem zuerst die Haare, dann sein Gesicht, sein Rumpf und dann die Beine zum Vorschein kamen, eine Flinte in seinen Armen, stieg vor ihnen empor wie aus dem Grab.

»Was geht hier vor?« fragte er. »Haben wir Besuch? Eskimos?« Sein strohblondes Haar war vom Schlaf zerwühlt; seine Jacke war offen, die Stiefel unverschnürt.

Als Erasmus aufstand, war er überrascht, wie sehr er schwankte.

»Es ist alles bestens«, sagte er in beruhigendem Ton. »Die Männer konnten nicht schlafen, deshalb sind sie hier nach oben gekommen, wo ihr Gerede uns nicht stören würde. Ich bin vor einer Weile aufgewacht und auch nach oben gegangen, um zu sehen, ob alles in Ordnung ist.«

Zeke hielt die Laterne hoch, um Erasmus ins Gesicht zu

sehen; dann bückte er sich und führte sie an der Reihe der Männer entlang. Bartons Augen waren dick, Seans Backen rot, Ivan hatte die Flasche noch in der Hand. »Ihr habt getrunken!« rief er. »Ohne Erlaubnis, mitten in der Nacht ...« Entrüstet drehte er sich wieder zu Erasmus um. »Selbst du«, sagte er. »Selbst du.«

Erasmus hatte den Blick auf seine Stiefel gesenkt, als Zeke ihm den Lauf seiner Flinte, mit der er horizontal durch die Luft fuhr, direkt in den Unterleib stieß. Er stolperte gegen die Reling und schnappte nach Luft.

»Was ist bloß mit euch los?« schrie Zeke. »Ich tu alles, um für euch zu sorgen, damit wir alle sicher und wohlauf sind und im Frühling wieder etwas schaffen können, und dann schleicht ihr euch, während ich schlafe, wie die Diebe davon. Wartet nur, bis Captain Tyler sieht, wozu unsere Laxheit geführt hat.« Er stürzte die Stiege hinunter und war einen Moment später wieder da, noch rasender vor Wut.

»Mr. Francis ist auf seinem Posten eingeschlafen«, fuhr er Erasmus an. »Oder ohnmächtig geworden; er stinkt nach Wein. Captain Tyler liegt volltrunken in seiner Koje und kann nicht einmal den Kopf heben – war dies deine Idee? Oder haben sich Tyler und Francis vorgenommen, euch alle zu korrumpieren? Daß sie trinken, wußte ich ...«

»Ich«, keuchte Erasmus, der noch immer nach Luft rang. »Ich ...«

»Wir hatten nichts mit dem Captain zu tun«, unterbrach ihn Barton. »Der Captain hat seinen eigenen Vorrat, er gibt uns nur ab und zu was davon ...«

»Ihr seid widerwärtig«, sagte Zeke. »Alle. Euch kann man nicht über den Weg trauen, ihr habt keinen Stolz, keine Disziplin, keinen Sinn für Gemeinschaftsgeist.«

»Sie haben nur die Sonne gefeiert«, sagte Erasmus. »Sie hätten den Alkohol nicht nehmen dürfen, aber es war ein harmloses Vergehen, wirklich, und ich hatte sie gerade fast überredet, wieder ins Bett zu gehen, als du kamst.«

»Du«, sagte Zeke.

Er ging die Stiege ein paar Stufen hinunter. »Wenn ich könnte, würde ich euch alle auf dem Eis aussetzen«, sagte er. »Aber das würde mich zum Mörder machen. So werde ich wenigstens dafür sorgen, daß ihr heute nacht nicht mehr ins Bett kommt. Euch gefällt es hier oben gut? Dann bleibt ihr eben bis zum Frühstück hier.« Er knallte den Lukendeckel zu und verriegelte ihn von innen.

Die Männer lachten betrunken, über Zekes Wutanfall belustigt und, wie Erasmus glaubte, wohl wissend, daß Zeke momentan völlig machtlos war. Hier oben waren alle üblichen Strafen sinnlos. Sie waren ohnehin auf gekürzte Rationen gesetzt, und die konnte Zeke nicht weiter kürzen, ohne ihr Leben zu gefährden; er konnte sie nicht allein am Ufer aussetzen oder noch mehr auf der Brigg einsperren, als sie ohnehin schon eingesperrt waren; sie konnten nicht in den Mastkorb geschickt oder zu Strafarbeit an der frischen Luft verdonnert werden: Es war viel zu kalt. Sie bewegten sich auf einer so feinen Grenze zwischen Leben und Tod, daß sie paradoxerweise sicher waren. So schienen sie zumindest zu glauben.

»Es sind vier Stunden bis zum Frühstück«, sagte Erasmus. »Und es friert Stein und Bein.« Er hielt sich den schmerzenden Unterleib mit einer Hand. »Wir müssen in Bewegung bleiben.«

Er zwang alle Mann aufzustehen. Sie schleppten sich in einem langgezogenen Kreis über das Deck, immer rund herum, wobei ihre Schritte mit der nachlassenden Wirkung des Alkohols langsamer wurden, weil die Erschöpfung sie einholte. Barton schlich sich davon, stellte sich an ein Rettungsboot und schlummerte. Ivan marschierte weiter, hörte aber auf, die Arme zu schwingen; Sean verlor einen Handschuh. Als die Frühstücksglocke endlich läutete und Mr. Francis die Luke mit verlegenem, grimmigem Gesicht entriegelte, hatten sie alle Erfrierungen erlitten: eine Ferse, ein paar Finger; Lippen, Backen, ein Kinn.

Später herrschte Zeke sie an und verlangte anschließend, daß Erasmus ihm den gesamten Vorrat an Konservierungsalkohol und Dr. Boerhaave ihm den gesamten Cognac und Madeira aus der Apotheke aushändigte. Er schloß alle Flaschen ostentativ ein. Von Captain Tyler forderte er dessen gesamten Privatvorrat ein, doch obwohl der Kapitän eine halbe Kiste Portwein herausrückte, glaubte niemand außer Zeke, daß dies alles war, was er besaß.

»Es tut mir leid«, sagte Erasmus zu Zeke. Er sagte es auf der Promenade, in der Kajüte, vor der Latrine. Wollte Zeke ihm ewig böse sein?

Zekes Blick war eisig. »Du hast mein Vertrauen mißbraucht.«

»Ich wollte dir helfen«, sagte Erasmus.

Trotzdem mied Zeke ihn und redete nur das Allernotwendigste mit ihm. Nachts war die Luft in der Kajüte vor Spannung so dick, daß man sie förmlich schneiden konnte. Joe, der die unglückselige Feier verschlafen hatte, baute sich im Deckhaus ein Zelt aus Karibufellen und schlief von nun an dort. Dr. Boerhaave begann, jeden Abend ein Kapitel aus *David Copperfield* vorzulesen – als Methode, wie er zu Erasmus meinte, alle zusammenzubringen und die Stimmung ein wenig aufzuhellen. Doch Ned, der sich seiner Rolle bei der Sache schämte und dem Zekes Eiseskälte Angst machte, war außer Erasmus der einzige, der sich direkt entschuldigte.

Müde, hungrig und skorbutgeplagt schleppten sie sich, täglich einen blassen Abklatsch ihrer alten Routine vollziehend, durch den März. Die Sonne, die nun ein paar Grad über den Horizont stieg und die Berge vergoldete, machte ihnen trotz der anhaltenden Kälte Mut. Sie aßen Sauerkohl, Schiffszwieback, gepökeltes Rind- und Schweinefleisch; ihr Frischfleisch war gänzlich aufgebraucht. Zeke entwarf weiter Pläne für Schlittenreisen, und Ned half ihm dabei, wenn auch einigermaßen verschämt, indem er das Dörrfleisch kübelweise auftaute und in kleine Beutel umpackte. Erasmus und Dr. Boerhaave half er nicht mehr bei ihrer Arbeit; er war unentwegt für Zeke beschäftigt, dem er außer mit den Reisevorbereitungen bei der Erstellung der meteorologischen Tabellen zur Hand ging.

Eines Morgens nahm Zeke Ned mit, um den Zustand des unmittelbar nördlich gelegenen Eisgürtels zu untersuchen.

Sobald sie fort waren, hob sich die Stimmung auf der Brigg. Joe fing nachmittags zwei Füchse, die Erasmus und Dr. Boerhaave mit ihm enthäuteten und zerlegten. Alle freuten sich auf das Abendessen, als Zeke und Ned wiederkamen, mit einem menschlichen Schädel im Gepäck.

»Wir haben ein Eskimograb gefunden«, sagte Zeke und stellte den Schädel wie eine Trophäe auf die Gangspill. »Drei in Pelze gehüllte mumifizierte Leichname und dies hier – ist das nichts?«

Erasmus, der gerade dabei war, ein Fuchsfell vorsichtig von der schwierigen Stelle hinten an der Pfote zu lösen, warf Dr. Boerhaave, der das Blut abtupfte, einen Blick zu. Erst vor wenigen Monaten hatte Zeke die Erlaubnis verweigert, Hand an die Gräber von Franklins Männern zu legen. Dr. Boerhaave zog eine Augenbraue hoch, als hörte er, was Erasmus dachte. In jenen Gräbern hatten Engländer gelegen.

Joe steckte sein Messer in einen der Fuchsschenkel und sah sich den Schädel genauer an: braun, fleckig, alt. »Sie haben ein Grab aufgebrochen?«

»Es lag bereits offen«, sagte Zeke. »Bären hatten die Steine am Fußende weggerollt.«

»Und Sie haben den Rest fortgeräumt«, sagte Joe.

Zeke legte eine Hand auf den Schädel und wandte den Blick von dem zerlegten Fuchs ab. Doch Erasmus wußte, daß er trotzdem mit ihnen essen würde. Ganz gleich, wie sehr ihn die Erinnerung an Sabine schmerzte. Er würde davon essen müssen.

»Ja«, sagte Zeke. »Was ist dagegen auszusetzen? Wenn wir unsere Schlitten ausprobieren, werde ich eine der Mumien holen, für das Museum zu Hause.«

»Es ist eine Sünde«, sagte Joe. »Die Seelen dieser Menschen können nicht zur Ruhe kommen, wenn ihre Gräber aufgebrochen werden.«

Joe sah Zeke unverwandt an, und Zeke erwiderte den Blick, bis Joe das Deck verließ.

Ned übernahm Joes Messer und Joes Aufgabe; er bemühte sich, Stücke zu schneiden, die nicht nach Fuchs aussahen. Hinterher stellte er sich stumm an den Herd, obwohl er lieber Erasmus dabei geholfen hätte, die Häute zu präparieren. Alle Kugellöcher und Messerstiche von der Innenseite her vernähen, hatte Erasmus ihn gelehrt. Er hatte sich Notizen gemacht. Die Innenseite der Haut so reichlich mit der Mischung aus Alaun und Arsen einreiben, wie es geht. Die Knochen an jedem Bein mit ein wenig Werg umwickeln, damit sie nicht mit der Haut in Berührung kommen.

Doch Erasmus arbeitete konzentriert vor sich hin, ohne ihn auch nur zu fragen, ob er helfen wollte. Nach dem Abendessen jedoch begleitete Erasmus ihn auf seinem allabendlichen Gang zum Blauen Wunder, wo er sauberes Eis holte. »Ich weiß das zu würdigen, was du zu tun versuchst«, sagte Erasmus.

»Kriegen Sie es überhaupt mit?« fragte Ned.

»Ich bekomme mit, daß du versuchst, Commander Voorhees Gesellschaft zu leisten«, sagte Erasmus. »Damit er sich nicht so isoliert vorkommt. Mir ist er immer noch böse, so daß er mir gar nichts anvertrauen mag. Ich weiß, daß du versuchst, den Druck wegzunehmen.«

»Es geht ihm dreckig«, sagte Ned. »Unterwegs hat er den ganzen Tag geredet, er hat das Gefühl, alle sind gegen ihn. Irgendeiner muß ihm zuhören.«

Sie waren am ersten Eisberg angekommen; gemeinsam machten sie sich daran, Stücke abzuschlagen und in die Waschbalje zu hieven. »Mein Vater war zum Schluß genauso«, sagte Ned. »In seinen Träumen gefangen, von allen andern abgeschnitten. Bei jeder Kritik sofort aggressiv.«

»Was du tust, kommt uns allen zugute«, sagte Erasmus. »Alles, was du zu seiner Beruhigung tun kannst.«

Ned schnitt eine Grimasse. Jedesmal wenn er so etwas tat, dachte Erasmus, selbst wenn er nur einen Tag mit Zeke losging, isolierte er sich von den anderen Mitgliedern der Crew sowie von Captain Tyler und den beiden Offizieren. Bald würde er vollkommen allein dastehen. Als sie das Eis zur Brigg schleppten, ermahnte sich Erasmus, gemeinsam mit Dr. Boerhaave stets darauf zu achten, daß sie Ned in ihre Arbeit einbezogen.

Unten in der Kajüte warf Captain Tyler, der sich früher

immer beinahe auf den Ofen gesetzt hatte, so daß er eine Position zwischen der Besatzung und den Offizieren einnahm, Erasmus einen scheinheiligen Blick zu und rückte seinen Hocker ganz auf die Seite der Trennwand, wo die Matrosen saßen. Wie seit Wochen schon murmelte er in einem fort vor sich hin – was sagte er nur?

»Kannst du hören, was er sagt?« fragte Erasmus Ned flüsternd.

»Nein«, sagte Ned. Er drückte das Eis im Schmelztrichter nach. »Wenn ich da bin, macht er das nie.«

Erasmus gab sich unbeteiligt und machte lange Ohren, da schlüpften Mr. Francis und Mr. Tagliabeau ebenfalls durch die Lücke. Zeke marschierte draußen mit seiner Flinte im Arm auf der Promenade auf und ab und bewachte die Brigg gegen nichts und niemanden – ohne zu merken, dachte Erasmus, wie ihm sein Kommando entglitt. Es würde keine Schlittenreisen geben, hörte Erasmus Captain Tyler zu den Männern sagen. Hatte er richtig gehört? Sowie das Eis aufbricht, sind wir hier weg. Darauf wurde leise gelacht. Erst als Dr. Boerhaave hereinkam und fragte: »Ist Ihnen nicht gut?« merkte Erasmus, daß er sich den Bauch hielt.

Später, als alle anderen im Bett waren, saßen Erasmus und Dr. Boerhaave beim zischenden Licht einer Salzspecklampe am Tisch in der Kajüte. Sie konnten nicht über das reden, was an Bord vorging; jemand könnte wach sein und mithören.

»Versuchen Sie zu arbeiten«, sagte Dr. Boerhaave. »Das wird Ihnen guttun.«

Er legte seine Hand einen Augenblick auf Erasmus' Unterarm. Er atmete langsam und tief: ein, aus, ein, aus, und sah Erasmus dabei in die Augen. Erasmus spürte, wie sein Atem ruhiger wurde und sich dem durch den Freund vorgegebenen Rhythmus anpaßte. Er holte seine Briefmappe hervor und schrieb an Copernicus: von dem heiklen, beunruhigenden Schädel, wobei er mittendrin plötzlich merkte, daß er das Thema gewechselt hatte und statt dessen schilderte, wie Ned sich darum bemühte, Zeke zu beruhigen. Dr. Boerhaave schlug seine Ausgabe von Thoreaus *Eine Woche auf den Flüssen Con-*

*cord und Merrimack* auf. Seit Zekes Strafaktion gegen die trinkenden Männer benutzte er sein Tagebuch ausschließlich zur Übertragung von Passagen aus seiner Lektüre. Jetzt schrieb er das folgende ab:

*Doch es ist nicht etwa zu sagen, daß ausgedehntes Reisen ertragreich sei. Angefangen damit, daß die Schuhsohlen dünn und die Füße wund werden, ist bald der ganze Mann verschlissen und obendrein sein Herz wund. Meinen Beobachtungen zufolge fristen Vielgereiste hinterher ein armseliges Dasein. Wahres, echtes Reisen ist kein Freizeitvergnügen, sondern so ernst wie der Tod oder jeder andere Abschnitt der Lebensreise, und es bedarf einer langen Probezeit, um sich dareinzufinden.*

Er drehte das Tagebuch so zu Erasmus hin, daß dieser lesen konnte, was er geschrieben hatte. »Thoreau hat mir dieses Buch selbst geschenkt«, sagte er. »Er hat es auf eigene Kosten veröffentlicht.«

Erasmus fragte verwirrt: »Und Sie schreiben seine Worte ab, weil …?«

»Weil sie eine wertvolle Lehre beinhalten.« Er warf einen Blick in die Richtung von Zekes Koje, und auf einmal begriff Erasmus, daß Dr. Boerhaaves Tagebuch zu einem Akt verdeckter Rebellion geworden war.

Barton brach als erster zusammen, dann Ivan, dann Isaac; Sean und Thomas waren sehr schwach, und nachdem Mr. Francis die Stiege hinuntergefallen war und sich am Knie ein Stück Fleisch herausgerissen hatte, wollte die Wunde nicht heilen, und auch er war ans Bett gefesselt. Durch die gemeinsame Krisensituation abermals vereint, pflegten diejenigen, die sich noch auf den Füßen halten konnten, die anderen, richteten und servierten das Essen, leerten das Schmutzwasser aus und wuschen Verbände. Sie waren nicht wirklich dabei zu verhungern: Sie hatten noch zu essen, aber es waren die falschen Sachen. Joe pirschte sich an einen Bären an, verlor ihn jedoch. Er vermutete, ein Stück südlich der Brigg müsse es Walrosse geben, aber bislang hatte er noch keine entdeckt. Auch mit seinen Fallen war ihm abgesehen von dem Glückstreffer mit den beiden Füchsen kein Erfolg beschieden.

Erasmus, der Dr. Boerhaave als erster Assistent bei den Kranken zur Hand ging, erschrak darüber, wie schnell es mit Mr. Francis bergab ging. Die Wunde blutete, eiterte, schloß und schloß sich nicht, grub sich tiefer; nach einer Woche lag der Knochen frei. Captain Tyler setzte sich stundenlang zu ihm, und Erasmus war von seiner Freundlichkeit gerührt, bis er sich eines Nachmittags, kurz nachdem der Kapitän Mr. Francis verlassen hatte, über diesen beugte und Brandy roch, so daß ihm aufging, daß seine Benommenheit nicht allein von der Entzündung herrührte.

Draußen, in sicherer Entfernung von Zeke, packte Erasmus Captain Tyler an beiden Armen und schüttelte ihn. »Was denken Sie sich?« sagte er. »Trinken Sie sich selbst zu Tode, wenn Sie wollen – aber wie können Sie dem armen Mann Alkohol zu trinken geben? Das ist für ihn das Schlimmste, das Allerschlimmste.«

Captain Tyler entzog sich ihm knurrend. »Wenn Sie mir noch einmal so kommen«, sagte er, »wenn Sie mich noch einmal so anfassen, dann ... Mr. Francis ist ein toter Mann. Warum sollte er in seinen letzten Tagen keinen Trost haben? Dr. Boerhaave spart mit dem Laudanum – für Sie, für seine Freunde. Wir werden alle hier oben sterben, und er will sichergehen, daß Ihre letzten Tage friedlich sind. Der Brandy macht meinem Freund das Sterben leichter.«

Zwei Tage darauf starb Mr. Francis im Schlaf. Thomas war zu schwer krank, um zu arbeiten, doch Ned und Robert zimmerten einen rohen Sarg zusammen. Captain Tyler, Mr. Tagliabeau, Erasmus und Zeke trugen den Leichnam in den Speicher, und Zeke hielt den Trauergottesdienst, obwohl sie ihn nicht beerdigen konnten. Als Erasmus später Mr. Francis' Habseligkeiten zusammenpackte, warf er einen Blick in dessen Tagebuch, bevor er es an Zeke übergab.

*2. März: Schnee und Nebel. Keine Kraft.*
*3. März: Mehr Schnee. Den ganzen Tag geschlafen.*
*4. März: Wind, sehr starker Wind. Konnte nicht schlafen, war den ganzen Tag müde.*
*5. März: Schnee und Wind. Furchtbare Schmerzen im Knie.*
*6. März: Klarer Himmel, sehr kalt. Knie schlimmer und stinkt.*
*7. März: Kälter. Beim Verband wechseln durch Dr. B. das Bewußtsein verloren.*
*8. März: Befinden sehr schlecht.*
*9. März: Befinden sehr schlecht. Könnte ich doch nur Ellen sehen ...*

Am Tag nach der trostlosen Zeremonie hackte Erasmus gerade Eis, als unweit der Landspitze fünf Gestalten auftauchten. Er war kaum in die Kajüte zurückgerannt, um allen Bescheid zu geben, und hatte diejenigen, die sich noch rühren konnten, am Bug versammelt, als die Gestalten auch schon vor der Brigg standen und mit ernsten Gesichtern zu ihnen emporstarrten. Zeke begrüßte die Eskimos in ihrer eigenen Sprache, obwohl er noch immer Joes Hilfe brauchte, um ihre Antworten zu verstehen.

Utunieh hieß einer der Männer, Awahtok ein anderer. Die Namen der drei Jüngeren, die sich hinter den anderen beiden hielten und kaum älter wirkten als Kinder, bekam Erasmus nicht mit. Alle fünf trugen Pelzjacken und -kniehosen, dazu hohe Stiefel, die aus dem Beinfell von Eisbären gemacht waren. Die Füße der Männer waren von den Bärenklauen bedeckt, so daß es aussah, als hätten die Männer viel zu lang gewachsene Fußnägel. Beim Gehen hinterließen sie Bärenspuren im Schnee.

»Sie möchten an Bord kommen«, sagte Joe, nachdem er ein paar Sätze mit ihnen gewechselt hatte.

»Es ist zu riskant, sie alle auf einmal an Bord zu lassen«, sagte Zeke. »Sag ihnen, einer, der Älteste, kann kommen. Die anderen müssen einstweilen draußen bleiben.«

Im Deckhaus befingerte Utunieh anerkennend Joes Zelt. Er schlug die Öffnungsklappe auf, steckte den Kopf hinein und sagte etwas, über das Joe lachen mußte. Joe machte die Luke auf und führte Utunieh die Stiege hinunter. Erasmus dachte, dieser würde vielleicht beim Abstieg Probleme haben, doch er kletterte so seelenruhig hinterher, als hätte er sein Leben lang Stiegen benutzt. Drinnen zog der Eskimo die Vorhänge vor den Kojen auf, nahm die Bücher in die Hand, streichelte den Ofen. Erasmus sah, wie er sich einen hölzernen Rührlöffel in die Jacke steckte.

Ehe ihn jemand aufhalten konnte, quetschte sich Utunieh zwischen dem Ofen und den Trennwänden hindurch. Doch Dr. Boerhaave, der, sobald er die Situation begriffen hatte, unter Deck geeilt war, hatte die kranken Männer auf Hocker und Kisten gehievt, so daß sie aufrecht dasaßen, als Utunieh sie erblickte. Der Eskimo lächelte und sagte ein paar Worte zur Begrüßung, die Joe übersetzte. Zur Beruhigung der Männer fügte er hinzu: »Keine Angst, er ist freundlich.«

Wirklich? Ihren Besucher schien nichts zu überraschen, stellte Erasmus fest. Weder die *Narwhal* selbst noch die Zahl oder der Zustand der Besatzungsmitglieder. Dr. Boerhaave flüsterte ihm zu: »Was halten Sie von diesem Besuch? Es ist beinahe, als hätten sie uns beobachtet und den Tod von Mr. Francis als Zeichen gedeutet, daß wir jetzt schwach genug seien, um ihnen nicht mehr gefährlich zu sein, wenn sie sich nähern.«

Hinter Utuniehs Rücken bedeutete Dr. Boerhaave den Männern, daß sie gerade sitzen und lächeln sollten. Doch als der Eskimo sich schließlich an den Tisch setzte, lautete das erste, was er sagte, in Joes Übersetzung: »Eure Leute sind krank. Habt ihr Fleisch?«

Vor ihm stand ein Teller mit gepökeltem Schweinefleisch, Bohnen und Brot, den Ned auf Zekes Geheiß gerichtet hatte. Utunieh stocherte mit dem Finger im Essen und ignorierte es dann.

»Nur diese Nahrungsmittel«, sagte Zeke und übersetzte dann selbst langsam die eigenen Worte. Er sah zu Joe auf. »Habe ich das richtig gesagt?«

Joe nickte. Zeke fuhr fort: »Sag ihm, oder sag mir, wie ich es ihm sagen soll: ›Wir hätten gerne Fleisch von euch. Wir können euch dafür Nadeln und Glasperlen und Faßdauben geben. Habt ihr Fleisch übrig?‹«

Joe sprach mit Utunieh und lauschte seiner Antwort. »Sie haben Walroßfleisch«, gab er an Zeke weiter. »Utunieh sagt, wenn Sie die anderen an Bord lassen, will er mit uns ins Geschäft kommen.«

Zeke überlegte einen Moment. »Nicht in die Kajüte. Aber wir können sie im Deckhaus empfangen.«

Utunieh zuckte die Achseln, als Joe dolmetschte, dann erhob er sich, stieg an Deck und sprach mit den Männern, die unten standen. Sie liefen über die Eisschollen, verschwanden hinter Preßeishügeln und kehrten mit einem schwerbeladenen Schlitten, von acht Hunden gezogen, zurück. Dort konnten sie sich nicht sehr lange versteckt gehalten haben, dachte Erasmus. Aber sie konnten sich durchaus tagelang nur wenig entfernt aufgehalten haben, an der anderen Seite der Landzunge – was für ein seltsamer Gedanke, daß die Brigg unter Beobachtung gestanden hatte!

Die Eskimos kletterten in das Deckhaus, mit großen Stücken Walroßspeck und Fleisch beladen. Erasmus und Dr. Boerhaave geleiteten die Kranken einen nach dem andern hinauf und lehnten sie wie Bündel an die Bordwand. Ned und Sean legten eine Handvoll kostbarer Kohlen in den Herd an Deck und holten einen eisernen Kochtopf nach oben. Im Austausch gegen fünf Faßdauben boten ihnen die Eskimos ein paar Stücke Fleisch an, die Ned sogleich aufsetzte. Sie aßen und aßen, wobei die Crew die heiße Brühe schlürfte und gierig am halbgaren Fleisch riß, während die Eskimos ihre eigenen Stücke roh aßen, immer abwechselnd einen Bissen Fleisch und ein Stück Speck. Als sich die erste Aufregung gelegt hatte, sagte Zeke leise zu Joe: »Frag sie, ob sie auch die Hunde hergeben würden.«

»Nein«, sagte Joe nach längerer Unterredung. Erasmus fand, es sei viel in Utuniehs Sprache geredet worden, um zu dieser bündigen Antwort in ihrer eigenen Sprache zu führen. Doch Zeke, der mittlerweile einiges zu verstehen behauptete, wirkte keineswegs beunruhigt.

»Es war ein schwerer Winter, und viele ihrer Hunde sind gestorben«, fuhr Joe fort. »Sie können dieses Gespann nicht entbehren.« Er unterhielt sich weiter mit Utunieh, und auch mit Awahtok. Schließlich wischte er sich den Mund ab und sagte zu Zeke: »Sie sind zur Jagd hier; sie kommen von der anderen Seite des Smith-Sunds, aus einem kleinen Dorf, das Anoatok heißt, wenn ich recht verstanden habe. Sie müssen den Schlitten, die Hunde und die Walrosse zu ihren Familien zurückbringen.«

»Wie weit ist ihre Heimat?« fragte Zeke. »Warum haben wir sie vorher noch nie gesehen?«

»Sie liegt ein paar Tagereisen über den Sund«, sagte Joe. »Sie glauben, daß auf dieser Seite keine Inuit leben – sie kommen nur zur Jagd her.«

Utunieh hob erneut an zu sprechen, und sprach lange, ohne daß Joes Miene die leiseste Regung zeigte. Er stellte eine kurze Frage und wiederholte sie noch einmal. Der Eskimo sagte ein Wort, das Erasmus zu erkennen meinte, und als Joe sich Zeke zuwandte, machte dieser große Augen.

»Sie fragen, ob wir Freunde von ›Docto Kaye‹ sind.«

»Was?« rief Zeke und sprang auf.

»Das war seine Frage. Er sagt, letzten Winter und im Winter davor hätten sie mit weißen Männern auf der anderen Seite des Sunds zu tun gehabt. Mit Dr. Kane und seinen Männern. Sie wohnten in einem »hölzernen idglu«, wie er es nennt, wie diesem hier. Doch sie hatten kein Glück bei der Jagd und wurden sehr krank. Utunieh hat für sie gejagt und Tauschgeschäfte mit ihnen gemacht. Letztes Frühjahr haben die Männer ihr Schiff verlassen und sind nach Süden davongezogen.

Zeke hielt den Blick lange auf die Füße gesenkt. Wie Erasmus später begriff, sollte es Wochen dauern, bis er diese Nachricht wirklich in ihrer ganzen Bedeutung erfaßt hatte. Jetzt machte er nur mit ruhiger Stimme einen Vorschlag.

»Ich würde gern einen Handel mit ihnen machen«, sagte Zeke. »Wenn sie uns weiter Nahrungsmittel bringen und vielleicht ein paar Hunde, tauschen wir dafür Eisen, Holz und anderes, was sie brauchen. Ich bedarf ihrer Hilfe und ich brauche ihre Schlitten und Hunde als Leihgabe. Dafür werde ich ihnen jede Hilfe geben, die mir zu Gebote steht. Wie Kane. Sag ihnen, ich bin ein Freund von Kane und möchte auch ihr Freund sein.«

Das Gespräch wurde fortgesetzt. Zeke schien einen Teil zu verstehen, doch das meiste mußte Joe übersetzen. »Sie bedanken sich für Ihr Freundschaftsangebot«, sagte Joe. »Sie werden uns als Zeichen des Friedens die Hälfte ihres Walroßfleischs überlassen. Und Ihren Vorschlag mit ihren Familien besprechen. Jetzt müssen sie erst einmal nach Hause. Sie wünschen uns alles Gute.«

Zeke schenkte jedem ein Taschenmesser. Als Gegengabe bekam er von Utunieh ein Messer mit Elfenbeingriff, das dieser im Stiefelschaft verborgen hatte.

»Die Klinge muß er aus einem Faßreifen von Kane gemacht haben«, sagte Zeke, das Messer in der Hand hin und her drehend. »Woher sollen wir wissen, ob sie nicht Kanes gesamte Crew ermordet haben?«

Joe schüttelte den Kopf. »Wenn sie gewollt hätten«, sagte er, »hätten sie uns alle umbringen können. Statt dessen haben sie uns Walroßfleisch geschenkt, obwohl ich ums Verrecken keine finden kann. Wie kommen Sie darauf, daß Sie feindselig sein könnten?«

Im Trubel des Abschieds verschwanden der eiserne Kochtopf und zwei Löffel, eine Laterne und ein großes Stück der hölzernen Reling. Als Erasmus am nächsten Tag zum Speicher kam, stellte er fest, daß die Tür aufgebrochen war. Nur eine Axt und ein Tranfaß fehlten – aber Mr. Francis' Sarg war um ein paar Zoll verschoben. Als ob die Eskimos, dachte Erasmus, die sich drumherum gedrängt und darauf hinunter geschaut hatten, ihn alle gleichzeitig sanft mit ihren Bärenklauenfüßen gestubst hätten.

# 6. Wer hört die Fische, wenn sie weinen?
## (April – August 1856)

*Leider findet sich von vielem, was in unserem Journal aufgezeichnet sein sollte, keine Erwähnung: Denn obzwar wir uns zum Ziel setzten, darin über alles Erlebte Rechenschaft abzulegen, läßt sich ein solcher Vorsatz nur sehr schwer verwirklichen. Wichtige Erlebnisse lassen uns selten den Raum, uns solcher Verpflichtungen zu besinnen, und so werden nebensächliche Dinge aufgezeichnet, während jene anderen übergangen werden. Es ist in keinem Fall einfach, das, was uns interessiert, in einem Journal festzuhalten, weil das Aufschreiben nicht das ist, was uns interessiert.*

HENRY DAVID THOREAU, Eine Woche auf den Flüssen
Concord und Merrimack (1849)

*E*rasmus hatte ein Karibufell auf dem Schoß und suchte es in dem trüben Licht mit den Augen ab, bis er eine der verräterischen Narben entdeckte. Er setzte die Daumennägel zu beiden Seiten des kleinen Loches an und fragte: »So?« Ihm gegenüber, ebenfalls auf einer Kiste, saß Dr. Boerhaave inmitten der Felle, die sie von den Netsilik bekommen hatten. Ihre Knie berührten sich fast; jenseits des von der Petroleumlampe geworfenen Lichtkreises lag der Rest des Lagerspeichers im Dunkeln.

Dr. Boerhaave legte seine Daumen an eine ähnliche Wunde. »Auf Franklins Expedition durch die Barren Grounds hat Richardson es so gemacht. Das behauptet jedenfalls mein Freund William Greenstone. Kommen Sie, probieren wir's.«

Sie bohrten die Daumennägel in das Fell und preßten sie gegeneinander, als wollten sie Eiter aus einer Wunde drücken. Beide wurden durch das plötzliche Erscheinen einer dicken weißen Made von der Größe und Form einer kleinen Bohne belohnt.

Dr. Boerhaave betrachtete seine Made eingehend. »Sie ist es«, sagte er. »Die dritte Erscheinungsform der Hautdassel.«

»Sollen wir?« fragte Erasmus.

»Richardson behauptet, sie schmeckten wie Stachelbeeren.«

Sie steckten sich eine Made in den Mund. »Schmeckt durchaus gut«, sagte Dr. Boerhaave nach erstem vorsichtigen Kauen. »Frisch, leicht süßlich.«

Erasmus schluckte. »Die Indianer vom Coppermine essen sie?«

»Richardson behauptet, sie seien bei ihnen hochgeschätzt. Wir sollten es ihnen nachtun. Schließlich bestehen sie aus frischem Fleisch. Sie haben Richardson und einige der anderen Männer vor dem Hungertod gerettet. Der Mann ist wirklich ein bewundernswerter Naturkenner.«

Erasmus drückte eine weitere aus ihrem Versteck hervor und vertilgte sie mit mehr Appetit. Sie suchten Fell für Fell nach den Löchern ab, die sich die Maden gebohrt hatten, bevor sie sich zu ihrem winterlichen Wachstumsschlaf in der Haut eingenistet hatten. Bei der Arbeit unterhielten sie sich über andere, angenehmere Zeiten, als sie größere Tiere gejagt hatten. Dr. Boerhaave erging sich in Erinnerungen an schottische Mohrhühner und die Seehunde von Spitzbergen. Erasmus sagte: »Fische mit Speeren fangen macht Spaß – das habe ich früher oft mit meinen Brüdern gemacht, als Junge.«

»Ja?« sagte Dr. Boerhaave. »Wie?«

Erasmus zählte seine kleinen weißen Schätze: achtzehn, neunzehn, zwanzig. »Wir zogen beim ersten Frühlingswetter los, gleich nach der Eisschmelze und noch bevor die Wasserpflanzen zu wachsen beginnen. Wenn sich die Fische im seichten Wasser sammeln, wo es wärmer ist. Dann sind sie wie wir noch halb verschlafen vom Winter und bewegen sich langsam. Erst dichteten wir die Nähte an unserem Boot ab, reparierten unsere Speere und sammelten Pechkieferwurzeln, und dann ließen wir das Boot in einem kleinen See in der Nähe unseres Hauses zu Wasser.«

Er schob die kalten Hände in seine Pelzjacke. »Mein Bruder Copernicus baute eine Feuerkiste aus Eisen, die vorm Bug übers Wasser gehängt wurde. Sobald ein windstiller Abend kam, brachen wir ganz spät auf, machten Feuer in der Kiste und stießen uns auf den See hinaus.«

Hier schwieg er einen Moment und dachte an die verborgenen Schönheiten jener Nächte zurück. Wo war Copernicus jetzt?

»Das Feuer erhellte das Wasser«, fuhr er fort. »So daß das Boot von einem Lichtkreis umgeben war und wir ein paar Fuß tief sehen konnten. Einige Fische hingen mit dem Bauch nach oben. Andere schwammen so wie im Sommer. Es waren Aale da, Schildkröten – die Fische waren so leicht mit dem Speer aufzuspießen, daß ich mich wie ein Verbrecher fühlte. Wenn unser Brennholz zu Ende war, ruderten wir unter den Sternen heim. Zum Frühstück gab es gegrillten Fisch satt – ach, was gäbe ich jetzt für einen gebratenen Flußbarsch!«

Dr. Boerhaave, der die Maden auf einem Blechteller arrangierte, verzog das Gesicht. »Fischmörder«, sagte er. »Ein Grund, warum ich Thoreau unbedingt kennenlernen wollte, war ein früher Artikel, den er über die Freuden des Fischespeerens geschrieben hatte; wo er das Schicksal der Fische doch später so bedauert hat. In irgendeinem Essay redet er über Fische, als hätten sie Seelen. Über ihre Tugenden, ihr schweres Geschick und die mögliche Existenz einer verborgenen Fischzivilisation, die unserer Wahrnehmung entgeht. ›Wer hört die Fische, wenn sie weinen?‹ schrieb er. Er macht sich über die seltsamsten Dinge Gedanken.«

»Wie viele interessante Menschen Sie kennen«, sagte Erasmus. »Thoreau, Agassiz, Emerson und zum Teil sind sie so berühmt – wollten Sie jemals selbst berühmt werden?«

Dr. Boerhaave steckte sich noch eine Made in den Mund. »Sie meinen, wie Commander Voorhees?«

»Ich …«, erwiderte Erasmus schuldbewußt. »Ja, ich glaube, das meine ich.«

Dr. Boerhaave schüttelte den Kopf. »Der Gedanke ist mir nie gekommen. Irgendwie habe ich immer gewußt, daß ich dazu nicht geschaffen bin – man könnte es mein Glück nennen. Ich habe mir nie mehr gewünscht, als die Möglichkeit, etwas Nützliches zu leisten. Es ist mir über alles wichtig, meinen Beitrag zu unserem Wissen über die Natur zu leisten. Aber es geht mir nicht um Anerkennung. Vermutlich bin ich zum Fußsoldaten geschaffen – ich habe immer den Eindruck gehabt, daß diejenigen, die im Hintergrund leben, über die Zeit und die Ruhe verfügen, die eigentliche Arbeit zu leisten. Wie ist es mit Ihnen?« Er lächelte teilnehmend. »Sehnen Sie sich nach Ruhm?«

»Nach Roastbeef sehne ich mich«, sagte Erasmus, das Lächeln seines Freundes erwidernd. »Aber nach Ruhm – ich weiß nicht, vermutlich bin ich eher wie Sie. Ich möchte, daß meine Arbeit bewundert wird, aber als Mensch mag ich nicht herausgehoben werden. Sollen wir unsere Leckerbissen kredenzen?«

Sie trugen den Teller unter Deck, wo über die Hälfte der Männer krank in den Kojen lag. Sean hatte sich im Zahnfleisch gestochert und etwas hervorgeholt, das er für einen Speiserest hielt, das sich dann aber als sein eigenes Fleisch herausstellte. Ivan und Robert hatten beide etliche Zähne verloren und konnten nur mit Mühe kauen; Mr. Tagliabeau litt an Gallenkoliken, und Captain Tyler erholte sich gerade von einer Harnwegserkrankung, die ihn gequält hatte, bis er einen großen Stein ausgeschieden hatte. Fast alle litten an Hämorrhoiden und waren dadurch reizbar; der Hunger peinigte sie ebenso wie die Auswirkungen des Skorbuts.

»Wir bringen euch etwas Gutes«, verkündete Dr. Boerhaave.

Joe, der noch auf den Beinen war, warf einen Blick auf den Blechteller. »Oh, gut«, sagte er. »Aus den Fellen? Ich habe schon davon gehört, ich hätte selbst darauf kommen müssen.« Er nahm zwei und reichte den Teller an Sean und Ivan weiter.«

»Was ist das?« fragte Sean.

»Das ist unwichtig«, sagte Joe. »Iß nur.«

»Mir kommt nichts über die Lippen, von dem ich nicht weiß, was es ist«, murrte Sean. Als Dr. Boerhaave es schließlich erläuterte, weigerten sich die meisten Männer, die Maden anzurühren. Zeke griff herzhaft zu, Joe aß ruhig und stetig; auch Ned ließ sich dazu überreden, ein paar zu nehmen. Erasmus und Dr. Boerhaave vertilgten den Rest und kehrten dann in den Speicher zurück.

»Die Idee ist gut«, sagte Dr. Boerhaave. »Aber sie ist wertlos, wenn es uns nicht gelingt, sie den Männern zu verabreichen, die sie am nötigsten brauchen. Wir könnten Ned bitten, sie heimlich in eine Suppe zu schmuggeln, aber durch das Kochen geht ihr Wert verloren.«

Sie nahmen sich noch ein paar Häute vor und gingen wieder an die Arbeit. »Wenn das Eis doch endlich so weit aufbrechen würde, daß die Robben kommen«, meinte Erasmus.

»Bald sind alle Tiere wieder da«, sagte Dr. Boerhaave. »Wir müssen nur noch wenige Wochen durchhalten.«

Doch am 13. April verkündete Zeke, daß er vom Warten genug habe. »Wenn die Eskimos nicht zu uns kommen«, sagte er, »werden wir zu ihnen gehen. Wir brauchen Hilfe bei der Jagd. Wir brauchen Hunde.«

Er breitete Inglefields fehlerhafte Karte des unteren Smith-Sunds vor sich auf dem Tisch aus; daneben seinen eigenen Plan der Küste von der Ellesmere-Insel bis zu der Stelle, an der sie im Eis festsaßen. »Der Expeditionstrupp wird aus meiner Person, Dr. Boerhaave, Joe und Ned bestehen.« Erasmus und Dr. Boerhaave starrten sich an, und Zeke fuhr unbeirrt fort: »Über den Sund nach Grönland sind es dreißig bis vierzig Meilen, und viel weiter kann es auch bis zu dem Dorf nicht sein, das uns die Eskimos beschrieben haben. Wir werden den mittel-großen Schlitten nehmen, um soviel Fleisch wie möglich mit-bringen zu können. Mit etwas Glück werden wir ihn auf dem Rückweg von Hunden ziehen lassen können.«

»Die Zusammensetzung der Gruppe«, sagte Erasmus. »Gewiß ...«

»Joe ist unverzichtbar«, sagte Zeke. »Als ausgezeichneter Schütze und wegen seiner Sprachkenntnisse. Es wäre mir lie-ber, euch nicht ohne ärztliche Hilfe zurückzulassen, aber wir werden größeren Gefahren ausgesetzt sein als ihr, deshalb muß Dr. Boerhaave mit. Du wirst hier gebraucht, da Captain Tyler und Mr. Tagliabeau beide krank sind.«

Doch Erasmus war empört, er empfand die Entscheidung als Strafe und durchaus nicht als praktische Lösung. Er wur-de für jene Nacht im Deckhaus mit den trinkenden Männern bestraft. Vorsätzlich von seinem Freund getrennt. »Laß mich mit«, sagte er, »anstelle von Ned.« Er berührte Dr. Boerhaa-ves Schulter.

»Das geht nicht«, sagte Zeke. »Warum kannst du das nicht einsehen? Ich brauche dich hier, damit du die Männer ver-sorgst.«

Dr. Boerhaave trat vor. »Wenn Erasmus bleiben muß, war-um lassen Sie ihm nicht Ned, zur Hilfe bei der Versorgung der

Kranken? Wir brauchen draußen auf dem Eis keinen Koch – wäre es nicht sinnvoller, einen der größeren, stärkeren Männer mitzunehmen?«

»Ich brauche jemanden, auf den ich mich verlassen kann«, antwortete Zeke. »Einen, der Befehle entgegennimmt, ohne mich ständig in Frage zu stellen.«

Meine Schuld, dachte Erasmus. Wenn er es geschafft hätte, Zeke zu versöhnen, wäre dieser nicht auf Ned verfallen.

Ned straffte die Schultern. »Ich komme mit«, sagte er. »Ich komm gern mit.«

»Ich habe Angst«, gestand Dr. Boerhaave später Erasmus. »Ich will nicht mit, aber es ist meine Pflicht. Wenn nun Joe oder Ned etwas zustößt?«

Sie brachen am 15. April auf. Zeke hielt den Zurückbleibenden eine Rede; Ned drückte Erasmus fest beide Hände; Dr. Boerhaave umarmte ihn und flüsterte ihm ins Ohr: »Soll ein Mann sich erhängen, weil er der Rasse der Pygmäen angehört, und nicht danach streben, der größte unter den Pygmäen zu werden?« Während Erasmus noch über diese kryptische Bemerkung nachdachte, spannten sich die Männer des Expeditionstrupps vor den Schlitten und machten sich zu dem Ort auf, dessen Namen sie nur ein einziges Mal gehört hatten: Anoatok.

Als sie fort waren, widmete Erasmus seine Energie der Verbesserung des Gesundheitszustandes seiner Kameraden. Er war der stärkste unter ihnen – vielleicht dank der Maden, die er den ganzen April hindurch täglich aß, obwohl sie sonst keiner anrühren wollte. Wenn er sie aß, dachte er stets an Dr. Boerhaave. Er gestattete sich, den Tagtraum auszubauen, der ihm seit Monaten immer wieder kam: Daß es ihm, wenn sie endlich wieder in Philadelphia ankämen, irgendwie gelänge, seinen Freund zu bewegen, sich dort niederzulassen. Hinter seinem Haus, auf der anderen Flußseite, stand seit einigen Jahren ein kleines Natursteinhaus leer. Dort könnte Dr. Boerhaave einziehen, dachte er – für sich allein, und doch nur wenige Schritte von der Repositur entfernt. Erasmus würde ihm einen Schlüssel geben. Sie könnten sich täglich dort treffen; sie könnten gemeinsam an ihren wissenschaftlichen Funden arbeiten. Sie könnten von Zeit zu Zeit zusammen speisen und sich hinterher zur Geselligkeit an den Kamin setzen, lesen und milden Rotwein trinken. Dann würde sie nichts mehr trennen können.

Er richtete im Geist das kleine Natursteinhaus ein: mit den bequemsten Sesseln, dem schönsten Leinzeug. Dann tauchten plötzlich in der Umgebung Tiere auf, und er ließ die Tagträume sein und jagte mit einer ihm bisher unbekannten Leidenschaft und Treffsicherheit. Er erlegte eine Eismöwe, drei Schneegänse und zwei Karibus – die ersten seit Oktober. Die Männer machten sich dankbar über das Fleisch her und wurden wieder kräftiger. Ivan, der als erster wieder gesundete, half Erasmus, an einem frisch aufgebrochenen Atemloch eine Robbe zu schießen. Eine Robbe – und bald stiegen sie mengenweise hervor, um sich in der Sonne zu aalen; Sean und Barton erlegten noch zwei. Barton, der zwei Fahrten auf einem neufundländischen Robbenfänger mitgemacht hatte, brachte den anderen bei, das dunkle, fette Fleisch mit Scheiben vom frischen Speck zu essen, was sich als erstaunlich süß und köstlich erwies.

Das saftige Fleisch des ersten Moschusochsen, den Erasmus erlegte, holte auch die letzten Männer aus den Kojen. Sie schrubbten die über den Winter gewachsene Rußschicht von den Balken und Wänden, lüfteten die verdreckten Ecken, wuschen Bettzeug, Socken und Hemden. Nur Captain Tyler und Mr. Tagliabeau blieben in ihren Kojen. *Man hat kranke Elefanten gesehen*, hörte Erasmus seinen Vater sagen, *die auf dem Rücken liegend Gras gegen den Himmel warfen, gerade als wollten sie die Erde zur Fürsprecherin ihrer Bitten machen. Der Elefant hat, was selbst beim Menschen selten ist, Rechtschaffenheit, Klugheit, Billigkeit, auch Ehrerbietung für die Gestirne und Verehrung für Sonne und Mond.* Im Augenblick wäre Erasmus nur zu glücklich gewesen, Captain Tyler und Mr. Tagliabeau gegen ein Paar nützlicher Dickhäuter einzutauschen. Er versuchte es abwechselnd mit guten und mit bösen Worten, aber sie waren zu nichts zu bewegen.

Seit Zekes Abreise waren sie vollends zusammengebrochen, so als gäben sie sich nun endlich ganz ihrem Kummer über den Verlust von Mr. Francis hin. Oder als glaubten sie nicht mehr daran, daß sie seinem Schicksal entgehen würden, obwohl der Frühling sich so lebendig meldete. Am Kopfende seiner Koje hatte Captain Tyler ein kleines Blatt Papier an die Wand geheftet. Darauf hatte er die Umrisse eines Grabsteins gemalt und geschrieben:

Nils Jensen
Fletcher Lamb
Mr. George Francis

Hunde          Sabine

Weder er noch Mr. Tagliabeau ließen sich dazu bewegen, sich an der Jagd oder an den Reparaturarbeiten auf der Brigg zu beteiligen oder auf der Promenade auf und ab zu gehen. Sie lagen vor aller Augen trinkend und lesend in ihren Kojen, als könnten sie sich damit irgendwie retten. Mr. Tagliabeau vergrub sich in Pendennis, Captain Tyler in Dr. Boerhaaves Ausgabe von *David Copperfield*, indem er dort weiterlas, wo der Doktor aufgehört hatte, als er ihnen in den finstersten Wintertagen vorgelesen hatte. Wenn die Männer an ihre Kojen kamen und fragten: »Was sollen wir tun? Wie lauten Ihre Befehle?« zuckten Captain Tyler und Mr. Tagliabeau die Achseln und erwiderten: »Macht, was ihr wollt. Was Mr. Wells sagt. Es ist ohnehin alles egal.«

5., 10., 15. Mai. Immer noch kein Zeichen von dem Expeditionstrupp. Erasmus sorgte sich um die Männer – allerdings nur um ihrer selbst willen; ob sie viel oder wenig Fleisch von den Eskimos mitbrachten, jetzt wurde es nicht mehr gebraucht.

Das Wetter nagte nicht mehr an ihren Kräften, und zweimal stieg die Temperatur über den Gefrierpunkt. Das Licht ließ es wärmer erscheinen; das Licht machte alles wett. Wenn Erasmus gleich nach dem Aufwachen an die frische Luft ging, blendete ihn das strahlende Weiß so, daß ihm schwindlig wurde, und er lernte bald die Nächte schätzen, wenn die Sonne niedriger am Himmel stand und die Wolken rötlich und gelb färbte. Über den Hügeln schwebte dann ein leichter Nebel, und der Schnee fiel in dicken nassen Flocken, wie der Frühlingsschnee daheim. Daheim, wo sein Freund vielleicht eines Tages in seiner Nähe wohnen würde. *Was würde wohl geschehen*, fragte er im Geiste Dr. Boerhaave, *wenn man mit Geschichten aufwüchse, in denen Wahrheit und Lüge so miteinander vermengt sind wie die Mineralien im Granit?* Worauf Dr. Boerhaave vielleicht entgegnete: *Womöglich würde man dann zu begreifen lernen, daß alles, was sich vorstellen läßt, auch möglich ist.*

Die Brigg lag immer noch unbeweglich im Eis fest, aber von den Eisbergen rannen Wasserbäche hinab, auf den Eisschollen lag kein Schnee mehr, und manchmal standen Pfützen auf der Oberfläche. Der breite Streifen Landeis wurde rissig, weil Ebbe und Flut von unten daran nagten und von oben Steine aus den Klippen darauf fielen. In dem festen Meereis ihrer Bucht tat sich weder der kleinste Kanal noch der kleinste Riß auf, doch überall ringsum kündete sich das Aufbrechen des Eises an.

Am 17. Mai rief Erasmus die Männer zusammen. Er hatte das Kommando und akzeptierte das. Trunken von der Sonne und den Vögeln am Himmel, ohne einen Gedanken an Zekes Traum, nach Norden aufzubrechen, sagte er: »Ich schlage vor, daß wir den Speicher ausräumen. Das Eis kann jeden Tag anfangen aufzubrechen, und wir sollten darauf vorbereitet sein, die Brigg schnell zu beladen.«

»Dann können wir in dem Augenblick los, wenn sich ein Kanal öffnet«, pflichtete ihm Isaac bei.

Sie errichteten Stapel und Türme auf dem Eis und begannen langsam, die Dinge, die sie wahrscheinlich am wenigsten brauchen würden, wieder im Laderaum zu verstauen. Unter Thomas' Anleitung rissen Erasmus, Sean und Barton die Hälfte des Deckhauses ab und verbretterten notdürftig den Rest. Von da an schlief Erasmus in dem luftigen Verschlag, und bald verließen auch die anderen Männer ihr stickiges Quartier und schlugen ihr Lager bei ihm auf, so daß nur noch Captain Tyler und Mr. Tagliabeau unter Deck wohnten.

Thomas schlug vor: »Sollen wir die Schotten wieder einsetzen? Wir brauchen die Öfen nicht mehr so nötig, und Commander Voorhees wird bestimmt wollen, daß für die Rückreise alles beim alten ist.«

»Laß erst mal«, entgegnete Erasmus. »Das ist in einem Tag geschafft; wir können abwarten, was er vorhat, wenn er wiederkommt.«

Aufgekratzt zerschlugen sie die Reste ihres Eisdorfes vom Herbst und errichteten es schöner wieder neu. Ein griechischer Tempel erhob sich weiß und elegant neben einem Modell der Bostoner Bibliothek und schräg gegenüber von einem Wirtshaus in Miniaturausgabe, von dem Thomas schwor, es sei das genaue Abbild der Schenke an dem Kai, von dem die *Narwhal* losgesegelt war. Sean baute einen Bahnhof, und Barton, der von niemandem zu übertreffen war, baute einen japanischen Garten nach. Erasmus hatte den Eindruck, die Männer zeigten sich noch ausgelassener und kunstfertiger als in Zekes Gegenwart, vielleicht weil sie wußten, daß keines der errichteten Bauwerke lange halten würde. Sie mußten sie nicht den ganzen Winter anschauen – angegraut und unter einer dicken Schneeschicht zusammengesackt –, sondern schufen etwas Lebendiges, Funkelndes, das wahrscheinlich in wenigen Wochen verschwunden sein würde. Er setzte ein Bootshaus neben ihre Kunstwerke, mit einem kleinen, aus dem Eis gemeißelten Fluß davor, der sich heimwärts schlängelte.

In der Nacht zum 21. Mai wurde Erasmus von einem fernen Geräusch geweckt. Er schlüpfte in seine Kleider und lief hinaus in das perlmuttfarbene, unwirkliche Mitternachtslicht: Dunkel gegen das Eis krochen zwei Gestalten auf ihn zu. Gleichviel, wie schnell er ihnen entgegenlief, wie schnell er die

Entfernung zwischen sich und den Gestalten halbierte und abermals halbierte, es blieben immer nur zwei. Zwei. Ned, vornübergebeugt, aber dennoch aufrecht, ruhte vor jedem Schritt einen langen Moment aus. An ihn gelehnt, fast von ihm getragen, Zeke.

»Wartet«, sagte Erasmus in die geschwärzten, blutverschmierten Gesichter. »Nur einen Augenblick noch.« Ohne sie zu berühren, ohne sich zu erkundigen, wie weit Joe und Dr. Boerhaave hinter ihnen seien, rannte er zurück zur Brigg, rief Barton, Sean und Isaac zusammen und warf den kleinsten Schlitten von Bord. Als die Männer bei Ned und Zeke ankamen, waren die beiden unter der Last der unförmigen Bündel auf ihrem Rücken auf dem Eis zusammengebrochen. Zeke hatte das Bewußtsein verloren, und Ned war ebenfalls fast weggesackt, doch Erasmus beugte sich dicht an Neds Ohr:

»Wie weit sind sie hinter euch zurück?« fragte er beschwörend. »Kannst du uns sagen, wo wir sie suchen sollen? Sind sie beim Schlitten?«

Ned drehte seinen Kopf und streifte Erasmus' Gesicht.

»Kannst du sprechen?« fragte Erasmus zurückweichend. »Ihr habt es fast geschafft, in fünf Minuten haben wir euch drinnen – sind sie weit hinter euch?«

»Joe ist fort«, stöhnte Ned. »Er ist in Grönland geblieben. Dr. Boerhaave...« Er ruckte und stieß mit seinem Backenknochen so fest an Erasmus' Unterlippe, daß sie aufplatzte. Joe in Grönland? Wie konnte das sein? Erasmus wich abermals zurück.

»Er...«, flüsterte Ned, »Ertrunken. Wir, er war schneeblind. Wir haben haltgemacht. Zeke und ich, wir haben uns abgeschirrt. Ihn haben wir angespannt gelassen, während wir den Schlitten entluden, um ein Nachtlager aufzuschlagen, wir... wir waren... wir hielten es für sicherer, ihn einen Augenblick im Geschirr zu lassen, damit er nicht durch die Gegend irrte, er konnte nichts sehen... wir mußten abladen.«

»Abladen«, wiederholte Erasmus. Er faßte sich an die blutende Lippe. Wie konnte das Blut fließen, wenn die Zeit stehengeblieben war?

»Da krachte es«, flüsterte Ned, »in der Scholle direkt unter dem Schlitten. Wo Eis gewesen war, war plötzlich keins mehr. Der Schlitten rutschte ins Loch und zog ihn mit. So schnell. Nicht einmal seine Hand habe ich zu fassen gekriegt, bevor er weg war.«

Zeke kam erst nach elf Tagen wieder zu sich und war dann noch zwei Wochen schwach; Hirnhautentzündung, glaubte Erasmus. Ned war körperlich weniger mitgenommen, aber zu sehr an Herz und Seele zerbrochen, um zu reden. In ihren Schlafsäcken fand Erasmus einige Indizien, mit deren Hilfe er sich die Geschichte zu rekonstruieren versuchte.

Diese Säcke hatte Ned vor dem Verschwinden des Schlittens abgeladen, sie enthielten den größten Teil ihrer Vorräte, Dr. Boerhaaves Apotheke und sein in Kautschuktuch gehülltes Journal; beide hatte er trotz seiner schwindenden Kräfte weiter mitgeschleppt. Erasmus inspizierte den Inhalt der Apotheke, nicht aus Trauer um seinen Freund – noch konnte er sich nicht eingestehen, daß Dr. Boerhaave wirklich von ihm gegangen war – , sondern auf der Suche nach Medikamenten für die Überlebenden. Salben, Pflaster, ein paar Pillenröhrchen, in Öl getränkte Seide, Baumwolltupfer, Verbände, Skalpelle. Viele Fläschchen und Phiolen: Brechweinstein, Quecksilberchlorid, Meerzwiebelsirup, Opiumtinktur. Nichts, was Erasmus gebrauchen konnte, doch er hörte Dr. Boerhaaves Stimme, wie sie diese Namen manches Mal laut vorgelesen hatte. Wenn er die Kranken versorgt hatte, zog er sich in seine Koje zurück und schmökerte in Dr. Boerhaaves Journal. Vor dem Aufbruch von der *Narwhal* hatte der Arzt geschrieben:

*Die letzten Seiten des von meinem Bekannten verfaßten »Walden« hören nicht auf, mich zu trösten. »Ist es wirklich die Quelle des Nil oder des Niger oder des Mississippi oder die Nordwestpassage, die wir finden wollen«, schreibt Thoreau. »Sind das die dringlichsten Fragen, die die Menschheit beschäftigen? Ist Sir John Franklin der einzige Mensch, der verschollen ist, daß seiner Frau so viel daran liegt, ihn aufzufinden? Weiß denn*

*Ginnell, der als Reeder ein Schiff auf die Suche nach ihm aussandte, wo er selber ist? Man erforsche doch lieber seine eigenen Flußläufe und Gewässer, erkunde die hohen Breiten seines Innern – mit ganzen Schiffsladungen von Fleischkonserven, falls nötig; und die leeren Büchsen türme man zu einem himmelhohen Ausrufezeichen auf! ... Was war der Sinn jener Südsee-Forschungsreise mit all dem Trara, wenn nicht eine indirekte Anerkennung der Tatsache, daß es in der Welt des menschlichen Verhaltens Kontinente und Meere gibt, an denen jeder teilhat, die aber keiner erforscht. Es ist leichter, mit fünfhundert Mann auf Staatskosten viele tausend Meilen weit durch unwirtliche Gewässer zu segeln, als für sich allein das Binnenmeer der Seele zu erkunden.«*

Erasmus kamen die Tränen. Die Worte erschienen ihm wie eine persönliche Botschaft: Das war die Forschungsreise, auf der er als junger Bursche mitgefahren war, und an diesen Ort hier hatte ihn die Suche nach Franklin geführt. Wenn er und Dr. Boerhaave wirklich auf diese Worte gehört hätten, säßen sie jetzt vielleicht sicher in Philadelphia und tauschten sich über ihre Theorien bezüglich der Krustazeen aus. Statt dessen war Dr. Boerhaave über den Sund gegangen.

Während der Überquerung selbst hatte er keine Notizen gemacht. Der nächste Eintrag lautete:

*Welche Strapazen! Ständig war unser Weg von Eishügeln und Barrikaden versperrt; nie zuvor habe ich solche körperlichen Schmerzen gelitten. Doch jetzt sind wir in Sicherheit, endlich. Neds Schneeblindheit scheint auf die Behandlung angesprochen zu haben. Während der letzten beiden Tage unserer Überquerung habe ich seine Augen mit einer Borsäurelösung ausgewaschen, dann Morphium hineingeträufelt und die Augen fest verbunden; wir haben ihn auf dem Schlitten gezogen. Eine grauenvolle Reise.*

*Bemerkenswert waren die Vögel: Schneeammern, ein Sperlingsvogel, von dem ich annehme, daß es sich um die Spornammer handelt, weiße Birkenzeisige, der amerikanische Wasser-*

*pieper (dies muß doch der nördlichste Punkt seiner Ausdeh-*
*nung sein?), Steinschmätzer. Rothalstaucher, Elfenbeinmöwen,*
*ein weißer Gerfalk. Die Pieper schwingen sich hoch empor und*
*flattern, ihr Lied schneller und schneller singend, wieder zu*
*Boden. Wie diese Singvögel die karge Landschaft verändern!*
*Plötzlich scheint alles lebendig. Am zahlreichsten sind die Krab-*
*bentaucher; unsere Gastgeber schlachten ganze Schwärme auf*
*einmal ab. Wir lassen uns dankbar zu ihren Festmählern ein-*
*laden.*

*Unter dem Schnee beginnen kleine Feuerlichtnelken, Löffel-*
*kraut und Flechten zu wachsen. In einer geschützten Nische,*
*vor der sich eine dicke Eiskruste gebildet hat, blüht ein blau-*
*er Steinbrech und grünt ein Fingerkraut. Auf einer Gruppe*
*bereits schneefreier, trockener Steine habe ich zwei Spinnen*
*gefunden.*

Und das war alles. Kein Wort über Joes Verschwinden, das
Besondere der Eskimos auf Grönland, die Reaktion auf Zekes
Bitten um Hunde und Hilfe. Kein Wort, natürlich nicht ein ein-
ziges Wort über auf der Rückreise erlebte Qualen.

Er war blind, dachte Erasmus in das grelle Morgenlicht hin-
ausstarrend. Nicht nur blind, sondern auch von Schmerzen
gequält. An welchem Tag war das Unglück geschehen? Und
warum war er blind weitergelaufen, vor den Schlitten gespannt
wie ein Hund? Warum hatte man ihn nicht auf dem Schlitten
gezogen, wie man es mit Ned auf der Hinreise gemacht hatte?

Während des Monats, in dem Zeke ans Bett gefesselt war, versuchte Erasmus die Brigg für die Abfahrt bereitzumachen. Ned
konnte oder wollte immer noch nicht reden. Erasmus konnte
den anderen Männern, die lauthals nach Erklärungen für das
Verschwinden von Joe und Dr. Boerhaave verlangten, lediglich
das weitergeben, was Ned vor seinem Zusammenbruch geflü-
stert hatte: daß Joe sie verlassen habe und daß Dr. Boerhaave
bei einem Unglück auf dem Eis umgekommen sei. Erasmus
trauerte ohne Unterlaß um Dr. Boerhaave und verzehrte sich
vor Fragen über sein Ende – aber es gab zu tun, es gab unend-

lich viel zu tun, und Captain Tyler und Mr. Tagliabeau drückten sich weiterhin um ihre Pflichten. Als Erasmus sich zu Captain Tyler in der Koje hinabbeugte und ihn anschrie, daß er endlich aufstehen solle, weil sie dringend jede Hand an Bord brauchten, sah er, daß nun auch Dr. Boerhaaves Name auf dem papiernen Grabstein eingetragen war. Von da an ließ er den Kapitän in Ruhe.

Er erteilte Befehle, verfaßte Listen, teilte die Krankenpflege unter den Gesunden auf und schickte die Männer truppweise auf die Jagd. Er wartete ungeduldig darauf, daß Zekes Zustand sich besserte. Aber Ned war es, der zuerst gesund wurde, und es war Ned, der Erasmus zuerst berichtete, was auf der Grönlandexpedition vorgefallen war.

Das Eis im Smith-Sund sei mörderisch gewesen, erzählte Ned, mit nichts zu vergleichen, was sie bis dahin erlebt hätten: gigantische, kunterbunt ineinandergeschobene Blöcke, zwischen denen der Schlitten hin und her geworfen wurde wie ein Spielzeug. Sie hatten fast keinen Schlaf finden können, und an manchen Tagen waren sie zwanzig Stunden gelaufen, halb blind vom grellen Licht. Am schlimmsten war es mit Neds Augen gewesen. Zehn oder elf Tage waren sie unterwegs gewesen, bis sie endlich die Küste erreichten, allerdings ohne jede Vorstellung davon, wo sie sich befanden. Doch Dr. Boerhaave habe Spuren entdeckt, sagte Ned, schwache Kufenspuren von einem Schlitten, und mit deren Hilfe habe Joe sie zu einer kleinen Siedlung geführt.

Wie glücklich sie sich da gefühlt hatten! Denn dort fanden sie Utunieh und Awahtok und die drei anderen Eskimos, die sie auf der *Narwhal* besucht hatten, und bei ihnen noch ein paar Männer, vier Frauen und eine Handvoll Kinder. Sie saßen bei einem großen Walroßmahl, und obwohl sie von der Ankunft ihrer Gäste überrascht schienen, teilten sie ihr Mahl bereitwillig mit ihnen und nahmen sie in ihrer Hütte auf – einem großen Schlafraum, aus Stein gebaut und an den Außenwänden mit Grassoden verkleidet, der keinerlei Ähnlichkeit mit den Zelten der Netsilik hatte. Als sie um das Speckfeuer saßen, stieg der Dampf aus ihren nassen Fellkleidern.

Zwei Wochen hatten diese Menschen die vier bleichgesichtigen Männer bei sich aufgenommen. Während Neds Augen sich allmählich erholten, gingen Joe, Zeke und Dr. Boerhaave mit ihren Gastgebern auf die Jagd. Sie erlegten Vögel, Robben und zwei weitere Walrosse und verspeisten diese anschließend in der warmen Hütte. Zeke bat Utunieh um Hunde und Männer für seine Nordreise – er sei auf Hilfe angewiesen, sagte er, und werde diese großzügig bezahlen.

Vieles von dem, was Ned wußte, hatte er nur erfahren, weil er Joe immer wieder gefragt hatte. Bei ihrer Ankunft hatte Joe angefangen zu dolmetschen, wie immer, doch Zeke hatte ihm Einhalt geboten. Er brauche Joes Dolmetschkunst nicht mehr; er habe eifrig gelernt und könne die Sprache der Eskimos nun ohne Hilfe verstehen.

»Ich bin nicht sicher«, berichtete Ned Erasmus, »wieviel er wirklich verstand – aber er schien einigermaßen zurechtzukommen, und er wollte auf keinen Fall Hilfe von Joe. Er behauptete, keine echte Freundschaft mit diesen Menschen schließen zu können, wenn Joe sich immer zwischen ihn und sie stellte. Du hast dich herauszuhalten, befahl Zeke. Deshalb hatte Joe Zeit, einiges für mich zu übersetzen. Und Zeit, unter vier Augen mit Utunieh zu reden und sich seine Geschichten anzuhören. Ein paar davon hat er mir erzählt, sie klangen wie Eskimo-Märchen.«

Joe und Utunieh seien sich wohl auf den Jagdausflügen nähergekommen, mutmaßte Ned: Mehr wisse er nicht. An ihrem letzten Abend in Anoatok, als Utunieh Zekes Ansinnen endgültig und mit großer Bestimmtheit ablehnte, da sie weder Hunde noch Männer entbehren könnten, und Zeke erklärte, daß es nicht klug sei, um diese Jahreszeit nach Norden aufzubrechen, sei Joe verschwunden. Ned, Zeke und Dr. Boerhaave wurden am nächsten Morgen beim Aufwachen gewahr, daß Utunieh und seine Gefährten Zekes Schlitten mit einen riesigen Berg Walroßfleisch beladen hatten. Joe aber war nirgends zu finden.

Zeke hatte Ned und Dr. Boerhaave mit verzweifelter Miene übersetzt, was Utunieh zur Erklärung sagte: »Dieses Land ist das Heimatland deines Freundes.« Zeke verzog das Gesicht, als schmeckten die Worte sauer auf seiner Zunge. »Auch wenn sein Volk viel weiter südlich lebt. Er hat sich einen Schlitten und Hunde von uns geborgt und sich auf die Heimreise gemacht. Wir wünschen ihm eine gute Reise, wie wir auch dir für deine Reise alles Gute wünschen. Nimm dieses Fleisch, es ist für dich und deine Männer. Euer Freund ist heimgereist.«

Ned und Dr. Boerhaave waren nicht sehr überrascht gewesen; sie hatten beide gesehen, wie überdrüssig Joe Zekes geworden war: seiner Befehle, Forderungen und Posen, seiner Pläne, Fragen und Karten; Ned hatte Joe und Utunieh so manches Mal zusammen beobachtet, wenn sie sich unterhielten, lachten und gemeinsam aßen. »Commander Voorhees hat Joe mit seiner Launenhaftigkeit vertrieben«, sagte Ned. »Mit seinem Leichtsinn – Joe war das wertvollste Mitglied unserer Besatzung, und jetzt sind wir ihn los. Ich konnte es Joe beinahe nachempfinden: Er war in Grönland, wenn auch noch so weit im Norden, und unter Eskimos, wenn auch bei einem ihm unbekannten Stamm – und er hatte eine Gelegenheit, uns zu entkommen. Natürlich hat er sie ergriffen. Wenn ich eine Chance hätte, nach Hause zu kommen, würde ich es genauso machen.«

Ned, Zeke und Dr. Boerhaave waren gezwungen gewesen, sich ohne Joe auf die Heimreise zu machen. Hochbeladen mit kostbarem Walroßfleisch, aber ohne auch nur eines der Dinge bekommen zu haben, die Zeke so begehrt hatte. Diese Reise sei schlimmer gewesen als der Hinweg, sagte Ned. Das Packeis habe begonnen sich zu lösen, und die Schollen hätten sich unter ihren Füßen bewegt. Nach einer kurzen Strecke über eine glatte Eisfläche seien sie in ein Labyrinth aus Preßeisrücken geraten, in denen sich bis zu vier Meter hohe Blöcke zu schroffen Wänden aufgeschoben hatten, die sie zur Umkehr zwangen und dann im Kreis herumführten. Zeke weigerte sich, den Schlitten zu entlasten, indem er auch nur das kleinste bißchen Fleisch zurückließ. Es sei alles, was sie von ihrer Reise vorzuzeigen hätten, und die auf der *Narwhal* verbliebene Crew brauche es.

»Obwohl das nicht stimmte«, sagte Ned bitter. »Wieso haben wir nicht begriffen, daß, wenn die Eskimos jagen konnten, ihr auch Nahrung haben mußtet?«

Am vierten Tag hatten Dr. Boerhaaves Augen vollkommen versagt. Eine weite Eiswüste, in der Regen, Schnee und gleißende Sonne, brutale Winde und plötzliche harte Kälte einander ablösten; ihre Felle waren durchgeweicht, und sie mußten in Bewegung bleiben, um sich warm zu halten. Wenn Dr. Boerhaave sich auf den Schlitten setzte, sagte Zeke, werde er gewiß erfrieren. Er müsse weiterlaufen. Vielleicht stimmte das. Aber es stimmte auch, daß der Schlitten so schwer war, daß sie ihn kaum ziehen konnten. Dr. Boerhaave konnte sich unmöglich oben auf den Fleischberg legen, und Zeke würde auf keinen Fall seine einzige Beute preisgeben.

Zeke ordnete die Zugriemen so, daß Dr. Boerhaave direkt vor den Schlitten gespannt war, während Ned und Zeke etwa einen Meter vor ihm gingen, so daß sie zu dritt ein gleichseitiges Dreieck bildeten. Die Seiten des Dreiecks wurden von einem zweiten Seil gebildet, das von Dr. Boerhaaves Taille aus um Neds und Zekes Mitte lief, damit er, durch den leichten Druck geführt, geradeaus laufen konnte. Das habe funktioniert, gestand Ned. Es sei schrecklich gewesen, wie Dr. Boerhaave über die Eisrücken und Wälle gestolpert sei, wie sein blindes Gesicht sich verzerrt und verfärbt habe – doch vielleicht sei er nur durch die konstante Bewegung am Leben geblieben.

Wenn Zeke allerdings den Schlitten entladen und Dr. Boerhaave darauf gepackt hätte, dann wäre er vielleicht heute noch am Leben. Oder wenn sie das Seil, durch das Dr. Boerhaave mit ihnen verbunden war, nicht losgemacht hätten, bevor sie den Schlitten für ihre kurze Rast entladen hatten, oder wenn sie an einer anderen Stelle, zu einer anderen Zeit haltgemacht hätten …

»Das Seil um die Taillen war nicht lang genug«, sagte Ned, auf die weiße Ebene hinausstierend. Erasmus schwitzte in seiner Jacke, der Schweiß rann ihm über die Rippen. Daß Dr. Boerhaave das hatte durchmachen müssen … »Wir konnten

den Schlitten nicht entladen, wenn wir angebunden waren«,
fuhr Ned fort. »In den wenigen Minuten, die wir nicht angebunden waren – warum mußte das Eis ausgerechnet da auf-
reißen?«

Erasmus dachte an seinen ersten Eindruck von seinem
Freund zurück: an Dr. Boerhaaves schnellen und leuchtenden
Verstand, der aufblitzte wie ein silberner Lachs. Überlebte die
Seele? Sein Leib war unten bei den Fischen, aber vielleicht hatte seine Seele sich befreit. Als eine schöne Idee im Geist Gottes, die vielleicht in anderer Form erneut zum Ausdruck kommen würde.

»Dich trifft keine Schuld«, sagte Erasmus. Das stimmte;
selbst Zeke traf nicht direkt eine Schuld. Doch wäre Joe dabeigewesen, wäre es nicht passiert, Joe hätte das Richtige zu tun
gewußt: Wer aber, wenn nicht Zeke, war schuld, daß Joe sie
verlassen hatte? Der Schweiß auf seiner Brust gerann. Es hätte Zeke sein können, der unter dem Eis versank. Es hätte Zeke
sein sollen. Hinter dem aufflammenden Zorn lauerte ein düste-
rer Gedanke. Wenn er sich nicht in jener Nacht zu den Männern gesellt hätte – wenn Zeke ihn nicht beim Trinken erwischt
hätte –, dann wäre er vielleicht selbst zur Stelle gewesen, um
Dr. Boerhaave zu retten.

Am 15. Juni war Zeke so weit genesen, daß er aufstehen und
das Kommando wieder übernehmen konnte. Er rief alle Mann
an Deck zusammen, selbst die Herren Tyler und Tagliabeau,
und dankte ihnen für ihre gute Arbeit während seiner Abwesenheit und der darauffolgenden Krankheit. Erasmus stand
neben ihm und hatte die Hände in den Taschen zur Faust
geballt, während er zuzuhören versuchte, ohne laut zu schrei-
en. Dr. Boerhaave war tot, und Zeke war wieder da. Die große
Liebe seiner Schwester, der oberste Befehlshaber dieser Männer, alle brauchten ihn. Wenn ich zuschlüge, dachte Erasmus
mit der unheimlichen Ruhe, die einem hysterischen Ausbruch
vorangeht; wenn er stürzte und mit dem Kopf aufschlüge …,
doch Zekes Tod würde niemandem nützen außer ihm selbst,
und auch das nur momentan. Er grub die Finger durch den

Stoff in seine Schenkel, als Sean fragte: »Aber was ist Joe und Dr. Boerhaave wirklich zugestoßen?«

Zeke erzählte eine Geschichte, die dem ähnelte, was Ned Erasmus berichtet hatte, und dennoch irgendwie grundlegend anders war. Seiner Version zufolge hatte sich Joe auf der Hinreise nach Grönland nicht kameradschaftlich verhalten, und nach der Ankunft hatte er Zekes Beziehung zu den Eskimos vergiftet. Joe war schuld, daß sich die Eskimos, die anfangs bereit gewesen waren, Zeke mit Hunden auszurüsten und ihn unter Umständen sogar auf die eine oder andere Exkursion Richtung Norden zu begleiten, mit der Zeit gegen ihn gewendet hatten. Es sei eine Frau im Spiel gewesen, deutete Zeke an; er vermutete, daß Joe mit einer der Frauen in Anoatok angebändelt habe, um sich nach seiner Abreise mit ihr zusammenzutun.

Auch an der tragischen Rückreise trage Joe die Schuld, behauptete Zeke. Ohne ihn sei der Schlitten zu schwer gewesen; die drei Verbliebenen hätten sich heroisch geschlagen, um der Besatzung der *Narwhal* frisches Fleisch zu bringen, aber sie seien bald übermüdet gewesen, und das habe zu ihrem Scheitern geführt. Auch mit Joe wäre Dr. Boerhaave vielleicht ins Wasser gerutscht – das sei Schicksal gewesen, dagegen sei man machtlos –, aber ein drittes Paar Hände hätte vielleicht gereicht, um ihn und den Schlitten wieder herauszuziehen.

»So geht es«, sagte Zeke eisig, »wenn der Gemeinschaftsgeist zerbricht, wenn Befehle ignoriert werden. Ein schwaches Glied in der Kette gefährdet uns alle.«

In der darauffolgenden Stille biß Erasmus sich auf die Lippe und beobachtete Zeke, wie er seinen Blick über die Ebene schweifen ließ, über die Bauwerke aus Eis und die aufgestapelten Vorräte. Eine Pyramide aus Kübeln mit ihrem Rind- und Schweinefleisch, viereckige Stapel aus Säcken mit Mehl, Dörräpfeln und Bohnen, ein kleiner Turm aus Meerrettich in Gläsern, je zwölf pro Kiste. »Wer hat den Befehl gegeben, den Speicher auszuräumen?« fragte Zeke.

»Das war ich«, sagte Erasmus und staunte, daß er überhaupt noch sprechen konnte. Zwei Eisenten flogen vorüber, auf dem Weg zu ihren Brutplätzen weiter nördlich. Wie Dr. Boerhaave sich über ihren Anblick gefreut hätte. »Ich dachte, es wäre in deinem Sinne, daß alles zur Abfahrt bereit ist, wenn das Eis aufgeht.«

»Dein Eifer ist lobenswert«, sagte Zeke. »Doch ich hoffe, du hast weder das Pemmikan verstaut noch die anderen Reisevorräte.« Alles starrte ihn an. »Die Eskimos haben versprochen, uns in ein paar Wochen zu besuchen«, fuhr Zeke fort. »Mit mehreren Männern und einem Hundegespann für unseren Schlitten. Sie werden uns helfen, eine kleine Fahrt nach Norden zu unternehmen, während wir darauf warten, daß das Eis aufbricht.«

»Davon habe ich nichts gehört«, platzte Ned heraus. »Wann haben sie das versprochen?«

»Du verstehst ihre Sprache nicht«, sagte Zeke. »Du hast nur mitbekommen, was Joe dir erzählt hat. Sie werden bald eintreffen. Dann wird ein Trupp von uns nach Norden aufbrechen.«

Die Männer sagten nichts; sie standen stumm herum und verschwanden dann unter Deck – als sei Zekes Ankündigung so absurd, dachte Erasmus, daß sie alle gemeinsam beschlossen hätten, sie zu überhören. Eine Weile fand auch er keine Stimme. Später am gleichen Abend, als er sich immer noch fragte, ob er richtig gehört habe und dabei in Dr. Boerhaaves Tagebuch blätterte, wurde er von Zeke überrascht, der sich leise anschlich. Er versuchte, die Seiten mit der Hand zu verdecken, bevor er etwas sagte. »Warum redest du immer noch von dieser Expedition?« fragte er. Warum hatte er das nicht gleich gefragt? »Das ist lächerlich. Ein absolutes Unding.«

»Du sagtest es bereits«, antwortete Zeke. »Du sagst es seit Januar. Deine Begeisterung konnte kaum weiter sinken. Dennoch hängt der gesamte Erfolg unserer Reise davon ab.«

»Welcher Erfolg?« Erasmus schlug das kostbare Buch zu. »Nils, Fletcher und Mr. Francis sind tot und jetzt auch Dr. Boerhaave, Dr. Boerhaave, Dr. …« Er wischte sich die Tränen aus den Augen.

»Das werde ich an mich nehmen«, sagte Zeke und beugte sich über das fleckige Buch.

»Nein!« sagte Erasmus. »Bitte – es ist bei mir in den richtigen Händen.«

Zeke schob seine Hände beiseite. »Es ist ein Dokument unserer Expedition«, sagte er, »und daher meins.«

Während jener Wochen in der zweiten Junihälfte schrieb Alexandra:

*Daß sich mein Leben so verändern würde; ist es nicht sonderbar, daß sich mein Glück durch die Tatsache wendet, daß Mr. Archibault seine Hände nicht gebrauchen kann, daß ich von seinen Schwierigkeiten profitiere – was soll ich davon halten?*

*Er kommt allabendlich heimlich mit seinen Paketen an, und wir arbeiten bis tief in die Nacht. Wir haben uns in Erasmus' Repositur breitgemacht, die wir so gut ausleuchten, wie es geht; kein Vergleich zu dem sonnenhellen Licht im Atelier der Wells. Dort beteiligen sich jeweils mehrere Männer an der Ausarbeitung einer Platte; einer ist für die Landschaft zuständig, ein anderer für die Tiere, ein dritter für die Menschen. Hier sind wir allein auf uns beide gestellt und machen es so gut es geht.*

*Entstanden ist die Sache dadurch, daß Dr. Kane sich so gnadenlos schindet – oder von seinem Verleger dazu getrieben wird, das können wir nicht genau beurteilen. Mein Bild setzt sich aus folgenden Fakten zusammen: In den Monaten seit seiner Rückkehr hat Dr. Kane fast neunhundert Seiten Text hervorgebracht, den er im wesentlichen unverändert aus den Reisetagebüchern übernommen, zum Teil aber auch neu geschrieben hat; es fehlen nur noch das Vorwort und der Anhang. Unterdessen malt Mr. Hamilton auf der Grundlage von Dr. Kanes Federzeichnungen die wunderschönen Bilder, nach denen wir die Stiche anfertigen, und wohnt dazu bei Dr. Kane, damit sie Tag und Nacht arbeiten können.*

*Mr. Childs, sein Verleger, hat die ersten Kapitel bereits zu drucken begonnen, obwohl Dr. Kane noch schreibt, er hat der Presse einige Proben zukommen lassen, damit schon tüchtig*

*die Werbetrommel gerührt wird. Der Titel stammt von Mr.*
*Childs – »Arktische Forschungen: Die zweite von Grinnell aus-*
*gerüstete Nordpolarreise zur Aufsuchung Sir John Franklins,*
*1853, '54, '55«. Er hat vor, das Buch im September herauszu-*
*bringen, nur mit den Stichen ist man weit im Verzug. Diese*
*Hektik ist mir nun zum Segen geworden. Mr. Archibaults Män-*
*ner hinken am ärgsten hinterher; niemand außer mir weiß, daß*
*er Schwierigkeiten mit seinen Handgelenken hat. Wenn er mit*
*seinem Stichel aufdrückt, schießen Schmerzen von seinen*
*Handgelenken durch die Arme, und seine Finger werden kraft-*
*los und taub; er kann sie kaum noch richtig führen.*

*Tagsüber leitet er die anderen Männer seiner Abteilung an;*
*sie gravieren die Ansichten von den Klippen, vom Himmel, dem*
*Schiff und den menschlichen Figuren. Er überwacht die Pro-*
*duktion der Stiche in allen Stadien, weist auf Fehler hin und*
*ordnet Korrekturen an. Eigentlich soll er währenddessen die*
*Tiere machen – sein besonderes Talent –, gibt aber vor, sich*
*nicht konzentrieren zu können, während er alle anderen über-*
*wache, und von daher seine eigene Arbeit nachts machen zu*
*müssen. Abends schmuggelt er die Stiche und die dazugehöri-*
*gen Gemälde aus dem Haus und hierher zu mir. Er hat eine*
*Frau, sechs Kinder und eine verwitwete Mutter zu versorgen,*
*und kein weiteres Einkommen über sein Gehalt hinaus.*

*Wir können beide kaum glauben, was uns geschieht. Daß er*
*so von einer Frau abhängt, die das Handwerk erst lernt; daß*
*ich so früh die Gelegenheit bekomme, an den Stichen für ein*
*bedeutendes Werk zu arbeiten – es ist für uns beide nicht ein-*
*fach. Wir wissen beide, daß ich eigentlich noch nicht soweit*
*bin. Es treibt ihn natürlich zur Verzweiflung, daß er meine Feh-*
*ler nicht direkt korrigieren kann. Er geht auf und ab, mit kal-*
*ten Wickeln um die Handgelenke, und kann nicht mehr tun,*
*als mir zu sagen: »Nicht so fest.« Oder: »Da tiefer schneiden,*
*ein bißchen mehr Druck«, oder »Sehen Sie denn nicht, in wel-*
*chem Winkel Hamilton den Kieferknochen abgebildet hat?«*
*Ich habe noch nie so hart gearbeitet. Manches von dem, was*
*ich mache, ist gut, das kann ich sehen. Manchmal gelingt es*
*mir, meinen Strich sowohl an Hamiltons Vorlage als auch an*

*die Arbeit der anderen anzupassen, die die Platte bereits bear-*
*beitet haben. Aber manchmal ist meine Unbeholfenheit un-*
*übersehbar. Einerseits sehne ich mich danach, für meine Arbeit*
*anerkannt zu werden. Andererseits bin ich froh, daß niemals*
*jemand wissen wird, wie sehr ich meine Lehre vor den Augen*
*der Öffentlichkeit absolviert habe.*

*Mr. Archibault und ich sind in unserem seltsamen Bündnis*
*gefangen und daher stets um Freundlichkeit bemüht. Doch*
*schon zweimal war er abends bei der Ankunft blaß vor Sorge*
*und mußte mir mitteilen, daß Linnaeus sich beim Kontrollie-*
*ren einer Platte unzufrieden geäußert habe. Mr. Archibaults*
*Stelle hängt an meiner Arbeit, und der Ruf der Firma eben-*
*falls. Trotzdem hat es keinen Sinn, darüber nachzudenken. Ich*
*kann nur mein Möglichstes tun.*

*Mr. Kane, für den ein ganzes Heer Tag und Nacht schuftet,*
*habe ich noch nicht kennengelernt. Dieser Mann hat mein*
*Leben verwandelt und Lavinias Leben zur Hölle gemacht. War-*
*um ist er hier? fragt sie. Und Zeke und Erasmus nicht? Sie tobt,*
*dann schilt sie sich für ihre Unvernunft. Ich finde sie schlafend*
*in den merkwürdigsten Ecken, am hellichten Tage, und wenn*
*ich sie wecke, weint sie und knetet ihren Rock zwischen den*
*Händen. Sie weiß um mein Geheimnis und nimmt mir die Arbeit*
*nicht übel, sondern bemüht sich sogar dann und wann, mich*
*zu ermutigen, aber sie selbst vermag nicht zu arbeiten. Ich schei-*
*ne nichts tun zu können, um ihr zu helfen.*

*Immer noch – so lange schon – kein Wort von Zeke und*
*Erasmus. Obwohl Walfänger jetzt bis in die obere Baffin-Bucht*
*vordringen, berichtet keiner von ihnen, die Narwhal gesichtet*
*zu haben.*

»Unsere netten Freunde haben uns betrogen«, sagte Zeke, als
er wiederkam. Er war drei Tage unterwegs gewesen, zum anderen Ende der Landspitze, um nach den Eskimos Ausschau
zu halten. Sein Gesicht war sonnenverbrannt und das ver-
schwitzte, zerzauste Haar darüber fast weiß.

Ned, der neben Erasmus stand und Löffelkraut sortierte,
sagte: »Sie haben die Eskimos gesehen?«

»Ich habe niemanden gesehen«, entgegnete Zeke barsch. »Das Packeis im Sund ist in Bewegung geraten, überall öffnen sich breite Wasserrinnen, und jede Überquerung ist unmöglich. Das müssen die Eskimos gewußt haben, als sie uns heimgeschickt haben. Sie hatten nie die Absicht, uns zu helfen, sie wollten uns nur loswerden. Das ist ihnen gelungen. Jetzt haben wir für den Rest der warmen Jahreszeit keine Möglichkeit mehr, uns mit ihnen in Verbindung zu setzen.«

»Wozu sollten sie denn herkommen?« sagte Ned. »Sie würden doch am liebsten überhaupt nichts mit uns zu tun haben.«

»Sagst du«, entgegnete Zeke. »Und diese Meinung wirst du bitte für dich behalten.«

Ned drehte sich um und machte sich am Herd zu schaffen. Captain Tyler und Mr. Tagliabeau, die sich noch immer nicht an den Arbeiten beteiligten, aber so weit genesen waren, daß sie in Decken gewickelt in der Sonne sitzen konnten, blickten zu Zeke auf. »Aber das ist eine gute Nachricht«, sagte Captain Tyler. »Nicht wahr? Wenn das Eis im Sund aufbricht, werden wir doch sicher bald freikommen ...«

»Das glaube ich nicht«, erwiderte Zeke. »Ich bin auf dem Landeis nach Süden gewandert, um nach offenem Wasser Ausschau zu halten. Die Meerengen sind alle noch nicht offen, das Eis bricht und verschiebt sich nur. Auf unserer Seite bildet das Eis von hier bis zum Nordwasser eine geschlossene Fläche.«

Mr. Tagliabeau stöhnte auf und legte den Kopf auf die Knie.

»Es wird noch mindestens sechs Wochen dauern, bis wir auch nur die Möglichkeit haben werden, den Ausbruch zu versuchen«, sagte Zeke. »Und es hat keinen Sinn, diese wertvolle Zeit ungenutzt verstreichen zu lassen. Gut, wir haben keine Hunde. Gut, die Bewegung im Sund verhindert jedes Vordringen in Richtung Osten. Aber es spricht nichts dagegen, nach Norden aufzubrechen und die Küste zu erforschen. Wir werden uns in zwei Gruppen aufteilen, die eine wird die Brigg bewachen und zur Abfahrt bereitmachen, die andere wird losmarschieren. Freiwillige vor.«

Alles blieb stumm.

Zeke ließ seinen Blick von Gesicht zu Gesicht wandern. Erasmus wandte die Augen ab, als Zeke bei ihm ankam.

»Ein bißchen mehr Begeisterung, bitte«, sagte Zeke. »Ich werde morgen früh im Deckhaus eine Liste aushängen, und ich erwarte, daß sechs von euch sich für die Expedition eintragen. Wer, das könnt ihr untereinander ausmachen.«

Dienstag und Mittwoch blieb das Blatt leer. Ned nahm Erasmus beiseite, während Zeke in den Vorräten auf dem Eis herumwühlte. »Es wird sich keiner eintragen«, sagte er. »Das ist doch klar. Nach allem, was vorgefallen ist – ich werde nie wieder mit ihm irgendwohin gehen. Und auch sonst niemand. Ich hab mit den Leuten geredet.«

Er sah Erasmus offen in die Augen, und Erasmus begriff, daß Ned der Mannschaft hinter den Wänden des wiederhergestellten Schotts seine Version des Marsches nach Anoatok erzählt hatte und daß man ihm mehr Glauben schenkte als Zeke.

Am Donnerstag setzte sich Zeke zum Abendessen mit einem Armvoll Karten an den Tisch. »Nun«, sagte er. »Wer kommt mit?«

»Wir müssen beim Schiff bleiben«, sagte Captain Tyler. »Mr. Tagliabeau und ich – es ist unsre Pflicht, das Schiff zu bewachen und zur Abfahrt bereitzumachen.«

Die sieben Besatzungsmitglieder erhoben sich wie ein Mann vom Tisch. Ned trat vor und sprach für sie alle. »Es ist zu riskant«, sagte er. Ein mutiger Bursche, dachte Erasmus. »Es ist damit nichts zu gewinnen. Es kann sein, daß das Eis eher aufbricht, als Sie vermuten, und wir müssen hier sein, wenn es soweit ist.«

Zeke wurde bleich, doch er umklammerte die Karten nur fester und sagte zu Erasmus: »Dann bleiben nur wir beide übrig, alter Freund. Aber wir werden ohne diese Drückeberger schneller vorankommen. Sollen wir Sonnabend aufbrechen?«

Einen Augenblick kämpfte Erasmus mit sich. Die Pflicht Zeke und Lavinia gegenüber, die Pflicht Ned und den anderen

Männern gegenüber – egal wie er sich entschied, irgendwen würde er auf jeden Fall verraten. »Es ist keine gute Idee«, sagte er. »Ich kann dich darin nicht unterstützen. Ich stimme dafür, daß wir hierbleiben.«

Zeke erhob sich, daß die Papiere durch die Gegend flogen. »Dies ist keine Abstimmung. Wer hat etwas von einer Abstimmung gesagt?«

»Ich bleibe hier«, sagte Erasmus und hoffte, er klinge genauso entschlossen wie Ned.

»Das kannst du nicht machen«, sagte Zeke zu ihm. Er drehte sich zu den anderen um, wiederholte seinen Vorwurf und fügte dann hinzu: »Das werdet ihr alle bereuen.«

»Wir sind Ihnen gefolgt, wohin Sie wollten«, sagte Captain Tyler. »Sehen Sie, wohin das geführt hat«, sagte Mr. Tagliabeau. »Von Rechts wegen können wir das Schiff als Wrack bezeichnen, da es sich nicht aus eigener Kraft bewegen kann. Nach dem Seerecht hat der Kommandant eines Schiffes keine Befehlsgewalt mehr, wenn ein Schiff nicht mehr seetüchtig ist.«

Ned holte Luft und richtete sich auf: »Die *Narwhal* ist kein Schiff mehr«, sagte er. »Vielleicht ist sie kein Wrack, wie Mr. Tagliabeau meint, aber sie ist kein Schiff. Sie ist unser Zuhause, auch wenn wir es als Kerker empfinden.«

War das eine Meuterei? Erasmus wußte es nicht recht. Wenn Zeke jetzt anfinge, laute Befehle zu erteilen, wenn er Drohungen gegen sie ausstieße und sie weiterhin den Gehorsam verweigerten …

»Ich gebe euch allen eine letzte Chance, euch darauf zu besinnen, daß ihr Männer seid«, sagte Zeke. »Wir werden uns morgen mittag um zwölf hier treffen, und ich werde euch alle nacheinander bitten, euren Entschluß zur Unterstützung einer Nordreise unter meiner Führung zu Protokoll zu geben. Vielleicht sind sechs zu viel angesichts unserer verminderten Zahl. Ich brauche nur drei von euch. Egal welche drei.«

Er verließ die Kajüte, kletterte hinunter aufs Eis und ließ sich nicht wieder blicken. In dieser Nacht fand unten in der Kajüte niemand Schlaf. Erasmus wälzte sich im Deckhaus von einer Seite auf die andere, weil er wußte, daß unter ihm Captain

Tyler und Mr. Tagliabeau ihre Kojen verlassen und sich im Vorschiff zu den anderen gesellt hatten. Er hörte bis tief in die Nacht Stimmen, wenngleich nur ein paar Sätze deutlich bis zu ihm drangen: *Wenn ein Walfänger so im Eis festsitzt wie unser Schiff, ist ein Kapitän verpflichtet, die Männer zu entlassen; er müßte uns die Boote überlassen; wenn er das nicht tut, haben wir das Recht, ihn unter Arrest zu stellen* – Barton DeSouza, Robert Carey, Isaac Bond. Erasmus sehnte sich schmerzlich nach Dr. Boerhaave, der ihm mit seinem Rat zur Seite gestanden hätte.

Zur Mittagszeit mußten sie eine Viertelstunde warten, ehe sie Zeke an Bord klettern und zu ihnen in die Kajüte heruntersteigen hörten. Er trat an das Bord hinter seiner Koje und holte die kleine Schatulle hervor, in der er seine Karten und sein Notizbuch und seit dem Tod von Mr. Francis und Dr. Boerhaave auch das offizielle Logbuch des einen und das Tagebuch des andern verwahrte. Er schlug Mr. Francis' Logbuch auf und rief die Namen der Besatzung einen nach dem anderen mit ruhiger Stimme auf. Einer nach dem anderen sagte:

»Ich bleibe hier.« Er trug alle Stimmen ein und wandte sich zuletzt Erasmus zu.

»Es tut mir leid«, sagte Erasmus. »Aber ich muß ebenfalls hierbleiben.«

»Na dann«, sagte Zeke. »Jetzt weiß ich, woran ich bin.« Er schrieb noch ein paar Zeilen in das Logbuch und verschloß es wieder in der Schatulle. »Ich werde vier Wochen unterwegs sein«, sagte er und warf sich in die Brust. »Das Eis wird nicht vor dem 15. August aufbrechen, höchstwahrscheinlich später. Ich werde vor dem 5. August wieder dasein.«

»Sie gehen alleine los?« fragte Ned. »Sie wollen trotzdem los?«

»Selbstverständlich«, entgegnete Zeke. »Warum sollte ich die Heimreise antreten, ohne unsere hervorragende Position hier auszunutzen? Dr. Kane mag uns auf der Grönländischen Seite des Smith-Sunds zuvorgekommen sein; er mag sich vor uns mit unseren unzuverlässigen Eskimos angefreundet haben, aber wer weiß, wie weit er nach Norden vorgedrungen ist?

Möglicherweise beginnt das offene Polarmeer weniger als hundert Meilen von hier, und ich werde mir die Chance, es zu entdecken, von euch nicht nehmen lassen.«

Er sah Erasmus an. »Ich bin sehr von dir enttäuscht«, sagte er. Einen Augenblick fühlte Erasmus sich an seinen Vater erinnert. »Doch dem von euch unterzeichneten Vertrag gemäß, übergebe ich dir und Captain Tyler bis zu meiner Rückkehr gemeinsam das Kommando.«

Er verließ die Brigg abermals in Richtung der drei Wächtereisberge. Wenige Minuten später lief Erasmus hinterher. Er fluchte auf dem Weg über die schwammige Eisfläche und machte Bögen um die türkisblauen Schmelzwasserpfützen, die sich überall trügerisch ausbreiteten. Wie Fenster zum offenen Wasser, aber flach, nur jeweils ein paar Zentimeter tief, allesamt Augentäuschungen. Er stapfte hindurch, so daß seine Stiefel naß wurden, und lief keuchend hinter Zekes verschwindender Gestalt her. Seine Füße versanken im Wasser; wie konnte das Eis auf der Oberfläche so naß sein und darunter so fest, so starr, daß ihre Befreiung aussichtslos war? Am ersten Eisberg blieb er einen Moment stehen und lehnte sich zum Ausruhen an die zerlaufende Wand. Hinter dem dritten und letzten Berg fand er Zeke.

»Bitte«, sagte er, immer noch keuchend. »Geh nicht allein.«

»Du bist derjenige, der mich dazu zwingt«, sagte Zeke.

»Ich kann die Männer nicht allein lassen. Nach allem, was im Winter war.«

Zeke schnalzte verächtlich. »Du bist nicht für sie verantwortlich, sondern ich. Und ich weiß, daß ihnen nichts zustoßen wird.«

»Aber für dich bin ich verantwortlich.« Hatte er das schon einmal gestanden? »Lavinia hat mir das Versprechen abgenommen, daß ich auf dich aufpasse.«

»Wie auf ein Kind?« Er trat einen Schritt zurück, in eine Pfütze; seine Füße verschwanden, und es sah aus, als stünde er auf dem Wasser. »Als bräuchte ich den Schutz einer Frau oder deinen Schutz – warum sollte ich sie heiraten wollen, wenn sie so ist wie du?«

»Weil du sie liebst«, rief Erasmus und blieb mit offenem Mund stehen. Er lehnte sich mit dem Rücken an das größte von Zekes Blauen Wundern.

»Ich kann hier oben nicht an sie denken. Ich kann an gar nichts denken außer an das, was ich zu tun habe.« Zeke betrachtete die blaue Wasserfläche um seine Füße. »Du könntest es dir immer noch anders überlegen«, sagte er leise. »Komm mit mir – ich würde alles, was zwischen uns vorgefallen ist, vergessen, wir könnten immer noch eine großartige Entdeckung machen. Wie Brüder.«

»Dr. Boerhaave war wie ein Bruder für mich«, sagte Erasmus. »Jetzt ist er tot.«

Zeke ließ abermals das verächtliche Geräusch vernehmen, indem er die Zunge am Gaumen schnalzen ließ: Tschick, tschick, tschick. »Längst bekannt«, sagte er. Eine Schar Eiderenten flatterte mit kräftigen Flügelschlägen vorüber, ihre heiseren Schreie waren erschreckend laut in der Stille. »Du hast die ganze Zeit keinen Hehl aus deinen Gefühlen gemacht. Wenn dein Vater sehen könnte, was aus dir geworden ist…« Er wandte sich ab und ging über den Wasserfilm davon.

Allein, ohne Hunde oder menschliche Begleiter, konnte er keinen Schlitten ziehen. Zwei Tage nach dem Gespräch zog er los, mit einem Paar Ersatzstiefeln, einer Flinte, einem Vorrat an Munition und Lebensmitteln, die er sich mit seinem Bettzeug zu einer sperrigen Rolle verschnürt auf den Rücken geschnallt hatte.

Manchmal schämten sie sich. Erasmus zumindest und Ned ebenfalls und vielleicht auch einige der anderen: Weil ihr Leben den restlichen Juli und Anfang August hindurch fast leicht war. Tag für Tag, während ihre Eiskunstwerke tropften und zu kompakten gläsernen Skulpturen schrumpften, bauten sie die Vorratsstapel am Ufer ab und verstauten die Sachen im Laderaum der *Narwhal*. Angenehme Arbeit unter der warmen Sonne. Bei jedem Gang in den Laderaum und zurück konnten die Männer die winzige, ermutigende Lücke begutachten, die sich dort, wo Rumpf und Eis aufeinandertrafen, wie ein Mund zu öffnen begann.

Erasmus, der seine neuen Listen mit den alten verglich, arrangierte die verbliebenen Vorräte geschickter als zuvor. Jetzt, da die Kerzen sowie der größte Teil des Holzes und eine Menge der Nahrungsmittelreserven aufgebraucht waren, konnte er einen Teil des Laderaums hinter dem Großmast für die Lagerung der Proben einrichten, die er und Dr. Boerhaave gesammelt hatten. Ein ordentlicher Turm aus Kisten mit Vogelhäuten; jedes Fossil zu seinem Pendant, fein säuberlich mit Etiketten versehen und mit Lederhäuten zur Polsterung verpackt; die Flaschen mit wirbellosen Tieren in Alkohol mit Grasstroh umwickelt und dicht an dicht in ihren Kisten – erst jetzt, da ihm Zeit und Raum gegeben war, konnte er sehen, wieviel er beisammen hatte. Es war genug, um ihn für den Rest seines Lebens zu beschäftigen, und das hätte ihn glücklich gemacht, wenn er sich nicht um Zeke hätte sorgen müssen und wenn Dr. Boerhaave dagewesen wäre. Er verstaute die Bücher seines Freundes in einer selbstgebauten Kiste neben den Fossilien, wobei er einige wenige draußen ließ für das Bord in seiner Koje.

Über dem Kiesstrand hing Rauch in der Luft; die Männer hatten eine Leidenschaft dafür entdeckt, Karibuhäute zu präparieren. Nun hingen die Häute wie Fahnen an Gestellen aus Stangenholz, die sie unweit von kleinen Feuerstellen aufgebaut hatten. Erasmus erkundigte sich bei Ned, der die Arbeiten anzuleiten schien, was sie damit vorhatten. Ned war mit roten Wangen über ein Fell gebeugt und entfernte die Muskelhaut mit Hilfe eines abgebrochenen Eisenrohrs. Neben ihm hängte Barton sorgfältig ein weißes Fell in einiger Entfernung von einem Feuer auf, während Isaac, Ivan und Robert im Schneidersitz oben an Deck inmitten bereits geräucherter und getrockneter Felle saßen und nähten.

Ned sagte: »Sie haben doch nichts dagegen, oder? Ich hielt es für eine gute Art, uns alle zu beschäftigen. Die Anzüge, die wir den ganzen Winter getragen haben, sind abgewetzt, und sie stinken – deshalb haben wir beschlossen, daß sich jeder selbst einen vollständigen Anzug näht, von innen nach außen. Als eine Art Souvenir, wenn wir nach Hause kommen. Das, was ich von Ihnen gelernt habe, hat mir geholfen, die Häute zu präparieren. Joe hat mir letzten Herbst das ungefähre Schnittmuster aufgezeichnet. Ivan hat als Junge auf einem Robbenfänger als Schneider gearbeitet; er hat uns anderen gezeigt, wie wir die einzelnen Stücke zuschneiden müssen.«

»Dagegen ist nichts einzuwenden«, sagte Erasmus. »Wir benötigen die Felle sonst nicht.«

»Haben Sie die Unterwäsche gesehen?« sagte Ned. »Sie ist wunderschön.« Er zeigte Erasmus das Hemd, die Unterhose und die Socken, die er fast fertig hatte. »Sie sind aus dem Fell eines kleinen Kalbs von wenigen Monaten«, sagte er. »Sehr geschmeidig und zart. Man nimmt die Fellseite nach innen. Und diese« – er hielt nacheinander einen Kapuzenmantel, Hosen und Fausthandschuhe hoch –, »diese machen wir aus Jährlingen, mit dem Fell nach außen.«

Erasmus sah eine Falte und mehrere Kniffe, wo die Kapuze hinten mit dem Mantel vernäht war. Auch an der Art, wie der Ärmel in das Armloch eingepaßt war, konnte etwas nicht ganz stimmen, und an einigen Flicken verlief das Fell gegen den Strich. Der Mantel hattes etwas Rührendes. Der unbeholfene Eifer, das Bemühen, das von Joe weitergereichte, bruchstückhafte Wissen der Eskimos lebendig zu halten. »Ihr näht mit Sehnen?«

Ned schüttelte den Kopf. »Damit können wir alle nicht umgehen. Aber in der Truhe mit den Wollstoffreserven haben wir gewachstes Knopfgarn gefunden … war es in Ordnung, uns da zu bedienen?«

»Kein Problem«, sagte Erasmus. »Aber laßt mich bitte wissen, wie viele Spulen ihr verbraucht habt.«

»Ja, selbstverständlich«, meinte Ned. Mit gesenktem Blick fuhr er fort: »Ivan und ich sind viel schneller vorangekommen als die andern, deshalb nähen wir Ihnen auch einen Anzug, der Ihnen hoffentlich gefallen wird.«

»Das ist sehr nett von euch«, sagte Erasmus. »Aber es ist nicht nötig. Dr. Boerhaave und ich haben soviel gesammelt, daß ich bis ans Lebensende genug Souvenirs haben werde.«

Ned räusperte sich. »Es tut den Männern gut«, sagte er. »Wenn Sie wissen, was ich meine.«

Verdutzt sagte Erasmus: »Nein.«

»Weil ... wir sagen uns gegenseitig, daß wir sie machen, um sie zu Hause unseren Angehörigen vorzuführen, aber einige Männer sind auch besorgt, wie weit der Sommer schon fortgeschritten ist, ohne daß das Eis aufbricht, und sie haben Angst davor, hier noch einmal festzusitzen. Wir wollen nicht, daß es uns so schlecht vorbereitet erwischt wie letzten Winter.«

Erasmus spürte, wie seine Miene starr wurde. »Es ist nur eine Vorsichtsmaßnahme«, versicherte Ned hastig. »Wir sind alle weit davon entfernt, Ihre Befehle in Frage zu stellen, und wir finden auch nicht, daß Sie etwas verkehrt machen. Trotzdem, vorsichtshalber, verstehen Sie? Genauso wie Barton und ich Robbenfleisch und Speck auf dem Landeis lagern, wo es noch kühl liegt.«

»Das ist eine gute Idee«, sagte Erasmus. Ob Zeke auf solche Ideen gekommen wäre, wenn er dagewesen wäre? In den hellen Nachtstunden, wenn er eigentlich hätte schlafen sollen, lief er manchmal ein, zwei Meilen nach Norden und versuchte sich vorzustellen, was Zeke machte. Was er zu sehen bekam, was er womöglich entdeckt hatte. Wie seine Lebensmittelvorräte hielten und ob es ihm wohl gelang, sich ausschließlich durch sein Glück als Jagdschütze zu ernähren. Er war stolz darauf gewesen, wie gut er in Zekes Abwesenheit zurechtkam. Eigentlich wäre es an ihm gewesen, den Sorgen der Männer vorzubauen, dessen war er sich wohl bewußt, aber er hatte es nicht über sich gebracht, sich vorzustellen, daß sie hier noch ein Jahr festsitzen könnten.

»Im August werden wir freikommen«, sagte Erasmus. »Ganz sicher. Aber wenn es die Männer beruhigt, diese Vorbereitungen zu treffen, wenn es allen das Leben angenehmer macht ...« Er wandte sich abrupt ab und ging davon.

In der darauffolgenden Woche schritt Erasmus ihre gesamte vom Eis blockierte Bucht ab: Pfützen, Höhlen, mürbe Flächen, aber nicht ein einziger Riß. Dennoch mußte sich das offene

Wasser im Norden der Baffin-Bucht täglich weiter ausdehnen, dachte er; und jenseits des Vorlandes, das ihre Bucht schützte, mußten die Strömungen das Eis zerreißen. Was verkehrt war, von Anfang an verkehrt, war die Stelle, die Zeke für ihre Brigg gewählt hatte. Erasmus studierte das Muster der von den Hügeln ringsum geworfenen Schatten. Die Brigg schaukelte in einem winzigen Wasserbecken, das dort entstanden war, wo die vom Rumpf abgestrahlte Wärme das Eis im Umkreis von einem halben Meter geschmolzen hatte.

»Wenn wir bis an die Öffnung der Bucht kämen«, sagte er abends zu den Männern, »an den Eisbergen vorbei, wären wir zur Abfahrt bereit, sobald das Eis in Bewegung gerät.«

»Aber das können wir schaffen«, rief Captain Tyler aus. »Dafür sind wir ausgerüstet.« Die Aussicht, wieder flott zu sein, schien sowohl ihn als auch Mr. Tagliabeau unverzüglich zu heilen. Und letzterer behauptete, sich bestens mit den Eissägen und Sprengladungen auszukennen, die Erasmus vor über einem Jahr besorgt hatte.

Auf einmal waren die beiden damit beschäftigt, die Teile zusammenzubasteln, Pulverladungen zu berechnen und die Männer herumzukommandieren. Ihre verstockte Lethargie war wie weggeblasen. Am 1. August begannen sie von der offenen Stelle vor dem Bugspriet aus, parallele Rinnen in das Eis zu sägen. Die Sprengladungen rissen fünfzig Quadratmeter Eis in kleine, rhombenförmige Schollen auf. Die Männer zersägten die Schollen in kleinere Stücke und zogen sie aus dem Wasser, bis die *Narwhal* in einem kleinen, ausgezackten Wasserbecken lag, das dreimal so lang war wie das Schiff, aber nur wenig breiter als der Rumpf. Platt auf dem Bauch liegend und triefend naß, sah Erasmus staunend zu, wie winzige Wasserwellen an die Ränder des Beckens schwappten. Jede Welle nagte ein Stückchen weiter am Eis. Selbst wenn sie es nicht schafften, eine Fahrrinne bis in den Sund hinaus freizusägen, so schwächte doch jeder Schnitt das Eis. Noch ein wenig mehr offenes Wasser, und es konnte Wellen geben. Sie würden Ebbe und Flut spüren.

Sie sägten und sprengten, sprengten und sägten; sie arbeiteten sich an Zekes Blaue Wunder heran und waren dann auf einer Höhe mit ihnen, fast in einer Linie mit der Spitze der Landzunge. Captain Tyler verankerte die *Narwhal* auf dem festen Ufer, damit sie nicht in die freie Rinne hineintrieb, ehe sie vollständig beladen war. Auch wenn der Smith-Sund noch weit war, auch wenn sie sich noch nicht aus ihrem kleinen Liegeplatz herausgearbeitet hatten und noch die ganze große Bucht vor sich hatten, munterte sie das lange schwarze Band vor der Brigg doch ungeheuer auf.

Der 5. August verging ohne Zeichen von Zeke, doch niemand verlor darüber ein Wort. Zeke kannte den Sicherheitsspielraum; er wußte, wenn er eine Woche, höchstens zehn Tage später zurückkehrte, würde er die Brigg noch antreffen, bevor sie freikam. Gewiß würde er seine Erkundigungen nur so lange ausdehnen, wie es ging. Berauscht vom Tageslicht arbeiteten sie rund um die Uhr und rechneten jeden Moment mit Zeke. Am 10. August ließ Captain Tyler die Ankertaue und Gangspills montieren.

Die Besatzung warpte die *Narwhal* bis ans Ende der Fahrrinne, indem sich die Männer, zu Seans Walfängerliedern schwitzend und astend, an der Winde ablösten. Dort gingen sie vor Anker, und Ned und Barton kochten ein Festmahl, zu dem sie sich entlang der Wasserrinne auf Kisten niederließen. Eigentlich war ihre Lage unverändert, dachte Erasmus, und biß in ein saftiges Schneegänsebein. Die Brigg hatte an einer Stelle gelegen und lag nun an einer anderen, aber die weiße Ebene erstreckte sich weiter ringsum, unterbrochen nur von der Linie, die sie hineingeschnitten hatten. Trotzdem hatte sich der Blick von Bord leicht verschoben, und das brachte eine erstaunliche Veränderung. Die Hügel, auf die sie fast ein Jahr lang geschaut hatten, ragten in einem anderen Winkel vor ihnen auf. Der feste Eisgürtel am Fuß der Klippen befand sich eine halbe Meile hinter ihrem Heck, aus der Entfernung ein beinahe schöner Anblick. Die drei Eisberge lagen direkt neben dem Schiff, kleiner geworden und von ringförmigen Wasserbecken umgeben. Und das Hügelgrab neben dem Speicher, in dem sie die sterbliche Hülle von Mr. Francis beigesetzt hatten, war nicht mehr zu erkennen.

Immer noch ließ Zeke auf sich warten. Die Temperaturen fielen, und die Sonne senkte sich gegen den Horizont; es gab noch keine Nacht, noch nicht ganz, aber die Dämmerstunden wurden lang. Am 16. August sank die Temperatur unter den Gefrierpunkt, und auf der Fahrrinne bildete sich gut zwei Zentimeter dickes Neueis. Spiegelglatt, wie Erasmus sah. Gläsern und schreckenerregend. Einige Scheiben, die sie abgesägt, aber noch nicht aus dem Wasser geholt hatten, waren in der zerbrechlichen Fläche festgefroren. In der Mittagssonne schmolz das Eis, aber am siebzehnten, als die Sonne zum erstenmal unterging, legte sich eine klare Kälte über alles, und die Luft wurde still. Am darauffolgenden Morgen stellte sich Mr. Tagliabeau mit besorgtem Gesicht auf das neue Eis und brach nicht ein. An jenem Tag sägten sie weiter altes Eis frei, jedoch mit weniger Einsatz, und am neunzehnten stellten sie fest, daß ihre ganzen Bemühungen zunichte gemacht worden waren, während sie schliefen.

Die Männer kamen zu Erasmus, nachdem er sich bereits schlafen gelegt hatte. Sie stellten sich im Halbkreis um das Lager, das er sich an Deck gebaut hatte: Ned, Barton, Isaac, Robert, Ivan, Thomas und Sean. Aus Gründen, die Erasmus alsbald verstand, waren Captain Tyler und Mr. Tagliabeau unter Deck in ihren Kojen geblieben. Als Erasmus sich aufrichtete und die Augen rieb, trat Ned aus dem Kreis vor.

»Commander Voorhees ist verschollen«, sagte Ned, nachdem er sich zweimal geräuspert hatte. »Das wissen wir alle – wir wußten schon, als er aufbrach, daß es so kommen würde. Er ist zwei Wochen über die Zeit ausgeblieben, wir müssen uns eingestehen, daß er tot ist.«

»Er ist nicht tot«, sagte Erasmus. Obwohl er genau das seit einer Woche befürchtete. »Er hat sich verspätet. Ihm kann alles mögliche passiert sein, er könnte unmittelbar in unserer Nähe sein.«

»Er ist tot«, sagte Barton hinter Neds Schulter. »Er hat uns alle umzubringen versucht, seit wir von zu Hause losgefahren sind. Das Eis wird nicht aufbrechen, und das Neueis wird von Tag zu Tag dicker ...«

»Wir werden die *Narwhal* nicht freibekommen«, stimmte Isaac ein.

»Wir sitzen fest«, sagte Ivan.

»Zum zweiten Mal«, sagte Sean.

»Wir haben nur noch ganz wenig Holz und Kohlen«, fügte Thomas hinzu. »Unsere Vorräte – Sie wissen Bescheid, Sie haben die Listen. Wir kommen nicht mehr durch den nächsten Winter.«

Erasmus hatte das Gefühl, sein Haupt liege im Nebel. Er war müde, er schlief schon seit längerer Zeit nicht gut. Er konnte das neue Eis förmlich wachsen hören. Er konnte das Flügelschlagen der Vögel hören, die sich zur Reise nach Süden sammelten, die Hufe auf dem hart werdenden Boden klingen hören, über den die Karibus davongaloppierten. Seine Augen fühlten sich an, als wären sie voll Asche. Hatte er nicht selber gewünscht, daß Zeke tot wäre, wenn auch nur für einen Moment?

»Sagt mir, was ihr wollt«, bat er. »Ich weiß ebensowenig von Commander Voorhees wie ihr. Ich kann nichts dagegen tun, daß das Eis wächst, und ich kann nicht viel für unsere Vorratslage tun. Wir können mehr von euch auf die Jagd schicken, wenn ihr wollt, so daß die Hälfte von euch daran arbeitet, das Eis aufzubrechen, und die andere Hälfte einen Fleischvorrat anlegt; das ist eine gute Idee, vielleicht fangen wir gleich morgen damit an …«

Ned trat einen Schritt zurück, drehte sich um und hob etwas vom Deck auf. Die anderen folgten seiner Bewegung, und als sie wieder aufrecht vor Erasmus standen, sah er, daß jeder von ihnen einen ordentlich zusammengelegten Haufen Pelzkleider auf dem Arm hatte. »Wir haben dies«, sagte Ned. »Eine Garnitur für jeden. Wir wollen hier weg.«

Sie brachten den Rest der Nacht und den gesamten folgenden Tag damit zu, Erasmus' Bedenken zu zerstreuen. Captain Tyler und Mr. Tagliabeau arbeiteten weiter an der Fahrrinne und unterstrichen die Reden der Männer mit Explosionen und dem Donnern zerkrachender Eisschollen. Den Offizieren sei es nicht möglich, das Thema direkt anzusprechen, erklärte Ned

Erasmus. Es schicke sich angesichts ihrer Stellung nicht; es sei ihnen nicht möglich, den Befehl zum Verlassen der Brigg zu geben. Aber sie waren anscheinend willens, sich einem von Erasmus geführten Rückzug anzuschließen.

Die Männer hatten Karten, erfuhr Erasmus. Karten, Pläne, eigene Listen, ausgefeilte Strategien. Wie lange hatten sie die Sache schon ohne ihn diskutiert? Unmittelbar seit Zekes Abreise vielleicht; die Pelzanzüge, so ging ihm jetzt auf, waren von Anfang an für diese Reise gedacht gewesen. Die Männer hatten nie geglaubt, daß Zeke zurückkehren würde. Und obwohl sie gehofft hatten, daß sie die *Narwhal* freibekommen würden, hatten sie es für vernünftig gehalten, einen Alternativplan auszuarbeiten. Zusammengenommen verfügten sie über einen erstaunlichen Schatz an Wissen und Fertigkeiten.

Sean und Barton hatten eine mögliche Route ausgearbeitet. Sie würden ein Beiboot auf den größten Schlitten laden, um es aus ihrer Liegebucht um die Landspitze zum Ausgang der großen Bucht zu schleppen; von da aus auf dem festen Küsteneis weiter bis Cap Sabine oder vielleicht noch ein Stück weiter nach Süden. Von dort wollten sie in südwestlicher Richtung schräg über den Sund, indem sie das Boot über die festen Schollen schleppten und über die offenen Risse ruderten. Sie hofften, irgendwo südlich von Cap Alexander, um die fünfzig oder sechzig Meilen südlich der *Narwhal*, offenes Wasser oder zumindest schiffbares Packeis zu finden; dort würden sie das Boot richtig zu Wasser lassen und sich an Cap York vorbei zum freien Wasser an der Küste der Melville-Bucht vorarbeiten. Dort konnten sie möglicherweise noch auf Walfänger treffen; falls keine mehr da waren, hatten sie wenigstens die Hoffnung, weiter nach Uparnavik segeln zu können.

»Aber wir bräuchten Wochen, um alles zu packen und das Boot vorzubereiten«, sagte Erasmus. »Wir würden das niemals schaffen, bis sich das Packeis zum Winter verfestigt.«

Da erfuhr er, daß die Arbeit an der Fahrrinne, noch während sie nachts wieder zufror, nicht das einzige gewesen war, was in den letzten Wochen Ähnlichkeit mit der Arbeit der Penelope gehabt hatte. Während er – ja, was? Geschlafen oder gejagt hatte oder zum Kundschaften unterwegs gewesen war, hatten sie anscheinend jeden Moment genutzt. Ned hatte die Männer bei ihren heimlichen Arbeiten im Laderaum angeführt. Bemerkenswert mutig für einen Burschen, fand Erasmus, der erst vor kurzem einundzwanzig geworden war; er war sich nicht sicher, was bei ihm überwog, die Bewunderung oder der Zorn. Unter Neds Leitung hatten die Männer seine Kisten vorsichtig aufgebrochen und deren Inhalt umgepackt, so daß die Aufschriften nicht mehr mit dem übereinstimmten, was drin war. Er hatte sie rumoren hören; sie hatten behauptet, sie jagten die Ratten.

Sie hatten sich ausgerechnet, was sie für die Reise brauchen würden: soundsoviel Pemmikan pro Mann und Tag, soundsoviel Zwieback, Melasse und Kaffee; soundsoviel Speck für die Kocher; soundsoviel Pulver und Blei und so viele Zündhütchen; soundso viele Schlafsäcke. Es war alles umgepackt und sinnvoll geordnet, zum Beladen des Beibootes bereit. Isaac und Ivan hatten Vorratsbeutel aus Segeltuch genäht und sie mit Teer und Pech wasserdicht gemacht. Alle Männer hatten sich bereits einen kleinen Sack mit persönlichen Habseligkeiten zusammengestellt.

»Um das Boot hat sich Thomas gekümmert«, fügte Ned hinzu.

Er führte Erasmus zu dem Beiboot, das unschuldig unter seiner Plane lag. Unter dem Verdeck hatte Thomas den flachen Boden mit einem Loskiel versehen und die Schanzkleider mit Hilfe von Planken und Segeltuch erhöht. Die Hobelspäne, dachte Erasmus. Als sie ihm neulich aufgefallen war, hatte Thomas behauptet, er mache die Reparaturarbeiten, die bei Zekes Rückkehr ohnedies anfallen würden. Der große Schlitten, den sie nie benutzt hatten, war nun mit einem Trog für das Boot ausgestattet. Isaac hatte stabile Zugriemen angefertigt, mit denen sie den beladenen Schlitten ziehen konnten. Ned hatte auf einer Skizze eingezeichnet, wo sie in dem engen Boot sitzen konnten und wie die Vorräte zu verstauen wären; er hatte an alles gedacht. Das einzige, was noch fehlte, sagte Ned, sei Erasmus' Bereitschaft, die Führung zu übernehmen.

»Captain Tyler und Mr. Tagliabeau treten das Kommando

an Sie ab«, sagte Ned. »Sobald Sie den Befehl geben, können wir in zwei Tagen aufbrechen.«

Sechsunddreißig Stunden rang Erasmus mit seiner Entscheidung. Wenn Dr. Boerhaave dagewesen wäre, hätten sie gemeinsam beschließen können, was zu tun sei – aber Dr. Boerhaave war tot. Er konnte unmöglich diesen Ort verlassen, wo die Gebeine seines Freundes geblieben waren; er konnte unmöglich die Brigg und Zeke zurücklassen. Überall auf dem nassen Eis sah er Zeke vor sich, wie er ihn als Jungen gekannt hatte: Zeke und Copernicus, die ein Reptilgerippe zusammensetzen; Zeke, der mit an den Fluß kam, um Mr. Wells aus Plinius vorlesen zu hören; Zeke, der die Schränke in der Repositur durchforstete, um zu sehen, was er sich als nächstes ausborgen konnte. Der sich so verzweifelt bemühte, ernstgenommen zu werden; der ihm, dem ewig Unaufmerksamen, aus dem Blickfeld verschwand und ein paar Jahre später nach der Anstellung in der Firma seines Vaters als ein Mann wieder auftauchte, den jedermann ernst nehmen mußte. Noch immer hörte Erasmus seinen Vater sagen: *Ihr solltet ihn mehr anerkennen. Er benimmt sich manchmal seltsam. Aber er hat einen scharfen Verstand.*

Er hatte. Er hat, er hatte – wie konnte er Zeke zurücklassen, selbst wenn er nur seinen Leichnam zurückließ? Doch genausowenig konnte er die Crew zu einem weiteren Winter hier oben verdammen. Sie würden ihn nicht überleben, und die *Narwhal* war nicht zu bewegen. Der einzige mögliche Kompromiß bestand darin, daß Ned und die anderen mit dem Boot loszogen, während er auf der Brigg blieb und auf Zekes Rückkehr hoffte. Allein hatte er eine Chance zu überleben, mit ein wenig Glück bei der Jagd und vielleicht mit Hilfe der verschwundenen Eskimos.

»Ohne Sie«, argumentierte Ned, »wäre es Meuterei. Der Vertrag besagt, daß die Brigg unter Captain Tylers Kommando steht, Sie aber der Expeditionsleiter sind. Die Brigg ist so gut wie gesunken. Jetzt haben Sie das Kommando.«

»Gehen Sie mit den Männern los«, sagte Erasmus zu Captain Tyler und Mr. Tagliabeau. »Ich bleibe hier und warte auf Commander Voorhees.«

Captain Tyler sah ihn mit unverhohlener Abneigung an. »Nein«, sagte er. »Die Befehlshierarchie ist klar. Wenn Sie den Befehl geben, nach Süden aufzubrechen, werde ich Sie nach Kräften unterstützen. Aber ich werde die Verantwortung nicht ohne Sie übernehmen. Wenn ich es irgendwie schaffen sollte heimzukehren, nachdem ich die Brigg und Sie und Commander Voorhees verlassen habe, wäre mein Ruf keinen Penny mehr wert.«

»Meiner auch nicht«, sagte Mr. Tagliabeau.

»Was immer also geschieht«, sagte Erasmus, »geht auf meine Kappe. Ist es das, worauf Sie hinauswollen?«

»Das hat mit Wollen nichts zu tun«, sagte Mr. Tagliabeau. »Es ist ganz einfach Ihre Pflicht. Ihre Entscheidung.«

Erasmus packte ein paar Geräte ein, seinen Pelzanzug und Lavinias grünseidenes Tagebuch. Er nahm Dr. Boerhaaves Apotheke mit, weil sie seinem Freund gehört hatte und weil er jetzt derjenige war, der die Männer am ehesten zu verarzten verstand. Bei den Fundstücken aus Boothia fiel ihm die Auswahl schwer. Er packte den kleinen Kupfertopf ein, das Gebetbuch und die Abhandlung über Dampfmaschinen, die silbernen Löffel und Gabeln und das Barometergehäuse aus Mahagoni, das Dr. Boerhaave einmal in Händen gehalten hatte. Alles andere mußte er zurücklassen, doch er hoffte, daß diese Dinge zusammen mit der feinsäuberlichen Aufstellung in seinem Tagebuch ausreichen würden, um Dr. Raes Entdeckungen zu bestätigen und ihren eigenen Kontakt mit jenen Eskimos zu beweisen, welche die letzten Überreste von Franklins Expedition gesehen hatten. Er packte die kleineren Dinge in den Kupfertopf und versiegelte diesen mit einem Stück Walroßhaut.

Seine Proben holte er aus dem Laderaum. Sie waren zu schwer, um sie mit nach Hause zu tragen. Dennoch war er nicht willens, sie mit dem Schiff untergehen zu lassen, wenn die *Narwhal* vom Eis zermalmt wurde. Er brachte sie wieder in den Speicher. Anschließend fertigte er eine Liste all der Dinge an, die er dort zurückließ, und legte diese zusammen mit seinem Tagebuch, einem von Dr. Boerhaaves kostbaren Thoreaubänden und Aggasiz' Abhandlung über die fossilen Fische in eine kleine Schatulle, die er mitnehmen wollte. Obendrauf legte er das Stück Stiefelsohle mit den Spikes, das die ganze Zeit über unter seinem Bücherbord gelegen hatte: ein einziges kleines Relikt, von dem keiner außer ihm wußte. Zuletzt brach er Zekes private Schatulle auf und stahl Dr. Boerhaaves Tagebuch, ließ aber Zekes schwarzes Notizbuch zurück. Zeke war tot, er mußte tot sein. Der zierliche Junge mit dem glühenden Blick war nicht mehr, und seine Pflicht war es nun, auf Ned aufzupassen. Lavinia – er schob den Gedanken an Lavinia beiseite.

Er legte Dr. Boerhaaves Tagebuch in seine Schatulle und machte den Lötzinn heiß, um sie zu versiegeln. Im letzten Augenblick nahm er Franklins Porträt von der Wand und packte es auch noch ein. Captain Tylers Koje war vollkommen ausgeräumt bis auf den Grabstein aus Papier mit den Namen ihrer toten Kameraden. Jetzt stand Zekes Name unten auf der Liste.

Er ließ das Schiff von den Männern schrubben, und er ließ so viele Lebensmittel zurück, daß Zeke durch den Winter kommen konnte, falls er durch ein Wunder doch noch wiederkehrte. Er verfaßte ein sorgfältig formuliertes Dokument, in dem er die Gründe darlegte, die ihn bewogen, die Brigg zu verlassen, und die Route aufzeichnete, die sie vorraussichtlich nehmen wollten; er machte eine Liste der Kisten mit den Proben im Speicher und der Vorräte, die er an Bord hinterließ. *Wir verlassen diese Brigg am 26. August 1856.* In der Jahreszeit, die man Aosok nennt, dachte er, sich an das Wort erinnernd, das Joe ihm beigebracht hatte. Die kurze Zeit zwischen richtigem Tauwetter und der erneuten Verfestigung des Eises. Für ihre lange, riskante Reise blieb ihnen höchstens bis Ende September Zeit. Nicht annähernd genug Zeit.

Während die Männer das Boot bereits in mühseliger Arbeit über die Ebene am Ufer schleppten, erst zur Landspitze, die sie von dem Sund trennte, und von da auf den festen Eisgürtel vor den Klippen, kontrollierte er ein letztes Mal jeden Winkel der *Narwhal.* Dann heftete er das soeben verfaßte Dokument an den Mast und ging über das Eis davon.

# 7. Die Innersuit, Kobolde der Arktis
## (August – Oktober 1856)

Unternehmungen voll Mark und Nachdruck wecken unsere Bewunderung, unsere Sympathie und unseren Nachahmungstrieb, je in dem Maße, welches der Qualität ihrer Motive und Ziele entspricht. Die Geschicklichkeit und der Mut des Seiltänzers bei seinem gefährlichen Balanceakt berühren uns nicht auf die gleiche Weise wie der großherzige Heldenmut des Feuerwehrmannes, der ein Kind aus einem brennenden Haus rettet. Jedermann ist durch sein natürliches Ehrempfinden dazu befähigt, den Unterschied zwischen einem anstrengenden Tagesmarsch, der zu einem mildtätigen Zweck unternommen wird, und der Großtat zu erkennen, die darin besteht, daß einer einen Marsch von hundert Stunden auf sich nimmt, um eine Wette zu gewinnen. Ein Schriftsteller, Redner oder Schauspieler vermag die Saiten unseres Herzens durch sein Spiel mit unserer Sym-

*pathie für die Tugend so in Schwingungen zu versetzen,
daß sie wie ein Echo auf seine Berührung reagieren; doch
er wird uns niemals zu einer Bewunderung verleiten, die
unser unwürdig ist. Wir wurden nicht nach dem Bilde
Gottes geschaffen, um Schein und Sein zu verwechseln.
Unsere Instinkte sind an den wahren Interessen der Welt
und des Kosmos ausgerichtet, und wir werden unsere
Seelen nicht feige irgendeinem Schwindel preisgeben. Wir
begegnen jedermann, welcher uns für seine Taten Bewunderung abverlangt, mit den Worten: »Halt! Anbetung
beeinflußt das Leben des Anbetenden. Wenn deine Ziele nichtswürdig sind, erwarte ebendieses Nichts. Wenn
deine Motive selbstsüchtig sind, zahl dir deinen eigenen
Lohn. Wir werden uns nicht zu Narren machen: Wir werden dir Gerechtigkeit widerfahren lassen und unsere
Ehre wahren.*

WILLIAM ELDER,
Die Biographie des Elisha Kent Kane (1858)

*S*päter würden vor jedem der Männer andere Szenen ihrer Bootsreise wieder aufsteigen. Die endlose Schinderei, die Schmerzen; der Mangel an Rast, Nahrung und Hoffnung. Was war wann geschehen? Was war wirklich geschehen, und was war nur in der Phantasie passiert? Erasmus machte keine Einträge in sein Tagebuch; auch Ned und die anderen nicht. Von den Tagen, die sie auf dem Eis zubrachten, sich mit ihrem ganzen Gewicht ins Geschirr legten und von Eisbrei verstopfte Wasserrinnen durchruderten oder wie ein Wurf Ferkel dicht an dicht im Boot unter der Persenning schliefen, blieb nur ein Nebel von Eindrücken zurück.

Von ihrer Liegebucht über das Landeis hinunter nach Cap Sabine, dann über das aufgebrochene, wogende Eis des Sunds bis an eine Stelle leicht nördlich von Cap Hatherton: Packeis, Wasser, Alteis, Preßeis, Neueis, Wälle aus aufgeworfenem Trümmereis. Immer mit dem Schlitten im Schlepp, außer wenn ihnen, wie es allzuoft der Fall war, eine offene Wasserrinne den Weg versperrte und sie mühselig alles ausladen, das Boot vom Schlitten abmontieren und mehrmals hin und her rudern mußten, bis sie wieder aufladen und sich abermals vor den Schlitten spannen konnten. An den Leinen scheuerten sie sich die Schultern und Hände wund, und Ivan würde sich noch lange an den sauren Geschmack von Erbrochenem auf den Lippen erinnern; alle übergaben sich, denn ihre Last war einfach zu schwer. In der Nähe der Wasserrinnen lag dicker Eismatsch auf den Schollen, so daß sie oft bis über die Knie einsackten. Sean würde sich daran erinnern, wie seine Fußgelenke anschwollen, bis er gezwungen war, die Stiefel aufzuschlitzen und sie dann abzuschneiden, so daß er seine Füße für den Rest der Reise in

Karibufelle wickeln mußte. Robert würde sich an seinen ständigen brennenden Durchfall erinnern und daran, wie unangenehm es ihm war, daß er sich in die Hosen machte, wenn er sich gegen das Gewicht des Schlittens stemmte.

Erasmus sollte eines Tages, nachdem er auf dem Eis hilflos ins Rutschen gekommen war, innehalten, sich an die Stiefelsohle in seiner Kiste erinnern und sich fragen, warum sie bloß nicht darauf gekommen waren, ihre Stiefel auf ähnliche Weise mit Spikes zu versehen. Einst, ihm schien es wie in einem anderen Leben, hatten seine Stiefel den Sturz von einer Klippe bewirkt – und trotzdem hatte er nichts dazugelernt. Aber jetzt war es zu spät, sie hatten keine Schrauben; sie stürzten und stolperten und durften nur ein einziges Mal aufatmen, als sich vor ihnen ein glattes Eisfeld auftat, und der Wind aus Nordwest blies. An dem Tag setzten sie Segel und glitten acht Meilen weit mühelos dahin: ein großer Segen, der ihnen nicht wieder zuteil wurde, und von dem Barton noch jahrelang träumen sollte.

Von einer hohen Landspitze auf der grönländischen Seite des Smith-Sunds erspähten Captain Tyler und Mr. Tagliabeau nach Süden zu abermals Eis, aber in der Ferne, zwischen dem festen Landeis und dem nach Süden treibenden Packeis, entdeckten sie auch eine offene Wasserrinne. An diesen Anblick würde sich Isaac, der vom Schnee blind war, nicht erinnern, doch den anderen würde er unvergeßlich bleiben; und Thomas würde sich daran erinnern, wie er am Abend danach, als er schon vollkommen erschöpft war, in panischer Hast die Fugen und die Löcher im Boot abdichtete. Und daran, welche Angst es ihm eingeflößt hatte, als Erasmus ihm sagte, ihrer aller Überleben hänge von seiner Fähigkeit ab, das Boot zusammenzuhalten, auch wenn ihm das richtige Material dazu fehle.

Vor den Littleton-Inseln wurde das Eisfeld dünner, weil die Strömung eines unweit mündenden Flusses von unten daran nagte. Barton würde sich daran erinnern, wie sie sich die letzten paar Meilen nur um Fußlängen vorarbeiteten, während er das Eis bei jedem Schritt mit einem Bootshaken prüfte und auf die unmittelbar unter seinen Füßen gurgelnden Strudel starrte. Und wie sie trotz seiner Vorsichtsmaßnahmen einbrachen: Eine Seite des Schlittens rutschte krachend in die Tiefe, mit furchterregendem Zug, und sie zerrten ihn strampelnd wieder auf festeres Eis. Dieser Moment sollte sich Ivan für alle Zeiten ins Gedächtnis einbrennen, weil er, der hinten als letzter vor den Schlitten gespannt war, den Halt verlor, während seine Kameraden sich in die Zugriemen stemmten, und mit ins Wasser gezogen wurde, wo er einen Moment unter den Rand des Eises tauchte. Als Erasmus ihn an den Haaren herauszog, hatte er sich zwei Finger gebrochen und Blut aus einer Platzwunde an Erasmus' Stirn spritzen sehen. Letzterer hangelte verzweifelt nach den Säcken mit den Lebensmitteln, die aus dem Boot lappten, während die Wellen über die Seiten schwappten, und konnte sich nur mit äußerster Mühe halten. Der Kupfertopf mit Franklins Sachen rutschte ebenfalls über Bord, aber durch die Luft, die sich unter der Walroßhaut hielt, schwamm er an die Oberfläche, so daß Erasmus zunächst glaubte, ihn retten zu können. Doch dann trieb er unter die zerbrochene Eisscholle, dieselbe Scholle, die Ivan fast das Leben gekostet hatte; und obwohl Erasmus sich mit der Schulter gegen die Kante stemmte und zunächst mit den Armen und dann mit einem Ruderriemen nach dem Gefäß angelte und schließlich den Kopf unters Eis steckte, verschwand der Topf auf Nimmerwiedersehen. In jener Nacht blies ein scharfer Wind aus Nordost, bei dem die nassen Männer fast erfroren.

Erasmus würde sich an diesen Vorfall erinnern, weil ihm dabei die letzten Relikte von ihrer Suche nach Franklin verlorengingen, und auch weil er, obwohl er nie ganz sicher sein konnte, vermutete, daß an jenem Tag der langwierige Prozeß begann, der von Erfrierungen über Abschnürungen und Entzündungen dazu führte, daß ihm später die Zehen amputiert werden mußten. Er hätte die Füße hochlegen müssen, ohne Stiefel, in trockene Felle eingewickelt. Doch statt dessen hatte er noch am selben Abend eine Konfrontation mit Captain Tyler, mit dem er sich seit dem Aufbruch von der Brigg unaufhörlich gestritten hatte. Sie standen sich erbittert gegenüber, beschimpften einander laut vor den Augen der anderen Männer und hätten sich um ein Haar geschlagen. Sie gaben sich gegenseitig die Schuld an dem Vorfall und dem Verlust ihrer Funde – wie sie sich gegenseitig die Schuld an jedem falschen Richtungswechsel, an jedem schlecht gewählten Nachtlager, an jedem gescheiterten Jagdversuch gegeben hatten –, und Captain Tyler hatte mit einem Bootshaken gefuchtelt und gesagt: »Ich verachte Sie.« Es war ein Moment, an den sich auch Mr. Tagliabeau zeitlebens erinnern würde, der seinem Kapitän nie mehr als um Schrittlänge von der Seite wich, aber zusehends unschlüssiger wurde, ob seine Loyalität gerechtfertigt war. Er hätte sich nur allzugern mit den Worten abgewandt: »Und ich verachte euch beide«, hatte jedoch gar nichts gesagt; er begriff auf dieser Reise, daß er ein Feigling und ein Nörgler war.

Nicht lange nach diesem Vorfall erblickten sie von einem hohen Eishügel aus eine lange offene Wasserrinne voraus. Sie arbeiteten sich mit äußerster Anstrengung an einen steinigen Strand vor, entluden das Boot zum letzten Mal und versenkten es dann für einen Tag, damit die Fugen zuquollen. Nicht lange genug, hatte Thomas gedacht, wie er sich später erinnerte. Die Brandung peitschte an die Klippen; war es seine Schuld, daß das Boot noch leckte, als sie es schließlich zu Wasser ließen? Sie waren zu zehnt in einem Beiboot für sechs Mann, mit zuviel Gepäck. Das Wasser schlug bedenklich hoch an den Rand, und sie hatten beim Rudern fast das Gefühl, direkt im Wasser zu schwimmen. So umrundeten sie Cap Alexander, bei einer frischen Brise und mit gerefften Segeln.

Ned würde sich an die Nebensonnen erinnern, die an jenem Abend am Himmel standen; ein perfektes Parhelion – das Wort hatte er von Dr. Boerhaave gelernt – mit einem Lichtpunkt an jeder Seite. Doch weder Ned noch die anderen wurden jemals von dem Anblick von Dr. Boerhaaves Kopf verfolgt, der, nachdem er in den Monaten seit seinem Ertrinken durch einen Schwertwal vom Rumpf getrennt und mit der Strömung nach Süden getrieben worden war, schließlich im Geröll unter einer Klippe landete, wo er nun mit dem Gesicht nach oben lag. Zwischen den rundgewaschenen Steinen war der Kopf für seine Freunde nicht zu sehen, und das singende Geräusch, das der durch Ober- und Unterkiefer fahrende Wind erzeugte, ging im Tosen der Brandung unter.

Die Sutherland-Insel, auf der sie eigentlich an Land gehen wollten, war vom Eis verbarrikadiert. Sie schaukelten die ganze Nacht hindurch bei wechselnden Winden und eiskaltem Regen auf dem Wasser, und an diese Stelle und dieses Wetter sollte sich Ned erinnern, weil hier sein Fieber einsetzte und diese Reise fortan in seinem Kopf nicht mehr von seinen ersten beiden Überquerungen des Smith-Sunds zu trennen war. Nach Osten war er mit Joe, Dr. Boerhaave und Zeke gegangen, nach Westen nur noch mit Zeke. Soviel wußte er noch. Wie ein Tier hatte er sich ins Geschirr gelegt, wenn der Schlitten auf der schwammigen Fläche einsackte – war das damals gewesen oder jetzt, auf dieser Reise?

Als das Fieber auf dem Höhepunkt war und er hilflos zwischen seinen Kameraden lag, ließ er im Geist die Geschichten vorüberziehen, die ihm Joe erzählt hatte, als sie einen anderen Schlitten zogen, in einem anderen Monat. Die Geschichten, die ihm Joe am Feuer übersetzt hatte, nachdem sie in Anoatok angekommen waren. Sie lagen auf einem Podest in der Hütte, eingequetscht zwischen Eskimos, mit denen sie sich an Walroßsteaks gütlich taten. Das Fleisch war in Mengen auf dem festen Landeisgürtel gestapelt, und von den Schneebänken glotzten augenlose Walroßschädel. Ein mächtiger Geist namens Tonarsuk, sagte Joe, während er sich einen Leckerbissen aus dem Suppentopf angelte. An den die Eskimos glauben. Wie an eine ganze Reihe anderer übernatürlicher Wesen von geringerer Macht, darunter die sogenannten Innersuit, eine Art Kobolde, die in den Fjorden leben und keine Nasen haben. Die Innersuit verstecken sich hinter Felsen und lauern vorüberkommenden Männern auf, um ihnen die Nase abzuschneiden und sie zwangsweise in ihren Stamm aufzunehmen. Entkommt das Opfer, so kann es seine Nase mit Hilfe eines geschickten Zauberers, des Angekok, zurückgewinnen. Man kann seine Nase wiederbekommen, hatte Joe gesagt, indem er Utuniehs Worte für Ned und Dr. Boerhaave übersetzte, während sie gemütlich in der Hütte schwitzten. Die Nase kann durch den Himmel

angeflogen kommen und sich an ihrem früheren Platz niederlassen; aber wer einmal von den Innersuit gefangen wurde,
wird für immer an der Narbe im Gesicht zu erkennen sein.

Das Fieber oder die Erfrierungen oder etwas Fauliges, das
Ned gegessen hatte, hatte zur Folge, daß sich seine Nase mit
Pusteln überzog, aus denen eine gelbe Flüssigkeit trat, die eine
rissige, blutende Kruste bildete. Er würde sich daran erinnern,
wie sehr er befürchtet hatte, daß seine Nase ganz weggefres-
sen würde. Und wie er dann gedacht hatte, daß es ganz richtig wäre, wenn sie verschwände, mitsamt seinem Gesicht und
seinem ganzen Leib: Wer, wenn nicht er, trug denn die Schuld
an ihrer Situation? Er hatte Erasmus belogen; er hatte die
Pelzanzüge genäht und in den Vorräten gehaust wie ein Dieb;
er hatte diese Reise geplant und die Organisation in die Hand
genommen. Auf Boothia war er derjenige gewesen, der auf die
Kupferkessel gedeutet hatte, so daß dann eins zum anderen
führte; bei seiner zweiten Überquerung des Sunds hatte er Dr.
Boerhaave nicht gerettet. Er hörte während ihrer Fahrt an Fjorden und Gletschern vorbei ständig Gesang – nicht Dr. Boerhaaves, sondern eine andere Stimme – und flehte dann immer
denjenigen, zu dessen Knien er gerade lag, an, ihn bitte, bitte
vor den Kobolden zu schützen. Die Innersuit bringen oft Kummer und Not, hatte Utunieh gesagt. Sie machen manche Reise zur Höllenfahrt. Ned weinte vor Angst und Schuldbewußt-
sein, er legte sich die Hände schützend über die Nase, und ihm
fielen die Geschichten seiner Großmutter daheim in Irland ein.
Böse Geister, die machten, daß der Brei anbrannte, der Toast
mit der Butterseite nach unten auf den Boden fiel, Kühe ihre
Kälber verloren. Vielleicht hatten die Innersuit sie auf dieser
Reise heimgesucht und ihnen das unstete, unheilvolle Wetter
beschert.

Vielleicht, sagte er eines Abends zu Erasmus, vielleicht sei-
en die Innersuit an ihrem Pech schuld. Sie stakten durch eis-
verstopftes Wasser, um Eisberge und Treibeisströme herum.
Eines Nachts, als sie in einer Spalte vor Anker lagen, setzte ein
Orkan aus Nordwest ein, und sie mußten hilflos zusehen, wie
eine Eisscholle auf der anderen Seite der Wasserrinne losbrach,

mit einer kreisenden Bewegung von einem Eisberg abprallte und auf ihren Ankerplatz zutrieb. Als sie auf die Ecke ihres kleinen Docks traf, zerschellte die Scholle und mit ihr zerplatzte ihr Hafen, und das ganze Eis ringsum hob sich und stürzte krachend nieder. Wie eine Nußschale wurde ihr Boot in eine brodelnde Brühe aus Eismatsch und Wasser hinauskatapultiert, und an diesen Vorfall sollte sich Robert deutlicher erinnern als die anderen, weil er sich dabei die Schulter ausrenkte. Captain Tyler hielt ihn fest, während Erasmus den Arm wieder einrenkte, und Robert würde sich daran erinnern, wie erstaunt er trotz seiner irrsinnigen Schmerzen war, daß die beiden mit vereinten Kräften zusammenarbeiteten.

Auf der Hakluyt-Insel fanden sie Vögel, hatten aber kein Glück bei der Jagd. Ein Seehund, den sie in der Nähe eines Eisbergs schossen, ging unter, bevor sie ihn aus dem Wasser ziehen konnten. Die Nahrungsmittel gingen ihnen aus, so daß sie eine Woche lang täglich nur ein paar Unzen Brotstaub und Pemmikan zu essen hatten, und alle Fieber bekamen, alle schwach wurden, und Ned vor sich hinmurmelte, daß es vielleicht die Innersuit gewesen seien, die ihnen Joe gestohlen und Dr. Boerhaave ins Wasser gestoßen hätten. An diese Bemerkung und wie sehr sie ihn geschmerzt hatte, würde sich Erasmus erinnern. Trotz seiner Sorge um Ned und die anderen, die gar nicht richtig merkten, wie sehr ihre Kräfte schwanden, aber mit jedem Tag unvermögender wurden, passierte es ihm immer noch, daß er bei der bloßen Erwähnung Dr. Boerhaaves innerlich erstarrte. An Zeke dachte er nie, das hatte er sich verboten; an seine Füße dachte er kaum, obwohl sie eiterten und stanken und er kein Gefühl mehr in ihnen hatte; er konzentrierte sich darauf, die ganze Schar von einem Tag zum andern durchzubringen, sie voranzutreiben, dafür zu sorgen, daß sie kochten, aßen, sich ausruhten und möglichst viele Meilen hinter sich brachten. Doch wenn Ned von Kobolden und Dr. Boerhaave faselte, mußte Erasmus um seine Konzentration kämpfen.

Die Northumberland-Insel, der Wal-Sund, Cap Parry. Das Meer war von treibendem Packeis bedeckt, das in unaufhörlichem Strom aus dem Wal-Sund drang. Nachts bildete sich auf den freien Flächen zwischen dem Pack dünnes Eis, und Erasmus würde sich daran erinnern, welche Panik das bei ihm auslöste. Wenn sie hier eingeschlossen wurden, konnten sie auf keinen Fall überleben; und als erster würde Ned von ihnen gehen. Ned phantasierte ständig, und als Robert und Ivan eine satte Menge Krabbentaucher schossen, richtete sich Ned, dessen Nase bis zur Unkenntlichkeit entstellt und von Blut verschmiert war, auf und brabbelte irgendwelches Zeug über eine große Jagd: Wie er mit Joe und Dr. Boerhaave und den Eskimos auf eine Klippe gestiegen war, auf der Krabbentaucher brüteten. Wie sie die Vögel mit Netzen aus der Luft geholt hatten, die am Ende langer Narwalhörner befestigt waren; wie sie sie so mühelos, als pflückten sie Erbsen, zu Tausenden gefangen und dann in riesigen Specksteinkesseln gekocht hatten, während die Kinder an Vogelhäuten lutschten und rohe Vögel von Flügel zu Flügel aufrissen, die Gesichter in den Federn vergruben und sich die Backen über und über mit Blut einschmierten. Doch von diesen neuen Vögeln wollte Ned keinen anrühren, er mochte nichts Eßbares in die Nähe seiner Nase bringen. Er murmelte Namen vor sich hin, von denen Erasmus nur die wenigsten kannte – Awahtok, Metek, Utunieh; Myouk, Egurk, Nualik, Nessark –, und später, als die Namen und die Leute, denen sie gehörten, wiederkehrten, um Erasmus zu quälen, würde er sich daran erinnern, wie er Ned um all die Dinge beneidet hatte, die er auf der Reise gesehen hatte, und abermals wünschen, daß er damals mit dabeigewesen wäre: Dann wäre Dr. Boerhaave vielleicht noch am Leben.

Erasmus hörte Ned nur mit einem Ohr, während er das Boot unermüdlich weiter nach Süden lenkte. Captain Tyler und Mr. Tagliabeau widersprachen ihm bei jedem Befehl. Ihr Selbstbewußtsein stieg, nachdem das Boot die Hoppner-Spitze und die Granville-Bucht passiert hatte und es tatsächlich in den Bereich des Möglichen rückte, daß sie, wenn es ihnen nur gelänge, der endgültigen Verfestigung des Packeises zuvorzukommen, die Walfanggründe erreichten. Es war ein Wettrennen gegen die Zeit, die Temperatur fiel und das Neueis wuchs täglich, das

Packeis wurde dichter, die Rinne schmaler. Doch trotz des Zeitdrucks legte sich Captain Tyler bei jeder Wende und jeder Halse mit ihm an. Dies sei sein Gewässer, würde Erasmus ihn in seiner Erinnerung sagen hören. Dies sei sein Territorium, und Erasmus müsse das Kommando an ihn abtreten. Hier wisse er, was für die Expedition das Beste sei.

An jenem Morgen hatte Erasmus seine Stiefel aufgeschnürt, weil er nicht länger widerstehen konnte, sich das anzusehen, was er längst spürte: Acht seiner Zehen waren schwarz und abgestorben. Die Amputiermesser lagen noch immer blitzblank in Dr. Boerhaaves Apotheke, aber es war unausdenkbar, daß er die Schnitte selbst ausführte. Ebenso unausdenkbar war es mittlerweile, daß er noch irgendeine Entfernung zu Fuß zurücklegte, falls sich das Eis um sie schloß, aber das wußte noch niemand. Außer Captain Tyler vielleicht, denn es konnte durchaus sein, daß er spürte, wie Erasmus' Kräfte nachließen.

»Sie haben sich bis jetzt geweigert, die Mannschaft zu führen«, erinnerte sich Erasmus später, dem Kapitän entgegnet zu haben. »Als die Männer Sie am nötigsten brauchten, haben Sie sich geweigert, etwas zu tun. Jetzt, da eine Chance besteht, daß wir ans Ziel gelangen, wollen Sie das Kommando und die Ehre.« Die Flinten, Pulver und Blei lagen im Boot verstreut, aber er hatte alle Zündhütchen und fühlte sich sicher. »Ich werde Sie erschießen, wenn Sie den Gehorsam verweigern«, sagte er.

An diese Szene würden sich alle Männer erinnern: Wie es um Haaresbreite dazu gekommen wäre, daß sie sich zwischen den beiden entscheiden mußten; wie nur ein erhobenes Gewehr sie davor bewahrt hatte. In den letzten paar Tagen, während sie mühsam das Cap Dudley Digges umrundeten und dann durch eine schmale Wasserrinne vor dem Fuß des Eises weiterkrochen, sprach niemand mehr, außer um Befehle zu geben und auf diese zu antworten. Jede Nacht fiel die Temperatur unter den Gefrierpunkt, obwohl es mittags noch warm wurde. Manchmal schneite es. Sie ruderten durch dicken Matsch, der wie Brei von den Riemen tropfte, und als sie endlich auf der Höhe von Cap York waren, graute ihnen vor der Leere.

3. Oktober, die Melville-Bucht. Bis nach Upernavik, am anderen Ende des Schiffsfriedhofs, war es noch unendlich weit.

Die Melville-Bucht empfing Erasmus und seine Schar mit dichtem Packeis, das nur von kleinen, unregelmäßigen Wasserrinnen durchbrochen war; damit hatte er gerechnet. Womit er nicht gerechnet hatte, das waren die dunklen Punkte am Horizont. Eine Anhäufung von Punkten und irgend etwas, das sich in Schlangenlinien emporkräuselte, ließ sein Herz in der Brust hüpfen. Rauch? Er war mittlerweile längst damit vertraut, wie die weiten Eisfelder die Perspektive und die Wahrnehmung verschoben – wie etwas, das von weitem wie ein Bär aussah, sich beim Näherkommen als Hase entpuppte; wie ein naher, sanfter Hügel sich als eine weit entfernte, mächtige Bergkette herausstellen konnte. Zuerst konnte er nicht glauben, daß der Rauch wirklich Rauch war. Die Flecken, die ihm groß und weit entfernt erschienen, mochten näher sein, vielleicht Eskimos auf der Jagd. Aber die senkrechten Linien zwischen den Rauchfahnen waren wirklich Masten, und darunter lagen wirklich Schiffe. Siebzehn Schiffe, zählten die Männer einander vor, während sie das dünne Eis zertrümmerten, das ihnen den Weg versperrte, und auf einem wilden, verschlungenen Kurs durch die offenen Rinnen rings um die Schollen steuerten. Die Schiffe schienen im Eis festzusitzen; als sie bis auf eine Meile heran waren, konnte auch ihr Boot nicht mehr weiter. Sie hatten den Schlitten bereits verheizt und waren zu schwach, um das Boot auf das feste Eis zu ziehen.

»Ich gehe los«, sagte Captain Tyler. »Ich gehe zum ersten Schiff und hole Leute zu Hilfe.«

»Nein«, sagte Erasmus. »Wir sind zu viele, die keine Kraft mehr haben, ich brauche Sie hier bei mir. Der Wind kann jeden Augenblick umschlagen, und wenn die Schollen sich verschieben, können wir unversehens abtreiben.« Er hätte sich nur allzugern selbst auf den Weg gemacht, wußte aber, daß er nach wenigen Schritten zusammenbrechen würde. »Wir müssen den stärksten und flinksten von uns schicken. Barton, denke ich.«

Barton sprang auf. »Ich werde rennen«, sagte er. »Ich werde den ganzen Weg rennen.«

Vier Stunden später erschien er mit einer Mannschaft staunender Shetland-Insulaner von einem Walfänger aus Dundee. Es schneite und war dunkel und sehr kalt, und das Eis knirschte unter ihren Füßen. Erasmus begrüßte die Matrosen mit knappen Worten und sagte nicht mehr, als daß ihr Schiff verloren sei und daß sie Hilfe bräuchten. Als er das Mitleid in den Gesichtern der Matrosen sah, ging ihm auf, wie abgerissen und abgekämpft sie aussehen mußten. »Könnt ihr uns helfen, zu eurem Schiff zu kommen? Könnt ihr uns aufnehmen?«

Die vor Gesundheit strotzenden Matrosen machten kurzen Prozeß. Sie zogen das Boot auf das Eis, vertäuten die Zugriemen, luden alles aus bis auf die persönliche Habe der Männer und setzten nach einer kurzen Inspektion der Narwhal-Crew Ned, Erasmus und Ivan auf die Ruderbänke. Sie hängten sich zu zwölft vor das Boot und schleppten es über das Eis, als hätte es kein Gewicht, während die übrigen die Männer stützten, die sich noch selbst auf den Beinen halten konnten. Thomas verzog das Gesicht, als er hörte, wie der Kiel auf dem Eis knirschte und zersplitterte.

Ihr Weg war vom Mondlicht und von mehreren Feuern erhellt. Im Näherkommen erkannte Erasmus, daß es keine Lagerfeuer oder Kochfeuer waren, sondern daß die Überreste zweier Schiffe brannten. Sie waren unter dem Druck des Eises zerborsten und teilweise gesunken, so daß nur die über der Wasserlinie liegenden Decks noch übrig waren. »Das ist so Sitte bei uns Walfängern«, sagte einer der Shetländer auf Erasmus' Frage hin. »Wenn ein Schiff zequetscht wird so wie die hier, dann verbrennen wir die Überreste.« Im Feuerschein erkannte Erasmus über das Eis verstreute Masten, kaputte Walfangboote, ein ganzes Schiff, das auf der Seite lag, mit dem Kiel in der Luft.

»Zwanzig Schiffe sind hier eingeschlossen«, berichtete der Shetländer namens Magna Abernathy, wenn Erasmus richtig verstanden hatte; er sprach mit starkem Akzent. »Bis jetzt sind drei hin. Ihre Mannschaften sind auf den anderen Schiffen untergekommen, aber wir haben noch Platz. Unser Kapitän hat gleich angefangen, alles für euch vorzubereiten, als euer Bote kam.«

Dann ragte eine Bark vor ihnen auf wie eine Burg. Die *Harmony* aus Dundee, verkündete Magna. Befehligt von Captain Alec Sturrock. In der Zeit, die verstrich, während Magna über die Planken an Bord lief, um seinen Kapitän zu holen, besah sich Erasmus die Kräne, die Walfangboote und den geflickten, ölbefleckten Rumpf. Danach ging alles unglaublich schnell. Erasmus und seine Kameraden wurden getragen, geschoben, gewaschen, gekämmt, verbunden und mit frischen Kleidern versehen, zu neu aufgehängten Hängematten geführt, wo man ihre Habseligkeiten verstaute, und gleich wieder mitgenommen. In der Kajüte wurden sie von der Helligkeit sauber brennender Lampen geblendet und von dem Duft frisch gebackenen Brots überwältigt. Ned wurde vom Schiffsarzt unter die Fittiche genommen, dem das Fieber und die Nase nicht geheuer waren, aber Erasmus durfte bei den anderen bleiben; noch hatte niemand seine Füße gesehen.

An Bord der *Harmony*, die sich durch den Druck des Eises hart nach Steuerbord gelegt hatte, war alles schräg, nur den Tisch hatte man ausgeglichen und in die Waage gebracht. Man zog Stühle für sie an den Tisch, stellte Teller vor sie hin und Wein, kleine Gläser voll mit rotleuchtendem Wein. Erst nachdem sie einige Minuten schweigend gekaut und geschluckt hatten, fragte Captain Sturrock: »Wie haben Sie Ihr Schiff verloren? Wie lange waren Sie mit dem kleinen Boot unterwegs?«

Erasmus beugte sich vor und setzte zur Antwort an, doch Captain Tyler war schneller. »Amos Tyler aus New London«, sagte er. »Ich fahre seit über zwanzig Jahren als Kapitän auf Walfängern.« Nun folgte ein reger Austausch über Namen und Orte; die beiden Kapitäne kannten sich nicht, hatten aber die gleichen Gewässer befahren und besaßen etliche gemeinsame Bekannte. Unverzüglich spürte Erasmus, wie sich das Gleichgewicht der Kräfte, der Blase in einer Wasserwaage gleich, verschob.

»Wie hieß Ihre Brigg?« fragte Captain Sturrock. »Wir haben euch diesen Sommer nirgends gesehen.«

Captain Tyler verzog verächtlich den Mund. »Nein, diesen Sommer nicht, wie wahr«, sagte er. Er streckte sein Glas hin, um sich Wein nachschenken zu lassen, und erzählte Captain Sturrock seine Version dessen, was vorgefallen war. Wie er nicht in diesem Jahr, sondern zum Anfang der Saison im letzten Jahr einen Posten als Navigator einer Expedition zur Aufsuchung von Sir John Franklin übernommen habe; wie alles mißlungen sei und sie im Eis festgesteckt hätten, weil der Expeditionskommandant nicht seinem Rat gefolgt sei. Auf die begierigen Fragen nach dem Schicksal der Franklin-Expedition gab er knappe, ungeduldige Antworten. Doch bei der Schilderung ihrer Prüfungen, des finsteren, hoffnungslosen Winters und ihres späten Entrinnens konnte er kein Ende finden. Erasmus versuchte, ihn zu unterbrechen, aber es gelang ihm nicht. Ihm war schwindlig, und er schwitzte; nach den vielen Wochen an der frischen Luft war die Kajüte entsetzlich stickig und warm, und die Gerüche waren übermächtig. »Die *Narwhal* wird niemals wieder freikommen«, schloß Captain Tyler.

»Und Ihr Kommandant«, fragte der andere Kapitän. Er ließ seinen Blick durch die Kajüte schweifen.

»Tot«, sagte Captain Tyler. »Wie einige andere Männer auch.«

Er wandte sich Erasmus zu: »Das ist der Naturforscher der *Narwhal*, Erasmus Wells, ein Freund von Commander Voorhees. An ihn hat Commander Voorhees die Verantwortung für das Wohl der Expedition für die Zeit seiner Abwesenheit übertragen, und es war seine Entscheidung, die Brigg zu verlassen und die Reise mit dem Boot in die Wege zu leiten. Ich habe uns lediglich durch das Eis gelenkt.«

Nicht seine Entscheidung, dachte Erasmus. Sondern Neds. Nicht einmal das konnte er sich als Verdienst anrechnen. Er mußte ihnen unbedingt sagen, daß sie nicht mit Sicherheit wüßten, ob Zeke tot sei, daß sie es nur vermuteten, daß es noch Hoffnung geben könnte. Als er sich erhob, um das Wort zu ergreifen, kippte der Boden unter ihm weg, und die Lampen verschmolzen zu einem goldenen Ball und verschwanden. Dann lag er auf dem Fußboden, ausgestreckt auf dem Rücken. Jemand hatte ihm die Stiefel ausgezogen. Captain Sturrock und sein Schiffsarzt blickten auf ihn herunter und unterhielten sich.

Der Schiffsarzt berührte seine Zehen mit einer Geste, die von Dr. Boerhaave hätte sein können. »Die werden wir abnehmen müssen«, sagte er.

Später, während er sich in der Kabine des ersten Offiziers erholte, erfuhr Erasmus, wie es gekommen war, daß die *Harmony* im Eis eingeschlossen wurde. Ned und er lagen nebeneinander, zu schwach zum Reden, aber stark genug, um zuzuhören.

Im Juli hatte sich die *Harmony* zusammen mit Schiffen aus Hull, Aberdeen, Kirkcaldy und Newcastle, aus New Bedford, Nantucket und Neufundland durch den schweren Eisgang in der Melville-Bucht vorgekämpft. Als der Schiffsverband schließlich das Nordwasser erreicht hatte, segelten sie so rasch es ging zur Ponds-Bay hinüber und mußten dort feststellen, daß die Route nach Süden von Treibeisfeldern versperrt war. Bei anhaltendem Ostwind trieb weiter Eis in die Bucht und sperrte die Schiffe ein; sie sichteten keinen einzigen Wal. So warteten sie wochenlang, voll Sorge und Langeweile, nur um zu erleben, als der Wind endlich gedreht hatte und sie freikamen, daß die Route nach Süden weiterhin blockiert blieb.

Sie versuchten sich nach Upernavik durchzuschlagen; als sie Cap York erreichten, sahen sie, daß die Melville-Bucht noch immer von Eisbergen und schwerem Packeis verstopft war. Also segelten sie wieder Richtung Westen, wo sie abermals aufgehalten wurden; dann wieder zurück in die Melville-Bucht, wo das Eis mittlerweile noch dichter geworden war; ein drittes Mal hin und her, zwanzig Schiffe, die keinen sicheren Durchbruch nach Süden finden konnten. Dann hatten starke Winde aus Südost die Schiffe aufeinander zugetrieben und sie gegen das Eis gedrückt, das sich in dem Bogen südlich von Cap York festgesetzt hatte.

Dicht an dicht, den Klüverbaum des einen Schiffes über der Heckreling des jeweils vorderen, schleppten sie die Schiffe durch schmale Spalten, bis der Wind das Eis um sie herum zuschob. Die *Alexander* aus New London und die *Union* aus Hull wurden zerquetscht, die *Swan* vom Eis auf die Seite geworfen – so hatte Erasmus sie gesehen. Seit dem 15. September saßen die Schiffe hier fest. Und jetzt, sagte Mr. Haslas, der Schiffsarzt, der Erasmus und Ned mehrmals täglich besuchte und während der Untersuchung mit ihnen plauderte, jetzt bleibe ihnen nur die Hoffnung, daß das Eis noch einmal aufbreche. Ein kräftiger Wind aus Nordwest könne die Schollen noch immer auseinanderreißen, und wenn sie sich freischlagen könnten, bevor das Neueis die offenen Gewässer versiegelte, wäre es immer noch möglich, nach Upernavik durchzukommen.

Die Mannschaften besuchten sich gegenseitig, organisierten große Zusammenkünfte auf dem Eis, wo sie Musik machten, tanzten und Wettspiele veranstalteten; unterdessen luden die Offiziere einander zu ausgedehnten Diners in ihre Kajüten ein. Captain Tyler und Mr. Tagliabeau wurden von einem Schiff zum nächsten herumgereicht und ließen sich überall für ihren Mut und ihre Klugheit feiern. So erfuhr es Erasmus jedenfalls aus zweiter Hand, wenn sich einer der Männer gelegentlich von den Festivitäten fortriß und bei Ned und ihm vorbeischaute. Nach einem Besuch auf einem Schiff aus New Bedford kam Thomas und brachte ihnen Neuigkeiten von Dr. Kane.

»Er hat sein Schiff im Eis verlassen«, sagte Thomas. »Genau wie es uns die Eskimos berichtet haben. Er hat mit seiner Crew eine ähnliche Reise zurückgelegt wie wir, mit drei kleinen Booten, nur früher im Jahr. Sie haben sich bis nach Upernavik durchgeschlagen und wurden dann an Bord eines dänischen Schiffes nach Godhavn gebracht, wo sie auf die Rettungsexpedition trafen. Sie sind letzten Oktober wieder in New York angekommen, und die Männer, von denen ich das habe, sagen, die Zeitungen wären voll davon gewesen. Dr. Kane ist jetzt ein großer Held. Obwohl er an einer ganz verkehrten Stelle nach Franklin gesucht hat.«

Er sah verträumt an Erasmus' verstümmelten Füßen vorbei. »Vielleicht werden wir auch als Helden gefeiert«, meinte er, »wenn wir nach Hause kommen. Vielleicht werden wir von allen begeistert begrüßt.«

Erasmus warf Ned, der nur einen Schritt von ihm entfernt

lag und aufmerksam lauschte, einen Blick zu. Mr. Haslas hatte seine zerschundene Nase gründlich gespült und mit Salbenpackungen versorgt. Aber der weiche Teil seines linken Nasenflügels war gänzlich zerfressen, so als wäre er verbrannt; wo früher der Flügel gewesen war, wuchs jetzt festes, häßliches Narbengewebe. Anstelle eines ordentlichen runden Lochs hatte seine Nase dort nur einen dunklen, schmalen Schlitz. Seine eigene Verstümmelung, dachte Erasmus, konnte er wenigstens in den Stiefeln verstecken – warum mußte ausgerechnet der junge, gutaussehende Ned so entstellt sein?

»Glaubst du wirklich?« fragte Ned. »Daß es so kommen wird? Oder werden wir von allen verurteilt werden, weil wir die *Narwhal* verlassen haben und weil wir nichts mehr von dem vorzuweisen haben, was wir von Franklin gefunden haben?«

Thomas wandte sich mit einer Geste seiner vernarbten Hände zu ihm. »Dr. Kane hat sein Schiff auch verlassen«, sagte er. »Er hatte keine andere Wahl, und wir auch nicht.«

Ned wandte den Kopf ab, und Erasmus wußte, was er dachte: daß Dr. Kane nur die Männer zurückgelassen hatte, die mit Sicherheit tot waren.

Einige Nächte darauf setzte ein wilder Schneesturm ein, begleitet von einem böigen Wind, der sich allmählich von Südwest über West nach Nordwest drehte. Die ganze Nacht hindurch hörten Erasmus und Ned oben an Deck Schritte und aufgeregte Stimmen, während sich unter ihnen das Schiff aufrichtete und sich ihre schräge Welt allmählich geraderückte. Am nächsten Morgen kam Captain Sturrock in aller Herrgottsfrühe in ihre Kabine geeilt, mit verwühlten Haaren und vor Erregung funkelnden Augen.

»Der Wind hat die Schollen auseinandergerissen«, sagte er. »Wir schwimmen wieder, alle Schiffe sind wieder frei, und wir werden versuchen, uns durch die Rinnen nach Süden vorzuarbeiten. Wenn das Wetter nur ein paar Tage andauert, ehe das Neueis alles wieder zuschweißt – ich habe mit Captain Nicholson von der *Sarah Billopp* gesprochen. Wenn uns der Durchbruch gelingt, ist er bereit, Sie mit in seinen Heimathafen nach Marblehead zu nehmen.«

»Marblehead?« fragte Erasmus. Captain Tyler und Mr. Tagliabeau quetschten sich zur Tür herein. Beide sahen aus, als wären sie die ganze Nacht aufgewesen. »Wir bleiben nicht bei Ihnen an Bord?«

»Aber nein«, sagte Captain Sturrock. »Sie wollen doch zurück nach Philadelphia, nicht?« Und das ist der nächste Hafen, der von einem der Schiffe aus dem Verband angelaufen wird.«

Erasmus drehte sich zu Captain Tyler um. »Sind Sie auch der Ansicht, daß wir uns auf dem Schiff nach Marblehead einschiffen sollten?«

»Sie auf jeden Fall«, meinte Captain Tyler, »und Ned und wer sich Ihnen sonst noch anschließen will. Ivan sicherlich, seine Finger sind nicht richtig verheilt. Aber Mr. Tagliabeau, Robert, Sean und ich werden auf der *Harmony* bleiben.«

»Was wollen Sie in Schottland?« fragte Erasmus. »Ich bin der Ansicht, wir sollten uns nicht trennen.«

»Die *Harmony* fährt nicht in Richtung Heimat«, sagte Captain Sturrock. »Noch nicht gleich – unsere Laderäume sind leer, wir haben nichts für unsere Reise vorzuweisen und können die Crew nicht bezahlen. Wir haben beschlossen, nach Neufundland zu segeln, im Verein mit Captain Bowring. Er meint, wenn wir da überwintern, können wir im März mit der Robbenfängerflotte durch die Straße von Belle Isle nach Norden aufbrechen und eine Ladung Felle mit nach Hause nehmen.«

»Sie wollen nicht nach Hause?« fragte Erasmus Captain Tyler. »Nach so langer Zeit?«

»Natürlich will ich«, sagte Captain Tyler verächtlich. »Aber wovon soll ich leben? Glauben Sie, ich werde mich je auf dem Geld ausruhen können, das Commander Voorhees mir für diese Reise schuldig ist? Ich bin nicht wie ihr Entdeckungsleute, ich muß mein Brot verdienen. Ich kann die Reise abschreiben, wenn es mir nicht irgendwie gelingt, den verlorenen Lohn wieder wettzumachen. Wenn es mit dem Robbenfang gutgeht, wird mein Anteil so groß sein, daß ich zu Hause wenigstens etwas vorzuzeigen habe.«

Neben ihm nickte Mr. Tagliabeau in einem fort. Die ganze Reise, dachte Erasmus, hatte dieser Mann nichts gemacht als genickt. Nie eine eigene Meinung, nicht eine einzige Idee.

»Was sind ›Entdeckungsleute‹?« fragte Ned.

Captain Tyler und Mr. Tagliabeau schnaubten. Ehe einer der beiden zum Antworten kam, ergriff Captain Sturrock das Wort und sah Erasmus an, während er sprach:

»Das, was bei uns die arktischen Forscherfexe sind«, sagte er. »Die Männer wie ihr, die auf Forschungsreise gehen, mit viel Geld und viel Trara und dicken Wintersachen, und die glauben, sie würden irgendwelche Entdeckungen machen, während überall, wo ihr hinkommt, längst ein Walfänger war. Wir wissen mehr über das Land und die Strömungen und die Winde, als ihr je wissen werdet, und mehr über die Gewohnheiten der Wale, Robben und Walrosse. Ich bin russischen Entdeckungsschiffen begegnet und englischen und französischen, und ich wüßte nicht, daß eins davon je tatsächlich etwas entdeckt hätte. Was habt ihr denn auf eurer Reise entdeckt?«

»Neue Küstenstrecken«, sagte Erasmus. »Wir haben eine ganze Reihe neuer Küsten kartiert, nördlich des Smith-Sunds. Und wir haben Relikte von Franklins Expedition gefunden, wie Sie bereits wissen – daß sie verlorengegangen sind, ist gewiß nicht unsere Schuld.«

»Das ist alles, was bei Entdeckungsleuten herauskommt«, sagte Captain Sturrock. »Daß sie verlorengehen. Und daß Sachen verlorengehen. Wie Franklin mit seinem Schiff und seinen Männern. Dr. Kanes Schiff ist verloren, Ihr Schiff ebenfalls und all Ihre kostbaren Funde und Proben. Wenn der Kapitän eines Walfängers jemals auch nur annähernd an Ihre Verlustrate herankäme, müßte er sich bald nach einem neuen Beruf umsehen.«

»Wenn ich das gewußt hätte«, sagte Captain Tyler. »Wenn ich das nur gewußt hätte ...«

»Wenigstens merken sich amerikanische Entdeckungsschiffe auf ihren Reisen, wo sie Wale und Robben gesichtet haben, und erstatten bei der Rückkehr Bericht darüber«, fuhr Captain Sturrock fort. »Unsere Entdeckungsleute meinen offenbar, Wale seien unter ihrer Würde; sie gönnen ihnen nicht einmal eine Erwähnung, wenn sie nach England zurückkommen und ihre hochgestochenen Bücher schreiben. Das ist der blanke Neid, sonst nichts. An der Westseite der Baffin-Bucht sind alle markanten Punkte und Buchten von Walfängern getauft, nicht von irgendwelchen Entdeckern.«

»Dieses englische Expeditionsschiff, das wir gesehen haben«, fügte Captain Tyler hinzu, »die *Resolute*, durch die Commander Voorhees überhaupt erst darauf gekommen ist, daß wir Richtung Norden fahren sollten – die haben wir uns nur angesehen, aber wie ich gehört habe, hat ein amerikanischer Walfänger sie nach Hause geschleppt. Sie wurde wieder auf Vordermann gebracht und an die Britische Regierung ausgeliefert.«

»Das hätten wir auch tun können«, sagte Mr. Tagliabeau. »Das hätte unser Verdienst sein können.«

Sean und Robert blieben mit Captain Tyler und Mr. Tagliabeau auf der *Harmony*. Auf der kleinen, beengten *Sarah Billopp* schuf Captain Nicholson Platz für Erasmus, Ned, Ivan, Barton, Isaac und Thomas. Nur noch sechs Mann, dachte Erasmus. Von den fünfzehn, mit denen sie in Philadelphia aufgebrochen waren. Er konnte sich nicht vorstellen, mit einem dermaßen dezimierten Rest der Expedition zu Hause anzukommen. Er konnte sich weder vorstellen, was er den Angehörigen der Männer sagen sollte, die gestorben waren, noch, was er den Angehörigen der Überlebenden erklären sollte, die, weil die Expedition so kläglich gescheitert war, ein weiteres halbes Jahr unterwegs sein würden, um Robben zu jagen. Er konnte sich diese Dinge deshalb nicht vorstellen, weil er nicht wirklich glauben konnte, daß er tatsächlich auf dem Weg nach Hause war. Doch als wären die Kobolde eingeschlafen, blieb das Wetter gerade so lange gut, daß der Durchbruch gelang. Die Schiffe entschlüpften durch das eisverstopfte Wasser nach Upernavik und segelten von dort, so rasch es ging, nach Godhavn. Dort trennten sie sich und fuhren ihrer Wege.

Der Schiffsarzt der *Sarah Billopp* versicherte Erasmus, daß seine Füße gut verheilten und daß er eines Tages wieder würde laufen können. Aber erst im nachhinein, als einige Schiffe Kurs auf die Spitze von Grönland nahmen, um sie in Richtung Osten zu umrunden, und die *Harmony* Captain Tyler, Mr. Tagliabeau, Sean und Robert davontrug, wurde Erasmus von der Einsicht eingeholt, wieviel er verloren hatte. Schiffe fuhren nach Osten, Schiffe fuhren nach Westen, und die Hülse, in der er sich eingekapselt hatte, um die Männer in Sicherheit bringen zu können, zerplatzte wie ein sprießender Samen.

Er lag in seiner Koje und weinte. Seine Zehen waren ihm gleich. Daß die Ziele der Expedition gescheitert waren, war ihm nicht völlig gleich, aber es waren immer Zekes Ziele gewesen, nicht die seinen. Er hatte die wunderbare Sammlung verloren, die er mit Dr. Boerhaave angelegt hatte: die vielen Vögel, Insekten, Blumen und Farne, die Häute, Schuppen, Fossilien und Knochen – sie waren unwiederbringlich dahin. Und mit ihnen seine Hoffnung darauf, eine Naturkunde der Arktis zu verfassen. Doch das waren Verluste, mit denen jeder zu leben lernen konnte.

Aber die *Narwhal* hatte die Hälfte ihrer Mannschaft verloren, und er hatte Dr. Boerhaave verloren, den einzigen richtigen Freund, den er je besessen hatte. Ihn hatte er verloren; Zeke hatte er verloren, und damit hatte seine Schwester alle Hoffnung auf Glück verloren. Lavinia, die so geduldig zu Hause wartete – wie sollte er ihr gegenübertreten? Wie sollte sie leben, nachdem ihr Zeke genommen war? Wie sollte er leben, nachdem ihm alles genommen war, wonach er sich je gesehnt hatte? Direkt hinter seinem Kopf war die Schiffswand, eine Wand aus Holz; und dahinter Wellen, Wasser, Wind, jede Menge fliegende, schwimmende und atmende Lebewesen, die sich um die eigene Achse drehende Erde und die um den fixen Pol im Norden kreisenden Sterne. Noch viele Jahre später würde er sich daran erinnern, wie gern er ein Loch in die Wand geschlagen hätte und in das wartende Wasser gesprungen wäre.

# III. Teil

# 8. Tudlamik, Fell und Knochen
## (November 1856 – März 1857)

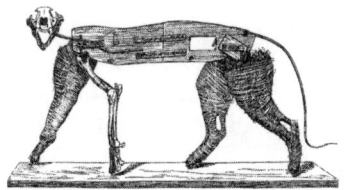

In der Aufeinanderfolge der organischen Wesen auf der Erdoberfläche ist ein deutliches Fortschreiten zu sehen. Es besteht in einer zunehmenden Verähnlichung mit der lebenden Fauna, und bei den Wirbeltieren insbesondere in ihrer steigenden Ähnlichkeit mit den Menschen. Dieser Zusammenhang ist aber nicht die Folge einer unmittelbaren Abstammung der sukzessiven Faunen voneinander. Da ist keine Art Verhältnis, das einer Fortpflanzung von Eltern zu Kindern ähnlich wäre. Die Fische der paläozoischen Zeit sind in keinem Betracht die Voreltern der sekundären Reptilien, und der Mensch stammt nicht von den Säugetieren her, welche in der Tertiär-Zeit gelebt haben. Das Band, welches sie verknüpft, ist von einer höheren und nicht materiellen Beschaffenheit; ihre

*Verbindung muß in der Absicht des Schöpfers selbst gesucht werden, dessen Zweck, als er die Erde gestaltete, sie den allmählichen von der Geologie nachgewiesenen Veränderungen unterwarf und nacheinander die mancherlei jetzt entschwundenen Tierformen schuf, kein anderer war, als den Menschen auf die Erde einzuführen. Der Mensch ist das Ende, nach welchem die ganze Tierschöpfung vom ersten Erscheinen der ersten paläozoischen Fische an gerichtet war. Schon im Anfange war sein Plan entworfen, von welchem er sich in keiner Beziehung je verirrt hat. [...] Die Erforschung der Aufeinanderfolge der Tiere führt mithin dazu, uns mit den Gedanken Gottes selbst bekannt zu machen. [...] Nur dadurch, daß die Naturgeschichte zu gleicher Zeit Materie und Geist ins Auge faßt, erhebt sie sich zu ihrem wahren Charakter und ihrer Würde und führt zu ihrem würdigsten Ziel, indem sie uns in der Schöpfung die Ausführung eines schon im Anfang und von vorneherein reifen und unwandelbar verfolgten Planes, das Werk eines unendlich weisen Gottes zeigt, der die Natur nach unabänderlichen Gesetzen regiert, welche er selbst ihr auferlegt hat.*

LOUIS AGASSIZ, A.A. GOULD,
Grundzüge der Zoologie (1851)

Die Stiche waren wunderschön geworden, dachte Alexandra; sogar diejenigen, an denen sie mitgearbeitet hatte. Sie spitzte noch einmal die Lippen und blies sanft auf das Buch. Wieder hob sich das Seidenpapier und gab das Bild darunter frei. Dr. Kanes *Arktische Forschungen*. Mr. Archibault hatte es ihr geschenkt; sie konnte kaum glauben, daß sie an der Entstehung teilgehabt hatte. Ihr Blick wanderte zwischen den Bänden und der Werbeschrift hin und her, die ihr Mr. Archibault ebenfalls mitgebracht hatte:

*Dr. Kanes großes Meisterwerk*
*Arktische Forschungen*
mehr als fünfhunderttausendmal verkauft,
von Menschen aller Altersgruppen
und aller Bildungsgrade gelesen.
Ein Buch, das in keinem amerikanischen
Bücherschrank fehlen sollte.

*500 Tageszeitungen*
haben es zum erstaunlichsten und interessantesten Buch
ernannt, welches je veröffentlicht wurde.

*Die ausländische Presse*
und die angesehensten Gelehrten Europas
überschlagen sich vor Lob.
Spannender als

*Robinson Crusoe*
bietet es einen getreuen Bericht der Leiden
und Entbehrungen, die kein Leser ohne Schaudern
miterleben wird.

*Die bedeutendsten Männer der Nation*
sind in einen edlen Wettstreit zum Lobpreis
dieses einzigartigen Werkes getreten…

Es folgten mehrere eng bedruckte Seiten mit den Stimmen berühmter Zeitgenossen. Die Historiker George Bancroft und W. H. Prescott, die Dichter Washington Irving und William C. Bryant, die Politiker Charles Sumner, Edward Everett und General Lewis Cass, der große Naturforscher Louis Agassiz: Sie alle platzten schier vor Bewunderung für den Mann Kane und für sein Werk.

Während der Arbeit selbst hatte Alexandra sich keine Vorstellung davon gemacht, was die Veröffentlichung bedeuten würde. Sie hatte sich nicht vorgestellt, daß das Buch von aller Welt gelesen und diskutiert würde und daß sie sich so sehr als Lügnerin fühlen würde. Und sie hatte sich nicht vorgestellt, welchen Effekt es auf Erasmus haben würde, weil sie geglaubt hatte, daß er tot sei.

Als der größte Teil der Walfängerflotte Anfang September ohne jede Nachricht von der *Narwhal* zurückkehrte, war sie durch alles, was sie bei ihrer Lektüre über die Arktis gelernt hatte, zu der Überzeugung gelangt, daß die Expedition verschollen sei. Zekes Vater hatte eine Rettungsexpedition für den kommenden Sommer zu organisieren begonnen, und sie hatte Lavinia ständig versichert, daß die Männer am Leben seien, hatte gleichwohl aber jede Hoffnung verloren. Dann war ein Walfänger in Marblehead eingelaufen, und an Bord befanden sich wunderbarerweise Erasmus und ein Bruchteil seiner Crew.

In den Zeitungen waren zu der Zeit gerade Dr. Kanes Reise nach England und sein phantastisches Buch das Thema Nummer eins. Vielleicht waren sie des vielen Lobens müde, so

daß sie sich nun geradezu darauf stürzten, Erasmus dafür anzu-
klagen, daß er Zeke und die Brigg verlassen hatte. Sie stellten
die Geschichte so dar, als hätte es eine Meuterei gegeben oder
zumindest schwerwiegende Fehler; sie brodelten vor Empörung
und bezweifelten, daß mit Captain Tyler und den anderen, die
sich Erasmus' Kommando entzogen hatten, alles mit rechten
Dingen zugegangen war. Für den jungen Burschen mit dem ent-
stellten Gesicht und Erasmus mit seinen verstümmelten Füßen
brachten sie nicht das geringste Mitleid auf. Erasmus hatte
ihnen sein Tagebuch und ein Stück Stiefelsohle gezeigt, von der
er behauptete, sie habe einem von Franklins Männern gehört;
die Reporter hatten ihn verhöhnt. Es hätte nicht viel gefehlt
und sie hätten ihn offen als Lügner beschimpft. Linnaeus und
Humboldt hatten, nachdem sie Erasmus nach Hause geholt
hatten, versucht, die schlimmsten Meldungen von ihm fernzu-
halten. Aber sie hatten Lavinia nicht davon abhalten können,
ihn als Mörder zu beschimpfen. Sie hatten auch nicht verhindern können, daß er mitbekam, wie ihn die Leute zu seinen
Ungunsten mit Dr. Kane verglichen.

Alexandra, die nun schon weit länger in seinem Haus lebte
als geplant, auch wenn sie weiterhin gebraucht wurde, weil
Erasmus in der Repositur nur langsam gesund wurde und Lavinia oben im Haus das Bett hütete, bemühte sich noch immer
vergeblich, diese erstaunliche Verknüpfung der Ereignisse zu
verstehen. Sie versuchte Erasmus mit ihrer Ausgabe der *Arktischen Forschungen* zu zerstreuen, doch er stöhnte beim
Durchblättern der blauen Bände bloß über die vielen Über-
einstimmungen zwischen Kanes Reise und der seinen. Eines
Nachmittags blickte er von den Seiten auf, als nähme er ihre
Anwesenheit zum erstenmal wahr, und sagte: »Was machen
Sie denn hier?«

Sie brachte es nicht über sich, ihm zu sagen, daß sie als Ange-
stellte im Hause weilte. Linnaeus und Humboldt hatten sie
angefleht zu bleiben, zumindest bis Lavinia wieder aufstehen
konnte. Aber sie konnte unmöglich vor ihm wiederholen, wie
Humboldt gesagt hatte: »Es gibt Dinge, die von Bediensteten
nicht zu leisten sind«, oder wie Linnaeus ergänzt hatte: »Und

Sie haben sich als so treue Freundin der Familie erwiesen, wir würden Sie mit Freuden wie eine Haushälterin bezahlen.« Woraufhin lauter Schränke mit Kleidern, Wäsche und Geschirr vor ihren Augen getanzt hatten, dazu die Gesichter der Köchin, der Hausmädchen und des Butlers. Sie hatte geglaubt, sich mit ihren Diensten für die ihr erwiesene Freundlichkeit zu revanchieren, und sich nicht als bezahlte Bedienstete verstanden.

»Oder besser«, hatte Humboldt hinzugesetzt, als er ihr Gesicht sah, »wir wollen damit nicht sagen, daß Sie Hausarbeit verrichten sollen; wenn Sie weitere Hilfe benötigen, geben Sie uns bitte einfach Bescheid.«

Sie brachte es nicht über sich, dieses unangenehme Gespräch vor Erasmus zu wiederholen. Deshalb sagte sie: »Ihre Brüder waren so freundlich, mir zu gestatten, noch eine Weile im Haus zu bleiben und meine Ausbildung weiterzubetreiben, während ich Ihrer Schwester Gesellschaft leiste. Und Ihnen ebenfalls, wenn es Ihnen recht ist.«

Franklins Porträt blickte von der Wand herab; auf einem Tisch lag eine ramponierte Schiffsapotheke; auf dem Bett stand eine Blechschatulle. Erasmus klappte den Deckel zu, damit sie den Inhalt nicht sah, aber sie hatte eine Briefmappe, eine Handvoll Bücher und das Journal erspäht, das Lavinia Zeke mitgegeben hatte und das jetzt fleckig und abgegriffen war. »Ich habe eine saubere Handschrift«, sagte sie. »Vielleicht könnte ich Ihnen ein wenig mit den Papieren helfen, die Sie mitgebracht haben?«

In ein neues Buch mit einem schlichten schwarzen Einband und einem roten Lederrücken schrieb Erasmus:

*Ich versuche Trost aus meiner Umgebung zu schöpfen, ich versuche dankbar zu sein, daß ich wieder zu Hause bin und sehen kann, was es hier zu sehen gibt. Draußen vor meinem Fenster ist der Himmel von dunklem, kräftigem Grau, von gelegentlichen Sonnenstrahlen durchschossen, dann leuchten die Blätter auf, verdüstern sich fast unmerklich und leuchten abermals auf: goldene Blätter. Durch das Laub bewegt sich ein roter Kardi-*

nal, eine schwarze Krähe; ein Krähenschwarm kreist über der großen Eiche und läßt sich darauf nieder. Mit dem Hereinbrechen der Dunkelheit strömen sie aus der ganzen Stadt zusammen, bis sie sich auf allen Zweigen drängen und alle durcheinander krakeelen, ein ohrenbetäubender Lärm: Bist du da? Ja, ich bin da. Bist du da? Ja, ich bin da. Gute Nacht, gute Nacht, gute Nacht. Warum kann ich mich nicht einfach an ihnen freuen?

Nachdem ich so lange von zu Hause geträumt habe, träume ich nun jede Nacht, ich läge in meiner Koje auf der Narwhal, mit der noch vollständigen Crew um mich herum. Lavinia macht mir Vorhaltungen, weil ich ohne Zeke wiedergekommen bin, alle machen mir Vorhaltungen, ich selbst auch. Ich wußte, so gut man es wissen konnte, welche Gefahren uns bevorstanden; durch die Erfahrungen auf der Forschungsexpedition sah ich die Arktis ohne romantische Illusionen. Warum habe ich bloß nicht erkannt, wie wenig realistisch Zekes Vorstellungen waren? All sein Lesen hat ihm das Entscheidende nicht vermitteln können. Er konnte sich die Entbehrungen vorstellen, die Forschungsreisende vor uns durchgemacht hatten, aber wenn es darum ging, daß ihm selber etwas zustoßen könnte, setzte seine Vorstellungskraft aus. Er glaubte immer, er hätte einen Schutzengel. Ein Kinderglaube.

Wie gerne würde ich mit meinen Kameraden reden, aber sie sind weit verstreut. Thomas, der davon träumte, daß wir alle Helden sein würden, ist angesichts dessen, was die Zeitungen schrieben, so vor Scham vergangen, daß er auf einem Handelsschiff anheuerte und schon wieder auf dem Weg nach Kalifornien ist. Ivan und Isaac sind zu ihren Familien zurückgekehrt. Barton hat Arbeit auf einer Farm gefunden. Ich bin ganz allein. Bist du da? Ich bin da, aber sonst ist niemand da.

Diese Woche habe ich endlich damit begonnen, die Dinge zu erledigen, die ich unmittelbar nach der Ankunft hätte erledigen sollen. Ich schrieb an Lady Franklin und legte eine Liste unserer Funde und eine Abschrift von Unalis Bericht über das gesunkene Schiff bei. Ich schrieb an die Angehörigen von Captain Tyler, Mr. Tagliabeau, Robert und Sean, legte die Briefe bei, die sie mir bei unserer Trennung mitgegeben hatten, und versprach, mich danach zu erkundigen, wie es um die unbezahlten Anteile ihrer Heuer steht. Ich schrieb an Ned Kynd, der mir einen Brief aus den Adirondack Mountains schickte; ich bezahlte seinen Lohn aus meiner eigenen Tasche und bot ihm, falls nötig, jede weitere Hilfe an, die er brauchen sollte. Er berichtet, seine Nase sei verheilt, aber für immer entstellt. Ich erzählte ihm, daß meine Stümpfe fast verheilt seien und daß ich alles darum gäbe, ihm seine Wunden abnehmen zu können.

Am schwersten ist mir die traurige Aufgabe gefallen, an Dr. Boerhaaves Freunde zu schreiben. In seiner Schreibmappe waren mehrere dicke Briefe an William Greenstone in Edinburgh und einer an Thomas Cholmondelay in London. Ich packte beiden ein Paket mit den für sie bestimmten Briefen und legte meinen Bericht über Dr. Boerhaaves Beiträge zu unserer Expedition bei. Das viele, was er neu erfahren hat, das viele, was er an uns alle weitergegeben hat. Seinen Tod. Nach Neds Version, nicht nach Zekes, und selbst Neds Bericht habe ich noch abgeschwächt. Er sei, schrieb ich, auf einer Reise zur Erkundung der Eskimos am Smith-Sund und der Flora und Fauna, von der sie lebten, umgekommen. Es kommt mich hart an, sie für weitere Einzelheiten auf Dr. Kanes Buch verweisen zu müssen.

Kane war fast überall, wo wir waren; fast alle Küstenstrecken, die Zeke kartiert hat, sind auf Kanes Karte verzeichnet, mit seinen eigenen Namen; das unmittelbar nördlich von uns gelegene Meer – dessen Erforschung Zeke sich vorgenommen hatte, als er uns verließ – trägt den Namen »Kane-Becken«. Ich brauche Dr. Boerhaaves Freunde also nur auf die entsprechenden Seiten in Kanes Büchern zu verweisen, wenn sie Beschreibungen der Eskimos vom Smith-Sund suchen; statt einer Erläuterung des Aussehens der Menschen, die Dr. Boerhaave zuletzt sah, verweise ich auf die Stiche. Und so weiter und so fort; nicht auszuhalten. Selbst die Eskimonamen, die Ned in seinen Fieberphantasien vor sich hin murmelte, sind dort zu finden. Ich wollte, ich könnte mich mit Dr. Kane über meine Erfahrungen

*austauschen, aber er ist in England: Seine Gesundheit ist, durch*
*die Arktisreise und die darauffolgende anstrengende Zeit, in der*
*er so schnell soviel schreiben mußte, schwer angeschlagen. Für*
*William Greenstone habe ich eine persönliche Anmerkung bei-*
*gefügt, in der ich ihm berichte, daß wir unser Leben den klei-*
*nen weißen Maden in den Karibuhäuten verdanken, die wir*
*indirekt durch ihn zu essen lernten. Ich habe ihm nicht erzählt,*
*daß ich Dr. Boerhaaves Tagebuch habe. Ich ertrage den Gedan-*
*ken nicht, es aus der Hand zu geben.*

Als Zekes Schwestern im Dezember zu Besuch kamen, führte
Alexandra sie in die Repositur. Sie waren beide größer als Alexandra, blond und elegant herausgeputzt, und als sie Stühle für
die beiden heranzog, konnte sie nicht umhin, ihre schweren,
glänzend schwarzen Gewänder mit ihrem abgetragenen Pope-
linkleid zu vergleichen. Obwohl sie mittlerweile ein hübsches
Sümmchen in ihrem Nähkasten gehamstert hatte, hatte sie
noch nichts für neue Garderobe ausgegeben und besaß weiterhin nur das lavendelfarbene Hauskleid, das sie jetzt anhat-
te, ihr braunes Seidenkleid und das alte graue Kleid, das sie
mit neuem Besatz versehen hatte. Was sie trug, war unwichtig
gewesen, solange sie ihre Tage in einem langen hellbraunen
Malerkittel verbracht hatte. Die Stühle verschwanden unter
den raschelnden Röcken der Schwestern, während Erasmus
sich aufrichtete und rücklings an die Kissen lehnte.
　»Was macht deine Gesundheit?« fragte Violet. Sie deutete
vage auf das Bett, wo der Kasten, der die Füße vor dem Bettzeug schützte, einen seltsamen Buckel bildete.
　»Es geht mir besser«, sagte Erasmus. Er hatte seit den ersten
Tagen nach seiner Rückkehr nach Philadelphia niemanden aus
Zekes Familie gesehen. »Der Arzt meint, nach Weihnachten
kann ich vielleicht wieder anfangen zu laufen.«
　Laurel nickte. »Alexandra«, sagte sie. »Wie schön, Sie wie-
derzusehen. Sind Sie immer noch gern hier im Hause?«
　»Ich finde genug zu tun«, sagte Alexandra. »Ich bin froh,
Lavinia ein wenig beistehen zu können.«
　»Sie ist noch ...?« sagte Violet.

»Ja, immer noch«, sagte Alexandra.

Dann wußten alle nicht mehr, was sie sagen sollten. Zekes Eltern hatten nach dem ersten Trauermonat den Bau eines Schiffes für meeresbiologische Forschungen in Auftrag gegeben, zu Ehren ihres verschollenen Helden; der Kiel der *Zechariah Voorhees* war bereits fertig. Würdige Trauer, eine Familie mit guten Manieren. Obwohl sie selbst Erasmus noch mieden, schickten sie ihre Töchter. Doch Lavinia ließ sich nicht von ihrem Vorbild lenken; sie rührte sich nicht aus ihren Zimmern im Obergeschoß des Wohnhauses und schien sich nach Kräften zu bemühen, Lady Franklin nachzueifern. Wirre Briefe flossen aus ihrer Feder – an die Zeitungen, die Smithsonian Institution, Kongreßgeordnete. Irgend jemand müsse eine neue Expedition ausrichten, um nach Zekes Überresten zu suchen. Ein steter Strom von Papier; sie übergab die Briefe Linnaeus, der sie abzuschicken versprach, sie aber in dem Safe in seinem Büro versteckte.

Alexandra schenkte Kaffee ein und reichte Makronen dazu. Schließlich sagte Laurel in die Stille hinein zu Erasmus: »Unser Vater hat uns ein paar Adressen für dich mitgegeben – von den Angehörigen der Mannschaftsmitglieder, nach denen du gefragt hast. Ich soll dir sagen, daß er ihnen selbst geschrieben hat, gleich in der Woche nach deiner Rückkehr.« Aus der Fülle schwarzer Seide kam ein zusammengefaltetes Stück Papier zum Vorschein.

»Danke sehr«, sagte Erasmus, »das ist sehr freundlich.«

Wieder schwiegen alle. Alexandra spürte Zeke in dem Zimmer, als wäre er mit der Sonne zum Fenster hereingekommen, stünde lächelnd neben ihnen und zöge die buschigen Brauen hoch. Sie hätten alle gern über ihn geredet, konnten oder wollten aber nicht, dachte sie. Seine Schwestern sehnten sich danach, etwas zu hören, das ihnen helfen würde, sich seine letzten Tage vorzustellen; Erasmus betete, daß sie ihm keine Fragen stellten; und die Stille legte sich auch auf sie ... Sie stand auf, ging ans Fenster und wandte sich dann wieder der Gesellschaft zu.

»Ich habe vor einiger Zeit begonnen, Kupfer- und Stahlstich

zu lernen«, sagte sie. »Wußten Sie das? Letzten Sommer haben Lavinia und ich angefangen, bei einem der Meister aus der Wells'schen Gravieranstalt Unterricht zu nehmen. Ich bin dabeigeblieben. Es ist sehr interessant.«

Violet drehte ihren Kopf auf dem Hals, wie ein großer Schwan. »Sie waren schon immer künstlerisch begabt«, sagte sie. »Erinnern Sie sich noch an unsere Stunden bei Mr. Peale? Eine Ihrer Schwestern nahm gleichzeitig mit Ihnen daran teil, nicht?«

»Emily«, sagte Alexandra. »Sie hat das Malen gehaßt, sie hat die Vormittage gehaßt.«

»Und Lavinia«, ergänzte Laurel. »Und die Van-Ostade-Töchter, die Winslows und die drei kleinen Peale-Cousinen. Aber Sie waren immer die Beste. Wenn wir Blumen gemalt haben, waren Ihre die einzigen, die wie lebendige Blumen aussahen. Das Stilleben mit dem toten Kaninchen, bei dem Martha van Ostade so übel wurde; Ihres sehe ich noch genau vor mir. Sie hatten immer ein besonderes Flair. Macht Ihnen das Stechen Spaß?«

»Ja,«, sagte Alexandra. »Sehr.«

Sie hatte plötzlich ein deutliches Bild dieser sonntäglichen Stunden in Mr. Peales Atelier vor sich. In einem hohen, durch längliche Oberlichter taghell erleuchteten Raum hatten sich die Mädchen um ihre Staffeleien geschart, mit ernstem Gesicht einen ausgestopften Vogel oder eine Schale mit Obst studiert und den Daumen um ihre Palette gekrümmt. In den Stunden dort hatte es keine Rolle gespielt, wessen Familie Geld hatte und wessen nicht. Später, als sie achtzehn und neunzehn waren, verschwanden Violet und Laura in eine Welt der Tänze und gesellschaftlichen Ereignisse, die Alexandra nach dem Tod ihrer Eltern verschlossen war. Doch in dem Atelier hatte Mr. Peale sie alle unterschiedslos gefördert, ihre Schattierungen korrigiert und Perspektiven gerichtet und ihnen beigebracht, wirkliche Dinge darzustellen. Dreidimensionale Objekte auf dem flachen Papier abzubilden: Blätter, Eidechsen, Rosen, Gefäße. Manchmal hatten sie einander Modell gestanden, in eine Fahne gehüllt oder mit Efeu umrankt, allegorisch insze-

niert, aber immer vollständig bekleidet. Nie als nackte Figur –
doch wie sollte man sich so die Grundzüge der Anatomie aneig-
nen? Alexandra hatte zu Hause heimlich bei Kerzenlicht vor
einem Spiegel ihre eigenen Arme und Beine gezeichnet.

Jetzt lächelten Violet und Laurel und hatten ein wenig Farbe
im Gesicht, als ob das Plaudern über gemeinsame Kindertage
sie gelöster gemacht hätte. Zu Erasmus, der auf den Zettel von
Zekes Vater gestarrt hatte, sagte Violet: »Wir geben dir keine
Schuld, weißt du. Manche Leute schon, aber wir nicht.«

»Du mußt es unseren Eltern nachsehen«, setzte Laurel hinzu. »Sie geben dir auch keine Schuld, nicht direkt – aber es ist
alles so schrecklich für sie, daß Vater dich noch nicht wieder
sehen mag. Er weiß aber, daß wir hier sind.«

»Das … ist nett von ihm.« Alle sahen aneinander vorbei.
Draußen vor den Fenstern standen die kahlen Bäume schwarz
vor dem Himmel. »Es ist so kalt«, sagte Erasmus und zog sich
die Bettdecke höher über die Brust.

Der Ofen glühte, aber die Frauen sahen einander an und
nickten. »Wir sollten gehen«, sagte Violet. »Richten Sie bitte
Lavinia unsere Grüße aus. Wir würden uns freuen, sie zu sehen,
sobald sie wieder mag.«

»Ich werde es ausrichten«, sagte Alexandra.

Als sie gegangen waren, blieb sie noch einen Moment vor
Erasmus' Bett stehen, ohne wirklich an ihn heranzutreten. Seine Schweigsamkeit hatte sie verwirrt. »Warum haben Sie ihnen
nichts davon erzählt, wie es Zeke da oben ergangen ist? Wie
es ihm gefallen hat oder von irgendeiner guten Tat …«

»Von irgendeiner guten Tat«, wiederholte Erasmus.

Sie wartete, aber er setzte seine Antwort nicht fort. In den
ersten Tagen nach seiner Heimkehr, während seiner Fieberan-
fälle, waren wilde Geschichten über Zeke aus ihm hervorge-
sprudelt. Sie hatte nicht gewußt, was sie davon halten sollte –
was war dort oben zwischen den beiden Freunden vorgefallen,
inmitten von Eis und Finsternis?

»Mir kommt es vor, als machte ich die ganzen Tage nichts
als warten«, sagte Erasmus. »Warten darauf, daß ich gesund werde, warten darauf, daß ich ohne Zehen laufen lerne,

warten darauf, welche Form mein Leben jetzt annehmen wird.«

Alexandra zündete die übrigen Lampen an und spielte am Ofen, bis das Zimmer warm und hell war. »Wie hatten sie sich Ihr Leben denn gedacht?«

Erasmus rückte näher an den Ofen. »Wie das meines Vaters«, sagte er. »Nur intensiver. Wie das Leben seiner Freunde, denen dies mehr war als ein Hobby. Dieses Häuschen«, sagte er, seine Umgebung mit einer Armbewegung umfassend. »Wenn Sie nur sehen könnten, wie es hier aussah, als ich ein Junge war – halb Zoo und halb Museum, mein Vater ließ uns machen, was wir wollten. Eine Zeitlang hatten wir einen großen Baum in der Ecke, in dem nachts lebendige Vögel schliefen. Aquarien, eine Ameisenkolonie, Schildkröten, Salamander; und überall Gläser mit konservierten Tieren und Pflanzen, große Steine mit Fossilien und Mastodonknochen; eine Pflanzenpresse, aufgeklappte Bücher auf allen Tischen. Ein wunderbares, anregendes Chaos.«

Alexandra sah sich in der Repositur um, die sie immer noch als chaotisch empfand. Die vielen Bücher, all die präparierten Pflanzen und Tiere, die vielen Geräte – das Mikroskop, der Seziertisch am Fenster; Regale mit Untertassen und kleinen Zinketiketten; stapelweise ungebundene Bücher und einzelne, aus Broschüren gerissene Seiten. Aber er hatte recht, es war kein einziges lebendiges Tier mehr da.

»Fast immer, wenn schönes Wetter war«, sagte Erasmus, »trafen wir vier Jungen uns morgens beim Frühstück mit unserem Vater und berichteten ihm, bevor er zur Arbeit ging, was wir den Tag über vorhatten.«

Wo war Lavinia, dachte Alexandra, während die Jungen ihre Pläne machten?

»Wir nahmen uns ein Feld oder einen Bach vor und machten uns auf, um Tiere und Pflanzen zu suchen. Hinterher präparierten oder sezierten drei von uns die Fundstücke, und der vierte las vor. Embryologie, Ichthyologie, Paläontologie; für uns war eins so erregend wie das andere. Manchmal gingen wir in das Peale-Museum und sahen uns die Mammutknochen und die Seeschlangen an. Abends kam Vater meist dazu, inspizierte unsere Funde und fragte uns, was wir dazugelernt hätten. Anschließend sah er sich unsere Notizbücher an.«

»Die haben Sie schon als kleine Jungen geführt?« Vielleicht hatte Lavinia ja auch eins gehabt. Oder vielleicht hatte sie nur zugesehen, wie ihre Welt kleiner und kleiner wurde, während sich die Welt ihrer Brüder kontinuierlich ausdehnte.

»Von klein auf«, sagte Erasmus. »Das gehörte zu Vaters Bildungsplan für uns. Wir mußten Französisch, Deutsch und Latein lesen und genaue Zeichnungen anfertigen können. Wir mußten unsere Beobachtungen in Notizbüchern vermerken und selbst mit Abbildungen versehen.«

»Die hätte ich gern einmal gesehen«, sagte Alexandra in Erinnerung an die eigenen Skizzenbücher. In Brownings Haus hatte sie nur ein Kämmerchen neben dem Wohnzimmer für sich gehabt und fast gar keine Privatsphäre. Aber sie hatte immer eine kleine abschließbare Truhe besessen. Darin bewahrte sie – bis heute, die Truhe stand unter ihrem Bett – die Skizzenbücher auf, in denen sie sich selbst, ihre Schwestern und alles andere, was ihr unter die Hände kam, verewigt hatte.

»Schauen Sie unter E im Bücherregal«, sagte Erasmus. »Ich glaube, da werden Sie sie finden. Wenn Sie sie mir bringen würden ...«

Sie schob die Leiter an die richtige Stelle. Zwischen einem Buch über Farne und einer Beschreibung der Invertebraten im Orinoco-Becken fand sie fünf leinengebundene Bücher mit roten Rücken und ohne Titel.

»Das erste habe ich mit zehn angefangen«, sagte er, als sie mit diesen wiederkehrte. »Das letzte endet am Tag vor meiner Abreise mit der Forschungsexpedition.« Er schlug einen Band auf. »Sehen Sie? So haben wir das gemacht.«

Sie blickte auf eine Zeichnung von einem Wespennest. Das ganz Nest, von außen gesehen; ein Aufriß, nachdem man eine Seite weggeschnitten hatte; Larven und ausgewachsene Wespen in verschiedenen Positionen. Die schwarzen Tuschezeichnungen mit helleren Schattierungen aus Wasserfarbe waren unbeholfen, aber lebendig und mit jungenhaften, etwas holperigen Buchstaben beschriftet.

»Die habe ich mit zwölf gemacht«, sagte Erasmus. »Die von Copernicus sind viel schöner, er war immer der eigentliche Künstler in der Familie. Die von Linnaeus und Humboldt sind ordentlicher, und die Zeichnungen sind wahrscheinlich besser, aber sie sind weniger detailliert – ihnen war es immer lästig, die Notizbücher zu führen, sie haben nie soviel Spaß daran gefunden wie ich. Ich wußte schon als Junge genau, daß ich Naturforscher werden wollte.«

»Sie sind sehr hübsch«, sagte Alexandra, die Hand zum Umblättern ausgestreckt. »Darf ich?«

Erasmus nickte, und sie blätterte die Bände durch: Knochen, Fische, die inneren Organe eines Vogels, Würmer, Spinnen, Kokons, Flechten. Plötzlich hatte sie Tränen in den Augen. So erschöpft und verzagt, wie Erasmus seit seiner Rückkehr dalag, war er ihr alt erschienen, dabei lagen weniger als fünfzehn Jahre zwischen ihnen. Er ist zweiundvierzig, dachte sie. Sein Haar war schütter und grau geworden; er war abgemagert und sein Gesicht war eingefallen, mit tiefen Furchen auf der Stirn. Seine niedergeschlagene Haltung ließ ihn noch älter erscheinen. Dagegen war auf diesen Seiten zu sehen, was für ein vielversprechender Bursche er einst gewesen war.

»Die Forschungsexpedition«, sagte er. »Das Theater, das sich nach unserer Rückkehr abspielte, das hat irgend etwas in mir zerbrochen. Aber diese Reise war wie eine zweite Chance.«

Er erzählte einen Augenblick von Dr. Boerhaave – von den vielen Dingen, die sie gesammelt hatten, ihren guten Gesprächen, ihren gemeinsamen Interessen –, und Alexandra verspürte einen leisen Neid.

»Ich wollte ein Buch über die Arktis schreiben«, schloß er. »Vielleicht ein wundervolles Buch.«

»Das könnten Sie doch immer noch tun.«

Erasmus zuckte die Achseln. »Von unserer Expedition will niemand etwas wissen. Der große Fehlschlag, die große Ent-

täuschung. Da Zeke tot ist und die Brigg verlassen, was soll
es da noch zu berichten geben? Was soll es noch zu beschreiben geben, das Dr. Kane nicht schon abgedeckt hat?«

»Aber eine Naturgeschichte der Arktis«, sagte Alexandra.
»Kein Reisebericht, keine persönlichen Erinnerungen und
Abenteuer wie bei Dr. Kane, sondern ein Werk über die Tier-
und Pflanzenwelt der Region. Das wäre doch etwas.«

»Genau das hatte ich mir eigentlich vorgenommen«, sagte
Erasmus. »Aber meine sämtlichen Proben sind weg, und Dr.
Kane hat diese langen Listen aller Pflanzen und Tiere in seinem Anhang abgedruckt. Ich habe auch nicht mehr als die
Listen, die ich mitgebracht habe, und ein paar Notizen in meinem Tagebuch. Und das Tagebuch meines Freundes, das habe
ich auch.«

Ihr diese Aufzeichnungen zu zeigen, bot er nicht an, bemerkte Alexandra. Sie durfte die Notizbücher aus seiner Kindheit
sehen, aber nicht das, was ihm am wichtigsten war, nicht seine
neuen Sachen.

Als sie die Repositur ein paar Tage später betrat, war die Blechschatulle geöffnet und Erasmus saß davor, in ein Buch mit
marmoriertem Einband vertieft. Auf dem Bett vor ihm lag ein
Stapel mit Agassiz' Büchern über fossile Fische und gleich daneben das abgegriffene Tagebuch, das Lavinia einst Zeke mit auf
den Weg gegeben hatte. Alexandra rechnete damit, daß Erasmus die Bücher unter der Bettdecke vergraben würde, wie
früher, wenn sie seine heimliche Arbeit unterbrochen hatte.
Aber diesmal ließ er alles offen liegen und zog, als sie näher
kam, seine Hände fort.

»Sehen Sie, was ich mache?« sagte er. »So verbringe ich im
Moment meine Tage. Ich stöbere in meinem Tagebuch herum«
– er berührte das grüne Buch –, »Zeke hat es nicht benutzt, er
hat es an mich abgetreten.« Er legte die andere Hand auf das
buntgefleckte Buch. »Dann lese ich in diesem. Es hat meinem
Freund gehört. Eben war ich gerade bei einer Passage, in der
er einen fossilen Fisch beschreibt, die habe ich mit den Stichen
bei Agassiz verglichen – diese Bücher gehörten auch Dr. Boer-

haave, ich kann es kaum fassen, daß es mir geglückt ist, sie mit nach Hause zu bringen. Kennen Sie sie?«

»Nur vom Hörensagen«, murmelte Alexandra. »Sie standen hier nicht im Schrank.«

»Die Stiche sind unglaublich gut«, sagte Erasmus. »Copernicus kann so was auch, aber ich könnte es niemals.« Er blätterte einen Augenblick in dem Buch herum und konsultierte dann wieder Dr. Boerhaaves Tagebuch. »Mein Freund kannte Agassiz persönlich«, erzählte er Alexandra. »Sie sind sich begegnet, als Agassiz das Schottische Hochland bereiste und dort im roten Sandstein nach fossilen Fischen aus dem Devon grub. Als er mir von dieser Reise erzählte, erwähnte er einen Fisch, den ich gerade zu finden versuchte – hier.«

Er deutete auf eine Chromolithographie eines seltsamen Tieres, das über und über aus Stacheln und überlappenden Platten zu bestehen schien. Alexandra betrachtete die fein abgestimmten Farbtöne und Strukturen. »Der ist wunderbar«, sagte sie. »Bemerkenswert gut. An solchen Arbeiten wird einem wirklich verständlich, wie wichtig Abbildungen sein können, was für ein ausgezeichnetes Werkzeug sie für den Naturforscher sind.«

»Richtig«, sagte Erasmus. »Wenn man genaue Zeichnungen hat, kann man Proben aus der ganzen Welt vergleichen, ohne in Museumsschränken und bei einzelnen Sammlern herumzukramen. Bei dieser Abbildung ist es, als hätte ich das Fossil selbst in der Hand.«

»Ich habe Agassiz gehört, als er in Philadelphia war«, sagte Alexandra. »Faszinierend.«

»Ich auch!« sagte Erasmus. »Aber Sie müssen damals noch ein Kind gewesen sein.«

»Nicht ganz – ich war fünfzehn oder sechzehn.«

Sie lächelten beide, und Alexandra fiel eine Geschichte ein, die ihre Schwester Emily ihr erzählt hatte. »Was Agassiz jetzt treibt«, sagte sie, »er ist ein so interessanter Denker, und trotzdem – haben Sie seinen Beitrag in Nott und Gliddens *Typologie des Menschen* gelesen?«

»Nein«, sagte Erasmus. »Er erschien gerade, als Zeke und

ich unsere Abfahrt vorbereiteten, und ich hatte keine Zeit mehr hineinzusehen.«

»Das sollten Sie aber tun«, sagte Alexandra. »Jetzt wo Sie selbst bei den Eskimos waren, könnten Sie die Sache noch besser beurteilen. Er verbreitet sich über separate, sukzessive Neuschöpfungen in unterschiedlichen geographischen Gegenden, bis hinauf zum Menschen. Seinen Argumenten zufolge korrespondieren die Menschenrassen mit den großen geographischen Regionen der Erde, und daraus leitet er die Vermutung ab, daß sie autochthon sind wie Pflanzen und somit jeweils aus der Gegend stammen, in der sie gefunden werden. Er unterscheidet acht primäre Menschentypen, die jeweils eine spezifische zoologische Provinz bewohnen und dort auch ihren Ursprung haben sollen – einer dieser Typen ist der Polarmensch, Ihr Eskimo. Seine Darstellung ist offenbar darauf angelegt, die Leser davon zu überzeugen, daß es sich bei seinen Typen um unterschiedliche Arten handelt.«

»Ich…« sagte Erasmus. Er stockte und schwieg eine halbe Minute. Ein weißer Falter flatterte vor ihm durch das Zimmer, frisch aus einem Kokon hinter den Büchern geschlüpft. »Es ist wundervoll, Sie hier zu haben, in Ihnen habe ich jemanden, mit dem ich über Bücher und Theorien reden kann. Ich bin Ihnen sehr dankbar, daß Sie soviel Zeit mit mir verbringen. Aber…«

Zu Alexandras Entsetzen kullerten Tränen über seine eingefallenen Wangen.

»Bitte, verzeihen Sie mir«, sagte er leise. »Ich bin immer noch so müde. Ich habe keine Ahnung, was ich denke, ganz gleich zu welchem Thema, und Lavinia haßt mich, und ich vermisse Dr. Boerhaave so entsetzlich – wie kann ich da wissen, was ich von irgendeinem Unsinn halten soll, den Agassiz verzapft hat? Ich kann nichts anderes denken, als daß er der Freund meines Freundes war und daß ich meinen Freund verloren habe; daß alles verloren ist.« Er griff in die Luft, schloß seine Hand um den Falter, sah ihn sich an und ließ ihn wieder frei.

Alexandra drehte sich zum Fenster um, während er seine

Fassung wiedererlangte. Auf der anderen Seite des Gartens war Lavinias Fenster zu sehen, die Vorhänge waren zugezogen, obwohl es draußen noch hell war. Wenn sie Lavinia zum Aufstehen zu überreden versuchte, wandte diese jedesmal das Gesicht ab und sagte: »Wie kannst du das verstehen? Du warst immer so tüchtig, du weißt alles mögliche mit dir anzufangen. Aber was bin ich ohne Zeke? Zeke war der einzige, der mich wirklich geliebt hat.«

»Sie sollten Ihr Buch schreiben«, sagte sie, als sie sich wieder zu Erasmus umdrehte. »Das ist die beste Art, Dr. Boerhaave zu ehren. Und Zeke und die ganze Expedition.«

»Wie denn?« entgegnete Erasmus. »Womit? Alle meine Proben sind weg.«

»Thomas Say sind auf seiner ersten Reise nach Westen alle Notizbücher gestohlen worden. Mit seinen Aufzeichnungen über die Indianer, allen Tierbeschreibungen, allem. Aber er hat sich dadurch nicht beirren lassen.« Sie nahm sein Tagebuch in die Hand. »Darf ich?«

Es war besser, als sie zu hoffen gewagt hatte; auf fast jeder Seite, zwischen allen Beschreibungen und erzählenden Passagen, waren Skizzen von Vögeln, Knochen und Klippen, von einem Stoßzahn, den er in einem zugefrorenen Bach gefunden hatte.

»Say ist jung gestorben«, gab Erasmus zu bedenken, den Blick auf die Bewegungen ihrer Hände gerichtet. »Er starb, bevor er die Hoffnung verloren hatte.«

Sie griff nach Dr. Boerhaaves Tagebuch: weitere Skizzen, in detaillierterer Ausführung. »Dr. Kane hatte auch nicht mehr als solche Notizen und Skizzen, als er wiederkam«, sagte sie. »Aber daraus sind alle Bilder für sein Buch erst gemalt und dann gestochen worden.«

»Ich bin kein Künstler«, sagte Erasmus verzagt, »Copernicus ist der Maler in der Familie.«

»Ich kann auch recht gut zeichnen und malen.« Alexandra betrachtete ihre tüchtigen Hände. »Wenn Sie dabei wären, um mich zu korrigieren, mir die Farben anzugeben und alle Details zu beschreiben, an die Sie sich erinnern, dann müßte ich aus

Ihren Skizzen etwas ganz Passables zustande bringen können.«
In einem unwillkürlichen Reflex kniff Erasmus die Augenbrauen zusammen, schürzte die Lippen und entließ einen verächtlichen Atemstrom. Alexandra ließ das Tagebuch fallen und wandte sich ab.

»Verzeihung«, sagte er. »Ich wollte damit nicht andeuten ... es ist nur ... was verstehen Sie eigentlich von diesen Dingen?«

Aufgebracht griff Alexandra nach Dr. Kanes *Arktischen Forschungen* und schlug den zweiten Band bei einem ihrer Stiche auf. Bevor sie dazu kam zu überlegen, was sie tat, hielt sie ihn Erasmus unter die Nase. »Der ist von mir, jedenfalls größtenteils. Der hier auch.« Sie blätterte weiter zu einem anderen Stich. »Und dieser hier, und der Hintergrund von diesem, und diese Robbe ...« In ihrer Hast riß sie das Seidenpapier über einem der Stiche ein.

Sie erzählte von Mr. Archibaults Sehnenscheidenentzündung und ihren geheimen Zusammenkünften. »Keiner weiß etwas davon«, sagte sie, während sie die Kanten des Seidenpapiers wieder glattstrich. »Niemand darf es je wissen, sonst würde Mr. Archibault seine Stellung verlieren, und Ihre Brüder wären außer sich. Sie dürfen es niemandem erzählen. Aber ich könnte Ihnen helfen, wenn Sie sich nicht so stur stellten ...« Und sich selbst könnte sie auch helfen, dachte sie. Wenn sie zusammen an einem Projekt arbeiteten, könnte sie einen Anteil für sich beanspruchen.

»Sie haben an Kanes Buch mitgearbeitet?« rief Erasmus aus. »Wie konnten Sie unsere Familie so verraten?«

Bestürzt hielt sie sich das Buch vor die Brust. »Ihre eigenen Brüder haben die Ausführung der Gravierarbeiten für die Stiche beaufsichtigt.«

»Das ist ihr Geschäft!« sagte Erasmus. »Sie hatten keine Ahnung, daß Zeke und ich in der gleichen Gegend waren wie Dr. Kane. Sie glaubten, ich sei tot, sie wußten nicht, daß ich wiederkommen würde.«

»Und woher hätte ich das wissen sollen?«

»Würden Sie bitte gehen?« sagte Erasmus.

Er drehte sich zur Wand und zog sich das Kissen über den

Kopf. Nachdem er gehört hatte, wie die Tür ins Schloß fiel, schlief er ein – er schlief jetzt ständig, er konnte nicht anders – und wachte mit dickem Kopf wieder auf, als die Sonne den Himmel gerade in die ersten Farben tauchte. Er nahm sein Tagebuch und schrieb:

*Dr. Kanes Bericht über die erste Grinnell-Expedition war eine bloße Kinderei, eine Abenteuergeschichte – aber dieses neue Buch ist so gut, daß ich es nicht ertrage, es anzusehen. Wenn er und ich Freunde geworden wären; wenn ich an seiner Expedition teilgenommen hätte statt an Zekes; aber er hat mich nicht einmal gefragt. Alle haben mich übergangen. Maury hat seine Physische Geographie des Meeres herausgebracht, in der er Kanes Thesen zum offenen Polarmeer bestätigt. Ringgold hat bereits einen Teil seiner Arbeiten über die Nordpazifische Expedition zusammengeschrieben: noch eine Expedition, auf der ich hätte dabeisein können. Er hat kleine Schalentiere auf dem Grund des Korallenmeers gefunden, in zweieinhalb Meilen Tiefe – eine äußerst wichtige Entdeckung, die beweist, daß es keine azoische Zone gibt. Keine Tiefe, in der das Gewicht des Wassers jedes Leben verhindert und in die nicht einmal ein Bleilot hineinsinken kann. Mein Vater behauptete früher, daß nichts unter ein bestimmtes Niveau sinken könne und daß die Leichname Ertrunkener und gesunkene Schiffe je nach Gewicht unterschiedlich weit über dem Grund schwebten. So fühle ich mich zur Zeit. Als ob ich unter Wasser, über dem Meeresgrund schwebte, in einer quecksilberdicken Flüssigkeit. Warum antwortet Lady Franklin nicht?*

Nach dem Streit mied Alexandra ihn und verbrachte mehr Zeit mit Lavinia. Sie waren einander vertraut, wenn sie müde waren, mißgestimmt, halb bekleidet, mürrisch, aufgeregt, ungeduldig, gebrochen: Obwohl es in dieser Zeit nicht einfach war, Lavinia um sich zu haben, akzeptierte Alexandra sie wie eine Schwester. Der Anblick ihrer offenen, verfilzten Haare tat ihr in der Seele weh. Auch die zahllosen Zettel um Lavinias Bett. Die Briefe, in denen sie Leute anflehte, Zekes Leiche zu suchen, Zekes Funde zu retten, im Namen Zekes neue Meere zu entdecken. Briefe, die ihre Empfänger niemals erreichen würden. Wenn sie ihre Brüder sah, mußte sie weinen, der Arzt war ihr zuwider, und nichts, was Alexandra sagte, schien zu helfen. Als sie wieder einmal nutzlos an Lavinias Bett saß, kam ihr die Idee, Browning um Rat zu bitten. Alle Leute in der Gegend wandten sich an ihn; er hatte trotz einer gewissen Humorlosigkeit eine seltene Gabe, Trauernde zu trösten. Einmal hatte er einer Witwe geholfen, die sich auf dem Dachboden eingeschlossen hatte, nachdem sie ihre Kinder durch einen Unfall beim Schlittschuhlaufen verloren hatte. Alexandra ärgerte sich, daß sie nicht eher auf die Idee gekommen war, und fragte ihn, ob er bereit wäre, ihr zu Hilfe zu kommen.

In den nächsten Wochen wurde Browning zu einem häufigen Gast bei Lavinia. Stets im dunklen Anzug, glitt er leise in ihr Zimmer, seine Bibel und eine Handvoll anderer Bücher im Gepäck. Alexandra wohnte ihren Gesprächen nicht bei, aber sie konnte die gute Wirkung sehen. Lavinia hörte auf, Briefe zu schreiben, und begann, jeden Tag ein paar Stunden nach unten zu kommen; sie zog sich an, nahm an den Mahlzeiten teil und zeigte Interesse am Haushalt. Was hatte Browning gesagt? Unter seiner Anleitung habe sie wieder zu beten begonnen, berichtete Lavinia. Wie als kleines Mädchen, es tröste sie. Als Linnaeus und Humboldt vorschlugen, am ersten Weihnachtstag mit der ganzen Familie gemeinsam zu Abend zu essen, war sie einverstanden.

»Ich werde die Organisation nicht in die Hand nehmen können«, sagte sie. »Aber wenn Alexandra bereit wäre ...«

»Selbstverständlich«, sagte Alexandra. »Es wäre mir eine Freude.«

»Dann laß uns beide Familien einladen«, sagte Lavinia. »Unsere und deine – glaubst du, dein Bruder würde kommen? Das fände ich schön.«

Alexandra stellte die Speisen zusammen, beriet sich mit den Köchinnen, beaufsichtigte den Hausputz und das Schmücken des Weihnachtsbaums. Das Haus war wunderschön, und niemand scherte sich darum, wieviel Geld sie ausgab. Am Abend des ersten Weihnachtstags versammelten sie sich um den riesigen Mahagonitisch, den sie vollständig ausgezogen und mit Stühlen aus allen Zimmern umstellt hatten. Linnaeus und Lucy mit ihrer Tochter; Humboldt und Ellen mit ihrem kleinen Sohn; Alexandras Schwestern Emily und Jane; Browning und Harriet mit dem fast dreijährigen Nicholas. Harriet, die im Januar ihr nächstes Kind erwartete, saß auf einem Lehnstuhl, mit einem Kissen im Rücken. Lavinia saß am unteren Ende des Tisches und überwachte alles, was Alexandra vorbereitet hatte. Alexandra saß zu ihrer Rechten, wo sie Lavinia unauffällig an ein vergessenes Gericht oder einen unterlassenen Bestandteil des Rituals erinnern konnte. Weit entfernt, am Kopf des Tisches, saß Erasmus in seinem Rollstuhl. Ein Truthahn am einen Ende, ein großer Schinken am anderen; weiße Porzellanschüsseln mit dampfendem Gemüse, würzige, scharfe und süßsaure Saucen; ein Wald aus langstieligen Gläsern, ein Meer aus silbernem Tafelbesteck.

In den glänzenden Flächen spiegelte sich ein verwirrendes Netz aus Kerzenlicht, und bei Brownings langem Gebet sah Alexandra Flammen im Wein und Gesichter in den Löffeln. »So vieles ist uns genommen«, sagte Browning, »und doch bleibt uns soviel.« Dann dankte er Gott für die Fülle der Speisen auf dem Tisch und für die Familie, die ihnen geblieben sei, und schlug einen langen Bogen, in dem es um die unergründlichen Wege des Herrn ging. Wie schwer ist es, sagte Browning, das Ungemach, das wir erleiden, anzunehmen. Die Fähre, die auf dem Fluß explodiert war und seinen Schwestern und ihm die Eltern entrissen habe; das Kindbettfieber, das Mrs. Wells dahingerafft und ihren Kindern in so jungen Jahren die Mutter genommen habe – wir alle haben schreckliche Verluste hinnehmen müssen, sagte er. Das verbindet unsere Familien. Wie das Unglück in den unerforschten Gegenden des Nordens. Zechariah ist von uns gegangen, aber wir sind dankbar, daß Erasmus zu uns zurückgekehrt ist.

Alexandra sah, wie Lavinia ihren Blick während des ganzen Gebets stetig geradeaus gerichtet hielt. Auf Erasmus. Ihre rechte Hand lag fest auf dem Schoß, und mit der linken drehte sie einen silbernen Löffel hin und her, daß die Spiegelbilder verschwammen, sich zusammenfügten und abermals verschwammen. Als Browning »Amen« sagte, sprach Lavinia leise: »Ich vergebe dir.« Alle wußten, daß sie Erasmus meinte. »Ich weiß, du hast dein Bestes getan.«

»Ja«, sagte Erasmus. Sein Tischende war so weit von ihrem entfernt. »Ich habe getan, was ich konnte.«

Einen Moment lang herrschte peinliches Schweigen. Dann warf Nicholas eine Schale mit Gewürzgurken um, Humboldts kleiner William lachte begeistert, Harriet wollte mit ihrem Sohn schimpfen und wurde von Browning gebremst, der seine Hand still auf die ihre legte. Das Mahl verlief in beinahe festlicher Stimmung, unter munterem Geplapper, während Lavinia und Erasmus einander ansahen und Alexandra dachte: Haben sie sich nun vertragen? Sie war durch das Hin- und Hergezerrtsein zwischen den beiden so dünnhäutig geworden, daß sie das Gefühl hatte, durch ihre Lungen könne man Licht sehen. Vielleicht hatte Browning zu Lavinia das gleiche gesagt wie nach dem Tod ihrer eigenen Eltern – daß sie sich als Kinder ohne Eltern gegenseitig beschützen und behüten müßten.

Sie aßen und tranken, Teller kamen und gingen; Lavinia spielte ihre Rolle als Hausherrin überzeugend. »Ich bin so froh, daß du es geschafft hast«, sagte Alexandra. »Es ist ein wunderschönes Essen.«

»Du hast den größten Teil der Arbeit gehabt«, gab Lavinia zurück. Sie hatte dunkle Ringe unter den Augen, und sie aß nichts. Aber daß sie überhaupt da war, grenzte an ein Wunder.

In anderen Häusern, wo Leute beim Weihnachtsessen saßen, wurde über Dr. Kane und sein Buch geredet, über die fortlaufende Suche nach Franklin, die Arktis im allgemeinen: alles, um Diskussionen über Politik und die Sklaverei zu vermeiden, über die sich Familien und Freunde entzweiten. Aber hier war selbst das Thema tabu, in das sich alle anderen flüchteten, und sie verfielen in ihrer Suche nach Gesprächsstoff auf Bücher. Jane und Lucy entdeckten eine gemeinsame Liebe zu dem Roman *Die weite, weite Welt* und stellten fest, daß sie beide immer noch auf den Mahagonisekretär neidisch waren, den die Heldin in der berühmtesten Szene geschenkt bekam.

Mit dem kleinen Elfenbeinmesser«, sagte Jane, »und dem Siegelwachs in vier Farben und dem Pauspulverkästchen und dem silbernen Bleistift!«

Mit einem Stich dachte Alexandra an Janes kahles Zimmer in Brownings Haus und an den Klapptisch, der ihr als Schreibtisch diente. Harriet, die ebenfalls keinen eigenen Schreibtisch besaß, zählte ein paar weitere Lieblingsszenen auf. Emily fügte hinzu: »Ihr Männer macht euch darüber lustig, alle wie ihr da seid, das weiß ich. Ihr seid mehr für Abenteuergeschichten, in denen der Held tatsächlich die weite Welt erforscht. Aber das eigentliche Thema des Romans ist die Tyrannei, die Tyrannei durch die Familie und die Umstände, und die Frage, wie man überlebt, wenn man nicht davonlaufen kann. Frauen wie wir können nun einmal nicht davonlaufen.«

Browning zog die Augenbrauen hoch und lenkte das Gespräch auf ernstere Bücher. Kaffee, Nachspeisen und Kuchen wurden aufgetragen, und als Alexandra das nächste Mal hinhörte, verglichen Browning und Linnaeus gerade die Vorzüge von *Onkel Toms Hütte* und *Des Plantagenbesitzers Braut aus dem Norden*, von einer gewissen Mrs. Henze, die ihr Buch als Replik auf Mrs. Stowes Werk verfaßt hatte. Davon angeregt erzählte Emily Linnaeus und Lucy von ihrer Arbeit mit entlaufenen Sklaven, die sich bis nach Philadelphia durchgeschlagen hatten. Vielleicht hatte sie dem herrlichen Rotwein der Wells' zu eifrig zugesprochen.

Linnaeus sagte: »Das ist alles sehr bewundernswert. Aber haben Sie eine Antwort auf das Argument, das St. Clare bei Mrs. Stowe gegenüber Miss Ophelia äußert? Sind wir im Norden willens und bereit, Abertausende von ehemaligen Sklaven zu kultivieren und auszubilden, die ohne Zweifel nach der Befreiung zu uns kommen werden? Ich glaube es nicht; wir können es gar nicht. Sie sind von Grund auf so anders als wir.«

Humboldt beugte sich zu ihnen hinüber. »Gehören sie nicht schlicht einer anderen Spezies an? Genauso wie Catlin meint, daß die Indianerstämme, die er im Westen gemalt hat, dort ihren Ursprung haben müssen und uralte Völker sind – ihre Sprachen sind mit keiner anderen Sprachgruppe verwandt, sie müssen dort geschaffen worden sein. Agassiz und andere vertreten die Ansicht ...«

»Agassiz' Theorie über unterschiedliche Zentren der Schöpfung ist reine Ketzerei«, unterbrach Browning scharf. »Diese These, daß jede Art an ihrem eigenen Ort entstehe und sich nicht weit davon fortbewege, sein sogenannter Polygenismus... Zu behaupten, die Menschenrassen gehörten unterschiedlichen Arten an, als Nachkommen verschiedener Adams, die in unterschiedlichen zoologischen Provinzen separat geschaffen worden seien, heißt auch zu behaupten, daß die Heilige Schrift allegorisch und nicht wörtlich zu verstehen sei. Und das kann ich nicht akzeptieren. Wir stammen alle von Adam und Eva ab, aus einem einzigen Schöpfungsakt. Die Menschenrassen haben sich mit all ihren Unterschieden aus diesem ursprünglichen Paar entwickelt.«

Alexandra beobachtete, wie Erasmus sich mit dem Daumennagel an die Schneidezähne schnippte. Lavinia blickte auf, als Emily Browning widersprach.

»Das wäre mir noch egal«, sagte Emily. »Wichtig daran ist nicht der theologische Aspekt – Agassiz' Polygenismus ist deshalb gefährlich, weil er den Befürwortern der Sklaverei Munition liefert. Aber er ist überhaupt ein schrecklicher Mensch. Er war nicht bloß hier, um diese Vorträge zu halten, sondern auch um Dr. Mortons Schädelsammlung zu sehen und mehr Daten für seine Theorien zu sammeln. Ich war zu der Zeit häufig in dem Hotel, in dem er wohnte, weil ich die Neger, die dort beschäftigt sind, überreden wollte, entlaufenen Sklaven auf der Durchreise Unterschlupf zu bieten, und da habe ich ihn im Foyer gesehen. Eines der Zimmermädchen versuchte ihm eine Nachricht von jemandem zu überbringen, der vorbeigekommen war und nach ihm gesucht hatte. Sie drückte sich absolut klar und deutlich aus, aber er stand da wie ein großer Ochse und tat so, als könnte er sie nicht verstehen, und bat sie ein ums andere Mal, dieselben Sätze zu wiederholen. Sein Gesichtsausdruck – er hatte Angst vor ihr. War voller

Abscheu. Wie soll man den wissenschaftlichen Erkenntnissen eines solchen Mannes trauen?«

Erasmus schnippte abermals mit dem Daumennagel und sprach dann zum erstenmal, seitdem er den Schinken aufgeschnitten hatte. »Stimmt das?« fragte er. »Das mit Agassiz?«

»Soweit ich weiß«, sagte Emily, »macht er keinen Hehl aus seiner Einstellung anderen Rassen gegenüber. Ebensowenig wie Dr. Morton.«

Erasmus schüttelte den Kopf. »Morton hat in der Akademie gute Arbeit geleistet«, sagte er. »Aber diese Nekropole in seinem Büro – ich war jahrelang mit ihm bekannt, aber es ist mir stets gelungen, einer Besichtigung seiner Sammlung aus dem Weg zu gehen. Keiner von uns hat sie sich je angesehen.« Linnaeus und Humboldt nickten zur Bestätigung.

»Eine widerwärtige Obsession«, fuhr Erasmus fort. »Hunderte von Indianerschädeln, dazu Hunderte aus ägyptischen Gräbern, und überall auf der Welt Männer, die Gräber ausrauben, um ihm weitere Schädel zu schicken – aber an eine Verbindung zu Agassiz erinnere ich mich nicht, ich erinnere mich nur an die Vorträge von Agassiz. Und an die vielen Diners zu seinen Ehren.« Er schwieg einen Augenblick. »Können wir nicht über angenehmere Dinge reden?« Er schob seinen Stuhl zurück und rollte in Richtung Salon davon.

Erasmus sagte nicht, daß er Agassiz darum nicht kennengelernt hatte, weil er nicht zu den Diners eingeladen wurde. In den Jahren nach der Forschungsexpedition hatte man ihm als Naturforscher so wenig Bedeutung beigemessen, daß trotz der guten Verbindungen seines Vaters niemand auf die Idee kam, ihn in den Kreis einzuschließen. Aber was machte das jetzt noch aus? Seine Aufmerksamkeit wurde in erster Linie davon absorbiert, sich neue Schuhe anpassen zu lassen, mit Pölsterchen anstelle der verlorenen Zehen, in denen die Stümpfe weich gebettet waren. Eines Abends spät, als er sich vor Störungen sicher fühlte, schloß er erst seine Blechschatulle und dann den Fossilienschrank mit dem Geheimfach auf. Ledergeruch stieg ihm in die Nase, als er die Schuhe auf dem Bett aufreihte: ein winziger uralter Frauenstiefel, ein neuer Männerschuh, ein Stück Stiefelsohle. Der aus Boothia mitgebrachte Fetzen war deutlich größer als der entsprechende Teil seiner neuen Schuhe; in der Größe paßten seine Schuhe jetzt zu denen seiner Mutter.

Er übte mit Hilfe von zwei Spazierstöcken, sich auf seinen verkleinerten Füßen fortzubewegen. Eine Weile nahm ihn das vollkommen in Anspruch. Später, als er besser laufen konnte, aber durch gelegentliche Schneefälle und die bittere Kälte noch auf das Haus beschränkt war, begann das weihnachtliche Gespräch in ihm zu bohren. Er las Agassiz' Beitrag in der *Typologie des Menschen* und studierte das Diagramm, auf dem die tiergeographischen Reiche der Welt und die dort lebenden Menschen miteinander verknüpft waren. Die Rubrik für die Arktis enthielt einen Eisbären, ein Walroß, eine Sattelrobbe, ein Rentier, einen Glattwal, eine Eiderente sowie Gesicht und Schädel eines, nach Agassiz, sogenannten Hyperboreers. Die Gesichtszüge besaßen keine Ähnlichkeit mit irgendeinem Menschen, den Erasmus schon einmal gesehen hatte, sondern hätten von Plinius' Beschreibung abgeleitet sein können. Die Menschenrassen, schrieb Agassiz, unterschieden sich untereinander stärker als Affen, die als separate Arten einer gemeinsamen Gattung gälten.

Beim Überfliegen der langen Passagen mit Bibelauslegungen und der Abschnitte über Geologie und Paläontologie wurde Erasmus klar, daß es Agassiz primär um einen Angriff auf den gemeinsamen Ursprung der Rassen ging, um den Versuch, ihre separate Schöpfung zu beweisen. Ein schlampiges Sammelsurium, die Abbildungen – ob absichtlich oder unbewußt – im Sinne der Beweisführung verzerrt. Die Eskimos sahen aus wie mißgebildete Gnome und die Neger wie Schimpansen; wie konnte irgend jemand, der etwas von der Welt gesehen hatte, diesen Aufsatz ernst nehmen? Er wußte, daß es Geistliche gab, die sich darüber ereiferten, daß das Buch das Wort Gottes verunglimpfe. Er konnte sich kein theologisches Urteil erlauben, doch es war seiner Ansicht nach wissenschaftlich unhaltbar zu leugnen, daß die Menschen Teil der Natur waren und einer gemeinsamen Art angehörten. Er hatte jetzt die Füße eines Pygmäen und war gleichwohl noch der alte.

Er sehnte sich, wie immer, nach Dr. Boerhaave, mit dem er das Thema ernsthaft hätte diskutieren können. Was ist das Leben, wo hatte es seinen Ursprung genommen? Arten lassen sich Gruppen zuordnen, die strukturell verwandt sind – aber woher stammte die Verwandschaft? Dr. Boerhaave und er hätten sich lachend gestritten. Er war dankbar für diese Erinnerung – und ebenso dankbar, daß die schreckliche Zeit, in der er die Stimme seines Freundes hörte, nicht aber sein Gesicht sehen konnte, hinter ihm lag.

Stück um Stück war sein Freund ihm wiedergekehrt. Zuerst hatte er, wenn er schlaflos im Bett lag, Dr. Boerhaaves glattes braunes, weiß gesträhntes Haar gesehen, wie es im Wind flatterte. Als nächstes erschien seine lange kräftige Nase mit der charmanten eckigen Spitze; dann die eng stehenden, kleinen Augen; der breite bewegliche Mund mit den schmalen Lippen; die feingliedrigen Hände, deren fließende Gestik den Eindruck vermittelte, sie seien Fortsetzungen seines Geistes. Der Welt liegt ein Muster zugrunde, hatte er gesagt. Unser Geist ist geschaffen, dieses von Gott angelegte Muster zu erkennen. Mit diesen Worten im Ohr durchsuchte Erasmus die Regale nach der alten Ausgabe von Mortons *Crania Americana*, die seinem Vater gehört hatte.

Winzige Schritte; er hatte das Gefühl, wie ein Paarhufer auf den kleinen Füßen zu balancieren. Er legte das Buch aufgeklappt auf den Tisch und schrieb Mortons Interpretation der Schädelkapazität dreier Eskimoschädel ab:

*Grönland-Eskimos sind gerissen, sinnenfroh, undankbar, stur und gefühllos, und die ihren Kindern bezeigte Zuneigung ist größtenteils auf selbstsüchtige Motive zurückzuführen. Sie verschlingen die ekelhaftesten Nahrungsmittel roh und ungewaschen und scheinen sich über die Versorgung für den gegenwärtigen Augenblick hinaus keine Gedanken zu machen ... Was ihre Gefräßigkeit, Selbstsucht und Undankbarkeit betrifft, dürften sie von allen anderen Völkern unerreicht sein.*

Gewiß, die Menschen in der Arktis waren ihm fremdartig erschienen, aber diese Beschreibung entsprach nicht seiner Erinnerung. Auch in Dr. Kanes Buch waren sie nicht so – oder vielmehr nicht ausschließlich so – charakterisiert. In dem Buch, an dem Alexandra mitgearbeitet hatte; und ihre Schwester war es gewesen, die sich über diese Seite Agassiz' geäußert hatte. Wie konnte der philosophische Idealismus, den Dr. Boerhaave mit Agassiz und Thoreau teilte, solche Blüten treiben? Er wollte das Gesicht seines Freundes unverzerrt und klar vor sich sehen; die kostbare Erinnerung war ihm schon fast verlorengegangen.

Unendlich verwirrend war das alles. Auf seinem Schreibtisch lag noch etwas, das verwirrend war, die erste Antwort auf die Briefe, die er den Angehörigen der drei verstorbenen Crewmitglieder geschrieben hatte. Fletcher Lambs Mutter hatte ihm einen bitteren Brief geschrieben, mit Bleistift auf liniertem Papier:

*Ich hatte zwei Söhne. Der älteste ist mit einem Walfänger auf und davon und ertrunken, da habe ich Fletcher verboten, zur See zu fahren. Er ist weggelaufen, zu Ihnen. Und jetzt dies. Was soll ich ohne ihn machen? Wovon soll ich leben, ohne Sohn, der mich versorgt? Ich hatte gehofft, Sie würden mir die Heuer mitschicken, die Fletcher noch zusteht. Ich brauche das Geld dringend.*

Er würde sie aus seiner eigenen Tasche bezahlen und die Einzelheiten später mit Zekes Vater aushandeln; auch Nils Jensens Mutter und Mr. Francis' Frau wollte er auszahlen. Aber das Geld würde nichts wieder gutmachen. Er hatte alles falsch gemacht.

Sein Leben war ein einziger Wirrwarr. Nach dem Weihnachtsmahl hatte Alexandra Linnaeus und Humboldt gebeten, ein wenig für sie gravieren zu dürfen. Sie hatte nichts von ihrer Arbeit an Dr. Kanes Buch gesagt; in dem Blick, mit dem sie Erasmus angesehen hatte, lag die flehende Bitte, daß er sie nicht verraten möge. Sie hatte nur erwähnt, daß Mr. Archibault ihre Bemühungen als vielversprechend empfände.

Seine Brüder hatten sich trotz eines gewissen Zögerns bereit erklärt, bei Mr. Archibault nachzufragen; im Gegensatz zu ihnen hatte Erasmus verstanden, daß Mr. Archibault Alexandra empfehlen würde. Fast eine Art Erpressung, dachte Erasmus. Im doppelten Sinne, denn auch seine Brüder konnten es sich nicht leisten, Alexandra gegen sich aufzubringen; wenn sie fortging, mußten sie eine neue Regelung für Lavinias und seine Pflege finden. Noch in der gleichen Woche boten sie Alexandra an, einen kleinen Satz botanischer Stiche für sie zu übernehmen, und richteten ihr in ihren Zimmern im Haus einen Arbeitsplatz ein, doch Erasmus spürte, daß sie ihm die Situation indirekt zum Vorwurf machten. Sie warteten darauf, daß er den Haushalt wieder in die Hand nahm, damit sie Alexandra entlassen konnten.

Das würde heißen, daß er mit Lavinia allein blieb, dachte er. Wie würden sie es nur zusammen aushalten? Sie kam jeden Tag nach unten und nahm jeden Abend das Essen gemeinsam mit ihm ein, aber Alexandra war diejenige, die für die Konversation sorgte, indem sie die neutralen Themen anschnitt, mit denen sie sich durch die Mahlzeiten lavierten. Nur ein einziges Mal hatten sie das Thema Zeke angesprochen. »Wenn du wüßtest, wie er mir fehlt«, hatte Lavinia gesagt. »Wie schwer es mir ist, mir den Rest meines Lebens ...«

»Ich weiß es«, hatte er gesagt. »Ich hätte alles dafür gegeben, daß es nicht so gekommen wäre.« Lügner, hatte er gedacht. Was für ein Lügner.

So saßen sie da. Ihr Mund sagte, daß sie ihm vergeben hatte, ihre physische Anwesenheit bei Tisch bekundete den Waffenstillstand, aber ihr Blick wich ihm aus. Ihr schien ein zweites Paar Augenlider gewachsen zu sein, ähnlich der Blinzelhaut einer Katze. Hinter dieser Membran brannte der Zorn über ihren Verlust. Hätte sie wählen können, dachte er, wäre er tot und nicht Zeke. »Es tut mir leid«, hatte er so oft schon gesagt. »Furchtbar leid.« Die Diener huschten umher und taten so, als bekämen sie nichts von dem Schmerz hinter ihren Worten mit: das Hausmädchen Agnes, die Köchin Mrs. Parkins, der Gärtner Cardoza, der Butler Benton. Vor zwei Jahren hatte er sie kaum auseinanderhalten können; jetzt kannte er sie alle mit Namen, kannte ihre Gewohnheiten, Launen und Kümmernisse. Er mußte sie kennen; er war von ihnen abhängig und von Alexandra. Sie waren die Menschen, die ihm und Lavinia beistanden auf ihrem Weg zurück in die Welt, die ihnen beiden fremd geworden war.

Überall in Philadelphia beteiligten sich Händler und Gastwirte an der von Kanes Buch ausgelösten Manie. In den Schaufenstern der Geschäfte lagen weiße Pelzmuffs und mit Seehundfell verbrämte Jacken à la Eskimo aus; Friseure steckten Zöpfe zu luftigen Haarknoten auf, im Stil der Schönen von Grönland. Am Hafen konnte man ein Gericht mit dem Namen »Dr. Kanes Labsal« bestellen, das mit einem kleinen hölzernen Speer als Verzierung serviert wurde. Ein heißer Brandy-Punsch hieß »Eis und Finsternis«, ein Bier »Kanes Tautropfen« und eine hoch aufgetürmte Nachspeise mit Mandelcreme »Tennysons Monument« nach dem imposanten Stich in Kanes Buch. Von Erasmus und seiner Expedition sprach niemand, aber Franklin war weiterhin in aller Munde.

In England drängte Lady Franklin auf eine weitere Expedition, die im nächsten Sommer nach Boothia und King-William-Land aufbrechen sollte, und zwar vielleicht mit der *Resolute*, die wohlbehalten in Portsmouth eingetroffen war. *Die jüngste amerikanische Expedition mag gescheitert sein*, hatte sie in einer Rede gesagt, was Erasmus einen Stich versetzte. *Doch offenbar haben die Männer genauso deutliches Beweismaterial von den Schiffen meines Mannes gefunden wie Dr. Rae. Wir bedauern ihre Verluste und danken ihnen für die Mühen, die sie auf sich genommen haben. Es ist unbedingt erforderlich, daß nun ein <u>britisches</u> Schiff die gleichen Stellen untersucht.*

Sie hätte ihm gern direkt schreiben können, dachte Erasmus. Wenigstens ein kleines Dankeschön für den Erhalt seiner Liste. Statt dessen ignorierte sie ihn und entnahm ihre Fakten den Zeitungen, ohne ihn zu bitten, sie zu bestätigen oder zu dementieren. Das ›offenbar‹ tat weh.

Dann erfuhr er von Linnaeus, was alle anderen in Philadelphia bereits wußten – daß Dr. Kane London Mitte November mit dem Ziel Havanna verlassen hatte, weil er hoffte, in einem wärmeren Klima erfolgreicher gegen sein beharrliches Fieber anzukämpfen. Auf der Überfahrt von St. Thomas nach Kuba hatte er einen Schlaganfall erlitten, jetzt lag er halbseitig gelähmt in Havanna und hatte einen wesentlichen Teil seines Gedächtnisses verloren.

Nachdem Erasmus dies gehört hatte, humpelte er an den Fluß hinunter; es war sein erster Alleingang nach draußen. Vor seinen Füßen trug die rauschende, lehmfarbene Strömung Zweige und Müll an den Tulpenbäumen vorbei und deponierte eine Schindel auf einem Grasbüschel wie einen kleinen Hut.

»Ihren Füßen geht es viel besser«, sagte Alexandra. »Es wird Zeit, daß wir Sie hier rausholen.«

Sie stieß zwei Fenster in der Repositur weit auf; Frühling lag in der Luft, und an den Bäumen öffneten sich kleine grüne Blätter. Die auf Erasmus' Schreibtisch verstreuten Listen bauschten sich in der feuchten Brise.

»Ich möchte gern in die Akademie der Wissenschaften fahren«, sagte sie. »Es würde mich mit den Stichen weiterbringen, wenn ich mir dort ein paar Thallophyten ansehen könnte. Ich kann nicht gut alleine hingehen – aber wenn Sie dazu bereit wären, könnten wir so tun, als wären Sie derjenige, der sich die Pflanzen ansehen will. Würden Sie mitkommen?« Sie glaubte, Erasmus eher bewegen zu können, wenn sie ihm das Gefühl gab, daß er ihr helfe, als umgekehrt.

Er runzelte die Stirn. »Muß das wirklich sein?«

»Es wäre mir eine enorme Hilfe«, sagte sie. »Vielleicht wäre es auch für Sie nicht schlecht. Sie könnten die arktischen Pflanzen im Herbarium mit denen in Ihren Listen vergleichen.«

»Sie haben recht«, sagte er. »Es ist so ein herrlicher Tag. Glauben Sie, Lavinia hätte Lust, uns zu begleiten?«

»Heute nicht«, sagte Alexandra. »Ich habe sie beim Frühstück gefragt, aber sie möchte das eine oder andere mit dem Gärtner besprechen.«

»Das ist gut«, sagte Erasmus. »Nicht wahr, es ist gut, wenn sie sich wieder für die Anlagen interessiert?«

»Aber ja«, pflichtete Alexandra ihm bei.

Die Fahrt am Fluß entlang war wunderschön, die Ufer waren von einem Hauch Grün überzogen, das von großen Inseln blaublühender Szilla unterbrochen wurde, die sich wie Wasserflächen unter den Buchen ausbreiteten. Vor der Akademie blieben sie zehn Minuten in der Kutsche sitzen, während Erasmus die veränderte Fassade auf sich wirken ließ. »Es ist zu merkwürdig«, sagte er. »Als ich mit der Forschungsexpedition unterwegs war, zog die Akademie aus dem alten Swedenborgianischen Andachtshaus in der Zwölften Straße hierher. Als ich wiederkam, fand ich dieses neue Gebäude vor, wo alles an einem neuen Platz war, so daß ich nichts mehr finden konnte – und jetzt das.«

»Was hat sich denn alles verändert?« fragte Alexandra.

»Die neue Etage«, entgegnete Erasmus. »Das Gebäude ist um ein komplettes Stockwerk höher als vorher.«

Während sie ihn hineingeleitete und sich seinem Tempo anpaßte, damit sie an seiner Seite blieb, bekam sie sein Gemurmel nur bruchstückweise mit. Der Vortragssaal zur Broad Street hin war in die Bibliotehk eingegliedert worden; der ehemalige Sitzungssaal war jetzt mit Schränken vollgestellt; alle Proben hatten neue Plätze bekommen. Überall waren Leute, aber es war keiner dabei, den Erasmus aus früheren Zeiten kannte. Der junge Mann in der Bibliothek meinte es wahrscheinlich nicht unfreundlich, als er, nachdem Erasmus sich vorgestellt hatte, sagte: »Natürlich habe ich von Ihnen gehört. Ich nehme an, Sie wollen die Sammlungen von Dr. Kanes erster Polarreise sehen.«

»Es…«, sagte Erasmus. »So genau hatte ich mir das gar nicht überlegt. Sie haben eine Reihe Thallophyten, die ich mir gerne ansehen würde, und außerdem möchte ich gern wissen, was Sie an Exemplaren aus den arktischen Regionen da haben. Ich weiß nicht, wo die Sachen jetzt abgeblieben sind.«

»Kommen Sie, ich zeige es Ihnen«, sagte der junge Mann. Er führte sie in einen kleinen Raum, in dem die Wände ringsum mit flachen Schubfächern gesäumt waren, aus denen es nach Erde und Humus roch. »Hier sind die ganzen Herbarienfächer. Wie Sie sicher wissen, stammen die meisten Proben von Dr. Kane.«

»Aha«, sagte Erasmus mit schwacher Stimme. Am anderen Ende des Raumes stand ein ausgestopfter Hund auf einem Postament, mit steil aufgerichteten Ohren und einem schwungvoll über den Rücken geringelten Schwanz. Daneben befand sich das gegliederte Knochengerüst eines Hundes in genau der gleichen Haltung. »Wo haben Sie die denn her?« fragte er. Er zog Alexandra zu dem Hund und dem Skelett hin.

»Das ist Tudlamik«, sagte der junge Mann stolz. »Fell und Knochen. Dr. Kanes treuer Gefährte auf den Schlittenfahrten, den er heil mit nach Hause gebracht hat. Er wurde im Laufe des Sommers krank, als Dr. Kane noch an seinem Buch arbeitete, und nach seinem Tod brachte Dr. Kane ihn zu unserem Tierpräparator. Wir freuen uns sehr, ihn zu haben.«

»Äußerst lebensecht«, murmelte Alexandra. Sie warf Erasmus einen Blick zu, um zu sehen, wie sehr ihn die Sache mitnahm. Der Morgen verlief ganz anders, als sie es sich gedacht hatte; sie hatte ihn nur sachte in die Welt der Wissenschaft zurückführen wollen. Sie hatte sich vorgestellt, daß sie sich über Bärlapp und Sumpfmoos beugten, und er dadurch begann, über seine eigene Arbeit nachzudenken. Doch nun nahm sie gerührt wahr, wie Erasmus seine Stöcke fest aufstellte, das Kinn reckte und sagte: »Ein ausgezeichnetes Präparat. Ich hatte ähnliche Hunde. Wenn wir uns jetzt die Herbarienfächer ansehen könnten – ich möchte ein paar Exemplare mit meinen eigenen Listen aus der Gegend vergleichen.«

»Selbstverständlich«, sagte der junge Mann. »Wenn Sie bestätigen können, etwas in einer ähnlichen Gegend gesehen zu haben, oder vielleicht, wenn Ihnen auffällt, daß Sie etwas an einem ganz anderen Standort gesehen haben – das Gebiet, das Sie erforscht haben, deckt sich doch nicht vollkommen mit Dr. Kanes, nicht wahr?

»Nein.«

»Wir würden uns freuen, von Ihren Beobachtungen zu erfahren.« Er wollte schon gehen, als Erasmus seine Schritte in eine unerwartete Richtung lenkte.

Hinter den beiden Tudlamik-Varianten führte eine geöffnete Tür in den nächsten Raum. Mehr Knochen, sah Alexandra, als sie Erasmus folgte. Knochen, Knochen, nichts als Knochen. Erasmus ging auf die Schränke zu. Menschliche Schädel, Backenknochen an Backenknochen, Reihe an Reihe. Schädel von Bären und Hirschen, Eichhörnchen und Mäusen; Hunderte von Vogelschädeln, Fisch- und Schlangenköpfe und zwei Nilpferdschädel.

»Dr. Mortons vollständige Sammlung«, verkündete der junge Mann. »Nach seinem Tod haben sich seine Freunde zusammengetan, um sie seiner Witwe abzukaufen, und sie haben sie uns zum Geschenk gemacht. Es sind über sechzehnhundert Schädel, fast tausend menschliche und der Rest von Tieren. Sie müssen Dr. Morton gekannt haben, nicht wahr?«

»Ja«, sagte Erasmus. »Aber ich wußte nicht, daß die Sammlung in Ihren Besitz übergegangen war.« Er suchte die Regale ab und studierte die Schilder. »Waren nicht auch ein paar Eskimoschädel dabei?«

»Das waren Leihgaben eines Freundes«, sagte der junge Mann. »Ohne sie bleibt die Sammlung leider unvollständig, und es ist sehr bedauerlich, daß der Freund sie wieder an sich genommen hat. Wenn wir nur ein oder zwei Exemplare bekommen könnten…« Er hielt inne. »Sie haben nicht zufällig welche gesammelt? Die Sie unter Umständen spenden würden?«

Erasmus schüttelte den Kopf, und der junge Mann verschwand. Wortlos humpelte Erasmus zu den Herbarien zurück, drehte Tudlamik den Rücken zu und machte sich an die Arbeit.

Sie brachten den ganzen Tag damit zu, die Fächer miteinander und mit Erasmus' Erinnerungen zu vergleichen. Alexandra holte die Schubfächer heran und trug sie weg, machte aufmunternde Bemerkungen und lenkte Erasmus' Aufmerksamkeit von den Fremden ab, die an der Tür erschienen, sie neugierig begafften und wieder verschwanden. Hier war er in seinem Element, dachte sie. Er hatte genausoviel Berechtigung, sich hier aufzuhalten, wie jeder andere Naturforscher aus Philadelphia, und sie war stolz darauf, wie konzentriert er sich seiner Arbeit widmete. Wenn Leute ihn anstarrten und auf dem Flur flüsterten – dann würden sie sie genauso anstarren, wenn sie von ihrer Mitarbeit an Dr. Kanes Buch wüßten. Die Mißstimmung zwischen ihnen schien verflogen zu sein, und sie fühlte sich ihm sehr nahe, während sie im Schatten von Dr. Kanes Hund vor sich hin arbeiteten. Am Ende des Tages, als sie ihm, obwohl sie keinen Blick auf die Thallophyten geworfen hatte, dafür dankte, daß er sie begleitet hatte, sagte er: »Ich bin derjenige, der zu danken hat.«

Ein paar Wochen lang wurde Erasmus in seinen Träumen von Tudlamik heimgesucht – Knochengerüst und ausgefleischter Leib, Augen und Augenhöhlen, Spielarten des Lebendigen und des Toten. Dann kamen Briefe, die die Hunde verscheuchten. Captain Tylers Familie meldete sich, um nach dem Verbleib seines Gehalts zu fragen. Diesen Brief leitete Erasmus an Zekes Vater weiter. Danach flatterte Copernicus' Brief ins Haus, fleckig und abgestoßen von der langen Reise:

*Endlich hat Humboldts Nachricht mich erreicht. Ich kann dir gar nicht sagen, wie froh ich bin, dich wiederzuhaben. Ich kann es nicht erwarten, dir alles zu erzählen. Am Canyon de Chelly habe ich die Anasazi-Ruinen gesehen. Hopi-Siedlungen, Pueblo-Kivas; durch ganz Kalifornien bin ich gereist. Im Salinas-Tal, nicht weit von Soledad, habe ich eine sonnenverbrannte Landschaft gemalt. Ungefähr um die Zeit, als ihr euch mit eurem kleinen Boot durch die Eiswüste gekämpft habt, bin ich auf einem Esel durch die Lande geschlichen, bei fast 45 Grad Celsius. Wir werden uns eine Menge zu erzählen haben, nicht? Ich kann es kaum erwarten, dich zu sehen, mache mich sofort auf den Heimweg, hoffe, du erholst dich allmählich. Humboldt hat etwas von irgendwelchem Ärger erwähnt, aber was immer es ist, laß dich nicht unterkriegen, ich bin bald da. Ich bringe dir auch Samen mit.*

Tags drauf kam ein Brief von Thomas Cholmondelay, Dr. Boerhaaves Londoner Freund, der Erasmus seinen Dank für das Paket aussprach, das dieser ihm geschickt hatte. Ein Abschnitt seines Schreibens war auf unheimliche Weise veraltet; er schrieb davon, wie er Dr. Kane in London gesehen habe – Ihren Kollegen, den Arktisforscher – und wie er gefeiert worden sei, wie traurig Lady Franklin und alle anderen bei Kanes Abfahrt gewesen seien und wie sich alle um seine Gesundheit gesorgt hätten. Unmittelbar darauf traf ein Brief von William Greenstone aus Edinburgh ein:

*Wie kann ich Ihnen nur dafür danken, daß Sie Jans letzte Briefe an mich weitergeleitet haben, trotz Ihrer eigenen Probleme? Er konnte sich glücklich schätzen, Sie zum Freund zu haben, und wir alle, die wir Jan kannten, sind Ihnen zutiefst dankbar und wünschen Ihnen eine schnelle Genesung von Ihren Verletzungen. Jan hatte sich so sehnlich gewünscht, noch einmal in den hohen Norden zu reisen, ich freue mich, daß er vor seinem grausamen Unfall noch soviel zu sehen bekommen hat.*

*Ich denke viel an ihn – nicht nur in Edinburgh, an den uns vertrauten Orten, sondern immer wenn ich interessante Neuigkeiten höre. Unter unseren Literaten und Naturwissenschaftlern wird zur Zeit, wie bei Ihnen vermutlich auch, Mr. Wallace' »Sarawak Law« viel diskutiert, was seine Theorie zur Entwicklung der Arten betrifft. Wallace ist immer noch in Borneo, aber Lyell, Darwin, Hooker und andere sind ganz aus dem Häuschen über Wallace' Einsichten in die Abstammung der Arten und die geographische Verteilung der Tiere. Ich denke, die Frage, ob Unterarten das Ergebnis separater, sukzessiver Neuschöpfungen darstellen, dürfte sich damit ziemlich erledigt haben – obwohl ich weiß, daß Jan unter dem Einfluß von Agassiz dieser Ansicht zuneigte. Ich gäbe viel darum, mich mit ihm über diese Frage zu streiten. Einstweilen danke ich Ihnen nochmals für dieses Geschenk seiner Worte und außerdem, wenn auch verpätet, für Ihre Beschreibung des Meteoriten in Grönland.*

Er nennt ihn »Jan«, dachte Erasmus und ließ seinen Blick von dem Brief zu dem Tagebuch seines Freundes wandern. Sie waren füreinander Jan und William gewesen. Während er – trotz des vielen, das sie gemeinsam erlebt hatten, waren sie als Dr. Boerhaave und Mr. Wells geschieden.

Am 14. März standen Erasmus und Alexandra an den hohen Fenstern ihres Elternhauses: Emily zu ihrer Linken, neben ihnen, Browning und Harriet und ihre neugeborene Tochter Miriam am mittleren Fenster, Jane und der kleine Nicholas am rechten. Gemeinsam sahen sie aus dem zweiten Stock hinunter auf die Walnut Street. Unter ihnen schauten die Nachbarn, über ihnen Fremde, und noch mehr Fremde oben auf dem Dach – Browning hatte ihnen die Aussicht gegen eine Gebühr gestattet –, aber alles war still, und die Straße selbst war leer. Erasmus hörte die Trommeln, aber die Prozession war noch nicht zu sehen. Den ganzen Vormittag war ein leichter Regen gefallen und hatte die Kreppvolants an allen Häusern durchnäßt; an den Fenstern froren die Leute im Wind, während auf den Dächern schwarze Regenschirme sprossen.

Die Straße sah aus wie ein endloser dunkler Tunnel. Und wie Erasmus wußte, war auch der ganze Rest der Strecke auf ähnliche Weise verhängt. Ihm war kalt, und seine Zehen schmerzten oder vielmehr die Stellen, wo seine Zehen früher gewesen waren. Hinter ihm, auf einem kleinen Kirschholztisch, lag ein Stapel Zeitungen, in denen alle Stationen der Reise von Dr. Kanes Leichnam durch die Vereinigten Staaten aufgelistet waren. Vor seinem geistigen Auge fügte Erasmus alle Prozessionsrouten vor dieser letzten zu einem jettschwarzen Mäanderband durch das Land zusammen.

Von Havanna, wo Kane gestorben war, mit dem Postschiff nach New Orleans, wo der Sarg im Rathaus aufgebahrt worden war. Eine Woche lang, während der Sarg mit dem Dampfschiff über den Mississippi und den Ohio nach Louisville transportiert wurde, hatten sich die Leute auf Deichen und an Kais versammelt, um Kane vorbeifahren zu sehen. In Louisville war Kanes Ankunft mit Glockengeläut und Kanonenfeuer verkündet worden; erneute feierliche Zeremonien, abermals ein Umzug; ein Leichenbegängnis in der Mozart Hall. Auf halbem Weg nach Cincinnati wurde das Dampfschiff von einem anderen Schiff erwartet, das bis auf den letzten Platz mit Trauerband tragenden Mitgliedern der Gedächtniskomitees besetzt war. In Cincinnati selbst hatte sich eine Prozession vom Kai zum Bahnhof gewunden; in Xenia waren die Menschen auf die Gleise geströmt und hatten den ohnedies langsamen Zug aufgehalten; den ganzen Nachmittag und Abend über hatten an jedem Bahnhof schweigende Menschenmengen gestanden. In Columbus hatte man Kanes Leichnam im Kapitol aufgebahrt, ein stiller Mittelpunkt weiterer langer Reden. In den kleineren Städten von Ohio und West Virginia, wo der Sarg auf der Bahn blieb, hatten sich die Menschen zum Glockengeläut an den Bahnhöfen versammelt. In Baltimore hatten sich riesige Menschenmengen zusammengefunden zur größten Prozession vor dem heutigen letzten Trauerzug.

Montag war die Eisenbahn mit dem Sarg in Philadelphia angekommen, wo er von einer Ehrenwache in Empfang genommen wurde: Stadtpolizei, eine Artilleriekompanie, ein Dutzend Gedächtniskomitees aus den unterschiedlichsten Bürgervereinigungen, von denen keine daran gedacht hatte, Erasmus einzuladen. Den Leichenwagen hatten acht von Kanes Weggefährten begleitet, welche die Fahne der verlorenen *Advance* über den Sarg ihres Kommandanten breiteten, und später in der Independence Hall Kanes Paradeschwert und einen Berg Blumen dazulegten. Bis zum heutigen Morgen waren die Menschen in die Halle geschwärmt, um ihm die letzte Ehre zu erweisen. Jetzt, endlich, war die Spitze des Umzugs zu sehen.

Polizei, mehr Polizei, dann die Kompanien der Ersten Brigade und dahinter, den Leichenwagen flankierend, die Kavallerie von Philadelphia City. Der Anblick der Reiter erregte den kleinen Nicholas so, daß er sich zappelnd halb aus dem offenen Fenster hängte und von seiner Tante zurückgezogen und ausgeschimpft werden mußte. Der Leichenwagen war, wie Erasmus sah, an den vier Ecken mit goldenen, fahnenbehängten Lanzen geschmückt; die Seidenbänder, die zu den Lanzen führten, flatterten träge im Wind, und die Pferde glänzten vor Nässe. Emily sagte: »Da geht sein ekelhafter Vater«, aber Browning mahnte leise: »Heute nicht.«

Die Trommeln schlugen, der Wagen fuhr langsam, Welle um Welle trauernder Menschen marschierte vorbei. Erasmus zerknüllte die Zeitung mit der Marschordnung für den Umzug. Fast alles, was in Philadelphia Rang und Namen hatte, war eingeladen, von Kanes Mannschaft über den Bürgermeister und die Ratsherren, die Mitglieder der Philosophischen Gesellschaft, die Mitarbeiter und Studenten der Medizinischen Fakultät der Universität von Pennsylvania bis hin zu den Odd Fellows, der Feuerwehr und vielen anderen mehr.

»Die Getreidebörse?« sagte Browning. »Warum laden sie denn die Leute von der Getreidebörse ein?«

Erasmus wußte darauf keine Antwort. In dieser ganzen großen Menge, dachte er, war ihm nirgends ein Platz zugedacht. Weder ihm noch seinen Weggefährten, weder den Überlebenden noch dem ehrenden Andenken an die Verstorbenen. Wenigstens die Toxophiliten, hatte er gehört, ehrten Zeke allmonatlich bei ihren Zusammenkünften.

Alexandra faßte ihn am Arm, und er streckte die Hand aus, um die ihre dankbar zu drücken. Sie war sein einziger Trost; seine Brüder kümmerten sich um Lavinia, die sich, seit Kanes Leichnam in der Stadt war, aus dem Haus zu gehen weigerte. Sich bei der Prozession zu zeigen, hatte sie gesagt, wäre ein Akt der Treulosigkeit gegen Zeke.

Als wüßte sie, woran Erasmus dachte, sagte Alexandra: »Ich bin sicher, das Komitee hat nur Ihrer Gesundheit zuliebe darauf verzichtet, Sie zur Teilnahme einzuladen. Die weite Strecke zu Fuß, bei diesem Wetter und unter so vielen Menschen...«

Erasmus blickte auf seine raffinierten Schuhe hinunter. »Ich komme sehr gut mit den Stöcken zurecht«, sagte er. »Wie Sie sehr wohl wissen.«

Der Leichenwagen war fast nicht mehr zu sehen; unter ihm liefen die Mitglieder der Hibernian Society, der St. Andrews Society und der Scots Thistle Society vorbei. Sie würden noch stundenlang vorbeilaufen, dachte er. An der Kirche würde die Prozession an dem auf den Steinstufen aufgebahrten Sarg vorbei defilieren, und dann würden sich so viele Leute wie möglich hineindrängen, um den Gottesdienst zu hören. Worte um Worte über Kanes Rechtschaffenheit, seinen Ruhm und seine Tüchtigkeit. Als ob Kane nicht ebenfalls ein Schiff verloren hatte; als ob seine Reise nicht ebenfalls von Streit und Rebellion gekennzeichnet gewesen war. Irgendwer, sah er im Programm, würde eine Hymne von Mozart singen. Ein berühmter Pastor würde die Fürbitte sprechen und ein anderer die Eloge halten, die morgen in der Zeitung abgedruckt werden sollte, aber die Erasmus schon jetzt hören konnte:

*» Wir sind, liebe Freunde, hier versammelt, um unsere schöne, wenn auch traurige Pflicht zu Ehren eines Mannes zu erfüllen, welcher in der ihm vergönnten kurzen Lebensspanne von fünfunddreißig Jahren, angetrieben von humanitären wie wissenschaftlichen Impulsen, beinahe den ganzen Erdball bereist hat und in die unzugänglichsten Gegenden vorgedrungen ist … Im Tod enthüllt sich, in welchem Ansehen die Person bei den Mitmenschen stand. Der feierliche Zug, der seit vielen Tagen auf dem Weg zu uns ist, über die Wogen des Meeres, über unsere mächtigen Flüsse, durch unsere in Trauer gewandeten Städte, wo sich die gelehrten, die edlen und die guten Menschen in das Gefolge eingereiht haben, ist der ehrliche Tribut der Herzen gerührter Menschen, der durch nichts anderes motiviert sein kann als durch Hochachtung und Liebe.«*

Mehr Gebete, mehr Lieder; ein Klagelied und dann der Segen. Die arktischen Küstenstriche, die Dr. Kane erforscht und benannt, das Eis, gegen das er angekämpft, und die Eskimos, die er entdeckt hatte; die dunklen Winter, in denen er im Eise festgebannt war, und die heroische Reise, durch die er den größten Teil seiner Mannschaft in sichere Gefilde gebracht hatte – all das war in der Tat bewundernswert, und doch, warum sollte es Erasmus' eigene Reise vollkommen in den Schatten stellen? Er hatte ebenfalls Männer nach Hause geführt, er hatte getan, was er konnte, er hatte versucht ... er entzog Alexandra seine Hand.

»Lavinia hat recht daran getan, zu Hause zu bleiben«, sagte er. »Ich kann nicht länger hinsehen.«

Er wandte sich vom Fenster ab und tappte vorsichtig zur Couch. In den feuchten Linien seiner Handfläche sah er die Dinge, die er seit seiner Rückkehr abgewehrt hatte: Zeke sterbend, Zeke tot, mutterseelenallein in der weiten weißen Einöde. Ein gewaltsamer oder ein stiller Tod oder beides zugleich – ein Bär, ein abgerutschtes Rasiermesser, ein Sturz durchs Eis; ein bröckelnder Eisberg oder langsames Verhungern; Zorn oder Resignation. Er hörte das Eis unter Zekes Füßen krachen; er sah Zeke nach einer Hand suchen, an der er sich festhalten, nach einer Leine, die er packen konnte, wo es nichts gab als ein Feld aus zerbrochenen Schollen. Er sah Zeke, wie er zum Himmel aufschaute und versank, mit angelegten Armen. Droben niemand, der ihn retten konnte, nicht einmal jemand, der ihn sah. Nur ein Eissturmvogel auf einem Walroßschädel, der zusah, wie die Blasen von seinem letzten Atemzug aufstiegen und das Eis sich über dem Loch zu schließen begann.

Gegen die große Trauer um Kane standen die nicht bezeugten letzte Tage Zekes. Ich hätte dasein sollen, dachte Erasmus. Wie, weiß ich nicht, aber ich hätte bei ihm sein sollen.

# 9. Ein großer Stein, der ihm ins Wasser fiel
## (April – August 1857)

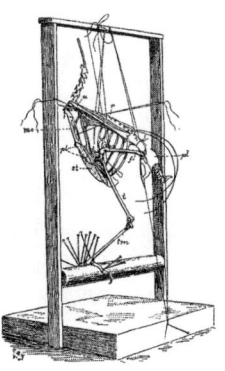

*Wenn mich jemand um meinen Rat fragen würde, ehe er eine lange Reise unternimmt, hinge meine Antwort davon ab, ob er eine bestimmte Neigung für irgendeinen Zweig der Wissenschaften hat, die auf diese Weise gefördert werden kann. Es gereicht allerdings zu hoher Genugtuung, verschiedene Länder und die vielen Rassen der Menschen zu sehen, aber das während dieser Zeit genossene Vergnügen wiegt die Übelstände nicht auf. Man muß notwendigerweise eine Arbeit, welcher Art dieselbe auch sein mag, ins Auge fassen, durch welche einige Früchte gezeitigt und einiges Gute erreicht werden kann.*

    *Viele von den Entbehrungen, die man erleiden muß,*

*liegen auf der Hand: so der Verlust des Umganges mit*
*allen alten Freunden und des Anblicks jener Orte, an die*
*sich unsere teuersten Erinnerungen knüpfen. Diese Ver-*
*luste werden indessen zum Teil durch die unerschöpfli-*
*che Freude aufgewogen, mit der man dem lang ersehn-*
*ten Tage der Rückkehr entgegensieht. [...]*

*Von einzelnen Gegenständen erregt vielleicht nichts so*
*sehr unser Erstaunen als der erste Anblick eines Wilden*
*in seinem heimischen Wohnplatze, des Menschen in sei-*
*nem niedrigsten und rohesten Zustande. Unser Geist*
*durchläuft die vergangenen Jahrhunderte und fragt sich*
*dann, ob unsere Vorfahren so wie diese waren? Men-*
*schen, deren Zeichen und Ausdrücke weniger verständ-*
*lich für uns sind als die unserer Haustiere. Menschen, die*
*nicht den Instinkt dieser Tiere besitzen, noch sich*
*menschlicher Vernunft rühmen zu können scheinen, oder*
*wenigstens solcher Künste, die Ausfluß dieser Vernunft*
*sind. [...] Schließlich scheint es mir, daß nichts so sehr*
*einen jungen Naturforscher bildet als eine Reise in ent-*
*fernte Länder. Sie schärft, aber befriedigt auch jenen*
*Durst und jenes Verlangen, das, wie Sir J. Herschel*
*bemerkt, ein Mann immer fühlt, wenn auch jedem kör-*
*perlichen Sinn volles Genüge geschehen ist.*

CHARLES DARWIN, Die Reise mit der Beagle (1839)

Braungebrannt, bärtig und langhaarig kam Copernicus in die Repositur gefegt und schloß seinen Bruder in die Arme, wobei er so fest zudrückte, daß er Erasmus von den Füßen hob.

»Oh, Vorsicht!« rief Alexandra.

Copernicus warf ihr einen erstaunten Blick zu, folgte dann aber ihren Augen zu den Füßen seines Bruders. Rasch half er Erasmus zu einem Stuhl.

»Entschuldige«, sagte er. »Aber ich freue mich so, dich wiederzusehen!« Er bückte sich, ergriff Erasmus' rechtes Fußgelenk und führte seine Hand über den Fuß: Fußwurzel, Mittelfußknochen – aber fast keine Zehenglieder mehr. »Tun sie weh?«

»Nein«, sagte Erasmus mit einem Lächeln, das Alexandra gar nicht mehr kannte. »Sag Alexandra Copeland guten Tag.«

»Humboldt hat mir von Ihnen geschrieben«, sagte Copernicus. »Er hat erzählt, wie sehr Sie Lavinia beigestanden haben und was für eine gute Freundin Sie der ganzen Familie sind. Ich freue mich sehr, Sie kennenzulernen.« Als ob er vergessen hätte, dachte Alexandra, wie oft sie sich gesehen hatten, als sie und Lavinia noch klein waren. Er drückte ihr die Hand, dann schaute er sich um und sagte: »Aber wo ist Lavinia? Ich kann es nicht erwarten, sie wiederzusehen.«

»Ich gehe sie holen«, sagte Alexandra und hoffte, daß sie schon aufgestanden und angezogen war.

Später, als Copernicus die Kisten auspackte, die er an den Gartenwegen abgeladen hatte, sah sie seine Bilder: Pikes Peak, die Grand Tetons und die Rocky Mountains; der Große Salzsee, wo ihn die Brise, wenn er sich beim Schwimmen still aufs

Wasser legte, umhergetrieben hatte wie ein Segelboot; Alkali-
wüsten und die Humboldt Mountains; das Yosemite-Tal, El
Capitan und die Indianer, denen er an den verschiedenen Orten
begegnet war. Phantastische Bilder, von Licht und Farben
durchflutet. Doch im Augenblick sah sie nur das Lächeln in
Erasmus' Gesicht und die Möglichkeit, daß Lavinia eine ähnliche Wandlung durchmachen könnte.

Copernicus wieder bei sich zu haben, sei sehr tröstlich, vertraute Lavinia Alexandra an. Schließlich sei er ihr Lieblings-
bruder. Sie übernahm wieder die Planung der Mahlzeiten für
den Haushalt: Lammbraten mit Kräutern und Karotten, Hähn-
chen in Sahnesauce. Stets nur Copernicus' Lieblingsspeisen,
sagte sie. Er sei so lange fort gewesen. Nach getaner Arbeit
setzten sie und Alexandra sich manchmal zu den Brüdern,
wenn sie sich gegenseitig Geschichten von ihren Abenteuern
erzählten.

Zu jedem Bild, das Copernicus gemalt hatte, gab es eine
Geschichte und einen Weg, den man in seinem Skizzenbuch
nachvollziehen konnte. Eine Art visuelles Tagebuch, wie Alexandra während jener warmen, gemütlichen Nachmittage
erkannte. Fort Wallah Wallah auf einer Seite und eine Büffel-
herde auf der nächsten; eine Gruppe Männer, die Büffelfleisch
zur Herstellung von Pemmikan trockneten und zerstampften.
Delaware-, Shawnee- und Osage-Indianer; Kickapoos, Wit-
chetaws, Wacos und Mormonen. Die Schwarzwedelhirsche der
Rocky Mountains. Tausende von Skizzen mit nur wenigen
beschreibenden Worten versehen, das Gegenteil von Erasmus'
Tagebuch.

Im Austausch bot Erasmus seine eigenen Niederschriften an,
Dr. Boerhaaves Papiere und den langen Brief, den er Copernicus auf der Reise geschrieben hatte. Alexandra entging nicht,
daß die Papiere Schatten warfen. Manchmal mußte sich Erasmus unvermittelt zurückziehen und Copernicus allein lassen.
Manchmal, wenn sie zum Frühstück nach unten kam, machte Erasmus den Eindruck, als hätte er nicht geschlafen, und
später in der Repositur gestand er, daß dieses viele Gerede ihm

Alpträume bereite. Zeke verfolge ihn in seinen Träumen, sagte er. Dort oben im Eis sei eine wie ein Grabstein geformte Totenliste an das eingefrorene Schiff genagelt, die er immer wieder vor sich sehe. Dennoch redeten die Brüder weiter, und je mehr sie redeten, desto mehr wuchs Erasmus' Erregung. Copernicus zeigte ihm eine Skizze der Stiefel, die seine Füße während einer winterlichen Durchquerung der Rockies geschützt hatten: Büffelfellstiefel über Wildledermokassins über dickem Wolldeckenstoff über wollenen Socken. Erasmus zeigte Copernicus die verschlissene Pelzmontur, die ihm Ned genäht hatte, und sagte: »Ich möchte ein Buch schreiben.«

Es sollte nicht wie Dr. Kanes Buch werden, kein Abenteuerbericht aus umgeschriebenen Tagebucheintragungen, aber auch keine nüchterne Beschreibung der Arktis. Vielmehr, sagte Erasmus, sollte die Erzählung seine Leser auf eine Reise mitnehmen, auf einem Phantasieschiff, das sich von Ort zu Ort und von Jahreszeit zu Jahreszeit bewegte. Auf der Steinterrasse vor dem Wintergarten führte er seine Vorstellung aus: Er wollte eine Serie von Porträts entwerfen, in Form eines naturkundlichen Textes, der die verschiedenen Orte jeweils zu einer bestimmten Jahreszeit einfing. Er selbst wolle in der Geschichte nicht vorkommen, meinte Erasmus. Er wolle ausgelöscht sein, unsichtbar. Es solle so sein, als sähen die Leser eine Serie detaillierter Landschaftsgemälde vor sich. Als gingen sie selbst auf die Reise, nur ohne die Beschwerlichkeiten und Konflikte.

»Nimm doch ein paar Farbdrucke mit hinein«, sagte Copernicus. »Ich könnte die Bilder malen.« Ausgehend von Erasmus' Skizzen und Notizen und mit Hilfe seiner eigenen Kenntnis von Gletschern und Licht – wie wäre es, wenn sie jedem der Abschnitte eines seiner Bilder voranstellten? Er könnte auf jedem dieser Bilder alle wichtigen Eigenarten einer bestimmten Region vereinigen, mitsamt der typischen Tier- und Pflanzenwelt – so daß ein Phantasiebild entstand, das trotzdem mehr Wahrheit enthielt als eine einfache Abbildung der Wirklichkeit.

Erasmus langte in seine Hosentasche und zog ein zusammengelegtes Taschentuch hervor, aus dem er ein verwittertes

Stück Leder auswickelte. »Bilder wie dies hier?« fragte er. »Die für ein ganzes Bündel von Dingen stehen?«

»Was ist das denn?«

Erasmus erzählte ihm von seinem letzten Tag bei den Eskimos von Boothia, und wie die Frau des Stammesführers ihm heimlich dieses Fundstück zugesteckt hatte. Er sagte weder, wo er es versteckt hatte, noch, was Joe ihm über die Verwendung des dazugehörigen Stiefels berichtet hatte.

»Hast du es schon mal jemandem gezeigt?«

»Nur ein paar Reportern«, sagte Erasmus. »Gleich nach meiner Rückkehr, als alle mich ausfragten und ich zu erklären versuchte, was passiert war und was wir entdeckt hatten. Selbst wenn alle anderen Dinge verloren seien, sagte ich, sei dies ein echtes Beweisstück von Franklins Reise. Aber keiner wollte mir glauben.« Er hielt einen Augenblick inne. »Das stimmt nicht; Alexandra, Linnaeus und Humboldt haben es auch gesehen. Sie haben mir geglaubt, denke ich. Ich bin nicht sicher, ich war so krank, daß ich mich an die ersten paar Wochen kaum erinnern kann.«

Copernicus legte sich das Stück Leder auf die offene Hand. »Aber es ist da«, sagte er. Es stand auf den Spitzen der rostigen, abgebrochenen Schrauben einen halben Finger breit über seiner Handfläche, so daß dieser Fetzen, der einst einen Fuß geschützt hatte, jetzt selbst auf kleinen Füßen zu balancieren schien. »Zum Anfassen.«

Auf Erasmus' Wangen erschienen zwei dicke rote Flecken. »Daran bin ich selber schuld«, sagte er. »Ich habe es nicht mit in die Liste der Dinge eingetragen, die wir gefunden haben, weil ich es geheimhalten wollte, ganz für mich allein. Im Grunde habe ich es gestohlen. Jetzt gibt es niemanden, der bezeugen kann, daß ich es gefunden habe, kein schriftliches Zeugnis darüber, wie ich dazu gekommen bin. Einer der Reporter hat mich beschuldigt, es selbst so hergerichtet zu haben. Ein anderer meinte, ich hätte es überall finden können, und es könne alles mögliche sein. Ein Stück von einem Seemannsstiefel aus Grönland oder ein Überbleibsel von Kanes Expedition vom Smith-Sund.«

»Es hat nichts, was eindeutig ausweist, daß es Franklins Männern gehört hat?«

»Nichts als den Kontext«, sagte Erasmus. »Den Fundort und die Person, von der ich es habe.«

Wieder einmal, wie schon seit Monaten immer wieder, machte er sich Vorwürfe, daß er Dr. Boerhaave sein Geheimnis vorenthalten hatte. Er hatte ihm diesen Teil von sich versagt, statt jeden Winkel seines Herzens mit dem Mann zu teilen, der sein Freund war – warum hatte er das getan? Worauf hatte er gewartet?«

Der Umriß der sieben Schrauben paßte genau in Copernicus' linke Handfläche. »Wie schade«, sagte er. »Dies hätte der eine Gegenstand sein müssen, der den Menschen hier vor Augen führte, was ihr dort oben alles gefunden habt. Aber ich verstehe, was du mir sagen wolltest: Es ist beinahe, als könnte ich den Mann sehen, dem dies gehörte, und die ganze Expedition. Ja, genauso habe ich es mit den Bildern gemeint: Manchmal kann eine einzige Szene... alles einfangen. Die ganze Atmosphäre eines Ortes.«

Alexandra war von den Plänen der Brüder begeistert, aber sie fühlte sich auch in dem Gefühl bestärkt, daß es für sie Zeit wurde zu gehen. Lavinia war gelassener geworden: nachdenklicher und reservierter als früher, aber uneingeschränkt in der Lage, den Haushalt zu führen, und wie es schien, nun da Copernicus als Vermittler diente, unbefangen im Umgang mit Erasmus. Außerdem mahnte Browning an, daß Alexandra von ihrer eigenen Familie gebraucht würde. Sie seien zwar dankbar für das Geld, das sie jeden Monat beitrage, aber wieviel länger könne sie damit wohl noch rechnen?

Darauf hatte sie keine Antwort; sie war mit ihren botanischen Stichen zur Hälfte fertig, und noch war ihr keine neue Arbeit versprochen worden. Doch wie Browning erläuterte, konnte sie ihrer Familie auf unzählige Weise unter die Arme greifen. Ein dichtes Netz der Verpflichtungen, aus dem sie sich bisweilen nur allzugern befreit hätte... andererseits war niemand frei von solchen Fesseln. Lavinia war an ihre Brüder gebunden, vielleicht für immer. Und ihr blieb nichts anderes übrig, als sich ebenso an ihre Geschwister zu binden; sie würde niemals heiraten, das spürte sie. Wenn sie an einem Spiegel vorbeiging, sah sie sich manchmal in ihrem grauen Kittelkleid und dem streng zurückgesteckten Haar und dachte dann, wie unsichtbar sie für alle Leute sein mußte, die sie nicht näher kannten.

»Ihre Füße sind wiederhergestellt«, sagte sie eines Tages zu Erasmus. »Sie und Copernicus haben soviel zu tun, Sie brauchen mich hier nicht mehr.«

»Aber Sie können nicht weggehen«, sagte er und griff nach ihrer Hand. »Nicht jetzt.«

»Wir brauchen Sie unbedingt«, sagte Copernicus.

»Ich brauche Sie«, setzte Erasmus hinzu. »Die Bilder, die Copernicus malen will – das werden nur die allgemeinen Porträts. Die Kapitelüberschriften, wenn Sie so wollen. Aber wir brauchen außerdem Hunderte von detaillierten Zeichnungen, von allen Pflanzen und Tieren und ihren Einzelteilen, im gleichen Stil wie die, an denen Sie gerade arbeiten. Wollen Sie nicht mitmachen, als unsere Partnerin?«

»Ich will keineswegs an Ihre Stelle treten«, ergänzte Copernicus. Genau das hatte sie allerdings angenommen.

»So wie wir in den vergangenen Wochen gearbeitet haben«, fuhr Erasmus fort. »Ich dachte, wir könnten einfach weitermachen. Wir arbeiten so gut zusammen.«

In einer Ecke Erasmus, der ohne Unterlaß schrieb, außer in den Momenten, wenn er aufsprang, um Anregungen zu geben. Alexandra selbst mit Feder und Tusche in einer anderen Ecke, wo sie Riedgras, Seetang und Möwen zeichnete, während Copernicus bereits in Blau, Grün, Gold und Weiß Eisberge malte, die von einem Gletscher über der Melville-Bucht gekalbt wurden. Sie arbeiteten wirklich gut zusammen, aber sie war davon ausgegangen, daß es nur für ein paar Wochen war, bis Copernicus ihre Arbeit und ihre Verantwortung für Erasmus übernahm. Doch vielleicht mußte das gar nicht sein. Leider wurde allerdings von keinem der beiden Brüder das Wort Geld auch nur erwähnt.

»Ich will drüber nachdenken«, sagte sie. »Ich werde mit meiner Familie reden.«

Ende Mai nahm Copernicus Erasmus mit zu zwei befreundeten Malern, die sich ein Dachatelier teilten. Dort tranken sie Rotwein und unterhielten sich angeregt – ein echtes Vergnügen, fand Erasmus. Er kam so selten aus dem Haus; ihm hatte die Gesellschaft anderer Männer gefehlt. Auf dem Heimweg tapste er mit seinen Spazierstöcken die Sansom Street hinunter, noch ganz erfüllt von dem herrlichen Tag und froh über seine zunehmende Vitalität. Er roch Flieder, den stechend grünen Duft des Essigbaums, frisch geschrubbte Gehwegplatten. Er lief über die Platten, nicht so schnell wie Copernicus, der ständig vorneweg war und wieder zu ihm umkehrte – aber immerhin. Seine Lungen pumpten sich mit lauer Luft voll. Die Maler mochten ihn. Sie fanden ihn interessant. Sie hatten ihm Fragen nach seinem Buch gestellt.

In der Broad Street stiegen sie in den leeren Omnibus. Ladenfronten segelten an ihnen vorbei, Schaufensterauslagen, Tauben, die auf und abflogen, als hingen sie alle an einem wogenden Laken. Copernicus wies ihn auf den Schatten hin, der unter dem Schwarm mitwogte; Erasmus erkundigte sich nach den Schatten, die Wasser auf Eis warf. An ihrer Haltestelle waren sie glücklich ins Gespräch vertieft, als sie von dem Fahrer angesprochen wurden.

»Sind Sie nicht Erasmus Wells?« fragte er mit einem Blick auf Erasmus' Füße. Dieser nickte, noch in Gedanken bei dem, was Copernicus ihm soeben erklärt hatte. Wasser werfe einen Schatten nach oben... »Ich heiße Godfrey«, stellte sich der Fahrer vor. Der Name sagte Erasmus zunächst nichts.

»William Godfrey«, fuhr er fort. »Kanes Godfrey.«

William Godfrey, der Abtrünnige und Verräter, über den Kane sich in den *Arktischen Forschungen* so bitter beklagte. Erasmus fing einen Blick seines Bruders auf. »Das ist meine letzte Fahrt für heute«, sagte Godfrey. »Ich würde mich gern mit Ihnen unterhalten, wenn Sie nur einen Augenblick warten könnten...«

Sie kamen überein, sich in einer halben Stunde in einer nahen Schenke zu treffen. Was konnte es schaden? Erasmus setzte sich auf eine Bank am Fenster zur Straße, sah auf eine mit weißem Blütenschaum bedeckte Katalpa hinaus und überlegte, was der Fremde ihm wohl zu sagen hatte. »Es ist eine gute Idee«, sagte Copernicus, und Erasmus stimmte ihm zu. »Ihr könnt Erfahrungen austauschen.«

Alsbald rutschte Godfrey zu ihnen auf die Bank. »Laden Sie mich zu einem Bier ein«, sagte er. »Oder zu mehreren. Sie können es sich leisten.« Von seinen Schuhen stieg der Geruch von Pferdeäpfeln auf.

Während Copernicus unterwegs war, um die Getränke zu holen, setzte Erasmus dazu an, Godfrey nach Dingen zu fragen, die sie beide gesehen hatten. »Die Eskimos«, sagte er. »Die euch geholfen haben ...«

Godfrey beugte sich allzu dicht an ihn heran, als er nach dem von Copernicus angebotenen Bier griff. »Was war Commander Voorhees für ein Mann?« fragte er unvermittelt. Bevor Erasmus etwas entgegnen konnte, fuhr Godfrey fort: »War er wie Kane? War er auch so furchtbar? Wenn Sie wüßten, was ich da oben durchgemacht habe ...«

Dr. Kane habe gelogen, sagte er. Sein Buch sei erstunken und erlogen, er habe vieles von dem, was wirklich passiert sei, beschönigt; er selbst sei kein Meuterer gewesen, sondern vielmehr ein Held, der Kane mehrmals das Leben gerettet habe. »Ich hab ihn aus dem Wasser gezogen, als der Schlitten reinfiel«, sagte Godfrey. Seine Stimme wurde schrill, und im Lokal drehten sich die Leute nach ihnen um. »Ich hab den Bären geschossen, den er verfehlt hatte und der auf ihn losging ...«

Vor dem Fenster fuhr eine Kutsche vorbei: zwei wunderschöne kastanienbraune Pferde und dahinter halb verdeckt eine Dame in einem blauen Seidengewand, das Erasmus an ein Kleid seiner Mutter erinnerte. Immer noch redete Godfrey auf ihn ein: ordinär, pockennarbig, mit jeder Minute unangenehmer.

»Und was habe ich zur Belohnung bekommen?« fuhr Godfrey fort und leerte sein Glas. Er hielt es zum Nachschenken hin. »Nichts. Schlimmer als nichts. Kane hat meinen Ruf ruiniert, keiner will mir mehr Arbeit geben; sehen Sie mich an, ich muß Männer wie Sie durch die Straßen fahren.«

»Das tut mir leid für Sie«, begann Erasmus, doch Godfrey redete ihn nieder. Weshalb er sich Kanes Befehlen widersetzt habe, weshalb ein Teil der Crew auf eigene Faust losgezogen sei ... Das Bier schmeckte sauer, und davon, oder von Godfreys Gezeter, wurde Erasmus übel. Die dröhnende Stimme verdrängte die Freuden des Tages und versetzte ihn wieder in den dunklen Winter mit dem papiernen Grabstein an Captain Tylers Koje und der ständig längerwerdenden Liste der Toten. Erasmus wollte gerade eine Ausrede vorbringen und gehen, als Godfrey sagte: »Sie wissen besser als andere, was es heißt, fälschlich beschuldigt zu werden. Und wie die Arktis Männer in den Wahnsinn treiben kann.«

Er beugte sich zu Erasmus vor und kniff die Augen zusammen: »Sagen Sie mir die Wahrheit – haben Sie ihn umgebracht?«

War es das, was die Leute glaubten? Nicht nur, daß er Zeke verlassen, sondern daß er ihn ermordet hatte? Erasmus stand auf, aber Copernicus hielt ihn fest.

»Was erdreisten Sie sich!« sagte Copernicus. »Mein Bruder hat die Expedition gerettet. Er ist derjenige, der alle sicher aus dem Eis geleitet hat. Commander Voorhees hat seine eigenen Entscheidungen getroffen, was ihm zugestoßen ist, geschah auf seinen eigenen Entschluß hin, und Sie haben kein Recht ...«

Godfrey trank sein zweites Glas aus und setzte es ab. »Schön, ich bitte um Verzeihung«, sagte er zu Erasmus. »Entschuldigen Sie bitte, daß ich mir Gedanken mache. Aber wissen Sie – Kanes Bericht von unserer Reise ist so weit davon entfernt, wie es wirklich war ... alles, was ich von Ihnen weiß, hab ich aus der Zeitung. Woher soll ich wissen, was Sie wirklich getan haben?«

»Ich habe alles getan, was ich konnte«, sagte Erasmus. »Glauben Sie das oder nicht, wie Sie wollen.« Er erhob sich abermals, sicher, daß alle Leute in der Schenke sie anstarrten. »Wir müssen gehen.«

Godfrey packte ihn am Arm. »Nicht«, sagte er. »Ich weiß,

daß Sie mich verachten, alle verachten mich – aber Sie und ich, wir haben etwas gemeinsam.«

Weitere Kutschen rollten vorüber, ein Strom gesund und munter aussehender, gutgekleideter Menschen, die redeten und lachten, Pläne machten und das taten, was Menschen nun einmal tun. Sie entschwanden, und Erasmus blieb zurück, wieder einmal vom Strom einfacher Alltäglichkeit abgeschnitten. Er hatte nichts mit Godfrey gemeinsam, dachte er. Nicht das geringste.

»Ich habe es auch verdient, gehört zu werden«, fuhr Godfrey fort. »Eine faire, unparteiische Anhörung vor der amerikanischen Öffentlichkeit – ich bin dabei, ein Buch zu schreiben, aus meiner Sicht. Helfen Sie mir? Ich brauche Geld. Sie müssen doch vor allen anderen Männern Verständnis ...«

Wenn er nur endlich still wäre; wenn dieser widerliche Kerl doch nur endlich still wäre ... Erasmus wühlte in seinen Taschen, warf ein paar Scheine auf den Tisch und entfloh mit Copernicus. Die Szene verfolgte ihn noch viele Stunden nach der Heimkehr, und abends schrieb er bestürzt in sein Tagebuch:

*Was für ein widerwärter Mensch! Und trotzdem war etwas an Godfreys Bericht, das mich veranlaßt, mich zu fragen, ob es nicht vielleicht Ähnlichkeiten zwischen unseren beiden Reisen gab. Wahrscheinlich habe ich bisher den Fehler gemacht, meine Handlungsweise mit dem zu vergleichen, was andere in gedruckten Werken für sich in Anspruch nehmen. Godfrey behauptet, Kanes Zorn sei grenzenlos gewesen, als die acht Mitglieder der Crew sich mit ihrem Boot absetzten; und nachdem die Männer sich mit ihren schweren Erfrierungen vier Monate später wieder zum Schiff zurückgeschleppt hatten, habe er sich rachsüchtig gezeigt. Wenn man Godfrey glauben darf, war die Aufnahme alles andere als freundlich; Kane war ein Tyrann mit einem eisernen Willen, der seine Mannschaft erst widerstrebend rettete, als der Wille aller Männer gebrochen war. Godfrey spuckt Gift und Galle vor Unmut und Selbstsucht, und doch kann was dran sein an dem, was er sagt.*

*Wenn Kane weniger ein Held war, als wir alle glauben, bin ich dann weniger ein Versager? Die Welt kennt Kanes Version der Expedition, nicht Godfreys; wie sie Wilkes' Version der Forschungsexpedition kannte und keine der anderen, und wie sie womöglich Zekes Version unserer eigenen Reise erfahren hätte, wenn er nicht verschollen wäre.*

*Copernicus meint, wir sollten noch einmal versuchen, mit ihm zu reden, diesmal ohne Bier; er könne auf seiner Seite des Smith-Sunds Dinge gesehen haben, die mir entgangen sind und die möglicherweise unser Porträt der Gegend vervollständigen könnten. Aber ich kann es nicht ertragen, ihn wiederzusehen, ich kann es nicht ertragen, daß jemand eine Parallele zwischen uns zieht. Wie kann ich auch nur ein Wort über die Arktis schreiben, wenn ein Mann wie Godfrey ebenfalls ein Buch schreibt, in dem sich alles nur um eines dreht: Um ihn, ihn, ihn, ihn?*

Copernicus' erstes Bild wuchs, es leuchtete förmlich. Als sein Kunsthändler in die Repositur kam, um eine Reihe der Gemälde aus dem Westen abzuholen, zeigte Copernicus ihm das unfertige Bild der Melville-Bucht, und der Händler zog vernehmlich die Luft ein. »Es ist das erste einer Serie«, sagte Copernicus. »Für ein Buch, das mein Bruder schreibt.«

»Wenn Sie mit allen fertig sind«, sagte der Händler, »auch mit den Farbstichen für das Buch, würden Sie sie dann mir überlassen, damit ich sie als Serie verkaufen kann? «

»Darüber reden wir später«, sagte Copernicus. »Wenn es soweit ist.«

Er redete von dem Buch, als läge es bereits vor, und so schrieb Erasmus weiter. Er fühlte sich nicht nur durch seinen Bruder ermutigt, sondern auch durch Alexandras Gegenwart, die eine prächtige Zeichnung nach der andern fertigstellte. Abends beim Einschlafen dachte er an ihr Gesicht, ihre Hände, die Tinte an ihren Händen, den Übergang zwischen ihren blassen, kräftigen Armen und den Ärmeln ihres Kittels. Hinten im Genick unter ihrer glatten eichenbraunen Haarrolle lösten sich kleine Strähnen und fielen weich über ihre Halswirbel. In seinen Augen war sie schon lange nicht mehr unscheinbar.

Auf der *Narwhal* hatte er nach dem ersten Sommer selten an Sex gedacht. Er war ständig zu verfroren, zu erschöpft, zu hungrig und zu sehr von Sorgen verzehrt, und wenn er sich an das Gefühl von Haut an Haut erinnerte, war es ihm vorgekommen wie etwas aus einem anderen Leben. Und zuvor, als er noch gesund war und von Energie strotzte, herrschte in der Kajüte ein ständiges Kommen und Gehen, draußen war es ununterbrochen hell, und nirgends war man für sich. Dann und wann, bei Jagdausflügen an Land oder auf Boothia, wo er gelegentlich einen Moment allein gewesen war, hatte er sich im Schutz der Felsen angefaßt – aber damals hatte er an eine rothaarige Frau in Washington gedacht, eine Frau aus der Front Street, an die zarten Gesichter von Lavinias Freundinnen. Jetzt lag er in seinem einsamen Bett und stellte sich Alexandra vor.

In dem Glauben, daß alle Hitze von ihm ausging, merkte Erasmus nichts von Alexandras Verwirrung. Es müsse die Gegenwart beider Brüder sein, meinte sie, die ihr so den Kopf verdrehte. Copernicus' starker, breiter Körper, seine ungezwungene gute Laune und die Art, wie er ihr die Hand auf die Schulter legte; Erasmus' konzentrierte Aufmerksamkeit, die Art, wie er ihren Händen mit seinem Blick folgte, ihr in die Augen sah und redete, als wären sie ebenbürtig: Welchen von beiden wollte sie? Beide vielleicht. Obgleich sie sich von Anfang an bewußt war, daß die von Copernicus ausgehende Zuneigung ein Teil seiner Zuneigung zur Welt im Ganzen war. Vielleicht lag es nur an dem berauschenden frühsommerlichen Wetter, daß sie sich in ihrem Bett hin und her wälzte und sich nackt im Spiegel betrachtete. Beim Licht einer Kerze, zum schimmernden Widerschein ihrer Hüfte im Glas stellte sie sich vor, wie sie in den Augen eines andern aussehen mochte. Nachts erschien in ihren Träumen jemand, der weder Erasmus noch Copernicus war, sondern eine Kombination aus beiden. Tagsüber, wenn sie nicht arbeitete, setzte sie sich zu Lavinia und besprach mit ihr, wohin man die Iris umpflanzen sollte.

Die Folge von alledem war, daß sie rot wurde, als sie Erasmus schließlich zögernd auf ihre finanzielle Situation ansprach. Er wirkte so verdutzt, ja beschämt – mußte er denn nie über

Geld nachdenken? »Ich habe ein Einkommen«, sagte er rasch. »Mehr als ich brauche. Es war töricht von mir, nicht zu bedenken, daß Linnaeus und Humboldt Ihr Gehalt eingestellt haben. Wir drei arbeiten als gleichberechtigte Partner an diesem Projekt, da ist es nur recht und billig, daß Sie ein Honorar für Ihre Arbeit bekommen.«

Sie saßen zu viert im Garten, aßen Erdbeerrhabarberkuchen und hörten zu, während Erasmus vorlas. Die Tränenden Herzen blühten noch, das Wetter war kühl gewesen; der Rasen erstreckte sich weich und grün zwischen den Korbstühlen und der Auffahrt zum Haus. An der Auffahrt standen die alten Pfingstrosen als große, blütenbedeckte Stauden in Reih und Glied. Erasmus blätterte die Seiten auf seinem Schoß um. Lavinia nickte nachdenklich, als er eine Passage über den überstürzten Einbruch des Sommers auf der Disko-Insel vorlas. Es sei ein Geschenk, sagte sie. Sie sehe beinahe die Klippen und die Eisschollen, wie sie auf sie zutrieben. Selbst wenn Erasmus nicht direkt über Zeke schreibe, führe er ihr die Dinge vor Augen, die Zeke als letztes gesehen haben dürfte, und dafür sei sie dankbar. Erasmus las weiter. Am Ende der Auffahrt hielt eine Kutsche, und ein Mann stieg aus. Danach geschah alles wie im Traum.

Geld wechselte von Hand zu Hand, und Kisten wurden auf das Gras geworfen. Dann kletterte eine zweite, kleinere Gestalt in fremdartiger Kleidung aus der Kutsche. Die Gestalt hob ein Kind herunter; der Mann deutete auf eine der Kisten, und die beiden nahmen darauf Platz. Dann kam der Mann über die Auffahrt zwischen den Pfingstrosenreihen auf sie zu. Rosarote Blütenkugeln, cremigweiße Kugeln, die der Mann im Vorübergehen rechts und links berührte; Erasmus erhob sich ohne Stöcke von seinem Stuhl und fiel taumelnd zu Boden. Lavinia rannte auf den Mann zu, wobei sie fast über ihren Saum stolperte, und Copernicus und Alexandra beugten sich über Erasmus.

Alexandra sollte es zeitlebens nicht gelingen, die nächsten paar Minuten in eine Ordnung zu bringen. Irgendwie gelangten Zeke und Lavinia von ihrer Umarmung auf halber Strecke an der Auffahrt bis in den Wintergarten; irgendwie half Copernicus Erasmus auf die Füße und brachte ihn in seine geschützte Repositur; irgendwie lief sie selbst zu dem Kistenberg und den beiden Gestalten, die dort so verloren saßen – sie wußte nicht, wann und wie das alles geschah. Einen Moment stand sie vor den Fremden – einer Eskimofrau und einem kleinen Jungen – und sagte, wie sie es zu jedem Menschen gesagt hätte: »Wollen Sie nicht hereinkommen?« Im nächsten Moment führte sie die beiden ins Haus und kommandierte die verblüfften Diener herum.

Zeke war ein Gespenst, aber Zeke war wieder da; er hielt Lavinia in den Armen, die nicht aufhören konnte zu weinen; aber er begrüßte nebenbei in aller Ruhe Alexandra und fragte, ob seine Begleiter im Haus unterkommen könnten. Lavinia berührte seinen Arm, seinen Hals, sein Gesicht. »Ja«, sagte sie. »Alles, was du willst.«

»Das sind Annie und Tom«, sagte Zeke, » Sie sind aus Grönland.« Er drückte Lavinias Hand an seine Wange. »Sie haben andere Namen, Eskimonamen, aber so heißen sie bei mir.« Er küßte Lavinias Finger. »Sie sprechen englisch, ich habe es ihnen beigebracht. Annie hat mir das Leben gerettet.«

Alexandra ging automatisch die Treppe hinauf, ohne mehr als die Namen mitbekommen zu haben. Auf halber Höhe drehte sie sich um und stellte fest, daß niemand ihr folgte. Die Gäste standen unten vor der Treppe, klammerten sich ans Geländer und probierten die erste Stufe, als prüften sie die Tragfähigkeit einer Eisfläche. Annie trug Kniehosen, ein Hemd mit Kapuze, weiche Stiefel, selbst bei dieser Wärme – alles aus Leder, ob Hirsch oder Seehund, das wußte Alexandra nicht zu sagen. Tom steckte in einem ähnlichen Anzug, und das Leder stank, oder vielleicht kam der Geruch von den Menschen. Sie hob die Röcke über die Fesseln, damit Annie und Tom ihre Füße sehen konnten; sie nahm die Stufen langsam, damit sie sahen, daß jede Stufe sicher war.

In dem leeren Zimmer gegenüber von Copernicus' Räumen sagte sie zu Annie: »Sie werden hier schlafen, mit Ihrem ...«

»Das ist mein Sohn«, sagte Annie. »Er heißt Tom.« Sie schien Alexandra mühelos zu verstehen.

Alexandra ging in ihr eigenes Zimmer, wo sie Unterwäsche und ihr graues Kleid zusammensuchte. Als sie wiederkam, standen Annie und Tom am Fenster und drückten die Hände gegen die Scheibe, als wollten sie die Luft draußen anfassen. Alexandra schob das Fenster hoch, und Annie preßte ihre Hand an die Luft, wo das Glas gewesen war, und lächelte dann. Als Alexandra ihr das graue Kleid an die Schultern hielt, schüttelte sie den Kopf.

»Es wäre angenehmer«, sagte Alexandra, »bei dieser Hitze.« Tom streckte seinen Oberkörper aus dem Fenster, und Annie machte es genauso. »Annie!« sagte Alexandra. Sie berührte die Frau an der Jacke, und Annie wich stirnrunzelnd zurück. Alexandra legte das Kleid auf das Bett und ging.

Unten bemühte sie sich, Zeke nicht anzustarren. Er hatte tiefeingeschnittene Falten um die Augen, und seine Hände waren zerschunden und voller Narben; ein Stück von seinem linken Ohr fehlte. Seine Sachen waren geflickt, zerrissen und schmutzig. Nach und nach erkannte sie die graue Uniform, die einst die ganze Mannschaft der *Narwhal* getragen hatte.

»Ich habe sie in dem zweiten Gästezimmer untergebracht«, sagte sie und starrte wie hypnotisiert auf Zekes Hand, mit der er Lavinia über die Schultern und den Rücken strich. Was machte er hier, wieso lebte er noch? Wo war Erasmus? »Ich habe Annie eines von meinen Kleidern gegeben, aber sie will es nicht anziehen.«

»Ich werde mich drum kümmern«, sagte Zeke. Er stand auf. »Bleibt hier. Ich bin gleich wieder da.«

Alexandra nahm seinen Platz auf dem Sofa ein und duldete still, daß Lavinia sich an ihre Schulter lehnte und weinte. Später, als Zeke in die Repositur hinüberging, zog Lavinia Alexandra mit nach oben. Dort saß Annie auf dem Fußboden, mit Tom auf dem Schoß. Sie hatte den Kopf auf die Fensterbank gelegt und sich Alexandras Kleid übergezogen. Das Oberteil war zu weit, die Ärmel zu lang. Der weiße Kragen betonte ihre glänzende dunkle Haut. Als die beiden Frauen eintraten, drehte sie ihnen den Kopf zu und sah sie ohne Interesse an. »Tseke?« fragte sie. »Wo ist Tseke?«

Ich habe ihn nicht umgebracht, dachte Erasmus. Wie sollte er das Gefühl nennen, das ihn umgeworfen hatte, als er vorhin im Garten zu Boden gestürzt war? Schock, Schuldgefühle, Entsetzen vermischt mit Freude, Erleichterung – ich habe ihn nicht umgebracht.

Er stand am Herbarienschrank, auf seine Stöcke gelehnt, und rang nach Luft. Copernicus saß am Fenster, und Zeke kreiste durch die Repositur und sah sich das Neue unter den vielen Dingen an, die er von früher kannte. »Ich habe gedacht, du wärst tot«, sagte Erasmus.

»Ich bin aber nicht tot«, sagte Zeke. »Wie du siehst.«

Er wirkte viel älter, fand Erasmus. Stärker, gesammelter. Und furchterregend ruhig. Warum umarmte Zeke ihn nicht, warum schlug er ihn nicht oder verlangte eine Erklärung oder gab selbst eine Erklärung? Er schwieg sich aus, bis er sich Copernicus zuwandte und fragte: »Wann bist du zurückgekommen?«

»Vor zwei Monaten«, sagte Copernicus. »Ich habe mich auf den Weg gemacht, sobald ich von Erasmus hörte.«

»Ich habe so lange gewartet, wie ich konnte«, sagte Erasmus. Was sollte er zu seiner Rechtfertigung sagen? »Die Männer waren alle sicher, daß du tot wärest, und sie hatten Angst davor, noch einen Winter im Eis verbringen zu müssen. Sie machten ohne mich einen Plan – sie verlangten, daß ich sie nach Süden führte, weil du mir das Kommando übergeben hattest. Ich mußte sie herausbringen. Ich dachte, du wärst tot.«

»Das glaube ich dir«, sagte Zeke. »Ich glaube dir, daß du alles getan hast, was in deiner Macht stand. Ich habe in Godhavn von eurer Ankunft erfahren. Ich habe gehört, daß du wenigstens einen Teil unserer Männer sicher nach Hause gebracht hast.«

»Alle«, sagte Erasmus, diesmal in schärferem Ton. »Alle, die mitwollten – die vier, die sich von uns abgesetzt haben, konnte ich nicht hindern.«

»Wie du meinst«, sagte Zeke. »Jedenfalls vergebe ich dir.

Was immer du getan hast, ich bin sicher, du hättest es nicht besser machen können. Es hat sich als Segen erwiesen. Allein zu sein, wie ich allein war – ich kenne mich jetzt. Auf eine Art, die du nie verstehen wirst.«

»Erzähl mir davon«, sagte Erasmus.

»Warum sollte ich?«

Zekes Miene war angespannt. Nach einer langen Pause, in der Erasmus in einem fort dachte: Schlag mich. Bring es hinter dich, sagte Zeke: »Warum sollte ich dir je wieder etwas erzählen?«

Copernicus räusperte sich. »Aber wo warst du? Wie hast du überlebt?«

»Das«, sagte Zeke, »ist eine lange Geschichte.«

Offenbar wollte er sie jetzt nicht erzählen. Er wanderte in der Repositur umher, betrachtete die Zeichnung eines Fossils, die noch an Alexandras Staffelei befestigt war, ignorierte Copernicus' ausgebreitetes Bild, sah sich die Bücher an, die auf dem langen Tisch aufgeklappt lagen. Er berührte Dr. Boerhaaves Tagebuch, dann den grünen Seidenband, den Lavinia ihm einst geschenkt hatte. »Ich hatte mich schon gefragt, was mit dem hier war«, sagte er. »Als ich wieder bei der *Narwhal* ankam und feststellte, daß meine Schatulle aufgebrochen und Dr. Boerhaaves Tagebuch verschwunden war, war ich sehr ... neugierig.«

»Ich dachte, du wärst tot«, sagte Erasmus. »Ich wollte soviel wie möglich retten.« Er konnte die Fragen nicht ertragen, die seinem Bruder im Gesicht standen. »Was sind das für Leute, die du mitgebracht hast?«

»Was fällt dir ein, mich zu kritisieren«, sagte Zeke. »Du hast mich verlassen.«

»Ich kritisiere dich nicht«, sagte Erasmus. »Ich habe lediglich eine Frage gestellt.«

»Hätte ich deiner Meinung nach den Winter ohne Beistand verbringen sollen? An einem Ort, wo es eine Beleidigung ist, etwas, das einem angeboten wird, abzulehnen? Annies Familie hat mich bei sich aufgenommen.« Zeke wandte sich dem Stapel handbeschriebener Seiten zu. »Du schreibst etwas? Einen kleinen Erinnerungsband?«

»Keine Erinnerungen«, sagte Erasmus. Was hieß das: Annies Familie hat mich aufgenommen? »Etwas anderes.«

»Du hast mir schriftlich gegeben, daß du ein Jahr nach der Reise verstreichen läßt, bevor du etwas schreibst«, sagte Zeke. »Und daß du mir die Tagebücher aushändigst.«

»Das Jahr ist längst vorbei«, sagte Erasmus. Er war vom Ton seiner Stimme entsetzt und konnte sich dennoch nicht bremsen. »Du warst verschwunden. Und außerdem – außerdem ist dies kein Buch über unsere Reise. Es steht nichts drin über dich oder mich oder die Franklin-Fundstücke oder darüber, was jedem einzelnen von uns passiert ist. Es ist über die Gegend – eine Naturgeschichte der Gegend durch alle Jahreszeiten.«

»Schreib, wenn es dir gefällt«, sagte Zeke. »Aber es fällt mir schwer zu glauben, daß so etwas Leser finden wird, wenn sie sehen, was ich zu sagen habe, die Geschichte hören, die ich zu erzählen habe.«

Er zog das schwarze Notizbuch, das Erasmus auf der Reise so oft gesehen hatte, aus seiner Tasche. »Da steht alles drin«, sagte er, auf den abgegriffenen Einband pochend. Bei jedem Schlag spürte Erasmus, wie sich ein Teil von ihm auflöste und sich in eine Spielart von William Godfrey verwandelte. »Meine Reise nach Norden und alles, was ich da entdeckt habe; wie es mir ergangen ist, nachdem ich wieder zum Schiff kam und feststellte, daß ihr weg wart; mein Leben bei den Eskimos, alles.«

Poch, poch, poch. »Ich werde Lavinia heiraten«, fügte er hinzu. »Sobald ich es einrichten kann. Ich habe das Alleinsein satt. Was ist mit deinen Füßen passiert?«

»Ich habe die Zehen verloren«, sagte Erasmus. Wenigstens würde Lavinia glücklich sein; wenigstens das war ein Trost. »Erfroren. Was ist mit deinem Ohr passiert?«

»Eisbär.«

Erasmus konnte seinen Blick nicht von dem schwarzen Notizbuch lösen. Zeke hatte es nicht mit nach Norden genommen; er hatte es an Bord zurückgelassen; ich darf nichts Überflüssiges mitnehmen, hatte er gesagt. Als Erasmus Zekes ver-

schlossene Schatulle aufgebrochen hatte, um sich Dr. Boerhaaves Tagebuch zu nehmen, hatte er Zekes Notizbuch darin
liegen sehen.

Die Auszüge erschienen zwei Wochen darauf in der größten
Tageszeitung von Philadelphia, angehängt an die kurze Einlei-
tung eines Reporters und unter einer kuriosen Häufung von
Überschriften:

FORSCHUNGSREISENDER AUF DEN SPUREN KANES
VON SEINER MANNSCHAFT VERLASSEN
DURCH DIE WEISSAGUNG EINES ZAUBERERS GERETTET
DETAILLIERTER BERICHT ÜBER DAS LEBEN UNTER
KANES ESKIMOS
LEBENDE ESKIMOS HIER IN PHILADELPHIA

*Zechariah Voorhees, der seit dem Eintreffen der schwer mit-
genommenen Überlebenden seiner Expedition als verschollen
galt, ist sicher und wohlbehalten zu uns zurückgekehrt und hat
zwei von Dr. Kanes Eskimos mitgebracht. Ich habe mit Commander Voorhees in seinem Elternhaus gesprochen, wo er mich
munter begrüßte. Auf die Frage, die allen auf der Zunge liegt,
entgegnete er:* »*Meine Männer haben das Richtige getan. Als
ich zu meiner Reise nach Norden aufbrach, legte ich ein Datum
für meine Rückkehr fest. Als dieses Datum drei Wochen über-
schritten war, beschlossen die Offiziere, denen ich die Verantwortung übertragen hatte, daß die Sicherheit der Gruppe einen
Rückzug erforderlich machte. Sie haben genauso gehandelt,
wie ich es gewollt hätte. Sie hatten keine Möglichkeit zu erfahren, ob ich am Leben sei.*«
*Er war jedoch am Leben, aller Unwahrscheinlichkeit zum
Trotz. Und er hat uns eine Menge zu berichten. Den Offenbarungen seiner Kameraden über die Entdeckungen bei den
Eskimos auf Boothia, bei denen sie Überreste von Franklins
Schiffen fanden, hat er nichts hinzuzufügen – der von Mr. Erasmus Wells im letzten Jahr abgegebene Bericht sei zutreffend
und exakt, sagt er. Das gleiche gelte für den Bericht über den*

Winter, den die Expedition im Eis verbracht habe. Doch seit der Flucht seiner Männer in die Sicherheit hat er ein unglaublich interessantes Jahr bei den von unserem vielbetrauerten Dr. Kane entdeckten Eskimos am Smith-Sund verbracht.

Diese freundlichen Menschen geleiteten ihn im Mai nach Upernavik, wo er von Dr. Kanes tragischem Hinscheiden erfuhr und ein dänischer Kaufmann ihm seine Ausgabe der Arktischen Forschungen überließ. Diese las er an Bord des Schiffes, das ihn nach Hause brachte, und er weiß nun zu berichten, daß Dr. Kane die westliche Seite des Kane-Beckens exakt beschrieben hat, was die Umrisse betrifft, er selbst diese aber durch seine eigenen Erforschungen um zahlreiche Details ergänzen kann. Eine korrigierte Version der Landkarte finden Sie auf Seite drei. Commander Voorhees schreibt bereits an einem Bericht über seinen Aufenthalt bei den Eskimos in der nördlichsten Siedlung Grönlands. Als besondere Großzügigkeit gegenüber unseren Lesern stellt er jedoch schon jetzt die folgenden Auszüge aus seinem täglich geführten Journal zur Verfügung.

\* \* \* \* \* \* \* \* \* \* \* \* \* \* \* \* \*

30. August 1856. Die Männer sind weg; ich kann es nicht fassen, daß ich sie verpaßt habe. Die Narwhal liegt in einer zugefrorenen Fahrrinne fest. Es zerreißt mir das Herz zu sehen, wie hart sie gearbeitet haben, aber ich muß froh sein, daß sie gescheitert sind; hier ist mein Heim für den Winter. Alles an Bord ist blitzsauber, für den Fall meiner Rückkehr haben sie einen Lebensmittelvorrat angelegt, Mr. Wells hat eine Nachricht mit einer Darlegung der Gründe für ihr Vorgehen hinterlassen. Dafür bin ich dankbar, aber – vier Tage! Ich habe sie nur knapp verpaßt, doch diese paar Tage bedeuten einen weiteren Winter hier im Eis. Ich werde gleich heute mit der Arbeit beginnen. Ich werde einen Teil meiner Zeit darauf verwenden, ein Stück von der Kajüte abzuteilen, sie mit Moos und Torf abzudichten, damit sie gut zu heizen ist, und die Verschalung zu Feuerholz zu verarbeiten. In der übrigen Zeit muß

*ich jagen, wie ich noch nie gejagt habe, um möglichst genug
Fleisch für den Winter zurückzulegen. Es ist eine ausgezeichnete Zeit für Walrosse, falls ich ihnen im Alleingang gewachsen bin. Die Robben sind fett, die Moschusochsen ebenfalls,
und Hasen gibt es in Hülle und Fülle. Ich habe letztes Jahr den
Fehler gemacht, diesen Monat mit der hektischen Suche nach
einem Weg aus dem Eis zu verschwenden, anstatt Vorräte anzulegen: ein Fehler, den ich mir kein zweites Mal leisten kann.
Ich sitze für den Winter hier fest, da gibt es keinen Ausweg.
Ich muß der Tatsache ins Auge sehen. Das Beste daraus
machen. Oder sogar Freude daran finden, daraus lernen. Dies
ist meine Chance, so annähernd wie möglich wie ein Eskimo
zu leben. Zu beweisen, daß ein Mann, der bereit ist, die Geset-
ze des Nordens zu erlernen, hier relativ angenehm leben kann.
Ich habe Bücher, Nahrung, ein Dach über dem Kopf; Karten
zu zeichnen, ein Tagebuch zu schreiben. Ich kann ein Leben
führen wie Robinson Crusoe.*

*10. Oktober 1856. Ich habe die Trennwand noch einmal neu
gebaut, diesmal weiter hinten. Meine Koje habe ich mit neu-
en Fellen ausgekleidet und einen neuen Eingang gebaut, ich
habe so gut es ging ein Deckhaus aus dem Holz gebaut, das
sie mir dagelassen haben. Ich habe die Verschalung an der Steu-
erbordseite bis zur Wasserlinie abgerissen, gehackt und aufgestapelt. Ich habe Fleisch in Fässer eingelagert und Kübel mit
Speck und Tran gefüllt. Ich habe die Flinten gereinigt und die
gesamte Munition an einem trockenen Platz gelagert und genau
gezählt; sie wird knapp. Ich habe mir neue Stiefel gemacht und
eine neue Jacke. Ich habe den Ofen repariert. Es ist sehr gemütlich bei mir. Meine kleine Wohnung unter Deck ist leicht warm
zu halten, und alles ist bequem und praktisch eingerichtet. Da
ich nur mich selbst zu versorgen habe, ohne Konflikte und
ohne launische Männer oder solche, die Krankheit vorschie-
ben, um nicht hart arbeiten zu müssen, ist das Leben bisher
leicht zu bewältigen. Die Sonne ist verschwunden, aber der
Himmel glüht rot und gelb und blau und das Eis leuchtet grün
und violett. Das Jagen war so leicht, daß es scheint, als ob die*

*Tiere sich mir freiwillig schenkten. Ich bin für den Winter bereit, mag kommen was will.*

*21. Oktober 1856. Einen Moment nichts, im nächsten eine Schlittenspur; mir war, als sähe ich einen Fußabdruck im Sand. Sie erschienen, als ich mir gerade das Abendessen kochte – und lagern zu dritt an Deck, während ich diese Worte schreibe: Nessark, Marumah und Nessarks Frau. Nessark war einer der Jäger, die wir bei unserem Besuch in Anoatok kennengelernt hatten, aber die anderen beiden waren mir neu. Alle drei haben vor zwei Jahren einige Zeit mit Dr. Kane verbracht, und die Frau, die einen lebhaften und intelligenten Eindruck macht, hat von ihm und seinen Männern ein wenig Englisch gelernt. Sie nennt sich Annie, und mit ihrem Englisch und dem, was Joe mir beigebracht hat, können wir uns recht gut unterhalten. Sie sind gekommen, um mich in ihr Winterlager zu holen, sagt sie. Sie wollen sicher sein, daß ich nicht in Gefahr bin. Es ist mir nicht gelungen, in Erfahrung zu bringen, woher sie wußten, daß ich hier bin.*

*Ich versicherte ihnen, daß ich hier sicher sei, daß es mir gutgehe, ich wisse ihr Angebot zu schätzen, könne aber für mich selber sorgen. Sie zogen sich zu einem langen Gespräch zurück, kamen wieder und ließen Annie für die ganze Gruppe sprechen. Sie sagt, ihnen – und mir – bliebe keine Wahl. Ihr Angekok schickt sie her – das ist ihr Wort für den Schamanen des Stammes. Dieser Angekok habe eine Vision gehabt, erklärte sie. Vor kurzem seien einige ihrer Kinder erkrankt, und zwei seien gestorben. Der Angekok habe festgestellt, daß ich die Ursache sei.*

*Sie fragt, ob ich mich an Utunieh erinnere, der uns letztes Jahr besucht hat und sich während unseres Aufenthalts in Anoatok mit Joe anfreundete. Ich erinnere mich noch genau an ihn. Ich hatte das Gefühl, daß er es trotz seiner Geschenke nicht besonders gut mit uns meinte, und das bewahrheitete sich, als er Joe den Schlitten und die Hunde lieh, die ich eigentlich brauchte. Jetzt scheint es, als hätte Joe Utunieh von dem Meteoriten erzählt, den ich gefunden habe und den er mir anzu-*

fassen verbieten wollte. Als der Angekok hörte, daß der Meteorit verloren war, kam er zu dem Schluß, daß ich die Seele des Eisensteins aus ihrer Ruhe aufgestört hätte, so daß sie jetzt als böser Geist umgehe. Ihre Kinder werden krank, sagt er, weil der Geist böse darüber ist, daß ich mich noch in diesem Land aufhalte.

Was sollte ich sagen? Es war ein Stein, erklärte ich Annie. Ein großer Stein, der mir ins Wasser gefallen ist. Ich hatte keinen Schaden anrichten wollen. Sie sagt, niemand gibt mir die Schuld, man ist sich einig, daß ich es nicht absichtlich getan hätte, und man will mich nicht bestrafen. Trotzdem müsse ich eine Entschädigung zahlen. Die Botschaft des Angekok lautet: Möglicherweise kann ich den Geist des Steins versöhnen, indem ich ihm aus freien Stücken alles Eisen schenke, das sich leicht aus dem Schiff ausbauen und mit dem Schlitten über den Sund transportieren läßt. Und indem ich mit ihnen in ihr Dorf zurückkehre und ihnen erlaube, für mich zu sorgen. Wenn ich hier sterbe, sagt der Angekok, werde ich das Land verseuchen. Deshalb muß ich mich in ihre Hände begeben und mich von ihnen beschützen lassen.

Nehmt das Eisen, sagte ich zu ihnen. Nehmt alles, was ihr wollt, alle Beschläge, ich brauche sie nicht mehr. Aber anscheinend ist das nicht genug. Die beiden Männer scheinen mich wegtragen zu wollen, wenn ich nicht freiwillig mitkomme. Deshalb muß ich mit. Vielleicht ist das nicht einmal übel. Sie meinen es, glaube ich, nicht schlecht mit mir; und ich werde es im Winter warm haben und Gesellschaft und zu essen haben. Wer sonst hat schon einmal so bei den Eskimos gelebt? Es kann sein, daß ich Dinge zu sehen bekomme, die noch niemand gesehen hat, wenn ich in diesem Teil der Welt lebe, wie noch nie ein weißer Mann hier gelebt hat. Annie tut, was sie kann, um mir das Angebot ihres Stammes schmackhaft zu machen – wir werden dich freundlich aufnehmen, sagt sie.

Unterdessen beladen Nessark und Marumah ihre Schlitten mit Faßreifen und Eisenteilen, die sie aus der Brigg reißen. Oben auf das Eisen stapeln die Männer Fleisch aus meinem Vorrat; ich will als starker Jäger in ihre Siedlung kommen,

*nicht als Bettler. Ich bringe ihnen auch zwei kleinere Segel als*
*Geschenk mit. Alles andere, außer einigen persönlichen Hab-*
*seligkeiten, muß hierbleiben. Ich bete, daß die Franklin-Fund-*
*stücke, die Erasmus mitgenommen hat, sicher zu Hause ange-*
*kommen sind. Daß die Männer zu Hause angekommen sind.*
*Wir brechen in wenigen Stunden auf.*

*23. Dezember 1856. Anoatok hat sich seit meinem ersten*
*Besuch stark verändert. In dieser Jahreszeit ziehen die Eski-*
*mos gewöhnlich nach Etah, wo Dr. Kane sie besucht hat, aber*
*seit meiner Ankunft ist ihnen ungewöhnliches Jagdglück*
*beschert, und mehrere Großfamilien sind hiergeblieben, nach-*
*dem sie die Hütten repariert und ausgebaut hatten. Frische*
*Robbenfelle an den Wänden, ein Bärenfell wärmt den Fußbo-*
*den, die Specklampen brennen stetig. Der Angekok, sagt*
*Annie, ist zu dem Schluß gekommen, daß meine Gegenwart*
*die Tiere anziehe. Durch meine Rettung und durch ihre fort-*
*gesetzte Sorge um mein Wohl – ich schlafe bei Nessark, Annie,*
*ihrem kleinen Sohn, Annies Eltern und ihren beiden jüngeren*
*Brüdern – haben sie den Geist des Eisensteins versöhnt.*
*Die Fallen bringen Füchse, und trotz der Dunkelheit haben*
*wir viele Robben harpuniert. Wir töten auch Bären – obwohl*
*ich angenommen hatte, daß sie um diese Jahreszeit alle ver-*
*schwunden seien, ist das nicht der Fall. Montag waren wir bei*
*Vollmond auf Robbenjagd. Plötzlich fing ein Eisberg in unse-*
*rer Nähe an zu kippen und sich zu verlagern – und aus dem*
*Schnee an seiner Seite kletterte ein riesiger Bär, aus seiner Ruhe*
*aufgestört. Unsere Hunde setzten ihm nach, und ich setzte den*
*ersten Schuß. Der Tradition nach gelte ich als derjenige, der*
*ihn zur Strecke gebracht hat, und das Fell gehört mir, aber*
*eigentlich hat Nessark ihn mit seinem Speer getötet – zu mei-*
*nem Glück, denn der Bär stürzte sich auf mich. Jetzt fehlt mir*
*ein großes Stück meiner linken Ohrmuschel. Die Wunde ver-*
*heilt gut, und die Schmerzen sind erträglich. Nessark stillte das*
*Blut mit Schnee und zeigte mir, wie man dem Bären das Fell*
*abzieht und zu einem Schlitten faltet, dann, wie man die Bei-*
*ne, Rippen, Wirbelsäule und Schulterblätter heraustrennt und*

*jedes Stück aufs Eis legt, bis es gefroren ist. Wir zogen das Fleisch auf dem gefrorenen Fell nach Hause.*

*28. Januar 1857. Ein ganz außerordentliches Ereignis gestern. Die Eskimos nennen es Saugssat, so klingt es jedenfalls für mein Ohr. Vor zwei Tagen riß eine hohe Flut, im Verein mit kräftigem Wind, in der Bucht eine breite Rinne auf. In diese offene Rinne ergossen sich Hunderte von Narwalen auf der Suche nach Atemluft und Nahrung. Als das Ende der Rinne wieder zufror, waren die Tiere gefangen. Es war schrecklich mit anzusehen, wie sie sich in dem immer kleiner werdenden Loch hin und her warfen, sich im Kampf um Luft gegenseitig unter Wasser drückten, sich dichter und dichter aneinander drängten, bis ihre Stoßzähne aus dem Wasser ragten wie ein Wald rasselnder Speere. Aber auch wundervoll, daß sich das Schauspiel unmittelbar in unserer Nähe ereignete.*

*Annies kleiner Sohn sichtete sie zuerst und kam fast sprachlos vor Aufregung nach Hause gerannt – er ist ein kluges Kerlchen, ich habe ihm eine Menge Englisch beigebracht und nenne ihn Tom. Wir nahmen unsere Waffen und folgten ihm, alle beeilten sich hinzukommen, bevor ein Riß aufging und die verzweifelten Viecher befreite. Aber das Glück war auf unserer, nicht auf ihrer Seite. Wir stellten uns an den Rand des Wasserbeckens, mußten nur die Harpunen in das nächstbeste Tier hineinstoßen und es herausziehen. Selbst dabei kamen uns die um sich schlagenden Überlebenden zu Hilfe, indem sie die Kadaver emporhoben.*

*Siebenundzwanzig Narwale! Wir feierten ein richtiges Fest. Tom ist ein Held und ich irgendwie gleich mit. Nicht weil ich etwas Besonderes vollbracht hätte, sondern weil dieser Winter sich als so großzügig erweist. Es hat hier seit sieben Jahren kein Saugssat mehr gegeben und selten so viel winterliches Jagdglück. Sie glauben, daß meine Anwesenheit – oder besser gesagt mein Überleben in ihrer Obhut – ihnen dieses Glück beschert hat. So werde ich verwöhnt und verhätschelt, Annie näht mir Hosen aus meinem Eisbärfell und ein Unterhemd aus Lummenhaut, während ihre Mutter mich mit Krabbentau-*

chern füttert, die seit dem Sommer in einem Robbenfellbeutel konserviert sind. Die in Speck eingelegten Vögel sind eine echte Delikatesse. Nessark zeigt sich ebenfalls äußerst großzügig in seiner Gastfreundschaft. Die Eskimos sind nicht nur mit materiellen Dingen großzügig, sondern auch mit ihrer Zeit und ihrem Wissen; die Männer wie die Frauen verbringen viele Stunden mit mir und stehen mir Rede und Antwort auf meine Fragen.

14. März 1857. Ich nehme mit Bedauern und Aufregung Abschied. Die Lebensmittelvorräte sind erschöpft, es wird Zeit, zu neuen Jagdgründen aufzubrechen, wir haben fast zwölf Stunden täglich Sonne, und die Hunde sind stark. Dies ist die beste Jahreszeit für eine lange Schlittenreise, und die ganze Siedlung hat beschlossen, mich nach Upernavik zu begleiten. Sie würden jetzt ohnehin weiterziehen, meint Annie. Aber nicht so weit, niemals so weit – sie tun dies, wie alles andere auch, auf Anraten des Angekok. Er spricht niemals direkt mit mir, sondern nur durch Annie. Der Winter sei so gut gewesen, sagt er, und alle sind so gesund, weil sich alle Elemente seiner Vision erfüllt hätten. Dennoch glaubt er, daß die Geister sich wieder gegen sie wenden werden, wenn sie mich nicht sicher bis nach Upernavik geleiten – das sie nur vom Hörensagen kennen, weil noch keiner von ihnen dort gewesen ist – und mit mir auf meine Abreise warten. Annie erzählt mir das, als schämte sie sich deswegen. Vermutlich gehen alle davon aus, daß ich am liebsten für immer hierbliebe. Wie kann ich ihnen sagen, daß für mich nichts günstiger sein könnte als dies – daß sie ihre Kräfte, ihre Zeit und ihre Fähigkeiten sowie ihre Hunde und Schlitten darauf verwenden, mich just dort hinzubringen, wo ich hinwill und wohin ich mich allein kaum durchschlagen könnte.

Ich hatte in den letzten Monaten Zeit, über alle Fehler nachzudenken, die ich in meinem ersten Jahr hier gemacht habe. Einer davon war gewiß, daß es mir nicht gelungen ist, den Kontakt zu diesen Menschen nach ihrem ersten Besuch mehr zu pflegen. Dadurch daß Dr. Kanes Schiff auf dieser Seite des

*Sunds eingefroren war, stand er in direkterem Austausch mit ihnen. Sie haben ihm stets geholfen; und hätten uns vielleicht mehr geholfen, wenn ich sie letzten Winter stärker gedrängt hätte. Vielleicht hätten wir im letzten Frühjahr mit ihrer Hilfe entkommen können. Statt dessen sahen wir sie nur zweimal und hatten das Nachsehen. Mittlerweile scheint es klar, daß irgend etwas, was einer von der Crew gesagt oder getan hat – ich will keine Mutmaßungen darüber anstellen, wer es war –, diesen Menschen den Eindruck vermittelt hat, wir seien böse und deshalb zu meiden. Erst als ich allein war, näherten sie sich wieder und gaben mir die Chance, mich an ihre Gewohnheiten anzupassen. Der weiße Mann kann hier nur wohlbehalten überleben, wenn er sich nach der Lebensweise der Eskimos richtet. Fast alles, was wir mitgebracht haben, ist unnütz. Erst durch die besondere Kleidung, die Jagdmethoden und die Eßgewohnheiten der Eskimos wird das Leben möglich. Ich denke, das wird Dr. Kane ebenfalls entdeckt haben – aber er hat nie unter ihnen gelebt, wie ich es jetzt seit sechs Monaten tue.*

*30. April 1857. Upernavik, endlich! Die dänischen Kaufleute haben mich begrüßt und mir das Neueste von Dr. Kane berichtet – wie tragisch ist dieser unerwartete Tod, nach seinem Entkommen aus der Arktis! Weiterhin wußten sie zu berichten, daß meine Männer hier sicher eingetroffen sind und mittlerweile zu Hause sein dürften. Die Walrosse ziehen nach Norden, und meine Gastgeber müssen ihnen folgen; sie fühlen sich hier nicht wohl, sie hatten noch nie Kontakt zu den hiesigen Eingeborenen, und ihre Sitten sind ihnen fremd. Ich habe jedem ein Abschiedsgeschenk gemacht: ein Messer oder ein paar Nähnadeln, mein letztes Flanellhemd, für die Kinder zu taschengroßen Quadraten zerschnitten.*

*Zwei Eskimos bleiben zurück, als die Schlitten sich wieder nach Norden wenden. Annie und ihr Sohn Tom haben sich bereit erklärt, mich nach Hause zu begleiten, obwohl es ihnen natürlich schwerfällt, ihre Angehörigen zu verlassen. Sie sind hervorragende Vertreter ihrer Rasse, intelligent und umgäng-*

*lich; ausgezeichnete Abgesandte in die zivilisierte Welt. Mit ihrer Hilfe kann ich anderen Menschen die Bedeutung und die Wunder ihrer Kultur nahebringen. Zusammen können wir anderen Reisewilligen zeigen, wie man sich am besten auf künftige Entdeckungsreisen in der Arktis vorbereitet.*

Erasmus saß krumm an seinem Arbeitstisch und las. Sein Magen rebellierte. Er konnte förmlich hören, wie Zeke höhnte: Das sollst du erst mal überbieten. Du hast Knochen und Zweiglein gesammelt und sie dann verloren; du und dein Freund. Ich habe Menschen mitgebracht. Keine Schädel, keine Gehirne im Glas: lebendige Menschen aus Fleisch und Blut.

Er überflog die Spalten noch einmal. Welche Teile von Zekes Bericht waren echt und welche nicht? Er hatte Zekes Notizbuch ein paarmal gesehen, als er es Lavinia vorblätterte; die Seiten waren sauber, nicht einen Deut abgegriffener als zu dem Zeitpunkt, als Erasmus das Notizbuch zuletzt in der Schatulle gesehen hatte. Weder Fettspritzer noch Wasserflecken noch Blutstropfen, weder Schmutz noch Essensreste. Vielleicht hatte er alles im Frühjahr geschrieben, während der Reise nach Upernavik, vielleicht hatte er alles auf dem Schiff geschrieben, während der Heimreise. Vielleicht waren auch nur die Einträge über seine Fußreise gefälscht, und die anderen waren echt.

Er wünschte nichts sehnlicher, als sich bei Annie und Tom nach ihrer Zeit mit Zeke zu erkundigen, und versuchte mehrmals, wenn Zeke zu Interviews unterwegs oder zum Schlafen nach Hause gegangen war, sich den Eskimos zu nähern. Doch Lavinia wich nie von seiner Seite. »Du darfst sie nicht ermüden«, sagte sie und ließ ihn nicht eine Minute mit Annie und Tom allein; sie war selbst nicht willens, auch nur eine Minute mit ihm allein zu sein.

Von der Repositur aus sah er zu, wie Fremde in seinem Haus herumgingen. Seine Augen brannten, ihm brummte der Schädel, unterhalb seiner Rippen bohrte ein Schmerz; er trank Brandy in der Hoffnung, daß ihm davon wohl und warm würde, aber ihm wurde nur schwindelig. Ein paar Tage lang versteckte er sich in der Repositur, ohne essen zu können oder Schlaf zu finden. Er konnte sich nicht daran erinnern, sich je so krank gefühlt zu haben; er war sicher, daß er Fieber hatte. Eine Gestalt erschien auf dem Plattenweg, kam durch den Garten, öffnete die Tür zu seinem Zimmer: Zeke. Er kam angeblich, um sich nach Erasmus' Befinden zu erkundigen, teilte ihm dann aber mit ruhiger, tonloser Stimme mit, daß er, Erasmus, seiner Schwester das Leben schwermache. »Es macht sie unglücklich, dich um sich zu haben«, sagte er. »Vor allem so, wie du dich im Moment verhältst.«

Erasmus hielt sich ein Glas Wasser an die aufgesprungenen Lippen. »Ich kann nicht reden«, sagte er. »Ich bin krank.«

Als Zeke gegangen war, rutschte er vom Stuhl und blieb unter dem Tisch liegen. Es stimmte, daß Lavinia seine Blicke nicht ertrug; er hatte sie und Zeke überrascht, wie sie sich im Wintergarten umarmten, im Garten Händchen hielten, sich aneinander lehnten. Immer machte sie einen glücklichen Eindruck, bis sie ihn sah und ihre Lippen schmal wurden, während ihr die Röte in die Wangen stieg. Zeke, dachte er, mußte ihr Geschichten erzählt haben. Geschichten, die so häßlich waren, daß sie ihrem eigenen Bruder nicht mehr traute und ihr neues Glück in seinem Beisein nicht genießen konnte.

Er wickelte sich den Kopf in nasse, kalte Kissenbezüge – woher hatte er dieses Fieber? Schließlich, als es ihm ein wenig besserging, zog er sich frische Kleider an und begab sich zum Abendessen mit den anderen zu Tisch. Kerzen, Blumen, Alexandra still am einen Ende des Tisches und Lavinia strahlend am anderen; zwischen ihnen Copernicus und Zeke. Er setzte sich, nachdem er eine Entschuldigung gemurmelt hatte, und fand vor sich eine Platte mit gedünsteter Kalbsleber: das Gericht, das ihm am meisten zuwider war. Noch nie zuvor hatte ihm Lavinia dies vorgesetzt. Die Stücke schimmerten ihn blutig an und strömten einen ekelerregenden Geruch aus. Warum blieb Zeke nicht bei seinen Eltern, wo er hingehörte? Seine Eskimos wohnten immer noch oben; er hatte den Arm auf Lavinias Stuhl gelegt; seine Papiere waren überall verstreut. Er vertilgte die Leber gierig, nicht ohne sich abermals nach Erasmus' Befinden zu erkundigen.

Erasmus schob seinen Stuhl zurück. Er zitterte vor Übelkeit. Als er aufstand, kippte die Tischoberfläche weg und verschwamm, schimmerte und tanzte, die Gläser drehten sich mit den Löffeln. Als er dem Meteoriten nachgesetzt war, der Zeke zur Rettung verholfen hatte, war er durch ein Loch im Eis gefallen, das gerade so groß war wie dieser Tisch. Bevor er das Bewußtsein verlor, hatte er noch einen Moment die Augen aufgehalten und Trottellummen durchs Wasser schießen sehen, flink wie Fische, von erstaunlicher Eleganz. In der Luft wirkten sie unbeholfen, durch das Wasser aber flogen sie anmutig wie Engel, und mit einem Mal hatte er erkannt, warum sie so gebaut waren, wie sie waren: Das Wasser war ihr natürliches Element, wie bei Walrossen oder Walen. Jetzt erkannte er, daß er sich in Zeke auf ähnliche Weise getäuscht hatte. Dieses Haus war das Element, das sich Zeke immer ersehnt hatte; er hatte sich im selben Moment hier breitgemacht, als Erasmus seinen Platz verlor.

»Lavinia«, sagte Erasmus. Sie blickte zu ihm auf, die Augen hinter jenem durchsichtigen Schleier geschützt. Er räusperte sich und rückte seine Stöcke zurecht. Ihm war im Leben nichts wichtiger gewesen, als daß sie, im Gegensatz zu ihm, eine Chance bekam, mit dem Menschen zu leben, den sie liebte. Doch wenn er es nicht ertragen konnte, wie sie sich in Zekes Anwesenheit veränderte ... »Würdest du mich bitte entschuldigen?« sagte er.

In der darauffolgenden Woche traf er Vorbereitungen, aus der Repositur auszuziehen, bis Lavinia und Zeke geheiratet hatten und in ein eigenes Heim gezogen waren. »Ich weiß, daß es mein Haus ist«, sagte er zu Copernicus, der ihm seine Entscheidung auszureden versuchte. »Ich weiß, daß es keine gute Idee ist, aber ich koche ständig vor Wut, und ich ertrage es nicht, Zeke dauernd um mich zu haben. Ich bin krank und ich will keine Szenen mit Lavinia ...«

»Wegen einmal Leber«, sagte Copernicus sanft. »Sie hat sie servieren lassen, weil Zeke sie gern ißt. Und ich im übrigen auch.«

Erasmus zog die Stoffalten auseinander, die mit seinem Gürtel zusammengerafft waren. »Es geht seit Wochen so«, sagte er. »Ich wollte nicht, daß du dir Sorgen machst. Aber ich kann nichts bei mir behalten.«

Alexandra zeigte sich genauso verwirrt. »Daß ich ausziehen muß, steht fest«, sagte sie. »Natürlich, Lavinia braucht mich nicht mehr. Aber Sie haben doch keinen Anlaß zu gehen.«

»Ich kann nicht denken«, sagte er. »Ich kann nicht arbeiten, ich kann nicht schlafen, ich kann nicht essen.« Sie runzelte mißbilligend die Stirn, half ihm aber, ein paar Sachen zu packen. Erasmus schloß seine Vorbereitungen langsam, bedächtig ab, immer in der Hoffnung, daß Lavinia doch noch hereinkäme, um ihn aufzuhalten. Ihre Hand auf seine legte und sagte: »Wo willst du hin? Bleib doch.«

Sie versteckte sich in ihrem Zimmer und äußerte sich nicht. Er blieb zögernd vor ihrer Tür stehen, wollte klopfen, ließ es aus Furcht sein. Schon fast wieder auf der Treppe blieb er vor dem letzten Zimmer im Flur stehen, um sich von Zekes Eskimos zu verabschieden. Er hatte bisher wenig von ihnen gesehen; Zeke bereitete ihre Mahlzeiten zu, die sie hier oben einnahmen. Zeke ging mit ihnen täglich spazieren, und abends, wenn er zu seinen Eltern ging, schloß er sie in ihrem Zimmer ein und bat Copernicus – Copernicus, dachte Erasmus, nicht mich –, nach ihnen zu sehen.

Ihr Zimmer sah aus wie das Innere eines Sommerzeltes; mit Fellen an den Wänden und auf dem Boden. Annie hockte mit Tom auf dem Schoß vor dem Fenster, neben sich auf dem Fußboden einen Teller mit gekochtem Hühnerfleisch, fast unberührt. »Wo ist Tseke?« fragte sie. »Wann kommt er wieder?«

»Bei seinen Eltern«, sagte Erasmus. Obwohl er wußte, daß er nur den Nachmittag dort verbringen wollte. »Er kommt bald wieder.« Er hatte keine Ahnung, ob Annie wußte, in welcher Beziehung Zeke zu Lavinia stand oder wie seltsam seine eigene Position im Haus war.

»Ich werde eine Weile verreisen«, sagte er. Was sollte sie das scheren? »Ich wollte Ihnen und Ihrem Sohn auf Wiedersehen sagen.« Just in dem Moment, als er dachte, sie würde ihm immer vollkommen fremd bleiben, flatterte eine hellbraune Motte aus dem Fell an ihrem Knie auf.

»Auf Wiedersehen«, wiederholte sie. Sie fing die Motte mit einer geistesabwesenden Handbewegung ein und ließ sie gleich wieder frei. Genauso, wie er es gemacht hätte. Warum sollten sie sich nicht unterhalten?

»Warum sind Sie hierher gekommen?« fragte er. »Hat Zeke Sie gezwungen?«

»Es mußte sein«, erklärte sie. Ihre Augen verfolgten die Flugbahn der Motte: Fenster, Zimmerdecke, Fenster, Wandschrank, Fenster, Fenster, Fenster. »Er sagt: ›Ich bin eine Art Angekok – hab ich euch nicht das Eisen, die Bären, die Narwale gebracht? Sind nicht alle Kinder gesund geblieben, seitdem ich bei euch bin? Aber jetzt müßt ihr mit mir kommen und mein Volk kennenlernen, damit sie begreifen können, wo ich war.‹«

Es war fast unheimlich, wie genau sie bei ihrer Wiederholung seiner Worte den Ton und Rhythmus von Zekes Redeweise traf. Die Motte prallte gegen eine Reihe Bücher: pfft, pfft, pfft. Dann sauste sie an die Decke und abermals ans Fenster. »Er muß mich mit nach Hause nehmen, zu seinem Volk, sonst wird mein Stamm es büßen müssen. Er sagte, Euer Schiff habe auch eine Seele gehabt, und die sei als erzürnter Geist im Eis zurückgeblieben. Ich muß mit dahin kommen, wo das Schiff geboren wurde, damit der Geist meinen Stamm nicht bestraft. Er sagt, es sei das gleiche wie mit dem Geist des Saviksue, den er erzürnt hat.«

Ihr Englisch war ausgezeichnet, dachte Erasmus. Zeke hatte ihr soviel beigebracht. »Haben Sie ihm das geglaubt?« fragte er.

Als sie die Achseln zuckte, rutschte Tom von ihrem Schoß und versteckte sich unter dem Karibufell, in dem die Motte vorhin Schutz gefunden hatte. Mit ein wenig Glück hätte es sein können, daß sie Erasmus eine Antwort auf die Frage gab, die er nicht gestellt hatte: Warum wolltet ihr alle dafür sorgen, daß Zeke die Gegend verließ? Sie hatten Zeke am Leben erhalten, weil der Angekok es angeordnet hatte, und ihre Mühen

waren belohnt worden. Aber mit dem Ende des Winters mußte sein Aufenthalt zu Ende gehen; er hatte kein Gefühl für seine Stellung unter ihnen und konnte ihnen nur Unglück bringen. Ihr Stamm war ein großer Mensch, in dem jeder einzelne
die Gliedmaßen, Organe, Knochen bildete. An die Hand, welche ihre Familie bildete, war Zeke gekommen wie ein über-
zähliger Finger. Sie hatten ihn freundlich aufgenommen, aber
er hatte kein Empfinden dafür, wie sie zusammengefügt waren.
Er betrachtete sich als Einzelwesen, eine Selbsttäuschung, die
ihnen zugleich lächerlich erschien und Angst machte. Wenn er
umherstolzierte, war es, als hätte sich ein Finger der Hand losgerissen und davongemacht und torkele nun durch den Schnee.

Es fehlte nicht viel, und sie hätte das alles zu erklären versucht, doch statt dessen zuckte sie lediglich abermals die Schultern, beredte Schultern in Alexandras schlecht sitzendem Kleid.
»Ich erkannte, daß er nicht ohne mich abreisen würde; er
behauptete, er könne es nicht. Deshalb ließ meine Familie mich
gehen.«

Erasmus quartierte sich bei Linnaeus ein. Er hätte sich irgendwo eine hübsche Wohnung mieten, vielleicht sogar ein Haus
kaufen können – glaubte aber, daß der Umzug vorübergehend
sei. Er mußte innerlich zur Ruhe kommen und wollte dies gern
im Schoß der Familie versuchen. Trotzdem fragte er sich, ob
seine Entscheidung richtig war. Seine Bücher und Kleider waren
kaum in dem kleinen Gästezimmer unterzubringen, das man
ihm zuteilte; das einzige Hausmädchen runzelte genervt die
Stirn, als sie morgens hereinkam, um den Nachttopf abzuholen, und dabei die Papiere verschob, die er auf dem winzigen
Schreibtisch ausgebreitet hatte, statt sie über Nacht weg-
zuräumen. Ihm fehlte Alexandra, die am Tag seines Umzugs
zu Browning und Familie zurückgekehrt war. Ihm fehlte
Copernicus; ihm fehlten vor allem die langen Tage, an denen
sie zu dritt zusammen gearbeitet hatten. Doch irgendwie schienen alle der Ansicht zu sein, er habe sich die Situation selbst
zuzuschreiben.

Er saß in dem kleinen, stickigen Zimmer und sah zu, wie

sich die Fliegen an die Fensterscheiben warfen. Tag um Tag verging, und jetzt stand ihm der schlimmste von allen bevor: An diesem Nachmittag wurden Zeke und Lavinia getraut, in seinem eigenen Haus. Eine kleine Hochzeit, zu der nur Zekes Eltern, seine Schwestern und ihre Familien sowie Erasmus' Brüder und deren Familien geladen waren. Alle außer ihm. Lavinia hatte ihm einen Brief überbringen lassen:

*Was hat Dein Verhalten zu bedeuten? Es ist immer noch dein Haus, und ich werde die Tür nicht vor Dir verschließen. Ich hätte Dich an meinem Hochzeitstag gern dabeigehabt. Aber nicht, wenn Du voll Bitterkeit bist. Wenn Zeke Dir vergeben kann, wenn ich Dir vergeben kann – warum kannst Du unser neues gemeinsames Leben nicht akzeptieren?*

Er hatte Linnaeus gefragt: »Was läßt mir das für eine Wahl?« Linnaeus hatte seinen Blick unsicher auf den Bücherstapel an Erasmus' Bett geheftet und gesagt: »Du mußt das tun, was du für richtig hältst.«

Erasmus hatte ein silbernes Teeservice geschickt und Linnaeus beauftragt, ihn bei allen zu entschuldigen, weil sein Fieber wieder aufgeflammt sei. Jetzt hatte er, als habe diese Unwahrheit sie hervorgebracht, schreckliche Kopfschmerzen. Das Hausmädchen brachte ihm eine Kanne Kaffee, zu stark, und hatte den Zuckertopf vergessen. Als sie mit dem Topf, aber ohne Löffel, wiederkam, sagte er: »Kate, warum machst du das?«

»Was denn?«

Ihr breites, mit Sommersprossen übersätes Gesicht erinnerte Erasmus an Ned Kynd; in ihrer Stimme lag noch ein Hauch von Irland, obwohl sie seit ihrer Kindheit hier war. Fleißig, intelligent, meist gut gelaunt; nur mürrisch, wenn sie mit ihm allein war. Er sagte: »Das weißt du doch.«

»Habe ich Ihnen nicht genau das gebracht, worum Sie gebeten haben?« Aber sie wußte Bescheid, sie hatte es absichtlich getan. »Haben Sie sonst noch Wünsche?«

»Geh bitte einfach«, sagte er.

Nachdem er sich mit einem zusammengedrehten Stück

Papier Zucker in die Tasse geschippt hatte, setzte er sich hin, um einen Brief an Ned zu schreiben. Konfus wie er war, wußte er kaum, wie er anfangen sollte. Er begann mit seinem Zimmer – dem Schreibtisch, dem Bett, den Fliegen – und holte dann weiter aus. Schilderte alles, was seit Zekes Rückkehr geschehen war, erzählte von den beiden Eskimos, denen man in seinem Haus ein Lager bereitet hatte, während er hier in der Isolation lebte; von der Hochzeit, an der er nicht teilnehmen konnte. Von dem Zeitungsartikel, der, obwohl Zeke ihn nicht direkt kritisierte, die ganze Stadt gegen ihn eingenommen hatte. Er faltete die drei langen Zeitungsseiten zusammen, um sie dem Brief beizufügen, und gestand Ned dann, daß er Dr. Boerhaaves Journal gestohlen und dabei Zekes schwarzes Notizbuch angeschaut habe. Sechs Seiten, acht Seiten. Ihm wurde die Hand lahm.

Nach einer Pause schrieb er Ned von dem Fest, das die Vereinigung der Bogenschützen für Zeke gegeben hatte. Teils Willkommensfest, teils Junggesellenfest; die Toxies alle in voller Montur.

*Vielleicht erinnerst du dich an ihre Kostüme. Von dem Tag, als Mr. Tagliabeau dich anheuerte; sie waren die Männer in grünen Jacken und weißen Hosen, mit Pfeil und Bogen. Sie veranstalten Wettkämpfe im Bogenschießen. Früher war ich auch Mitglied des Vereins.*

Er erzählte Ned von der Rede, die Zeke gehalten hatte, in der er bedauerte, daß der Eskimo-Bogen mit den zugehörigen Pfeilen, die er auf Boothia für den Verein erworben hatte, ohne sein Verschulden verlorengegangen sei. Und von dem Trinkgelage, den übermütigen Trinksprüchen, den tanzenden Frauen und den Pfeilen, die Zeke, begleitet von Witzen über seine Treffsicherheit in der Hochzeitsnacht, geschenkt bekommen hatte. Er schrieb von der Arbeit an seinem Buch mit Alexandra und Copernicus und davon, wie sie zum Erliegen gekommen war. Dabei merkte er, daß er gern von den einsamen Nächten hier in seinem Zimmer geschrieben hätte.

Die Wände waren papierdünn, und Sonntag abends – dann immer, aber an keinem anderen Wochentag – mußte er mit anhören, wie Linnaeus und Lucy miteinander schliefen. Die leisen Schreie, das Stöhnen. Er konnte sich Lucy nicht mit offenen Haaren vorstellen, mit unverkniffenem Mund, er konnte sich die Verrichtungen nicht vorstellen, mit Hilfe derer sie ihrem Bruder diese Töne entlockte – sie wollten noch ein Kind, das wußte er. Vielleicht war das der Grund für ihre uhrwerkartige Regelmäßigkeit. Wenn er allerdings daran dachte, wie ihre Geräusche seine Phantasie auf Zeke und Lavinia lenkten, die nun, da sie endlich vereint waren … Er enthielt sich dieses Themas gänzlich und schilderte statt dessen seine seltsame Begegnung mit William Godfrey. Achtzehn Seiten, einundzwanzig. Am Ende schrieb er:

*So werde ich jetzt von allen gesehen; als wäre ich genauso einer wie er.*

Am Abend nach der Hochzeit grübelte Alexandra in Brownings Küche beim Kochen vor sich hin. Entlassen, dachte sie, als sie die Brötchen aus dem Ofen holte. Sie und Lavinia waren nie gleichgestellt gewesen, nicht wirklich. Sie hatten zusammen gewartet, gewartet, gewartet; und obwohl dadurch ein Band zwischen ihnen gewachsen war wie zwischen den gemeinsamen Überlebenden einer Katastrophe, die zeitlebens etwas gemein haben würden, war sie dennoch nichts weiter als Lavinias bezahlte Gesellschafterin gewesen, keine selbstgewählte Freundin, wie Lavinia unmißverständlich deutlich gemacht hatte. In dem Augenblick, als Zeke wiedergekommen war, hatte sie sich von ihr abgewandt. »Du hast mir so geholfen«, hatte sie gesagt, als Alexandra vorgeschlagen hatte, wieder zu Browning und seiner Familie zu ziehen. »Aber jetzt wirst du dich wieder deiner eigenen Arbeit widmen wollen, nun da es dir gelungen ist, dich zu etablieren.«
Ihre gemeinsame Zeit war vorbei; sie hatte eine Menge gelernt und mußte dafür dankbar sein. Aber sie war entschlossen, ihren Kontakt zu Erasmus nicht zu verlieren.

Während ihrer gemeinsamen Arbeit hatte sie das Gefühl gehabt, zwischen ihnen entwickelte sich das, was sie sich unter einer Freundschaft vorstellte. Sie hatten Gedanken, Arbeit, Lektüre, Interessen miteinander geteilt; sie hatten sich einander anvertraut und sich zugleich gegenseitig ihre Privatsphären zugestanden. Er fehlte ihr täglich.

Sie arrangierte das Mahl, das sie für die Schwestern Percy gerichtet hatte, auf einem Tablett: gekochtes Hühnerfleisch in Aspik, heiße Brötchen, Butter, Pflaumenmus, Limonade. Browning hatte die Pflege der beiden älteren Damen von gegenüber übernommen, und damit war sie automatisch für deren Mahlzeiten verantwortlich. Sie waren nicht verrückt, das wäre übertrieben, aber sie waren uralt, lebten vollkommen für sich allein und waren seit einem halben Jahr überzeugt, daß jemand sie zu vergiften versuchte. Sie akzeptierten nur Speisen aus Brownings Hand und aßen nur in seinem Beisein. Er brachte ihnen jeden Morgen und jeden Abend eine Mahlzeit, die eine Zeitlang von Harriet zubereitet worden war, jetzt aber von Alexandra gerichtet wurde. Er setzte sich geduldig zu ihnen, während sie speisten.

Das Gepräge seines Lebens, dachte Alexandra, das zunehmend auch das ihre prägte. Jede Menge Menschen mit Nöten, zu deren Hilfe er nicht nur sich, sondern auch seine Frau und seine Schwestern bereitwillig einspannte, ohne daß sie je mit der Arbeit fertig wurden. Schon jetzt war sie dessen überdrüssig, wie Browning einfach davon ausging, daß er über sie verfügen konnte.

Gleichwohl mußte es doch noch möglich sein, egal wie viele Stunden sie in der Küche oder mit den Kindern oder bei Familienunternehmungen zubrachte, hier und da ein wenig Zeit für sich selbst herauszuschinden. Wenn sie weniger schliefe, vielleicht. Wenn sie sehr zeitig aufstände, noch bevor Browning anfing, seinen Unterricht vorzubereiten; wenn sie sich ein, zwei Stunden für die eigene Arbeit nähme, bevor die Familie mit ihren Forderungen kam: Dann könnte sie das Gefühl haben, wenigstens ein gewisses Eigenleben zu führen. Gewiß konnte sie alles, was von ihr verlangt wurde, guten Mutes erledigen, wenn sie ein wenig Zeit für sich eroberte. Es kam darauf an, nicht vollständig aufzugeben.

Während sie die Küche aufräumte und gleich wieder Vorbereitungen für die nächste Mahlzeit traf, beschloß sie, die Arbeitssachen abzuholen, die sie in der Repositur gelassen hatte. Sie hatte Erasmus seit ihrem übereilten Aufbruch erst zweimal gesehen; er war sehr niedergeschlagen und schien die Arbeit gänzlich abgebrochen zu haben. Dabei wäre es doch trotz der veränderten Umstände durchaus möglich, daß sie heimlich arbeiteten, dachte sie. In aller Stille, in gestohlenen Stunden und gestohlenen Räumen. Auf die Weise konnten sie vielleicht trotz allem etwas Lohnendes zustande bringen. Sie rührte Brownings Lieblingssuppe um und ging dann zu ihm, um ihm mitzuteilen, daß sie den ganzen nächsten Tag nicht dasein werde, so daß er ohne sie zurechtkommen müsse.

Copernicus malte im Garten. Da Zeke und Lavinia zu einer kurzen Hochzeitsreise unterwegs waren, nutzte er seine Freiheit; sein weites Musselinhemd war über der Brust geöffnet, und seine Unterarme waren mit Farbe besprenkelt. Er hatte blaue Streifen im Haar und blaue Farbflecken in seinem schweißnassen Gesicht.

»Alexandra«, sagte er. »Welch nette Überraschung.« Er übermalte einen Schatten einen Ton dunkler und trat zurück, um sich die Wirkung anzusehen. An eine zweite Staffelei hatte er Skizzen geheftet, die er nach Erasmus' und Dr. Boerhaaves Tagebüchern angefertigt hatte. »Was führt Sie her?«

Sie fächelte sich Luft zu; bei dieser Hitze strömten selbst die Steinplatten eine feuchte Hitze aus. »Ich habe meine Malsachen in der Repositur gelassen«, sagte sie. »Aber ich kann mir nicht vorstellen, daß wir wieder dort arbeiten werden. Ich dachte, ich nehme sie mit nach Hause, um zu sehen, ob ich dort etwas zustande bekomme.«

»Sie werden hier nicht wieder arbeiten«, stimmte er zu. »Und ich auch nicht.« Er wischte sich die Finger an einem Lappen ab und deutete auf sein Gemälde: Eisberge, gigantische, leuchtende Gebilde. Den Vordergrund hatte er neuerdings um einen gebrochenen Maststumpf und eine Ringelrobbe ergänzt. »Sobald das hier fertig ist, ziehe ich um.«

»Wohin gehen Sie?«

»Ich habe Freunde in einer Herberge in der Sansom Street – dort werde ich mir ein Zimmer nehmen und mit in dem Atelier unterm Dach arbeiten. Hier kann ich mich nicht konzentrieren, mir ist in Zekes und Lavinias Umgebung nicht wohl.«

Er ging auf dem Weg zur Repositur voran. »Sie werden Ihren Augen nicht trauen«, sagte er. »Kriegen Sie keinen Schreck.«

Dennoch erschrak sie, als sie durch die hohe Flügeltür trat. Drinnen war es so duster, daß sie, noch geblendet vom gleißenden Licht im Garten, einen Moment lang nichts sehen konnte. Zwei riesige schwarze Hunde sprangen auf sie zu, stießen die Köpfe an ihre Beine und leckten ihr die Hände – »die gehören Zeke«, sagte Copernicus. »Er hat sie am Tag der Hochzeit mitgebracht.« Sie wischte sich die Hände an ihrem Rock ab. Warum war es hier so dunkel? Vor fast allen Fenstern hingen Felle. Auf dem Fußboden lagen Annie und Tom auf dicken Leintüchern, die aussahen wie ein Haufen Segel. Warum lagen diese beiden Menschen hier auf dem Boden?

»Hallo«, sagte Alexandra zögernd. »Verzeihung. Ich wollte nicht stören. Ich wußte nicht, daß Sie hier wohnen.«

Annie hatte abgenommen, und ihre Haare waren schmutzig. »Tseke hat uns dies als unser Haus gegeben«, sagte sie. Die Hunde trollten sich zu ihr und plumpsten neben ihr nieder. »Wo ist Tseke?«

»Er wird in ein paar Tagen wieder dasein«, sagte Copernicus. »Das verspreche ich.« Er beugte sich über eine der Schüsseln auf dem Fußboden, tauchte einen Waschlappen ein und wischte Annie das Gesicht ab. »Tut das gut?« fragte er. »Ist es so besser?«

»Ich brenne«, sagte Annie jämmerlich. »Mir ist so heiß.«

Tom hustete und spuckte aus. Das glatte blanke Holz strotzte vor Flecken, nassen Stellen und den runden Pfotenabdrücken der Hunde; Haarbüschel wirbelten unter den Möbeln umher.

»Sind sie krank?« fragte Alexandra Copernicus leise. »Was ist geschehen?« Ihre Sachen waren an eines der Regale geschoben worden; Erasmus' Bücher lagen überall verstreut, und von Copernicus' Arbeitsplatz war nur noch ein Stapel Kisten übrig. Neben dem Archivtisch hatte jemand lose Herbarienfächer abgelegt, und die Proben kräuselten sich verloren im Gestank eines vollen Nachttopfes.

»Zeke hat sie hierher verlagert, sobald Sie und Erasmus aus dem Haus waren«, sagte Copernicus ihr ins Ohr. »Vermutlich glaubte er, daß sie sich hier wohler fühlen würden als im Haus. Aber sie ziehen ständig von einer Stelle zur andern um, als versuchten sie vergeblich ein bequemes Plätzchen zu finden. Nichts scheint zu helfen als das kalte Wasser. Sie haben beide Fieber – ich bin nicht sicher, ob es eine Reaktion auf das Wetter ist oder etwas Ernsteres.«

»Sollen sie hierbleiben?« fragte sie. »Für immer?«

Copernicus zuckte die Achseln. »Wenn ich wüßte, wohin mit ihnen; wenn ich in dieser Angelegenheit überhaupt etwas zu sagen hätte – aber das habe ich nicht, sie stehen unter Zekes Obhut.«

In einer Luft, die so verpestet war, daß sie kaum atmen konnte, sammelte sie ihre Sachen ein; ihre sorgfältig gehüteten Pinsel hatte jemand aufrecht in ein Glas gestopft, so daß die Spitzen beschädigt waren. Die Mappe mit ihren Zeichnungen war mit schmutzigen Fingerabdrücken übersät, aber die Zeichnungen selbst schienen nichts abbekommen zu haben. Copernicus fand eine kleine Schachtel für ihre Federhalter.

Sie arbeiteten wortlos, zu Toms Husten und Annies röchelndem Atmen und dem lauten Hecheln der Hunde. Kaum waren sie wieder draußen, sagte Copernicus: »Ich weiß nicht, was Zeke sich denkt. Ich weiß es wirklich nicht. Das ist kein Ort für die beiden, sie sind hier todunglücklich. Die Repositur geht buchstäblich vor die Hunde. Wenn Erasmus das sähe ... sobald Zeke wiederkommt, gehe ich weg.«

»Wo sind die beiden hingefahren?«

»Nach Washington«, sagte Copernicus. »Zeke trifft sich in der Smithsonian Institution mit einigen Leuten. Sie geben da ein kleines Fest für ihn, zur Feier seiner Entdeckungen, und er dachte, Lavinia würde daran Freude haben. Sie sind nur für vier Tage gefahren, wegen Annie und Tom. Solange bin ich angeblich der perfekte Pfleger für Zekes Eskimos. Als ob ich wüßte, was ich mit ihnen anfangen soll, bloß weil ich Erfahrung mit Indianern im Westen habe. Aber Annie und Tom verhalten sich anders und sind vom Temperament her ganz anders als die Angehörigen der Stämme, mit denen ich bisher zu tun hatte – ich weiß nicht, was ich ihnen zu essen geben soll. Ich weiß nicht, wie ich ihnen helfen kann oder wie ich es ihnen bequem machen kann.«

»Das tut mir leid«, sagte sie. »Kann ich irgend etwas tun?«

»Höchstens wenn Sie wüßten, wie man ihnen Linderung verschaffen könnte«, sagte er. »Höchstens wenn Ihnen etwas einfiele, das sie essen mögen. Sie mögen das Fleisch nicht, das ich ihnen bringe. Annie verlangt nach einer grünen Pflanze, von der sie behauptet, daß sie heilende Wirkung habe.«

»Kräuter?« schlug Alexandra vor. Copernicus breitete ratlos die Hände aus. »Wenn Sie wissen, welche. Ich probiere alles.«

»Im Staudenbeet wachsen Wurmkraut und Minze.« Sie ging vor und bat ihn dann um sein Taschentuch. Seite an Seite pflückten sie unter der heißen Sonne die Blätter ab.

»Haus und Garten werden mir fehlen«, sagte Copernicus. »Ich wäre nie auf die Idee gekommen, daß ich, wenn ich nach Hause komme, gar kein Zuhause mehr habe.«

Von den gepflückten Blättern stieg ein Duft auf, der den Gestank der Repositur aus Alexandras Kopf vertrieb. »Soll das – soll das denn jetzt so bleiben?« fragte sie. »Wollen Sie und Erasmus Lavinia das Haus wirklich für immer überlassen?«

»Nein, nur für ungefähr ein Jahr«, sagte Copernicus. »So heißt es. Zekes Vater hat versprochen, ihnen ein neues Haus zu bauen, auf einem Grundstück am Fairmount Park, das er bereits seit längerem besitzt. Aber sie müssen erst mal Pläne zeichnen und dann bauen – wer weiß, wie lange das dauert. Bis dahin bleibt uns nichts anderes übrig, als uns Lavinias Willen zu fügen. Sie hat schon genug durchgemacht.«

»Sie und Erasmus haben auch eine Menge durchgemacht«, bemerkte Alexandra.

Sie knieten nebeneinander im Beet. Sie konnte Ölfarbe riechen und die Minze, die sie zerdrückten, und den schwachen Geruch seines Mundes und seines Körpers. Wie würde es sich anfühlen, wenn er sie umarmte, so wie Zeke Lavinia bei seiner Rückkehr umarmt hatte? Als ihr dies durch den Kopf ging, griff er nach einem Sproß, und sein Unterarm glitt über ihr Handgelenk wie ein Pfeil über einen Bogen. Sie erstarrte und dachte, wie einfach es doch wäre, ihre Hand nur ein paar Zentimeter weiter zu schieben und ihre Finger in seine offene Hand zu legen. Von da an war alles möglich. Er mochte sie, das wußte sie. Er fand sie sogar attraktiv. Aber er mochte alle möglichen Leute; er machte weder ein Geheimnis aus den Indianerinnen und Mexikanerinnen, mit denen er im Westen verkehrt hatte, noch aus den Frauen, mit denen er sich hier in den Theatern traf. Was sie wollte, wenn sie sich überhaupt vorzustellen gestattete, daß sie einen Mann wollte, war einer, der ihr ganz allein gehörte.

»Ich will versuchen, Erasmus dazu zu bewegen, an seinem Buch weiterzuarbeiten«, sagte sie im Aufstehen und wischte sich den Rock sauber. »Und ich möchte auch weitermachen. Kann ich auf Sie zählen? Wenn er wüßte, daß Sie noch malen und daß er Ihrer Unterstützung sicher sein kann ...«

»Aber das kann er ohne Frage«, sagte Copernicus.

»Ich weiß. Aber ...« Sie wandte den Blick von seinem sonnengebräunten Hals ab und ließ ihn blinzelnd über den Garten schweifen. Copernicus war stark und hatte ein gutes Herz, aber vielleicht war er nicht vollends zuverlässig. »Sie waren fünf Jahr fort, und es könnte gut sein, daß Sie wieder losziehen wollen. Es spricht nichts dagegen, dem Mann Ihrer Schwester zu helfen, wenn er nicht da ist. Aber sobald er wiederkommt – braucht Erasmus Ihre Hilfe dringender.«

»Ich werde ihm helfen«, sagte Copernicus. »Das habe ich gesagt, und das werde ich tun. Sobald die beiden wiederkommen, überlasse ich die Eskimos Zekes Pflege und arbeite mit ungeteilter Kraft an meinen Bildern weiter.«

Alexandra faltete das Taschentuch über dem Häuflein duftender Blätter zusammen. »Übergießen Sie die mit einem Liter kochendem Wasser und lassen Sie sie zehn Minuten ziehen«, sagte sie. »Annie und Tom sollen den Aufguß heiß trinken, damit er ihnen den Schweiß austreibt und sie von innen reinigt.«

Sie trat noch einmal in die Repositur und legte erst Annie, dann Tom die Hand auf die heiße Stirn. »Zeke kommt bald wieder«, sagte sie. Sie ließ den Blick über das Chaos ringsum wandern und floh rasch wieder ans Licht.

Ned Kynd erhielt den Brief von Erasmus spät an einem Abend im Juli, während er nach einem großen Kochgelage für ein Dutzend ausgelassener Jäger die Küche aufräumte. Kaninchenragout, Stachelschweinpastete, gegrillte Forellen; wilde Champignons und Wildbretfilet. Er hatte einen zuverlässigen Herd, gute Vorräte, einen dankbaren Arbeitgeber. Die Gäste brachen in Lobeshymnen aus, und wenn mal einer in seiner Begeisterung zu ihm in die Küche kam und dann vor Neds Gesicht erschrak, behauptete er, er habe einen Jagdunfall gehabt, und man glaubte ihm. In diesen nördlichen Wäldern war er eine Legende unter vielen. »Eine Bärin hat mir die eine Nasenhälfte abgerissen«, pflegte er zu sagen. »Und mich dann liegengelassen, weil sie mich für tot hielt. Glück gehabt.«

Er hatte wirklich Glück gehabt, dachte er, während er sich die Hände mit kräftiger Kernseife schrubbte. Glück, daß er hier gelandet war. Hinter dem Hotel erhoben sich die massiven Gebirgsketten; Felswände und Gesimse ragten wie Knochen aus dem Pelz der grünen Bäume, und die Sterne funkelten scharf und kalt, so hell wie in der Arktis. In Philadelphia hatte es keine Arbeit für ihn gegeben, nur miese Stellen in den Schenken am Hafen. Wegen seines Gesichts fand man sich nur in den allerfinstersten bereit, ihn einzustellen. Einige fragten, ob er Lepra habe, und wenn er ihnen erzählte, was ihm wirklich widerfahren war, starrten sie ihn fassungslos an. Einer Eingebung folgend war er wieder in die Adirondack Mountains gegangen, in ein Dorf, von dem ein Bekannter aus dem Holzfällerlager erzählt hatte: Keene Flats, unmittelbar östlich der höchsten Gipfel. Ein Ort, hatte sein Freund gesagt, mit ein paar

Hotels für Männer aus der Stadt, die einmal für ein paar Tage die Wildnis erleben wollten.

Der Lärm im Speisesaal legte sich allmählich; die Jäger wankten in ihre Betten. Nachdem Ned seine Schürze abgebunden und die Schuhe gewechselt hatte, machte er sich auf den langen Marsch am Ausable River entlang zu der Hütte, die er in der Nähe von John's Brook gemietet hatte.

Drinnen feuerte er den Ofen an und machte Licht, erst dann schlitzte er den Umschlag aus Philadelphia auf. Er verfaßte noch am selben Abend eine Antwort an Erasmus:

*Ihr Brief erreichte mich ohne große Umwege, obwohl ich umgezogen bin, seit Sie mir das letzte Mal geschrieben haben – dies ist ein kleiner Ort, wo jeder jeden kennt. Ihre Neuigkeiten beunruhigen mich. Ich habe mich hier eingelebt, es ist wie ein neuer Anfang. Ich hatte gehofft, Sie hätten vielleicht auch irgendwie die Chance ein neues Leben zu beginnen.*

*Daß Commander Voorhees so wieder auftaucht – ich habe ihm nicht den Tod gewünscht, ich freue mich, daß er noch lebt, aber ich sehe nicht ein, daß Sie dafür leiden sollen. Sie haben nur das getan, worum wir Sie gebeten haben, Sie haben uns alle aus der Gefahr herausgeführt, und dafür sollten Sie geehrt werden. Die Zeitungsseiten klangen eher, als ob Commander Voorhees eine Abenteuergeschichte erfunden hätte, als daß er von seinen wirklichen Erlebnissen berichtet. Wieso kann er sagen, was er will, und darauf zählen, daß man ihm glaubt? Ich weiß, was er mit dem Meteoriten gemacht hat, obwohl Joe ihm abriet, und trotzdem hört es sich an, als wäre er dafür belohnt worden. Ich erinnere mich an Nessark von meinem Aufenthalt in Anoatok, und er erschien mir nicht wie jemand, der freiwillig ein Mitglied seiner Familie ziehen läßt. Meinen Sie, Commander Voorhees hat sie irgendwie betrogen? Erst durch die Eskimos wird er zum Helden – ohne sie säße er genauso da wie Sie, mit nichts als seiner Geschichte. Erst durch die Eskimos unterscheidet er sich von Ihnen und mir, von Dr. Kane – und ich denke, das weiß er genau. Ich denke, er mußte sie mitbringen.*

*Das macht mich mißtrauisch.*

*Ich habe das Gefühl, wenn Sie Geduld haben, wird Ihr Ruf mit der Zeit wiederhergestellt werden, und Ihre Familie wird sich Ihnen wieder zuwenden. Vielleicht würde es helfen, wenn Sie die Stadt eine Zeitlang verließen. Hier oben redet man weder über uns noch über sonst eine Expedition, man ist damit beschäftigt, die Wildnis urbar zu machen, und niemand schert sich um irgendwelche Erklärungen.*

*Meine Arbeit als Koch ist nicht gerade aufregend, aber sie ist in Ordnung. An meinen freien Tagen praktiziere ich weiter das, was Sie mir beigebracht haben; einige Jäger möchten die Felle der Tiere, die sie geschossen haben, mit nach Hause nehmen, und ich präpariere sie so gut ich kann. Einen großen Triumph habe ich zuletzt mit Hirschen gefeiert – ich habe es nämlich endlich geschafft, das kleine blattförmige Knorpelstück aus dem Ohr zu entfernen, ohne die Haut zu verletzen. Zu meinem eigenen Vergnügen habe ich ein paar kleine Skelette präpariert: eine Fledermaus, einen Fuchs, einen Salamander. Sie sind ein besserer Mann als Commander Voorhees. Es überrascht mich nicht, daß er die beiden Eskimos aus ihrer Heimat verschleppt hat, ich habe immer den Verdacht gehabt, daß er irgend so etwas tun würde. Ich wünschte, er hätte mehr verloren als nur sein Ohr. Wenn Sie mich brauchen sollten, können Sie mich unter der Anschrift des Hotels erreichen, zumindest bis zum Ende der Saison.*

»Ich bin froh, daß es ihm gutgeht«, sagte Alexandra zu Erasmus, als sie sich Anfang August am Schuylkill River trafen. Sie faltete Neds Brief sorgfältig zusammen. »Ich habe mir nach Ihrer Rückkehr Sorgen um ihn gemacht – sein armes Gesicht. Aber er hat recht, Sie sind ein besserer Mann als Zeke. Und was das Tagebuch betrifft, stimme ich mit Ihnen beiden überein; ich habe genauso reagiert, als ich die Ausschnitte in der Zeitung gelesen habe. Alles was ich bis zu meinem Weggehen an Zeke beobachtet habe – er wirkt auf mich irgendwie falsch. Selbst in der Art, wie er Lavinia behandelt. Ich verstehe ihn nicht. Ich habe ihm nie getraut, von Anfang an nicht.«

Erasmus sah hinaus zu den Enten, die in den Wasserstrudeln hinter den Steinen umherpaddelten. Als die Eskimos in der Disko-Bai mit ihren zierlichen Kajaks Kunststücke vorgeführt hatten, hatte die Mannschaft der *Narwhal* ihnen Häppchen zugeworfen, wie die Spaziergänger hier bisweilen die Tiere fütterten.

»Er hat schon einen Namen für sein Buch«, fuhr Alexandra fort. »*Die Arktisfahrt der Narwhal* – vermutlich in Anlehnung an die berühmten Entdeckungsberichte. Copernicus meint, er habe schon hundert Seiten geschrieben.«

Erasmus schüttelte den Kopf. Als spürte sie, daß er seit Lavinias Hochzeit keinen Strich mehr zu Papier gebracht habe, hatte sie ihn gebeten, ein paar Seiten mitzubringen, und ihrerseits versprochen, ihm einige Zeichnungen zu zeigen. Doch er hatte ihr nichts im Austausch zu bieten, als sie das Detail vom Maul eines Wals zwischen ihnen auf der Bank ausbreitete.

»Das ist gut«, sagte er. »Das ist wirklich ziemlich genau getroffen. Wenn Sie nur die Barten ein bißchen stärker schattieren ...«

Ihr Gesicht wurde traurig. »Ich wußte, daß ich es ohne Sie nicht hinkriege«, sagte sie. »Und dabei ist es das einzige, woran ich überhaupt arbeiten konnte; es ist zu Hause so schwer, Zeit zu finden.«

»Aber Sie haben wenigstens etwas getan. Ich kann überhaupt nicht arbeiten.«

»Es muß doch irgendwo ein Plätzchen geben«, sagte sie. »Irgendeinen Platz, an dem wir arbeiten könnten.«

»Vielleicht könnten wir die Repositur als Atelier benutzen«, sagte er. »Wenn wir Lavinia nicht im Weg wären, wenn ich Zeke nicht sehen müßte ...« Unter dem Saum ihres Kleides schrieben Alexandras Schuhe einen Bogen in den Sand. »Halten Sie das nicht für eine gute Idee?«

»Haben Sie mit Copernicus gesprochen?«

»Was heißt das?« Sie sah so unglücklich aus, daß sie ihm seinem eigenen Elend zum Trotz leid tat.

»Wahrscheinlich wollte er Sie nicht beunruhigen«, sagte sie. »Aber Sie sollten es wissen.«

So erzählte sie ihm, wie Zeke die Repositur in eine Art Lager für Annie und Tom verwandelt hatte. Er versuchte es sich vorzustellen, aber er konnte es nicht – Fellballen und Wasserpfützen und Hunde, die sich gegen die Tische warfen. Die kostbaren Bücher und Proben in Unordnung, und Annie und Tom beide krank. Zeke hatte die Repositur als Kind gekannt und geliebt.

»Es tut mir leid«, sagte Alexandra.

»Mein Vater wird sich im Grabe umdrehen. Aber man kann nichts dagegen ausrichten, nicht wahr?«

»Sie könnten wieder einziehen«, bemerkte sie. »Schließlich ist es Ihr Haus.«

»Da ist etwas…« sagte er. »Ich kann es nicht erklären, aber ich weiß es so sicher, wie ich jemals irgend etwas gewußt habe, daß Lavinia nicht mit Zeke glücklich sein kann, wenn ich da bin. Sie glaubt, daß ich über sie richte, sie merkt nicht, daß er es ist, daß ich ihm einfach nicht traue.«

»Dann werden wir noch eine Weile so weiterleben müssen«, sagte Alexandra. »Vermute ich. Sie bauen sich ein Haus, sie werden beizeiten ausziehen.«

»Beizeiten für wen?« Er dachte an Annie und ihren kleinen Sohn. »Sind sie richtig krank?«

»Sie sehen nicht gesund aus«, sagte sie. »Aber ich weiß nicht, was ihnen fehlt.«

»Zeke«, sagte er. »Zeke… Copernicus hat uns angeboten, in seinem neuen Atelier zu arbeiten, aber da ist nicht genug Platz, wir würden seine Freunde beengen. Er hat erzählt, Zeke sei mit stolzgeschwellter Brust aus Washington zurückgekehrt, weil ihn die Politiker und die Mitglieder der Smithsonian Institution gleichermaßen gedrängt hätten, Annie und Tom öffentlich auszustellen. Auf einer Art Vortragsreise durch die Bildungsvereine des Nordostens. Einen Abend ein Bauchredner oder ein Phrenologe, am nächsten ein reisender Professor, der Einführungen in die Physiologie hält oder Wachsmodelle ägyptischer Ruinen vorführt. Dann Zeke in seinen Eisbärhosen, der Annie vorführt wie eine Hottentottenvenus. Eine grauenhafte Vorstellung. Aber Copernicus meint, Zeke habe es fest vor. Die erste Vorführung soll hier in Philadelphia stattfinden. Aber wenn sie jetzt schon krank sind ...«

»Glauben Sie, davon wird er sich aufhalten lassen?«

»Er wird sich durch nichts aufhalten lassen«, sagte Erasmus. »Er läßt sich nie von irgend etwas abbringen. Wenn er hier einen Vortrag hält, würden Sie mit mir hingehen? Ich muß sehen, was er da macht.«

»Wenn Sie wollen«, sagte Alexandra, »dann komme ich natürlich mit. Und ich dachte, in der Zwischenzeit – könnten Sie nicht Linnaeus und Humboldt um ein wenig Platz in der Gravieranstalt bitten? Wir brauchen doch nicht mehr als zwei Schreibtische auf engstem Raum. Sie müssen doch noch irgendwo ein Eckchen frei haben.«

Sie sah nicht ihn an, sondern den Fluß, aber er konnte die Sehnsucht in ihrem Gesicht lesen. »Ich kann so nicht leben«, sagte sie. »Nicht nachdem ich einmal die Gelegenheit hatte, wirklich zu arbeiten. Ich halte es nicht aus.«

»Ich werde sie fragen«, versprach er. »Wenn es nicht geht, miete ich uns woanders ein Arbeitszimmer.«

Er strich ihr mit den Fingern über den Handrücken. Ihre Hände waren glatt und weiß, die Fingernägel kurz geschnitten; obwohl ihre Handflächen klein waren, hatte sie ungewöhnlich lange Finger, und er sah, daß die Nägel stark gewölbt waren.

Wenn er später an diesen Moment zurückdachte, dann als wäre es das erstemal gewesen, daß er sich wieder in der Arktis sah. Nicht in einem dunklen Traum wie unmittelbar nach seiner Rückkehr, sondern in einem hellen Wachtraum: Der lehmige Schuylkill River verwandelte sich in einen Gletscherstrom; die Enten verwandelten sich in Trottellummen und Krabbentaucher; das schlaffe, feuchte Laub schrumpfte zu frischgrünem Weidengeflecht. Neben ihm träumte Alexandra, deren Traumvorstellungen sich nur aus seinen Geschichten zusammensetzen konnten, in weniger detaillierten Bildern. Sie sah vor sich ein Schiff, das durch dichten Eisgang manövrierte, und am Bug standen sie beide und suchten einen Weg durch die vorübergleitenden Schollen.

# 10. Exemplare eines Eingeborenenstammes
## (September 1857)

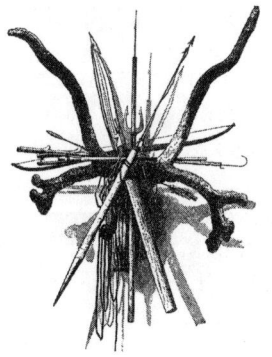

*Diesen armseligen und doch so glücklichen Kreaturen ist jede Vorsorglichkeit für die Zukunft fremd. Sie bekämpfen die Sorge, wenn sie ungebeten kommt, und kosten das wenige, woran sie reich sind, vollen Herzens aus! Unter den Tieren ist der Eskimo ein außerordentlich vernunftbegabtes Tier, welches tausend Calibans aufwiegt und seinem Vetter, dem Eisbären, von dem er sich die Hosen borgt, haushoch überlegen ist.*

ELISHA KENT KANE, Arktische Forschungen:
Die zweite von Grinnell ausgerüstete Nordpolarreise
zur Aufsuchung Sir John Franklins, 1853, '54, '55
(1856)

*H*ier oben auf der Galerie des Theaters, wo auch die Prostituierten saßen, die sich wie buntschillernde Fische in den Schwärmen dunkelgekleideter Männer verteilten, kam sich Alexandra in ihrem braunen Seidenkleid trist und farblos vor. Zwei Plätze weiter verhandelte eine Frau in einem chartreusegrünen Kleid mit zitronengelb eingefaßten Volants mit einem sympathisch aussehenden Herrn. Sie wollten sich auf dem Treppenabsatz treffen. Gleich im Anschluß an den Vortrag. Der Mann senkte die Stimme, und die Frau schüttelte den Kopf, daß die Reiherfedern in ihrem Haar bebten. »Zwanzig Dollar«, sagte sie. Der Mann nickte und verschwand, und Alexandra saß da und wunderte sich.

»Es sind mindestens tausend Leute da«, sagte Erasmus und ließ seinen Blick über die Menge schweifen. »Vielleicht mehr.«

»Es ist beängstigend«, sagte sie, »wie gut Zeke sich zu verkaufen versteht.«

Überall in der Stadt, an Laternenmasten und Schenkentüren, in Schaufenstern und Omnibussen hingen Plakate zur Ankündigung der Veranstaltung. Ein grober Holzschnitt zeigte Zeke mit Harpune und Annie mit Fischen, die auf eine Schnur gezogen waren, während Tom hinter ihren unförmigen Stiefeln hervorschaute. Im Hintergrund waren Berge mit einem tiefeingeschnittenen Fjord und darüber ein Spruchband mit dem Titel: MEIN LEBEN BEI DEN ESKIMOS. Unter dem Bild wurde aufdringlich mit den epochalen Entdeckungen des Zechariah Voorhees geworben:

ZWEI AUSGEZEICHNETE EXEMPLARE
EINES EINGEBORENENSTAMMES!
EXOTISCHER ALS DIE VON GEORGE CATLIN IN LONDON
UND PARIS GEZEIGTEN SIOUX- UND FUCHS-INDIANER!
SEHEN SIE, WIE DIE ESKIMOS IHRE BRÄUCHE
DEMONSTRIEREN!

Zeke hatte eine kleinere Version gleichen Inhalts in der Zeitung abdrucken lassen und Einladungen an Hunderte von Geschäftsfreunden und an Freunde seiner Familie verschickt – Alexandra konnte sich des Eindrucks nicht erwehren, daß er diese erste Vorstellung wie einen militärischen Feldzug organisiert hatte. Seine nächsten Stationen waren Baltimore, Washington, Richmond, New York, Providence, Albany und Boston.

Erasmus fragte: »Können Sie Lavinia sehen?« Alexandra blickte suchend auf die Logen im zweiten Rang und entdeckte sie schließlich genau in der Mitte zwischen Linnaeus und Humboldt auf der einen und Zekes Eltern und Schwestern auf der anderen Seite. Sie faßte sich an die Frisur, dann an die Wange, dann an ihre Brosche, dann an die Nase und drehte dabei den Kopf hin und her, als drückte sich die Stimmung des gesamten Publikums in ihrer Person aus. Wobei dieses, wie Alexandra fand, wohl durch die Häufung der Katastrophenmeldungen in diesem Monat aufgeregter wirkte als sonst. Am anderen Ende des Ozeans, vor der irischen Küste, war das Telegraphenkabel gerissen, dessen Verlegung von soviel öffentlichem Wirbel begleitet wurde. Südlich von Philadelphia waren bei einer Kollision zweier Züge mehrere Fahrgäste ums Leben gekommen. Vor der Küste war letzte Woche ein Dampfschiff gesunken, das sich auf dem Weg von Kuba nach New York befand. Auf jedes dieser Ereignisse reagierte der Markt mit einer Verschärfung der Finanzkrise, die durch den Konkurs einer Bank in Ohio ausgelöst worden war. Überall schlossen Banken ihre Tore; die Börse war in Aufruhr. In den Zeitungen überstürzten sich die Berichte über Kaufleute und Börsenmakler, die Bankrott machten. Alexandras Familie, die kein Geld besaß, das sie verlieren konnte, war bisher unberührt geblieben, und die Gravieranstalt schien nicht gefährdet zu sein. Aber Erasmus, der sein Einkommen in erster Linie aus den Investitionen seines Vaters bezog, hatte einige Verluste erlitten. Die Firma von Zekes Vater war in Schwierigkeiten geraten, die Zekes Zukunft – und damit auch Lavinias – plötzlich unsicher machten. Plötzlich war es wichtig, wieviel die Karten für Zekes Vorstellung kosteten und wie viele davon verkauft wurden. Das Theater war bis auf den letzten Platz mit Menschen gefüllt, die sich verzweifelt nach Ablenkung sehnten.

Die Gaslampen erstrahlten, und Zeke trat in voller Eskimomontur auf die Bühne, rückte zwei große Kisten zurecht und ging ans Rednerpult. Der Applaus war überwältigend und Zeke begann mit erstaunlicher Ungezwungenheit zu sprechen. Wenn er Notizen dabei hatte, konnte Alexandra sie nicht entdecken. Beredt stellte er dem Publikum in groben Zügen die Reise der *Narwhal* dar – so daß die ersten chaotischen Monate zu einer knappen, dramatischen Erzählung gerieten.

Der erste Anblick der Melville-Bucht und des Lancaster-Sunds, ihre ersten Begegnungen mit den Netsilik und ihre Entdeckung sowie der Rückkauf der Franklin-Fundstücke; das Auffinden der *Resolute* und die stürmische Fahrt an der Ellesmere-Insel entlang, bis zu ihrem Einfrieren; ihr langer Winter und der Besuch von Utunieh und seinen Stammesbrüdern; die erste Expedition nach Anoatok. Keine Erwähnung, fiel Alexandra auf, von Dr. Boerhaaves Tod oder den beiden anderen Verstorbenen – oder von Erasmus. Zeke sagte stets »ich«, »ich« und »mein« und »mir«; gelegentlich »wir« oder »meine Männer«. Keine Namen, stets nur seine Person. Neben ihr rutschte Erasmus nervös hin und her.

Zwanzig Minuten, schätzte sie. Zwanzig Minuten für den Teil der Reise, bei dem die Mannschaft dabei war; dann weitere fünfzehn für Zekes Alleingang nach Norden und seine Rückkehr zum verlassenen Schiff. »Damit«, sagte Zeke gerade, »damit begann der interessanteste Teil meiner Erlebnisse in der Arktis. Ich war ganz allein, und der Winter nahte. Ich mußte Vorbereitungen treffen.«

Damit holte er allerlei Gegenstände aus den Kisten. Seine Jagdflinte, Robbenfelle, eine Dose Schiffszwieback, ein Glas getrocknete Erbsen. Sein schwarzes Notizbuch, bei dessen Anblick Erasmus aufstöhnte. Von nun an flocht er hier und da in seine Rede eine Zeile aus dem Notizbuch ein und las dann den gesamten Abschnitt über die Ankunft von Annie, Nessark und Marumah vor. »Der Angekok ist der weise Ratgeber eines Stammes«, erklärte er, »und der Zauberpriester. Seine Hauptaufgabe besteht darin, die Ursache für jedes Unglück zu ergründen, das den Stamm befällt – und der Angekok von Annies Stamm stellte fest, daß ich die Ursache für die Erkrankung ihrer Kinder sei. So wurde mein Leben durch einen Aberglauben verändert. Mit dem Tag, als diese Menschen eintrafen, trat ich in ein neues Leben ein.«

Er schilderte die Reise nach Anoatok und seine ersten Tage dort. Dann sagte er: »Ich möchte Ihnen zwei der Menschen vorstellen, bei denen ich gewohnt habe.« Er trat von dem Pult zurück und pfiff.

Hinter der Bühne klapperte es, dann klatschte eine Peitsche. Zwei Hunde kamen hervor – nicht Zekes riesige schwarze Jagdhunde, sondern Beagles, die gutmütig einhertrollten und im Geschirr einen lächerlichen Anblick boten. Offenbar dachte Zeke nicht daran, seine geliebten Haustiere für die Vorführungen einzuspannen. Die Hunde zogen einen kleinen Schlitten auf Rädern hinter sich her. Tom saß auf dem Querholz, während Annie sich an den aufragenden Stützen festhielt und eine kleine Peitsche schwang. Annie und Tom trugen beide Pelzjacken mit hochgezogenen Kapuzen, unter denen ihre Gesichter im Schatten lagen. Als der Schlitten vorne am Bühnenrand ankam, bellte Zeke einen Befehl, und die Beagles blieben stehen. Sie setzten sich, sabberten gierig, als Zeke ihnen Zwieback hinhielt, und legten sich dann angeschirrt nieder, mit den Schnauzen auf den Pfoten. Sie verfolgten Zeke mit den Augen, während er sich auf der Bühne umherbewegte, aber Annie und Tom starrten direkt ins Publikum und hielten sich zum Schutz vor dem grellen Licht die Hand vor die Augen.

»Dies sind zwei der Menschen, die mich gerettet haben«, sagte Zeke. »Die Namen, die sie bei uns benutzen, sind Annie und Tom.«

Die beiden saßen still da, und er zählte ein paar Fakten auf. Annie und Tom gehörten der Gruppe von Menschen an, die John Ross 1818 entdeckt und Arktische Hochländer getauft hatte. Es gebe nur wenige Hundert von ihnen, sagte er, verteilt über die Gegend von Cap York bis Etah. Von Jahr zu Jahr weniger; ihr Leben sei hart, und ihre Kinder würden krank; er befürchte, sie seien vom Aussterben bedroht. Sie führten ein nomadisches Dasein und zögen mit den Jahreszeiten umher, von Hüttendorf zu Hüttendorf, die jeweils eine Tagereise voneinander entfernt lägen. Alle Nahrung werde untereinander geteilt, wie in einer großen Familie. Da kein Treibholz an ihren isolierten Küsten angeschwemmt werde, hätten sie weder Pfeil und Bogen noch Kajaks; in dieser Hinsicht unterschieden sie sich von den Eskimos Boothias und Südgrönlands. Sie hätten ihre eigenen Methoden zur Herstellung von Gerät entwickelt, indem sie Bein statt Holz verwendeten – Harpunenschäfte, Schlittenteile und Zeltstangen, alles aus Fischbein. »Ein echter Schlitten«, sagte Zeke, »hat beinerne Querstreben, die mit Riemen an den Kufen befestigt sind, und Elfenbeinschienen an den Kufen.« Dann erklärte er, daß sie sich hauptsächlich von Meerestieren ernährten.

»Der Name ›Eskimo‹ stammt aus dem Französischen und heißt ›Rohfleischesser‹«, sagte Zeke. »Aber daran ist nichts Abstoßendes, denn in dem extremen Klima ihrer Heimat verlangt der Körper nach Blut und den Säften ungekochter Nahrungsmittel.« Er griff in die Kiste neben sich und holte ein Papierbündel hervor, aus dem eine Delaware-Alse zum Vorschein kam. Mit wenigen Messerschnitten teilte er drei kleine Fleischstücke ab. Zwei hielt er Annie und Tom hin, während er das dritte für sich behielt. Die Beagles jaulten. Zeke steckte den rohen Fisch in den Mund, und Annie und Tom stellten sich rechts und links von ihm auf und taten es ihm nach. Das Publikum hielt die Luft an, was Zeke sichtlich gefiel.

»Mit Hilfe meiner beiden Freunde«, sagte er, »möchte ich

Ihnen einige Aspekte des täglichen Lebens dieser bemerkenswerten Menschen demonstrieren.«

Jetzt begriff Alexandra, wozu die Kisten gut waren. Er hatte diese Dinge gewiß nicht alle aus dem Norden mitgebracht; er mußte etliche davon selbst gemacht haben, mit Annies Hilfe und aus Material, das er hier irgendwie aufgetrieben hatte. Es gab ein Netz mit einem langen Stiel, das Tom ergriff und damit auf eine der Kisten kletterte. Er schwenkte das Netz und ließ es durch die Luft schnellen, während Zeke beschrieb, wie Krabbentaucher gefangen wurden. »Sie kommen in Scharen von Millionen Vögeln«, sagte Zeke. »Wenn der Jäger sein Netz voll hat, tötet er die Vögel, indem er ihnen mit den Fingern die Brust eindrückt, bis das Herz stehenbleibt.«

Eine Specksteinlampe – woher hatte er die nur? – mit einem Docht aus Moos; Zeke füllte sie mit Walfischtran und ließ sie von Annie mit einem Holzspan anzünden, den er zunächst mit einem Streichholz zum Brennen brachte, während er dem Publikum erzählte, daß es sich vorstellen müsse, wie darin langsam der Speck schmelze. In den Hütten, sagte er, wo diese Lampen Wärme und Licht gaben, wo Essen gekocht wurde, nasse Kleider trockneten und Kinder spielten, da war es warm gewesen, ganz gleich wie kalt es draußen war. Er holte weitere Felle hervor und ließ Annie vorführen, wie die Frauen ihres Stammes die inneren Schichten abkratzten, bis das Leder geschmeidig wurde. »Dieses sichelförmige Messer heißt Ulo«, erklärte er, und Annie kniete sich nieder, breitete das Fell vor sich aus und bearbeitete es mit der Klinge. An Alexandras Seite preßte sich Erasmus beide Hände in die Rippen.

»Ist Ihnen nicht gut?« fragte sie. Sie konnte die Augen nicht von der Bühne lösen.

»Genauso mache ich getrocknete Felle weich, bevor ich ein Tier ausstopfe«, sagte Erasmus. »Mein Abziehmesser ist ihrem Ulo ganz ähnlich.«

Zeke sagte: »Die Frauen kauen die Felle Stück für Stück durch, nachdem sie getrocknet sind, damit sie weich werden«, worauf sich Annie ein Stück des Fells in den Mund steckte und Kaubewegungen machte. »Den Nähfaden, der aus Sehnen hergestellt wird, kann ich Ihnen nicht zeigen«, sagte er. »Aber die Nadeln werden in diesen entzückenden Behältern aufbewahrt.« Annie hielt einen Elfenbeinzylinder empor, und in dem darübergespannten Stück Leder steckten unzählige Nadeln.

Zeke nahm Tom an die Hand und holte zwei Harpunen; dann legten er und Tom sich auf den Boden und taten so, als robbten sie sich an das Luftloch eines Seehundes heran und warteten darauf, daß er auftauchte. Während sie zum Schein zustachen, sprach Zeke laut weiter; sein Redefluß war so lebendig, daß die Menge sich gespannt vorbeugte. Zeke hatte es in der Hand, was sie sahen, dachte Alexandra. Sie sahen nicht, was wirklich da war: nicht den wackeligen, behelfsmäßigen Schlitten und die beiden Beagles mit ihren Schlappohren, nicht eine müde Frau und einen nervösen kleinen Jungen, die Zeke mit seiner Stimme wie Puppen lenkte. Weder sie noch einen Mann, der seinen Lebensunterhalt zu verdienen trachtete, sondern die geheimnisvolle Arktis: unbekannte Länder und Tiere und eine fremde Menschenrasse.

Alexandras Gesicht war naß; weinte sie? Während Zeke auf der Bühne sein Possenspiel fortführte, wanderten Alexandras Gedanken zu ihren Eltern und dem letzten Tag, an dem sie sie gesehen hatte. Als die Fähre sich vom Pier löste und sie zum Abschied winkten, sicher, daß sie in einer Woche wieder vereint wären. Dann die Detonation, die entsetzliche Detonation. Dicke Dampf- und Rauchschwaden und Asche, die auf das Wasser niederwirbelten – und ihre Eltern, alle Leute, weg. Einfach weg.

Sie drehte sich zu Erasmus um, der das Gesicht in den Händen verbarg. Sie berührte ihn sanft: »Sie müssen hinsehen.«

Er hob einen Moment das Haupt, senkte den Blick aber gleich wieder auf die Füße. »Nein«, sagte er zornig. »Ich halte es nicht aus. Mein Leben lang habe ich nichts mehr gehaßt als angeschaut zu werden. Ich kann es nicht ertragen, wenn jemand mich anstarrt. Ich weiß genau, wie sie sich fühlt, wenn wir alle sie angaffen. Es ist widerlich. Es ist mehr als widerlich. So haben mich die Leute angestarrt, als ich von der Forschungsexpedition zurückkehrte, und dann wieder, als ich ohne Zeke zurückkam. Und jetzt tun wir ihr das gleiche an.«

Hatte sie das von ihm gewußt? Sie wandte sich wieder der Bühne zu; sie selbst fand ein schändliches Vergnügen daran, Annie und Tom anzuschauen. Sie hätte sie gern gezeichnet. Annie schob sich die Kapuze aus dem schwitzenden Gesicht, während Tom sich auf dem Schlitten ausstreckte und einen der Beagles an den Ohren zog. Aus seiner Kiste holte Zeke eine Holzfigur, angetan mit einer kleinen Jacke und Hose. »Die Kinder spielen mit Puppen«, sagte Zeke. »Genau wie unsere.« Tom ließ das Ohr des Hundes los, nahm die Puppe und preßte sie sich an die Brust. Dann umwickelte Zeke Annies Finger mit einer Schnur: »Eines der Lieblingsspiele des Stammes heißt Ajarorpok. Es ist dem Fadenspiel ähnlich, das auch bei unseren Kindern beliebt ist, nur weitaus komplizierter.«

Er sagte etwas zu Annie und trat beiseite. Annies Hände schossen wie Vögel durch die Luft und hielten dann inne, um ein hübsches Gewebe vorzuzeigen. »Diese Figur heißt Karibu«, kommentierte Zeke.

Alexandra versuchte in den Windungen und Schlaufen ein Tier zu erkennen. Sie ahnte nicht, daß sich für Annie durch das Spiel die Bühne plötzlich mit wunderschönen Tieren zu füllen schien. Sie ahnte nicht, daß die ganze Vorführung für Annie so war, als hätte der Angekok, der ihnen befohlen hatte, Zeke zu holen, sie in eine Trance versetzt, so daß sie zugleich auf der Bühne war und nicht auf der Bühne war. Der Angekok hatte ihr von dem geheimen Feuer gegeben, das ihm die Fähigkeit verlieh, im Dunkeln zu sehen, ins Herz der Dinge. Für sie war Zekes Vogelnetz kein Besenstiel mit geknotetem Baumwollband, sondern ein Narwalhorn mit geflochtenen Sehnen; an ihren Fingern spürte sie das Fett, das sie von dem Robbenfell gekratzt hatte. Sie war zu Hause, und sie war auch hier, wo sie das tat, was ihr in einem Traum befohlen worden war.

Sie war beauftragt, diese Menschen zu beobachten, die in Lagen übereinander vor ihr saßen, und sie sich einzuprägen, damit sie ihren Angehörigen daheim den Anblick vermitteln konnte. Ihre spitzen Gesichter und gefiederbunten Kleider; die

Art, wie sie sich zu großen Mengen versammelten, einander aber weder berührten noch ihre Nahrung miteinander teilten. Ihre Werkzeuge, ihr Kochgerät, ihre Hütten, die sich nicht bewegen ließen, wenn das Wetter sich änderte. In einem Traum hatte sie die Stimme ihrer Mutter gehört, die das Lied sang, das entstanden war, nachdem ihr Stamm zum erstenmal die weißen Männer gesehen hatte.

Ihre Mutter war an jenem Sommertag, als die schwimmenden Inseln mit den weißen Flügeln am schmalen Landeisstreifen vor Cap York erschienen waren, ein kleines Mädchen gewesen. An den Inseln hingen kleine Boote, die zu Wasser gelassen wurden; diese spien kränkliche Männer in blauen Röcken aus, die sich nicht verständlich machen konnten, aber kleine Stücke von etwas darboten, das aussah wie Eis und menschliche Gesichter festhalten konnte; runde, trockene, geschmacklose Dinger, die man essen konnte; Teile von ihren Kleidern, die nicht aus Fell oder Leder waren.

»Zuerst«, hatte ihre Mutter erzählt, »dachten wir, die Luftgeister wären zu uns gekommen.« Auf der schwimmenden Insel hatte ihre Mutter ein rosafarbenes, haarloses Tier gesehen, einen Mann, dessen Augen hinter eiförmigen Gebilden aus nicht schmelzendem Eis verborgen waren, unförmige Sitzgelegenheiten, eine Art gefrorenen Arm, mit dem man auf etwas schlug, das einer Nadel ähnlich sah. Die beiden Männer, die zuerst aufs Eis traten, hatten Hüte aufgehabt, die wie Kochtöpfe geformt waren. Durch sie hatte ihr Volk gelernt, daß sie nicht allein auf der Welt waren.

Viele Jahre später, als Annie erwachsen war, hatte sie sich die Erfahrungen ihrer Mutter zunutze gemacht, als die anderen Fremden kamen. Kane und seine Männer hatten Annie ihre plumpe Sprache beigebracht, und da hatte Annie erfahren, daß die Welt größer war, als sie geglaubt hatte, wenn auch auf großen Teilen Unglück oder besser gesagt ein Fluch lastete. Anderswo, erzählten diese Besucher, gebe es Länder ohne Robben, wo es auch keine Walrosse und keine Bären gab; keine Streifen farbigen Lichts, die über den Himmel sangen. Sie verstand nicht, wie diese Menschen ihr Leben bewältigten. Sie waren wie die Kinder, so daß ihr Stamm sie mit Kleidung, Nahrung, Schlitten, Hunden versorgen mußte, damit sie nicht umkamen; sie waren von lauter nutzlosen Dingen umgeben und aller Frauen beraubt. Wie die Kinder gaben sie allen Punkten in der Landschaft neue, eigene Namen und taten so, als wären sie die ersten, die Gegenden entdeckten, die allen Menschen seit Generationen bekannt waren.

Von ihnen hatte sie Worte für die Visionen aus der Kindheit ihrer Mutter gelernt: ein Land namens England und ein anderes namens Amerika; Männer, die sich Offiziere nannten; Schiffe, Segel, Spiegel, Zwieback, Stoff, Schwein, Brille, Stuhl; Holz, das von riesigen Verwandten der kleinen Sträucher stammte, die sie kannten. Hammer und Nägel. Später hatte sie die Worte hinzugefügt, die Zeke ihr während seines Aufenthalts bei ihnen beibrachte; dann die Namen der unzähligen unbekannten Dinge, von denen sie hier umgeben war. In dem Traum hatte die Mutter ihr aufgetragen, alles um sie herum genau anzusehen und sich alles einzuprägen. Dies zu tun, und nebenbei ihren Sohn zu behüten.

Ihre Hände schossen flink durch die Luft und formten eine neue Figur, von der Zeke behauptete, sie stelle Teiche und Hügel dar, in der sie aber ihre Heimat sah. Sie spürte die warme Leber frisch erlegter Robben an ihren Händen, sie schmeckte das frische Blut. In den Gaslampen sah sie die Sonne und den Mond, Bruder und Schwester, die sich zerstritten hatten und einander über den Himmel jagten. Zuerst hatte ihre Mutter geglaubt, die Fremden müßten aus diesen Lichtquellen gekommen sein. Ihre Hände flogen durch die Luft.

»Können Sie sehen, was sie macht?« fragte Alexandra Erasmus flüsternd. »Ich kann nicht sehen, was sie mit den Händen macht.«

»Ich muß hier raus«, sagte Erasmus. »Wir müssen raus. Können wir gehen?«

Er hatte nicht damit gerechnet, daß die Vorstellung ihn so tief treffen würde. Hinterher bei Linnaeus sagte Lucy: »Natürlich hätte ich es besser gefunden, wenn er dich erwähnt hätte. Aber es war doch interessant, oder? Du hättest bis zum Ende bleiben sollen, er hat Annie und Tom ein paar Eskimolieder singen lassen. Wie sie so einfach den rohen Fisch gegessen hat ...« Lucy schüttelte sich lächelnd.

»Sie ist krank«, widersprach Erasmus. »Sie ist unglücklich. Zeke hat kein Recht, sie zur Schau zu stellen wie einen dressierten Bären ...«

»Sie hat durch das Bühnenlicht so geschwitzt«, sagte Linnaeus. »Ich finde, er leistet nicht nur sich, sondern auch Annies Stamm einen guten Dienst. Je mehr die Leute sehen, wie die Eskimos leben, um so mehr werden sie ihre Sitten und Gebräuche achten. Warum sollte das für sie und ihren Stamm nicht gut sein?«

Erasmus zog sich in sein stickiges Zimmer zurück, wo er sich im Bett hin und her wälzte und von dem Kupfertopf voller Fundstücke träumte, der unter dem Eis davongeschwommen war. In seinem Traum hatten das Gebetbuch und die Abhandlung über Dampfmaschinen, das silberne Besteck und der Barometerkasten aus Mahagoniholz Augen bekommen, die ihn anstarrten; der Topf starrte ihn an, die Walroßhaut, die den Topf oben versiegelte, starrte ihn an. Über all diese Dinge hinweg starrte ihm Annie direkt in die Augen, wie Lavinia ihn mit zehn Jahren angestarrt hatte, als er voll Trauer um seine Verlobte und seiner kleinen Schwester kaum gewahr zu seiner ersten Expedition aufgebrochen war.

In dem Theater war nur Annie seinem Blick begegnet, dachte er beim Aufwachen. Nur Annie – wie nur Annie wußte, ob Zekes Geschichten wahr waren. Er war in der Hoffnung zu der Veranstaltung gegangen, daß ihr Verhalten ihm Aufschluß geben könnte, in der Hoffnung, daß sie Zekes Redefluß womöglich unterbräche und sagte: »Aber so war es gar nicht.« Statt dessen hatte sie stumm ihre Aufgabe erfüllt und ihn über den Zuschauerraum hinweg angesehen.

Eine Woche lang kämpfte er gegen sein Pflichtgefühl an. Er besuchte Copernicus, der sich in seinem neuen Atelier eingerichtet und ein neues Gemälde in Angriff genommen hatte, diesmal ein Bild vom Lancaster-Sund im Juli. In der Darstellung sollte alles einen Platz finden, was Erasmus ihm beschrieben hatte, die Wale und Belugas, die Robben und Walrosse im Wasser, die Eissturmvögel und Lummen, wie sie durch die Luft schwirrten und ins Meer tauchten, die Trottellummen und Dreizehenmöwen, wie sie ihre Eier vor den Füchsen schützten. Überall das pralle Leben und dazu das unglaubliche, alles durchflutende Licht.

»Ich sollte nach Baltimore fahren«, sagte Erasmus.

»Was willst du ausrichten?« fragte Copernicus. »Ganz gleich, wieviel du an der Sache auszusetzen hast, du wirst Zeke nicht aufhalten – alle Leute waren von seinem Vortrag begeistert, er feiert ungeheure Erfolge. Außerdem braucht er das Geld.«

Er vertiefte einen blauen Schatten an der Flanke eines Belugas. Erasmus gefiel das Gemälde sehr, aber er konnte nicht umhin, Annie in der Landschaft zu sehen, und verabschiedete sich bald.

Er versuchte zu arbeiten. Am Wochenende verdrängte er nach Kräften jeden Gedanken an Annie und Tom in Baltimore; als die Zeitungen von der großen Zuschauermenge berichteten, versuchte er, nicht Annies Gesicht vor sich zu sehen. Am Montag ging er in die Gravieranstalt und traf Alexandra an einem der beiden sich gegenüberstehenden Schreibtische, die Linnaeus und Humboldt ihnen widerstrebend zur Verfügung gestellt hatten. Ein guter halber Quadratmeter für sie und die gleiche Fläche für ihn in einem toten Raum mitten im Lager. Das Licht war grausig. Er war dabei, mit Hilfe der Seiten in Dr. Boerhaaves Tagebuch und seiner eigenen Aufzeichnungen eine Beschreibung einiger seltsamer Fossilien zusammenzustellen, die er gefunden hatte, bevor der Winter sie an das Schiff gefesselt hatte. Ein Unterkiefer beinahe wie von einem Krokodil; dem Ginkgo ähnliche Blattabdrücke. Ein solches Blatt zeichnete Alexandra gerade ab.

»Wie kommt eine Versteinerung wie diese wohl dahin?« fragte sie. »Wo es heute dort gar keine Bäume gibt?«

»Das weiß ich nicht«, sagte Erasmus und ließ seinen Blick von den Skizzen seines verstorbenen Freundes auf die Zeichnung seiner neuen Freundin wandern. »Es muß dort einmal warm gewesen sein. Vor Jahren im Feuerland habe ich oben auf einem Berg die versteinerten Überreste eines Wals gefunden.«

»Man könnte argumentieren«, sagte Alexandra, »daß er zur Zeit der Sintflut dort gelandet sei und daß diese Blätter auf die gleiche Weise in die Arktis gelangt sind.«

»Das könnte man«, sagte er. »Wenn man die geologischen Funde von Lyell außer acht ließe, welche eher darauf hindeuten, daß die Erde und diese Fossilien Millionen von Jahren alt sind.«

In England, wo Lyell, Darwin und Hooker über die Wandlung der Arten und die Natur geologischer Veränderungen diskutierten, hatte jüngst ein angesehener Geistlicher eine Theorie aufgestellt, die besagte, daß die Oberfläche der Erde sich niemals gewandelt habe, und daß Lebensformen sich niemals veränderten oder entwickelten. Er sagte: »In London tritt ein Mann ernstlich für die These ein, daß die Erde beim Schöpfungsakt komplett so entstanden ist, wie wir sie heute vor uns haben, mit allen Fossilien und allen Hinweisen auf frühere Lebensformen. Die seien eine Prüfung, behauptet dieser Mann. Der Baum im Paradies in einer anderen Form. Gott habe die Fossilien in den Gesteinen versteckt, um uns in die Versuchung zu führen, die in der Bibel offenbarten Wahrheiten anzuzweifeln. Seiner Ansicht nach sind die Fossilien nicht einmal Überreste der Sintflut, sondern bloße – wie soll ich sagen – Verzierung.

»Glauben Sie das?« fragte Alexandra. Sie nahm einen Stein mit einem Blattabdruck in die Hand und betrachtete die symmetrisch angeordneten Adern.

»Ich weiß nicht mehr, was ich glaube«, erwiderte er. »In keiner Hinsicht. In Deutschland gibt es einen Mann, der behauptet, alle fossilienhaltigen Gesteine seien als Meteoriten vom Himmel gefallen, so daß die Fossilien Wesen von anderen Sternen vorstellten.« Er betrachtete einen Moment lang die Schnörkel und Schlaufen von Dr. Boerhaaves Handschrift, klappte dann das Tagebuch zu und stand auf.

»Ich halte es hier nicht aus«, sagte er. Sein Vater hatte ihn dazu überredet, sich der Expedition von Wilkes anzuschließen; Zeke und Lavinia hatten ihn gen Norden gelockt; Ned hatte ihn gedrängt, die *Narwhal* zu verlassen; Alexandra hatte ihn dazu gebracht, sein Buch zu schreiben. Aber diese eine kleine Entscheidung konnte er vielleicht selber fällen. »Ich muß mit Annie reden. Wenn Zeke sie irgendwie zu diesen Auftritten zwingen sollte – ich werde nach Washington fahren. Vielleicht kann sie mir sagen, was Zeke da oben wirklich getrieben hat. Vielleicht kann ich ihn dazu bewegen, den Rest der Reise abzusagen.«

Er kam zu spät – wie immer, dachte er. Ein Jahr, einen Monat, einen Tag; in diesem Fall bloß wenige Stunden. Er hatte den Zustand seiner Füße nicht bedacht, durch den alle Etappen seiner Reise mehr Zeit beanspruchten. Allerdings war nicht vorherzusehen gewesen, daß die größte Bank von Philadelphia ihre Tore schließen würde und die Kunden in ihrer Angst, noch rechtzeitig in andere Banken zu kommen, alle öffentlichen Verkehrsmittel blockierten. Außerdem hatte er vergessen, wie Washington im September war: so heiß und schwül, daß es schien, als hätte sich der Potomac River in die Luft erhoben. In den Straßen wälzten sich die Schweine. Überall Schlamm und schreiende Menschen; überall Baumüll und die langen Gesichter von Männern, deren finanzielle Träume sich zerschlagen hatten. Er folgte einem Pfad, der von einer Zeitungsanzeige zu einem Flugblatt zu einem Plakat und von dort in das neue Gebäude der Smithsonian Institution führte. Als die Kutsche ihn entließ, stand er vor einem riesigen Natursteinbau mit Seitenflügeln und einem Säulengang, Zinnen und einer Unzahl von Türmen. Er suchte den Haupteingang und fand sich in der großen Halle wieder.

Ihm fielen die wunderschönen Schauvitrinen ins Auge, die in den Galerien hinter den Säulenreihen aufgestellt wurden, und die Kistenberge in der Nähe der fertigen Vitrinen, aber er ging an ihnen vorbei zur Treppe am hinteren Ende der Halle. Menschen strömten ihm entgegen, in angeregte Unterhaltung vertieft; Hunderte von Menschen, die, wenn sie an den hohen Fenstern vorbeiliefen, von spätnachmittäglichen Lichtbahnen erleuchtet, dann von den Säulen verdunkelt wurden und wieder aufglühten. Ein Fluß, gegen den er anschwamm und der sich mit gemurmelten Entschuldigungen für ihn teilte. Er ließ sich von der Vorstellung weitertreiben, daß er sich neben Zeke auf die Bühne stellen und, nachdem er Annie und Tom in Sicherheit gebracht hatte, seine Version der Geschichte erzählen würde. Nur dies eine Mal, in diesem erlauchten Rahmen, wollte er sich, Dr. Boerhaave und Ned rechtfertigen, sie alle, jeden einzelnen von ihnen.

Die Treppe sah aus wie ein Wasserfall. Er kämpfte sich am inneren Geländer nach oben durch, wohl ahnend, wo dieser Menschenstrom seinen Ursprung haben mußte, und dennoch betend, daß er unrecht hatte. Am Ende der Technikausstellung tröpfelten die Leute nur noch an ihm vorbei; er lief an der hydroelektrischen Anlage und den pneumatischen Geräten, der Fresnel-Linse und der großen Batterie vorbei. Er holte tief Luft und trat durch die breite Tür in den Vortragssaal. Der Saal war leer. Das ovale Oberlicht über dem Rednerpodest beleuchtete ein leeres Podium. Die fächerförmig geschwungenen Sitzreihen waren leer; die hufeisenförmige Galerie darüber war ebenfalls leer. Ein Plakat an einer Säule kündigte Zekes Vortrag an: 16.30 Uhr bis 18.30 Uhr, in diesem Raum am heutigen Datum. Jetzt war es kurz nach sechs, also hatte er ihn irgendwie verpaßt.

Wo war Zeke? Wo waren Annie und Tom? Der Saal war so groß wie ein Theater und faßte wohl fünfzehnhundert Plätze; er konnte sich vorstellen, wie Zekes Stimme von den glattverputzten Wänden widerhallte, während Annie und Tom unter der falschen Sonne des Oberlichts ihre eingeübten Bewegungen vollzogen. Er setzte sich einen Augenblick hin, um zu verschnaufen, bevor er sich wieder auf den Weg nach unten machte. Mittlerweile war auch die große Halle leer. In seiner Verwirrung und der Unsicherheit, wohin er sich als nächstes wenden sollte, tappte er langsam durch den Raum. Die Vitrinen gleich an der Treppe waren leer. Weiter vorn befanden sich zwischen jedem Säulenpaar saubere Holzstapel und Glasscheiben, Sägeböcke und Werkzeugkästen. Dann kamen Reihen von halbfertigen Vitrinen, die, dreiteilig aufgebaut, vom Boden bis an die Decke reichten, aber noch keine Türen und Schlösser hatten; ein Stück weiter standen ein paar Reihen mit fertigen Vitrinen. Dort war ein schwarzer Schreiner gerade dabei, eine Tür einzupassen, und blickte zu ihm auf.

»Kann ich Ihnen helfen?« fragte er. »Wenn Ihnen das Laufen schwer wird ...«

Erasmus sah auf seine Füße hinunter. »Es geht schon«, sagte er. »Ich brauche nur ein wenig länger.«

»Lassen Sie sich so viel Zeit, wie Sie wollen«, sagte der Schreiner und schlug auf ein Messingscharnier. »Bei den vielen Menschen in dem Vortrag, da haben Sie es richtig gemacht, so lange zu warten, bis der Saal leer war.«

»Ich habe den Vortrag verpaßt«, sagte Erasmus und ging weiter. Zeke, Annie und Tom konnten überall sein, dachte er. In jedem Hotel, bei irgendwem zu Hause. Er starrte geistesabwesend auf einen Kistenberg und überlegte, was er nun tun sollte. Da ging ihm auf, was er hier vor sich hatte.

Zu Hause hatte er in der Zeitung gelesen, daß der Kongreß das Geld bewilligt hatte, diese Vitrinen zu bauen, um darin die Funde von den Expeditionen der letzten beiden Jahrzehnte unterzubringen. Den Mittelpunkt sollten die Schätze von seiner alten Forschungsexpedition bilden. Nachdem sie fünfzehn Jahre im Patentamt auf engstem Raum und falsch beschriftet ausgestellt gewesen waren, sollten die Funde nun hier ein neues Zuhause finden. Er hatte andere Dinge im Kopf gehabt, als er davon las; er hatte es kaum registriert, obwohl es einst die wichtigste Neuigkeit der Welt gewesen wäre. Jetzt erschien es ihm völlig nebensächlich, wo die Sachen endeten, für die er seine Jugend vergeudet hatte.

Auf den Kisten lagen Etiketten, die offenbar an den Türen der Vitrinen angebracht werden sollten, wenn diese eingerichtet waren. Er bückte sich und las neugierig einen der Texte.

*Vitrine 71.*
*Fundstücke der U.-S.-Forschungsexpedition*
*auf den Fidschi-Inseln ... Kochtöpfe der Kannibalen.*
*Die Bewohner der Fidschi-Inseln sind Kannibalen.*
*Das Fleisch der Frauen wird dem der Männer vorgezogen,*
*und Oberarm sowie Oberschenkel gelten als die schmackhaf-*
*testen Stücke. Diese Art der Nahrung ist so begehrt, daß das*
*höchste Lob, mit welchem eine Delikatesse bedacht werden*
*kann, lautet, sie sei so lecker wie ein toter Mensch.*
*Gefäß zum Anmischen von Öl ... Fischernetze aus Hibis-*
*kusrinde gewebt ... Bambusflöte und andere Musikinstru-*
*mente ... Paddel ... Maske und Perücke, bei Tänzen getragen*
*... Kriegsschneckenmuschel, die zum Beginn feindlicher Aus-*
*einandersetzungen geblasen wird ... Fischspeere ... Schlag-*
*keulen ... Fidschi-Perücken ... Eingeborenentuch, als Turban*
*auf dem Kopf getragen ... Fidschi-Speere ... Fidschi-Trommel*
*aus einem ausgehöhlten Baumstamm gebaut.*

Erschrocken richtete er sich wieder auf. Er erinnerte sich einerseits gut an diese Dinge und daran, wie er als junger Mann geholfen hatte, sie zu sammeln, und andererseits überhaupt nicht. Zwei Expeditionsmitglieder waren von den Fidschi-Bewohnern ermordet worden. Er hatte nicht an dem Rachezug teilgenommen, aber er hatte gewußt, was vorging. Von Bord hatte er den Rauch aus den brennenden Dörfern aufsteigen sehen und die Schüsse gehört. Wilkes war der Ansicht gewesen, daß Menschenfresser jede Strafe verdienten, die er über sie verhängte, und Erasmus, der seinen groben Umgang mit den Eingeborenen sonst verabscheute, hatte ihm in diesem Fall eher beigepflichtet. Doch das war vor der Zeit gewesen, als Dr. Rae mit den ersten Nachrichten über Franklins Schicksal und den Hinweisen auf verstümmelte Leichen und menschliche Köperteile in englischen Kochtöpfen aus der Arktis zurückkehrte. Bevor Joe ihm von dem englischen Stiefel erzählt hatte.

Er lief beunruhigt zwischen den Kisten weiter. Es gab Schilder mit Beschreibungen von Korallen und Kristallen, Kopffüßern und Garneelen: *Beachten Sie die Meerespilze*, besagte eines. Wie sollte er überhaupt etwas beachten, wenn alles in den Kisten verschlossen war? Er versuchte sich die Reihen der Vitrinen vorzustellen, wenn alles im frischen Glanz erstrahlte: jede Vitrine mit ihrer Nummer, jedes Regal mit seinem Schild, jeder Gegenstand auf den Regalen mit seinem Etikett. Wie viele Meilen wären die Regale lang, wenn er sie alle aneinanderlegte? Auf diesen Regalen würden Tausende und Abertausende von Funden Platz finden. Schlangen, Fossilien, Holz, Kanus, Schädel, Federn und Schuhe in buntem Durcheinander. Ausgestopfte Hunde, ausgestopfte Fische, exotische Vögel, Tölpel und Tukane: *Der Tölpel ist so dumm, daß er still sitzen bleibt, bis man ihm auf den Kopf schlägt.*

Wenn alles aufgebaut war, würde dies die größte Sammlung der Nation sein. Von allem das Größte, das einzige, das Beste. Schon jetzt war ein Meteorit ausgestellt, stumm hinter zwei Kisten geduckt: *Das größte Exemplar landesweit, aus Saltillo. An seinem Fundort wurde er als Amboß verwendet.* Dahinter auf einer anderen Kiste das Schild: *Menschliche Schädel von den Fidschi-Inseln, aus Neuseeland, Kalifornien, Mexiko, von nordamerikanischen Indianerstämmen &c. Darunter der Schädel von Vendovi, dem Fidschi-Häuptling und Mörder.*

Erasmus stellte sich vor, wie Zeke mit Annie und Tom und großem Gefolge an diesen Kisten vorüberschritt und alles ignorierte, was ihn nicht direkt betraf. Er selbst war nicht viel anders gewesen, als er so alt war wie Zeke. Vendovi, den er nur einmal flüchtig gesehen hatte, hatte einen Matrosen von der Expeditionsmannschaft getötet und war dafür von Wilkes gefangengenommen worden. Er und Erasmus waren auf verschiedenen Schiffen gewesen, und Erasmus hatte kaum einen Gedanken an ihn verschwendet; hatte kaum Notiz davon genommen, als Vendovi in New York von Bord getragen wurde und am nächsten Tag im Krankenhaus starb. Wie war aus dem Menschen ein Schädel geworden, und wie war der Schädel hier gelandet?

Keiner dieser Schädel, keines dieser Vorkommnisse war in seinem Bericht über die Forschungsexpedition aufgetaucht, als er Dr. Boerhaave am Anfang ihrer Freundschaft davon erzählt hatte. Vielleicht hatte er sich damals bereits geschämt. Er war fast sicher, daß alle Schädel außer Vendovis aus Begräbnisstätten stammten; andere Männer von anderen Schiffen hatten sie gesammelt. Nicht er. War es schlimmer, einen Fidschi-Häuptling gefangenzunehmen und ihn in einem fremden Land sterben zu lassen, als eine Eskimofrau ihrer Heimat zu entreißen und sie vor neugierigen Fremden zur Schau zu stellen? Er selbst hatte die Bewohner der Fidschis damals angegafft, als wären sie Affen. Wie Zeke die Eskimos angegafft hatte, nur hatte dieser weniger Begeisterung gezeigt, und sein Blick war kälter gewesen. Wieder fiel ihm ein Schild ins Auge:

*Vitrine 52.*
*Eskimoanzug, von Dr. Kane, dem gefeierten*
*amerikanischen Arktisforscher, getragen und später*
*diesem Museum übereignet.*
*Wir zitieren folgende Passage aus seinem Reisebericht:*
*»Die Kleidung oder Ausstattung einer Person basiert*
*auf der genauen Auswertung von Erfahrungen.*
*Richtig angezogen, ist der Eskimo eine unförmige Gestalt,*
*die über das Eis watschelt, unansehnlich, plump und*
*scheinbar hilflos. Das Hemd aus Fuchsfell, Kapetah genannt,*
*ist ein geschlossenes, enganliegendes Kleidungsstück, das*
*durch eine fast luftdichte Kapuze, Nessak geheißen, an*
*Kopf und Hals angepaßt ist. Unter dem Kapetah wird ein*
*ähnliches Kleidungsstück ohne Kapuze getragen, das als*
*Unterhemd dient. Es ist aus Vogelhäuten genäht, die von*
*Frauen im Mund außerordentlich weich gekaut werden, und*
*es wird mit den unvergleichlichen Daunen direkt am Körper*
*getragen. Für ein einziges Kleidungsstück dieser Art werden*
*bis zu 500 Alken gebraucht. Die unteren Gliedmaßen*
*werden durch Kniehosen aus Bärenfell warm gehalten,*
*Nannuk genannt. An den Füßen werden Socken aus Vogel-*
*haut getragen, mit einem Graspolster zur Verstärkung der*
*Sohle. Darüber wird ein Bärenfellbein gezogen. So bekleidet*
*kann ein Mann noch bei minus 60 Grad auf seinem Schlitten*
*schlafen. Die einzigen zusätzlichen Kleidungsstücke sind ein*

*Fuchsschwanz, der zum Schutz der Nase bei Wind zwischen*
*den Zähnen gehalten wird, und mit Stroh gefütterte*
*Fausthandschuhe aus Robbenfell.«*

Wie kam das hierher? Dieses Ausstellungsstück hatte Zeke mit
Sicherheit wahrgenommen, vermutlich voll Neid; Erasmus ging
auf, warum Zeke auf seiner Hochzeitsreise hierhergekommen
war. Warum es ihm so wichtig gewesen war, sich bei den
Beamten und Wissenschaftlern der Smithsonian Institution ein-
zuschmeicheln und seinen Vortrag nicht in einem der Wa-
shingtoner Theater zu halten, sondern in dem prunkvollen Vortragssaal oben im Haus.

Dies war Zekes Chance, sich ins rechte Licht zu rücken. Im
Juli war eine neue Expedition zur Aufsuchung Franklins aus
England aufgebrochen: Captain McClintock an Bord der *Fox*,
mit Lady Franklins Unterstützung in Richtung Boothia und
King-William-Land. Er hatte vor, die Suche zu vollenden, die
Zeke sich vorgenommen, aber verpatzt hatte – und wenn es
ihm glückte, würde er Zekes gesamte Errungenschaften in den
Schatten stellen, bis auf die Tatsache, daß er Annie und Tom
mitgebracht hatte. Sie waren seine Sioux-Indianer, sein zwei-
köpfiger Säugling im Glas. Erasmus begriff, daß Zeke nur eine
kurze Zwischenzeit blieb, um sich einen Namen zu machen,
ein Fensterchen zwischen Kane und McClintock.

Er stocherte mit einem Stock an der Kiste herum, aber sie
war stabil gebaut, und er konnte nichts von ihrem Inhalt sehen.
Da schlug er erst leicht, dann kräftiger darauf ein. Als ihn eine
Hand an der Schulter packte, war er auf einen Stock gestützt,
während er mit dem anderen auf die Kiste eindrosch, als könnte der die dicken Kiefernholzbretter zertrümmern und sein eigenes Leben darin eingesperrt finden.

»Hören Sie auf«, sagte der Schreiner. »Sofort. Was ist denn
los? Sind sie krank?«

Seine Haut war schwarz, viel dunkler als Annies. Erasmus
fiel nichts zu seiner Entschuldigung ein. Mit schwacher Stimme sagte er. »Ich hatte Anfang des Jahres ein Fieber. Ich glaube, es kommt wieder.«

»Das steigt aus dem Fluß auf«, sagte der Schreiner. »Die ganze Stadt hat es. Die Polarfrau und ihr Sohn waren so krank, daß sie die Veranstaltung vorzeitig abbrechen mußten.« Er führte Erasmus zu einer flachen Kiste: »Setzen Sie sich einen Moment. Beruhigen Sie sich.«

»Sie haben sie gesehen?«

»Die Vorstellung nicht«, sagte der Schreiner. »Aber ich hab den Forscher mit den beiden reinkommen sehen, und ich hab sie gehen sehen. Sie wurde von vier Wissenschaftlern, die hier arbeiten, getragen. Ihren Sohn hatte ein fünfter auf dem Arm.«

»Wissen Sie –« fragte Erasmus, »haben Sie zufällig gehört, wohin sie gegangen sind?«

»In einen der Türme, glaub ich«, sagte der Schreiner. »Wo die jungen Männer wohnen. Die wissenschaftlichen Assistenten – einige von ihnen sind noch fast Kinder. Wenn sie nicht auf Exkursion sind, läßt der Direktor sie in den leeren Zimmern oben in den Türmen wohnen. Den ganzen Tag sortieren und beschriften sie ihre Knochen und abends trinken sie zuviel und rutschen die Treppengeländer runter und veranstalten hier unten in der Halle Wettrennen. Sie bringen alles durcheinander. Ich hab dem Direktor gesagt, er kann von mir nicht erwarten, daß ich unter solchen Bedingungen arbeite, aber er weigert sich, sie zu bestrafen, obwohl sie letzte Woche eine meiner Türen kaputtgemacht haben ...«

»Könnten Sie mich dahin führen?« bat Erasmus.

»Ich rede nicht mit den Männern.« Der Schreiner befühlte einen von Erasmus' Stöcken, als wollte er prüfen, wie sie verarbeitet waren. »Ich halte mich von ihren Zimmern fern. Aber ich erkläre Ihnen, wie Sie hinkommen.«

Erasmus ruhte sich auf jedem Treppenabsatz aus und hielt sich die Nase zu, um für einen Augenblick den durchdringenden Abwassergestank auszusperren, der durch die Wände ins Treppenhaus drang. Er befand sich im größten Turm des Hauptgebäudes, einem schmalen rechteckigen Ofen, der die Sonnenhitze aufsaugte. Auf jedem Absatz stand er vor schweren Holztüren. Er nahm an, daß sie zu stickigen kleinen Zimmern führten, in denen die Männer wohnten. Begeisterte junge Botaniker und Paläontologen, haufenweise verstaubte Geräte, vergessene Bücher; Dinge, die er sich nicht vorstellen konnte und wollte. Wenn der Schreiner sich nur deutlicher ausgedrückt hätte. Er hörte über sich Gelächter und stieg die nächste Treppe hinauf.

Die drei Männer, die er durch eine halbgeöffnete Tür sah, waren zu sehr in einen Disput vertieft, um ihn zu bemerken. Fossile Hunde, fossile Wölfe; einen Moment schien Dr. Boerhaaves Stimme über ihrer Diskussion zu schweben. *Im Pflanzen- und im Tierreich haben jeweils große Gruppen eine gemeinsame Morphologie, sind nach einem einheitlichen Plan gebaut. Diese Pläne existieren als Ideen im Geist Gottes, der ihnen von Epoche zu Epoche einen neuen Ausdruck verleiht. Einzelne Spezies können verschwinden, aber die Entwürfe bleiben bestehen und werden variiert, als Varietäten einer Form.* Ein drahtiger Mann von Anfang Zwanzig sagte mit Nachdruck: »Cuvier bestreitet mit keinem Wort die Existenz des Menschen in der Ära der Riesensäuger.«

»Die Frage«, sagte der Rothaarige neben ihm, »ist, ob man die Ansicht vertritt, daß die gleicherorts gefundenen menschlichen Knochen genauso alt sind wie die Hundeknochen und die von Nilpferden und ausgestorbenen Bären...«

Erasmus lehnte sich in die Türöffnung. »Verzeihung«, sagte er. »Entschuldigen Sie, daß ich unterbreche, aber vielleicht können Sie mir helfen.«

»Ein Besucher!« sagte der dritte junge Mann. Er hielt etwas in den Händen, das aussah wie ein Teil eines menschlichen Beckenknochens. »Kommen Sie herein.«

»Ich suche Zechariah Voorhees«, sagte Erasmus. Auf der Fensterbank fing sich das Licht in einem Glas Whiskey und warf vergoldete Strahlen auf die Knochen, die Bücher und die Schädel Eurasiatischer Wildschweine mit ihren großen Eckzähnen. Das Chaos im Raum hatte etwas von einem Klubhaus, und einen Augenblick fühlte er sich an die Toxophiliten erinnert, wie sie die *Narwhal* mit großem Tamtam verabschiedet hatten.

»Sie sind ein Freund?« fragte der Rothaarige.

»Ein Kollege«, sagte er und dachte: Schwager? »Ich habe den Vortrag verpaßt, aber ich hörte, die Eskimos seien erkrankt. Ich wollte meine Hilfe anbieten.«

»Vor einer Minute war er noch hier«, sagte der Mann mit dem Beckenknochen in der Hand. »Aber ich glaube, er holt gerade einen Arzt.«

»Wo sind sie?« fragte Erasmus. »Die Eskimos?« Wenn dies die Männer waren, die Annie und Tom mit nach oben getragen hatten, dann wirkten sie jetzt aber mächtig unbesorgt.

»Kommen Sie mit«, sagte der Mann. Er warf einen neugierigen Blick auf Erasmus' Füße, stellte aber keine Fragen, während er ihn zum Nebenzimmer führte.

Erasmus klopfte an und schob, als niemand antwortete, die Tür auf. In dem stickigen Zimmer lag Annie auf einer schmalen Liege und Tom auf einer anderen. Ein Schreibtisch, ein Stuhl und ein Haufen schmutziger Wäsche füllten den Rest des Zimmers aus. Auf dem Tisch stand ein schiefer Turm aus flachen Steinen, und auf dem Stuhl saß ein blasser junger Mann mit schütterem Haar, der aufblickte, als Erasmus eintrat.

»Ich habe Sie nicht klopfen hören«, sagte der blasse Mann. »Sie müssen mir verzeihen, ich bin fast taub.«

»Darf ich hereinkommen?« fragte Erasmus möglichst deutlich. »Das hier sind Freunde von mir.«

»Freunde von wem?« Der Mann legte eine Hand an sein Ohr.

»Von Annie«, brüllte Erasmus. Er ging am Schreibtisch vorbei und schob die Socken und die Wäsche mit seinen Stöcken beiseite. Annie hatte die Augen geschlossen, aber sie bewegte sich, als Erasmus sie an der Schulter berührte. »Tseke?« sagte sie.

»Erasmus. Weißt du, wer ich bin?«

Ihre Haut war ungewöhnlich heiß. Man hatte ihr ein grobes Laken bis ans Kinn gezogen; als Erasmus es an einer Ecke anhob, sah er, daß sie darunter nackt war und schweißnaß. Er deckte sie eilends wieder zu und sah nach Tom. Er war ebenfalls nackt, lag er auf der Seite und starrte auf seine Hände.

»Wo ist Tseke?« flüsterte Annie.

»Er kommt gleich«, sagte Erasmus. Er drehte sich zu dem blassen Mann um. »Wer hat sie ausgezogen? Wessen Zimmer ist dies?«

»Es ist mein Zimmer«, entgegnete dieser. »Fielding ist mein Name. Ich arbeite hier. Der Forscher, der heute nachmittag hier seinen Vortrag gehalten hat, ist ein Bekannter von mir. Seine Eskimos sind während des Vortrags zusammengebrochen – durch die Hitze, glauben wir –, und er hat gefragt, ob sie sich hier ausruhen könnten, bis der Doktor kommt. Sie hat sich und ihren Sohn selbst ausgezogen, nachdem Zeke weggegangen war. Ich bin solange vor die Tür gegangen. Natürlich. Sie kennen sie?«

»Ich bin Zekes Schwager.«

»Dann kennen Sie Zeke also!« sagte Fielding.

»Ja!« schrie Erasmus unwillkürlich erbost. Es war ihm unbegreiflich, wie Zeke Annie und Tom in der Obhut eines Mannes zurücklassen konnte, der sie nicht einmal hören konnte. »Wo ist er?«

»Nebenan«, sagte Fielding. »Bei den andern.«

Durch die Wand hörte Erasmus die Stimmen der jungen Männer. »Nein, da ist er nicht«, sagte er. Dann gab er alle weiteren Erklärungsversuche auf und konzentrierte sich auf Annie und Tom. An der Tür fand er einen Krug mit Wasser. Er machte sein Taschentuch feucht und benetzte damit Annies Gesicht und Toms Gesicht und Hände. Fielding sah höflich, aber hilflos zu. »Glauben Sie, daß sie wirklich krank sind?« fragte er. »Die von nebenan meinten, sie seien nur überhitzt.«

»Sie haben Augen im Kopf – sehen Sie hin.«

Fielding zuckte die Achseln und ging wieder an seinen Schreibtisch. »Ich habe nicht viel Erfahrung mit Frauen und Kindern«, sagte er. »Ich komme kaum hier raus ... die anderen Wissenschaftler wollen mich nicht dabeihaben, wenn sie trinken, und es gibt kaum einen Punkt, in dem wir einig sind.« Er nahm einen flachen Stein in die Hand und zeigte auf etwas, das aussah wie eine Seelilie. »Ich meine, das ist ...«

»Bitte«, sagte Erasmus. »Nicht jetzt.« Er hörte Schritte auf der Treppe, und dann trat Zeke ins Zimmer.

»Wo warst du?« fragte Erasmus im gleichen Moment, als Zeke fragte: »Was machst du denn hier?« Nachdem sie sich eine Weile gegenseitig stumm und wütend angefunkelt hatten, beugten sie sich beide über Annie.

Annie war an einem unbekannten heißen, finsteren Ort, wo es laut war und nach Blut roch, und das einzige Licht rot streifig war. Sie war eine Robbe, die zum Luftholen an die Oberfläche gekommen und auf einen Bären getroffen war; der Bär hatte auf sie gewartet und sie überrascht; sie spürte einen Schlag und dann einen brennenden Schmerz. Sie versuchte sich ins kühle Wasser zu retten, aber sie wurde über das Eis geschleppt. Sie wurde gebissen. Sie wurde gefressen. Sie stöhnte und drehte sich um und schlug die Augen auf und sah ihren Sohn, der sie anstarrte. Das Schlimmste an ihrem körperlichen Verfall war, daß sie ihren Sohn nicht mehr beschützen konnte. Aber ihre Reise mußte etwas zu bedeuten haben: Daß sie Zeke begleitet hatte, mußte einen guten Grund haben.

Das seltsame Stück Eis, das ihre Mutter gesehen hatte, war ein sogenannter Spiegel gewesen; auf dem Schiff und in dem Haus voll toter Insekten und Vögel hatte sie wieder welche gesehen. Sie und ihr Sohn waren vorsichtig an sie herangetreten, hatten gegenseitig ihre Spiegelbilder betastet. Unten in dem Saal hatte sie sich, bevor sie umstürzte und nicht mehr aufstehen konnte, in den Augen der Menschen im Publikum gespiegelt. Wie eine Spiegelscherbe war sie hierher geschickt worden, dachte sie, um ein Bild der Welt jenseits ihrer Heimat einzufangen.

»Annie«, sagte Zeke. »Kannst du mich hören?«

»Kommt der Arzt?« fragte Erasmus.

Annie hörte ihre Stimmen, aber nicht ihre Worte. Die fremde Sprache verließ sie, und sie sehnte sich danach, daß jemand ihren richtigen Namen sagte und sie mit richtigen Worten ansprach, aber diese großen Gestalten murmelten unverständliches Zeug. Einer war Zeke, ein wandelnder Finger, der auf sie zeigte und sich dann in den langen Lauf eines Schießeisens verwandelte. Das Schießeisen hatte ihrem Stamm Fleisch gebracht, mit dem sie ihre Kinder füttern konnten. Aber das

Schießeisen war ein Finger, und der Finger war Zeke, der nicht begriffen hatte, wie er mit den anderen Fingern verbunden war, mit der Hand, dem Handgelenk, dem Leib ihres Stammes. Dem Leib, mit dem sie einst untrennbar verbunden gewesen war. Als sie hustete, hatte sie das Gefühl, eine Kugel dringe in ihre Lunge ein.

Ihr Sohn fragte in ihrer Sprache, ob sie jetzt nach Hause könnten. Der eine Bär faßte den anderen an der Schulter, sie traten aus ihrem Blickfeld und ließen nur eine kleine weiße Gestalt, einen weißen Fuchs, zurück. Der Fuchs legte seine Pfoten auf einen Stein. Manchmal folgten Füchse den Bären und warteten auf die Reste, die von ihrer Beute übriggeblieben waren. Sie machte die Augen wieder zu. Zu Hause, dachte sie, würde man ihren Körper in Felle wickeln und von den Hütten forttragen, sie auf den Boden legen, mit einem Stein als Kissen. Dann würde man sie mit ihren Specksteintöpfen umgeben, die man einzeln zerschlagen hatte, mit ihren Nadeln und ihrem Nähgarn und ihrem Ulo, mit allem, was sie für das Leben im Jenseits brauchte. Über ihrer Leiche würde man ein Steingrab errichten. An ihren Kieferknochen konnte der Wind ein Lied spielen.

»Er ist schon da«, sagte Zeke. »Hier, hinter mir.« Er drehte sich um und gab dem Arzt ein Zeichen; Fielding ging auf Zehenspitzen hinaus.

Forsch und sachverständig fühlte der grauhaarige Arzt Annie den Puls, zog ihr unteres Lid herunter und steckte den Arm unter das Laken. »Vergrößerte Leber«, sagte er. Seine Hand kroch unter dem Laken weiter. »Vergrößerte Milz.« Er trat an Toms Bett und vollzog die gleiche Untersuchung, wobei er Zeke fragte, wie lange diese Menschen schon von zu Hause fort seien, wie sie untergebracht gewesen seien, wann die Symptome zuerst aufgetreten seien. Er merkte auf, als Zeke ihm die Lage der Repositur beschrieb.

»An einem Fluß und einem Bach?« Er tastete Annies Hals ab. »Höchstwahrscheinlich ein Fall von miasmatischem Gallenfieber«, sagte er. »Normalerweise müßte man eine gelbliche Verfärbung der Haut erkennen, aber bei diesen Menschen natürlich ... was Sie sehen können, ist, wie gelb das Weiße in ihren Augen ist.«

»Sind sie transportfähig?« fragte Zeke.

»Mit entsprechender Vorsicht«, sagte der Arzt. »Aber auf keinen Fall weit.« Er wühlte in seiner Tasche und holte Röhrchen und Schachteln hervor. »Chinarindentinktur«, sagte er. »Absud aus Wasserdost als Brechmittel, Kalomel als Abführmittel zur Verminderung der Leberkongestion, ein schweißtreibendes Mittel in sprudelndem Wasser – damit werden wir das Fieber zu brechen versuchen. Danach brauchen sie Ruhe in einem sauberen, dunklen, gut gelüfteten Zimmer.«

»Ich habe mit einem Freund hier aus Washington gesprochen«, sagte Zeke. »Er ist bereit, uns ein paar Tage bei sich aufzunehmen.«

»Doch nicht einer dieser jungen Burschen«, wandte Erasmus ein. »Sie sind selbst noch fast Kinder.«

Zeke schüttelte den Kopf. »Keiner von den Leuten hier«, sagte er. »Ein biologischer Anthropologe, der eine ganze Abteilung unter sich hat – er hat ein großes Haus in der Nähe, Bedienstete, Platz für Gäste. Seine Kinder sind erwachsen, und seine Frau ist sehr ... tolerant. Er hat auch schon Indios aus den Anden bei sich wohnen gehabt.«

»Das klingt akzeptabel«, sagte der Arzt. »Da kann ich sie zweimal täglich besuchen. Ich werde sie jetzt zur Ader lassen; das hilft fast immer.« Er sah auf Annie und Tom hinab. »Allerdings reagieren die Rassen unterschiedlich auf unsere Heilanwendungen.«

Erasmus lehnte sich an den Schreibtisch und sah zu, wie Zeke die Nierenschalen und die Lanzetten hielt und dem Arzt half, Annie und Tom mit dem Löffel eine dunkelbraune Flüssigkeit einzuflößen. Man sah ihm eine echte Zuneigung zu ihnen an, stellte er fest.

Hinterher machten Annie und Tom einen besseren Eindruck. »Lassen Sie mich einen Moment allein«, sagte der Arzt. »Ich möchte ihren Darm abhören.«

Auf dem schmalen Gang vor dem gähnenden Treppenhaus sahen sich die beiden Männer an. »Ich finde es unglaublich, daß du sie in diesem Zustand mit hierher genommen hast«, sagte Erasmus. »Du mußt den Rest der Reise absagen.«

»Das habe ich bereits getan«, sagte Zeke. Sein Haar umrahmte sein Haupt wie ein strahlender Helm. »Bist du eigens hergekommen, um mir das zu sagen? Ich weiß, daß sie krank sind, ich werde mich um sie kümmern. Ich bin kein Untier.«

Erasmus hatte vorgehabt, ihm die Zustände in der Repositur vorzuhalten, die Alexandra ihm geschildert hatte; seine Eindrücke von der Veranstaltung in Philadelphia; die Tatsache, daß er Lavinia allein ließ, um auf diese Weise berühmt zu werden. Doch ihm fiel ein, daß Annies erste Worte, jedesmal wenn sie ihn sah, waren: »Wo ist Tseke?«

»Laß mich mit dir bei Annie und Tom bleiben«, sagte er. »Ich möchte ihnen helfen.«

»Es gibt nichts, womit du ihnen helfen könntest«, sagte Zeke. »Aber ich werde bei ihnen bleiben.« Er spähte über das Geländer, anscheinend von dem schier endlosen Zickzackband der Treppen fasziniert. »Du kannst sie sooft besuchen, wie du willst, wenn es ihnen bessergeht. Aber du siehst selbst, wie krank sie sind. Du bist kein Arzt – was kannst du tun?«

Er streckte die Hand aus und gab einem von Erasmus' Stöcken mit dem Daumen einen Stups. »Du gehörst nach Hause. Da hast du immer hingehört.«

Der Stock hob sich, bis seine Spitze auf Zekes rechtes Knie gerichtet war; Erasmus konnte nichts dazu, sein Arm handelte selbständig, ohne Verbindung zu ihm. »Ich gehöre nach Hause, ich?« Wenn der Stock ihn im richtigen Winkel träfe, würde Zeke die Treppe hinunterstürzen. »Ich bin nicht derjenige ...«

»Hör auf, dir Sorgen zu machen«, sagte Zeke. Er beugte sich vor und drückte Erasmus' Arm nieder, bis der Stock wieder auf dem Boden stand. »Die Reise ist abgeblasen, mindestens bis sie wieder gesund sind.«

Hinter ihnen ging die Tür auf. »Ich bin fertig«, sagte der Arzt. »Wenn Sie wollen, können Sie wieder hereinkommen.«

»Ich will mit Annie reden«, sagte Erasmus zu Zeke. »Ich

möchte, daß sie mir sagt, was sie will. Laß mich einen Augenblick mit ihr allein.« Ohne auf Antwort zu warten, zog er die Tür hinter sich zu.

»Annie?« sagte er. »Was kann ich für dich tun? Sag mir, wie ich dir helfen kann.«

Wieder einmal sagte Annie: »Tseke?«

»Erasmus«, sagte er.

Sie machte die Augen auf. Das Weiße war mit einem gelben Film überzogen – wie auch ihre Haut, dachte er, als er sich ihr Gesicht näher betrachtete. Es stimmte nicht, was der Arzt gesagt hatte; die Krankheit gab ihrer normalen Farbe einen anderen, leicht grünlichen Ton, als wäre sie mit Flechtensporen bestäubt.

»Ach«, sagte Annie. »Du.«

Vor den Fenstern bauschten sich die Gardinen bis fast ans Bett. Sie drehte den Kopf in den Wind und schloß die Augen. »... nach Hause.«

Er blieb noch einen Augenblick stehen und sah auf sie hinunter. Sie sagte nichts mehr. Vielleicht war sie eingeschlafen. Auch Tom hatte die Augen geschlossen; die Gardinen flatterten auf und nieder, auf und nieder und gaben Erasmus keine Antwort. Er kapitulierte und ging hinaus.

»Dich will sie«, sagte er bitter zu Zeke. Dich will Lavinia, dachte er. »Sie verlangt in einem fort nach dir.«

»Ich paß auf sie auf«, sagte Zeke. »Ich verspreche es.«

Er fuhr sich mit dem Daumen über die buschigen Augenbrauen. Erasmus stand schwitzend vor ihm. Kein Hauch bewegte sich in dem fensterlosen Flur.

»Ich brauche sie«, sagte Zeke. »Ich habe eine Menge von ihr gelernt, sie hat mir mit meinem Buch geholfen.« Er biß sich eine Ecke vom Daumennagel ab und spuckte sie in den Treppenschacht. »Es wird gut«, sagte er. »Meine Geschichte, eine Art Abenteuergeschichte – meine Begegnungen mit den Eskimos, mein letzter Eindruck von der *Narwhal*. Wie das Buch von Dr. Kane, nur interessanter, spannender.«

Erasmus krampfte sich der Magen zusammen. Warum redeten sie jetzt darüber, wo Annie und Tom nebenan krank im

Bett lagen? Sie hatten nie über irgend etwas geredet, weder über Dr. Boerhaaves Tod noch über Neds Nase noch über all das, was hätte verhindert werden können, wenn Zeke nur nicht so entschlossen gewesen wäre, weiter nach Norden zu gehen. Und jetzt hieß es schon wieder... meine Begegnungen, mein Eindruck. Genauso war es beim Vortrag in Philadelphia gewesen. Erasmus sagte: »Warum willst du einen Bericht schreiben, der so tut, als wäre der Rest von uns nicht dabeigewesen?«

»Ihr kommt alle vor«, entgegnete Zeke. »Aber nicht mehr, als ihr es verdient. Nur am Rande, als Randfiguren.«

»Ich habe mich enthalten, etwas über dich zu schreiben«, sagte Erasmus. »Ich hätte es unfair gefunden.«

»Was ist schon fair?« fragte Zeke. »War es fair, daß ihr mich verlassen habt? Ist es fair, daß mir nichts geblieben ist außer meiner Geschichte? Du hast keine Ahnung, wie es für mich da oben war. Als ich zum Schiff zurückkam und feststellte, daß ihr mich allein gelassen hattet: Das war äußerst – lehrreich. Da habe ich begriffen, auf wen ich mich verlassen konnte: auf niemanden außer mir selbst. Du...«

Die Verachtung in seinem Blick war erschreckend. »Du bist ein Nichts. Im Buch. Und für mich.«

In seinen Händen fühlte Erasmus die Spazierstöcke tanzen, als hätte sich der Fußboden in das offene Meer verwandelt. »Mag sein, daß ich ein Nichts bin«, sagte er. »Aber wenigstens zerstöre ich nicht alles, was ich in die Finger bekomme. Was du mit Annie und Tom machst...«

Zeke streckte die Arme über den Kopf, ballte die Hände zur Faust und öffnete sie wieder. »Fahr nach Hause«, sagte er. »Du wirst hier nicht gebraucht. Ich kümmere mich um Annie und Tom.«

Annie lag in einem Zimmer. Ihr Sohn in einem anderen. Zeke ging abwechselnd bei beiden ein und aus. Zu Hause setzte sich der Angekok in eine Höhle unter einer dicken Eisscholle, die am Ufer auf Grund gelaufen war, um auf Visionen zu warten; sie zog die weißen Vorhänge am Bett zu und stellte sich Eis vor. Der Arzt kam, der Mann, dem das Haus gehörte, kam.

Die Hausmädchen, die ihr den Körper mit dem Schwamm abwuschen und ihr Essen brachten, das sie nicht anrührte, waren genauso ängstlich und überheblich wie die in dem Haus, wo Zeke sie zuerst untergebracht hatte. Der Arzt preßte ihr Pillen und Flüssigkeiten zwischen die Zähne, irgendwelches Gift. Keiner hörte ihr zu. Weder der Arzt noch Zeke; nicht einmal Erasmus, der sie gefragt hatte, was sie wollte, aber ihr dann den Rücken gekehrt hatte und weggegangen war, als sie »Ich will nach Hause« gesagt hatte. Das war doch das, was sie gesagt hatte, oder nicht? Ihr Leib würde nie mehr in die Heimat zurückkehren, aber für ihren Sohn mußte sie tun, was sie konnte. Ein weißes Tuch über dem Bett, weiße Bezüge auf den Kissen; sie hatte wenig Zeit; sie machte sich an die Arbeit. Die Macht, hatte ihr der Angekok erklärt, kommt nur durch große Anstrengung und Konzentration. Sie mußte allein durch die Kraft ihrer Gedanken ihren Leib aus Fleisch und Blut ablegen, bis sie ihr eigenes Skelett sah. Jeden Knochen, auch den kleinsten, klar vor Augen. Dann würde die heilige Sprache auf sie niederkommen, so daß sie die Teile ihres Körpers benennen konnte, die überdauern sollten. Wenn sie den letzten Knochen benannt hatte, war sie frei; dann durfte ihre Seele wandern, und sie konnte ihren Sohn behüten. Sie vergrub sich unter dem weißen Tuch, kniff die Augen fest zu und machte sich an das grausige Werk der Befreiung von ihrem Fleisch. Laß mich zu Knochen werden, dachte sie. Wie die langen Narwalgerippe daheim, die Walroßschädel, die zarten Robbenrippen. Zu weißem Knochen.

Je weniger Alexandra an den Dingen arbeitete, die sie über alles liebte, desto mehr wurde sie von ihrer Familie geschätzt. Die einfachsten Tage waren die, an denen sie gar nicht erst zu arbeiten versuchte. Wenn sie aufhörte, so verbissen um ein wenig Zeit zu ringen, die sie ganz für sich hätte; wenn sie ihre Pflichten im Haushalt nicht möglichst rasch hinter sich zu bringen versuchte, sondern sich ihnen einfach hingab, nahmen die Tage einen angenehmen Rhythmus an. Es hatte durchaus etwas Schönes, wenn die Familie ihr dankte – doch wenn dann der

Abend kam, konnte sie nicht umhin, diesen Dank gegen das nagende Gefühl abzuwägen, daß sie wieder etliche kostbare Stunden verschwendet hatte. An den Tagen, während Erasmus fort war, trug die Familie den Sieg davon. Doch sobald sie ihn wiedersah, bereute sie jede verlorene Minute.

In der Gravieranstalt erzählte er ihr von Annies und Toms Krankheit. Es stand schlimm um sie, aber wenigstens hatte ihr Zustand Zeke gezwungen, die Vortragsreise abzubrechen. Zeke kümmerte sich um sie und wollte sie bald nach Hause bringen, wo er sich wieder an sein Buch setzen wollte, das kurz vor der Vollendung stand und in dem Erasmus keinen Platz hatte.

»In seinem Buch«, berichtete Erasmus, »bin ich eine Randfigur.« Er spähte über Alexandras Schulter. »Ausgezeichnet«, sagte er. »Unser Buch wird wunderschön. Sie haben die Kiemen und die Schuppen genau getroffen.«

Sie verbrachten lange Stunden an ihren Schreibtischen und arbeiteten vollkommen entrückt vor sich hin. Erasmus schrieb zehn, zwölf Seiten am Tag; Alexandras Zeichnungen stapelten sich, und als sie Copernicus besuchten, war das zweite Bild fertig, und er hatte bereits mit den nächsten beiden angefangen. Im Betrieb um sie herum herrschte geschäftiges Treiben, als steckten sie die anderen mit ihrer Arbeitswut an. Humboldt schloß einen Vertrag zur Illustration einer neuen Enzyklopädie ab, was angesichts der Tatsache, daß sonst überall Betriebe schließen mußten, ein ungewöhnlicher Erfolg war. Zufrieden versammelten sie sich eines Nachmittags alle im Hauptkontor, um mit einem kleinen Umtrunk zu feiern.

Die Brüder, sah Alexandra, hatten zu einer neuen Form der Beziehung gefunden. Vielleicht lag es an der erzwungenen Nähe oder an der Entschlossenheit, mit der Erasmus an seinem Buch arbeitete und sich nie über die kleine Ecke beklagte, die sie ihm zugeteilt hatten. Oder vielleicht waren Linnaeus und Humboldt, die seit Jahren die Rolle der stetigen, langweiligen mittleren Geschwister spielten, insgeheim froh, einmal dem Ältesten unter die Arme greifen zu dürfen. Vor allem Linnaeus schien seine neue Rolle zu genießen. Er gab Erasmus jede Menge Ratschläge, besuchte Lavinia dreimal die Woche, und an Alexandras Zeichnungen übte er keine Kritik mehr.

Er war auch jetzt bei Lavinia; sie nippten langsam an ihrem Sherry, während sie auf ihn warteten. Es würde einen peinlichen Moment geben, wußte Alexandra, wenn Linnaeus berichtete, daß es Lavinia gutgehe, sie Erasmus aber immer noch nicht zu sehen wünsche. Es würde ein peinlicher Moment sein, aber er würde rasch vergehen. Um halb sieben betrat Linnaeus das Kontor. Er winkte ab, als Humboldt ihm ein Glas hinhielt, und ließ sich in einen Sessel fallen. Er war leichenblaß.

»Was ist?« fragte Erasmus. »Ist sie – wieder krank?«

»Zeke ist wieder da«, sagte Linnaeus. »Er kam gleich nach mir.« Dann atmete er tief durch.

»Annie ist tot«, sagte er. Er legte Erasmus eine Hand auf den Arm; Alexandra hatte noch nie gesehen, daß sie sich anfaßten. »Sie ist zwei Tage nach deiner Abreise gestorben.«

»Sie ist tot?« sagte Erasmus. »Wie kann sie tot sein?«

Linnaeus schloß einen Moment die Augen und nahm dann das Glas, das Humboldt ihm erneut anbot. »Ich weiß«, sagte er. »Es ist furchtbar. Zeke hat Tom mitgebracht; es geht ihm besser, aber er ist noch sehr schwach.«

Alexandra dachte daran, wie sie Annie und Tom zuletzt in der Repositur gesehen hatte. Hätte sie es nicht wissen müssen – hätten sie nicht alle wissen müssen –, wohin die Sache führte? »Aber Lavinia und Zeke werden für ihn sorgen«, sagte sie. »Nicht wahr? Sie werden eine Bleibe für ihn finden, wenigstens bis er wieder gesund ist und nach Hause zu seiner Familie gebracht werden kann.«

»Lavinia ist völlig außer sich«, sagte Linnaeus. »Sie hat Zeke gefragt, wer ihm wichtiger sei, sie oder diese Eskimos. Wenn ihr ihre Stimme gehört hättet – es war entsetzlich. Und dann, und dann…«

»Was hat sie bloß?« platzte Erasmus heraus. »Er ist noch ein kleiner Junge, und jetzt hat er seine Mutter verloren. Man sollte meinen, sie wüßte noch, wie das ist.«

»Das ist noch nicht das Schlimmste«, sagte Linnaeus. »Sie

hat einem der Dienstmädchen befohlen, ihm ein Bett in der Repositur zu richten; da soll er allein schlafen, nur mit den beiden Hunden als Gesellschaft. Zeke hat nicht einmal versucht, sich dagegen zu wehren, er hat gesagt, er würde alles tun, was sie wollte.«

»Das kann Zeke nicht machen«, sagte Erasmus. »Oder?«

Linnaeus verzog den Mund. »Ich denke, er kann alles machen, was er will. Er behauptet, er habe Tom in Washington gepflegt – ich möchte einmal erleben, daß er irgendwen pflegt außer sich selbst –, und danach gestand er, daß er ein paar Tage länger in Washington geblieben war, um sich um Annies sterbliche Reste zu kümmern.«

»Er hat sie dort bestatten lassen?« fragte Erasmus.

Linnaeus kippte seinen Sherry hinunter. »Es hat keine Beerdigung gegeben. Nicht einmal eine Leiche. Es gibt Leute an der Smithsonian, die so etwas machen. Ich weiß nicht wie, ich will nicht wissen wie. Ich glaube, der Mann, bei dem Zeke gewohnt hat, ist auf die Idee gekommen; er kennt sich mit Knochen und Schädeln aus. Zeke hat ihm die Erlaubnis gegeben, und er oder irgendwer hat ihr Geripppe für das Museum präpariert und aufgebaut. Zeke ist dageblieben, um den Prozeß zu beaufsichtigen.«

Erasmus stöhnte auf, und Alexandras Gedanken wanderten zu Tudlamiks Fell und seinem Skelett. Dann zu Annie, wie sie sie zum erstenmal angesehen hatte, als sie die Hände an die Fensterscheibe preßte, bis das Fenster aufgemacht wurde und sie so dankbar nach der frischen Luft griff.

»Er hat es für Lavinia getan«, fuhr Linnaeus fort. »Behauptet er jedenfalls. Das Skelett soll in einer Vitrine gegenüber von Dr. Kanes Sammlung aufgestellt werden, mit einer Plakette über Zekes Expedition. Ihr wißt, wie er ist, er glaubt, das wird ihn berühmt machen. Alle Leute werden sein Buch kaufen wollen, und dann werden er und Lavinia es nicht mehr nötig haben, sich auf die Großzügigkeit von Zekes Vater zu verlassen, dann werden sie sich nie wieder Sorgen machen müssen.«

»Glaubt er das im Ernst?« fragte Humboldt.

»Ich weiß es nicht. Aber Lavinia hat gesagt, ihr sei es gleich, was mit Annies Überresten geschehe, sie wisse alles über Zeke und Annie, und sie habe es immer gewußt, sie sei schließlich nicht dumm.«

Humboldt zog eine Augenbraue hoch, und Copernicus sagte: »Das kann uns doch nicht weiter überraschen. Er hat sechs Monate in ihrer Gesellschaft verbracht, nach über einem Jahr ohne jede weibliche Gesellschaft. Sind wir nicht alle davon ausgegangen ...?«

»Ich weiß nicht, wovon du ausgegangen bist«, sagte Linnaeus. Alexandra blickte unwillkürlich zu Erasmus hinüber; wovon war sie bei ihm ausgegangen? »Ich bin davon ausgegangen, daß er sein Versprechen an Lavinia in Ehren gehalten hat und daß Annie nur das war, als was er sie dargestellt hat. Ein Mitglied des Stammes, der ihm das Leben gerettet hat. Wenn sie je mehr war als das, wie könnte er dann so gefühllos sein, ihre Knochen auszustellen?«

»Seinem Ehrgeiz«, sagte Erasmus, »hat Zeke noch nie etwas in die Quere kommen lassen.«

Sie ist fort, dachte er. Sie hatten kaum Gelegenheit gehabt, sich kennenzulernen. Einen Augenblick flossen Linnaeus' Worte an ihm vorbei. Als er wieder zuhören konnte, erläuterte Linnaeus noch immer Zekes Pläne mit Tom: Er wollte ihn wieder nach Washington bringen, in die Obhut eines Mannes, der mit der Smithsonian Institution zu tun hatte. Eines Mannes, der bereit sei, ihn aufzunehmen und ihn zur Schule zu schicken.

Copernicus sah Erasmus an: »Du mußt etwas unternehmen.«

»Ich weiß«, sagte Erasmus. Er griff nach Linnaeus' Hand. »Es ist nicht deine Schuld.«

»Wir sind alle schuld«, sagte Copernicus. »Du hättest dich wehren müssen, als Zeke zurückkam, statt zuzusehen, wie er alle davon überzeugte, daß du dich auf der Reise falsch verhalten hast. Wir hätten nicht an dir zweifeln dürfen. Und wir beide hätten uns weigern müssen, unser Heim zu verlassen.«

»Ich weiß«, sagte Erasmus abermals. Sie hatten an ihm gezweifelt? »Ich weiß.« Er starrte aus dem Fenster, auf den Fluß und in Richtung seines verlorenen Heims am anderen Ufer.

In diesem Heim saß Lavinia und blickte ebenfalls hinaus in das schwindende Zwielicht. Irgendwo, vielleicht am Bach, lief Zeke durch den Dunst, der Annie das Fieber beschert hatte. Und irgendwo anders saßen ihre Brüder vereint zusammen. Wann hatten sie sie jemals an die oberste Stelle gesetzt? Copernicus hatte den Kontinent bereist, und Erasmus war an das südliche und das nördliche Ende der Welt gesegelt; keiner von beiden hatte je gefragt, ob es ihr etwas ausmachte, allein zurückzubleiben und auf sie zu warten. Was hatte Erasmus ihr gegeben? Einen Stiefel von ihrer Mutter; hier und da ein paar Bücher und ein wenig Unterricht; ein Versprechen, das er nicht gehalten hatte. Erasmus hat mich im Stich gelassen, hatte Zeke zu ihr gesagt, als ich ihn am nötigsten brauchte. Erasmus war schuld, daß Zeke allein nach Norden gegangen war; Erasmus war schuld, daß er bei Annies Familie gelandet war, daß er Annie mitgebracht hatte.

Draußen vor dem Fenster stieg Annies Schatten vor ihr auf, wie jeden Abend um diese Zeit: durchdringende dunkle Augen, die glatte Haut an ihren Armen und ihrem Hals, die leise Stimme, die Zeke so angezogen haben mußte. Annie war hier hilflos gewesen, vollkommen auf Zeke angewiesen – welcher Mann konnte da widerstehen? Ihre bloße Existenz hatte Lavinia ins Unrecht gesetzt. Aber mit Geduld, mit unendlicher Geduld, und allein durch die Kraft ihres Begehrens hatte sie versucht, Zeke zu bewegen, sich von Annie abzuwenden. Sie hatte ihn zurückgewonnen, aber sie mußte die Verletzung und die Enttäuschung in seinen Augen sehen, als sie sich von dem Sohn der Verstorbenen abwandte. War es so schlimm, nach ihrer langen Trennung wenigstens ansatzweise ein normales Leben führen zu wollen?

Sie hatte aufgehört zu beten, nachdem Erasmus ohne Zeke wiedergekommen war, hatte mit Brownings Hilfe wieder angefangen, abermals aufgehört, als Zeke heimkehrte und ihre Bitten erhört worden waren. Jetzt faltete sie ihre Hände vor dem Bauch und betete, daß sie einen Sohn unter dem Herzen tragen möge.

# 11. Ein verhextes Gerippe
## (Oktober 1857 – August 1858)

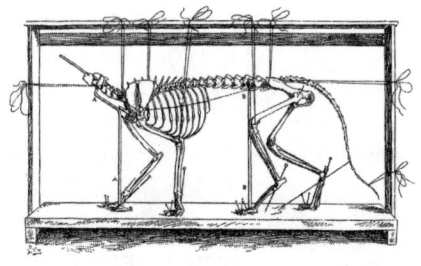

*Folgende Eigenschaften muß einer mitbringen, der ein erstklassiger Sammler werden will: Er muß über ein gutes zoologisches Allgemeinwissen verfügen, insbesondere was die Wirbeltiere betrifft. Er muß ein guter Schütze und ein erfolgreicher Jäger sein und eine große körperliche Leistungsfähigkeit besitzen. Des weiteren muß er in der Lage sein, sauber und geschickt mit dem Messer umzugehen und bis ins kleinste Detail sorgfältig zu arbeiten, denn andernfalls werden die präparierten Tiere immer zu sehr hinter dem Original zurückbleiben. Über all diese Voraussetzungen hinaus muß er von so unerschöpflichem Enthusiasmus beseelt sein, daß er nicht eher ruhen kann, als bis alle Vögel gehäutet sind, und sich, sobald er sich fragt, ob ein Exemplar weiterer Arbeit bedarf, in jedem Fall für mehr Feinarbeit entscheidet.*

W. J. HOLLAND, Taxidermie und das Anlegen
zoologischer Sammlungen (1892)

Er wachte von ihren Geräuschen in der Dunkelheit auf: Flüstern, Rascheln, ein Poltern, als etwas zu Boden fiel. Über ihm schimmerten die Porträts im Mondlicht: hinter Glas eingesperrte Gesichter, wie Tote unterm Eis, und zuerst dachte er, die Geräusche kämen von ihnen. Aber dann näherten sich Schritte. Die beiden schwarzen Hunde neben ihm erhoben sich und nahmen drohende Haltung an; er blieb aufrecht auf seiner Matratze aus Karibufellen sitzen, voll Angst, aber entschlossen, tapfer zu sein. Sie kamen, um ihn zu töten, dachte er. Zeke und seine Frau, die über ihn redeten, als wäre er nicht da oder als könnte er sie nicht verstehen. Sie wollten, daß er tot war, wie seine Mutter tot war, und hatten sich diese Nacht ausgesucht. Sie beugten sich über ihn, ohne daß die verräterischen Hunde sich rührten.

»Keine Angst«, sagte die Frau. »Kannst du ganz leise sein?« Er hörte, wie die Hunde an ihren Händen schnüffelten.

Der Mann sagte: »Wir müssen mit dir fort, damit dir nichts passiert. Willst du mit uns kommen?«

Tom schwieg. Er erkannte die Frau als die, die nicht Lavinia war; die, deren Kleid seine Mutter am ersten Tag hier angezogen hatte. Der Mann war einer der Brüder, aber die konnte er nie auseinanderhalten. Dann streckte der Mann eine Hand aus, und Tom erkannte, daß es Copernicus war, an dem scharfen Farbgeruch seiner Hand.

»Tom?« sagte Copernicus.

Er war nicht Tom; wie er richtig hieß, war sein Geheimnis, das ging hier niemanden etwas an. Vor zwei Tagen hatte er beschlossen, überhaupt nicht mehr zu sprechen. Doch auf Copernicus' Frage hin stand er auf und verließ mit ihnen dieses Haus voller Tod; er setzte sich auf den Platz, auf den sie deuteten, und spürte die Erde unter sich wegrutschen wie unter einem Schlitten. Noch zwei von den Brüdern tauchten auf, aber einer ging gleich wieder weg. Dann kamen mehr Türen, zu denen sie hinein- und hinausgingen und andere Zimmer, von denen sich einige bewegten und einige stillstanden; er schlief, wenn er schlafen konnte, aß dann und wann, sagte nichts. Die Wände klapperten, die Böden rüttelten, Bäume sausten vorbei und danach wieder Häuser. Seine Kleider wurden ihm weggenommen, und er bekam andere Kleider. Erasmus war da. Erasmus kannte er. Manchmal schlief er an seiner Schulter.

Die Landschaft wandelte sich und wandelte sich abermals, ohne daß sie je in die kamen, nach der er sich sehnte. Die Leute, die so dicht um ihn saßen, unterhielten sich leise, in besorgtem Ton, schwiegen aber auch über lange Strecken. Wo war Zeke? Nicht da; hoffentlich weiter und weiter weg. Sein Stamm hatte einen Namen für Zeke, eine Reihe weichklingender Silben mit der Bedeutung *Der uns Ärger bringt*. Auf seine Frage hin hatten sie ihm gesagt, die Silben hießen *Der große Forscher*, und Zeke hatte gelächelt und genickt und sich große Mühe gegeben, den Namen nachzusprechen.

Er hatte Pläne mit Zeke. Unter seiner Jacke hatte er Knochen, die er aus dem Haus gestohlen hatte, wo Zeke ihn eingesperrt hatte: die gekrümmten Rippen eines Vogels, die Wirbelsäule einer Schlange, eine Mäusepfote. Er brauchte mehr. Wenn er genug beisammen hatte, wollte er ein Tupilaq bauen, ein mit Fell umwickeltes, verhextes Gerippe aus den Knochen von vielerlei Tieren. Er wollte es in ein großes Gewässer setzen und es mit dem geheimen Spruch zum Leben erwecken, dann würde es auf dem Wasserweg an sein Ziel schwimmen, ganz gleich wie weit es war. Dort würde es mit leeren Augen als bekanntes Tier getarnt auf Zeke zuschwimmen; mit glänzendem Fell und glatten Ohren. Vielleicht würde es die Gestalt eines Hirschs annehmen, der sich von ihm töten ließ. Wenn Zeke ihm den Bauch aufschlitzte, würde er all die falschen Knochen finden, die alle falsch zusammenhingen. Dann würde er sterben.

An dieser Vision hielt sich Tom auf der Reise fest. Sie war anders als die Reisen, die er mit seinem Volk unternommen hatte, wenn sie als ganze Schar fröhlich hinter den Hunden her zu neuen Jagdgründen gezogen waren. Diese war wie die spätere Reise, wie die Tage in der Kiste, die über das Wasser fuhr. Jetzt fuhren sie über Land, aber er war genauso eingesperrt wie damals. Sooft er konnte, wenn Erasmus ihn ließ, hängte er sich aus dem Fenster und pumpte sich die Lungen voll. Sie fuhren zwischen Bäumen hindurch, und dann zwischen Bergen. Dann über sehr hohe Berge und Luft, die so frisch und kühl war, daß er sich beinahe an die Heimat erinnert fühlte.

Wenn es regnete, hielt er die Hände auf, um das Wasser aufzufangen. Oben über dem Himmel, glaubte er, lag das Land, wo die Toten wohnen – ein Ort des Lichts und der Wärme und der reichen Jagdbeute, der Festmähler, Lieder und Tänze. Dort war seine Mutter jetzt. Sie hatte ihren Körper verlassen, damit sie über ihn wachen konnte; die Männer, die sie später abholten, um sich das zu nehmen, was übrig war, hatten nur den Weg sichtbar gemacht, auf den sie selbst sich begeben hatte. Das Licht aus dem Land, in das sie gegangen war, schien durch Löcher im Himmel, die aussahen wie Sterne. Durch diese Löcher tropfte Wasser aus den Flüssen; dieses Wasser war der Regen. Jeder Tropfen, der seine Haut berührte, war eine Botschaft von seiner Mutter.

Die Bewegung hörte auf. Die Tür wurde von außen geöffnet. Als er beim Aussteigen einen Mann erblickte, dem ein Teil der Nase fehlte, schrie er auf, daß ihm von diesem ersten Laut, den er seit Tagen hervorgebracht hatte, die Ohren klangen. Er taumelte und hockte sich, die Arme schützend über den Kopf gelegt, so klein es ging auf die Erde und rührte sich nicht mehr von der Stelle.

Auch als sie in der Hütte am Ausable River ankamen, konnte keiner von ihnen Tom dazu bewegen, die Augen zu öffnen. Er schlang die Arme fest um die Knie, kniff die Augen und den Mund fest zu und blieb reglos auf dem kleinen Bett mit der roten Decke sitzen, wo Copernicus ihn abgesetzt hatte.

»Ist er schon die ganze Fahrt so?«

»Nicht ganz«, sagte Erasmus. Er legte Ned eine Hand auf die Schulter. »Ich freue mich so, dich zu sehen.« Dann wandte er sich wieder Tom zu. »Aber er hat noch kein Wort gesagt, seit wir ihn aus der Repositur geholt haben.«

Ned kochte Kaffee für die müden Reisenden, und da keiner von ihnen wußte, wie sie die Verzweiflung des kleinen Jungen lindern sollten, brachten sie einander leise auf den neuesten Stand über die Ereignisse der letzten Wochen. Erasmus berichtete Ned, wie Linnaeus die Kutsche zum alten Wohnsitz der Familie gefahren hatte, obwohl er sich sonst nicht in die Sache hatte verwickeln lassen; wie Copernicus und Alexandra in die Repositur geschlichen waren und den Jungen geraubt hatten. Jeder von ihnen hatte eine andere Lüge erzählt. Copernicus hatte seinen Kollegen weisgemacht, er fahre wieder in den Westen. Alexandra hatte einen furchtbaren Streit mit ihren Geschwistern vom Zaun gebrochen, indem sie behauptete, sie habe eine Stelle in Cincinatti als Zeichenlehrerin an einem Mädchenpensionat angenommen. Erasmus, der sich mit Zekes Art zu denken auskannte und sich vorstellen konnte, wie und wo er nach ihnen suchen würde, hatte zwei Schiffspassagen nach Liverpool gebucht; es würde eine Weile dauern, bis man entdeckte, daß sie nicht angekommen waren.

»Ich glaube, wir haben unsere Spuren verwischt«, sagte er zu Ned. Er hatte wegen seiner Füße zwar keine aktive Rolle spielen können, doch bis jetzt war alles glattgegangen, und die Planung hatte in seiner Hand gelegen. »Ohne dich wären wir aufgeschmissen gewesen – wie kann ich dir nur für all deine Hilfe danken?«

»Nicht der Rede wert«, entgegnete Ned. »Ich hab versprochen, daß ich helfen werde, so gut ich kann, und ein Wort ist ein Wort.«

Er machte sich eifrig in der kleinen Küche zu schaffen und schlängelte sich dabei an seinen Gästen vorbei. »Ich hab ein Haus für Sie gefunden, ungefähr eine Meile von hier«, sagte er. »Es ist recht komfortabel und liegt ziemlich einsam, aber es ist erst morgen bereit. Heute werden wir hier übernachten müssen.« Die Gäste sahen sich in der winzigen Hütte um. »Es tut mir leid«, sagte er. »Aber es wird schon gehen. Ich habe Bettzeug aus dem Hotel geborgt.«

»Das ist doch alles bestens«, sagte Alexandra. Ihr dunkles Haar und ihr klares Gesicht und vor allem die Art, wie sie sich alle paar Minuten zu dem Jungen hinüberbeugte und ihm über den Rücken strich, erinnerten ihn an seine Schwester Nora. »Es ist sehr freundlich von Ihnen, uns so bei sich aufzunehmen. Und es ist wundervoll zu sehen, wie gut es Ihnen geht, nachdem Sie damals in Philadelphia so krank waren. Ich habe gehört, Sie haben jetzt eine gute Arbeit?«

»Ich kann nicht klagen«, sagte Ned. Wie sollte er ihr erklären, daß er in Gefahr war, sie zu verlieren? Die vielen Stunden, die er freigenommen hatte, um ein Haus zur Unterbringung seiner Freunde zu finden; die ständigen Briefe an seine Anschrift im Hotel, die den Besitzer mißtrauisch gemacht hatten; die Antwortbriefe, die er verfassen mußte, und die Vorräte, die er einkaufen mußte: alles, um einem Jungen zu helfen, den er gar nicht kannte. Doch Erasmus' Briefe hatten so verzweifelt geklungen, und die Geschichte, die er darin erzählte, war so abscheulich, daß Ned ihm nichts hatte abschlagen können. Ich habe es nicht geschafft, seiner Mutter zu helfen, hatte Erasmus geschrieben. Jetzt muß ich Tom helfen.

Ned trat zu dem schmutzigen, stummen Jungen, dem er diese schwierige Situation verdankte. Er kramte die wenigen Worte hervor, die Joe ihm auf dem Weg nach Anoatok beigebracht hatte, und stellte sich Tom stockend in dessen Sprache vor. Zu seiner Überraschung öffnete dieser die Augen – und dann den Mund, als wollte er beim Anblick von Neds Nase abermals aufschreien.

Ned war mit seinen paar Eskimoworten am Ende, aber Erasmus hatte ihm geschrieben, daß Tom Englisch sprechen und verstehen konnte. Er dachte an seine eigene Ankunft auf der Île-de-Grosse, als er selbst noch ein Kind gewesen war; als er und sein Bruder der kranken Schwester entrissen und wie Vieh auf einen überladenen Kahn verfrachtet worden waren, der sie flußaufwärts brachte und der Obhut wildfremder Menschen überließ, von denen sie keineswegs freundlich aufgenommen worden waren und deren Sprache sie nicht verstehen konnten. Der plätschernde Klang der französischen Sprache, die er noch nie gehört hatte, ein Englisch, das sich so anders anhörte als das ihm vertraute, und nie ein Wort Gälisch, nie ein heimatlicher Ton. Nie eine vertraute Geschichte, nirgendwo ein Mensch, der ihn unter die Fittiche nahm. Er sah in Toms dunkle Augen und las dort: Hilfe. Kannst du mir helfen?

»Wir waren auf dem Eis, in einem großen Sturm, bei grausigem Wetter«, sagte Ned. Er tippte sich an das vernarbte Nasenloch. »Da kamen nachts im Dunkeln die Innersuit hinter den Felsen hervor und entführten mich in ihr Versteck. Sie nahmen mir die Nase weg und hielten mich gefangen, aber ich betete um Kraft und konnte ihnen schließlich doch entkommen. Als ich zu meinem Volk zurückkehrte, hat dieser Mann« – er deutete auf Erasmus –, »dieser Mann, der unser Angekok war, mir mit einem Zauber geholfen, meine Nase wiederzubekommen. Aber es fehlte ein Stück, und an der Stelle ist nun eine Narbe, an der jeder erkennen kann, daß ich einst ein Gefangener der Innersuit war.«

Tom löste die Arme von den Knien, machte die Beine lang und streckte die Hand aus, um Neds Nase zu berühren. Er fragte: »Tut sie weh?« Seine ersten Worte, seit sie Philadelphia verlassen hatten.

»Jetzt nicht mehr«, sagte Ned. »Magst du was essen?« Er holte eine Platte mit Entenfleisch, das er im Hotel gebraten hatte, aus dem Schrank.

»Die Innersuit wollten meine Mutter holen«, sagte Tom. »Aber sie hat sie weggejagt.« Er machte sich über die Platte her.

»Und wie soll es jetzt weitergehen?«, fragte Ned Erasmus.

»Ich weiß nicht«, entgegnete dieser. »Wir sind heil hier angekommen, das ist immerhin etwas. Dank deiner Hilfe haben wir eine Unterkunft. Alles übrige – ich weiß es noch nicht.«

Während sie sich unterhielten, vertilgte Tom erst eine, dann eine zweite Ente. Die gebratenen Knochen schob er beiseite; sie waren im heißen Ofen brüchig und häßlich geworden, nicht mehr zu gebrauchen. Aber ringsum an den Wänden standen lauter Skelette, genau wie in dem Haus, aus dem er kam: Fledermaus, Fuchs, Schlange. Nachher, wenn alle schliefen, wollte er sich einen Knochen vom Flügel der Fledermaus stehlen.

Das Haus, das Ned für sie gefunden hatte, war zugig, aber geräumig. Es lag in einem Hemlockhain am Fuß eines Berges, unweit des Weges, der über die Wiesen nach North Elba führte. Sechsmal die Woche machte Ned, angezogen von Toms einsamen Augen, morgens einen langen Umweg zum Hotel und frühstückte mit der kleinen Ausreißerbande. Als er Tom ein wenig besser kannte, brachte er ihm ein Klappmesser, ein Beil und Kaninchenpfoten. An seinen freien Tagen nahm er Tom mit auf Ausflüge in den Wald. Erasmus fragte ihn mehrmals, ob er zu ihnen ziehen wolle, aber er wollte lieber für sich wohnen bleiben. Nach der Zeit auf der *Narwhal* hatte er sich geschworen, nie wieder mit Leuten unter einem Dach zu leben, die nicht zu seiner eigenen Familie gehörten.

»Denk noch mal drüber nach«, bat Erasmus. »Wir würden jederzeit Platz für dich schaffen.« Ned brachte ihnen frischen Fisch zum Frühstück, sagte aber weiter nein.

Die Wochen vergingen, und Erasmus bemühte sich zu ergründen, was er als nächstes tun sollte. Er ging spazieren und überlegte, überlegte und ging spazieren – er hatte schon fast vergessen, wie schön das war. Wenigstens waren sie hier sicher. Mit den Schneeschuhen, die Ned ihm gebaut hatte, konnte er seine Stöcke zu Hause lassen; die breiten, grobmaschigen Flächen ersetzten seine verlorenen Zehen, so daß er, solange Schnee lag, ein freier Mann war. Schon wenige Meilen vom Haus entfernt fühlte er sich wie in einem anderen Land. Der Wald war finster und endlos; er sah Wölfe, Hirsche, Panther, Seetaucher: Okipok, festes Eis. Schnee glasierte die Felder und versiegelte die Gipfel der Berge. Überall, in jedem Baum und jedem Fels, spürte er Annie und Dr. Boerhaave. Einmal stand er, nachdem es frisch geschneit hatte, auf einer Wiese und betrachtete die scharfen Schattenrisse der schroffen Gipfel auf einer Ebene, die aussah wie ein gefrorenes Meer. In den Schatten sah er das Gesicht seines verstorbenen Freundes und Annies Gesicht.

Dann und wann begegnete er einem Pelztierjäger, und einmal entdeckte er eine Einsiedlerhütte, aber sobald er sich ein Stück vom Fluß entfernte, war alles menschenleer. Er verstand, warum es Ned hierhergezogen hatte; die Siedler blieben unter sich und stellten wenig Fragen. Ähnlich wie Ned eine Ausrede erfunden hatte, erfand er zur Erklärung seiner Füße einen Unfall beim Angeln im Eis und neue Identitäten für seine kleine Schar. Selbst Copernicus war nicht so berühmt, daß man ihn hier in der Wildnis wiedererkannte, deshalb gab er ihnen keine anderen Namen. Aber er belog munter die Leute, die er beim Einkaufen traf. Er behauptete, sie kämen aus Baltimore; er sei Journalist und sein Bruder Maler, und sie hätten viele Jahre im wilden Westen verbracht. Der Kleine sei ein Indianerjunge, den sie adoptiert hätten. Und Alexandra sei seine Frau. An diesem Punkt stockte er kurz: seine Frau? Copernicus' Frau? Dann wählte er die Version, die ihm am glaubhaftesten schien.

Den ganzen erstaunlich kalten Winter hindurch arbeiteten Copernicus, Alexandra und er wie einst in der Repositur schreibend, malend und zeichnend zusammen. Copernicus baute eine kleine Staffelei für Tom und schenkte ihm Pinsel und Farben; von Alexandra bekam er Papier und Bleistifte. Sie brachten ihm Lesen und Schreiben bei.

»Wie schreibt man den Namen von meinem Vater und meiner Mutter?« fragte er, und Alexandra schrieb mit großen Buchstaben NESSARK und, weil sie den richtigen Namen seiner Mutter nicht kannte, ANNIE. Tom nahm einen Bleistift in die Faust und schrieb ein ganzes Blatt voll: NESSARK ANNIE NESSARK ANNIE NESSARK ANNIE ANNIE ANNIE. Als Umrandung malte er Hunderte von plumpen Vögeln. Die Pinsel, die Copernicus ihm gegeben hatte, ließ er links liegen, fand aber an den Farben Gefallen, und nachdem er sich beim ersten Versuch völlig beschmiert hatte, besorgte Copernicus Terpentin und gab Tom einen Kittel zum Überziehen. Tom malte mit den Daumen, wobei er die Farbe mit zarten Strichen über das Blatt verteilte. Er malte wieder und wieder die gleiche Szene: eine weite Eisfläche, eine schroffe Felswand, ein paar flache dunkle Flecken, die wohl Hütten darstellen sollten, kleinere dunkle Tupfen. Zweibeinige Tupfen und vierbeinige Tupfen: Menschen, Hunde. Erasmus sagte:»So sieht wahrscheinlich Anoatok in seiner Erinnerung aus.« Alexandra sagte nichts, aber eines Abends malte sie Tom liebevoll einen Hund und legte ihn ihm aufs Bett.

Er schlief in der hintersten der quadratischen Kammern, die von dem hohen Hauptraum abgingen, wo sie kochten, aßen und arbeiteten; eins, zwei, drei, vier Zimmerchen. Vier Einzelbetten, vier Menschen, die jeder für sich schliefen. Wenn Tom sich längere Zeit in sein Zimmer zurückzog und die Tür zumachte, ließen sie ihn ebenso gewähren, wie sie jedem Erwachsenen eine Privatsphäre zugestanden. Anders ging es nicht, dachte Alexandra. Sonst hätten sie nicht auf diese merkwürdige, kommunenhafte Art zusammenleben können. In der Umgegend hielt man sie für eine Familie, aber sie waren vier unabhängige Menschen, die zusammen in einem Haus lebten, die Pflichten unter sich aufteilten und gemeinsam an einem Buch arbeiteten, wobei die drei Erwachsenen auch die Sorge für das Kind gemeinsam trugen. Wieso unterschied es sich so sehr von dem Zusammenleben mit ihrem Bruder und ihren Schwestern, der Nichte und dem Neffen? Doch so war es; sie hatte täglich das Gefühl, als erfände sie ihr Leben neu. Tom malte ihren Hund ein ums andere Mal ab, versah die Tiere mit Geschirr und zeichnete Zugriemen dazu; dann malte er mit ihrer Hilfe einen Schlitten. Er brauchte sie, dachte sie. Mehr als ihre Familie. Aber er stellte keine Forderungen.

Sie wickelte zwei Schals um den Männermantel, den sie sich im Dorf gekauft hatte, und unternahm lange Spaziergänge allein über die Wiesen oder auf Hirschpfaden durch den Wald, freute sich an der mächtigen Kälte und dem trockenen Schnee, der ihr gegen die Wangen peitschte. Auf den Schneeschuhen von Ned stapfte sie von Slide Brook nach South Meadow Brook. Keiner fragte sie, wohin sie wollte und wann sie wiederkäme. Sie hackte Holz für die Öfen, kochte und machte die

Wäsche, wenn sie dran war, aber weil Erasmus und Copernicus sich ebenfalls an diesen Arbeiten beteiligten, gingen sie ihr leicht von der Hand. Zu Hause hatte sie sich bei den gleichen Arbeiten wie eine Dienerin gefühlt: Weil es Brownings Haushalt war. Brownings Haus, in dem sie, Emily und Jane und sogar Harriet zu Gast waren. Hier erwartete niemand etwas von ihr. Es gab Regeln, Listen, Dinge, die zu erledigen waren – aber sie teilten sie untereinander auf.

Morgens war sie stets mit einem Schlag hellwach, voll Vorfreude auf die Dinge, die sie tun wollte, und voll Staunen über sich selbst. Wo hatte sie den Mut hergenommen, ihre Familie vor den Kopf zu stoßen und ihnen solch ungeheure Lügen aufzutischen? Als sie mit Copernicus über den dunklen Gartenweg in die Repositur geschlichen war, hatte sie die Tür so geräuschlos aufgeklinkt wie eine Gewohnheitsverbrecherin. Sie hatten sich einer Kindesentführung schuldig gemacht, jedenfalls in mancher Leute Augen. Sie hatte genau gewußt, wie sie Tom ansprechen, in Decken hüllen und still und heimlich in die Kutsche bringen mußte – so wie sie sich auch hier in den unheimlichen Wäldern automatisch an den Bächen zu orientieren wußte und sich nie verlief; es verstand, jede Menge Feuerholz zu finden und den Ofen richtig zu heizen. Sie wußte, wieviel Schlaf sie brauchte – erstaunlich wenig, wie sich herausstellte –, und sie wußte sich sogar in ihren Gefühlen zu den beiden Brüdern zurechtzufinden. Sie schlief stets in ihrem eigenen Bett, obwohl sie spürte, daß sie in den beiden Zimmern rechts und links willkommen gewesen wäre. Wohl wissend, daß es nicht ewig so weitergehen würde, genoß sie eine Zeitlang die zarte, prickelnde Spannung, die das Dreigespann dahintrug wie ein Floß.

Keiner von ihnen wußte, was ihr nächster Schritt sein sollte. Sie waren sich einig, daß sie das Buch fertigstellen wollten. Wenigstens so weit, wie es ging. Danach – was danach kam, war eine leere Seite, an der Alexandras Phantasie scheiterte. Als Erasmus mit seinem Plan auf sie zugekommen war, hatte sie sich freiwillig bereit erklärt, bei Toms Rettung zu helfen und mit für ihn zu sorgen, während sie die Zeichnungen für das Buch fertigstellte. Weiter hatte sie nicht denken können. Jetzt waren die Zeichnungen fast fertig.

Ein Brief kam, und Erasmus las ihn vor, während sie beim Wildbretragout saßen. *Zeke hat die Polizei alarmiert*, schrieb Linnaeus. *Als ob Zeke Tom nicht selbst entführt hätte. Und hat dich und Copernicus als Verdächtige angegeben, Alexandra jedoch nicht. Als ich mich bereit erklärte, euch zu helfen, rechnete ich nicht damit, dadurch in eine so peinliche Lage zu geraten. Findet ihr nicht, daß ihr euch Zeke erklären solltet?*

Erasmus verzog das Gesicht, und Alexandra starrte auf ihren Teller. Wenn dies Kindesentführung war, was sagte man dann zu all den anderen Dingen, die ihnen Sorgen machten? Das Chaos, das sie in Philadelphia hinterlassen hatten, ihre aufgebrachten Familien, Erasmus' vertrackte Investitionen, von denen sie derzeit alle vier lebten, die aber immer noch wacklig waren – Schwierigkeiten, wohin man sah, doch mit dem Buch ging es zügig voran. Überall lagen Manuskriptstapel, aus denen Erasmus ihr und Copernicus abends vorlas; Stapel von Zeichnungen, die sie zur Inspektion für die Brüder an die Wand heftete; zwei neue Riesengemälde von Copernicus, in denen Vögel, Robben und Klippen jeder Art, wie Erasmus und Dr. Boerhaave sie in ihren Journalen festgehalten hatten, jede Art Wale und Planktonschwärme einen Platz gefunden hatten.

»Genau«, sagte Erasmus bei jeder neuen Ansicht, die auf den Gemälden vollendet wurde. »Genauso hat es ausgesehen.«

Mittlerweile sahen sie alle das Buch deutlich vor sich, dachte Alexandra. Die Aufmachung, die Schrifttype, die Verteilung der Zeichnungen und Gemälde im Text. Neben ihnen sah und hörte Tom zu, während er seine eigenen Wörter und Bilder malte. Er malte seine Mutter, er malte seinen Vater, er malte Walroßjagden und Eisbären. Er wartete auf Neds Besuche. Der Schnee wuchs immer höher, bis alles ringsum weiß war und es fast wie zu Hause aussah.

Manchmal ging Ned mit ihm tief in den Wald hinein, zu seinen Fallen. Sie fingen Biber, Bisamratten, Kaninchen; als sie in einer Falle einen Fuchs fanden, durfte Tom ihn töten. Tom stellte sich auf den Fuchs, wie er es bei seinem Vater gesehen hatte, indem er den Kopf und die Beine an die Erde preßte, legte ihm dann die Hände auf die Brust und drückte so fest zu, daß sein Herz zu schlagen aufhörte und er starb. Alexandra zeichnete ihn, wie er den Fuchs mit Neds Messer häutete und das Fell draußen zum Bleichen und Trocknen aufspannte. Erasmus und Ned säuberten die Knochen, fügten sie wieder zusammen und brachten Tom ihre Namen bei. Von einem zweiten Fuchs durfte er die Beinknochen und den Schädel behalten.

»Es ist wunderbar, wieviel er lernt«, sagte Ned zu Erasmus. »Aber wie lange können wir ihn noch hierbehalten?«

An jenem Morgen war Tom beim Geräusch von tropfendem Wasser aufgewacht: nicht seine Mutter, die vom Himmel herabregnete, sondern schrumpfende Eiszapfen an der Dachtraufe. Mit einemmal lichtete sich der Nebel, in dem er seit dem Verlassen der Heimat gewandelt war, und ihm gingen die Augen auf. Er sah Ned an; er sah Erasmus und Alexandra an, die sich über ihre Tische beugten; er sah Copernicus an, der an einem Bild von der Küste gegenüber von Anoatok malte. Er sagte: »Ich will nach Hause.«

Erasmus schrieb noch zwei Zeilen und legte sein Blatt beiseite. Er blickte auf und sah Tom an. Vor langer Zeit hatte sein Vater ihn einmal voll Verzweiflung angesehen und gefragt: »Kannst du denn nie über etwas hinwegkommen? Warum mußt du dich hier einschließen, bloß weil etwas nicht so gelaufen ist, wie du es dir gedacht hast?« Er hatte so lange darauf gewartet, daß sich sein nächster Schritt vor ihm auftat; hier war der Grund für seine Lügen und Winkelzüge. »Ich werde dich nach Hause bringen«, sagte er. Als ob er es schon immer vorgehabt hätte. »Sobald es die Jahreszeit erlaubt.«

Linnaeus schrieb erneut:

*Letzte Woche sind sie nach Washington gefahren, zur Einweihungsfeier in der Smithsonian; die Sammlungen von der Forschungsexpedition sind jetzt alle in der großen Halle ausgestellt, und Annies Skelett steht mittendrin in einem Schaukasten. Zeke hat irgendeine Auszeichnung bekommen, aber ich weiß nichts Näheres. Humboldt und ich und unsere Familien sind wohlauf, und wir hoffen, auch euch geht es gut, aber ich wünschte, ich müßte nicht überall lügen.*

*Zeke weiß mittlerweile, daß ihr nicht in Liverpool angekommen seid, aber nicht mehr – ich glaube, er will nicht mehr wissen. Bald nachdem er die Polizei alarmiert hatte, beschloß er, daß es schlecht auf ihn und Lavinia abfärben würde, wenn ihr eines Verbrechens verdächtigt würdet. Jetzt hat er oder sonst jemand das Gerücht in die Welt gesetzt, daß Tom, der undankbare Junge, auf einem Handelsschiff als Schiffsjunge angeheuert habe. Aber eigentlich interessiert sich niemand mehr dafür, was aus Tom geworden ist. Alles redet nur noch über Zekes Buch.*

*»Die Arktisfahrt der Narwhal« liegt in allen Buchläden in großen Stapeln aus. Letzte Woche, als wir zum Abendessen bei den Laurens waren, fing plötzlich eine Frau an, mir mit großem Ernst den Unterschied zwischen den Arktischen Hochländern und den Netsilik darzulegen, so als wüßte sie, wovon sie redet. Ich muß dir sagen, daß es ein sehr interessantes Buch ist – lebendig, gut geschrieben, voller Abenteuer. Überrascht es dich, daß du eine äußerst untergeordnete Rolle darin spielst? Wie deine Mitreisenden im übrigen auch. Captain Tyler, Mr. Tagliabeau, Robert Carey und Sean Hamilton waren kurz hier in der Stadt, um einige offene Fragen bezüglich ihrer Heuer mit Zekes Vater zu klären. Sie sind nicht glücklich damit, wie sie von Zeke dargestellt werden, meinen aber, sie hätten es nicht anders erwartet. Als ich ihnen mitteilte, daß du nach England abgereist seist, baten sie mich, dir dafür zu danken, daß du die Briefe an ihre Familien weitergeleitet hast, und dir zu sagen, daß sie keinen Groll gegen dich hegen – sie haben auf ihrer Robbenfahrt gut verdient und wollen demnächst wieder mit einem Walfänger auf Fahrt gehen. Sie meinten, es würde dich interessieren, daß der Grönländer namens Joe sich in Dänemark aufhält, um Berichte für die Missionarsgesellschaft zu verfassen, und daß er dabei sei, ein Werk über die Eskimos von Anoatok und ihre Märchen zusammenzustellen. Schreibt alle Welt Bücher?*

*Lavinia spricht kaum mit mir oder Humboldt und ist, glaube ich, recht unglücklich. Zekes Vater hat finanzielle Sorgen und mußte seinen Plan aufgeben, den beiden ein Haus zu bauen; obwohl Zeke an seinem Buch reichlich verdienen müßte, scheinen noch Schulden dazusein, von denen wir nichts wußten. Sie bittet mich, wenn ich von dir höre, falls ich Kontakt zu dir habe – Herrje, dieser Umstand! –, dich doch zu fragen, ob du ihnen dein Haus nicht vielleicht noch für ein, zwei Jahre überlassen könntest, oder zumindest bis du wiederkommst: Wann kommst du wieder?* »Erinnere ihn daran, was er mir geschenkt hat, als ich zehn war«, *meinte sie, was dir hoffentlich mehr sagt als mir. Sie weiß, daß wir Zeke nicht mögen, erklärt mir aber, daß sie ihn liebt. Was versteht sie unter Liebe, frage ich mich.*

Erasmus traf Vorbereitungen für die Reise. Diesmal würde es kein eigenes Schiff geben, er mußte keine Vorräte besorgen, keine Mannschaft anheuern. Er zog einige Erkundigungen ein und entschied sich dann für eine verläßliche Walfangreederei in New London und einen Kapitän, dessen Schiff Mitte Mai in See stechen sollte und der nichts dagegen hatte, zahlende Passagiere nach Godhavn mitzunehmen. Für den Rest der Reise war er auf sich gestellt, aber die Einzelheiten dafür wollte er erst in Grönland regeln. Annie war nicht mehr; er konnte ihrer Familie nicht ihre Gebeine mitbringen, und er konnte sich nicht vorstellen, wie er dies erklären sollte. Aber er konnte ihnen Tom wiederbringen. Eine letzte Chance; er war froh darum. Er schrieb an Linnaeus und ließ Lavinia mitteilen, daß sie auf unbegrenzte Zeit im Haus wohnen bleiben könne. Sein Vaterhaus, ihr gemeinsames Vaterhaus. Auf dem Eis hatte er es nachgebaut, bevor sich alles geändert hatte – und in der Gestalt dieses Modells lebte es in seiner Phantasie fort. Als ein kleines Ding mit leeren Fenstern, verschlossen und kalt. Sollte sie doch mit Zeke dort wohnen.

Er setzte sich mit Copernicus zusammen. Dieser hatte sich von Anfang an geweigert, eine Verpflichtung über die nächste Woche oder den nächsten Monat hinaus einzugehen: immer nur Bild für Bild, hatte er gesagt. Er würde so viele fertigstellen, wie er konnte. Trotzdem hatte Erasmus gehofft, ihn überreden zu können, mit in den Norden zu reisen. »Wenn du die Gegend selber sehen könntest«, sagte er. »Das Eis, das Licht, Toms Volk in seiner Umgebung...«

Zu seiner Überraschung entgegnete Copernicus: »Es ist nicht das, was ich will.«

In der hintersten Ecke des Zimmers, wo Alexandra so in ihre Zeichnung eines Grönlandwals vertieft schien, daß die Männer meinten, sie hörte nicht zu, zog sie einen viel zu dunklen Strich und biß sich dann auf die Unterlippe. Natürlich würde Copernicus fortgehen, es entsprach seinem Wesen, ständig unterwegs zu sein. Er hatte das Glück, daß ihm alle Chancen offenstanden. Sie wollte fast schon aufstehen, damit die Brüder sich unter vier Augen unterhalten konnten, da trat Ned mit einem Bisamfell ins Zimmer und hielt inne, als er hörte, worum das Gespräch ging; da Copernicus ihm zu bleiben bedeutete, blieb Alexandra ebenfalls sitzen.

»Ich weiß, daß es schwer zu verstehen ist«, sagte Copernicus. »Aber ich kann nichts Neues mehr aufnehmen. Ich bin noch so voll von Eindrücken aus dem Westen und von den Visionen der Arktis, die ich von dir habe, und von diesen Bergen hier – dies ist eine phantastische Gegend. In mancher Hinsicht genauso wild wie der Westen, und so im Umbruch – ich könnte mein Leben lang malen, ohne jemals alles einfangen zu können. Ich mache soviel fertig, wie ich kann, bevor du fährst, aber dann muß ich eine Weile die Gegend hier auf die Leinwand holen.«

»Bist du sicher?« fragte Erasmus. Er mußte daran denken, wie eine Delegation von Indianerhäuptlingen auf dem Weg nach Washington durch Philadelphia gezogen war, als sie noch Kinder waren. Schon damals hatte Copernicus nicht geruht, bis er diese Gestalten in sein Notizbuch gebannt hatte. »Tom und ich könnten deine Hilfe brauchen.«

»Ich weiß«, erwiderte Copernicus. »Ich würde die Gegend eines Tages selbst gern sehen. Aber jetzt bin ich hier, und meine Augen sind übervoll. Ich muß die Gegend hier malen, so lange es noch geht. Ned will mir helfen.«

Alexandra fragte sich, wer ihr wohl helfen würde. Copernicus nicht, jedenfalls nicht mehr, als er ihr schon geholfen hatte. Er nahm vielleicht an, daß er hier in den Bergen bleiben würde, aber er würde bald weiterziehen, als einsamer Wanderer. Sie löste den Blick von ihm und beugte sich wieder über ihre Arbeit. Auch Erasmus wandte sich von ihm ab, aber er wandte sich nicht etwa ihr zu – sie fühlte sich in dieser Atmosphäre des Pläneschmiedens genauso unsichtbar, wie Lavinia sich einst zwischen ihren Brüdern gefühlt hatte –, sondern Ned.

»Willst du nicht lieber mit *uns* kommen?« fragte Erasmus seinen alten Kameraden. »Als mein Begleiter?« Sein linker Fuß zitterte, und er bückte sich, um ihn zu reiben.

»Ich werde Copernicus führen«, sagte Ned. »Ich kann ihm helfen, die Flüsse und die Seen zu erkunden, und wir werden im Wald kampieren. Ich kenne die Gegend gut. Er wird malen. Ich werde jagen und kochen. Das wird uns beiden guttun.«

Er sagte weder, daß Copernicus ihm mehr Lohn geboten hatte, als er im Hotel bekam, noch, daß er selbst einen Plan verfolgte. Er hatte einiges an Geld gespart und wollte weiter sparen. Auf der Wanderung durch die Berge hoffte er einen Flecken zu finden, der für ein eigenes kleines Hotel geeignet war. Ein Urlaubshotel, nicht nur für Jäger, sondern auch für deren Familien, mit einem Angebot von gesunden Aktivitäten an der frischen Luft und behaglichen Räumen im Haus. Wo eine Bootsflotte mit Führern an stabilen Piers anlegte, um Gäste, die abenteuerlustig, aber nicht besonders kräftig oder kundig waren, auf die gewundenen Flüsse zu entführen. Nebenbei, dachte er, wollte er sich vielleicht in bescheidenen Ausmaßen als Tierpräparator etablieren.

»Ich habe immer versucht, Ihnen zu helfen«, sagte er zu Erasmus.

»Du bist mir eine unschätzbare Hilfe gewesen«, bestätigte Erasmus. Er versuchte zu lächeln, er versuchte zu zeigen, wie dankbar er war. Auf der *Narwhal* hatte Zeke Begleiter für seine letzte Wanderung nach Norden gesucht und kein Entgegenkommen gefunden. Hatte er sich da so gefühlt wie er jetzt?

Er ermunterte Ned: »Nach allem, was du getan hast, mußt du jetzt tun, was du willst.«

Den ganzen Winter hindurch hatte Ned ein Traum gequält, den er für sich behielt. Darin hatte er sich mit Zeke und Dr. Boerhaave abermals im Labyrinth der Preßeishügel verlaufen. Zwergenklein liefen sie zwischen den trügerischen Eishaufen im Kreis, hackten sich Durchgänge frei, nur um auf der anderen Seite ihre eigenen Spuren zu entdecken. Frierend, hungrig, schwach und schwächer kletterten und stürzten, wühlten und asteten sie und kamen nicht voran. Der Traum ging endlos weiter, ohne daß es zu einer Lösung kam; das einzig Gute daran war, daß er nie den Moment erreichte, als Dr. Boerhaave im Eis einbrach. Jetzt sah er seinem noch lebenden Freund in die Augen.

»Ich werde mich nie revanchieren können«, sagte er, »für alles, was ich von Ihnen gelernt habe. Aber nach unserer Rückkehr aus der Arktis habe ich mir geschworen, nie wieder ein Schiff zu betreten.« Er breitete das Bisamfell zwischen seinen Händen aus, so daß die Fellseite zu Erasmus hin zeigte: »Tom hat mich gefragt, ob er dies haben kann. Geht das in Ordnung?«

»Natürlich«, sagte Erasmus abwesend. Als Ned in Toms Zimmer verschwand, sagte Copernicus: »Ich fühle mich ein wenig wie er.«

»Wie Ned?«

»Ich bin schon zuviel gereist.«

Alexandra schraffierte einen Schatten in Kreuzlagen. Wie er das so dahersagt, dachte sie. Zuviel, wo das einzige, was sie je gefühlt hatte, Zuwenig war. Er gab sich freilich einer Selbsttäuschung hin, denn er würde zeitlebens in Bewegung sein. Keine Frau würde ihn je über eine kurze Zeit hinaus an sich binden. Hier im Dorf war es die Tochter des Kaufmanns, die sich nachts aus dem Haus schlich, um Copernicus im Wald zu treffen, das wußte sie. Weil er sie nie mitbrachte, taten sie alle so, als wäre nichts.

»Ich muß an einem Ort bleiben«, fuhr Copernicus fort. »Und arbeiten. Aber daß du fährst, ist wunderbar. Nicht nur wegen Tom. Es wird auch dem Buch guttun.«

»Meinst du?« fragte Erasmus. Er hatte sich schon fast damit abgefunden, daß er es bis zur Abfahrt nicht mehr vollenden konnte. Alexandras Zeichnungen waren fast alle fertig, sie waren präzise und ausdrucksstark; Copernicus' Bilder waren wie Fenster zu der Welt, die er einst bereist hatte, und er war glücklich mit ihnen, ganz gleich wie viele es am Ende wurden. Aber dem Text selbst fehlte noch etwas. Noch während er dies dachte, erhob sich Alexandra, die bis jetzt mucksmäuschenstill dabeigesessen hatte, und ging leise zur Hintertür hinaus unter die schattigen Bäume.

»Neben den Pflanzen und Tieren leben auch Menschen da« sagte Copernicus. »Wenn du etwas von ihrer Lebensweise in den Text bringen könntest...«

Erasmus schrieb der Reederei in New London, um dem Kapitän mitzuteilen, daß er nur zwei Kojen brauchte; bis zur Abfahrt war noch Zeit, er packte und stellte Listen auf und dachte über Copernicus' Rat nach. *Carl von Linné*, hatte ihr Vater gesagt, *glaubte, die Antarktis werde von einer eigenen Menschenspezies bewohnt, die mit einem Schwanz ausgestattet sei.* Erasmus hatte mit eigenen Augen gesehen, daß am Südpol gar keine Menschen lebten, weder mit noch ohne Schwanz. *Jenseits des Nordwinds leben die Hyperboreer.* Diese hatte er zwar gesehen, aber nicht klar genug. Er empfand es immer noch als richtig, daß er in der Geschichte nicht selbst in Erscheinung trat; er war in der Tat eine unwichtige Figur. Nicht nur in Zekes Geschichte, sondern auch in Neds und Annies und Toms Geschichte, ja sogar für Copernicus und Alexandra – er war nur die Welle, die das Boot zum Schaukeln brachte. Aber in seinem Buch hatte er nicht nur sich, sondern auch die Eskimos ausgelassen.

Menschen zu beobachten war seine Sache nicht; schon auf der Forschungsexpedition war ihm nicht wohl gewesen, wenn er sah, was die Sprachwissenschaftler und Anthropologen trieben. Daraufhin hatte er eine Form der Zurückhaltung kultiviert. Er war nicht wie Zeke in einen Eskimostamm eingedrungen; er hatte nicht wie sein geliebter Dr. Boerhaave versucht, ihre Lebensweise zu erkunden, bevor sie verlorenging. Er hatte sich seine Tugend zugute gehalten, die Augen abgewandt und sich statt dessen auf die Pflanzen und Tiere konzentriert.

Doch vielleicht hatte er einfach Angst gehabt? Als hätte er, indem er sich jedes Urteils über die Menschen, denen er begegnete, enthielt, gehofft, selbst einer Beurteilung zu entgehen. Vielleicht war es das Beste, nicht in solche fremden Gegenden zu reisen – aber er war dahin gereist, das war nicht ungeschehen zu machen; und er mußte noch einmal dorthin. Wenn er Tom zu seiner Familie brachte, konnte er sich die Menschen ansehen. Frauen, die geduldig die Häute sauberkratzten und durchkauten. Männer in Bärenpfotenstiefeln, die sich über das Atemloch einer Robbe beugten; Kinder, die in Krabbentaucherwolken standen und ihre Netze schwenkten. Er konnte mit ihnen sprechen. Ob sie wohl mit ihm sprechen würden?

Am 26. April kam Alexandra mitten in der Nacht in sein Zimmer. Ihr graues Kleid war vorne mit zweiundzwanzig Knöpfen verschlossen; sie knöpfte die ersten sechs so selbstverständlich auf, als wollte sie das Kleid ausziehen, um den Malerkittel überzustreifen. Die restlichen machte Erasmus auf. Der erste Anblick ihrer Schultern traf ihn wie der erste Anblick des Eises – wie hatte er das vergessen können? Er strich ihr mit dem Daumen über das Schlüsselbein. Diesen Anblick wollte er nie wieder vergessen. Er mußte bald fort; sie würde hierbleiben oder an einen neuen Ort gehen; sie hatte ihre Pläne nicht verraten. Vielleicht wollte sie Lehrerin werden, wie sie es ihrer Familie erzählt hatte. An ihre Schenkel geschmiegt, von ihren Händen berührt, von ihrer Zunge am Hals liebkost, fühlte Erasmus sich vom Leben durchpulst und durchströmt. Wenn ihm in der Arktis einsam wurde, konnte er sich diese Nacht vor Augen rufen. Er schob seine Hand in Alexandras Haare und zog sie sich wie einen Vorhang über die Augen. Alexandra dachte erstaunt: Ah, das war es also. Dies war die Freude, die Lavinia an Zeke band, ganz gleich was geschah.

Später in der gleichen Nacht schenkte Erasmus Alexandra den kleinen Lederfetzen mit den Spikes, den er seit dem Aufenthalt in Boothia bei sich trug, ohne ihn je seinem ersten Freund gezeigt zu haben. Er öffnete die Hand und ließ ihn los. Sie legte sich die Sohle so auf den bloßen Bauch, daß die Eisenspitzen schwerelos auf der Haut ruhten. Ein herrlicher Kontrast zwischen dem kühlen Metall und seiner warmen Hand. »Das ist für dich«, sagte er. »Als Erinnerung an mich.«

Sie ließ die Spikes über ihre Haut wandern. Sie hatte schon wochenlang vorgehabt, in sein Zimmer zu gehen, wie sie schon wochenlang vorgehabt hatte, eine andere Bitte zu äußern. Zwei Dinge, die nicht unbedingt miteinander zu tun hatten. Aber sie hatte zu lange gewartet, und jetzt geschah alles auf einmal. Wenn sie noch länger wartete, war alles zu spät. »Nimm mich mit«, sagte sie. »Statt Copernicus.«

Erasmus schwieg. Sie hatte ihn schon einmal aus seiner Verlassenheit herausgeholt, indem sie so tat, als bräuchte sie ihn für einen Besuch in der Akademie der Wissenschaften. Er hatte erst Monate später begriffen, was sie getan hatte. »Ich bin so froh, daß du hier bist«, sagte er schließlich. »Dies – daß wir so zusammen sind –, das war schon lange mein Wunsch. Aber du brauchst dich dadurch nicht gebunden zu fühlen. Ich komme wieder, das verspreche ich dir. Wenn du dann noch frei sein solltest ...«

Sie richtete sich ungeduldig auf und drückte ihm den Lederfetzen wieder in die Hand. »Ich will mit«, sagte sie. »Verstehst du das nicht? Ich habe mir immer schon gewünscht, so eine Reise machen zu können. Als du fort warst, habe ich Lavinia aus Parrys Reisetagebuch vorgelesen und mich die ganze Zeit an die Orte gewünscht, wo du warst. Seitdem du wieder da bist und wir an diesem Buch arbeiten ... Ich will selber hinschauen, ich will reisen, ich will alles mit eigenen Augen sehen.«

Eine Haarsträhne schlängelte sich von ihrem Hals über die linke Brust und fiel breit über die Rippen. Schön, wunderschön. Er sah sie an und dann die ergrauenden Haare auf seiner Brust. »Sieh mich an«, sagte sie. »Ich bin nicht in dein Zimmer gekommen, um dich herumzukriegen, damit du mich mitnimmst, oder um dich zu beschämen oder sonst etwas. Ich wollte bei dir sein, ich wollte dich so berühren wie jetzt – aber das hat mit dem Wunsch, in die Arktis zu fahren, nichts zu tun.«

Sie beugte das Knie und legte sich seine Hand an die Innenseite ihres Schenkels. »Die Bedingungen sind mir gleich«, sagte sie. »Die überlasse ich dir. Wenn du nicht willst, daß wir ... so zusammen sind, muß das nicht sein. Dann komme ich als deine Assistentin mit, als deine Freundin.«

In dem Zimmer, in dem sie in ihren letzten Wochen in dem Haus gemeinsam schliefen, strich Alexandra Erasmus mit einer Hand über den Rippenbogen. Nebenan hörte sie Tom im Bett wühlen. Wieviel Zeit sie vergeudet hatten – sie hätten schon vor Monaten den Weg zueinander finden können, aber bevor Tom einen Spalt in Erasmus' Herz geöffnet hatte, hatte sie nicht hineinsegeln können. Natürlich wollte sie gut für Tom sorgen, sie verdankte ihm alles. Sie hatten beschlossen, noch vor der Abreise zu heiraten.

»Was denkst du?« fragte sie.

»Wie langsam ich bin«, sagte er.

Draußen vor ihrer Tür saß Copernicus und malte. Kein Bild, das sie geplant hatten, sondern eins außer der Reihe – ihn hatte unversehens eine Geschichte gepackt, die Erasmus ihm vor Monaten erzählt hatte, von der Unterwasserwelt, die er gesehen hatte, als er durch das Loch im Eis gestürzt war. Er hatte es eilig, damit fertig zu werden, damit er sich endlich den Bergen ringsum widmen konnte. Doch im Augenblick war er vollkommen auf die Eisdecke konzentriert: oben weiß, nach unten hin grün und grau, stellenweise von Sonnenstrahlen angeleuchtet, die durch einen riesigen Spalt einfielen.

»Wie lange ich brauche, um wichtige Beschlüsse zu fassen«, sagte Erasmus. »Um zu merken, was um mich herum vorgeht. Ich denke darüber nach, wie lange es gedauert hat, bis ich aus Zeke schlau wurde, wie wenig gefehlt hätte, daß mir die Freundschaft mit Dr. Boerhaave entgangen wäre, wie Ned mich zwingen mußte, die Männer von der *Narwhal* heimzuführen.«

Die Unterfläche des Eises war von einer dicken Algenschicht

überzogen, an der junge Fische und kleine Krustentiere fraßen. In der linken unteren Ecke schwammen drei blaßleuchtende Belugas; nahe der Oberfläche stand ein Walroß mit wedelnden Flossen senkrecht im Wasser. Durch Kapelanschwärme und Quallenscharen tauchten die Lummen, die Erasmus durch das Wasser hatte fliegen sehen. Copernicus schob die Trittleiter weiter nach rechts, um besser an dem Narwal arbeiten zu können, dessen spitz zulaufendes Horn fast die Flossen des Walrosses berührte.

»Wie ich zu spät gekommen bin, um Annie zu retten«, sagte Erasmus.

»Zeke ist schnell«, sagte Alexandra. »Willst du so sein wie er?« Sie legte ihm eine Hand auf die Brust.

»Und dich hätte ich mir auch beinahe entgehen lassen«, sagte Erasmus. Das leise Schaben von Copernicus' Leiter auf dem Fußboden wiegte sie und Tom im Nebenzimmer in den Schlaf.

Tom träumte eine dunklere Version der Szene, die Copernicus malte. Das gleiche Eis zu Trümmern zerbrochen und aufgetürmt, bei Zwielicht statt bei strahlender Sonne; kalter Oktober statt gleißendhellem Juli. Er träumte eine Szene aus der Zeit vor Zeke. Der Bruder seiner Mutter verließ mit seinem Schlitten und sechs Hunden trotz schlechten Wetters die Siedlung, um auf dem dicker werdenden Meereis Robben zu jagen. Er fuhr los und kam nicht wieder. In Toms Traum, wie im wirklichen Leben, kamen tiefe Nebel und schrecklicher Wind auf, so daß sie ihre Hütten nicht verlassen konnten. Als sie endlich nach dem verschollenen Jäger suchen konnten, folgten sie den Schlittenspuren, bis sie verschwanden. Im Mondlicht zeigte eine kreisförmige Fläche aus Neueis inmitten von Trümmerblöcken die Stelle an, wo der Jäger eingebrochen war. Die Männer hackten das Eis auf, vergrößerten das Loch und legten Leinen, Harpunen und stabile Fischbeinhaken bereit.

In seinem Traum war Tom kein kleiner Junge mehr, sondern einer von den Männern. Er spürte den Zug der Leine an seinen Armen und das leichte Erzittern des Hakens, als er irgendwo anstieß und sich verhakte. Er spürte das Gewicht im Rücken, während er im Verein mit den anderen zuerst den

Schlitten herauszog und dann nacheinander die noch in den Zugriemen verfangenen Hunde. An den Zugriemen konnte er die Abdrücke erkennen, wo die Tiere sich mit den Zähnen zu befreien versucht hatten. Sie legten die Hunde Kopf an Kopf auf das Eis, und sie waren im Nu steinhart gefroren. Seine Hände wurden taub, als er die Leine aufwickelte und den Haken erneut ins Wasser warf.

In seinem Traum sah er alles, auch das, was er sich nur hatte vorstellen können, als es geschehen war; er sah, wie der Haken unter dem Eis an ein Bein in einem Stiefel kam. Wie ein lebendiges Wesen hüpfte er an dem Bein hinunter, bis er sich am Fußgelenk verfing. Sachte, sachte. Er war der Haken, er war die Leine; er war der starke Leib auf dem Eis, der behutsam an der Leine zog. Er war die Frau, die aufschrie, als der Stiefel die Wasseroberfläche durchstieß, und er war der Mann, der zusah, wie der Leichnam mit den Füßen zuerst aus dem Meer geborgen wurde. Füße, Beine, Hände, Oberkörper, Kopf. Der Mund war zu einer grausigen Grimasse aufgerissen, die Fingernägel zerschunden, wo sie sich in den Rand des Lochs gekrallt hatten. Als sie den Leichnam auf das Eis legten, wurde er glasig und steif und hellweiß. Tom beugte sich über das Gesicht und sah nicht seinen Onkel, sondern Zeke.

Bei diesem Anblick wurde er mit einem Ruck wach; um ihn herum waren nur die Wände. Am Fußende seines Bettes lag sein Paket aus den Knochen und dem Bisamfell, aus dem er eines Tages sein Tupilaq bauen wollte. Er legte sich mit dem Kopf daneben. Der Ort, aus dem er geflohen war und an den er nie wieder zurückkehren wollte, hieß Philadelphia; dort lag Zeke, nichts von seinem Schicksal ahnend, und schlief. In seiner ganzen eindrucksvollen Länge über die Laken gefläzt, so daß ein Arm weit aus dem Bett hing, ein Fuß über das Ende der Matratze hinausragte, und er rekelte sich, während er im Traum an Annie dachte.

Nicht an Annie, wie sie in diesem Haus gewesen war; nicht an Annie in Washington; nicht an ihr Skelett, das in einem gläsernen Schaukasten schimmerte. Sondern an Annie, wie sie in Anoatok gewesen war: gänzlich fremdartig und gänzlich in sich ruhend. Sie lächelte ihm unter einem Himmel zu, an dem es von Vögeln schwirrte. Das Leben bei ihr und ihrer Familie war das Leben, nach dem er bei Erasmus' Vater zu streben gelernt hatte; sein Traum wechselte, und er war ein Mitglied der Wells-Familie, der wahre Sohn, der Sohn, den sich Vater Wells immer gewünscht hatte. Die vier leiblichen Söhne waren nur Jungen, die mit großen Augen den Geschichten von Bienen lauschten, die man wieder zum Leben erweckte, indem man sie mit dem Magen eines frisch getöteten Rindes bedeckte. Zeke war der einzige von ihnen, der begriffen hatte, daß diese Geschichten Naturkunde waren und keine Wissenschaft. Das war es doch, was Mr. Wells ihm hatte vermitteln wollen, oder nicht?

Ein paar letzte Tage und Nächte verbrachten die vier Hausgenossen in ihrer zugigen Bleibe. Dann gingen sie fort. Copernicus mit Staffelei und Farbkasten auf dem Rücken und Ned an seiner Seite: Nur für den Sommer, sagte er, nur für die kurzen Monate mit weichem, von Bäumen gefiltertem Licht. Erasmus, Tom und Alexandra reisten an die Küste. Später im Laufe des Sommers würden sie erfahren, daß McClintocks *Fox* während ihres Winters in den Bergen in der Melville-Bucht im Eis festgelegen hatte. Nachdem das Schiff mit dem Packeis zwölfhundert Meilen nach Süden getrieben worden war, hatte es sich, sobald das Eis es freigab, wieder in Richtung Norden aufgemacht – wie Erasmus wußte, in exakt die Gegend, die er mit Zeke erforscht hatte. Er nahm an, daß McClintock und seine Mannschaft auf die gleichen oder ähnliche Eskimos treffen würden wie sie und daß es ihnen im Gegensatz zu ihm und Zeke gelingen würde, nach King-William-Land vorzudringen. Auf ihrer Reise mit einem Schlitten, an dem ein rotes, von Lady Franklin besticktes Seidenbanner prangte, würden sie Relikte, Leichen und Spuren finden und bei ihrer Rückkehr den Ruhm ernten, der auch ihm hätte zukommen können.

Doch bis dahin machte er sich nichts mehr daraus. Er war in Grönland, nach einer angenehmen Überfahrt ohne alle Katastrophen und Todesfälle. Ein schottischer Walfänger brachte sie von Godhavn nach Upernavik; von dort ging es mit einem dänischen Fischerboot weiter und schließlich mit einem Umiak aus Robbenhaut. Sie hatten wenig Gepäck und stellten wenige Ansprüche. Fremde Männer geleiteten sie an Klippen, Gletschern und flachen Steinstränden vorbei: *Wo die Gänse nisten; wo sich die Kobolde verstecken; wo die Eishöhle unter dem Felsvorsprung wächst.*

Erasmus machte keine Notizen. Das wollte er später tun. Doch an seiner Seite füllte Alexandra eines der schwarzen Notizbücher, die sie von Kindheit an als Tagebuch benutzt hatte, nur in einem größeren Format, mit Skizzen. Was sie sah, ähnelte den Bildern, die sie in Erasmus' grünem Tagebuch zu sehen bekommen und anschließend unter seiner Anleitung rekonstruiert hatte, und war zugleich völlig anders. Sie legte sich flach auf graue Felsen, so daß ihre Augen auf einer Höhe mit einem winzigen blasenförmigen Blütenstand waren. Diese Blumen hatte sie in Philadelphia zwanzigmal gezeichnet, doch erst jetzt sah sie, was Erasmus in seiner Darstellung entgangen war: Daß jede Blüte einen Kelch bildete, einen gewölbten, gestreiften, trügerischen Kelch, in dem die wirklichen Blütenblätter verborgen waren. Die Stiele, das Gestein, das Eis, der Himmel, die ziehenden Wolken – wie sie diese Dinge wahrnahm und wie Erasmus sie wahrgenommen hatte, das war zweierlei.

Erasmus sah ihr beim Zeichnen zu. Nichts von dem, was sie wiedergab, war ihm neu, aber bei jedem Bleistiftstrich – er hatte ihr spezielle Stifte geschenkt, Dr. Boerhaaves Stifte – war ihm, als setzte sie einen Meißel an: ein, zwei Schläge und der Stein spaltete sich in zwei scharfe Teile, die Welt brach auf und sprach ihn an. Wenn es regnete, sprach Annie mit ihm, wenn der Wind blies, hörte er Dr. Boerhaave; Tom schwieg meistens, aber Erasmus vernahm die Sprache seines Körpers, wie er stärker wurde und gerader, je mehr er die Luft atmete und die Dinge aß, die ihm gefehlt hatten.

Sie fanden Toms Sippe gegen Ende August. Vor den Hügeln hinter Anoatok waren Tupfen mit zwei Beinen und Tupfen mit vier Beinen, die Tom als erster erspähte. Er rannte das felsige Ufer hinauf, und Alexandra und Erasmus folgten ihm langsamer, aber in stetigem Tempo: Erasmus hatte sich an seine Füße gewöhnt und das Gleichgewicht wiedergefunden, so daß er statt der beiden Stöcke nur noch einen Stock mit einem runden Knauf benutzte. Als sie näher kamen, verwandelten sich die Tupfen in Gestalten mit Gesichtern. In der kleinen Schar, die auf sie zukam, befanden sich Toms Vater – welcher von ihnen war das? – und Männer, die Dr. Boerhaave gekannt hatten und mit ihm auf die Jagd gegangen waren. Ein großer Mann in einer abgetragenen Pelzjacke lief aufgeregt voraus, streckte eine Hand aus, schloß Tom in die Arme und hob ihn hoch in die Luft.

Bald darauf kamen die Leute auch auf Erasmus und Alexandra zu, und Tom stellte sie vor: Utunieh, Awahtok und die drei anderen jungen Männer, an die sich Erasmus von ihrem Besuch auf der *Narwhal* erinnerte; Nessark, Toms Vater, der Zeke ebenfalls kannte; der Angekok, der einen Riemen mit langen Zähnen um den Hals trug. Noch ein paar Männer und dann, hinter ihnen, schüchterne Frauen und Kinder. Alexandra war mit vier Schritten bei ihnen und bückte sich, damit die Kinder ihre Haare anfassen konnten. Eine der Frauen berührte ihren Handrücken, und sie drehte die Hand um und bot sie dar; die Frau legte ihr drei Finger auf die offene Handfläche. Erasmus spürte die Berührung in seiner eigenen Hand, aber er hielt seinen Blick weiter auf die Männer gerichtet, die vor ihm standen, wiederholte jeden Namen, prägte sich jedes Gesicht ein. Als es Zeit war, sprach er langsam, wobei er nach jedem Satz innehielt, bis Tom seine Worte in einer Sprache wiederholt hatte, von der er gerade die ersten Anfangsgründe zu beherrschen lernte, und erzählte ihnen, was er wußte, von Annies Tod.

Während Erasmus sprach, legte Nessark seinem Sohn die Hände auf die Schultern, nickte wortlos und blickte schließlich zu Boden, als Tom eine Zeitlang weitersprach, nachdem Erasmus geendet hatte. Zwei Gänse und ein Schwarm von Trottellummen flatterten vorüber. Der Angekok trat vor, um für Nessark und den Rest des Stammes zu sprechen, sagte aber zunächst kein Wort; die Stille wurde nur von dem Geräusch der schlagenden Flügel gebrochen. Erasmus senkte den Blick und wartete. Jetzt kam das Urteil über ihn, dachte er. Alexandras Gegenwart an seiner Seite hatte alle Aspekte der Reise bisher verändert, aber dies konnte sie ihm nicht abnehmen. Vielleicht würde er keine Vergebung finden. Er sah auf und begegnete dem strengen Blick des Angekok. Als er zu sprechen begann, hörte Erasmus in den Worten nur das Geräusch fließenden Wassers und leises Flügelschlagen.

Der Angekok hielt inne, um Tom Zeit zum Übersetzen zu geben. Sie gäben Erasmus keine Schuld für den Verlust des Leichnams ihrer Schwester, sagte Tom. Ihre Schwester, dachte Erasmus und ließ seinen Blick zwischen dem Jungen und seinem Richter hin und her wandern. Toms Mutter. Er würde nie wieder Tom sein, das war nie sein Name gewesen; welches war die Silbenfolge, auf die er hörte? Er selbst, sagte der Angekok, sei derjenige gewesen, der beschlossen habe, daß der Stamm Zeke bis zur Abreise aus dem Land begleiten sollte; er habe ihrer Schwester und ihrem Sohn erlaubt, sie zu verlassen. Seine Schuld. Seine linke Hand schloß sich um die Zähne auf seiner Brust. Sie sei auf ihrer Entdeckungsreise betrogen worden, sagte er; als das Gift gewirkt habe, habe sie ihr Skelett verlassen, um ihren Sohn retten zu können. Der Angekok zeigte auf Erasmus' Füße – so klein, sagte er. Wer hatte ihm den Rest weggenommen?

Er schenkte Alexandra ein Ulo und Erasmus ein Amulett aus kleinen beinernen Messern, mit denen man schlechtes Wetter zerschnitt.

Später führte der Angekok ein Gespräch mit dem Jungen und ging dann mit ihm ans Ufer und über die angetauten Eisschollen, die aneinanderlehnten wie betrunkene Soldaten. Als sie ans Wasser kamen, übergab der Junge ihm, was er sich zusammengesucht hatte. Sie legten das Fell flach auf das Eis und die Knochen kreuz und quer darauf; der Angekok faltete das Fell um das Sammelsurium und verschnürte das Bündel singend mit einem Riemen.

Ein paar Jahre sollten vergehen, bis Zeke im Rappahannock River schwamm, Brust und Kopf über dem blutgeröteten Wasser, während er die Schultern einsetzte, um sich gegen die vielen hundert Männer zu behaupten, die wie er versuchten, das andere Ufer zu erreichen, als ihn plötzliche eine Art Bisamratte an den Händen streifte. Dies sah Copernicus, der – angezogen von dem Chaos, angezogen von den Wunden – ständig in Bewegung war, aber an jenem Tag an dem nämlichen Ufer stand und wie besessen malte. Er sah, wie zwei dunkle Gestalten im Wasser miteinander kämpften, und fragte sich verwundert, was dort geschah. Mittlerweile war ein Krieg ausgebrochen, der die Arktis aus den Köpfen der Menschen verdrängte, als wäre sie nur eine Legende: *Wo sich die Angeln des Weltalls und die äußeren Grenzen der Gestirnbahnen befinden.*

Doch an diesem Tag standen Erasmus und Alexandra am Ufer und schauten auf das Meer, wo der Junge, der sie hierhergeführt hatte, sich hinkniete und das Bündel ins Wasser setzte.

# Anmerkung der Autorin und Danksagung

Die meisten Figuren im Hintergrund dieses Romans – von Titian Peale über Charles Wilkes, John Rae, John Richardson, Elisha Kent Kane, Sir John Franklin und seiner Mannschaft, bis hin zu Louis Agassiz, Samuel Morton und den anderen Naturforschern und Philosophen, die ich erwähne, eingeschlossen Utunieh, Awahtok, Nessark und die anderen Inuit vom Smith-Sund, die sich Dr. Kanes annahmen – sind historische Personen. Die Figuren im Vordergrund – von Zechariah Voorhees, Erasmus Wells, Alexandra Copeland und ihren Familien über Dr. Boerhaave, Ned Kynd, die Mannschaften der *Narwhal* und der anderen Schiffe bis hin zu Annie und Tom – sind erfunden.

Viel zu verdanken habe ich den Tagebüchern und Erinnerungen zahlreicher Polarforscher des neunzehnten Jahrhunderts, vor allem den Werken von George Back, John Barrow, Edward Belcher, Alexander Fisher, John Franklin, William Godfrey, Charles Francis Hall, Isaac Hayes, Elisha Kent Kane, William Kennedy, George Lyon, Francis McClintock, Robert

McClure, Sherard Osborn, Willam Edward Parry, Julius von Payer, John Rae, John Richardson, James Clark Ross, John Ross, Edward Sabine, Frederick Schwatka, William Scoresby und Thomas Simpson.

Hilfreich waren auch etliche neuere Bücher über die Arktis im neunzehnten und zwanzigsten Jahrhundert, darunter vor allem Pierre Berton, *The Arctic Grail*, George Corner, *Dr. Kane of the Arctic Seas*, Richard Cyriax, *Sir John Franklin's Last Arctic Expedition*, Ernest Dodge, *The Polar Rosses*, Peter Freuchen, *The Arctic Year* und *Book of the Eskimos*, Sam Hall, *The Fourth World*, Chauncey Loomis, *Weird and Tragic Shores*, Barry Lopez, *Arktische Träume*, Jeanette Mirsky, *Die Erforschung der Arktis*, Vilhjalmur Stefansson, *Arctic Manual* und Doug Wilkinson, *Land of the Long Day*.

Als nützliche Informationsquellen erwiesen sich die anthropologischen und ethnologischen Studien von Asen Balikci, Franz Boas, Jean Malaurie, Samuel Morton, Richard Nelson, Gontran de Poncins und Knud Rasmussen bezogen, sowie die folgenden Bücher: William Elder, *Biography of Elisha Kent Kane*, Matthew Maury, *Die Physische Geographie des Meeres*; William Rhees, *An Account of the Smithsonian Institution, Its Founder, Building, Operations, Etc.*; W. J. Holland, *Taxidermy and Zoological Collecting*; George Glidden und J. C. Nott, *Types of Mankind*. Stephen Jay Gould, *The Mismeasure of Man* hat mich zu Nott und Glidden geführt; William Goetzmann, *New Lands, New Men: America and the Second Great Age of Discovery*, war meine erste Informationsquelle zur Forschungsexpedition von Charles Wilkes. Die Zeilen, die Erasmus einfallen, wenn er an seinen vorlesenden Vater denkt, sind der *Naturalis historia* von Plinius d. Älteren entlehnt.

Ich danke der Macdowell Colony, wo ich die ersten Zeilen des Romans schrieb, und der Guggenheim Foundation für ein Stipendium, das mir die Vollendung ermöglichte. Ich danke Dave Reid, Charlie Innuaraq, Mathis Qaunaq, Limach Kadloo und Joelie Aulaqiak von der Ponds-Bai dafür, daß sie mir die Schönheit der Eisschollenränder gezeigt haben. Douglas M.

Orr hat mir die Ballade »Lady Franklin's Lament« vorgestellt; Mark Sawin von der University of Texas in Austin hat mir die Bibliographie über seine Forschungen zur Lebensgeschichte Elisha Kent Kanes und seine ausgezeichnete Magisterarbeit »Raising Kane: The Making of a Hero, the Marketing of a Celebrity« (1977) zur Verfügung gestellt.

Wendy Weil und Carol Houck Smith verdanke ich ausdauernde Unterstützung und Kritik im besten Sinne; sie waren mir eine unschätzbare Hilfe. Peter Landesmans gründliche, aufmerksame Kommentare haben mich durch die letzte Fassung begleitet. Ohne Margot Livesey und ihren Beistand auf der gesamten Reise wäre dieses Buch nie geschrieben worden: meinen innigsten Dank.

## Liste der Abbildungen

## Abbildungsnachweis

Die Vignetten an den Kapitelanfängen sind Kopien von Stichen aus G. Hartwig, *The Polar and Tropical Worlds* und aus W.J. Holland, *Taxidermy and Zoological Collecting*. Der Stich auf der Titelseite stammt aus Francis McClintock, *The Voyage of the Fox in the Arctic Seas*.

## Quellennachweis

S. 9 Claude Levi-Strauss, *Traurige Tropen*, © 1960, 1970 by Verlag Kiepenheuer & Witsch, Köln

S. 13 Mary Shelley, *Frankenstein*, © 1986 Reclam Verlag, Ditzingen

S. 159 Elisha Kent Kane, *Zwei Nordpolarreisen zur Aufsuchung Sir John Franklins*. Auswahl und dt. von Julius Seybt, Leipzig 1857

S. 220 Henry David Thoreau, *Walden oder Hüttenleben im Walde*, dt. von Fritz Güttinger, Zürich 1988

S. 275 Louis Agassiz und A. A. Gould, *Grundzüge der Zoologie*, Stuttgart 1851

S. 277 Die Reklame für Dr. Kanes *Arktische Forschungen* im Kapitel »Tudlamik, Fell und Knochen« ist aus William Elders, *Biography of Elisha Kent Kane*, übernommen.

S. 319 Charles Darwin, *Darwins Reise mit der Beagle*, dt. von Alfred Kirchhoff, Halle 1893

Wenn nicht anders angegeben, stammt die Übersetzung der zitierten Texte von Karen Nölle-Fischer.